KB175377

망내인

IN THE NET(網內人)

찬호께이 장편소설 ㅣ 강초아 옮김

網內人

네트워크에 사로잡힌 사람들

망내인

한스미디어

추천의 말

찬호께이의 『13·67』이 홍콩의 '동태적 역사' 위에 세워진 추리소설이라면, 『망내인』은 '정태적 역사' 위에 세워진 추리소설이라고 해야 할 것이다. 인터넷 비난 여론으로 인한 자살 사건이 통신기술과 인터넷의 발전, 그 주변의 생태를 끌어들인다. 긴박한 사건 조사 과정에서 등장하는 벤처투자회사에 대한 세밀한 묘사가 감탄스럽다. 책 속에서 이야기하는 수많은 사업 계획을 보며 미래 어느 벤처투자회사가 이 책을 청사진으로 삼아 투자할지도 모른다는 생각까지 들었다.

원산(文善, 시마다 소지 추리소설상 수상자)

찬호께이의 소설을 읽으면 늘 다층적인 즐거움을 느낀다. 그는 이야기를 들려주는 기교가 특출나다. 그런데 이야기 뒤에 오늘날의 사회 문제, 그리고 우리가 영원히 천착할 인간성을 주제로 한 심도 깊은 사유가 숨어 있다. 더욱 놀라운 것은 이와 같은 여러 난관에도 찬호께이는 긴밀하고 개연성 있으며 아름다운 논리적 추리를 선보인다는 점이다. 인터넷상의 괴롭힘을 주제로 다룬 『망내인』이 바로 그런 소설이다. 인터넷을 통해 아무리 먼 곳도 닿을 수 있는 오늘날, 네트워크 바깥에 있는 사람도 안에 있는 사람도 꼭 읽어야 할 작품이다.

루나(路那, 추리소설가)

이 책을 읽어야 할 이유는 여러 가지다. 해커 기술을 배우기 위해서, 인터넷 생태계와 신 매체 시대를 이해하기 위해서, 혹은 홍콩 어디에서 맛있는 완탕면을 파는지 알기 위해서. 그리고 물론 작가와 추리력 대결을 하기 위해서! 나는 당신이 이 최대의 미스터리를 풀어낼 수 없다는 데 모든 걸 걸겠다!

탄젠(譚劍, 홍콩 장르소설 및 시나리오 작가)

차례

:: 일러두기

- 고유명사는 국립국어원 외래어표기법에 따라 표기했습니다. 홍콩 사람 이름도 광둥
어가 아닌 표준 중국어 발음에 준하여 표기했습니다. 다만, 한국인에게 익숙한 홍콩의
지명 등은 흔히 쓰이는 광둥어 및 영어식 지명을 따랐습니다.
- 본문에서 작가 주(註)는 ✿, 옮긴이 주는 ★로 표시했습니다.

서장

아침 8시, 출근할 때만 해도 아이阿怡는 오늘 자신의 인생이 바뀌리란 걸 몰랐다.

지난 1년간 아이는 고생 끝에 낙이 올 거라 생각하며 잇달아 닥쳐온 고난에도 이를 악물고 버텼다. 그녀는 행운의 여신이 공정하다고 굳게 믿었고, 그러니 앞으로는 좋은 일들이 생길 거라고 생각했다. 그러나 현실은 달랐다. 하늘은 인간에게 장난 치기를 좋아한다. 그것도 몹시 잔인한 장난을.

저녁 6시 넘어 피곤에 전 아이는 미니버스 정류장에서 집을 향해 걸음을 옮겼다. 집 냉장고에 남은 식재료가 무엇인지, 두 사람이 먹을 만한 양이 되는지 따져보면서. 요 몇 년 사이 물가가 많이 올랐다. 예전에는 20홍콩달러* 남짓이면 돼지고기 한 근을 살 수 있었는데 요즘은 겨우 반 근이나 살 수 있을까. 예전이래봐야 7, 8년 전이

---

* 1홍콩달러는 약 140~150원에 달한다.

다. 몇 년 사이 채소든 고기든 두 배 이상 값이 올랐다. 그러나 월급은 그대로다. 아이는 식재료 값 폭등이 도매가격 상승 같은 단순한 이유 때문이 아니라는 것을 알고 있다. 이웃 어르신은 농담조로 "홍콩 사람이 먹는 건 곡식이 아니라 벽돌이야"라고 말하기도 했다. 홍콩 정부가 공공주택의 상가와 시장을 민영화한 이후 상점들은 가겟세를 올려주어야 했다. 비싼 가겟세를 내기 위해서는 매출이 올라야 하고, 그러다 보니 상점은 고객에게 부담을 전가하게 되었다.

'냉장고에 돼지고기와 시금치가 조금 남았지.'

두 재료에 생강을 좀 넣어 돼지고기 볶음을 만들고 달걀찜을 더하면 간단하고도 영양이 풍부한 저녁식사가 될 것이다. 아이와 여덟 살 차이 나는 여동생 샤오원小雯은 어렸을 때부터 달걀찜을 좋아했다. 아이는 식재료가 부족할 때마다 달걀 두 개를 풀어서 보드랍고 반들반들한 달걀찜을 만들었다. 파를 총총 썰어 넣고 간장을 살짝 뿌려 상에 올리면 훌륭한 요리가 된다. 가장 큰 장점은 재료비가 적게 든다는 점이다. 집안 살림이 어려울 때마다 달걀은 아이와 샤오원에게 큰 도움이 되었다.

남아 있는 재료로 충분히 저녁상을 차릴 수 있지만, 아이는 시장에 가서 오늘의 운을 시험해볼까 고민했다. 무엇보다 식재료가 뚝 떨어지는 상황이 싫다. 집안 형편 때문에 길러진 습관이겠지만, 아이는 무슨 일을 하든 만일의 상황을 대비하고 꼼꼼하게 이것저것 따져보는 편이다. 시장에서는 장사를 접을 때쯤 식재료를 떨이로 판다. 지금 시장에 가서 둘러보면 저렴한 식재료를 살 수 있을지도 모른다. 그러면 내일 저녁에는 이런 고민을 할 필요가 없다.

빠앙-.

경찰차 한 대가 아이의 곁을 휙 스쳐갔다. 아이는 날카로운 경적

소리에 떨이 판매에 대한 생각에서 벗어났다. 그녀가 살고 있는 환화러우燠華樓 아파트 앞에 사람들이 웅성거리는 모습이 보였다.

무슨 일이 생겼나? 그러면서도 아이는 걸음을 재촉하지 않았다. 그녀는 오지랖 넓게 남의 일에 끼어 구경하는 것을 싫어했다. 그래서 학교 다닐 때 친구들이 그녀를 아웃사이더, 외골수, 책벌레라고 부르며 싫어하기도 했다. 아이 자신은 그런 걸 불쾌하게 여기지 않았다. 누구나 자신의 길을 선택할 자유가 있다. 다른 사람의 사고방식에 자기 자신을 끼워 맞추려고 하는 것은 멍청한 짓이다.

"세상에, 아이! 아이야!"

환화러우 아파트 앞에 몰려든 수십 명의 사람 가운데 누군가 아이를 보고 손을 흔들었다. 꼬불꼬불 파마 머리에 통통한 몸매의 오십대 아주머니다. 천陳씨 성을 가진 그녀는 아이와 마찬가지로 22층에 산다. 서로 이름도 알고 복도에서 마주치면 가볍게 인사하며 한두 마디 나누기도 하지만 딱히 왕래는 없는 사이다.

아이와 아주머니 사이의 거리는 별로 멀지 않았다. 아주머니는 헐레벌떡 뛰어와 아이의 팔을 붙잡고 아파트 쪽으로 끌고 갔다. 아이는 아주머니의 말을 잘 알아듣지 못했다. 자기 이름 외에 그녀의 입에서 나오는 말은 어느 낯선 나라의 언어나 범어로 된 주문처럼 느껴졌다. 아이는 몇 초쯤 시간을 들여 경청한 뒤 그녀가 너무 당황해 말을 분명하게 하지 못한다는 사실을 알아차렸다. 그리고 그제야 겨우 그녀의 말 속에서 '동생'이라는 두 글자를 알아들을 수 있었다.

석양빛을 받으며 아이는 사람들 쪽으로 다가갔다. 그곳에서 이해할 수 없는 괴이한 광경을 목도하게 된다.

사람들이 둘러싸고 있는 것은 평소에는 아무것도 없는 시멘트 바닥이다. 환화러우 아파트 정문에서 10여 미터 떨어진 곳. 그곳에 흰색 교복을 입은 십대 소녀가 누워 있다. 흐트러진 머리카락이 얼굴을 반쯤 덮었고 붉은색 액체가 목 주변에 조그만 웅덩이를 이루고 있다.

샤오원과 같은 교복이네. 이것이 아이의 머릿속에 첫 번째로 떠오른 생각이었다.

2초쯤 지난 뒤 아이는 정신을 차렸다. 시멘트 바닥에 누워 꼼짝도 않고 있는 소녀는 샤오원이었다.

차가운 시멘트 바닥에 누워 있는 사람은 그녀의 가족이었다.

유일한 가족.

그 순간 아이는 주위의 모든 사물이 낯설게 보였다.

꿈일까? 꿈일 거야. 아이는 주변을 둘러봤다. 사람들은 모두 아는 얼굴이었지만, 그 순간에는 온통 낯설기만 했다.

"아이! 정신 차려!"

천씨 아주머니가 아이의 어깨를 잡고 흔들었다.

"샤오…… 샤오원?"

아이는 동생의 이름을 내뱉긴 했으나 바닥에 누워 있는 사람 형태의 물체를 샤오원이라고는 생각지 못하는 상태였다.

샤오원은 지금 집에 있어야 해. 내가 저녁상 차려주기를 기다리고 있어. 이것이야말로 아이에게는 '정상적인 현실'이었다.

"물러서십시오! 물러서세요!"

제복 경찰이 사람들 사이를 비집고 들어왔다. 그와 동시에 들것을 든 구급대원이 아이의 옆을 지나갔다. 구급대원은 샤오원의 옆에 몸을 수그려 앉았다.

나이가 좀 있는 구급대원이 손을 내밀어 샤오원의 호흡을 살폈다. 이어 손목을 잡아 맥박을 확인했고, 주머니에서 소형 전등을 꺼내 샤오윈의 눈꺼풀을 뒤집어 비췄다. 이 모든 행동은 몇 초도 채 걸리지 않았지만, 아이의 눈에는 그 동작 하나하나가 영화 속 슬로 모션처럼 보였다.

아이는 시간의 흐름을 제대로 느낄 수 없었다.

아니, 이렇게 말해야 정확할 것이다. 아이의 무의식은 자신이 곧이어 마주할 장면을 거부하고 있었다.

구급대원이 몸을 일으켰다. 그가 들것을 들고 있는 동료와 구경꾼들을 정리하던 경찰들 쪽을 향해 말없이 고개를 저었다.

"물러서 주십시오! 경찰 조사에 방해가 됩니다……."

경찰이 소리쳤다. 구급대원 두 명은 침중한 표정으로 샤오윈 옆에서 천천히 물러나기 시작했다.

"샤, 샤오윈? 샤오윈! 샤오윈!"

아이는 자기 어깨를 붙잡은 아주머니의 손을 뿌리치고 샤오윈 쪽으로 뛰어갔다.

"뭐 하시는 겁니까!"

키가 큰 경찰이 얼른 아이를 붙들었다.

"샤오윈!"

아이는 몸을 비틀며 자신을 붙든 경찰에게 다급히 소리쳤다.

"내, 내 동생이에요! 도와주세요!"

"진정하세요……."

경찰이 말했다. 하지만 자신의 말이 아무런 효과도 없으리란 걸 잘 알았다.

"도와주세요, 아저씨!"

하얗게 질린 아이는 자기를 바라보고 있는 구급대원을 향해 소리 질렀다.

"왜 구급차로 옮기지 않는 거죠? 어서요! 어서 옮겨주세요!"

구급대원 두 사람은 구급차 옆에 선 채 어떡해야 좋을지 모르겠다는 표정만 지었다.

나이가 있는 구급대원은 아이에게 사실을 말해주고 싶었다. 하지만 직업상 매일 죽음으로 인한 이별의 장면을 목격하면서도 겨우 스물 몇 살 되어 보이는 아가씨에게 가슴 아픈 말을 전하기는 쉽지 않았다.

"아가씨가 언니 되십니까? 진정하시고……."

아이를 붙들고 있던 경찰관이 부드러운 어조로 말을 꺼냈다.

"샤오원……."

아이는 다시 고개를 돌려 인형처럼 땅바닥에 누운 소녀를 바라봤다. 경찰관 두 명이 검은색 금속 프레임을 샤오원의 신체 옆에 세우고 검은색 방수포를 두르기 시작했다. 샤오원이 검은 방수포에 가려지고 있었다.

"지금 뭐 하는 거예요? 그만! 하지 마!"

"아가씨! 아가씨!"

"덮지 마! 안 죽었어! 안 죽었다고!"

아이는 앞으로 고꾸라지려 했다. 혹시나 사건 현장을 훼손할까 봐 아까부터 아이를 붙잡고 있던 경찰이 이제는 그녀의 몸을 지탱하는 유일한 지지대로 바뀌었다.

"살려주세요! 제발 살려주세요…… 제 동생이에요, 제 유일한 동생이란 말이에요……."

평범한 화요일 저녁, 쿤퉁觀塘 러화樂華 공공주택 환화러우 아파트 앞 공터에서 평소에는 시끌시끌하게 수다를 떨었을 이웃들이 다들 침묵하고 있었다. 차가운 콘크리트 아파트 건물 사이로 동생을 잃은 언니의 비통한 울음소리만 메아리쳤다. 사람들의 귓가에 어떻게 해도 다스릴 수 없는 우울감이 내려앉았다.

제1장

01

동생분은 자살했습니다.

샤틴沙田에 있는 푸산富山 장례식장에서 경찰에게 이 말을 들었을 때 아이는 격분을 참지 못하고 반박했다. 떨려서 제대로 발음도 되지 않는 입으로 "말도 안 돼요" "제대로 조사도 하지 않고서" "샤오원이 자살할 리 없어" 따위의 말을 더듬더듬 내뱉었다. 사건을 담당한 청程 경장警長은 쉰 정도 나이에 머리가 희끗하고 깡마른 남자였다. 외모는 약간 건달 같아 보이지만 눈빛이 착실했다. 아이의 히스테릭한 반응에도 침착함을 잃지 않고 담담한 목소리로 그녀를 위로했다. 그러면서도 그는 아이가 반박할 수 없는 말을 던졌다.

"어우야이區雅怡* 씨, '정말로' 동생이 자살하지 않았다고 생각합니

_____

* '아이'의 본명이다. 중국에서는 '아' '샤오' 등을 이름자 앞에 붙여서 친근하게 부르곤 한다. 이 소설에서도 '어우야이'는 '아이'로, 그녀의 동생 '어우야원'은 '샤오원'으로 불린다.

까?"

아이도 잘 알고 있었다. 아무리 부정하려 해도 샤오원은 사실 자살할 이유가 충분했다. 샤오원이 지난 반년간 겪은 고통은 열다섯 살 소녀가 견딜 수준이 아니었다. 이 모든 것은 어우區 씨 집안의 몇 년에 걸친 불행에서부터 시작된다.

아이의 부모는 1960년대에 태어났다. 홍콩 이주민 2세대다. 1946년 중국 공산당과 국민당의 내전이 시작되자 매달 수많은 난민이 중국 대륙에서 홍콩으로 물밀듯이 몰려왔다. 그 후 공산당이 정권을 잡아 국가 제도를 바꾸면서 정치적 숙청이 이어졌다. 그러다 보니 홍콩으로 들어오는 인구는 늘어나기만 할 뿐 줄어들지 않았다. 아이의 조부모는 그때 중국 광저우廣州 지역에서 홍콩으로 밀입국한 난민이었다. 저렴한 노동력이 필요했던 홍콩 사회는 밀입국자들을 거절하지 않았다. 덕분에 아이의 조부모도 홍콩에서 뿌리를 내릴 수 있었다. 그들은 거주권을 얻어 홍콩인이 되었다. 거주 자격은 얻었지만 이들 '신新 홍콩인'의 생활은 고생스러웠다. 육체노동에 종사하는 그들의 노동시간은 길고 임금은 낮았다. 거주 환경도 열악했다. 그러나 그때의 홍콩은 한창 경제 활황기였기 때문에 고생한 만큼 어떻게든 삶을 개선할 기회가 있었다. 어떤 사람들은 기회를 타고 자수성가하기도 했다.

그러나 아이의 조부모는 그런 기회를 잡지 못했다.

1976년 2월, 샤우케이완筲箕灣 올드리치 베이Aldrich Bay의 목조주택지구*에 큰 불이 났다. 3천여 명의 주민이 갈 곳을 잃었다. 아이의 조부모는 그 화재로 목숨을 잃고 열두 살 난 아들을 하나 남겼다. 바로

---

* 중화인민공화국 건립 후 몇 백만 명의 난민이 쏟아져 들어오자 홍콩 정부는 산기슭에 목조주택을 지어 이들을 살게 했다. 그래서 홍콩 여기저기에 목조주택이 밀집된 지구가 생겨났다.

아이의 아버지인 어우후이區輝다. 어우후이는 홍콩에 다른 친척이 전혀 없었다. 결국 화재로 아내를 잃은 이웃 남자가 그를 맡아 길렀다. 그 이웃 남자에게는 당시 일곱 살짜리 딸이 있었다. 저우치전周綺秦이라는 이름의 그 여자아이가 나중에 아이의 어머니가 된다.

가난 때문에 어우후이와 저우치전은 고등교육을 받을 기회를 갖지 못했다. 가계를 돕기 위해 두 사람은 성인이 되기도 전부터 사회에 나와 일했다. 어우후이는 물류창고에서, 저우치전은 찻집에서 종업원으로 일했다. 매일 바쁘게 일해야 했지만 그들은 불평하지 않았다. 오히려 작지만 따뜻한 행복을 느꼈다. 둘은 서로 사랑했고, 어렸을 때부터 결혼하기로 약속했다. 1989년 저우치전의 아버지가 병에 걸리자 그의 소원을 이뤄드리기 위해 둘은 결혼을 서둘렀다.

조상이 돌보신 덕분인지 결혼 후의 몇 년간 어우후이의 가정은 액운에서 벗어난 듯 보였다.

둘은 결혼한 지 3년 만에 딸을 낳았다. 저우치전의 아버지는 중국 대륙에서 나름대로 지식 청년이었고, 세상을 떠나기 전에 아들이면 쑹랑頌朗, 딸이면 야이雅怡라 이름 지으라고 유언을 남겼다. 야이의 '야'는 고상하고 우아함을, '이'는 즐겁고 기쁜 감정을 나타낸다. 세 식구는 토콰완土瓜灣의 낡은 아파트에 세 들어 살았다. 살림이 쪼들려도 행복했다. 어우후이는 퇴근해서 아내와 딸의 웃는 얼굴만 보아도 더 바랄 게 없다고 생각했다. 저우치전은 살림꾼이었고 아이는 영리하고 귀여웠다. 어우후이는 가족을 위해 악착같이 돈을 모으려고 했다. 나중에 아이를 대학에 보낼 생각이었다. 부모처럼 중학교만 마친 뒤 일을 하게 할 수는 없었다. 어우후이와 저우치전도 다 알고 있었다. 지금은 시대가 달라졌다. 홍콩 사회는 점점 더 학력을 중시하고 있었다. 1970, 80년대에는 고생을 견딜 마음가 짐만 있다면 어디서나 일자리를 구할 수 있었지만, 앞으로는 단순히 성실한 것만으로는 불가능하다.

아이가 여섯 살이 되던 해, 행운의 여신이 어우후이 가족을 향해 미소를 지었다. 드디어 몇 년을 기다렸던 공공주택에 입주할 수 있게 되었다.

홍콩은 땅덩이가 금이나 다를 바 없다. 땅은 좁은데 인구는 많아서 주택 문제는 홍콩 사람들의 삶에서 가장 어려운 문제다. 정부에서 저소득층을 위해 임대료가 저렴한 공공주택을 공급하고 있지만 수요에 비해 공급량이 턱없이 부족했다. 신청자는 몇 년씩 기다려야 입주할 수 있었다. 어우후이는 1998년 방옥서房屋署*의 연락을 받았다. 쿤통의 러화 공공주택 환화러우 아파트를 배정받게 되었다는 것이다. 가뭄의 단비 같은 소식이었다. 아시아 금융위기의 영향으로 어우후이의 직장도 대폭 감원이 이뤄졌고 그때 어우후이도 직업을 잃은 터였다. 전 직장 사장이 다른 회사에 일자리를 소개해주었지만 급여가 너무 적었다. 아이의 초등학교 학비와 생활비 때문에 고민하고 있던 차에 방옥서의 연락을 받은 것이다. 공공주택의 임대료는 민영주택의 절반 수준이었다. 어우후이 가족은 허리띠를 졸라맨다면 적으나마 미래를 위해 저축도 할 수 있을 정도가 되었다.

러화 공공주택에 입주한 이래 2년이 흘렀다. 저우치전은 두 번째 아이를 가졌고, 가족의 네 번째 구성원이 태어났다. 어우후이는 둘째딸의 탄생에 기쁨을 감추지 못했다. 아이는 점점 철이 들었고 언니로서 부모의 부담을 나눠 가져야 한다고 생각했다. 아이의 외할아버지는 아들과 딸의 이름을 각각 하나씩 남겼다. 어우후이는 둘

---

* 홍콩에서 공공주택 계획을 수립하고 관리하는 정부 부서.

째딸의 이름을 고민하다가 이웃에 사는 퇴직 교사를 찾아갔다.

"야원雅雯이라고 하면 어떤가?"

나이 든 교사와 어우후이는 환화러우 아파트 앞 공터에서 벤치에 나란히 앉아 이야기를 나눴다.

"첫딸 이름이 '야이'니까 야 자를 돌림자로 합세. 원雯 자는 무늬가 아름다운 구름을 뜻하는 글자야."

어우후이는 그의 손짓을 따라 고개를 들었다. 하늘에 노을빛 구름이 아름다운 무늬를 그리고 있었다.

"어우야원…… 정말 예쁜 이름입니다. 황黃 선생님이 아니었으면 저같이 무식한 놈은 이런 예쁜 이름을 짓지 못했을 거예요."

네 식구가 되면서 환화러우 아파트의 집이 좁아졌다. 환화러우 아파트는 2, 3인 가족을 위해 설계된 건물이라 방이 하나뿐이었다. 어우후이는 주택관리국에 좀 더 큰 공공주택을 신청했다. 그러나 주택관리국에서는 공공주택 공급이 원활하지 않아서 러화 공공주택 지구는 말할 것도 없고 쿤퉁구區에서는 네 식구가 살 만한 집을 찾을 수 없다고 했다. 그런 집으로 이사하려면 타이포大埔나 유엔룽元朗으로 가야 했다. 어우후이는 아내와 이 문제를 의논했다. 저우치전은 웃으며 말했다.

"멀리 이사 가면 당신 출근도 어렵고 아이도 전학 가야 하잖아요. 이 집이 좁긴 해도 예전 목조주택 지구에 살 때보다는 나은데요 뭘."

저우치전은 낙천적인 여자였다. 아내의 말에 어우후이도 머리를 긁적이며 반박할 말을 찾지 못했다. 사실 어우후이는 아이가 중학생이 되면 자기만의 방이 필요하지 않을까 생각했다. 그게 청소년의 독립적인 성장 발달에 도움이 된다고 어디서 들은 적이 있었다.

그러나 어우후이는 두 아이가 중학생이 되는 모습을 보지 못했다.

2004년, 그는 일터에서 업무상 사고로 사망했다. 그때 겨우 마흔 살이었다.

1997년 금융위기에 2003년의 중증급성호흡기증후군SARS 사태까지 겪으며 홍콩 경제는 심각한 타격을 입었다. 많은 기업체가 운영비를 줄이기 위해 업무를 아웃소싱하거나 계약직 직원을 고용하기 시작했다. 이런 방식으로 고용주는 마땅히 져야 할 책임에서 벗어났다.

대기업이 적은 비용으로 작은 기업체에 업무의 일부 과정을 맡기면, 작은 기업은 대기업에서 받은 금액의 일부를 가져가고 좀 더 작은 하청 회사에 일을 분배한다. 이런 피라미드식 업무 체계는 근로자의 임금을 큰 폭으로 하락시켰다. 그러나 경기가 나빴기 때문에 근로자들은 직장을 잃는 것이 두려워 이런 착취 구조를 묵묵히 받아들일 수밖에 없었다. 어우후이 역시 작은 하청 회사를 전전하며 다른 노동자들과 한정적인 일자리를 두고 경쟁해야 했다. 다행히 그는 물류창고에서 여러 해 근무했고 지게차 운전 자격증도 있었다. 이 자격증이 구직을 위한 무기였다. 물류창고 외에 컨테이너 항구에서도 지게차 운전자를 필요로 했다. 다만 항구의 지게차는 화물을 운반하는 일이 아니라 끌어당기는 일을 한다. 화물선의 밧줄이 사람이 끌어당기기에는 너무 두껍고 무거워서 지게차가 대신 하는 것이다. 한 달 수입을 높이기 위해 어우후이는 두 가지 일을 병행했다. 카오룽 베이Kowloon Bay의 물류창고에서 화물 운반 일을 하는 한편 콰이충葵涌 컨테이너 항구에서도 일했다. 그는 아직 힘이 있을 때 가능한 한 돈을 많이 벌어두려고 했다. 나이가 들면 체력이 예전만 못할 것이고, 그때 가서는 일을 더 하고 싶어도 하지 못할 것이다.

2004년 7월 보슬비가 내리던 어느 날 저녁, 콰이충 컨테이너 항구 4호 터미널의 책임자는 지게차 한 량이 없어진 것을 발견했다. 근무자들에게 확인해보니 지게차뿐 아니라 지게차 운전자도 한 명 사라진 상태였다. 항구를 수색한 끝에 예순 살의 크레인 기사로부터 어우후이가 지게차를 몰고 Q31 구역을 지나간 뒤 돌아오지 않았다는 이야기를 들었다. 책임자는 사람들을 데리고 Q31 구역으로 갔다. 그들은 해안의 밧줄걸이에서 이상한 점을 발견했다. 밧줄걸이 왼쪽에 긁힌 자국이 선명했고, 그 옆 땅바닥에는 노란색 플라스틱 파편이 떨어져 있었다. 사람들은 그게 항구의 지게차에서 떨어진 파편이라는 것을 한눈에 알아보았다.

책임자는 급히 경찰에 신고했다. 소방대의 잠수부가 30분이나 바닷속을 수색하고서야 모두를 불안하게 했던 예감이 사실로 드러났다. 어우후이는 사고로 지게차와 함께 바다에 빠진 것이다. 지게차는 12미터 깊이의 해저에 반쯤 파묻혀 있었고, 어우후이는 차체와 물건을 들어올리는 부분 사이에 낀 채 발견되었다. 항구 근로자들이 크레인으로 진흙투성이가 된 지게차를 끌어올렸을 때는 이미 어우후이를 살릴 방도가 없었다.

아이는 겨우 열두 살에 아버지를 여의었다. 그해 샤오원은 네 살이었다.

사랑하는 남편의 죽음에 저우치전은 가슴이 찢어지는 듯했지만, 슬픔에 빠져 있을 수만은 없었다. 이제 두 딸아이가 의지할 사람이라곤 자신뿐이었다.

이치대로라면 어우후이는 순직 근로자이기 때문에 노동법에 따라 유족에게 60개월분의 급여가 보상금으로 지급되어야 한다. 그랬다면 저우치전과 두 딸은 이 보험금으로 몇 년간은 생계를 꾸릴 수 있었을 것이다. 그러나 이 가족에게 또 다른 액운이 닥쳤다. 마치 어우후이의 죽음은 이 가족이 겪을 불행의 시작에 불과했다는 듯이.

"제수씨, 제가 도와드리지 않으려는 게 아니에요. 그런데 회사에서는 이 금액밖에 줄 수 없다고 합니다."

"남편은 당신네 위하이宇海 회사를 위해 죽을 둥 살 둥 일했어요. 매일 동틀 때 나가서 퇴근해서 오면 애들은 다 자고 있었지요. 애들은 아빠 얼굴 보기도 힘들었어요. 이제 의지할 곳 없이 저와 아이들만 남았는데 겨우 이거 받고 떨어지라니요?"

"제수씨, 회사 사정이 어려워요. 내년에는 문을 닫아야 할지도 몰라요. 그때 가서는 이 정도도 받지 못할 겁니다."

"왜 위하이 사장님이 돈을 주는 거죠? 남편은 고용보험에 가입돼 있었을 텐데요? 보험사가 돈을 줘야 하는 거 아닌가요?"

"어우후이의 보험이요…… 아마 보험심사를 통과하지 못할 것 같아요."

뉴牛 형님은 어우후이의 회사 선배다. 저우치전과도 몇 번 만난 적이 있었다. 위하이 선적운수 회사의 사장 딩鄧 씨는 그에게 중간 다리 역할을 맡기고 저우치전과 '협상'을 하고 오도록 한 것이다. 그의 말을 듣자면, 보험사에서는 어우후이의 사고를 조사한 뒤 보험금을 줄 수 없다고 판단한 듯했다. 가장 큰 원인은 어우후이의 사고가 근무 교대 시간 이후에 발생했다는 점이었다. 즉 어우후이가 업무를 위해서 지게차를 운전 중이었다는 것을 증명할 방법이 없다고 했다. 그 외에 바다에 처박힌 지게차를 조사해보니 아무런 고장도 없었던 점도 문제였다. 그래서 어우후이가 당시 지게차를 운전하다가 '개인적 건강 문제'로 정신을 잃고 사고를 냈을 가능성을 배제할 수 없다는 것이었다.

"어우후이가 퇴근할 때 좀 더 빨리 가려고 걸어가지 않고 지게차를 운전해서 갔을지도 모른다는 거죠. 그러다가 Q31 구역을 지나 갈 때 갑자기 발작을 일으켜서 지게차와 함께 바닷속으로…… 어 떤 사람은 지게차를 망가뜨린 책임 소재를 물어야 하는 것 아니냐 고도 했어요. 하지만 사장님은 남이 어려울 때 괴롭히는 건 사람이 할 짓이 아니라면서, 어우후이가 회사에 큰 공헌을 하지는 않았다 해도 열심히 일한 것만은 사실이니 보험사가 못 해주면 회사 차원 에서 뭔가 해줘야 한다고 생각하세요. 이 '위로금'은 회사의 성의입 니다. 금액이 적을지도 모르지만 제수씨가 회사 사정을 이해하시고 받아주세요."

뉴 형님이 수표를 건네줄 때 그걸 받는 저우치전의 손은 덜덜 떨 렸다. '지게차를 망가뜨린 책임'이라는 말을 듣는 순간, 그녀는 너무 화가 난 나머지 울음을 터뜨릴 뻔했다. 그러나 뉴 형님이 정직한 사 람이라는 것도, 그도 들은 말을 전할 뿐이니 그에게 울분을 쏟아낸 들 소용 없다는 것도 알았다. '위로금'은 어우후이의 3개월치 급여 였다. 남은 식구들이 직면한 경제적 어려움을 해결하기에는 턱없이 부족했다.

저우치전도 은연중에 뉴 형님이 난감한 일을 맡았다는 것을 느 꼈다. 사장은 뭔가 숨기고 있는 게 분명했지만 그녀는 어떻게 해야 자신과 두 딸의 권리를 찾을 수 있는지 몰랐다. 결국 그녀는 수표를 받고 뉴 형님에게 고맙다고 말했다.

저우치전의 직감은 틀리지 않았다.

어우후이가 일했던 아웃소싱 업체의 재무 상황은 뉴 형님의 말 처럼 나쁘지 않았다. 물론 완전히 거짓말은 아니었다. 이런 작은 회 사는 어쩌다 한두 번 대금을 회수하지 못하면 당장 기반부터 흔들 린다. 아무런 징조도 없다가 갑자기 도산하는 것도 드문 일이 아니다. 근로자의 권익을 보장하고 고액의 사고 보상금을 회사가 부담하지 않도록 모든 회사는 근로자보험에 가입할 의무가 있다. 보험사가 이와 관련된 리스크를 분담하면 직원이 근무 중에 다치거나 사망해도 회사의 재무 상황에는 영향을 미치지 않는다.

그런데 저우치전이 몰랐던 게 있었다. 어우후이의 사장은 자기 돈도 아니지만 보험사가 거액의 보상금을 내는 것이 싫었다. 회사의 '신용도'에 영향을 주기 때문이다.

보험금 지급이 결정되면 회사가 아니라 보험사가 돈을 내준다. 대신 보상을 받은 회사의 신용액信用額이 줄어들고, 보험사는 그 회사에 더 높은 보험료를 청구한다. 저우치전은 이 부분에 대해서는 알지 못했다. 회사에서 직원을 위해 최대한의 보험금을 받아줄 거라고 순진하게 생각했다. 회사와 보험사가 한통속일 거라고는 생각도 못 했다.

홍콩의 영광은 이런 서민 계층의 희생 위에 세워졌다. 대기업은 작은 기업을 착취하고, 작은 기업은 근로자를 착취한다. 사장에게 상업적 이익은 근로자 가정의 앞날보다 중요하다. 그 약간의 '이익'이 사장이 가진 자산의 1만 분의 1밖에 되지 않는데도 그렇다.

저우치전은 아이를 낳은 뒤로는 육아를 위해 풀타임 일을 하지 않았다. 가끔 잘 아는 세탁소에서 아르바이트를 하여 약간의 부수입을 얻는 게 전부였다. 그런데 갑자기 가정의 경제적 기둥이 사라진 데다 충분한 보상금도 받지 못해 당장 생활을 유지하기조차 어려웠다. 저우치전은 가장의 역할까지 해내야 했다. 그래서 예전에 했던 찻집 종업원 일을 다시 시작했다. 10년이 지난 지금, 물가는 하늘 높은 줄 모르고 올랐는데 종업원 임금은 10년 전과 별반 차이가 없었다. 찻집 월급으로는 자신과 딸 둘의 입에 풀칠도 하기 힘들었다. 그녀는 어쩔 수 없이 찻집 외에 다른 일도 해야 했다. 일주일에 사흘은 편의점 야간 아르바이트를 하고 아침 6시에 퇴근해 다섯 시간도 못 잔 채 다시 찻집으로 출근했다.

이웃들은 저우치전에게 일을 그만두고 보조금을 신청하라고 권했다. 하지만 그녀는 딱 잘라 거절했다. 홍콩 사회복리서社會福利署*에는 '종합 사회보장 지원계획'이라는 제도가 있다. 경제적 어려움을 겪는 가정을 위한 구제기금으로, 가계 상황에 따라 보조금이나 특별수당을 지급한다.

"내가 지금 버는 돈이 사회복리서 보조금보다 약간 더 많을 뿐이죠. 보조금을 받으면 아이들을 좀 더 돌볼 수 있을 테고요. 하지만 보조금으로 살아간다면 어떻게 딸들을 책임감 있고 독립적인 사람으로 키울 수 있겠어요?"

저우치전은 이렇게 대답하면서도 화를 내거나 격한 감정을 보이지 않았다. 부드럽게 웃으면서 상대방의 제안이 아이들에게 나쁜 본보기를 보이는 꼴이라고 반박했다.

저우치전의 이런 말과 행동을 만딸인 아이가 모두 보고 자랐다.

이제 중학교에 입학할 나이의 아이는 아버지의 갑작스러운 죽음에 충격을 받았다. 어우후이는 아이의 초등학교 졸업 직전 여름방학** 때 가족 모두 마카오에 사흘간 여행을 가기로 약속했다. 그런데 그 약속을 지키지 못하고 죽음을 맞이한 것이다. 아이는 원래 좀 내성적이었는데 아버지를 여읜 뒤로 더욱 말수가 줄어들었다. 그러나 그렇게 비관적이고 소극적이기만 한 것은 아니었다. 어머니를 본보기로 보며 자란 아이는 현실이 아무리 괴로워도 정직하고 굳건하게

---

* 홍콩에서 복지정책을 수립, 시행하는 정부 부서.
** 홍콩은 9월에 한 학년이 시작되고 6월에 끝난다.

살아가려고 노력했다. 저우치전이 매일 일하느라 바빴기 때문에 집안일은 아이가 직접 해야 했다. 청소, 요리, 네 살 난 여동생을 돌보는 일은 전부 아이의 몫이었다. 이제 열두세 살인 아이는 집안을 어떻게 돌봐야 하는지, 적은 수입으로 살아가려면 얼마나 돈을 아껴야 하는지 잘 알았다. 아이는 방과 후에 놀러 가자는 친구들의 말을 늘 거절했다. 특별활동에도 전혀 참여하지 않았다. 그러다 보니 학교 친구들과도 점점 소원해졌다. 외골수에 괴짜라고 불리기도 했지만 전혀 신경 쓰지 않았다. 아이는 또래 아이들보다 조숙했고 자신의 책임을 잘 알고 있었다.

아이에 비하면 샤오원은 아버지의 이른 죽음에 크게 동요하지 않는 것 같았다. 어머니와 언니의 보살핌 아래 보통의 아이들처럼 근심 없이 자랐다. 아이는 종종 동생을 너무 오냐오냐하는 게 아닌가 생각할 때도 있었다. 그러나 샤오원의 해맑은 미소를 보면 언니가 동생을 귀여워하는 것이 세상의 진리인 것처럼 느껴졌다. 샤오원은 가끔 장난을 치고 성질을 부렸다. 그래서 엄하게 야단치다가 아이가 먼저 울음을 터뜨리는 일도 있었다. 조숙해도 아이는 중학생에 불과했다. 아이가 울면 반대로 동생이 언니를 달랬다. 조그만 입술로 언니의 뺨에 뽀뽀를 하고 머리를 쓰다듬는 것이다.

"언니, 울지 마."

저우치전이 밤늦게 퇴근해서 돌아오면 두 딸이 말싸움 끝에 화해하고 서로 끌어안은 채 잠든 모습을 보곤 했다.

아이는 5년간의 중학교 시절이 쉽지 않았지만 어떻게든 견뎌냈다. 성적도 좋아서 예과預科에 진학할 정도가 되었다.* 담임은 아이

---

* 2012년 이전까지 홍콩은 초등학교 6년, 중학교 5년, 예과 2년, 대학 3년의 영국식 교육제도를 따랐다. 그 후 지금처럼 초등학교 6년, 중학교 3년, 고등학교 3년, 대학 4년으로 바뀌었다.

가 일류 대학에 합격할 수 있을 거라고까지 했다. 하지만 담임이 어떻게 설득해도 아이는 생각을 굽히지 않았다. 대학 진학을 포기하고 어머니의 부담을 나눠 질 생각이었다.

"엄마, 이제부터 제가 일할게요. 수입이 늘면 엄마도 좀 편해질 거예요."

"예과 진학을 할 수 있는데 포기하면 안 돼. 돈 걱정이라면 하지 마. 엄마가 일을 하나 더 늘리면……."

"엄마! 더 말씀하지 마세요. 이렇게 고생하시다간 병이 날 거예요. 지난 몇 년간 제 학비 때문에 엄마가 얼마나 고생하셨어요? 앞으로 계속 엄마가 고생하는 건 참을 수 없어요."

"그래봐야 2년 더 고생하는 것뿐이야. 대학에 가면 장학금 제도가 있어서 학비가 큰 문제가 되지 않는다고 들었다."

"그래도 안 돼요. 대학에서 학비 지원을 해주지만 그건 졸업 후에 다 갚아야 하는 돈이에요. 요즘은 대학 나와도 급여가 높지 않다고요. 게다가 저는 문과 출신이라 직업의 범위도 좁아요. 그때 가서 수입이 적은 일을 하면, 매달 학비도 갚아야 하는데 생활비에 얼마나 보탤 수 있겠어요? 게다가 제가 진학하면 앞으로 5년간 엄마 혼자서 돈을 벌어야 한다는 건데, 5년 뒤 대학 졸업하고도 학비 대출 때문에 엄마를 도와주지 못한다면 몇 년씩 더 고생할 필요가 없어요. 엄마도 올해 마흔이에요. 이렇게 힘든 생활을 쉰 살이 될 때까지 하실 거예요?"

저우치전은 아이의 말에 더 반대할 수가 없었다. 아이는 엄마를 설득하기 위해 이 말을 2년 가까이 연습했다. 그러니 저우치전이 할 말을 찾지 못할 수밖에 없다. 아이가 말을 이었다.

"하지만! 제가 지금 직장을 구하면 모든 게 달라져요. 첫째, 생활비에 도움이 될 첫 월급을 받을 때까지 5년이나 더 기다릴 필요가 없어요. 둘째, 학비 대출로 정부에 빚을 질 필요가 없어요. 셋째, 일찍 사회 경험을 쌓을 수 있어요. 그리고 제일 중요한 건 제가 일을 열심히 하면 샤오원이 중학교를 졸업할 즈음이면 우리 집에 어느 정도 저축이 쌓일 거란 말이에요. 샤오원은 저처럼 이런 고민 없이 마음 놓고 공부만 하면 된다고요. 어쩌면 외국 유학도 문제가 아닐 거예요."

아이는 말솜씨가 좋은 편이 아니다. 하지만 이 진심 어린 설득에 허점이라고는 없었다.

저우치전이 아이의 생각에 찬성했다. 객관적으로 봐도 아이의 말이 틀린 데가 없다. 그러나 저우치전은 마음이 아팠고 자신이 무능하게 느껴졌다. 작은딸을 위해 맏딸을 희생시킨다는 생각도 들었다.

"엄마, 날 믿어요. 이렇게 하는 게 맞아요."

아이는 중학교를 졸업하기 전에 이미 진로를 다 설계했다. 그녀는 이때껏 집안일을 하며 동생을 돌보느라 여가 시간은 집에서 책을 읽는 것으로 보냈다. 책은 집안 형편상 도서관에서 빌려 읽었다. 그런 생활을 해서인지 아이는 도서관에서 일하고 싶었다. 결국 소망대로 도서관 보조직원으로 일하게 되었다. 코즈웨이 베이Causeway Bay 동쪽의 홍콩 중앙도서관에 출근하기로 정해졌다. 강문서康文署의 계약직 직원이 된 것이다. 강문서는 체육 및 문화, 예술 관련 활동 지원과 공공 서비스를 담당하는 정부 부서다. 공공도서관 운영 관리도 강문서의 업무에 포함된다.

아이는 정부 업무를 맡았지만 공무원은 아니다. 공무원의 여러 복지제도는 누리지 못한다. 홍콩 정부는 인건비를 줄이기 위해 일반 기업과 마찬가지로 정규직이 아닌 계약 형식으로 직원을 고용하고 있었다. 계약은 대개 1, 2년 단위로 하며, 계약기간이 만료되면 자동으로 계약이 해지된다. 고용한 입장에서는 직원을 해고하는 데 따르는 불편함이나 손해 없이 경기가 나쁘면 직원이 자연스럽게 사라지도록 내버려두고 경기가 좋으면 계약을 연장할 수 있어서 좋다. 결정권은 전부 고용주의 손에 있었다. 사실상 정부도 일부 업무는 민간 업체에 아웃소싱한다. 그래서 공공 도서관 근무자 중에는 어느 소규모 업체에서 파견 나온 사람도 있다. 그들의 대우는 계약직 직원보다도 나빴다. 아이는 취직 후에 이런 상황을 알고 아버지의 처지가 떠오르지 않을 수 없었다. 도서관의 나이 든 경비원에게서 아버지의 모습을 보곤 했다.

하지만 아이는 불만이 없었다. 직위는 낮아도 월급은 1만 홍콩달러가 넘었다. 이는 아이네 가계에 큰 도움이 되었다. 저우치전은 이제 두 가지 일을 할 필요가 없었다. 여전히 찻집에 가서 일하지만, 집에 있는 시간이 길어져서 초등학교 4학년인 샤오원을 돌보는 책임이 아이에게서 저우치전에게로 점차 옮겨왔다. 도서관 업무는 교대제라 아이는 집에 있는 시간이 일정하지 않았다. 동생과 함께 보내는 시간도 줄어들었다. 처음에는 샤오원도 피곤에 찌들어 퇴근한 언니를 붙잡고 온갖 이야기를 떠들곤 했지만, 점점 언니를 이해하고 귀찮게 하지 않았다. 세 식구의 생활은 점차 안정적인 모습을 되찾았다. 아이와 저우치전은 더 이상 돈이나 가정에 대한 책임으로 고민하지 않아도 되었다. 고생 끝에 낙이 온다는 말처럼 여러 해 동안 균형을 잃었던 가족의 삶이 제 궤도에 오르는 듯했다.

그러나 평온한 시간은 아이가 일을 시작한 지 5년이 되던 해에 끝났다.

작년 3월, 저우치전은 찻집 계단에서 넘어져 오른쪽 허벅지뼈가 부러졌다. 아이는 연락을 받고 급히 병원으로 달려갔다. 병원에서 기다린 것은 더 끔찍한 소식이었다.

"넘어져서 뼈가 부러진 게 아니라 뼈가 부러졌기 때문에 넘어지신 겁니다." 의사가 말했다. "다발성 골수종이 의심됩니다. 확실한 것은 다시 검사를 해야겠지만요."

"다발성…… 뭐라고요?"

아이는 낯선 단어에 당황했다.

"다발성 골수종이요. 혈액암의 일종이죠."

이틀 후 아이는 공포에 사로잡힌 채 검사 결과를 통보받았다. 저우치전은 암에 걸렸다. 그것도 말기였다. 다발성 골수종은 면역 이상 질병으로 형질세포가 변이를 일으켜 골수종세포를 만들어내는 병이다. 병이 진행되면 신체 여러 부위의 뼈 내부에 암세포를 형성한다. 병을 일찍 발견하면 5년 이상 생존할 수 있고, 발병 후 10년 이상 생존한 사례도 있다. 그러나 저우치전의 병은 이미 말기여서 화학치료와 조혈모세포 이식 등도 다 소용이 없었다. 의사의 말에 따르면 아이와 샤오원의 어머니는 겨우 반년의 생명만 남았다.

저우치전은 전부터 몸에 이상이 있다는 것을 알아차렸지만 그동안 신경을 쓰지 않았다. 빈혈, 근육 무기력, 뼈의 통증 같은 골수종 징후를 오래 일해서 생긴 관절염이나 단순한 과로 증상이라고만 생각했다. 사실상 저우치전이 관절통으로 병원에 가서 진료를 받았더라도 의사는 연골 퇴화와 염증으로 보고 치료했을 것이다. 다발성 골수종이란 노년의 남성에게 많이 생기는 병으로, 사십대 여성에게 발병하는 것은 드문 경우였다.

아이는 어머니가 불치병을 앓고 있으리라고는 생각도 못 했다. 아이의 눈에 어머니는 『백년 동안의 고독』에 나오는 부엔디아의 아내 이구아란처럼 굳건해 보였다. 백 살 넘게 살지는 못하더라도 손자

손녀가 자라서 독립하는 것까지 지켜보며 건강한 노년을 보낼 거라 믿었다. 병상에 누운 어머니를 찬찬히 바라보고서야 아이는 이제 쉰에 가까워진 어머니가 더는 젊지 않다는 것, 여러 해의 과로로 육체가 마모되었다는 것을 깨달았다. 눈가의 주름이 오래되고 말라버린 고목 껍질의 균열처럼 깊게 파여 있었다. 아이는 어머니의 손을 잡고 조용히 눈물만 뚝뚝 흘렸다. 반면 저우치전은 태연자약했다.

"애야, 울지 말렴. 네가 중학교 졸업 후에 일을 시작하는 걸 말리지 않길 잘했구나. 내가 지금 가더라도 너희 두 자매가 먹고사는 데는 걱정이 없으니……."

"아뇨, 엄마, 그렇지 않아요……."

"아이, 엄마한테 약속해주렴. 강해져야 한다. 샤오원은 섬세한 아이야. 앞으로는 네가 그 아이를 돌봐줘야 해."

저우치전은 죽음이 두렵지 않았다. 남편이 저세상에서 자신을 기다리고 있지 않은가. 그녀가 마음을 놓지 못하는 것은 오로지 두 딸아이였다.

저우치전은 의사의 예상보다도 일찍 세상을 떠났다. 두 달 뒤 혈중 칼슘 농도가 높아지면서 신부전과 심장병이 합병증으로 발병해 사망했다.

어머니 장례식에서 아이는 억지로 눈물을 참아냈다. 어머니가 아버지를 떠나보낼 때 어떤 심정이었을지 온전히 이해할 것 같았다. 앞으로 아무리 슬프고 괴로워도 꿋꿋이 버텨야 했다. 이제 동생 샤오원이 의지할 사람은 자기 자신뿐이었다.

샤오원은 마치 10년 전의 아이 자신 같았다. 아버지를 여의고 텅 빈 눈빛으로 방황하던 자신 말이다.

아이는 샤오원이 어머니를 잃고 받은 충격이 당시 자신이 아버지의 죽음으로 받은 충격보다 크다고 느꼈다. 아이는 원래 말수 적은 편이었지만 샤오원은 늘 명랑했다. 그런데 어머니가 떠난 후 부쩍 내성적으로 변했다. 예전과 확실히 달라진 모습에 마치 다른 사람이 된 것 같았다. 아이의 기억 속에 세 식구가 식탁에 둘러앉아 즐겁게 저녁식사를 하던 모습이 생생했다. 샤오원은 학교에서 있었던 일을 재미나게 늘어놓곤 했었다. 조례 시간에 선생님이 무슨 말실수를 했는지, 반장이 선생님께 무엇을 고자질했는지, 지금 반에서 어떤 멍청한 점치기 놀이가 유행 중인지 등등 침을 튀기며 떠들어댔다. 지금은 그런 즐거운 시간이 머나먼 시절처럼 느껴진다. 샤오원은 밥을 먹을 때 고개를 숙이고 깨작거릴 뿐이다. 아이가 먼저 말을 꺼내지 않으면 거의 말을 하지 않았다. 밥을 다 먹고서 '잘 먹었어' 한마디만 하고 자리를 뜬다. 그러고는 자기 '방'에 가서 무표정한 얼굴로 휴대폰 화면만 만지작거린다.

아이가 직장생활을 시작한 후 어머니는 가구 배치를 바꿔서 옷장과 책꽂이로 공간을 분리해 딸 둘에게 약간의 사생활을 보장해주었다.

'시간을 좀 주자.'

아이는 이렇게 생각했다. 여동생을 억지로 바꿀 생각은 없었다. 샤오원은 그렇지 않아도 열네 살이라는 미묘한 나이였다. 이 시기의 소녀에게 마음속 슬픔을 억지로 극복하게 하려다가는 역효과가 날 수 있다. 아이는 샤오원이 곧 슬픔의 그림자에서 벗어날 거라고 굳게 믿었다.

어머니가 세상을 떠난 지 반년쯤 되자 샤오원은 과연 옛 모습을 되찾기 시작했다. 가끔씩 웃는 얼굴을 보여주기도 했다. 그러나 아이도 샤오원도 가족의 불행이 어머니의 죽음으로 끝나지 않을 거라는 사실을 몰랐다. 운명은 그들에게 더욱 가혹한 일을 준비 중이었다.

02

2014년 11월 7일, 오후 6시 조금 넘어서 아이는 예상치 못한 전화를 받았다. 아이는 서둘러 카오룽 경찰서로 향했다. 경찰관이 그녀를 데리고 간 곳은 형사과 사무실이었다. 교복을 입은 샤오원이 여성 경찰관과 함께 사무실 한쪽 긴 의자에 앉아 있었다. 아이는 샤오원을 보자마자 달려가서 동생을 끌어안았다. 그러나 샤오원은 아무 반응도 없이 언니가 자신을 끌어안게 내버려둘 뿐이었다.

"샤오원……."

아이가 동생을 안은 팔을 풀고 막 입을 여는데, 샤오원이 정신이 든 듯 이번에는 자기 쪽에서 언니를 꽉 끌어안았다. 언니 가슴에 얼굴을 파묻고서 눈물만 줄줄 흘리기를 10여 분, 샤오원의 격앙된 감정이 좀 가라앉자 옆에 있던 여성 경찰관이 말했다.

"얘야, 무서워할 것 없어. 언니도 왔잖니. 이제 무슨 일이 있었는지 얘기해줄래?"

아이는 샤오원의 눈 속에서 일말의 망설임을 읽었다. 동생의 손을 꽉 쥐어주며 무언의 격려를 보냈다. 샤오원은 경찰관을 한번 쳐다보고 자기 이름과 나이 등이 적힌 조서를 쳐다보더니 심호흡을 했다. 그리고 몇 시간 전에 벌어진 일을 띄엄띄엄 설명하기 시작했다.

샤오원은 야우마테이油麻地 워털루로路에 있는 이뉘以諾중학교에 다닌다. 이뉘중학교는 주변에 카오룽 화인서원, 진광여서원, 홍콩

복음주의 루터교회가 설립한 신이중학교 등과 함께 야우마테이의 학원가에 자리 잡고 있다. 화인서원, 진광여서원 등의 명문 학교에는 미치지 못하지만 지역 사회에서 나름대로 이름이 알려진 기독교계 학교였다. 또 이 학교는 인터넷과 태블릿 컴퓨터를 이용한 교육법을 제창하는 것으로도 유명했다. 샤오원은 학교에 갈 때 버스를 타고 쿤통역까지 가서 다시 30분 정도 지하철을 타고 야우마테이역까지 가야 했다. 하교할 때는 반대로 지하철을 타고 쿤통역에 와서 버스로 갈아탄다. 이뉘중학교의 하교 시간은 4시지만, 샤오원은 방과 후에 학교 도서관에 남아서 숙제를 하다 오기도 했다. 그래서 11월 7일 그날은 평소보다 조금 늦은 시간인 5시 정도에 학교를 떠났다.

9월부터 홍콩 정부의 선거법 개혁 방안에 반대하는 시위가 연일 이어지고 있었다. 정부가 경찰 병력을 동원해 시위대를 강경진압하면서 상황은 걷잡을 수 없이 악화되었다.* 불만을 품은 시민들이 거리로 쏟아져 나와 애드미럴티Admiralty, 몽콕旺角, 코즈웨이 베이 등의 주요 도로를 점거해 일부 지역의 교통이 마비되었다. 대중교통도 원래의 노선을 변경해 운영하거나 운행을 중지했고, 시민들은 지하철로 바꿔 탔다. 그래서 지하철 승객이 폭증한 데다 출퇴근 시간까지 겹치면 플랫폼이 승객으로 가득 차 두세 차례 전차를 보내고도 제대로 탑승하지 못하는 경우도 비일비재했다. 전철을 타도 숨도 쉬기 힘들 정도로 사람들로 가득했다. 손잡이를 잡는 것은 꿈도 꾸지 못했고, 몸을 돌리는 것조차 불가능했다. 승객은 서로 등과 등, 배와 배를 마주 대고 서서, 또는 발끝으로 겨우 서서 열차의 가속과

---

* 2014년 벌어진 홍콩 민주화 시위인 '우산혁명'을 가리킨다. 행정장관 완전 직선제를 요구하며 9월 말부터 12월 15일까지 이어졌다.

감속에 따라 앞으로, 뒤로 쏠렸다. 넘어질 걱정은 없었다. 넘어질 공간조차 없이 사람들이 꽉 끼여 타는 것이다.

샤오원은 야우마테이에서 지하철을 탔다. 네 번째 차량의 *끄트머리*에 겨우 자리를 잡았다. 왼쪽 문에 딱 붙다시피 했다. 쿤통선 열차는 몽콕과 프린스에드워드역에서만 왼쪽에서 승하차하고, 그다음 역부터는 모두 오른쪽 문에서 타고 내린다. 그래서 열차가 프린스에드워드역을 지난 뒤부터 샤오원은 차내에서 꼼짝달싹 못하고 점점 구석으로 몰렸다. 샤오원은 늘 이 위치에 서곤 한다. 쿤통역에서 내리니까 이 구석 자리에 서 있으면 사람들이 타고 내릴 때 비켜줄 필요가 없다.

샤오원은 열차가 프린스에드워드역에 들어서면서부터 이상하다는 생각이 들었다고 했다.

"누, 누가 나를 만지는 것 같았어요……."

"어디를 만졌어?"

경찰관이 물었다.

"엉……엉덩이를 만졌어요."

샤오원은 더듬더듬 말했다. 그때 샤오원은 가방을 앞으로 메고 차창을 바라보는 방향으로 서 있었기 때문에 자기 뒤에 누가 서 있는지 몰랐다. 누군가의 손이 자신의 엉덩이를 만진다는 느낌을 받고 뒤를 돌아봤지만 특별히 의심스러운 사람은 없었다. 다들 평범한 얼굴이었다. 일행과 이야기 나누는 외국인, 서서 졸고 있는 키 작고 통통한 직장인, 큰 소리로 전화 통화를 하는 아주머니 외에는 다들 고개를 숙이고 휴대폰을 만지작거리고 있을 뿐이다. 그렇게나 꽉 끼여 있는데도 사람들은 한순간도 스마트폰을 이용한 SNS나 채팅, 영화, 게임 등을 포기하지 않았다.

"처, 처음엔 내가 오해하는 줄 알았어요……."

샤오원이 모기 소리만 한 목소리로 말했다.

"열차가 붐볐으니까…… 누군가 주머니에서 휴대폰을 꺼내다가 제 몸에 부딪쳤거나…… 그런데 조금 있다가 또…… 그 느낌이…… 흑……."

"또 네 엉덩이를 만졌다고?"

아이가 물었다. 샤오원이 긴장한 표정으로 고개를 끄덕였다.

경찰관의 질문을 받고 샤오원은 얼굴이 빨개진 채 성추행당한 과정을 상세하게 진술했다. 두 손이 자기 오른쪽 엉덩이를 느릿느릿 문질렀다. 샤오원이 뒤로 손을 뻗어서 밀어내려고 했는데 사람이 너무 많아 놈의 두 손을 막지 못했다. 샤오원은 몸을 돌리는 것도 어려워 목을 빼고 그 치한에게 눈으로 경고하려고 했다. 그런데 고개를 돌리니 치한이 자신 쪽으로 등을 대고 있는 양복 입은 남자인지, 아니면 그 옆의 머리가 벗어진 노인인지 알 수 없었다. 어쩌면 샤오원의 시야에 들어오지 않는 사각에 숨어 있는 사람일지도 모른다.

"도와달라고 외치지 않았어?"

아이가 물었다. 그러나 곧 후회했다. 동생을 질책하는 말투라는 생각이 들었다.

샤오원은 고개를 저었다.

"나…… 나는 괜히 폐를 끼칠 것 같아서……."

아이도 이해 못 할 바는 아니었다. 지하철에서 치한에게 성추행당한 여성의 사건을 직접 본 적도 있었다. 피해 여성이 소리를 친 덕분에 치한은 붙잡혔다. 그런데 옆에 있던 사람들의 시선이 비열한 눈빛으로 바뀌면서 그 피해자를 이리저리 훑어보기 시작했다. 게다가 가해자인 치한이 오히려 큰소리를 쳤다.

"자기가 무슨 연예인인 줄 아나? 내가 뭐하러 아가씨 가슴을 만지겠어?"

샤오원은 몇 분간 입을 다물었다가 감정을 좀 다스린 다음 다시 이야기를 이어갔다. 여성 경찰관은 샤오원의 진술을 기록했다. 샤오원은 고개를 돌린 채 어떻게 해야 할지 혼란에 빠졌고, 그때 손의 촉감이 사라졌다. 치한이 성추행을 그만뒀다고 생각하고 안심하려던 차, 이번에는 손이 샤오원의 교복 치마를 들추고 허벅지를 만지기 시작했다. 샤오원은 역겨운 기분이 들었다. 커다란 바퀴벌레가 몸을 기어다니는 것 같았다. 그러나 샤오원은 꼼짝할 수 없는 상황이었고, 그저 그 손이 위로 올라오지 않기만을 초조한 심정으로 빌었다.

물론 샤오원의 바람은 이뤄지지 않았다.

치한은 이제 샤오원의 엉덩이를 만졌고, 손가락을 구부려 속옷 가장자리를 더듬더니 손끝이 속옷 안으로 슬슬 움직이기 시작했다. 샤오원은 너무 무서운 나머지 소리도 제대로 못 내고 어떻게든 들춰진 치마를 내리려고 애썼다. 그 손이 더 이상 자신을 추행하지 못하게 막으려고 하면서.

"얼마나 오래 그러고 있었는지는 모르겠어요…… 그 사람이 그만두기를 기도할 수밖에 없었어요……."

샤오원은 몸을 벌벌 떨며 말했다. 아이는 마음이 아팠다.

"……그다음에, 아주머니가 절 구해줬어요."

"아주머니?"

아이가 물었다.

"마음 따뜻한 시민 몇 분이 치한을 붙잡았답니다."

경찰관이 아이에게 대답했다.

열차가 카오룽퉁九龍塘 역에 막 도착할 때쯤 커다란 목소리가 샤오원 뒤쪽을 향해 고함을 질렀다.

"당신! 지금 뭐 하는 거야!"

고함을 지른 사람은 샤오원이 앞서 언급했던, 큰 소리로 전화통화하던 아주머니였다.

"……아주머니가 고함을 지르니까 손이 순식간에 치마 속에서 빠져나갔어요……."

샤오원은 어찌할 바를 몰라 하면서 말했다.

아주머니가 고함을 친 뒤로 열차 안은 난리가 났다.

"당신 말하는 거야! 당신 방금 뭘 했어?"

아주머니는 샤오원 뒤쪽의 키 큰 남자를 향해 소리를 질렀다. 두 사람 사이에는 두세 명의 승객이 있었다. 키 큰 남자는 마흔쯤 되어 보였고 누리끼리한 얼굴에 광대뼈가 튀어나왔다. 코는 평평하고 입술이 얇은 데다 눈빛에서도 약간 비열한 느낌이 났다. 그는 그다지 멋스럽지 않은 푸른색 셔츠를 입고 있어서 피부 색깔과 강렬하게 대비되었다.

"날 부른 겁니까?"

"당연히 당신이지! 방금 뭘 했냐니까?"

"내가 뭘 했는데요?"

남자의 표정이 조금 굳었다. 그가 대답하는 것과 동시에 열차는 카오룽통역으로 진입했다. 열차가 멈추고 오른쪽 문이 천천히 열리기 시작했다.

"이 치한놈아, 방금 이 여자애를 만졌잖아!"

아주머니가 샤오원을 눈짓으로 가리켰다.

"미친 여자 같으니."

남자는 고개를 저으면서 하차하는 승객 틈으로 열차에서 내리려고 했다.

"어딜 달아나려고!"

아주머니는 물러서지 않았다. 하차하는 승객들 덕분에 움직일 공간이 좀 생긴 틈을 타서 얼른 달려들어 남자의 팔을 붙들었다.

"얘야, 네가 말해보렴. 방금 이 남자가 네 엉덩이를 만졌지?"

샤오원은 입술만 깨물었고 시선은 이리저리 흔들렸다. 사실대로 말해도 될지 알 수 없었다.

"걱정하지 마! 아줌마가 증인이 되어줄게! 말해도 돼!"

샤오원은 잔뜩 겁을 먹은 채 고개를 끄덕였다.

"둘 다 미쳤어! 이거 놔!"

남자가 소리쳤다. 승객들이 다들 그들을 쳐다보고 있었다. 어떤 사람은 열차 내에 설치된 긴급 상황 버튼을 누르려고 했다.

"내가 똑똑히 봤어! 어딜 내빼려고! 경찰 불러요!"

"나, 나는 실수로 저 애와 부딪친 것뿐이야! 예쁘지도 않은데 엉덩이를 만지긴 뭘! 날 또 붙잡으면 오히려 내가 경찰에 신고할 거야!"

남자는 아주머니의 손을 뿌리치고 열차 밖으로 도망치려 했다. 그러나 문가에 서 있던 기골이 장대한 남자가 자기를 턱 붙잡을 줄은 몰랐을 것이다.

"이봐요, 당신이 치한 짓을 했든 안 했든 우선 경찰서에 가서 얘기하죠."

민소매 티셔츠를 입은 덩치 큰 남자가 강한 어조로 말했다.

혼란의 와중에 샤오원은 열차 벽에 딱 붙어 서서 사람들의 온갖 시선을 견뎌냈다. 동정하는 시선, 구경거리를 즐기는 시선…… 어떤 시선은 잔인한 호기심을 담고 있었다. 특히 몇몇 남자 승객의 시선이 샤오원을 불편하게 했다. '방금 추행당했다고?' '느낌이 어땠어?' '수치스러웠어?' '조금 즐긴 것은 아니고?' 그들의 시선이 이렇게 묻는 것만 같았다.

샤오원은 다리 힘이 쭉 빠졌다. 열차 바닥에 주저앉아 훌쩍훌쩍 울기 시작했다.

"얘야, 울지 마. 아줌마만 믿어……."

목소리 큰 아주머니가 말했다.

아주머니와 체격이 우람한 남자, 그리고 의협심 강한 화이트칼라 여성이 경찰서까지 와서 증언해주었다. 아주머니의 말에 따르면, 승객들이 다들 휴대폰을 들여다보고 있는데 샤오원만 표정이 이상했다고 한다. 섹킵메이石硤尾역에서 승객들이 타고 내리는 틈에 살펴보니 샤오원의 교복 치마가 올라가 있고 누군가가 엉덩이를 움켜쥐고 있는 게 보였다. 아주머니는 열차가 카오룽통역에 진입할 때쯤 그쪽으로 가서 치한을 붙잡으려고 했다. 그런데 샤오원의 당황한 표정을 보고 계획보다 좀 더 일찍 소리를 질렀다. 사실 아주머니가 소리 지른 직후 승객 몇 명이 상황을 영상으로 찍기 시작했다. 누구나 스마트폰 하나씩은 가지고 다니는 지금, 카메라 렌즈는 어디에나 있기 마련이다. 사람들 사이에서 조금이라도 일상적이지 않은 일이 벌어지면 누군가는 영상이나 사진으로 기록을 남긴다.

붙잡힌 남자는 샤오더핑邵德平이라고 했다. 웡타이신黃大仙 공공주택 상가에서 문구점을 운영한다. 그는 경찰서에서도 범행을 부인하며 실수로 샤오원과 부딪쳤을 뿐이라고 강하게 주장했다. 그러면서 샤오원과 야우마테이역에서 약간 다툼이 있었는데, 그것 때문에 자신에게 앙심을 품고 누명을 씌우는 거라고 말했다. 샤오원이 역 내 편의점에서 물건을 사고 계산할 때 한참 시간이 걸렸다. 샤오원 뒤로 줄이 길게 늘어섰고 샤오더핑은 샤오원 바로 뒤에 서 있다가 불평을 하며 야단을 쳤다. 샤오원도 가만있지 않고 대거리를 했다. 그 래서 나중에 열차 안에서 다시 마주치자 자기에게 치한이라는 누 명을 씌운 거라는 주장이었다.

경찰은 편의점 점원의 증언을 통해 두 사람 사이에 말다툼이 있 었다는 것을 확인했다. 점원은 샤오더핑이 심하게 화를 냈으며, 샤 오원이 편의점을 나간 뒤에도 점원을 붙잡고 "요즘 애들은 다 쓰레 기야, 공연히 말썽 피우면서 홍콩을 엉망진창으로 만들고 있어"라 며 욕을 해댔다고 말했다. 그러나 이걸로는 샤오원이 샤오더핑에게 누명을 씌웠음을 증명할 수 없다. 반면 샤오더핑의 태도는 범인으 로 여겨지기 딱 좋았다. 경찰이 도착하기 전에 현장을 떠나려고 시 도했으며, 태도도 불량했다. 게다가 그는 카오룽통역에 내릴 이유 가 전혀 없었다. 집과 가게 모두 웡타이신에 있었다. 샤오더핑은 그 날 오후 야우마테이에서 친구를 만난 뒤 문구점으로 돌아가 아내 와 교대할 예정이었다. 웡타이신을 두 정거장 남겨놓고 내릴 이유 가 없다.

"이 조서 내용에 오류가 있는지, 네가 동의하지 않는 내용이 있는 지 살펴보렴."

여성 경찰관이 진술 기록을 샤오원 앞에 내려놓았다.

"문제가 없으면 여기 '사실임을 확인합니다'에 서명하면 돼."

샤오원은 불안한 기색으로 이름을 써넣었다. 아이는 경찰의 조 서 용지를 처음 보았다. 서명란에는 "본인은 허위로 진술할 경우 형 사처벌을 받을 수 있음을 명백히 인지하였으며, 모든 진술이 사실 임을 확인합니다"라고 인쇄되어 있었다. 그 문구가 아이의 마음을 무겁게 했다. 이미 성인이 된 자기도 아직까지 법률적 효력을 갖는 문서에 서명한 적이 없는데, 미성년자인 샤오원이 법치사회의 규정에 따른 무거운 책임을 감당해야 하는 것이다.

샤오원은 이 사건 이후로 다시 말수가 적어졌다. 아이는 어떻게 동생을 위로해야 할지 난감했다. 그저 "걱정 마, 언니가 있잖아" "그 나쁜 놈은 법의 심판을 받을 거야" 같은 말만 했다. 아이는 샤오원과 함께 지내려고 상사에게 양해를 구해 이틀 휴가를 받았다. 반년 전 어머니의 장례를 치르며 휴가를 거의 써버린 터라 이틀 넘게 샤오원과 시간을 보내지는 못했다. 어쩔 수 없이 퇴근하면 되도록 빨리 집으로 돌아오려고 애쓰는 것이 아이가 할 수 있는 전부였다.

사법 처리 단계에 들어서면서 언론에서도 이 사건이 간헐적으로 보도되었다. '소녀 A'가 샤오원을 가리키는 이름이었다. 한 기자가 샤오더펑의 문구점에서 판매하는 책과 잡지 중에 교복 소녀를 전문으로 하는 일본 사진집이 있다는 사실을 폭로했다. 그는 샤오더펑이 사진촬영에 취미가 있다는 사실을 지적하면서 소위 '살롱 친구'❋ 들과 모여서 모델을 고용해 아마추어 촬영회를 연다고 기사에 썼다. 그 기사는 샤오더펑이 어린 소녀에 대한 특수한 성적 기호가 있음을 암시하고 있었다. 물론 이런 종류의 지나가는 사건은 신문의 한귀퉁이를 차지할 뿐이다. 눈여겨 읽는 독자는 손에 꼽을 정도다. 성추행 사건은 매일 일어나다시피 하는 데다 당시 신문과 잡지 모두 도심점령운동*이나 그와 관련된 정치 기사로 도배되어 있었다.

2015년 2월 9일 재판이 정식으로 시작되었다. 샤오더펑은 홍콩법 제200장 제122-1조를 위반한 성추행으로 기소되었다. 그는 범행을 부인하였고, 변호인이 언론 매체가 부정적인 정보를 대거 폭로하여

❋ 龍友. 원래 아마추어 사진가, 사진촬영 애호가를 가리키는 말이지만, 지금은 다른 목적을 품고 여성 모델만 촬영하는 남자들이라는 부정적인 의미로 쓰인다.

* 2014년 우산혁명 때 홍콩 중심가인 센트럴 지역을 점거하고 시위하자고 주장한 운동.

불공정한 재판을 유도했다고 주장하면서 '법정심문 영구금지'* 처분을 신청했다. 샤오더핑의 신청은 기각되었다. 판사는 재판을 2월 말에 재개하겠다고 결정했다. 아이는 검찰 측으로부터 샤오원이 법정에서 증언해야 한다는 사실을 전달받았다. 검찰 측은 영상 증언으로 대체하거나 법정에 가림막을 설치하여 샤오원을 노출시키지 않겠다고 했지만, 아이는 걱정스러웠다. 법정에서 샤오원은 혼자서 검사와 변호사의 심문에 응대해야 한다. 피고 측 변호사는 분명 샤오원의 감정 따위는 고려하지 않고 날선 질문을 해댈 것이다.

다행히 아이의 걱정은 실제로 일어나지 않았다.

2월 26일 재판이 재개되었을 때 피고 샤오더핑이 갑자기 말을 바꿔 범행을 인정했다. 그래서 다른 증인들은 더 이상 증언할 필요가 없었다. 판사가 피고의 정신감정보고서 및 관련 자료를 열람한 뒤 구형, 판결 선고하면 끝이다. 3월 16일 판사의 선고 심판이 내려졌다. 판례에 따르면 3개월 징역형을 선고해야 하지만 샤오더핑이 범행을 시인하고 뉘우쳤으므로 형량을 3분의 1 감형하여 집행유예 없이 2개월 징역형을 받았다.

아이는 모든 일이 다 지나갔다고 여겼다. 이제 샤오원이 상처를 잊고 차차 회복되는 일만 남았다고 착각했다. 그러나 동생을 막다른 골목으로 몰아넣은 악몽은 샤오더핑이 징역을 산 지 한 달이 지났을 때 새롭게 시작됐다.

4월 10일 금요일, 샤오원이 열다섯을 맞는 생일 일주일 전, '땅콩'이라는 홍콩의 인기 게시판에 글이 하나 올라왔다. 제목은 '열네 살 인간쓰레기가 우리 외삼촌을 징역살이시켰다'였다.

---

* 재판의 불공정성 등을 이유로 더 이상 이 안건을 수리하지 말 것을 요청하는 것으로, 이것이 받아들여지면 사건은 그대로 종결된다.

- 게시자 : kidkit727
- 게시일 : 2015-04-10 22:18
- 제목 : 열네 살 인간쓰레기가 우리 외삼촌을 징역살이시켰다!

오늘 더 이상은 못 참겠어서 우리 외삼촌의 억울함을 밝혀야겠다.

외삼촌은 올해 마흔셋이고, 웡타이신에서 문구점을 하신다. 매일 고생해도 돈은 얼마 못 벌지만 가족을 위해 열심이다. 외삼촌은 중학교 3학년을 마치고 학교를 중퇴했지만 정직한 분이다. 학교를 그만둔 뒤 쭉 문구점에서 일했고, 근면성실하고 예의 바른 점을 높이 사서 문구점 사장이 은퇴하면서 가게를 외삼촌에게 넘겼을 정도다. 우리 외삼촌이 상식적이고 올바른 사람이라는 것을 주변 이웃들이 다 보증한다. 그런데 이런 외삼촌이 열네 살짜리 인간쓰레기 때문에 누명을 쓰고 지금 감옥에서 징역살이를 하고 있다.

사건은 작년 11월 쿤퉁선 지하철에서 벌어졌다. 열네 살 여학생 하나가 우리 외삼촌이 자기 엉덩이를 만졌다고 성추행으로 고발한 것이다. 외삼촌은 절대 그런 행동을 하지 않았다! 그 여학생은 외삼촌에게 복수하려고 누명을 씌웠다. 외삼촌은 열차에 타기 전 야우마테이역 편의점에서 담배를 샀다. 계산하려고 그 여학생 뒤로 줄을 섰다. 그 애는 휴대폰 선불카드를 샀던 모양인데, 돈이 모자랐는지 계속 가방을 뒤지며 돈을 찾았다. 그래서 계산대 앞에 줄이 점점 길어졌다. 외삼촌이 보다 못해 한마디했다. "빨리 좀 해. 뒤에 사람들이 기다리는 거 안 보이니? 돈이 없으면 우선 다른 사람들 먼저 계산하게 해줘." 그런데 그 말을 듣고 여학생이 외삼촌을 노려보며 뭐라고 중얼거렸다. 그러니 외삼촌도 자연스럽게 좀 더 야단을 치게 되었다. "가정교육이 안 되었구나" "부모가 도대체 뭐 하는 사람이냐" 같은 말을 했다. 그러자 여학생은 외삼촌이 없는 사람인 양 무시해버렸다. 짖지 않는 개가 오히려 사람을 문다는 말이 있다. 이 여학생이 딱 그렇다. 외삼촌에게 야단을 들을 때는 아무 소리도 못 하더니 결과적으로 열차에서 그런 악독한 수법으로 보복을 해 외삼촌에게 누명을 씌웠다.

하지 않은 일이니 외삼촌은 당연히 인정하지 않았다. 그런데 어느 기자가 편파적인 시각으로 악의적인 기사를 썼다. 외삼촌은 사진촬영을 좋아한다. 유일한 취미라고 할 수 있다. 하지만 집안 형편이 넉넉하지 못해 사용하는 장비는 저렴한 것 아니면 중고품이다. 외삼촌은 문구점에서 촬영과 관련된 책을 팔고, 같은 취미를 가진 사람들과 풍경이나 인물을 찍으러 다니기도 한다. 그런데 이것을 신문에서 외삼촌이 아동성애를 가진 변태라는 식으로 보도했다. 촬영 취미라는 것도 모델을 어떻게 해보려고 하는 눈속임이라는 식이었다. 맙소사! 외삼촌의 문구점에는 수십 종의 촬영 서적이 있다. 기자들은 그중 한두 권에 불과한 교복 입은 소녀의 사진집을 가지고 소설을 쓴 것이다. 외삼촌은 1년에 많아야 한두 번 모델을 고용한 촬영 모임을 가진다. 그걸 마치 매달 원조교제를 하는 사람처럼 만들어놓았다!

외삼촌은 이런 보도가 판사에게 선입견을 심어줄까 봐 걱정했다. 사실은 외삼촌이 누명을 쓰던 그 순간에 바보 같은 짓을 하나 했는데, 바로 현장에서 도망치려고 했던 것이다. 변호사는 외삼촌이 도망치려고 했던 것과 상대방이 열여섯 살 이하라는 점 때문에 억울하게 누명을 썼는데도 판사가 유죄를 선고할 가능성이 높다고 했다. 변호사는 외삼촌에게 죄를 시인하라고 종용했다. 죄를 시인하면 감형을 받을 수 있기 때문이다. 반대로 죄를 시인하지 않으면 재판정에 사건 당사자가 나와서 증언을 하도록 상황을 몰아간 책임까지 져야 한다. 판사가 외삼촌이 뉘우치지 않는다고 생각하면 더 무겁게 구형할 가능성이 크다고 했다. 외삼촌은 끝까지 결백을 주장할 생각이었지만 결국 마지막에 굴복하고 말았다. 외숙모는 몸이 좋지 않다. 외삼촌은 아내 혼자서 이런 힘든 상황을 버텨내야 할 것이 걱정스러워 되도록 빨리 사건이 끝나기를 바랐다. 사실 그 거짓말투성이인 기사가 보도된 뒤 외숙모는 문구점에서 사람들의 손가락질을 받곤 했다. 외삼촌은 외숙모를 무척 사랑한다. 그래서 아내를 위해 억울한 징역살이도 감수하기로, 불공정한 판결에 순응하기로 마음먹은 것이다.

이처럼 아내와 가정을 사랑하는 남자가 어떻게 지하철에서 여학생을 추행하겠는가! 사건에는 의문점도 많았다.

첫째, 외삼촌 키는 180센티미터가 넘는다. 그 여학생은 160센티미터도 못된다. 두 사람의 키 차이가 20센티미터가 넘는 것이다. 경찰의 기록을 보면, 외삼촌이 여학생의 치마를 들추고 손을 집어넣어 엉덩이를 만졌다고 원고가 주장했다. 키가 큰 외삼촌이 손을 그렇게 낮게 늘어뜨리기는 어렵지 않을까? 실제로 그렇게 했다면 주변 승객들이 이상한 점을 당장 눈치채지 않았을까?

둘째, 외삼촌이 도망치려고 한 것은 인간이라면 당연한 반응일 것이다. 갑자기 이해할 수 없는 상황에서 악랄하게 누명을 쓴다면 얌전히 남의 함정에 제 발로 들어갈 사람이 누가 있을까? 요즘 홍콩은 옳은 것과 잘못된 것이 뒤집혀버렸다. 힘으로 정당한 논리를 찍어누르고, 흰색이 검은색으로 둔갑한다. 결백하다고 해도 그 사실이 쉽게 밝혀질 거라는 생각을 할 수 없다.

셋째, 경찰은 피해자가 열여섯 살 미만이기 때문에 중대 사건이라고 했지만, 정말 그렇다면 왜 제대로 증거를 수집하지 않은 걸까? 외삼촌이 정말로 그 여학생의 속옷을 건드렸다면 손가락 끝에 의류의 섬유질이 남아 있을 것이다. 그리고 여학생의 속옷에는 외삼촌의 땀과 같이 DNA를 찾아낼 수 있는 성분이 남았을 것이다. 왜 그걸로 DNA 검증을 하지 않았을까?

제일 중요한 것은 외삼촌은 가정과 사업, 인생 전부를 망가뜨릴 수 있는 위험을 무릅쓰고 미모가 특출하지도 않은 미성년자를 추행할 만큼 바보가 아니라는 점이다! 외삼촌이 죄를 시인한 것은 사건이 조용해지기를 바라서였다. 그러니 나 역시 외삼촌의 뜻에 따르는 게 맞다. 하지만 오늘 우연히 한 가지 사실을 알고 나서 울분을 참을 수 없어졌다.

내 친구가 그 여학생이 다니는 학교 학생에게 들은 이야기다. 그 여학생은 학교에서도 분란을 일으켰다. 겉으로는 친절한 체하지만 사실은 친구들을 계획적으로 괴롭혔다. 반 친구의 남자친구를 빼앗았고, 빼앗은 남자를 가지고 놀다가 질리자 잔인하게 차버렸다. 그래서 그 여학생은 친한 친구조차 없다. 같은 반 친구들도 다 그 여학생과 가깝게 지내려고 하지 않는다. 게다가 학교 밖에서는 불량배와 어울리며 미성년자가 술을 마시기도 했다. 어쩌면 마약을 하거나 원조교제를 했을지도 모른다.

원래 편모 가정이었는데 작년에 어머니가 돌아가셨고, 집에서 단속하는 사람이 없어지면서 성격이 더욱 나빠졌다는 이야기도 들었다. 내가 보기에 그 여학생은 자기 불만을 타인에게 풀고 있다. 지하철에서 연극을 한바탕 벌이고 자기 자신은 가련한 피해자인 것처럼 꾸민 것이다. 그렇게 해서 타인의 동정심을 얻었다. 우리 외삼촌은 무슨 죄가 있나? 왜 그 여학생의 사리사욕을 채우기 위해서 외삼촌과 그 가족의 행복이 희생되어야 하는가?

외삼촌, 죄송해요. 사건이 조용해지길 바라시는 것을 알지만, 정말 더는 참을 수가 없어요!

이 글은 땅콩게시판에 올라온 지 하루도 안 되어 온라인 최고의 화제로 떠올랐다. 많은 사람이 페이스북 등 SNS 계정에 글을 퍼날랐다. 도심점령운동 기간 중 경찰은 시민을 감찰하고 과도한 무력을 사용한다는 의심을 받고 있었다. 심지어 경찰과 폭력 조직이 결탁했다는 이야기도 나돌았다. 사법제도가 정권의 시녀가 되어 민주화를 외치는 시민을 탄압한다는 지적이 나왔다. 이런 사회 분위기 속에서 땅콩게시판 누리꾼들은 게시자의 입장으로 쉽게 기울었다. 그들은 사법기관이 불공정했으며, 경찰이 증거 수집을 충분히 하지 않았다고 여겼다. 수많은 누리꾼이 샤오더펑은 억울하게 수감되었다고 주장하면서 소녀 A의 죄를 폭로하고 신분을 공개하라고 떠들었다.

다음 날 한 누리꾼이 땅콩게시판에 샤오원의 사진, 이름, 학교, 집 주소 등을 공개했다. 형사 사건에 관련된 미성년 피해자의 자료를 공개하는 것은 위법행위이기 때문에 게시판 관리자는 곧바로 그 글을 삭제했다. 그러나 아무리 빨리 삭제해도 수많은 누리꾼의 손보다 빠를 수는 없다. 사진과 학교 이름 등을 이미 많은 회원이 저장한 뒤였다. 일부 누리꾼은 한두 글자를 가려서 법적 책임을 회피하는 형태로 샤오원의 자료를 인터넷 여기저기에 퍼날랐다. 예를 들면 "야우마테이 이○ 중학교의 인간쓰레기 어우○원" "러○ 공공주택의 열네 살 인간 말종 ○○야원" 같은 식이었다. 이런 식으로 샤오원을 욕하는 글들이 넘쳐났다. 샤오원의 사진을 포토샵으로 추악하게 변형해 조롱하기도 했다.

아이는 책읽기를 좋아하는 '컴맹'이고 친구도 별로 없다. SNS 같은 인터넷 사교활동은 그녀에게 낯선 나라와도 같았다. 도서관에서 업무상 이메일을 이용하는 것이 컴퓨터 이용의 전부였다. 그래서 아이가 동료의 입에서 땅콩게시판 사건을 들은 것은 글이 올라온 지 사흘이 지난 월요일이었다. 그제야 아이는 샤오원이 주말 내내 집에 콕 처박혀서 안절부절 못 했던 이유를 알았다.

아이의 집에는 먼지 쌓인 컴퓨터가 한 대 있다. 인터넷을 설치할 때 함께 구입한 저렴한 상품이다. 공공주택은 세대가 많아 인터넷 사용료도 할인되고 아이가 직장에 다닌 지 2년째가 되면서 가계 상황도 나아졌을 때 구입한 것이다. 저우치전은 영업사원의 권유를 물리치지 못하고 샤오원에게 좋은 학습 도구가 되리라 여겨 인터넷 서비스를 신청했다. 결과적으로 검은색 데스크탑 컴퓨터는 거의 쓰이지 않았다. 샤오원이 중학생이 되어 저렴한 브랜드의 스마트폰을 산 뒤로 집의 와이파이를 이용해 인터넷을 쓰는 것이 고작이었다.

동료의 태블릿으로 그 글을 다 읽은 후 아이는 우선 분노에 휩싸였다. 마약 복용과 원조교제 같은 거짓말로 샤오원을 더럽히는 짓에는 더욱 참을 수 없었다. 하지만 조금 진정하고 나니 사태의 심각성이 이해되기 시작했다. 아이는 어찌해야 할지 몰라 허둥댈 뿐이었다.

아이는 동생에게 전화를 걸어보려 했으나 수업 중이라 전화를 받기 어려울 거라는 생각이 들었다. 그래서 학교 교무실로 전화해 샤오원의 담임인 위안袁 선생님을 바꿔달라고 했다. 위안 선생님도 다른 선생님을 통해 이런 소문이 돌고 있다는 사실을 전해 들었다고 하면서, 학교에서도 필요한 조치를 취할 거라고 말했다. 대책위원회를 만들어 사건에 대응하겠다고도 했다.

"어우야이 씨, 걱정하지 마세요. 야원은 오늘 교실에서 특별히 이상한 점이 없었습니다. 제가 잘 살펴볼게요. 그리고 교내 상담사에게 샤오원과 면담해보라고 하겠습니다."

위안 선생님이 전화 너머에서 말했다.

퇴근하자마자 아이는 쏜살같이 집으로 돌아갔다. 동생을 위로해주고 싶었다. 비록 무슨 말을 해야 좋을지 몰랐지만 말이다. 그러나 샤오원의 반응은 아이가 예상하지 못한 것이었다.

"언니, 이야기하고 싶지 않아."

샤오원이 덤덤하게 말했다.

"하지만……."

"오늘 선생님한테도 하루 종일 들들 볶였어. 더 이야기하고 싶지 않아."

"샤오원, 나는 그냥……."

"이야기하기 싫어! 어쨌든 더 말하지 말란 말이야!"

샤오원의 태도에 아이는 깜짝 놀랐다. 샤오원이 마지막으로 소리 지르며 성질을 부린 게 언제였는지 기억나지도 않을 정도로 드문 일이었다.

아이는 샤오더펑의 외조카라는 사람이 쓴 내용은 전부 거짓말이고 근거 없는 비방이라고 굳게 믿었다. 없는 일을 지어내고 사소한 의문점을 크게 부풀려 샤오더펑이 결백한 것처럼 꾸미려 한다고 생각했다. 그러기 위해 샤오더펑은 고상한 사람으로 치켜세우고 샤오원은 깎아내린 것이다. 그 글에 나온 말을 그대로 흉내 내어 말하자면, "샤오더펑의 사리사욕을 채우기 위해서 샤오원의 행복을 희생시킨 것"이다.

그러나 아이는 집에 돌아와 샤오원의 태도가 이상하다는 것을 눈치챈 뒤로 내심 동요하고 말았다. 동생이 없는 일을 지어내 다른 사람을 모함할 리가 없다고 생각하면서도, 글 속에서 샤오원을 묘사한 부분에 1퍼센트라도 진실이 없다고 할 수 있는지 의심스러웠다.

의혹은 마치 기생식물의 씨앗처럼 한번 뿌려지자 저도 모르는 사이에 사람의 마음에 뿌리를 내리기 시작했다. 그리고 시간이 갈수록 기생식물은 자라났다.

그 밖에도 인터넷상에 떠도는 말들에 아이는 잠을 이루지 못했다.

아이는 동료에게 물어서 인터넷 게시판과 SNS 사이트들을 검색하기 시작했다. 매일 샤오원이 잠든 뒤 몰래 집의 낡은 컴퓨터를 켜고 누리꾼들이 남긴 글들을 읽었다. 아이는 중학교 시절 아웃사이더에다 친구들과 친밀하게 지내지 못해서 냉소적인 반응이나 조롱을 받은 적도 있었다. 그러니 사람마다 누구나 어두운 면이 있다는 것도 이해했다. 하지만 인터넷에서는 인간의 어두운 면이 기하급수

적으로 규모가 커진다. 마치 거대한 괴물처럼 악의가 인간의 이성을 집어삼키고 있었다.

> — 젠장! 홍콩에 이런 일이 정말 많아. 불쌍한 척만 하면 판사를 속일 수 있지
> — 못생겼는데? 쟬 건드리고 싶을까?
> — 예쁘진 않지만 난 건드릴래
> — 원조교제하는 애잖아? 300홍콩달러면 뭐든지 오케이
> — 300홍콩달러 줘도 싫다! 저런 공중변소
> — 저런 더러운 년은 없애버려야 해

아이는 동생이 낯선 사람들에게 공개적으로 이러쿵저러쿵 외모 품평을 당하고, 일방적인 모욕과 공격을 당하는 대상이 될 거라고는 상상도 못 했다. 누리꾼들은 샤오원을 만난 적도 없으면서 마치 샤오원을 잘 알고 있는 것처럼 굴었다. 거기다 자신들의 상상을 보태어 점점 더 심하게 비난하고 조롱했다. 광케이블 선만 통과하면 제멋대로 타인을 모욕하고 희롱할 자유라도 생기는 듯 비열하고 추잡한 표현을 쏟아냈다. 그 대상이 미성년자인 어린 소녀인데도 말이다. 혹은 샤오원이 미성년자라는 이유로 법률이 과도하게 샤오원 편을 들어 비호한다고 생각하는 것 같았다. 그러므로 자신들이 더욱더 강력하게 '공정한 태도'로 정의를 수호해야 한다고 여기는지도 몰랐다.

이런 후안무치하고 저열한 논조 외에도 각 토론 게시판에 수많은 사람이 탐정을 자처하며 사건을 분석했다. 심리 전문가라면서 샤오원이 타인을 모함한 동기를 분석하고 샤오원에게 어떤 심리 질병과 인격적 결함이 있는지를 근거까지 대면서 논리정연하게 떠

드는 사람도 있었다. 가끔 어떤 누리꾼이 중도적인 입장에서 공평하게 의견을 밝히면, 다른 사람들이 무례한 투로 반격해서 토론이 인신공격과 의미 없는 욕설로 흘러가게 만들기도 했다.

아이는 그곳에서 적나라한 인간성의 본모습이 가장 심각하고 저급한 방식으로 눈앞에 펼쳐진다고 느꼈다.

게다가 샤오원은 이유 없이 그 소용돌이에 휘말렸다.

그 후의 2주 동안 아이의 집에는 불안한 공기가 가득했다. 언론 매체는 땅콩게시판의 글 때문에 다시 샤오원의 사건에 관심을 보였고, 보도의 규모는 전보다 몇 배로 커졌다. 아이와 샤오원은 수차례 기자들의 인터뷰 요청을 받았다. 샤오원은 인터뷰를 전부 거절했고, 그러자 기자들은 웡타이신에 있는 샤오더펑의 아내를 찾아갔다. 그녀는 기자들을 피하느라 문구점도 잠시 닫아야 했다. 신문과 잡지에서 이 사건을 다방면으로 보도했다. 누리꾼들이 사법 체계에 구멍이 있다고 주장하는 것에 부화뇌동하기도 하고, 인터넷상의 마녀사냥은 한 개인에 대한 사회적인 집단 따돌림과 같다고 지적하기도 했다. 그러나 어떤 논조의 기사도 사실을 바꿀 수는 없었다. 샤오원은 이미 자신의 의지와는 상관없이 공인이 되어 일거수일투족이 대중의 주목을 받았다. 등하교 시간이면 자신의 얼굴을 알아본 사람들이 쑥덕거리는 모습을 보아야 했다.

이런 상황에서 아이가 할 수 있는 일은 아무것도 없었다.

샤오원을 휴학하게 할까도 생각했지만 동생이 반발했다. 일상생활을 정상적으로 유지해야 한다면서, 자기 삶이 그런 '쓸데없는 일' 때문에 흐트러지도록 놔두지 않을 거라고 했다. 아이는 무력감을 느꼈다. 하지만 샤오원에게 연약한 모습을 보여주고 싶지 않았다. 그래서 불안한 마음을 억누르고 긍정적인 태도로 동생을 격려했다.

사실 아이는 도서관에서 일을 하다가도 화장실에 가서 숨죽여 운 적이 한두 번이 아니었다.

5월에 들어서자 언론 보도도 점점 줄어들었다. 누리꾼도 이 사건에 대한 관심을 잃었다. 샤오원의 말과 행동도 점점 평소의 모습을 되찾았다. 샤오원은 한동안 수척했고 눈빛도 불안정했지만 아이는 동생이 지난 3주를 꿋꿋이 잘 견뎠다고 생각했다. 앞으로는 분명히 극복할 수 있을 거라 믿었다. 샤오원의 말대로 일상생활을 유지하는 것이 스트레스에 대항하는 가장 좋은 방법일 수도 있었다.

그러나 아이의 생각은 틀렸다.

아이가 모든 것이 제자리로 돌아왔다고 생각했을 때, 샤오원은 22층 아파트 창문에서 뛰어내렸다. 스스로 목숨을 끊었다.

아이는 동생이 자살했다는 것을 믿을 수 없었다. 그녀가 보기에 사건은 조용해지고 있었고, 일상은 다시 궤도에 올라야 마땅했다. 그런데 갑자기 이런 최악의 상황으로 치달았다.

"샤오원은 자살할 리 없어요! 분명히 누군가가 샤오원을 죽인 거예요……."

아이는 영안실에서 '자살'이라는 청 경장의 말에 격렬하게 반발했다.

"동생분이 자살했다는 충분한 증거가 있습니다."

그날 아이의 이웃 천씨 아주머니가 현관문을 수리하려고 사람을 불렀다. 그들은 샤오원이 5시 10분쯤 집에 돌아온 것을 직접 봤다. 그때 샤오원은 혼자였고, 그들과 인사도 나눴다. 6시 8분, 샤오원이 아파트에서 뛰어내렸다. 맞은편 아파트인 안화러우安華樓에서는 두 사람이 샤오원이 뛰어내리는 과정을 전부 목격했다. 그들은 서로 모르는 사이였다. 연배 높은 아파트 주민들은 그 시간쯤이면 창가에 앉아 거리 풍경을 바라보곤 하는데, 그중 두 사람이 샤오원이 창문을 열고 창틀을 넘어 몸을 날리는 모습을 목격했던 것이다. 둘 중한 명은 너무 놀라 기절까지 했다. 다른 한 명이 경찰에 신고했다. 그들은 샤오원이 뛰어내릴 때 뒤에 아무도 없었다고 정확히 진술했다. 샤오원은 스스로 창틀을 넘어 몸을 던졌다. 또한 러화 공공주택은 고층에서 물건을 던지는 일 때문에 아파트 몇 동의 옥상에 감시카메라를 설치했는데, 카메라에 샤오원이 뛰어내리는 모습이 전부 찍혔다. 영상과 증언이 완전히 일치했다.

사실 아이도 집 안에 싸움이나 저항의 흔적이 없음을 확인했다. 현관문을 열었을 때 집 안은 평소와 똑같았다. 샤오원이 없는 것만 빼고. 또한 아이는 현실은 소설이 아니므로 범인이 놀라운 음모를 꾸미며 살인을 자살로 위장할 가능성이 없다는 것도 잘 알았다. 정말로 그렇더라도 그런 일이 샤오원 같은 평범한 열다섯 살 소녀에게 일어날 리는 없다.

유일한 의문점은 샤오원이 유서를 남기지 않았다는 것이다.

"사실 유서를 남기지 않는 자살 사건도 많습니다. 일시적인 충동으로 죽음을 선택하기도 하니까요. 유서를 쓸 시간이 없지요."

청 경장이 느릿느릿 말을 이었다.

"어우야이 씨, 동생분은 지난 몇 개월간 심각한 스트레스를 받았습니다. 제가 전에 맡았던 사건과 아주 비슷합니다. 경찰의 조사 결과를 믿어주세요. 직전의 사건 때문에도 많이 시끄러웠는데 저희도 신중하게 조사했습니다."

아이도 열다섯 살 소녀가 거대한 여론의 압박에 짓눌렸다면 누구라도 돌이킬 수 없는 결정을 내릴 가능성이 있다는 것을 충분히 이해했다. 그러나 아이는 그 사실을 받아들일 수 없었다. 그녀는 이 불행이 갑자기 하늘에서 뚝 떨어진 것같이 느껴졌고, 샤오윈이 어디서 어떻게 나타났는지 모를 괴롭힘에 의해 살해되었다고 여겼다. 아이는 인터넷의 누리꾼 하나하나를 씹어먹고 싶었다. 책임지지도 못할 글을 닥치는 대로 써낸 놈들이 증오스러웠다. 그들이 여가 시간에 심심풀이로 휘갈겨 쓴 글들이 응집되어 결국 단두대보다 무서운 칼날이 된 것이다. 샤오윈은 매일 알지도 못하는 사람들에게 난도질당했다. 그들이 휘두른 칼날은 샤오윈의 피와 살을 한 방울씩, 한 점씩 빨아내고 발라내어 서서히 고통을 주면서 죽인 것이다.

아이는 샤오윈을 죽인 인터넷 살인자들에게 죗값을 받아내고 싶었다. 하지만 어떻게 해야 할지 알지 못했다. 그녀가 아무리 애를 써도 그 살인자들을 한 명 한 명 확인하는 것조차 불가능했다.

"그…… 그럼 범인은 그 글을 쓴 사람이에요! 샤오더펑의 조카라는 사람! 그 사람이 샤오윈을 죽인 거예요!"

아이는 이를 사리물고 말했다.

청 경장은 한숨을 쉬고 말했다.

"진정하세요. 분하고 억울한 심정이라는 거 잘 압니다. 하지만 저희는 동생분을 위해 뭘 해드릴 수가 없어요. 여론 때문에 괴로워서 자살한 경우 공권력이 처리할 수 있는 부분이 아니에요. 그 글을 쓴 사람이 범인이라고 말씀하셨는데, 잘해야 명예훼손죄로 민사고발할 수 있을 뿐이에요. 어쨌거나 그 사람은 그저 인터넷에 글을 올린 것뿐이니까요…… 게다가 동생분은 이미 세상을 떠났으니까, 당신이 대신해서 고소할 수 있는지도 모르겠군요. 어우야이 씨, 변호사를 찾아가 자문을 구해보셔도 좋지만, 제가 볼 때 당신에게 지금 필요한 건 심리 상담인 것 같습니다. 가족을 잃은 사람을 위해 심리 상담을 해주는 복지기관이 있는데, 제가 대신 연락을 해드리지요. 거기 가서 전문가들하고 상담하고 나면 심리적 아픔에서 좀 더 쉽게 벗어날 수 있을 거예요."

청 경장의 말이 다 맞는데도 아이는 귀에 들어오지 않았다. 그녀는 경장의 호의를 거절하고 마지못해 상담을 지원한다는 복지기관의 명함을 받고 돌아왔다. 마음속에는 분노와 원망, 그리고 무력감이 가득했다.

샤오원이 죽은 후 2주 동안 아이는 혼자서 모든 장례 절차를 치렀다. 영안실에서 샤오원의 시체를 인계받고 장례식 준비를 하고 화장을 예약하는 모든 일을 혼자서 했다. 작년에 어머니의 장례를 치러본 경험이 지금 이렇게 도움이 될 줄은 몰랐다. 샤오원의 장례식은 조문객이 적어 쓸쓸하기 짝이 없었다. 장례식장 밖은 기자들로 가득했다. "지금 심정이 어떻습니까?" "동생의 자살에 대해 어떻게 생각하나요?" "누리꾼이 살인자라고 생각합니까?" 등등 말도 안 되는 기자들의 질문이 수없이 쏟아졌다. 어떤 잡지에서는 샤오원이 자살한 후 '열다섯 살 소녀의 자살─죽음으로 결백을 증명한 것인가? 지은 죄가 두려웠기 때문인가?'라는 제목으로 특집 기사를 실었다. 표지 한쪽에 모자이크 처리 된 샤오원의 사진까지 나왔다. 아이는 신문 가판대를 지나다 그 잡지를 보고는 그곳의 잡지를 전부 찢어버릴 뻔했다.

아이가 보기에 기자와 누리꾼은 다를 바가 없었다. 누리꾼이 살인자라면 판매부수를 올리기 위해 시민의 알 권리 운운하며 샤오원을 한순간도 편안히 지내지 못하게 만든 기자들 역시 공범이었다.

작년 저우치전의 장례식은 그래도 사람들로 북적였다. 오래 일했던 찻집의 직원과 사장, 평소 수다를 떨곤 했던 이웃사람들, 심지어 토콰완土瓜灣에서 살 적의 친구들도 조문을 왔다. 아버지의 선배인

뉴 형님도 와서 조의를 표했다. 그에 비해 샤오원을 마지막으로 배웅하러 온 조문객은 몇 명 되지 않았다. 무엇보다 의아한 것은 저녁 때까지도 샤오원의 학교 친구들이 오지 않았다는 것이다. 장례식장에는 담임교사인 위안 선생님만 나타났다.

'설마…… 샤오원이 학교에서 따돌림당했던 걸까?'

아이는 땅콩게시판의 글이 떠올랐다. 샤오원은 반에 친구가 없다던 바로 그 대목이.

그럴 리 없어, 말도 안 돼. 샤오원은 그렇게 입담 좋고 활달한 아이인데 어떻게 친구가 없을 수 있담? 장례식장에서 유족 자리에 앉은 채 아이는 점점 더 불안해졌다. 그녀는 샤오원이 친구가 없을까 봐 불안한 게 아니라 그 글에 나온 내용이 다 사실일까 봐 겁이 났다.

7시 30분이 되자 다행히 교복을 입은 학생 두 명이 나타나 아이의 걱정을 없애주었다.

단발머리 여학생이 남학생의 부축을 받으며 천천히 걸어와 영전에 고개를 숙였다. 여학생은 눈이 빨갛게 변하고 퉁퉁 부어 있었다. 장례식장에 오기 전에도 많이 운 것 같았다. 아이는 그 학생들을 어디선가 본 것 같았다. 재작년 크리스마스 때 샤오원이 친구 두 명과 함께 집에 온 적이 있었다. 친구들과 파티를 하던 중에 샤오원이 아파서 친구들이 데리고 왔다고 했다. 그날 밤 어머니는 밤새 샤오원을 간호했다. 두 학생은 아이와 별다른 대화를 하지 않고 조용히 고개 숙여 인사하고는 자리를 떴다.

얼마 후 한 명이 더 조문을 왔다. 장례식이 목요일이라서 내일도 학교에 가야 하므로 샤오원의 친구들 중 대표만 보냈나 보다고 아이는 생각했다.

장례를 마친 뒤 화장하여 부모님 옆의 유골함에 안치했다. 아이의 마음속에 억눌려 있던 슬픔이 다시 한 번 용솟음쳤다. 지난 2주는 샤오원의 죽음 뒤에 남겨진 일들을 처리하느라 바쁘게 움직여야 했다. 생각에 잠길 여유조차 없었다. 모든 일이 끝난 지금, 아이는 비로소 텅 빈 집에 혼자 남아 슬픔에 잠겼다. 그녀는 집안 구석구석을 한참씩 응시했다. 가족들과 함께했던 지난날들이 보이는 듯했다. 어릴 적 거실 소파 앞에 앉아 헝겊 인형을 가지고 놀던 샤오원, 부엌에서 요리를 하던 어머니, 아이 옆에 앉아서 낭랑한 목소리로 어머니와 이런저런 대화를 나누던 아버지……

"샤오원…… 엄마…… 아빠……."

그날 밤 아이는 기억 속의 아름다운 순간을 껴안고 홀로 잠들었다. 가난했지만 행복했던 아름다운 순간.

그러나 며칠 후 우편함에서 아이의 마음속 마지막 남은 오아시스를 파괴하는 편지를 발견한다.

방옥서에서 아이에게 환화러우의 집을, 이 추억으로 가득한 집을 떠나라는 통보를 한 것이다.

"어우야이 씨, 저희는 규정에 따라 조치하는 것뿐입니다."

호만틴何文田에 있는 방옥서의 면담실에서 사무주임이 말했다. 아이는 퇴거 통보에 이의를 제기하기 위해 이 면담 약속을 잡았다.

"저, 저는 어렸을 때부터 이 집에서 살았어요. 왜 제가 이사를 해야 하는 거죠?"

"어우야이 씨, 솔직하게 말씀드리겠습니다. 너무 마음 상하지 않으셨으면 좋겠군요."

사무주임이 서류를 뒤적이며 말을 이었다.

"당신은 지금 1인 가구지요. 환화러우 아파트는 2인에서 3인 가구가 살도록 지어진 집입니다. 방옥서 규정상 1인 가구는 20제곱미터 이상의 집에 거주할 수 없게 되어 있어요. 당신은 그런 넓은 집에 살 자격을 갖추지 못했어요. 저희가 1인 가구를 위한 집을 새로 배정해드릴 겁니다."

"하지만 거기가 제 집인걸요! 그 집에서만 제 가족들을 떠올릴 수 있어요!"

흥분한 아이는 소리 높여 따졌다.

"제 가족들이 다 죽었기 때문에 절 쫓아낸단 말이에요? 방옥서는 그렇게 인정이 없나요?"

"어우야이 씨."

금속테 안경을 쓰고 정장을 칼같이 다려 입은 사무주임이 고개를 들었다. 그는 아이의 눈을 정면으로 응시하며 말했다.

"저도 당신의 처지를 안타깝게 생각합니다. 하지만 지금 얼마나 많은 가정이 방옥서의 공공주택을 기다리고 있는지 아십니까? 저희가 각각의 사안을 빠르게 처리하지 않으면 대기자들이 좁고 불편한 집에서 계속 살아야 합니다. 저희더러 인정이 없다고 하셨는데, 당신이 아직 공공주택에 입주하지 못한 수많은 사람들의 고충을 무시하는 것이야말로 이기적인 행동이 아닐까요?"

아이는 얼굴이 붉어졌다 하얘졌다 했다. 사무주임의 말에 반박할 말을 찾을 수 없었다.

"어우야이 씨, 저희가 그렇게 인정이 없는 것은 아닙니다. 저희는 당신이 그 집에 3개월간 더 거주할 수 있도록 해드릴 겁니다. 그동안 저희가 제시한 목록 중에서 새로운 집을 선택하면 됩니다."

사무주임은 매번 말을 시작할 때마다 '어우야이 씨'라고 입을 뗐다. 마치 모든 문제가 아이에게 있다는 것을 강조하는 듯했다.

"새로운 거주 단지는 조금 멀지도 모릅니다. 예를 들면 유엔룽이나 부이아우北區 등이죠. 하지만 새로 준공된 아파트라서 시설은 러화 공공주택보다 낫습니다. 새로운 소식이 있으면 다시 통지해드리겠습니다. 혹시 근시일 내에 홍콩을 떠날 계획이 있다면 저희에게 알려주셔야 합니다."

사무주임의 태도에는 면담이 끝났으니 나가라는 뜻이 담겨 있었다.

아이는 힘없이 일어났다. 문 쪽으로 몸을 돌리는데 막 안경을 벗은 사무주임이 다시 말을 걸었다.

"어우야이 씨, 제가 높은 급여에 좋은 복지를 누린다고 생각하시겠지만, 저도 똑같이 매달 주택 대출 때문에 골머리를 앓습니다. 요즘 홍콩에서는 사람이 죽어나간 집도 몇 백만 홍콩달러나 합니다. 홍콩은 주거 조건이 몹시 열악한 도시죠. 홍콩에서 살려면 힘들어도 참아야 합니다. 세상일이라는 건 자기 뜻대로만 되지 않아요. 무슨 일이든 너무 매달리지 않는 게 좋습니다."

집으로 돌아오는 길, 아이는 우울과 분노로 가슴이 터질 듯했다. 사무관의 마지막 말 때문이었다. 그의 말은 운명을 받아들여라, 하늘의 뜻에 순응하라는 것처럼 들렸다.

아버지의 사고, 어머니의 암, 동생의 자살. 이 모든 것이 하늘의 뜻이니 인간이 그것을 거슬러서는 안 된다. 아니, 거스를 수 없다.

아이는 이해할 수 없었다. 버스에 탈 때 아이의 표정은 끔찍했다. 미간을 잔뜩 찌푸렸고, 눈은 벌겋게 충혈되었으며, 이를 있는 힘껏 악물고 있었다. 지금은 어떻게든 억누르고 있지만 당장이라도 폭발할 것 같았다.

'운명이니 받아들이라고? 천만에!'

아이는 영안실에서 청 경장과 마주 앉았던 때가 떠올랐다.

'범인은 그 글을 쓴 사람이에요! 샤오더펑의 조카라는 사람! 그 사람이 샤오원을 죽인 거예요!'

자신이 했던 말도 떠올랐다.

화나고 씁쓸하며 처참했던 그 복잡한 감정이 다시 솟구쳤다.

'샤오더펑의 조카를 만나야겠어.'

아이의 머릿속에 이런 생각이 갑자기 떠올랐다.

문제의 게시글을 쓴 사람을 만나는 게 무슨 의미가 있는지 아이 자신도 알지 못했다. 그자를 만나서 뭘 어째야 할지도 몰랐다. 당신은 냉혈한 살인자라고 원망할 것인가? 샤오원의 위패 앞에 고개를 숙이고 잘못을 빌라고 할 것인가? 아니면 목숨에는 목숨으로 갚으라며 그자의 생명을 내놓으라고 할 것인가?

아이가 아는 것은 단 하나다. 지금 하고 싶은 일은 그것뿐이라는 것. 자신이 운명을 받아들이지 않는 방법은 이것뿐이라는 것. 잔혹한 현실에 맞서 계란으로 바위 치기에 불과하지만 이렇게라도 저항할 수밖에 없다.

아이의 도서관 동료 웬디Wendy의 친척 중에 탐정 일을 하는 사람이 있다. 작년에 도서관에서 오래된 추리소설 한 상자를 처리하면서 웬디가 그런 말을 했다. 아이는 웬디를 찾아가 탐정을 고용하는 데 돈이 얼마나 드는지, 탐정이 자신의 의뢰를 받아들일지 등을 의논했다. 아이의 의뢰는 간단했다. 샤오더펑의 조카가 누구인지 알아내고 어디에 출근 혹은 등교하는지, 어떻게 생겼는지를 알아내는 것이다. 그런 다음 아이가 하루 날을 잡고 그자를 '덮쳐서' 직접 그자와 담판을 짓는다는 계획이었다. 이 정도면 일반적인 뒷조사와 다를 바 없다. 게다가 샤오더펑은 얼마 전 언론에서 여러 가지로 보도된 사람이라 조사하기가 훨씬 쉽다.

"이 정도 조사라면 보통 하루 3천 홍콩달러에 5, 6일이면 끝납니다. 그 밖에 조사과정에서 지출이 생기면 실비 청구를 하지요. 전부 다 해도 2만 홍콩달러면 될 겁니다. 어우야이 씨는 웬디의 동료이고, 상황이 안타깝기도 하니 비용을 조금 싸게 해드릴게요. 하루에 2천 홍콩달러로 합시다. 1만 5천 홍콩달러 정도 준비하시면 됩니다."

쉰 살쯤 된 모模 탐정이 아이와 처음 만난 자리에서 이렇게 말했다. 어머니와 동생의 장례로 적잖은 돈을 썼지만, 샤오원의 장래 학비라고 생각해서 모으던 돈이 있었다. 이제 더 이상 쓸 데가 없는 돈이다. 그 돈이 8만 홍콩달러 넘게 남아 있다. 그러니 이번 의뢰는 그대로 확정되었다.

나흘 후인 6월 5일 저녁 무렵 모 탐정에게서 전화가 걸려왔다. 할 말이 있다며 만나자고 했다.

탐정사무소 소장실에서 두 사람이 마주 앉았다. 비서가 아이 앞에 커피를 놓고 나가기를 기다렸다가 모 탐정이 무거운 어조로 입을 열었다.

"어우야이 씨, 우리 조사에 약간 문제가 생겼습니다."

"어…… 어떤 방면에서요?"

아이는 혹시 의뢰비를 올리려고 그러는 게 아닐까 생각했다.

"아뇨, 아뇨. 그런 게 아닙니다."

모 탐정이 싱긋 웃었다.

"우선 이 사건은 제가 직접 조사했다는 사실을 말씀드리겠습니다. 맨날 바람피우는 사람들 뒤만 캐다가 이렇게 의미 있는 조사 사건을 맡으니 부하 직원을 시킬 수가 없었죠. 지난 며칠간 저는 조수 한 명과 함께 웡타이신의 샤오더핑 집 근처에서 탐문 조사를 벌였습니다. 조사 이틀째에 어느 정도 결과가 나왔지만, 확실히 하기 위해서 이틀 더 확인 작업을 거쳤죠."

"그럼 샤오더펑의 조카를 찾아냈나요?"

"그게 바로 제가 방금 말한 문제입니다."

모 탐정이 서류철을 열고 사진들과 문서를 꺼냈다.

"샤오더펑은 누나나 여동생이 없습니다. 외동아들이에요."

"네?"

아이는 잘 이해할 수 없었다.

"샤오더펑에게는 조카가 없어요."

모 탐정이 구도상 도촬한 것으로 보이는 사진 몇 장을 보여주었다.

"샤오더펑의 아버지는 4년 전에 세상을 떠났습니다. 지금은 아내와 일흔이 되신 어머니와 함께 웡타이신 룽지러우龍吉樓 아파트 10층에 삽니다. 여자 형제가 없어서 그를 '외삼촌'이라고 부를 사람도 없죠. 여자 사촌도 없고, 유일한 사촌 남동생은 호주로 오래전에 이민을 갔습니다. 그쪽 집에도 자식이 없어요. 물론 있다고 해도 샤오더펑을 '큰아버지'라고 부르겠지요. 외삼촌이 아니라."

아이는 눈을 휘둥그렇게 뜬 채 입도 다물지 못했다.

"그 글을 쓴 '조카'는 도대체 누구죠?"

"모릅니다. 샤오더펑의 식구들도 모른다고 하더군요."

아이는 너무 놀라서 말도 잘 나오지 않았다.

"제가 샤오더펑의 어머니와 친한 이웃한테 확인한 바로는, 그들도 그 글에 대해서는 전혀 짐작 가는 게 없었습니다."

모 탐정은 어깨를 으쓱했다.

"나도 잘 이해가 되지 않습니다. 왜 샤오더펑의 조카를 사칭하면서 그런 글을 올렸을까요? 난 샤오더펑의 아내나 어머니가 썼을 거라고도 의심했지만, 그들이 쓴 거라면 기자들이 인터뷰하러 왔을 때 남편이자 아들을 위해 더 적극적으로 주장했겠죠. 하지만 문을 닫아걸고 전혀 인터뷰에 응하지 않았어요."

"그렇다면 글을 올린 kidkit727이라는 사람을 찾아주실 수 있나요?"

아이는 탁자 위의 사진과 서류를 노려보며 물었다.

"그건 좀 곤란합니다."

모 탐정이 한숨을 쉬며 말했다.

"우리 사무소는 전통적인 조사 안건만 받습니다. 인터넷 뒤에 숨은 놈까지 찾는 기술은 갖고 있지 않아요. 해봐야 겉으로 드러난 사실을 통해 대상의 특징을 추론할 수 있을 뿐이죠. 저도 그 인터넷 게시판을 조사해봤는데, 이 사건에는 이상한 점이 너무 많습니다. 그 ID의 계정은 글을 올린 날 새로 등록한 것이었고, 그 글을 올린 다음에는 다시 그 계정으로 접속한 적이 없었습니다. 그 계정은 오로지 샤오더핑의 무죄를 주장하기 위해서만 존재하는 것 같더군요. 어우야이 씨, 저는 여기까지만 추리할 수 있을 뿐입니다."

"모 탐정님, 의뢰비를 더 내야 한다면 얼마든지……."

"아뇨."

모 탐정이 아이의 말을 끊었다.

"돈 문제는 정말 아닙니다. 사실상 이번 조사는 아무런 성과도 얻지 못했기 때문에 잔금은 받지 않을 겁니다. 착수금으로 주신 4천 홍콩달러는 환불해드릴 수 없지만요. 저는 돈을 받지 않아도 되지만, 제 조수에게도 무료봉사하라고 할 수는 없잖아요. 저 모다마오莫大毛는 이 업계에서 나름대로 신용이 있는 사람입니다. 할 수 있는 일은 최선을 다해 하고, 할 수 없는 일은 단 한 푼의 돈도 더 받지 않아요."

"그렇지만……."

아이는 망연하게 모 탐정을 쳐다봤다가 다시 서류를 내려다봤다. 무력감이 가슴속 깊은 곳에서 피어올라 온몸으로 스멀스멀 퍼진다. 모든 것이 헛수고라는 기분이 든다. 방옥서 사무주임의 말이 떠오른다.

'홍콩에서 살려면 힘들어도 참아야 합니다.'

"어우야이 씨, 너무 힘들어하지 마세요."

아이의 눈앞에 모 탐정이 내민 화장지가 보였다. 그때서야 아이는 자신의 뺨을 따라 눈물이 줄줄 흐르고 있다는 것을 알았다.

"정말…… 정말로 운명이라고 여기고 체념해야 하는 거예요?"

아이가 물었다. 상대가 이런 질문을 할 만한 대상이 아니라는 것은 알지만, 속에서 치밀어오르는 물음을 더는 억누를 수 없었다.

모 탐정은 아이를 바라보며 무슨 말을 하려다가 도로 삼키는 듯했다. 그러더니 머리를 긁적이고 앞에 놓인 명함 상자로 손을 뻗었다. 명함 한 장을 꺼내 몇 글자를 쓴 뒤 아이에게 내밀었다. 아니, 내밀다가 잠깐 손을 멈칫했다. 이것을 아이에게 줘야 할지 망설이는 것 같았다. 얼마간 고민하던 그가 길게 한숨을 쉬며 아이 앞에 명함을 내려놓았다. 모 탐정의 명함 한쪽에 초록색 볼펜으로 주소가, 주소 아래에는 두 글자가 더 쓰여 있었다.

"이건……?"

"어우야이 씨, 당신이 정말로 그 글을 올린 자를 알고 싶다면 이 주소로 가서 이 사람을 찾으세요."

"이게 그분 이름인가요? 아녜阿涅?"

"맞습니다. 전문가지요. 첨단기술을 이용한 조사에는 특히. 그런데 성격이 아주 별나요. 당신 의뢰를 받아들일지는 잘 모르겠군요. 의뢰를 받아들여도 그가 비용을 얼마나 청구할지 예상하기 힘듭니다."

"이분도 탐정인가요?"

"그렇다고 볼 수 있죠."

모 탐정이 쓸쓸한 미소를 지었다.

"하지만 간판을 내걸고 하지는 않습니다."

아이는 저도 모르게 미간을 살짝 찌푸렸다.

"간판 없이……? 믿을 수 있는 분인가요?"

"어우야이 씨, 당신이 해결할 수 없는 상황과 마주쳤을 때, 다른 사람에게 조사를 부탁해야 한다면 누굴 찾아가겠습니까?"

"모 탐정님……?"

"네, 저 같은 '탐정'을 찾아가면 됩니다."

모 탐정은 다시 씩 웃었다.

"하지만 우리 탐정들이 해결할 수 없는 상황에 처하면 누구를 찾아갈 것 같습니까?"

아이는 깜짝 놀라 자기 앞에 놓인 명함을 내려다봤다.

"……이분, '아녜'를?"

모 탐정은 대답하지 않았다. 그러나 그의 웃는 얼굴이 아이가 정답을 말했다는 것을 알려주었다.

"다시 말씀드리지만, 그 사람이 당신 사건을 맡을지는 알 수 없습니다. 하지만 제 명함을 보여주면 어느 정도 도움이 될 겁니다."

모 탐정은 탁자 위의 명함을 가리키며 말했다.

아이는 명함을 집어들었다. 마음속에는 의문부호가 가득했다. 약간 불가사의한 느낌이 들었다. 아녜라는 사람이 모 탐정의 말처럼 정말 대단한 능력자일까? 아이는 반신반의했다. 하지만 모 탐정은 아이에게 '운명을 받아들이고 체념하라'는 식으로 말하지 않았다. 반대로 아이에게 운명에 저항할 수 있는 한 가닥 희망의 실마리를 제공했다. 아이에게 있어서는 이것만 해도 대단한 일이었다.

모 탐정은 사무소 문 앞까지 아이를 배웅했다.

"어우야이 씨, 아까 한 가지 빠뜨린 게 있습니다."

"뭐죠?"

문을 열려던 아이가 모 탐정에게 고개를 돌렸다.

"저는 한 가지 또 다른 가능성을 생각하고 있습니다. 그 글을 올린 자는 샤오더펑과는 관계없는 다른 목적을 가지고 있을지 모릅니다."

모 탐정이 진지한 표정으로 말했다.

"그자가 목표로 삼은 건 당신 동생입니다. 그자는 샤오더펑의 죄를 벗겨줄 목적이 아니라 의도적으로 동생에게 불리한 여론을 조성하려고 그 글을 올린 겁니다. 그러니까 분명히 타인인데 샤오더펑의 조카라는 허구의 신분으로 위장한 거지요. 그렇게 해야 자신이 쓰는 글이 더 합리적이고 정당해 보일 테니까요. 다시 말해서 그자는 단순히 당신 동생을 모욕하고 더럽히고 싶었던 겁니다. 당신 동생이 괴롭힘과 스트레스에 시달려 정신적인 붕괴를 일으키도록 말이죠."

모 탐정의 말은 싸늘한 칼날처럼 날카롭게 아이의 영혼을 찔렀다. 아이의 등골을 타고 오싹한 한기가 내달렸다.

"그게 사실이라면……."

모 탐정이 다시 심호흡을 하고 말을 이었다.

"이건 일종의 살인입니다."

2015년 5월 5일 화요일

읽음 20:05 **!!!**

읽음 20:05 **그 여자애 죽었어!!!**

읽음 20:05 **죽었다고!!!!!!**

? 20:06

읽음 20:07 **어우야원!!!! 투신자살했대!!!!!!**

http://news.appdaily.com.hk/20150505/realtime/a72nh12.htm

읽음 20:07 **〔긴급보도〕 러화 공공주택에서 15세 소녀 투신자살**

읽음 20:07 **어떻게 해??**

읽음 20:10 **답 좀 해줘!!!!**

걱정 마 20:12

우리를 찾아내지는 못해 20:14

읽음 20:14 **정말? 하지만 우리가 살인을 했어!!!!!**

우리가 무슨 살인을 했어? 그냥 사실을 좀 밝혔을 뿐이야 20:16

이상한 생각 하지 마 20:18

보고 있어? 20:23

내가 거기로 갈게 20:25

제2장

01

아이는 사이잉푼西營盤 2번가의 6층짜리 낡은 건물 앞에 서 있다. 문패를 들여다보는 얼굴에 당혹스러움이 가득하다.

"151번지…… 여기겠지?"

아이는 명함에 적힌 주소를 다시 확인했다. 정문 옆에 붙어 있는 문패는 페인트칠이 벗어져서 아라비아 숫자가 잘 읽히지 않는다. 눈앞의 건물은 이미 70년이 넘는 역사를 갖고 있다. 회색 외벽은 오랫동안 수리하지 않아서 잔뜩 낡았다. 원래는 흰색 벽이었는데 먼지와 매연 때문에 칙칙한 회색으로 변한 게 아닐까 의심스러웠다. 2층 처마의 가장자리는 시멘트가 떨어져나가 군데군데 철근이 드러난 곳도 있다. 저 아래 서 있다가는 떨어지는 시멘트 파편에 맞아 다칠지도 모른다는 생각까지 든다. 정문에는 철창살로 된 방범문도 없고 우편함도 없다. 그저 직사각형 모양의 출입구만 덩그러니 뚫려 있다. 출입구로 들어가면 계단이 한 군데만 있는데, 어둑어둑한 2층으로 통한다. 건물 이름도 없이 번지수 '151'이 적힌 문패만 붙어 있다. 그나마 숫자 5의 아랫부분이 사라져 보이지 않는다.

모 탐정과 만난 다음 날 아침 11시, 아이는 명함에 적힌 주소로 향했다. 지금은 홍콩섬 케네디 타운Kennedy Town의 건물 앞에 서 있다. 아이는 자신이 비즈니스 빌딩을 찾아가게 될 거라고 생각했다. 하지만 그녀가 사이잉푼역에서 내려 2번가로 걸어 들어간 뒤 본 것은 오래되고 쇠락한 건물들만 주르륵 늘어서 있는 풍경이었다. 그제야 아이는 모 탐정이 준 주소가 멋진 외관을 가진 빌딩일 리 없다는 생각이 들었다. '아녜'는 간판 없는 탐정이라고 했다. 그렇다면 정정당당하게 큰 빌딩에 사무실을 냈을 리 없다.

문제는 눈앞의 건물이 상상하던 것보다 훨씬, 훨씬 낡아빠졌다는 점이다.

아이는 이 건물에 사람이 사는지조차 의심스러웠다. 낡아빠진 외관 때문이 아니라 건물이 뿜어내는 폐건물의 기운 때문이었다. 꼭대기층 외에는 모든 창문이 꽉 닫혀 있는 데다 에어컨 실외기가 달린 창도 전혀 없었다. 맞은편에 있는 5층짜리 노란색 건물도 오래되긴 마찬가지지만 그 건물과 151번지 건물을 비교해보면 확실히 뭔가 이상했다. 노란색 건물은 각 층마다 크기도 회사도 다른 에어컨 실외기가 설치되어 있다. 창틀 섀시도 각각 다르다. 3층과 5층 창문 바깥에는 빨래 건조대가 설치되어 있고, 거기에 크고 작은 티셔츠, 바지, 이불 등이 잔뜩 널려 있다. 그에 비하면 151번지는 버려진 지 몇 년이 지나 부랑자나 불량 청소년, 마약 중독자, 혹은 유령이 점거하고 있을 것만 같다. 진짜 버려진 건물과의 차이점이라면 151번지 건물은 유리창이 하나도 깨지지 않았고 정문이 폐쇄되지 않았다는 것 정도다.

'곧 철거하고 재건축할 예정인가?'

아이가 속으로 생각했다.

아이는 주소를 잘못 찾아온 건 아닌지 주변을 둘러보았다. 2번가는 약간 비스듬하게 기울어진 길인데, 사이잉푼의 오래된 지역에 위치하고 있다. 비록 거리의 동쪽과 서쪽 양 끝에는 새로 지은 높은 빌딩이 있지만 151번지 부근은 전부 상당한 역사를 가진 낡은 건물만 있다. 게다가 상점도 적어서 두 블록 떨어진 퀸스로郴 서쪽의 넘치는 인파와 활기찬 풍경과는 크게 비교된다. 151번지 양옆과 맞은편에는 상점이 열 몇 곳 되는데 지업사 한 곳과 철물점 두 곳 말고는 다 문을 닫았다. 완전히 폐점한 것인지, 아니면 오늘만 쉬는 것인지 알 수가 없다. 거리에도 사람이 드물다. 도로도 좁은 2차선이다. 지금은 검은색 밴이 아이 옆으로 몇 미터 사이를 두고 차선 하나를 완전히 점령하듯 세워져 있다.

아이는 모 탐정이 혹시 주소를 잘못 적은 게 아닌지, 문패의 번지수가 잘못된 것은 아닌지 걱정이 들었다. 2번가와 평행을 이루는 양옆의 두 길은 각각 1번가와 3번가다. 한자로 일一과 삼三은 획을 하나 더 긋거나 덜 그으면 이二가 된다. 이런 실수는 쉽게 찾아볼 수 있다.

아이는 지금 눈앞에 보이는 어두침침한 계단을 올라갈까, 아니면 1번가와 3번가의 151번지 건물은 어떤 모습인지 살펴보러 갈까 망설였다. 그때 누군가의 발소리가 주의를 끌었다. 어두운 151번지 계단에서 들리는 소리였다. 한 여자가 느린 걸음으로 걸어 나왔다.

"저, 죄송합니다만 여기가 2번가 151번지인가요?"

아이는 기회를 놓치지 않았다. 그 여자가 건물 정문을 나서는 순간 급히 붙잡고 질문을 던졌다.

"맞아요."

여자는 쉰 남짓 되어 보였고 어두운 색 옷을 입고 있었다. 그녀가 아이를 가늠하듯 슬쩍 보았다. 그때 아이의 눈에 그녀가 들고 있는 빨간색 플라스틱 통이 보였다. 통 안에는 세제와 청소도구 등이 들어 있었다.

"혹시 여기 사세요? 뭐 좀 여쭤볼게요. 6층에……."

"아네를 찾아왔어요?"

여자의 반문에 아이는 명함에 적힌 주소가 틀리지 않다는 것을 확인했다.

"6층 맞아요."

여자는 고개를 쭉 빼고 아이가 들고 있는 명함을 곁눈질하더니 호의적인 미소를 지었다.

"이 건물은 층마다 한 세대만 있어요. 올라가 보면 바로 알 수 있을 거예요. 잘못 찾을 일은 없으니 걱정 말아요."

그녀는 아이의 인사를 받은 뒤 워터가街 방향으로 걸어갔다. 아이는 어두운 계단을 바라보며 생각했다.

'여기 사는 사람이 아네를 알고 있으니 맞게 찾아온 건 확실해.'

이 건물 주민이 아니라 시간제 가사 도우미일지도 모르지만, 아네가 여기 사는 것은 확실하다. 아이는 두근거리는 심정으로 한 발 한 발 계단을 올라갔다. 가슴이 두근거리는 것은 아네가 자신을 도울 수 있을지 의심스러운 한편 어둠침침한 계단 때문이기도 했다. 계단 모퉁이를 돌 때마다 뭔가 끔찍한 것이 튀어나올까 봐 겁이 났다.

천천히 계단을 올라 드디어 6층에 도착했다. 조금 전의 여자가 말한 대로 층마다 한 세대만 있는지 6층 복도에 문 하나가 나타났다. 흰색 나무문 바깥에 쇠창살문이 하나 더 설치되어 있다. 겉으로 보기에는 특별할 것이 하나도 없었다. 어디서나 쉽게 볼 수 있는 홍콩의 오래된 건물, 낡은 집의 현관문이다. 나무문에도 창살문에도 붙어 있는 것이 없었다. '탐정사무소'라는 간판은 아니더라도 보통 '출입평안出入平安'이라고 적힌 붉은 종이나 문신門神 그림 정도는 붙이는데 그런 것조차 없었다. 문 옆에 검은색 초인종이 달려 있다. 아주 오래되어 보였다. 1960, 70년대에 설치한 것을 지금까지 쓰고 있는 것 같다.

아이는 벽에 6층이라고 적힌 글자를 다시 확인한 다음 초인종을 눌렀다.

띠띠띠띠.

역시나 오래된 벨소리다.

10여 초 기다렸지만 문 안쪽에서는 아무런 움직임이 없다.

띠띠띠띠.

다시 초인종을 눌렀다.

30초 정도 기다렸지만 문은 여전히 꽉 닫혀 있다.

'아무도 없는 걸까?'

그때 문 너머에서 부스럭거리는 소리가 들리는 듯했다. 집 안에 누군가 있는 것 같다.

띠띠띠띠띠띠띠띠띠띠띠띠……

아이는 초인종을 꾹 누른 채 손가락을 떼지 않았다. 성가신 벨소리가 기관총처럼 고막을 때렸다.

"그만해!"

창살문 안쪽 흰색 나무문이 벌컥 열렸다. 문틈으로 얼굴이 반쯤 드러났다.

"안, 안녕하세요! 저는……"

쾅 소리와 함께 문이 도로 닫혔다.

아이는 당황했다. 문 안쪽은 다시금 침묵 속으로 빠져들었다. 그래서 아이도 다시 초인종을 눌러 신경을 거스르는 소음을 냈다.

"그만하라니까!"

또다시 문이 열렸다. 이번에는 얼굴이 아까보다 조금 더 보였다.

"네 선생님! 잠시만요!"

"선생은 무슨! 오늘은 아무도 안 만납니다!"

문이 닫히려고 했다.

"모 탐정님 소개로 왔어요!"

아이는 급한 마음에 이렇게 외쳤다.

'모 탐정'이라는 말은 확실히 효과가 있었다. 닫히던 문이 멈추고 천천히 열렸다. 아이는 주머니에서 명함을 꺼내 창살문 안으로 밀어 넣었다.

"미치겠군. 모다마오 이 성가신 놈이 또 무슨 쓸데없는 사건을 떠넘긴 거야……."

명함을 받은 남자가 창살문을 열어 아이를 들여보냈다.

집 안으로 들어가서야 집주인의 모습을 제대로 볼 수 있었다. 아이는 그의 모습에서 두 번째로 충격을 받았다. 남자는 마흔 살쯤 되어 보였고, 키도 크지 않고 몸집도 건장하지 않았다. 그냥 평범한 사람, 딱 그런 느낌이었다. 아니, 오히려 평균보다 조금 말라서 힘이 없어 보였다. 새 둥지마냥 헝클어진 머리카락이 축 늘어져서 눈을 반쯤 덮었다. 멍한 눈빛도 힘이라곤 없어 보였다. 다만 코가 우뚝하니 높았는데, 멍한 눈과 조합하니 미묘한 위화감이 느껴졌다. 입술 위아래와 턱에는 뾰족뾰족한 수염이 잔뜩 솟아 있다. 옷에는 이것저것 잔뜩 묻어 있다. 구깃구깃한 회색 티셔츠에 흰색 파란색 체크

무늬로 된 7부 바지 차림인데 밑단의 실밥이 풀려 있다. 이웃집 천씨 아주머니의 남편이 늘 이런 모습이었다. 천씨 아주머니는 맨날 남편이 무능하다고 투덜거렸는데, 남편은 아주머니가 뭐라거나 말거나 저 좋을 대로 맥주만 꿀꺽꿀꺽 마시곤 했다.

아이는 시선을 집주인에게서 주변으로 돌렸다. 집 안의 환경이 다시 그녀를 경악하게 했다. 아이의 머릿속에는 단 한 단어만 떠올랐다. 돼지우리.

현관문 옆에는 잡다한 물건이 정신없이 쌓여 있다. 신문, 잡지, 옷가지와 양말, 구두, 크고 작은 골판지 상자 등등. 현관을 지나 거실로 들어서니 역시 정리정돈이라곤 하지 않은 모양새다. 현관과 마주 보는 벽에 커다란 책장이 두 개 놓여 있고, 책장에는 책이 아무렇게나 잔뜩 꽂혀 있다. 책장 앞 둥근 탁자에는 구두 상자만 한 크기의 목함이 놓여 있는데, 목함 속에 전선, 회로판, 그리고 아이는 본 적도 없는 조그마한 전자 부품이 가득하다. 탁자 옆에 놓인 의자마다 전부 뭔가가 쌓여 있다. 그중 한 의자에는 10여 장의 CD가, 다른 의자에는 겉 부분이 누렇게 변한 옛날식 컴퓨터 모니터가 거꾸로 뒤집혀져 놓여 있다.

거실 왼쪽 구석에는 사무용 책상이 하나 놓여 있는데, 그 위에도 종이 뭉치, 서류, 책, 빈 맥주캔, 곡물과 말린 과일로 만든 영양 바 껍질, 노트북 두 대가 난잡하게 흐트러져 있었다. 사무용 책상 옆으로 어두운 녹색 소파가 마주 보고 있고, 그 위에는 전자기타, 분홍색 여행가방, 소파 사이에는 작은 탁자도 있었다. 탁자는 이 방에서 잡동사니가 쌓여 있지 않은 유일한 가구인 것으로 보였다. 사무용 책상 오른쪽에는 장식장이 있고, 그 위에도 오래된 오디오와 CD, LP, 카세트테이프가 가득 쌓여 있다. 장식장 맨 아래칸에는 스피커와 전선 다발이 털실 뭉치처럼 엉켜 있다. 그 오른쪽으로는 1미터쯤 되는 관엽식물이, 식물 뒤쪽 벽에는 상당히 큰 창문이 위치해 있다. 창에는 여기저기 구멍이 나고 낡은 블라인드가 반쯤 내려져 있다. 햇빛이 집 안으로 쏟아져 들어와서 실내 물건 곳곳에 먼지가 잔뜩 내려앉아 있는 것이 똑똑히 보였다. 창문 앞 바닥에는 뭔가 더러운 액체도 떨어져 있다.

'이런 돼지우리에 사는 땟국물 흐르는 남자가 명탐정이라고?'

아이는 이 말을 입 밖에 낼 뻔했다.

"저, 당신이 네 선생님인가요? 저는……."

"우선 앉아요. 나는 막 일어난 참이라서."

남자는 대답도 하지 않고 하품을 쩍 하더니 맨발로 현관 옆 욕실에 쑥 들어갔다. 아이는 주변을 둘러보았다. 어디에 앉아야 할지 감이 잡히지 않았다. 그녀는 어쩔 수 없이 소파 옆에 그대로 서 있었다.

욕실에서 변기 물 내리는 소리와 세수하는 소리가 들렸다. 아이가 고개를 빼고 쳐다보니 욕실 문도 닫지 않은 채였다. 아이는 급히 몸을 돌려 거실의 다른 쪽으로 걸어갔다. 책장 옆에 문이 하나 있는데, 닫혀 있지 않아서 그 안이 침실이란 것을 알 수 있었다. 침실에는 엉망으로 어질러진 침대가 있고, 침대 옆으로 역시 상자, 옷, 비닐봉지 등이 잔뜩 널려 있었다. 이런 환경 때문에 아이는 무척 불편한 기분이었다. 무슨 결벽증이 있는 것은 아니지만, 이 집은 커다란 쓰레기통이나 다를 바 없다. 다만 오래전에 지어진 건물이라 천장이 높아서 움직일 공간이 좀 있다고 느껴졌고, 질식할 것 같은 기분을 좀 덜어주기는 한다.

곧 아이를 불편하게 만드는 또 하나의 이유가 욕실에서 걸어 나왔다.

"왜 서 있어요?"

구질구질한 남자가 겨드랑이 아래를 긁적거리며 말했다.

"앉아서 기다리라고 했잖습니까."

"네 선생님이 맞나요?"

아이는 상대방의 신분을 분명히 확인하고 싶었다. 속으로는 저 사람이 '아니요'라고 대답해주길 바랐다. 그 위대한 탐정님은 지금 안 계십니다. 나는 그의 룸메이트일 뿐이죠.

"아녜라고 불러요. 선생이니 뭐니 그런 소리 싫어합니다."

아녜는 아이가 준 명함을 팔랑팔랑 흔들었다.

"모다마오도 이렇게 써줬잖아요?"

아녜는 소파에 놓인 기타를 옆으로 옮기고 털썩 주저앉았다. 그가 아이를 흘낏 쳐다보고는 여행가방을 옮기라는 듯 눈짓했다. 아이는 별 수 없이 그가 시키는 대로 했다. 여행가방 손잡이를 잡고 들었더니 무척 가벼웠다. 안이 비어 있는 듯했다.

"모다마오가 왜 나를 찾아가라고 했죠? 5분 줄 테니 설명해봐요."

아녜는 소파에 늘어져서는 불성실한 태도로 하품을 하며 말했다.

그런 꼴을 보니 아이는 이 메스꺼운 돼지우리를 얼른 뛰쳐나가고 싶었다. 하지만 이성이 감정을 이겼다.

"저, 저는 어우야이라고 합니다. 사람을 좀 찾아주셨으면 해요."

아이는 간단히 사건을 설명했다. 샤오원이 지하철에서 추행을 당한 것과 피고가 법정에서 말을 바꿔 범행을 인정한 것, 억울함을 호소하는 글이 땅콩게시판에 올라온 것, 누리꾼의 괴롭힘, 기자들의 보도 경쟁, 그리고 샤오원이 자살한 것까지.

"모 탐정님께 조사를 의뢰했어요. 샤오더핑의 외조카를 직접 만나서 따지고 싶었거든요…… 그런데 조사 결과, 샤오더핑에게는 누나도 여동생도 없다는 거예요. 그러니까 외조카라고 했던 그 사람도 존재하지 않는 거죠.”

아이는 주머니에서 모 탐정이 준 조사보고서를 꺼내 아녜에게 건넸다. 아녜는 자료를 받고 건성으로 훑어보고는 탁자에 내려놓았다.

“모다마오의 능력으론 여기까지 조사한 걸로 이미 한계겠군. 흠.”

아녜가 조롱하듯 말했다.

“모 탐정님은 게시판의 글 하나만으로는 게시자를 찾아낼 기술이 없다고 했어요. 그래서 저더러 당신을 찾아가라고 했고요.”

아이는 아녜가 모 탐정을 업신여기는 듯한 태도에 반감을 느꼈다. 모 탐정은 어쨌든 아이를 도와주려고 한 좋은 사람이다. 그런데 모 탐정이 아녜의 능력을 높이 평가한 것을 보면 아녜가 모 탐정을 크게 도와준 적이 있는 모양이다.

“이 의뢰는 받지 않겠습니다.”

아녜가 딱 잘라 말했다.

아이는 당황했다. 긴장한 목소리로 물었다.

“왜죠? 의뢰비로 얼마를 내겠다는 말도 아직 하지 않았는데…….”

“너무 쉬워요. 그래서 의뢰를 받지 않겠다는 거고요.”

“너무 쉽다고요?”

아이는 믿을 수 없다는 표정으로 아녜를 바라봤다.

“쉬워요, 너무 쉽다고요. 미치게 쉬워.”

아녜의 표정은 손톱만큼도 바뀌지 않았다. 그는 여전히 덤덤하게 말했다.

“나는 재미없는 사건은 맡지 않습니다. 나는 탐정이지 기술자가 아니에요. 정해진 프로그램을 돌리기만 하면 할 수 있는 일, 생각하고 추론할 필요가 없는 질 낮은 의뢰는 한 번도 받아들인 적이 없죠. 내 시간은 아주 귀합니다. 그러니 이런 쓰레기 사건에 낭비할 수 없어요."

"쓰…… 쓰레기 사건?"

아이는 모욕감을 느꼈다.

"그래요, 쓰레기! 심심하고 쓸모없는 쓰레기. 이런 일은 매일 벌어집니다. 누구나 가치 없는 사소한 일 때문에 인터넷 한구석에 숨어 있는 사람을 조종해서 보복하려고 하죠. 만약 이런 수준의 사건까지 의뢰받는다면 나는 통신사의 고객 서비스 담당자보다도 못하다고요. 모다마오가 또 감정에 치우쳐서 일을 처리한 겁니다. 나는 분명히 이런 쓸데없는 쓰레기를 나에게 떠넘기지 말라고 이야기했는데. 나는 그 사람의 청소부가 아니라고……."

이 말에 참고 있던 아이가 폭발했다.

"당신은 이 일을 해낼 능력이 없어서 거절하는 거지?"

"허! 격장지계激將之計를 쓰겠다는 건가요?"

아녜는 아이의 분노에도 웃는 얼굴을 보였다.

"이런 사건은 나한테는 눈 감고도 처리할 수 있을 정도입니다. 모든 게시판의 서버기에는 IP 기록이 남습니다. 나는 몇 분만 있으면 땅콩게시판의 백그라운드 프로세스를 열어서 그 기록을 추출할 수 있어요. 그러면 목표 IP 위치를 데이터베이스에 집어넣고 역방향으로 ISP*를 검색하고, 다시 ISP의 접속 기록을 선별해서 클라이언트의 실제 위치를 찾아냅니다. 경찰이 인터넷에 떠도는 글이나 불법집회 선동 사건을 조사할 때 어려울 것 같습니까? 그건 땅 짚

---

* Internet Service Provider. 개인이나 기업에 인터넷 서비스, 웹사이트 구축 등을 제공하는 업체.

고 헤엄치기예요. 경찰이 할 수 있는 것을 내가 못 할 리가 없죠.”

아이는 ‘서버’ ‘클라이언트’ 등의 용어를 전혀 이해하지 못했다. 아녜의 느긋한 태도에서 그가 거짓말을 하는 게 아니라는 것만 알 수 있었다. 그러나 이 말은 아이의 분노를 더욱 키웠을 뿐이다. 그렇게 간단하다면서, kidkit727을 찾아내는 게 손가락 튕기는 것처럼 쉽다면서 아녜는 이 의뢰를 거절하는 것이다.

“그렇게 간단하다면 다른 사람에게 의뢰하겠어요!”

아이는 벌떡 일어서며 말했다. 약해 보이기 싫었다.

“어우야이 씨, 틀렸어요.”

아녜가 거드름을 피우며 말했다.

“이 일은 나한테는 아주 쉽지만 다른 사람에게도 똑같이 쉽지는 않습니다. 내가 보기에 홍콩에서 땅콩게시판 서버기에 침입할 수 있는 해커는 약 200명인데, 아무런 흔적도 남기지 않고, 자신의 행동을 들키지 않으면서 이 일을 할 수 있는 사람은 열 명이 채 안 됩니다. 행운을 빌어드리죠. 그 열 명 중 한 사람을 성공적으로 찾아내기를 바라겠습니다. 아니지, 아홉 명 중 한 사람이겠죠. 나는 이미 거절했으니까.”

아이는 그제야 아녜가 이른바 ‘해커’라고 불리는 사람이라는 것을 알았다. 인터넷의 어두운 곳에 숨어서 손가락을 놀리는 것만으로 천문학적인 금액을 탈취하고, 유명인사의 비밀을 빼낸 뒤 그들을 협박하여 돈을 뜯어내는 등의 디지털 범죄자 말이다.

이런 인식 때문에 아이는 내심 깜짝 놀랐고, 눈앞의 보잘것없는 남자에 대해 약간의 두려움이 생겼다. 하지만 생각을 바꿔보면 눈앞의 이 남자야말로 자신의 문제를 풀어줄 최적의 적임자인 셈이다. 샤오원의 죽음을 모호한 채로 내버려두지 않으려면 자신이 감정을 다스려야 했다. 그녀는 뻔뻔해지자고 다짐하면서 다시 매달리기로 했다.

"네 선생님, 아니, 아녜! 절 좀 도와주세요. 정말 더 이상 어떻게 해야 할지 방법을 모르겠어요. 당신이 거절하면 저는 누구에게 도움을 청해야 할지 모르겠어요."

아이가 풀 죽은 목소리로 말했다.

"무릎을 꿇으라고 해도 좋아요. 뭐든 시키는 대로 할게요. 샤오 원이 그렇게 누군지도 모르는 사람 때문에 죽은 걸 견딜 수가 없어요……."

"좋습니다."

아녜가 갑자기 손뼉을 짝 쳤다.

"좋다고요?"

"5분 지났습니다."

아녜가 사무용 책상으로 걸어가더니 의자 등받이에 걸려 있는 빨간색 트레이닝복 윗도리를 걸쳤다.

"이제 나가세요. 나도 아침을 먹으러 가야 하니까."

"하지만……."

"나가지 않으면 경찰에 가택침입으로 신고할 겁니다."

아녜가 현관에서 슬리퍼에 발을 꿰었다. 이어 현관문과 창살문을 열고 바깥을 향해 턱짓을 했다.

아이는 어쩔 도리 없이 탁자 위의 조사보고서를 손가방에 집어넣고 현관을 나섰다. 계단에 선 채 어찌할 바를 몰라 하는데 아녜는 문을 잠근 뒤 아이를 무시하고 계단을 내려갔다.

아녜의 뒷모습을 보며 아이의 마음속에 또다시 일전의 그 무력감이 솟아올랐다. 계단을 한 칸 내려가면 아이의 마음도 어둠 속으로 한 칸 떨어지는 듯했다. 모 탐정에게서 아녜가 의뢰를 받아들이지 않을지도 모른다는 말은 들었지만, 거절만 당하는 것이 아니라 이렇게 무례한 대접을 받을 거라고는 상상도 하지 못했다. 아이는 자신이 어떻게 애를 써도 결국은 하늘이 정해둔 운명에서 벗어나지 못할 거라는 느낌을 받았다. 아녜에게 받은 모욕은 어쩌면 하늘이 자신에게 보내는 경고장인지도 모른다. 저항할 생각일랑 말라는 경고장.

'힘들어도 참아야 한다'는 방옥서 사무주임의 말이 귓가에 다시금 울려 퍼졌다.

어둑어둑한 계단을 밟아 거리로 나왔다. 눈을 찌르는 햇살에 아이는 우울한 생각에서 깨어났다. 아이가 손바닥으로 따가운 햇살을 가리려는 순간, 급박한 발소리가 왼쪽에서 다가왔다.

"당신들……? 욱!"

아이의 눈앞에서 아녜가 두 명의 괴한에게 붙들렸다. 한 명은 키가 크고 한 명은 땅딸막한데, 키가 큰 쪽이 좀 더 나이 들어 보였다. 키 큰 남자는 체격도 건장하고 아이의 허벅지보다 두꺼워 보이는 팔에 용 문신이 있었다. 한눈에 보기에도 좋은 사람은 아닌 듯했다. 땅딸막한 쪽은 문신한 남자만큼 흉악해 보이지는 않았다. 하지만 양옆을 바짝 깎은 금발머리와 몸에 딱 붙는 티셔츠만으로도 암흑가를 전전하는 불량배를 연상케 했다.

문신남이 아녜를 뒤에서 포박하고 오른팔로 그의 목줄기를 움켜쥐고 있었다. 아녜는 제대로 숨을 쉬지 못했다. 금발남은 아녜의 배에 주먹을 두 방 먹이고 길가에 세워둔 검은색 밴으로 달려갔다. 금발남이 차 문을 붙잡고 있는 동안 문신남이 아녜를 차 안에 밀어 넣었다.

갑작스러운 납치극을 목격한 아이는 한순간 어떤 반응도 보이지 못했다. 머릿속이 엉망진창이었다. 그러나 생각을 정리할 시간은 주어지지 않았다.

"D형님, 이놈과 저 여자가 일행인 것 같은데요?"

금발남이 아이를 쳐다보며 말했다.

"같이 데려가!"

문신남의 외침에 아이는 도망치려는 시도도 못 해보고 쏜살같이 달려온 금발남에게 손목이 붙들렸다.

"놔요!"

아이가 크게 소리쳤다.

금발남은 아이의 입을 틀어막고 검은색 밴 쪽으로 질질 끌고 갔다. 아이가 고꾸라질 뻔했지만 금발남은 아랑곳하지 않고 그녀를 차 안으로 밀어 넣었다.

"출발해!"

금발남이 차 문을 닫자 문신남이 명령했다.

아이는 현재 상황을 헤아려봤다. 문신남과 금발남은 아녜에게 복수를 하려는 조폭일 것이다. 자신은 거기 말려든 운 나쁜 물고기다. 아이는 온힘을 다해 반항했지만 금발남이 그녀의 어깨를 붙잡고 무릎으로 허벅지를 눌러 꼼짝도 못 하게 했다. 아이는 금발남과 눈이 마주쳤다. 눈빛이 몹시 흉흉했다. 당장이라도 자신을 때릴 것 같았다.

'맞아! 아녜가 있잖아.'

아이는 옆에 있는 아녜에게 생각이 미쳤다. 모 탐정이 추천한 사람이니 분명 이런 상황에 익숙할 것이고, 뭔가 비범한 한 수가 있지 않을까? 영국 소설가 리 차일드가 창조한 인물 잭 리처처럼 자신을 이 상황에서 멋지게 구출해줄지도 모른다. 아이는 아녜 쪽을 돌아봤다. 그가 문신남과 드잡이질을 하고 있지 않을까 기대하면서.

'어라······.'

아네는 배를 움켜잡고 고통스럽게 쿨럭거리며 좌석에 웅크려 있었다. 차량 내부에 서로 마주 보는 형태로 좌석이 배치되어 있는데, 문신남이 아네의 맞은편에 앉아 있었다. 문신남은 아이와 마찬가지로 의아한 표정이었다. 아마 아이도 문신남도 머릿속에 똑같은 생각을 떠올리고 있었으리라.

'아무리 그래도 이건 좀 너무 허약하잖아?'

"쿨럭······ 젠장, 더럽게 아프네······."

아네는 위액인지 침인지 모를 액체를 뱉은 뒤 몸을 뒤로 젖혀 등받이에 기댔다. 낯빛이 창백했다. 아이를 꼼짝 못 하게 제압하고 있는 금발남과 문신남은 서로 마주 보며 어떻게 해야 할지 고민하는 듯했다. 일반적으로 이런 상황에서 끌려가는 쪽은 반항하고 버둥거려야 마땅하다. 그러면 끌고 가는 쪽은 주먹이나 칼, 심지어 총을 동원해 상대를 위협한다. 그런데 끌려가는 사람이 반항도 없이 태연자약한 상황이 두 사람에게도 어색한 모양이다.

"······아네 맞지? 우리 보스 호랑이 형님이 좀 보자신다."

그러잖아도 똑똑하지 않은 머리로 할 말을 고민하던 문신남은 결국 험악한 표정을 지어내며 이렇게만 내뱉었다.

아네는 대답 없이 겉옷 왼쪽 주머니에 천천히 손을 넣으려 했다. 문신남이 그걸 보더니 당장 아네의 왼손을 붙잡았다.

"허튼 수작 하지 마."

"알았어, 알았다고. 건드리지 않으면 될 거 아냐."

아네는 두 손을 다 들어올리며 항복하는 듯한 자세를 취했다.

"그럼 직접 꺼내."

"뭐?"

문신남은 아녜의 말을 이해할 수 없었다.

"참 나…… 주머니에 있는 물건, 대신 좀 꺼내주시겠습니까아."

아녜가 자기 겉옷의 왼쪽 주머니를 가리켰다.

"뭐, 뇌물이라도 쓰게?"

문신남이 히죽거리며 대꾸했다. 이런 상황이라면 전에 몇 번 겪은 적이 있다. 목표 인물이 돈을 주면서 자기를 놔달라고 애원하는 상황 말이다. 문신남은 바보가 아니다. 어차피 보스가 다 알게 될 일이다. 그렇게 되면 오히려 자기 목숨이 간당간당해진다.

문신남은 아녜의 주머니에서 흰색 봉투를 꺼냈다. 그가 생각한 것은 지폐였는데, 봉투가 홀쭉한 것을 보니 종이가 한두 장 정도나 들어 있는 듯했다. 그가 봉투를 뒤집어 정면을 쳐다본 순간 낯빛이 확 변했다. 백주대낮에 귀신이라도 본 것 같은 얼굴이다.

"이, 이게 뭐야!"

문신남이 소리 질렀다.

"형님, 왜 그러세요?"

금발남이 당황하며 물었다. 그 덕분에 아이를 제압하던 힘이 조금 느슨해졌다.

"대답해! 이게 뭐야!"

문신남은 금발남을 무시하고 아녜의 멱살을 잡아 올렸다.

"쿨럭…… 당신한테 보내는 편지."

아녜는 목이 졸리는지 마른기침을 하며 덤덤하게 대답했다.

"그 말이 아니잖아! 내 이름을 어떻게 아느냐고!"

문신남이 틀어쥔 아녜의 멱살을 더 세게 비틀었다.

아이는 문신남의 손에 들린 봉투를 흘낏 쳐다봤다. 파란색 볼펜으로 '우광다吳廣達'라고 적혀 있었다.

"편지를 읽어보면 알 거 아냐."

아녜가 대답했다.

문신남은 밀치듯 아녜의 멱살을 놓았다. 긴장한 손길로 봉투를 열었다. 봉투에서 사진이 한 장 나왔다. 아이와 금발남은 사진을 보지 못했다. 하지만 문신남의 얼굴이 삽시간에 새하얘져서 눈이 튀어나올 듯 커지는 것을 보았다.

"너 이 자식……!"

"생각 잘하고 움직여."

아녜의 말에 그에게 다시 달려들던 문신남의 동작이 딱 멈췄다.

"내가 이 사진을 갖고 있다는 건 이미 만반의 준비가 되어 있다는 뜻이지. 지금 당장 나를 시멘트 반죽 속에 처넣어서 바다에 빠뜨린다고 해도 내 친구들이 알아서 뒤처리를 해줄 거란 말이야. 나를 죽여도 그 사진이 폭로된다는 사실은 변함없어."

"형님, 왜 그래요? 무슨 일이에요?"

금발남은 아이도 놓아주고 급히 문신남에게 물었다.

"아냐! 아무것도 아냐!"

문신남은 긴장한 채 봉투와 사진을 모두 바지 주머니에 쑤셔 넣었다.

금발남은 의아한 표정으로 아녜와 자신의 '형님'을 번갈아 바라보았다.

"당신 것도 있어."

아녜가 반대쪽 주머니에서 또 봉투를 꺼내 금발남에게 내밀었다. 아이는 봉투 겉면에서 '황쯔싱黃子興'이라는 세 글자를 똑똑히 보았다.

"내, 내 이름을 어떻게 알고……."

금발남도 봉투에 자기 이름이 적힌 것을 보고 경악했다.

그는 봉투를 열어보더니 얼굴의 핏기가 싹 사라졌다. 아이가 목을 쭉 빼고 살펴보니 이번에도 사진 한 장이 들어 있었다. 사진의 주인공은 금발남이고, 그가 갈색 소파에 드러누워 눈을 감고 있었다. 오른손 옆에 맥주캔이 있는 것을 보니 아주 단잠에 빠진 듯했다.

"이 자식!"

금발남은 이제 아이는 내버려두고 두 팔로 아녜의 목을 감아 죄며 외쳤다.

"왜 우리 집에 들어왔어? 사진은 또 언제 찍은 거지? 말하지 않으면 죽여버린다!"

문신남이 뒤에서 금발남을 잡아당겼다. 아이는 왜 문신남이 아녜 편을 드는지 이해가 되지 않았다.

"쿨럭쿨럭…… 요즘 젊은 놈들은 충동적이야. 툭하면 죽이니 살리니 하지."

아녜가 벌겋게 된 목을 문지르며 말했다.

"황쯔싱, 아니면 네 별명 헤이짜이싱黑仔興으로 불러줄까? 뭐든 상관없겠지. 내가 언제 너희 집에 들어가서 사진을 찍었는지는 알 필요 없어. 지금 걱정해야 할 건 내가 얼마든지 네가 알아차리지도 못하게, 아무런 경계도 못 하는 상황에서 너에게 접근할 수 있다는 거야. 그러면 넌 매일 마시는 맥주가 보통 맥주인지 생각해봐야 하지 않겠어? 먹는 빵은 보통 빵일까? 네가 변기 물통에 숨겨둔 '물건'이 보통의 진통제로 바꿔치기되었을 거라는 생각은 안 들어?"

"너!"

금발남이 다시 아녜에게 덤벼들려고 했다.

"내가 정말 손을 쓰면 너 같은 건 목숨이 아홉 개여도 모자라."

아녜가 갑자기 미친놈 같은 표정으로 금발남의 눈앞에 얼굴을 들이댔다. 그리고 금발남의 눈을 정면으로 응시했다.

"나는 네놈이 자고 있을 때 네 눈을 파버릴 수도 있어. 신장을 떼어낼 수도 있고, 네가 마시는 물에 기생충을 풀어서 벌레들이 네 돼지 수준의 뇌에 기생하게 만들 수도 있지. 그 벌레들이 천천히 네 뇌를 파먹게 말이야. 보스가 시키는 대로 이런 일 좀 처리해봤다고 해서 자기가 대단한 놈이라도 된 양 착각하지 마. 악독하기로 따지자면 넌 나한테 못 당해. 지금 여기서 날 죽일 수야 있겠지. 그러면 넌 죽는 게 더 낫다는 걸 깨닫게 될 거야. 내가 보장하지."

차 안의 형세가 뒤집혔다. 아이도 느낄 수 있었다. 원래는 폭력을 써서 아녜를 제압하려던 자들이 몇 분 사이에 도리어 위협받는 상황에 놓였다. 문신남과 금발남의 눈빛에 공포가 깃들었다. 마치 현실에서 그들이 이해할 수도, 통제할 수도 없는 이상한 존재를 만난 것 같았다.

"그리고, 운전사 위슈씨!"

아녜가 운전석을 향해 소리쳤다.

"위티가街로 가. 거기 라이지來記 국숫집 앞에 차를 세워. 시키는 대로 하지 않으면 5분 후에 유치원에 무슨 사고가 생길지 나도 장담 못……."

밴이 갑자기 정차했다. 관성 때문에 앞으로 쏠려 아이는 중심을 잃고 넘어질 뻔했다.

"다, 당신! 내 딸 머리카락 한 올이라도 건드리면……."

밴을 운전하던 사람이 고개를 돌리며 무시무시한 기세로 말했다.

"내가 못 할 것 같나?"

아녜가 무표정한 얼굴로 돌아와 말했다.

"이봐, 위씨! 정직한 일을 할 생각은 않고 이런 인간쓰레기들 운전사 노릇 해서 별도의 수입을 올리는데, 가족에게 화가 미치지 않을 줄 알았나? 똑똑하게 처신해. 운전이나 똑바로 하란 말이야. 1초라도 늦었다간 각오해."

차는 이때 성완에 정차해 있었다. 운전사는 문신남을 쳐다봤다. 문신남이 말했다.

"하라는 대로 해."

5분도 못 되어 밴은 다시 사이잉푼으로 돌아와 위티가에 멈췄다. 이 짧은 드라이브에서 아이는 차 안에 가득한, 뭐라 말하기 힘든 분위기를 느꼈다. 이 괴상한 상황이 이해되지 않았다. 아이는 관련도 없이 이 일에 엮인 외부자였고, 반쯤 피해자였다. 그러나 지금 그녀는 자신이 가해자 편으로 바뀐 듯한 기분을 느꼈다. 문신남과 금발남은 입을 꾹 다물고 두려운 눈빛으로 아녜를 뚫어져라 쳐다보고 있었다. 시선도 차마 돌리지 못했다. 마치 시선을 돌리면 아녜가(혹은 아이가) 이빨과 발톱을 가진 괴물로 변해 자신들을 삼켜버리기라도 할 것같이 느끼는 모양이다.

"이거 가져가."

막 차에서 내리는데 아녜가 주머니에서 세 번째 봉투를 꺼내 차 안의 문신남에게 건넸다.

"이건?"

문신남이 받아야 하나 말아야 하나 망설였다.

"너희 보스한테 주는 거야. 오늘 일에 대해 보스에게 보고할 거지? 이걸 그 장융청張永承이란 작자에게 주면 너희들에게 화를 내지도 않을 거고, 앞으로 날 잡으러 다시 올 필요도 없을 거다."

문신남은 반신반의하는 표정으로 봉투를 받았다. 그런데 아녜가 손을 놓지 않은 채 말을 이었다.

"그런데 봉투 안의 내용은 보지 않는 게 좋을 거야."

아녜가 입꼬리를 끌어올리며 웃는 얼굴을 만들었다.

"호기심의 대가란 아주 끔찍하지. 목숨 가지고 도박은 하지 않길."

문신남과 금발남은 겁먹은 듯 굳었다. 봉투를 넘겨준 아녜는 문을 닫고 차체를 툭툭 두 번 쳤다. 출발하라는 뜻이었다.

차가 멀어지는 것을 보면서도 아이는 방금 무슨 일이 벌어졌는지 잘 이해되지 않았다.

"네, 네 선생님⋯⋯."

아이는 어디서부터 질문을 해야 할지 알 수 없었다.

"아직도 여기 있는 겁니까? 당신 의뢰는 받지 않는다고 말했을 텐데요. 다른 대단한 해커를 찾아가시길 바랍니다."

아녜는 기분 나쁜 표정을 지으며 말했다. 그의 태도 때문에 아이는 방금 벌어진 일은 꿈이고, 사실은 차를 타고 2번가에서 위티가로 왔을 뿐인 것처럼 느껴졌다.

"아뇨, 저는⋯⋯ 방금 무슨 일이 벌어진 건지⋯⋯."

아이는 차에 밀어 넣어지던 순간을 떠올리면 여전히 몸이 떨렸다.

"머리가 나쁩니까? 조직폭력배가 날 찾아왔잖아요."

아녜가 별것 아니라는 듯 대답했다.

"그 사람들이 왜 당신을 잡아가려고 한 거예요? 당신이 무슨 짓을 했는데요?"

"특별한 일은 아니었어요. 그냥 악덕 상인을 한 놈 혼내줬더니 그놈이 폭력조직을 찾아간 거죠. '호랑이 형님'으로 불리는 장융청은 완차이 폭력단의 새 두목인데 이제 막 두목이 된 참이라 뭘 잘 몰라서……."

"그럼 우릴 놔준 이유는요?"

아녜의 말을 툭 끊고 아이가 재차 물었다.

"인간은 누구나 약점이 있습니다. 상대방 약점을 잡고 있으면 얼마든지 마음대로 조종할 수 있어요."

아녜는 어깨를 으쓱했다.

"무슨 약점? 문신한 남자에게 준 사진은 뭐였어요?"

"보스의 아내와 바람을 피웠거든요. 둘이 같이 침대에 누워 있는 사진이죠."

아이는 경악했다.

"그걸 어떻게 손에 넣었어요?"

아이는 말을 멈추고 또 다른 이상한 점을 생각해냈다.

"아니지, 그 사람들은 봉투에 자기 이름이 적혀 있는 걸 보고 우선 놀랐어요. 당신은 그들이 당신을 잡으러 올 거란 걸 알고 있었군요?"

"당연하죠. 조폭들도 이런 일을 하기 전에 주변 조사부터 먼저 합니다. 탐정이 미행하는 것과 똑같죠. 그런 것을 '금 밟기'라고 합니다. 그놈들이 우리 집 근처에서 나를 지켜본 게 일주일인데, 눈치채지 못할 리가 없잖습니까."

"그 사람들 이름은 어떻게 안 거죠? 게다가 뒷조사를 하고 집에 침입해서 사진을 찍었잖아요? 그들은 어디서나 흔하게 볼 수 있는 조직폭력배인데요?"

"이봐요, 15분 전에 내가 말하지 않았습니까?"

아녜가 비웃듯 말했다.

"한 사람의 신원을 확인하고 뒷조사를 하는 건 나한테 식은 죽 먹기라고. 어린애 장난에 불과해요. 자세한 건 영업 비밀입니다.”

“당신이 그 사람들 약점을 잡았다면 왜 그들한테 붙잡혀서 차에 탄 거예요? 처음부터 사진을 꺼내 위협하면 되었잖아요?”

아이는 금발남이 자신을 차에 처넣던 것을 떠올리며 다시금 몸을 떨었다.

“처음에는 그들이 주도권을 쥐었다고 착각하게 해주는 겁니다. 그래야 반격을 당했을 때 충격이 큰 법이죠.”

“하지만······.”

“아가씨, 정말 끈질기네. 여기까지만 합시다. 회담 종료! 감사합니다! 안녕히 가세요!”

아녜는 손을 휘휘 내저으며 몸을 돌려 국숫집으로 쏙 들어갔다.

“아녜! 이번 주에는 왜 한 번도 안 왔어?”

가게 주인으로 보이는 남자가 아녜를 향해 반갑게 인사했다.

“좀 바빴어요.”

아녜가 웃으면서 대답했다.

“늘 먹던 걸로?”

“아뇨. 방금 배를 얻어맞아서 속이 안 좋아요. 맑은 국물로 주세요.”

“허허허, 어디서 온 멍청이들이 자넬 건드린 거야······?”

아이는 가게 바깥에 서서 아녜와 국숫집 주인이 웃고 떠드는 모습을 멍하니 바라봤다. 아녜는 방금 차 안에서 교활하고 흉악해 보이던 모습과는 딴판이었다. 국숫집은 아주 작았다. 열 좌석도 되지 않는데 한창 점심때라 손님이 꽉 찼다. 아이는 들어갈지 말지 고민했다. 결국 계속 귀찮게 매달리는 건 도움이 되지 않는다고 판단하고 지하철역 쪽으로 발을 돌렸다.

그러나 지하철에 올라타자마자 후회했다.

'그는 분명히 샤오원을 죽인 사람을 찾아낼 수 있어.'

이 생각이 머릿속에서 떠나지 않았다. 아녜는 조직폭력배보다 한발 앞서서 모든 상황을 꿰뚫어보고 준비했으며, 만난 적도 없는 사람의 사생활을 캐내는 기술까지 갖췄다. 그 정도라면 kidkit727이 누구인지, 그자의 동기가 무엇인지 알아내는 것도 어렵지 않을 것이다.

아이는 하루라도 빨리 샤오원의 죽음과 관련된 진실을 알고 싶었다. 그러지 않으면 자신의 마음에 박힌 가시가 절대 빠지지 않을 것 같았다. 게다가 그 진실을 찾아내는 것이 바로 자신의 책임이라는 생각을 떨칠 수 없었다.

02

그다음 일주일 동안 아이는 매일 사이잉푼에 갔다. 출퇴근 시간이 매일 같지는 않으므로 어느 날은 출근 전에 사이잉푼에 들르기도 했고, 어느 날은 퇴근 후에 가기도 했다.

아이가 두 번째로 아녜의 집을 찾았을 때는 한참 초인종을 눌러도 대답이 없었다. 아녜가 외출 중일 거라고 생각했다. 그런데 세 번째로 방문했을 때도 아무 대답이 없자 아녜가 자신을 피하고 있다고 확신했다. 6월 8일 월요일 황혼 무렵, 아이는 어두침침한 계단을 올라 6층에 도착했다. 계속해서 초인종을 눌렀다. 몇 번을 눌러대자 안쪽에서 시끄러운 음악 소리가 울리기 시작했다. 아이는 이제 힘껏 문을 두드렸다. 집 안의 스피커 음량이 더욱 높아졌다. 아녜는 음악 소리로 아이의 훼방을 덮어버리려는 것이다. 아이는 문앞에서

30분을 기다렸다. 영어 가사의 로큰롤 노래 한 곡이 30분간 반복해서 울렸다. 그날은 결국 포기하고 돌아서야 했다. 집으로 돌아가는 길 내내 귀에서 속도감 넘치는 드럼 소리와 끊임없이 반복되던 가사가 여전히 울리는 듯했다. 그녀는 아녜가 자신을 놀리고 있다고 생각했다. 계속 반복되던 그 가사는 "You can't always get what you want", 즉 항상 원하는 것을 손에 넣을 수는 없다는 뜻이었다.

아이는 아녜를 찾아갈 때마다 그가 시끄러운 소리를 내거나 어떤 방법을 써서 자신을 내쫓는다면 아래층에 민폐를 끼칠까 봐 걱정스러웠다. 소란을 일으키는 사람은 되고 싶지 않았다. 경찰에 신고가 들어갈지도 모른다. 혹시라도 그런 일이 벌어질까 봐 다음부터는 길에서 기다리기로 했다. 아녜가 외출하러 나오거나 혹은 외출에서 돌아올 때 붙잡을 생각이었다. 일단 그의 얼굴을 마주하게 되면 어떻게든 자신의 의뢰를 받아들이도록 설득할 것이다. 그러나 2번가에서 몇 시간씩 기다려도 단 한 번도 아녜를 만나지 못했다. 그녀는 매일 건물 앞에서 6층 창문을 올려다보며 기다렸다. 낮이든 저녁이든, 창이 열려 있든 닫혀 있든, 실내에 전등이 켜져 있든 꺼져 있든 기다렸다. 그러나 단 한 번도 아녜가 창가로 다가온 모습조차 보지 못했다.

매일 두세 시간씩 허비하더라도 아이는 포기할 생각이 없었다. 언젠가는 아녜를 붙잡을 수 있다고 믿었다. 다만 그를 만난 뒤에 어떻게 설득할 것인지는 여전히 뾰족한 수가 떠오르지 않았다.

6월 12일 황혼 무렵, 아이는 퇴근길에 2번가로 가서 자기만의 기다림을 계속했다. 그날은 큰비가 내렸다. 바짓단이 다 젖었지만 우산을 든 채 여전히 가로등 아래 서서 저녁식사로 사온 맥도날드 햄버거를 우걱우걱 씹었다. 물론 151번지 건물 정문에서 절대 눈을 떼지 않았다. 오늘은 비가 오더라도 밤새 기다려볼까, 그녀는 생각을 굴려보았다. 다음 날은 쉬는 날이다. 그때 아이의 휴대폰이 울렸다. 손가방에서 거의 10년을 쓴 구식 노키아 전화기를 꺼냈다. 그런데 발신 번호가 뜨지 않는다.

"여보세요?"

"우리 집 근처에서 어슬렁거리지 말아줄래요? 신경 쓰이거든요."

아이는 정신을 차리려 애썼다. 전화 저편에서 들리는 목소리는 아녜였다.

"네, 네 선생님이신가요? 제 전화번호는 어떻게 아셨죠?"

아이가 의아한 듯 물었다.

"영업 비밀입니다."

"네 선생님, 제 말 좀 들어보세요."

자신의 전화번호를 그가 어떻게 알았는지는 중요하지 않았다. 이 기회를 놓치면 안 되었다.

"제발 부탁드려요. 무슨 조건이든 다 받아들일게요, 그 사람 이름만 알려주시면 돼요…… 제발, 제발요…… 전 평생 다른 소원은 없어요, 제발요……."

"그렇게 길게 말할 필요 없어요. 의뢰받을게요."

"네 선생님, 제발 다시 한 번 생각을…… 예?"

아이는 그제야 정신이 들었다.

"지금…… 제 의뢰를 받아들인다고 하신 건가요?"

"올라와요. 당신이 내가 제시하는 금액을 낼 수 있는지 봅시다."

아녜는 그 말만 하고 전화를 끊었다.

아이는 놀랍고도 기뻐서 남은 햄버거를 단숨에 먹어치우고 한달음에 6층까지 올라갔다. 초인종을 누르기도 전에 아녜가 문을 열어주었다. 그의 옷차림은 처음 만났을 때와 다를 바 없이 후줄근했고, 전보다 수염이 좀 적었다. 면도를 한 것 같다.

"녜 선생님⋯⋯."

"아녜."

아녜는 문을 닫으면서 느릿하게 말했다. 직원에게 명령하는 사장 같은 말투였다.

"네, 네."

아이는 자신이 좀 비굴하게 느껴졌다. 하지만 목적을 이루기 위해서라면 자존심 따위는 팽개칠 수 있다.

"아녜, 제 의뢰를 받아준다고 했죠? kidkit727을 찾아줄 건가요?"

"그거야 내가 제시하는 금액을 당신이 지불할 수 있느냐 없느냐에 달렸지요."

아녜는 사무용 책상 앞 의자에 앉았다.

"얼마죠?"

아이가 긴장한 말투로 물었다. 빗물이 뚝뚝 떨어지는 우산을 현관문 옆에 놓고 아녜를 따라 탁자 앞으로 걸어왔다.

"얼마 안 됩니다. 8만 2629홍콩달러 그리고 50홍콩센트."

아이는 당황했다. 사람 하나 찾는 데 8만 홍콩달러라면 금액이 크기는 크다. 하지만 아녜가 아이를 단념하게 할 작정이라면 100만 홍콩달러든, 1천만 홍콩달러든 더 큰 금액을 부를 수도 있다. 그러면 아이는 절대로 지불하지 못할 테니까.

그런데 아녜는 아주 구체적인 액수를 불렀다. 센트 단위까지 붙여서 말이다.

의아해하는 아이의 머릿속에 문득 어떤 장면이 스쳐갔다.

"8만 2629홍콩달러에 50홍콩센트. 그거 설마⋯⋯."

아이가 더듬더듬 입을 열었다.

"맞습니다. 당신 은행계좌에 들어 있는 돈 전부죠."

아이는 오늘 아침 ATM기에서 현금을 찾은 뒤 확인한 잔고가 정확히 82,629.5였다는 것을 떠올렸다.

"어…… 어떻게……."

아이는 말을 멈췄다. 아녜는 분명 어떤 방법인가를 써서 자신의 은행계좌를 알아내고 거기에 접속해서 잔고를 확인했을 것이다. 아이는 갑자기 발가벗은 듯한 기분이 들었다. 눈앞의 비열한 남자가 자신을 속속들이 들여다본다는 착각이 들었다. 그와 동시에 아이는 금발남과 문신남이 봉투에서 자기 이름을 보고 어떤 느낌을 받았을지 이해하게 되었다.

"그 돈, 낼 수 있겠습니까?"

아녜가 의자 등받이에 완전히 기댄 자세로 질문했다.

"낼게요!"

아이는 조금도 망설이지 않고 대답했다. 어렵사리 아녜의 마음을 돌렸는데 이런 황금 같은 기회를 놓쳐서는 안 된다.

아녜는 미소를 지으며 오른손을 내밀었다.

"좋습니다. 악수를 하는 걸로 계약 성립입니다. 내 일이라는 게 떳떳한 것만은 아니라서 계약서에 서명하는 것은 당신도 기대하지 않았겠지요."

아이가 아녜 앞으로 한 걸음 다가섰고, 두 사람은 악수를 했다. 아녜는 마른 체격이지만 손힘이 셌다. 맞잡은 손에서 느껴지는 악력에 아이는 샤오원을 죽음으로 몰고 간 원흉을 반드시 찾아낼 수 있으리라는 믿음이 생겼다.

"나는 선금이니 잔금이니 하는 것은 취급하지 않습니다. 전액을 선불로 내야 그때부터 일에 착수하죠."

아녜가 다시 말했다.

"좋아요."

아이도 흔쾌히 대답했다.

"현금으로."

"현금이요?"

"비트코인으로 지불해도 됩니다."

아녜가 책상 앞의 또 다른 의자에 앉으라고 눈짓했다.

"그런데 당신은 비트코인이 뭔지도 모를 것 같은데요?"

아이가 고개를 끄덕였다. 신문이나 뉴스에서 그런 단어를 접한 적은 있지만 그게 무엇인지는 몰랐다.

"현금은 동전까지 다 준비해야 하는 거죠?"

"그럼요. 1홍콩센트라도 모자라면 안 받을 겁니다."

"알겠어요."

아이가 고개를 끄덕였다.

"하지만……."

"하지만 뭐요? 내키지 않으면 없던 일로 하고요."

"아뇨, 그게 아니라 당신이 왜 갑자기 마음을 바꿨는지 궁금해서요."

"어우야이 씨, 내가 왜 그 금액을 요구한 건지 압니까?"

아녜가 반문했다. 아이는 고개를 저었다.

"당신이 이 사건 의뢰를 정말로 중요한 일이라고 생각하는지 확인한 겁니다."

아녜가 말을 이었다.

"당신은 조금도 망설이지 않았죠. 나는 지금까지 여러 의뢰인을 만났는데, 가진 재산을 전부 내놓으라고 하면 당장 꼬리를 내리고 돌아가거든요. 그런 의지도 없이 남에게 목숨 걸고 탐정 노릇을 시키다니, 정말 형편없는 사람들 아닙니까?"

"그래서…… 지난 며칠 동안 나를 시험한 거군요?"

"허, 내가 그렇게 착한 사람이면 참 좋겠네요!"

아녜가 조롱하듯 웃었다.

"내가 이 사건을 맡겠다고 한 것은 당신 의뢰가 생각보다 재미있다는 걸 알았기 때문입니다. 하지만 당신이 확실한 각오를 세운 게 아니라면, 사건보다 돈을 더 중요하게 생각한다면, 아무리 재미있는 사건이라도 절대 맡지 않았겠죠."

"재미있다고요?"

아이는 이해가 되지 않았다.

"재미있어요. 만약 내가 지난번 말한 것처럼 흔한 수단으로 캐낼 수 있는 심심한 사건이라면 때려죽여도 안 하죠. 당신이 우리 집 앞에서 망부석이 되든 말든, 그대로 썩어서 버섯이 자라나도 난 신경 안 씁니다."

아녜는 레이디버드Ladybird*의 껍질 있는 땅콩 포장지와 맥주 두어 캔을 책상 한쪽으로 밀어냈다. 노트북을 켜고 모니터가 아이 쪽으로 향하게 돌렸다. 모니터에는 땅콩게시판의 게시글 '열네 살 인간쓰레기가 우리 외삼촌을 징역살이시켰다'가 열려 있다.

"이게 그날 땅콩게시판의 로그인 기록입니다. 여기 기록된 것이 회원의 로그인 위치고요."

아녜가 또 다른 창을 열어서 빽빽이 적힌 문자를 보여주었다.

---

* 홍콩의 유명한 간식 브랜드.

"벌써…… 조사를 시작한 건가요?"

아이는 의외라고 생각했다.

"나 참, 당신을 위해서 조사한 게 아니라 심심해 죽을 것 같아서 좀 둘러본 것뿐입니다."

아녜가 비웃듯이 말했다.

"글 올린 게시자의 이름, 나이, 주소, 직업 그리고 18대 조상까지 다 알아냈더라도 당신에게 알려줄 생각은 없어요."

아이는 솟구치는 화를 겨우 억눌렀다. 아녜가 kidkit727이 누군지 밝혀낼 수 있다는 것을 알았으니 잠시 참자고 생각했다.

"자, 이게 바로 kidkit727의 IP 주소입니다."

아녜가 '212.117.180.21'이라는 일련의 숫자를 가리켰다.

"IP가 뭐죠?"

아녜는 진귀한 짐승이라도 보는 듯한 눈길로 아이를 쳐다봤다.

"IP 주소가 뭔지 모릅니까?"

"전 컴퓨터를 잘 몰라요."

"원시인 같으니라고."

아녜는 한심하다는 투로 한마디 내뱉고는 설명을 시작했다.

"IP 주소는 'Internet Protocol Address'의 줄임말입니다. 풀어서 설명하자면 인터넷 규약 주소라는 건데, 간단히 말해서 당신이 인터넷에 접속할 때 장치의 위치를 식별하기 위한 일련번호죠. 당신이 은행이나 병원에 가면 우선 번호표를 뽑은 뒤 차례를 기다리는 것처럼, 인터넷에 접속할 때 인터넷 서비스 업체에서 당신에게 유일무이한 번호를 주는 겁니다. 당신이 인터넷에서 웹사이트들을 돌아다니거나 게임이나 채팅을 할 경우 이 번호로 서로를 식별하죠."

"게시판에서도 그 번호를 쓰는 거고요?"

"내가 말했다시피 인터넷에 접속하면 번호를 받습니다. 그러면 게시판에 글을 올릴 때 게시판의 서버 아니, '기계'에 게시자의 IP 주소가 기록되는 겁니다. IP 주소만 있으면 게시자의 컴퓨터가 어디에 있는지 거꾸로 추적할 수 있죠. 여기까지 이해했어요?"

아이가 어색하게 고개를 끄덕였다.

"그럼 당신은 kidkit727이 글을 올린 실제 주소를 알고 있다는 거군요?"

아녜가 쓴웃음을 지었다.

"알죠. 룩셈부르크 중부 지방에 위치한 도시 스탕셀입니다."

"유럽이라고요?"

아이가 깜짝 놀랐다.

"kidkit727이 홍콩에 있는 게 아니란 말이에요?"

"아뇨, 그 자식이 수작을 부린 거죠."

아녜가 모니터에 나타난 그 IP 주소를 가리켰다.

"이 주소는 릴레이relay예요."

"릴레이……라뇨?"

"번역하자면 '중계기中繼器'라고 할 수 있겠군요. 인터넷에서 자기 신분을 숨기고 싶을 때 쓸 수 있는 방법이 여러 가지 있는데, 그중 제일 간단하고 효과적인 것이 중계기를 이용하는 겁니다. 우선 전혀 관련 없는 외국에 있는 컴퓨터에 연결하고, 그 컴퓨터를 통해서 목표로 하는 웹사이트에 접속하는 겁니다. 그러면 웹사이트에는 외국 컴퓨터의 위치만 남죠."

"그럼 룩셈부르크에 있는 그 컴퓨터를 찾아내서 그날의 사용기록을 알아내면 kidkit727의 진짜 IP 주소를 알 수 있겠군요?"

"당신도 그렇게 바보는 아니군요."

아녜가 눈썹을 치켜올리며 말했다.

"맞습니다, 이론적으로는. 하지만 실제로는 불가능해요."

"왜죠?"

"그 자식이 중계기를 하나만 거쳤을 리가 없거든요. 룩셈부르크의 이 IP 주소는 한참 전부터 내 데이터베이스에 기록이 남아 있는 주소죠. 해커들이 일반적으로 쓰는 중계기란 뜻입니다. 이 중계기는 토르 네트워크Tor Network…… 그러니까 '디 어니언 라우팅The Onion Routing'에 속해 있어요."

"어니언…… 양파요?"

"왜 그런 이름인지는 인터넷 원리와 관련이 있습니다. 뭐, 자세한 설명은 생략하죠. 어쨌든 토르는 거대한 익명 네크워크입니다. 많은 사람이 '다크웹Dark Web'에 접속하기 위해서 토르를 씁니다. 불법 정보, 음란물, 마약 등이 거래되는 웹사이트죠. 하지만 실제 토르가 개발된 목적은 인터넷상에서 자신의 행적을 감추기 위한 것입니다. 토르를 사용해서 인터넷에 접속하는 가장 쉬운 방법은 '토르 브라우저'라는 무료 프로그램을 이용하는 겁니다. 그러면 자동으로 전 세계의 수천 개 중계기를 거치도록 해줍니다. 그러니 내가 룩셈부르크의 인터넷 서비스 업체를 해킹해서 그날의 기록을 확보해도 분명 미국, 프랑스, 브라질 등으로 연결될 겁니다. 이런 조사과정을 반복해서 추적하면 결국 사용자의 진짜 위치를 알아낼 수도 있겠죠. 하지만 그중 단 한 곳의 중계기라도 기록이 남아 있지 않다면? 그러면 막다른 골목이 나오는 거죠. 태평양에서 바늘 찾기가 더 쉬울지도 모릅니다."

아녜의 비유를 들은 아이는 기운이 쭉 빠졌다.

"IP 주소를 찾는 것이 벽에 부딪혔다면, 다른 단서를 추적하면 됩니다. kidkit727은 글을 올린 당일 땅콩게시판에 가입했죠."

아네가 모니터의 한 부분을 가리켰다.

"가입할 때 사용한 이메일 주소는 rat10934@yandex.com입니다. yandex.com은 무료로 이메일 계정을 제공하는 러시아의 인터넷 서비스 업체죠. 이메일 계정을 신청하는 데 휴대폰 인증 같은 것도 필요 없습니다. 그러니 이것 역시 그 자식이 아무렇게나 만든 이메일 주소일 게 분명합니다."

아네의 검지손가락이 옆으로 이동했다. kidkit727의 정보를 따라 오른쪽으로 움직이던 손가락이 그중 어느 칸에서 딱 멈췄다.

"게다가 kidkit727이 아주 조심스럽게도 자신이 남긴 다른 자료를 삭제했다는 점입니다. 사용자가 웹사이트에 접속하면 브라우저는 사용자 장치의 특징을 알려주는 문자를 웹사이트에 전달합니다. 그걸 사용자 에이전트User Agent라고 합니다. 당신이 쓴 장치가 마이크로소프트의 윈도인지 애플의 맥인지, 스마트폰인지 태블릿인지, 심지어 브라우저와 운영체제os의 버전이 무엇인지도 알 수 있습니다. 예를 들어 Windows NT 6.1은 윈도7 프로그램을 썼다는 뜻이고, OPiOS는 애플의 운영체제 iOS에서 브라우저는 오페라를 썼다는 뜻이죠. 그러나 땅콩게시판에 기록된 kidkit727의 사용자 에이전트는 딱 한 글자였습니다."

아이는 화면에 'HTTP_USER_AGENT'라고 적힌 칸에 많고, 길고, 복잡한 영어 알파벳과 숫자들이 나열된 것을 보았다. Mozilla/5.0, AppleWebKit, Chrome 같은 글자들이 그 사이에 끼여 있었다. 그런데 kidkit727의 그 칸에는 딱 한 글자 X만 적혀 있는 것이다.

"X?"

"이렇게 짧은 사용자 에이전트는 없어요. 이건 사용자가 직접 입력한 문자죠. 어떤 브라우저는 사용자 에이전트 부분을 수정할 수 있게 해주거든요. 토르 브라우저가 바로 그런 프로그램 가운데 하나고요."

"그런데 토르가 '그런 프로그램 가운데 하나'라면, 그 사람이 토르가 아닌 다른 브라우저를 썼을 가능성도 있는 거잖아요. 어쩌면 다중 중계기를 이용하는 기술을 쓰지 않았을지도 몰라요. 그냥 중계기를 한 번 거쳤다면요?"

"어우야이 씨, 아직도 제대로 이해를 못 했군요."

아녜가 의자 등받이에 기댔다. 깍지 낀 손이 책상에 놓였다.

"그 작자가 토르 브라우저를 썼든 아니든 그건 중요한 게 아닙니다. 의도적으로 어떤 일을 했다는 게 핵심이죠. 자신의 흔적을 일부러 제거했단 말입니다. kidkit727은 글을 올린 당일 땅콩게시판에 가입했고, 단 한 번 로그인해서 글 하나를 올린 뒤 다시는 활동하지 않았습니다. 게다가 로그인하고 글을 올릴 때는 중계기를 거치는 기술을 썼고, 자신이 어떤 인터넷 접속 장치에서 어떤 브라우저를 통해 접속했다는 정보 역시 삭제했습니다. 완벽에 가깝게 자신의 정체를 감췄단 말이죠. 만약 그자가 글을 올린 목적이 단지 샤오더핑의 억울함을 풀어주기 위해서였다면 이런 복잡한 방법을 썼겠습니까? 그자의 행동은 '이 글이 몰고 올 파장을 잘 알고 있다'는 것을 의미합니다. 게다가 누군가 자기를 추적할 가능성이 있다고 생각해서 신분을 들키지 않으려고 미리 수를 쓴 거고요."

아이는 드디어 아녜의 말을 알아들었고, 온몸이 딱딱하게 굳는 듯한 느낌을 받았다.

"그 글의 게시자는 의도를 가지고 일을 키웠고 기술적인 배경을 갖고 있습니다. 컴퓨터 해킹 기술에 정통하죠."

아녜가 덧붙였다.

"지금 유일한 문제는 바로 이 신비에 싸인 인물이 원하는 게 무엇인가 하는 점입니다. 샤오더펑의 결백을 밝히는 것? 아니면 온라인상에서 여론을 조장하여 당신 동생을 괴롭히는 것?"

2015년 5월 21일 목요일

읽음 21:41 집에 들어왔어.

읽음 21:43 아빠가 왜 이렇게 늦었냐고 물어서, 친구랑 공부했다고 했어.

읽음 21:44 오빠를 만났는지 의심하더라.

읽음 21:51 나는 살인자일까?

왜 또 그런 소릴 해 21:53

걔가 아파트에서 뛰어내린 건 자기 선택이지 21:53

딴사람하고는 상관없어 21:54

그리고 있지도 않은 일로 다른 사람 모함하는 녀석은 죽어도 싸 21:55

읽음 22:00 정말로 우리를 찾아내지 못하는 거지?

또 그런다 22:01

절대 못 찾아 22:02

내 실력 믿어 22:03

경찰이 수사해도 못 찾아내 22:04

읽음 22:05 응.

읽음 22:06 사실 내가 말하지 않은 게 있어…….

제3장

01

"형, 사장님이 쳐다보고 있어."

옆자리의 마짜이馬仔가 속삭였다. 스중난施仲南은 얼른 스마트폰을 바지 주머니에 집어넣었다.

"매일 폰만 들여다보는 거 보니 여자친구랑 노닥거리는 거지?"

마짜이가 웃으며 말했다. 스중난은 어깨만 으쓱하고 가타부타 대답하지 않았다.

몽콕의 후이푸惠富 비즈니스센터 15층에 위치한 한 사무실에서 스중난은 다른 직원들과 마찬가지로 컴퓨터를 상대로 일하고 있다. 다른 직원이라고 해봐야 네 명뿐이다. '지티GT 테크놀로지'라는 이 회사는 사장과 다섯 명의 직원으로 이루어졌고, 55제곱미터 남짓한 사무실은 작은 회의실 외에 모두 공용 공간이다. 사장실도 따로 마련되어 있지 않다. 그러나 이런 공간 배치는 이 회사의 성격에 딱 맞았다. 유럽과 미국 등지의 테크놀로지 회사에서는 개방형 사무실이 이미 대세다. 가입자 수가 3억 명이 넘는 트위터의 개발자 잭 도시는 자기 사무실이 없는 정도가 아니라 책상조차 두지 않는다. 그는 태블릿 한 대만 있으면 어디든 자신의 사무실이 된다고 말했다.

물론 스중난이 보기에 자신의 사장 리스룽李世榮은 잭 도시에 한참 못 미친다. 수준 차이가 심하게 나는 모방자에 불과하다. 리스룽에게도 원대한 꿈이 있었다. 회사를 다국적 기업으로 키우는 것이다. 하지만 재능도 비전도 통찰력도 부족하다. 리스룽은 원래 가업을 물려받아 중국 대륙에서 작은 방직 공장을 운영했다. 그러나 몇 년째 계속 적자를 내자 공장을 팔고 홍콩에다 새로 IT 회사를 세웠다.

지티 테크놀로지는 창립한 지 만 1년이 되어가며, 주요 업무는 '지티넷'이라는 웹사이트를 운영하는 것이다. 스중난과 마짜이는 사이트 개발과 보안 책임자로 회사 내에서는 기술직 직원으로 분류된다. 나머지 세 명은 그래픽 디자이너인 토머스Thomas, 사이트 관리자 겸 고객서비스 담당 아하오阿豪, 사장의 비서 조안Joanne이다.

스중난은 대학을 갓 졸업한 조안의 진짜 역할은 사장의 '밀착 수행' 비서가 아닐까 의심한다. 얼마나 밀착해서 수행하는지는 더 말할 필요가 없을 것이다.

스중난보다 두 살 많은 아하오는 사장과 조안의 관계가 어떻든 무슨 상관이냐고 한다.

"사장이 조안보다 나이가 두 배쯤 많지만 둘 다 싱글인데 무슨 관계든 문제 될 게 있어? 회사에 아리따운 여성이 있으면 우리도 좋고."

스중난도 아하오의 생각에 동의한다. 하지만 가끔 억울할 때가 있다. 조안은 모델 같은 얼굴과 몸매는 아니지만 한창 젊고 예쁠 때다. 남자만 있는 사무실에서 단연 눈에 띄는 존재다. 스중난은 조안을 처음 만났을 때부터 약간 마음이 있었다.

그러나 조안이 입사한 지 한 달 만에 사장과 묘한 관계가 되었다는 이야기를 아하오에게 전해 들은 뒤로 별수 없이 마음을 접어야 했다. 상사의 애인에게 손을 뻗쳤다가는 직장을 잃을지도 모른다.

회사에 여섯 명밖에 없다고는 하지만 지티넷은 지난 반년 사이 홍콩에서 눈에 띄게 규모가 커졌다. 지티넷은 SNS와 포럼형 게시판의 특징을 동시에 지닌 사이트로, 회원들끼리 다양한 취미와 화제를 두고 토론할 수 있게 한다. 가장 특징적인 서비스는 '가십 매매'라는 기능이다. 가십 매매는 'Gossips Trading'이라는 사이트 이름의 유래가 되기도 했다. 지티넷에서는 지코인G-Coin이라는 가상화폐를 설정하고 회원들이 서로 거래하도록 한다. 거래의 대상은 바로 가십, 즉 온갖 소문 내지 소식이다. 일반적으로 일정 금액의 가상화폐를 지불하면 글 읽기 권한을 주는 다른 사이트와 달리, 지티넷의 읽기 권한 금액은 게시자가 정할 수 없고 다른 회원의 조회수와 평점에 따라 달라진다. 주식시장의 거래와 비슷하다. 인기 연예인에 관한 소식은 가격이 치솟고, 재미없는 이야기는 가격이 뚝 떨어진다. 인기 없는 글은 결국 누구나 읽을 수 있는 '무료 가십'이 된다.

"중난, 마짜이! 영상 스트리밍 베타테스트는 완성했나?"

스중난이 막 스마트폰을 집어넣은 순간, 마침 사장이 그들의 자리로 와서 물었다.

"기본적으로는 완성했습니다. 다음 주에는 베타테스트를 오픈할 수 있습니다."

마짜이가 대답했다. 지티넷은 이미지 파일은 바로 올릴 수 있지만 글에 영상을 첨부하려면 외부 사이트를 링크해야 했다. 유튜브,

비메오Vimeo, 유쿠優酷 같은 사이트 말이다. 외부 사이트의 서비스를 이용한다는 것은 지티넷에서 다른 사이트로 건너가서 동영상을 볼 수 있다는 것이니 지티넷의 핵심 개념인 '가십 매매'와 모순되고 회원들이 지코인을 지불하려는 생각도 그만큼 낮아진다.

"중요한 일이니 빨리 오픈하도록 해."

지티넷이 오픈한 지도 몇 달이 지났다. 하지만 아직은 공개 테스트 단계다. 여러 가지 기능도 여전히 개발 중이다. 사장은 지티넷이 세 가지 서비스를 제공해야 한다고 말했다. 가상화폐 거래 기능, 상당한 수준의 검색 기능, 독립적으로 짧은 영상을 스트리밍할 수 있는 기능. 앞의 두 가지는 대략적으로 완성 단계이고, 마지막 영상 서비스가 남았다.

검색 기능은 스중난이 특히 자랑스럽게 생각하는 결과물이다. 단순 검색어 기능만 지원하는 일반적인 포럼형 게시판이나 위키 시스템*과 달리, 지티넷은 문자로 제목과 내용을 검색할 수 있을 뿐 아니라 관련 있는 검색 결과까지 판단해 제공한다. 지티넷 회원이 어느 연예인의 스캔들을 검색할 경우, 시스템에서 자동으로 그 연예인이 사귀었던 전 애인의 가십까지 동시에 검색해주는 것이다. 스중난은 이 기능의 숨겨진 위력을 잘 알고 있다. 인터넷 사용이 활발한 오늘날, 누구나 15분 정도는 유명한 사람이 될 수 있는 기회가 주어진다. 식당에서 손님들이 대판 싸우거나, 버스에서 연인끼리 사랑 싸움을 하거나, 길에서 우스운 행동을 할 경우 모두 지티넷에 오를 수 있다. 데이터베이스에 기록되고 나면 영원히 삭제되지 않고 언제든지 검색될 수 있는 역사로 남는다. 스중난은 '신상 털기'가 인터넷에서 흔

---

* 모든 인터넷 이용자가 내용을 수정하고 편집할 수 있는 사이트 기능. 인터넷 백과사전인 위키피디아가 바로 이런 시스템으로 만들어졌다.

한 일이 되었다는 것을 잘 알았다. 누구나 자신의 개인정보가 침해될까 봐 걱정한다. 반대로 말하면 그게 무기가 될 수 있다. 게임의 규칙을 손아귀에 넣은 사람은 앉은 자리에서 이득을 취할 수 있다.

"모바일 앱 개발은 진행이 어떤가?"

사장이 스중난을 향해 물었다.

"여러 플랫폼에 다 활용할 수 있는 앱을 개발하려면 코르도바Cordova를 써야 합니다. 기본적으로는 우리 회사 모바일 웹 버전을 약간 변형해서 사용할 예정인데, 그러면 iOS 버전과 안드로이드 버전의 앱을 만들 수 있습니다. 하지만 네이티브 앱Native App을 개발하는 건 반대합니다. 인력이 부족해서 단기간에 완성하기가 어려워요."

스중난이 대답했다.

네이티브 앱이란 특정 플랫폼에 맞게 디자인하고 그 플랫폼에서 지정한 프로그래밍 언어로 만든 소프트웨어를 말한다. 기능이 좀 더 전면적이지만 개발 시간이 길다.

"인력 문제라면 신경 쓰지 마. 운이 좋으면 우리 회사는 곧 규모를 키우게 될 거야."

사장이 낙관적으로 말하며 두 사람의 어깨를 두드렸다.

"곧 회의가 있어. 내일 영상 스트리밍 프로그램을 보여주게."

사장이 사무실을 나간 뒤 마짜이가 스중난에게 물었다.

"왜 인력 걱정을 하지 말라는 거죠? 회사가 돈을 많이 벌었나?"

"사장이 지금 무슨 회의 하러 가는 건지 몰라?"

스중난이 반문했다. 마짜이는 고개만 저었다.

"사장은 최근 생산력국生產力局 공무원들과 회의를 하고 있어. 거기서 무슨 프로젝트가 있다는데, VC가 홍콩의 벤처형 IT 기업을 검토하고 있다나 봐."

생산력국은 '생산력촉진국'의 줄임말이다. 홍콩의 공공기관으로 기업 발전과 국제 경쟁력 제고를 위한 업무를 담당한다. 생산력국에는 정보과학기술산업발전부가 있는데 지티넷 같은 '인터넷 벤처 산업'이 바로 그들의 업무 대상 중 하나다.

"VC가 뭐예요?"

"벤처캐피털Venture Capital."

스중난이 마짜이를 어이없다는 듯 바라봤다. IT 업계에서 일한다는 녀석이 어떻게 이 용어조차 모를 수 있을까.

"신흥기업에 투자하는 거대한 융자회사 말이야."

"아, 창업투자기금 같은 거군요. 그렇게 말하니까 알겠어요. 몇 년 전에 9GAG*가 2천만 홍콩달러를 투자받은 것처럼 말이군요?"

"2천만 홍콩달러면 최고지."

두 사람 옆을 지나가던 아하오가 끼어들었다.

"1천만 홍콩달러만 되어도 우리는 새 사무실로 이사 갈 수 있다고. 그런 다음 새 직원도 뽑아서 지금 내가 맡고 있는 귀찮은 고객 문의 업무를 넘겨주는 거지."

"세상에는 돈이 넘쳐나서 다 쓸 수조차 없는 VC가 많잖아. 어디서 멍청이 한두 놈 걸려서 2, 3천만 홍콩달러만 투자해주면 좋겠네."

여기까지 말한 스중난이 씩 웃으며 덧붙였다.

"물론 투자금을 갚을 수 있는지는 나중에 생각할 문제지만."

"뭐야, 지티넷이 그만한 가치가 없다고 생각해?"

아하오가 아예 의자를 끌어와 옆에 앉았다.

스중난은 사무실 한쪽에 있는 조안을 곁눈질했다. 사장의 스파

---

* 유머나 우스운 사진 등을 위주로 교류하는 홍콩의 유명 인터넷 사이트.

이인 그녀가 지금 전화를 받느라 자기 말을 못 듣는다는 것을 확인한 다음 목소리를 더 낮춰서 말했다.

"가치가 없다는 게 아니라 수익 모델이 취약하다는 거야. 지금은 사이트가 시범 운영 중이니까 지코인을 사이트 공헌도에 따라서 제공하고 있고, 현금으로 사는 게 아니니까 사고팔고 거래하는 게 재미있겠지만, 나중에 실제로 돈을 내야 한다고 하면 회원들이 얼마나 돈을 내겠어? 게다가 우리는 가치 있는 가십 소식을 우리 사이트에서만 유통되도록 통제할 방법이 없단 말이야. 대단한 폭로가 나왔어도 소식이 알려지고 나면 하루도 안 돼서 땅콩게시판이나 페이스북에 올라올걸."

"그건 너희 두 사람의 기술에 달렸지."

아하오가 어깨를 으쓱했다.

"영상에 비밀번호를 걸 수 있다면 사용자들이 소식을 다른 사이트로 퍼가는 걸 막을 수 있을 거야. 그러면 사람들이 지코인을 사서 글을 읽으려고 하겠지. 돈 주고 가십 잡지를 사는 것과 비슷하잖아?"

스중난은 프로그래밍을 모르는 사람은 늘 이렇게 무책임한 말을 한다고 생각했다. 영상에 비밀번호를 건다는 것을 아하오는 쉽게 말했지만, 사실상 회원들이 모니터로 영상을 볼 수 있다면 그것을 추출해서 유튜브나 페이스북에 올리는 방법도 있기 마련이다.

"비밀번호를 걸지 않아도 돈을 벌 수 있어요."

마짜이가 책상에 놓인 아이폰을 가리키며 말했다.

"애플사에서 음악 파일 판매를 시작하기 전에는 많은 평론가들이 성공하지 못할 거라고 예측했어요. 해적판 문제가 있으니까요. 하지만 대중은 돈을 내고 정식 음원을 사서 듣는 것을 선택했죠. 해적판이 생겨도 회사 이익에는 손실이 없었어요."

"나는 판단을 좀 보류하고 싶어. 가십을 보고 싶다면 땅콩게시판의 가십란을 보면 되잖아. 거긴 전부 무료니까."

스중난이 말을 받았다.

"지티넷이 아직 많이 보급되지 않아서 그래. 땅콩게시판은 매달 조회수가 3천만이야. 우리가 그 정도 수치를 달성한다면 광고 수입만으로도 이익은 충분할걸."

이번에는 아하오가 말했다.

"만, 약, 우리가 그 수치를 달성한다면."

스중난이 아하오의 말을 반복하면서 첫 두 음절에 강세를 넣었다.

"그건 저도 중난 형 말에 동의해요."

마짜이가 아하오 쪽으로 몸을 돌렸다.

"땅콩게시판은 이 업계의 큰손이에요. 우리가 10년 동안 노력해도 따라잡기 힘들어요. 얼마 전에 있었던, 열네 살 여학생이 성추행 당했다고 모함한 사건만 봐도 그렇죠. 그 글이 땅콩게시판이 아니라 다른 곳에 올라왔다면 그렇게 주목받지는 못했을 거예요."

"어쩔 수 없지. 그쪽은 10년 전에 시작했잖아. 회원도 많고 위력도 대단해."

아하오가 손을 내저었다.

"그건 반대로 말해서 그 사건은 지티넷이 발전할 잠재력이 있다는 걸 보여주는 것이기도 해. 그 글이 땅콩에 올라온 뒤 신상 털기에 나선 누리꾼들이 그 여학생의 자료를 우리 사이트에서 공개했다면 어떨까? 당연히 가입자 수가 확 늘 거고, 지코인을 지불하고 내막을 확인하려는 사람이 몰리겠지."

"아하오 형, 그 여자아이가 지난달에 자살했대요. 정말로 성추행을 당했는지도 몰라요. 그러니까 죽음으로써 자기 결백을 밝히려고 한 거겠죠. 그런 식으로 돈을 벌면 오히려 업보만 쌓일 거라고요."

마짜이가 미간을 찌푸리며 말했다.

"마짜이, 넌 너무 마음이 약해."

아하오가 마짜이를 어린애처럼 보면서 말했다. 학생을 가르치는 선생 같은 투다.

"세상에는 업보라는 게 없어. 돈은 그냥 돈이야. Money is money! 주식시장과 똑같아. 네가 주가가 높을 때 주식을 팔아서 돈을 벌면, 네 주식을 산 다른 투자자들은 주당 가격이 내려갈 테니 손해를 보게 된다고. 그건 더러운 돈을 번 게 아닐까? 네가 인과응보란 말을 굳게 믿고 있다면, 그 여학생의 자살도 인과응보일지 어떻게 알겠어? 모든 사건이 원인과 결과로 나타난다면 오늘 네가 만든 프로그램이 나중에 어느 가족에게 비극의 씨앗이 될지도 몰라. 그걸 네가 책임질 수 있나? 그러니까 내 말은, 돈이란 것은 벌 수 있을 때 벌어야 한다는 거야. 불법이거나 고소당할 일만 아니면 돈을 벌어야 해. 땅콩게시판의 '성인 친구 찾기'에 가면 원조교제를 하려는 여자애들이 넘쳐나. 땅콩은 그 페이지의 조회수를 통해 돈을 벌어. 부적절한 관계를 연결해주는 것과 다를 게 없지? 하지만 법률에서 금지하지 않으면 그들은 당당하게 돈을 벌 거야! 이 도시에서는 강자만이 살아남는다. 도태되는 쪽이 되지 않으려면 도태시키는 계층이 되어야 해. '좋은 일을 하면 복을 받는다' 같은 순진한 말 따위는 하지 말라고. 그런 생각은 구시대적이야. 이게 홍콩의 법칙이고 자본주의라는 거야. 시장경제의 황금률이지."

아하오가 그럴듯하게 일장연설을 늘어놓았지만 마짜이는 여전히 이익지상주의에 동의하지 않았다.

"그래도 사람 목숨이 관련되는 건 좀 다른 문제인 것 같은

데……."

마짜이가 우물우물 말을 이었다. 아하오에게 제대로 반박하지는 못하고, 대신 스중난에게 물었다.

"형 생각은 어때요? 형도 그렇게 하는 게 맞다고 생각해요?"

"음…… 나는 아하오 형도, 마짜이도 맞다고 생각해. 그 여학생이 자살한 건 여학생 자신의 결정이지. 누군가 책임을 져야 한다면 그건 사회 전체의 책임일 거야."

스중난이 무난한 말로 마무리했다.

"그 일이 우리 지티넷에서 벌어지면 그때 다시 토론합시다. 지금 우리가 할 일은 영상 스트리밍 기능을 완성하는 거라고!"

아하오는 '이 기회주의자야'라고 말하는 듯이 입술을 삐죽이며 제자리로 돌아갔다. 마짜이는 모니터를 보고 키보드 위에서 빠르게 손가락을 놀리기 시작했다.

마짜이도 아하오도 스중난이 지금 속으로 얼마나 비열하게 웃고 있는지 모를 것이다. 그들이 여학생 사건의 원인과 결과 그리고 도덕적 책임을 열심히 따질 때 원흉이 바로 눈앞에 있었다는 것도 모를 것이다.

02

감옥에서 출소한 뒤 샤오더펑은 외출할 때마다 모자를 썼다. 그래야 다른 사람과 눈이 적게 마주친다. 캡 모자에 가려져서 자신의 긴장한 눈빛도 보이지 않는다.

집에 돌아온 지 한 달이 되었지만 샤오더펑은 문구점에 출근하지 않고 일을 전부 아내에게 맡겨두었다. 출소 열흘 전 그 여학생이 자살했다. 기자들은 그를 인터뷰하고 싶어서 몸이 달았다. 사람 살을 뜯어먹고 사는 식인어 같은 놈들을 피하기 위해서라도 샤오더핑은 집에 틀어박혀 지냈다.

한 달이 지나자 기자들은 점차 사라졌지만 이웃사람들의 차가운 시선이 남았다. 샤오더핑은 가끔 점심을 먹으러 나갈 때면 사람들이 붐비는 시간을 피해 웡타이신의 단골 식당이 아닌 좀 먼 곳으로 갔다. 전에는 주변을 둘러보며 어여쁜 여자들에게 목례도 건네곤 했지만 지금은 고개를 숙이고 갈 길만 걸었다.

"두부갈비덮밥, 뜨거운 밀크티 주세요."

오후 2시, 샤오더핑은 타이싱가大成街 근처 싱푸幸福 식당에 들어갔다. 주변을 죽 둘러봤다. 혹시 아는 사람이 있는가 하고. 그 사건이 있고 나서 사람들의 진짜 모습을 많이 알게 되었다. 전에는 웃으며 인사하고 문구점에 오면 값을 깎아달라고 하던 익숙한 얼굴들이 이제는 길에서 만나면 몸을 돌려 다른 길로 가버리곤 했다. 때로는 이웃에게 험악한 소리를 듣고 샤오더핑이 먼저 자리를 피하기도 했다. 문구점 매출도 망할 정도는 아니어도 꽤 영향을 받았다. 게다가 최근 가게 임대료가 오르면서 살림이 더 어려워졌다. 몇 달 사이 손님이 절반으로 줄었다. 샤오더핑의 아내는 퇴근해서 돌아오면 매일 그를 원망했다. 귀에 딱지가 앉을 지경이다.

"빌어먹을 여편네……."

샤오더핑은 속으로 구시렁댔다. 젊은 시절 아내는 그럭저럭 예쁜 편이었다. 그때는 바가지를 긁어도 부부생활의 묘미 같았다. 하지만 지금 아내는 나이를 먹으면서 미모도 사라졌고 입만 열면 불평 불만을 쏟아낸다. 아내를 보고 있으면 거리에서 소리를 질러대는 교양 없는 아줌마라는 생각밖에 들지 않는다. 전에는 문구점에 왜 일본 사진집을 갖다놓느냐, 의식이 불량하다, 보기 안 좋다고 아내가 잔소리 하면 '당신이 사진 예술을 알기나 하나?'라고 받아쳤다. 사실 그의 내심은 좀 달랐다. 남자가 여자를 밝히는 게 무슨 큰 잘못인가? 그런데 그 책이 자신을 공격하는 빌미가 되고 자신의 본성을 폭로하는 증거가 될 줄은 몰랐다.

샤오더핑이 가장 울분을 느낀 것은 이 지역구 국회의원이었다. 수년 전부터 샤오더핑은 정부에 친화적인 국회의원의 당선을 도와주었다. 문구점에 선거 포스터도 붙여놓고 이웃과 손님을 상대로 선거운동도 했다. 하지만 사건이 벌어졌을 때 그 국회의원에게 도움을 청했다가 거절당했다. 그 사람이 잡지사나 신문사에 전화 몇 통만 해주었다면 기자들이 더 이상 귀찮게 들러붙지 않았을 것이다. 그런데 국회의원은 다짜고짜 샤오더핑을 멀리했다. 그는 샤오더핑이 자신의 정치 인생에 오점이라도 되는 양 굴었다.

토끼 사냥이 끝나면 사냥개를 삶아 먹는다더니 정치인의 얼굴은 변검變臉*보다도 변화가 빠르다. 샤오더핑은 세상의 무정함을 충분히 체험했지만 끓어오르는 울분은 어디에도 쏟아낼 데가 없었다. 그저 속으로만 삼킬 뿐이다.

샤오더핑의 시선이 가게 안의 모든 손님을 한 번씩 훑고 지나갔다. 그는 조금 안심했다. 오늘 이곳에는 아는 얼굴이 하나도 없다.

"어?"

카메라를 든 남자가 어느새 왼쪽 탁자에 앉아 있었다. 샤오더핑은 혹시 끔찍한 기자들에게 덜미를 잡힌 게 아닐까 생각했다. 하지

---

* 순식간에 얼굴의 가면을 바꾸는 중국 전통 기예.

만 다시 살펴보니 그건 오해였다. 남자의 카메라는 검은색에 역사가 오래된 이안반사식 카메라였다. 기자들은 이런 골동품 같은 카메라는 쓰지 않는다.

"저기요."

카메라 주인이 갑자기 샤오더핑에게 말을 붙였다.

"왜, 왜요?"

"그 설탕 좀 건네주시겠습니까?"

남자가 샤오더핑의 눈앞에 놓인 설탕 통을 가리켰다. 남자 앞에는 뜨거운 커피가 있었는데 설탕 통은 보이지 않았다.

샤오더핑은 설탕 통을 건네주었다. 눈으로는 남자의 탁자에 놓인 카메라를 계속 흘끔거렸다.

"고맙습니다."

남자는 설탕을 두 티스푼 퍼낸 뒤 통을 돌려주었다.

"카메라에 관심이 많으신 것 같군요."

샤오더핑은 남자가 먼저 말을 걸 거라고는 예상도 못 했다. 아무래도 자신이 카메라를 뚫어져라 쳐다보는 걸 눈치챈 모양이었다.

"예. 그거 롤라이플렉스 3.5F인가요?"

"아뇨, 2.8F죠."

샤오더핑은 겉으로 드러내지는 않았지만 상당히 놀랐다. 독일의 롤라이사는 유명한 카메라 제조사다. 이안반사식 카메라 시리즈인 롤라이플렉스는 특히 사진촬영 애호가들이 열광하는 앤티크 카메라 기종 중 하나다. 3.5F는 자주 볼 수 있는 편이라 몇 천 홍콩달러면 살 수 있다. 그러나 겉보기에 비슷해 보이지만 2.8F는 희귀한 기종이라 상태가 양호한 것을 구입하려면 1만 홍콩달러는 쉽게 넘어간다.

"선생님도 이안반사식 카메라를 갖고 계십니까?"

남자가 물었다.

샤오더핑은 고개를 저었다.

"너무 비싸요. 제 형편에는 하이어우海鷗 4B나 살 수 있을 겁니다."

하이어우 4B는 중국 상하이에서 생산되는 이안반사식 카메라다. 몇 백 홍콩달러면 살 수 있다.

"하이어우는 사지 마세요. 그럴듯해 보여도 사진을 찍으면 그 느낌이 안 나오죠."

남자가 웃으며 말했다.

"작년에 한 친구가 중고 롤라이코드를 1500홍콩달러에 내놨는데, 거의 살 뻔했죠."

롤라이코드는 독일 롤라이사가 만드는 다른 이안반사식 카메라 시리즈로 롤라이플렉스보다 저렴하다.

"롤라이코드도 좋은 카메라죠. 왜 사지 않으셨어요?"

"아내가 반대하는 바람에요."

샤오더핑이 떨떠름하게 웃으며 말했다.

"여자란 참 귀찮다니까요. 제가 필름만 몇 통 사도 바가지를 긁어대니, 원."

"필름이요? DSLR을 쓰지 않으세요?"

DSLR은 '디지털 일안반사식 카메라Digital Single Lens Reflex'의 줄임말이다.

"저는 미놀타 X-700 한 대에 렌즈 두 개만 써요."

"X-700도 좋은 녀석이죠."

남자가 고개를 끄덕이며 샤오더핑의 선택을 인정해주었다.

"하지만 지금은 디지털 카메라가 주류잖습니까? 저도 필름과 디지털 카메라 둘 다 쓰거든요."

"쓸 만한 디지털 카메라는 너무 비싸요."

"인터넷 커뮤니티 같은 곳에서 중고 카메라 거래가 활발합니다. 가끔 아주 좋은 가격에도 물건이 나오죠. 제가 사이트를 알려드릴까요?"

남자의 말에 샤오더핑은 고개를 저었다.

"아닙니다. 전 컴퓨터도, 인터넷 커뮤니티도 잘 몰라요. 게다가 디지털 카메라를 쓰려면 성능 좋은 컴퓨터가 있어야 한다던데, 그럴 만한 형편이 아니라서요."

"아니에요. 사진 보정하고 특수효과 넣을 때만 좋은 컴퓨터가 필요해요. 집에 컴퓨터가 없으신가요?"

"있기는 한데 저도 가족들도 별로 쓰지 않습니다. 유선방송 신청할 때 함께 샀지만 컴퓨터로 장기를 두거나 동영상을 보는 정도죠."

샤오더핑은 잠깐 말을 멈췄다 다시 질문했다.

"정말로 비싼 컴퓨터가 없어도 디지털 카메라를 쓸 수 있나요?"

"그럼요. 사진을 저장하고 감상하기만 할 거라면 오래된 컴퓨터로도 충분해요. 그래도 디지털 카메라를 샀으면 프로그램을 몇 개 설치해야…… 혹시 주변에 컴퓨터를 좀 아는 지인은 없나요?"

"어…… 간단한 거라면 친구가 도와줄 수도 있을 텐데……."

샤오더핑은 자신과 비슷한 취미를 가진 친구를 두어 명 떠올렸다. 하지만 출소한 뒤로는 그들과 연락한 적이 없었다. 자신이 환영받지 못할지도 모른다는 생각이 들었다. 여기에 생각이 미치자 샤오더핑은 디지털 카메라에 대한 생각을 완전히 지워버렸다.

"역시 포기해야겠어요. 지금 새 카메라를 사면 아내가 난리를 칠 겁니다."

"아, 그럼 어쩔 수 없죠."

그때 종업원이 음식을 가져왔다. 두 사람은 대화를 멈추고 각자 식사에 집중했다. 식사 후에도 대화를 이어가지 않았고, 샤오더핑 역시 식당에 오래 머물 생각은 없었다.

"먼저 가겠습니다."

샤오더핑이 인사했다.

"그래요. 다음에 또 뵙죠."

남자도 커피를 한 모금 마신 뒤 샤오더핑에게 고개를 끄덕였다.

샤오더핑은 집으로 돌아오는 길에 끊임없이 카메라에 대해 생각했다. 출소 후 처음으로 발걸음이 가벼웠다. 가족이나 그 여학생, 출소 후의 생활에서 느끼던 우울감과 두려움을 이 순간만큼은 벗어버릴 수 있었다. 황당한 생각일 수도 있지만, 샤오더핑은 스스로 포상하는 의미에서 디지털 카메라든, 하이어우의 이안반사식 카메라든 한 대 더 사야겠다고 마음먹었다.

마누라가 펄펄 뛰든 말든 무슨 상관이람. 샤오더핑은 마침내 깨달았다. 인생은 즐길 수 있을 때 즐겨야 하는 것이다.

03

"샤오더핑은 몹쓸 놈입니다."

아녜가 문을 열자마자 아이에게 말했다.

금요일 저녁 아녜가 의뢰를 받아들였고, 다음 날 아침 아이는 은행에서 8만 홍콩달러가 좀 넘는 돈을 전부 인출했다. 은행 출납계 직원이 계좌를 한꺼번에 싹 비우는 아이를 보며 사기꾼에게 꾀인 것은 아닌지 몇 번이나 확인하기까지 했다. 아이는 웃으면서 쓸 데가 있어서 인출한다고만 반복해서 대답했다. 사실상 아이는 이 돈을 아녜에게 주는 것과 사기꾼에게 주는 것이 별 차이가 없다고도 생각했다. 아녜가 끝까지 조사 결과를 알려주지 않는다 해도 아이에게는 다른 방도가 없다. 아녜는 지폐와 동전을 모두 받은 다음 조사 결과는 자신이 전화해서 알려주겠다고 했다. 그날의 면담은 1분도 안 되어 끝났다.

집으로 돌아온 아이는 자신이 아녜의 연락처조차 모른다는 데 생각이 미쳤다. 하지만 불안한 심정을 억누르며 아녜가 금방 연락해올 거라고 마음을 다잡았다. "아가씨, 사기꾼을 만나신 건 아니죠?"라는 은행 직원의 말과 "그는 전문가입니다"라는 모 탐정의 말이 머릿속에서 자꾸만 엎치락뒤치락했다.

아녜에게 전 재산을 넘기고 남은 돈은 지갑에 있던 100홍콩달러짜리 지폐 한 장과 50홍콩달러가 충전된 바다퉁八達通 카드° 그리고 동전 몇 개뿐이다. 아녜가 의뢰를 받아들이기 전날 장을 보았기 때문에 집 안에 먹을거리는 그런대로 충분했다. 다만 월급날까지 반개월이 남았으니 그때까지는 매일 라면을 먹어야 할지도 모른다. 출퇴근 교통비로 매일 20홍콩달러가 든다. 그렇다고 출퇴근을 하지 않을 수는 없다. 게다가 이번 달 수도요금, 전기요금도 아직 내기 전이다. 아이는 신용카드를 만들지 않은 것을 약간 후회했다. 신용카드가 있었다면 당장 남은 2주간의 생활이 걱정되지 않았을 텐데. 아이는 어머니의 가르침을 절대적으로 믿고 따르는지라 미래의 돈을 미리 당겨 쓰는 것에 심리적인 저항이 있었다. 그래서 안정적

° 홍콩의 충전식 교통카드. 편의점 등에서 결제 카드로 이용할 수도 있다.

인 직장에 다니면서도 신용카드 영업사원들의 권유를 모두 거절해 왔다. 아이는 오늘날의 경제가 신기루 같다고 생각한다. 수입이 없는 학생들도 1, 2만 홍콩달러 정도의 신용 한도를 쉽게 가진다. 더 많은 이윤을 위해 상인과 은행원들은 부단히 젊은이들을 유혹해 '돈을 빌리고 갚는' 순환 속으로 끌어들인다. 하지만 지금의 이 번영은 언제든지 모래성처럼 무너질 수 있다.

토요일 오후 당직을 위해 출근한 아이는 동료인 웬디에게 급한 대로 몇 백 홍콩달러를 빌렸다. 아이가 월급은 받는 족족 다 써버리는 성격이 아니라는 걸 알기에 웬디는 의아하게 여겼다. 웬디가 무슨 일이냐고 묻자 아이는 어물거리며 어쩌다 보니 돈이 모자라게 되었다고만 대답했다.

"응, 여기 800홍콩달러야. 다음 달이 되어야 돌려줄 수 있겠구나."

웬디가 지갑에 있는 100홍콩달러짜리 지폐를 전부 꺼내주었다.

"아니에요, 500홍콩달러면 되는데……."

"괜찮아. 어우야이 씨도 이럴 때가 다 있네. 무슨 문제가 있는 거라면 나한테 얘기해줘."

웬디는 2년 전 샤틴沙田 도서관에서 중앙도서관으로 옮겨왔다. 아이보다 다섯 살이 많고 활발한 성격이다. 사실 아이는 과하게 열정적인 웬디의 성격이 가끔 견디기 어려웠다. 웬디는 직원들과 함께 식사나 영화관람하는 시간을 자주 만들었는데, 그때마다 아이는 핑계를 대며 참석하지 않았다. 그런데 웬디의 열정적인 성격이 이번에는 아이를 구해주었다. 누구도 자신을 도와주지 않는다는 생각이 들 때 웬디가 흔쾌히 도움의 손길을 뻗어주자 아이의 마음은 한결 편안했다. 다만 웬디의 말을 듣자 또다시 은행원의 말이 생각나면서 자신이 정말 '경찰 소식' 같은 데 등장하는 멍청한 사기 피해자처럼 느껴졌다. 그래서 아녜의 조사 진척 상황에 더욱 신경이 쓰였고, 매일 시시때때로 휴대폰을 들여다보면서 자신이 아녜의 전화를 놓치지 않았나 확인했다. 그러나 아녜의 연락은 없었다.

사흘 후 아이의 인내심이 바닥났다.

6월 16일 화요일, 아이는 퇴근 후 사이잉푼으로 갔다. 아녜를 만나 상황을 확인할 생각이었지만 2번가에 도착하자 왠지 망설여졌다.

'너무 닦달하는 걸까? 괜히 심기를 거슬러서 그 사람이 나를 속이고 조사를 제대로 하지 않으면 어떡하지?'

아이는 길가에 서서 이러지도 저러지도 못했다. 자신이 돈을 낸 '고객' 입장인데도 그 탐정에게는 뭐라 말하기 힘든 두려움이 느껴졌다. 뱀과 개구리처럼 그가 천적이라도 되는 것 같았다.

아이는 10분 동안 결정을 못 내리고 머뭇거리기만 했다. 그때 휴대폰이 울렸다.

"왔으면 올라와요. 우리 집 근처에서 서성대지 말고. 그러다간 스토커로 경찰에 잡혀갈 겁니다."

아녜는 제 할 말만 하고 전화를 툭 끊었다.

깜짝 놀란 아이는 주변을 둘러보았다. 자신은 지금 길모퉁이 구석진 곳에 서 있는 데다 151번지 건물까지는 아직 좀 거리가 있다. 아녜가 창문을 통해 자신을 보았을 리 없다. 그런데 어떻게 나를 알아보았을까? 도무지 이해가 되지 않는다. 이해는 안 되지만 아녜가 사는 건물 6층을 향해 급히 발을 옮겼다.

"샤오더핑은 몹쓸 놈입니다."

아녜가 문을 열자마자 말했다.

"하지만 kidkit727과는 관계가 없어요."

"뭐라고요?"

아녜의 첫 마디가 '왜 또 와서 나를 괴롭히느냐'가 아니라 조사와 관련된 말이라는 데 아이는 우선 놀랐다.

"샤오더핑과 그 글의 게시자는 전혀 관계가 없어요."

아녜는 잡동사니가 가득한 소파 위를 대강 치우고 아이를 앉혔다.

"모다마오 탐정의 보고서만 봐도 샤오더핑은 누가 글을 올렸는지 모른다고 하죠. 하지만 그 글의 발단이 된 인물이니 직접 만나볼 필요가 있었어요."

"직접 만났다고요? 컴퓨터를 통해 상대방의 개인정보를 알아내는 게 아닌가요?"

"가끔은 직접 물어보는 게 더 간단합니다."

"샤오더핑을 직접 만나서 물어봤다고요? 그가 거짓말을 할 수도 있잖아요."

아이는 이해할 수 없다는 표정을 지었다.

"어우야이 씨, 인간은 이상한 동물입니다. 경계심이 없어지면 낯선 사람에게 가족보다도 더 많은 이야기를 털어놓죠."

아녜는 이안반사식 카메라를 아이 앞에 내놓았다.

"이틀 정도 미행하다가 어제는 사진촬영 애호가인 척 행세하며 접근하는 데 성공했어요. 샤오더핑과 몇 마디 대화를 나눴죠."

"당신이 kidkit727이냐고 직접 물어봤단 말이에요?"

아녜가 풋 웃음을 터뜨렸다.

"그렇게 해서는 세 살짜리도 속지 않을 겁니다. 나는 그냥 그 사람과 카메라 얘기를 나눴을 뿐이에요."

아이는 눈앞에 놓인 카메라를 이리저리 살펴봤다.

"그런 얘기로 어떻게 그가 kidkit727과 관계없다는 걸 알아내죠?"

"우선 샤오더핑과 그의 아내, 어머니까지도 컴퓨터나 인터넷에는 문외한입니다. 샤오더펑이 자기 입으로 컴퓨터를 이용해 하는 거라고는 장기 두기와 동영상 감상뿐이라고 했으니까요. 그전에 그의 집에 설치된 컴퓨터와 스마트폰의 인터넷 사용기록을 확인해봤으니 그게 사실이라는 것도 알았죠. 그들은 인터넷 게시판에서 흔적을 없앨 수 있는 사람들이 아니에요. 그리고 다른 질문으로 샤오더펑을 떠봤죠. 주변에 컴퓨터를 잘 다루는 지인은 없느냐고요. 없다고 대답하더군요.”

아이는 진지하게 아녜의 설명을 들었다.

“두 번째, 샤오더펑 자신과 주변인들의 정치적 입장이 글 내용과 맞지 않아요. 샤오더펑이 그 글을 올리게 한 배후 조종자이거나 그의 가족이나 친구가 자의적으로 써서 올린 거라면 글 내용이 달랐을 겁니다.”

“정치적 입장이라니요?”

“샤오더펑은 보황당保皇黨 의원의 선거운동을 도왔습니다. 문구점에 지금도 그 의원 포스터가 붙어 있어요. 법정 기록을 보아도 야우마테이역 편의점 직원의 증언에 따르면, 샤오더펑이 ‘홍콩을 엉망진창으로 만드는 쓰레기 같은 애들’ 같은 말을 했다는군요. 샤오더펑이 정치적으로 보수 입장이라는 뜻이죠.”

아녜는 사무용 책상에서 탁자로 노트북 컴퓨터를 옮겼다. 화면에는 문제의 땅콩게시판 글이 띄워져 있었다.

“그러나 이 글의 게시자는 자유주의자입니다. 분명히 나이도 젊을 겁니다. 지금 유행하는 저항적인 단어를 사용하는 걸 보면 알 수 있죠. ‘요즘 홍콩은 옳은 것과 잘못된 것이 뒤집혀버렸다. 힘으로 정당한 논리를 찍어누르고, 흰색이 검은색으로 둔갑한다.’ 이런 말은 보수파가 쓸 리 없습니다. 적어도 힘으로 논리를 찍어누른다는 표현은 뺐을 겁니다. 유유상종이라는 말도 있듯, 샤오더핑과는 완전히 반대되는 정치 성향을 가진 사람이 이 글을 썼을 가능성은 아주 낮습니다."

"단지 그 두 가지 사실만으로 확신할 수는 없어요. 세상에는 언제나 예외가 존재하잖아요."

아이가 반박했다.

"샤오더핑이 우연히 컴퓨터를 잘 다루는 사람을 알게 되었고 그와 친해졌을지도 모르죠. 그래서 샤오더핑이 그에게 자신의 억울함을 풀어달라고 했을지도 몰라요. 용어 사용 같은 것이야 계획적으로 그렇게 했을 수도 있고요."

"맞습니다. 그렇다면 kidkit727이 놀랍도록 영리하고 나처럼 주도면밀한 사람이라고 칩시다. 행간에 담긴 의미까지도 위장할 수 있고, 자신의 진짜 생각을 전혀 드러나지 않게 할 수 있는 사람인지도 모르죠. 게다가 참을성도 대단해요. 딱 한 번 글을 올린 다음에는 더 이상 게시판에 나타나지 않았으니까요."

아녜는 득의양양한 얼굴로 말했다.

"그렇다면 이 대단한 사람이 왜 멍청하게도 샤오더핑이 출소하기를 기다리지도 않고 상황을 가장 통제하기 어려울 때 글을 올렸을까요?"

"가장 통제하기 어려울 때?"

"당신이 샤오더핑이라면 당신이 아직 감옥에 있을 때, 가족이 기자들의 질문 공세에 시달리는데도 당신은 속수무책 아무것도 하지 못할 때, 그 대단한 친구를 시켜서 글을 올리겠습니까? 아니면 출소한 다음 직접 기자나 방송국 카메라를 앞에 두고 그런 연극을 하겠습니까?"

아이는 그제야 아녜의 말뜻을 이해할 수 있었다.

"샤오더핑과 그의 아내는 글 내용처럼 금슬이 아주 좋은 건 아닙니다. 그렇다 해도 자기 가게에 문제가 될 일은 일으키지 않겠죠. 샤오더핑이 감옥에 있는 동안 문구점은 아내 혼자서 운영했고, 그 가게가 가족의 유일한 수입원입니다. 출소 전에 그런 글을 올려서 억울함을 호소하는 것은 득보다 실이 많은 방법이에요. 게다가 만약 샤오더핑이 보통 사람들이 그렇듯 매체에 나와서 유명세를 얻고 이익을 보려고 했다면, 출소했을 때쯤에는 홍콩 매체가 더 이상 그 글에 관심을 보이지 않으리란 것도 충분히 알았을 겁니다. 한 달만 지나도 그런 관심은 사그라들 테니까요. 그의 대단히 똑똑한 친구 kidkit727이 그걸 몰랐을까요?"

아녜는 잠시 말을 멈췄다가 다시 입을 열었다.

"더 중요한 사실은 지금 당신 동생이 자살하면서 샤오더핑은 더 심각한 눈총을 받고 있다는 겁니다. 만약 그가 정말로 배후 조종자라면 자기 상황을 더 어렵게 만든 셈이죠."

아녜가 샤오원을 언급하자 아이는 다시 슬픔이 차올랐다.

"그래서……."

아이는 억지로 슬픔을 누르며 물었다.

"범인의 진정한 목적은 샤오원이라는 건가요?"

"맞습니다. 그게 현재로서는 가장 가능성 높은 추론입니다. 물론 실질적인 증거가 없으니 어떠한 가능성도 배제할 수는 없죠."

"kidkit727이 샤오더핑과 관련이 없다면, 기자에게 그 사실을 밝히지 않은 건 왜죠?"

"무슨 말을 할 수 있었겠습니까?"

아녜가 웃으며 대답했다.

"자기는 외조카가 없고, 어떤 미지의 인물이 나타나서 자길 변호해주려고 이런 글을 썼다고? 그런 말을 했다가는 오히려 더 의심을 샀을 거고 기자나 대중들이 더 달려들었을 거예요."

하긴 아녜의 말이 맞다.

"그리고 샤오더핑을 만나보니 그 글 중에서 이해되지 않는 대목이 있더군요."

아녜는 미소를 지우고 팔짱을 끼며 말했다.

"이해가 안 된다는 건……?"

"글 속에서 샤오더핑의 묘사는 어떤 부분은 사실적이고 어떤 부분은 좀 과장되었습니다."

아녜는 아이가 아직 들고 있는 이안반사식 카메라를 가리켰다.

"샤오더핑이 사진촬영을 좋아하고 중고 카메라만 쓴다고 한 점은 사실입니다. 문구점에 가서 본 바로도 사진 전문 책과 잡지를 여러 권 팔고 있죠. 사건 이후 미소녀들이 나오는 사진집은 치워버렸을지도 모르지만, 적어도 잡지 출판일자나 종류로 볼 때 샤오더핑이 사진촬영 애호가라는 것은 확실합니다. 그리고 나 같은 낯선 사람과 앤티크 카메라 기종 운운하며 이야기할 정도면 더 확실하고요…… 참, 그 카메라 조심해서 다뤄요. 2만 5천 홍콩달러짜리니까."

아이는 눈이 휘둥그레져서 카메라를 떨어뜨릴 뻔했다. 탁자에 얼른 카메라를 내려놓았지만 혹시 어디 망가지지 않았나 겁이 났다.

"하지만 글 속에 언급된 샤오더핑의 부부 관계는 사실이 아닙니다."

아녜가 사무용 책상에 기대어 말을 이었다.

"샤오더핑이 아내를 무척 사랑하는 마음에 사건을 빨리 수습하려고 죄를 인정하고 감옥에 갔다는 건 전부 엉터리죠. 샤오더핑은 출소 후에 한 번도 문구점에 나간 적이 없습니다. 주변 사람들 시선이 두려워서 종일 집에 틀어박혀 있었어요. 아내 혼자서 온종일 일하는데도 고마워하기는커녕 오다가다 만난 낯선 사람인 나에게 아내가 새 카메라를 사주지 않는다고 원망하더군요."

"그럼 그 글은 왜 진실 반 거짓 반인 걸까요? 진실을 쓸 수 있다면 게시자가 샤오더펑을 아는 사람이라는 뜻이잖아요."

"그 글을 자세히 읽어봤습니까? 내용에서 어떤 냄새를 맡지 못했어요?"

"무슨 냄새요?"

"용의자가 변호사를 선임해 변호받는 것 같은 느낌. 나쁜 점은 숨기고 좋은 점만 내세우며 자신에게 유리한 사실만 잔뜩 열거합니다. 부부 관계 같은 증명하기 어려운 부분을 최대한 강조하죠. 샤오더펑의 아내가 '저희는 무척 사랑하고 있어요'라고 말한다면 검사 측에선 그에 반대되는 증명을 하기가 어렵습니다. 이거야말로 법정 변호의 중요한 지점이죠. 내가 의심하는 것은 게시자가 샤오더펑의 변호사와 어느 정도 관계가 있지 않나 하는 겁니다. 하지만 현실적으로 볼 때 그의 변호사가 이렇게 쓸데없고 자기 명예를 떨어뜨릴지도 모르는 짓에 가담했다고 보긴 어렵죠."

아녜가 사무용 책상 위 서류 더미에서 종이 한 장을 꺼냈다.

"샤오더펑의 변호사는 전문적으로 형사 사건을 맡는 변호사인데 법조계에선 좀 알려진 인물이죠. 평소 지역사회를 위한 법률 강좌나 무료 법률 자문 같은 것도 하고요. 외부에 보여지는 활동에도 열심인 사람이 오랫동안 쌓아온 명성을 잃을 위험을 감수하고 이런 짓을 할 리가 없습니다."

"그 변호사가 아니더라도 그 사람과 관련 있는 누군가가 아닐까요?"

"그렇게도 볼 수 있지만, 변호사를 조사하는 건 좀 복잡하거든요."

아녜가 어깨를 으쓱했다.

"이쪽도 계속 조사를 할 테지만, 내가 지금 가장 큰 기대를 걸고 있는 단서는 다른 쪽입니다."

"다른 쪽이라니요?"

"당신 여동생."

아이는 저도 모르게 흠칫했다.

"어우야이 씨, 당신은 이쪽 단서는 건드리고 싶지 않겠죠?"

아녜가 자기와는 상관없는 일처럼 입을 놀렸다.

"지금 나온 단서들을 봐서는 게시자의 목적은 당신 여동생을 해치려는 목적이 가장 큽니다. 조사를 하려면 결국 어우야원 생전의 모든 것을 알게 될 거고요. 교우관계, 사생활 그리고 원한관계."

"샤오원은 겨우 열다섯 살이에요! 원한이라니요?"

아녜가 냉소했다.

"그렇게 순진한 말을 다 하네요. 요즘 열네댓 살 여자아이들의 비밀은 어른들보다 많을 겁니다. 인간관계도 복잡하기 이를 데 없고요. 통신기술과 SNS의 발달로 십대 아이들은 쉽게 어른들 세계로 들어올 수 있게 되었어요. 예전에는 여자애들이 매춘을 하려면 포주 같은 놈들을 통해야 했지만, 지금은 애들이 각자 개인사업자처럼 일합니다. 앱이나 인터넷 사이트를 통해서 직접 '고객'과 연락할 수 있으니까요. 어떤 아이들은 어리석게도 원조교제가 그냥 어른 남자와 손 잡고 데이트하는 정도라고 여깁니다. 그러다가 결국 반쯤 억지로 성관계를 맺고 사진이나 영상까지 찍혀서 오랫동안 협박받는 피해자가 되죠. 원조교제 사실이 밝혀질까 봐 어디에 도움을 청하지도 못하고 혼자 견디기만 하는 겁니다. 가족들은 멍청하게도 아이의 이상한 행동을 단지 사춘기라서 그렇다고 치부해버리고요. 그 글에 당신 여동생은 술과 마약과 원조교제를 한다고 쓰여 있습니다. 당신은 내 눈을 보면서 '샤오원은 절대 그럴 리 없다'고 확실하게 말할 수 있습니까?"

아이는 아녜의 눈을 똑바로 쳐다보면서 '샤오원은 절대 그럴 리 없어요'라고 말하려 했다. 하지만 말이 목구멍에 걸려 나오지 않았다. 아이는 샤오원이 죽고 나서야 자기가 얼마나 동생을 모르고 있었는지 깨달았다. 퇴근 시간이 일정하지 않았지만 샤오원이 방과 후에 곧장 집에 돌아오는지 의심한 적은 없었다. 가끔 늦는 것은 동생 말대로 도서관에서 숙제하고 복습하고 오는 거라고 생각했다. 혹시 자기가 모르는 사이에 샤오원이 나쁜 친구들과 어울렸던 것일까? 가족에게 말할 수 없는 비밀을 품고 있었던 것일까? 어쩌면 그 짧은 빈틈을 이용해서 비도덕적인 일로 용돈을 번 것은 아닐까?

샤오원이 세상을 떠난 이래 아이 마음속에 의심의 씨앗이 뿌리를 내렸다. 그 씨앗이 이제 거대한 독넝쿨이 되어 아이의 마음을 뒤덮고 있다.

아이가 한발 물러서는 것 같자 아녜도 더 압박하지 않았다. 그는 조금 더 가벼워진 어조로 말을 이었다.

"어우야이 씨, 배후 조종자를 찾아내려면 반드시 동생 생전의 일을 직시해야 합니다. 그중에는 당신이 알고 싶지 않은 일도 있을 겁니다. 각오가 되어 있습니까?"

아이는 망설이지 않았다.

"각오하고 있어요. 어떤 결론이든 저는 꼭 샤오원을 죽인 살인자의 얼굴을 보고 말겠어요."

"좋습니다. 그럼 집에 돌아가서 동생이 남긴 일기장이나 수첩 같은 게 있나 찾아보세요. 동생이 컴퓨터를 썼습니까?"

"아뇨. 컴퓨터보다는 스마트폰을 주로 썼어요."

"그럼 그 스마트폰을 가지고 오세요. 현대인은 휴대폰을 몸에서 떼어놓지 않죠. 그것만 있으면 한 사람을 깊숙이 이해하는 것도 어렵지 않습니다."

"저희 집에 직접 와서 보시겠어요?"

"이봐요, 샤오더핑을 미행하는 데만 이틀을 허비했어요. 내가 당신 비서인 줄 알아요? 나한테 이래라저래라 지시하지 말아요."

아녜는 사무용 책상으로 가서 의자에 앉았다.

"내가 말한 대로만 해요. 휴대폰을 찾거든 이 번호로 전화하세요. 반드시 전화를 받는다고 보장할 순 없지만, 중요한 일이 있으면 음성 메시지를 남기면 됩니다. 내가 짬이 나면 확인하고 연락할게요."

아녜가 여덟 자리 숫자가 적힌 종이를 건넸다.

아이가 종이를 받자 아녜가 손가락으로 대문을 가리켰다. 면담이 끝났다는 뜻이다. 아이는 더 묻고 싶은 게 많았지만 몇 번의 만남을 통해 이미 아녜의 성격을 파악했다. 더 매달려봐야 좋은 소리 듣기는 힘들 것이다.

집으로 가는 길에는 또 다른 생각도 들었다. 아녜는 여전히 딱딱하게 굴지만 아직 조사 중인 사건에 대해 자신에게 진지하게 설명해주었다. 그에 대해 괴짜라고 한 모 탐정의 말을 떠올리며 아이는 과연 그렇다고 생각했다.

'그를 계속 믿어보자.'

아이는 손에 든 종이쪽지를 보며 그렇게 생각했다.

교통비를 아끼려고 지하철보다 좀 더 저렴한 전차, 페리, 버스 등을 갈아탔다. 요즘은 출근할 때만 지하철을 이용한다. 출근은 시간에 맞춰야 하지만 퇴근은 조금 늦어져도 상관없으니까.

러화 공공주택의 집에 도착하니 이미 밤 10시였다. 전등을 켠 아이는 옷도 갈아입지 않은 채 옷장 뒤쪽으로 갔다. 거기가 샤오원의 '방'이었다. 동생을 떠나보낸 뒤 아이는 유품을 정리하지 않았다. 작은 책상, 책꽂이, 공간이 좁아 옷장과 책꽂이 위로 올린 침대 등 모든 것이 본래 모습 그대로다. 아이는 어릴 적 어머니와 함께 아버지의 유품을 정리한 적이 있다. 작년에 어머니가 돌아가셨을 때도 눈물을 참으며 어머니가 남긴 옷가지를 정리했다. 그러나 지금은 샤오원의 물건을 정리할 힘이 남아 있지 않다. 샤오원의 반 담임인 위안 선생님에게서 5월 말 전화가 왔었다. 학교에 있는 샤오원의 사물함 속 참고서와 공책 등을 가져가라는 것이었다. 아이는 그때 시간이 없다며 미뤘고, 아직까지도 미뤄진 상태다. 유품을 보면 동생이 생각날까 봐 두려웠다.

아이는 책상 서랍을 빼보고 책꽂이의 참고서와 공책을 펼쳐봤다. 일기장으로 보이는 물건은 없었다. 서랍 속에 있는 것은 여중생이 쓸 법한 소소한 물건이 대부분이다. 화장품, 액세서리, 문구용품. 책꽂이에 꽂힌 것은 수업용 공책과 미용 잡지 한두 권이 다였다. 옷장에서 속옷 칸까지 전부 뒤져봤지만 이렇다 할 것이 발견되지 않았다. 책가방에도 교과서뿐이었다.

"왜 수첩도 없는 거지?"

아무래도 이상하다. 평소 일기를 쓰지는 않았더라도 적어도 잡다한 일을 적어두는 수첩은 갖고 있지 않았을까?

"아, 맞아, 스마트폰."

아직도 폴더형 낡은 휴대폰을 쓰는 아이는 수첩에다 메모를 한다. 그래서 남들도 당연히 수첩 하나 정도는 쓸 거라고 생각했다. 그러나 스마트폰에는 메모 기능이 있다. 수첩이나 전화번호부 같은 것이 전부 전자화되어 스마트폰으로 대체되었다.

그러나 아이는 샤오원의 스마트폰도 찾지 못했다.

아이는 샤오원이 평소 책상 오른쪽에 스마트폰을 올려두었던 것을 기억한다. 그곳에 여전히 충전기는 걸려 있다. 그러나 충전기 위는 텅 비어 있다. 이불도 들춰보았지만 어디에도 빨간색 스마트폰은 보이지 않았다.

아이는 자신의 휴대폰을 꺼내 샤오원의 전화번호를 눌렀다. 사서함에 메시지를 남기라는 음성만 들릴 뿐이다. 사실상 샤오원이 자살한 날로부터 한 달도 넘게 지났으니 배터리가 남아 있을 리 없다.

"휴대폰도 함께 창밖으로 떨어진 건 아니겠지……."

아이는 샤오원이 자살하던 순간의 모습을 지금까지 상상해본 적이 없다. 차마 그럴 수가 없었다. 하지만 휴대폰이 보이지 않자 어쩔 수 없이 연상을 해볼 수밖에 없었다. 만일 샤오원이 죽을 때 휴대폰을 지니고 있었다면 그 애가 떨어진 곳에 전화기도 떨어졌을 것이다. 그러나 경찰도 아파트 관리인도 아이에게 아무런 연락이 없었다. 그러니 그 가능성은 일단 제쳐두었다.

그럼 대체 휴대폰은 어디에 있는 걸까? 학교에 남아 있을까?

아이는 아녜에게 받은 종이쪽지를 꺼내 그의 전화번호를 눌렀다. 이런 상황을 그에게 전해야 할 것 같았다.

"61448651번 휴대폰 음성사서함입니다. 삐 소리 후에 메시지를 남기세요."

아무런 감정도 없는 기계음성이다.

"여, 여보세요. 어우야이입니다. 말씀하신 대로 찾아봤는데 일기장은 없고, 휴대폰도 어디 있는지 모르겠어요. 음…… 혹시 직접 와서 살펴보시겠어요?"

아이는 더듬더듬 음성 메시지를 남기고 전화를 끊었다.

다시 한 번 샅샅이 뒤져보았지만, 샤오원의 동전지갑과 아파트 열쇠가 나올 뿐 휴대폰은 보이지 않았다.

자리에 누웠지만 휴대폰이 자꾸 생각났다. 아녜는 여전히 연락이 없었다. 다음 날 아침 알람 소리에 깨자 잠을 제대로 못 잤다는 걸 느꼈다. 평소대로 출근해서 책 대여와 반납 업무를 보면서도 마음은 다른 데 가 있었다. 오전에만 몇 번이나 실수를 했는지 모른다. 상사가 그 모습을 보고는 아이를 책장 정리 업무로 돌려주었다. 그제야 아이의 실수가 멈췄다.

점심시간에 아녜에게 다시 전화를 걸었다. 또 음성사서함으로 넘어갔다.

저녁에 집에 돌아와서도 아이의 휴대폰에는 아무 소식도 없었다.

"여보세요. 어우야이입니다. 메시지를 들었으면 답을 좀 해주시겠어요?"

아이는 퉁명스럽게 메시지를 남겼다. 자신이 아녜에게 부탁하는 입장이기는 하지만, 전화번호를 줬다면 답은 해줘야 할 것 아닌가.

그날 밤에도 연락이 없었다. 아침 7시, 아이는 잠에서 깨자마자 휴대폰에서 문자 메시지 한 건을 보았다.

— 눈이 있어도 못 보는 바보 아가씨, 정말로 집 전체를 다 뒤졌습니까?

문자를 보낸 시간은 두 시간 조금 더 전인 4시 38분이었다. 아녜의 문자 내용을 보고는 잠이 싹 달아났다. 아녜가 자신을 과소평가했다는 생각이 들었다. 샤오원이 죽은 후 아이는 아무것도 하지 않을 때면 계속 슬픈 생각만 했다. 그래서 집에 있을 때는 내내 집안일을 하면서 생각을 떨치려고 애썼다. 몇 번이나 집 안 곳곳을 쓸고 닦았다. 샤오원의 물건을 정리하지 않았다뿐이지 온 집 안 구석구석을 분명히 알고 있다. 샤오원이 휴대폰을 부엌 식탁이나 텔레비전 위, 거실 서랍에 넣어놓았더라도, 심지어 소파 틈에 휴대폰이 끼여 있었더라도 아이가 못 보았을 리 없다. 아이는 당장 문자를 보내 아녜의 말에 반박하고 싶었다. 하지만 우선 냉정해질 필요가 있었다.

그날 근무를 마친 뒤 8시 넘어서 도서관을 나섰다. 곧바로 아녜를 찾아가서 따져 물을 작정이었다. 그를 집으로 끌고 와서 자신이 찾아보지 않은 곳이 없다는 걸 알려줄 생각까지 했다. 그런데 막 전차를 타고 홍콩섬 서쪽 지역에 도착했을 때 한 가지 사실에 생각이 미쳤다.

집 안에서 딱 한 군데, 샤오원이 죽은 후 줄곧 제대로 살펴보지 않은 곳이 있었다.

샤오원이 뛰어내린 그 창문.

세탁기 옆에 있는 창이다. 아이는 최근 세탁을 할 때마다 마음이 편치 않았다. 마치 샤오원이 세탁기를 짚고 그 옆 접이식 의자에 올라가서 창문을 열고 뛰어내리는 그 모든 과정이 눈에 보일 것만 같았다.

"그래, 샤오원은 뛰어내리기 직전에 손에 휴대폰을 들고 있었을지도 몰라."

이 생각을 확인하기 위해 아이는 당장 집으로 발을 돌렸다.

집에 도착하자 용기를 내어 세탁기 앞으로 다가갔다. 불안한 마음을 억누르며 세탁기 주변을 찬찬히 살폈다.

무릎을 꿇고 앉아 세탁기 아래를 들여다본 순간, 아이는 보았다.

샤오원의 휴대폰이 거기 있었다.

세탁기 아래 틈으로 급히 손을 뻗었지만 손이 완전히 들어가지 않았다. 허겁지겁 휴대폰을 꺼낼 도구를 찾기 시작했다. 자는 길이가 짧아 닿지 않았고, 집에는 적당한 철사나 막대기가 없었다. 마침 철사로 된 옷걸이에 생각이 미쳤다. 옷걸이 하나를 구부려서 길쭉한 갈고리 형태로 만들었다. 아이는 덜덜 떨리는 손에 힘을 줘가며 휴대폰을 끄집어냈다.

고양이 모양의 액세서리가 달린 휴대폰이다. 액정에 선명하게 깨진 자국이 보였다. 바닥에 떨어지면서 깨진 모양이다. 전원 버튼을 눌렀지만 휴대폰에는 변화가 없었다. 망가진 것은 아닌지 더럭 겁이 났다. 아이는 허둥지둥 샤오원의 책상으로 달려가 충전기에 휴대폰을 연결했다. 연결하는 데만도 세 번이나 헛손질을 했다. 손이 몹시 떨렸다.

삐이.

휴대폰의 LED 등이 반짝이더니 화면에 충전중이라는 표시가 나타났다. 휴대폰이 제대로 작동하는 것을 보고서야 조금 안심이 되었다. 동시에 머릿속에 하나의 의문이 떠올랐다. 아이는 고개를 돌려 그 창문을 쳐다보았다. 휴대폰이 어떻게 세탁기 밑으로 들어가게 됐을까? 샤오원이 휴대폰을 떨어뜨렸겠지? 하지만 힘껏 내던진 게 아니라면 어떻게 세탁기 밑으로 미끄러져 들어가겠어? 그냥 떨어뜨렸는데 어쩌다 발로 건드려서 들어간 걸까? 아니면 세탁기 위에 올려놓았는데 세탁기가 밀리면서 세탁기와 벽 사이로 굴러 떨어져 밑으로 들어간 것일까?

샤오원이 떨어지던 순간 대체 무슨 일이 벌어졌던 거지?

아이의 머릿속이 복잡해졌다. 어쨌든 휴대폰을 찾았으니 다행이다. 휴대폰은 아직 충전 중이지만 다시 전원 버튼을 눌렀다. 화면이 곧 밝아지면서 휴대폰 상표가 나타났다. 아이는 스마트폰을 다룰 줄 모르지만 어떻게든 살펴보고 싶었다.

그런데 휴대폰에 비밀번호가 걸려 있었다. 화면에 아홉 개의 점이 정사각형으로 배열되어 있다. 아이는 남들이 하던 대로 손가락으로 점들을 연결해보았다. 화면에 '패턴이 정확하지 않습니다'라는 메시지가 떴다. 몇 번 더 시도했지만 전부 실패했다. 결국 휴대폰을 열어보지 못하고 계속 충전만 했다.

'아녜는 해커니까 비밀번호 뚫는 법을 알 거야.'

아이는 샤오원의 휴대폰을 바로 아녜에게 가져가려다가 잠시 흥분을 가라앉히고 생각에 잠겼다. 이 시간에 아녜의 집에 가면 돌아올 때는 차가 끊길 것이다. 지금 당장 휴대폰을 가져가도 아녜가 곧 조사에 착수하는 것도 아닐 것이다. 그렇다면 내일 아녜를 찾아가서 내 눈앞에서 휴대폰을 조사하도록 하는 게 낫지 않을까.

"샤오원의 휴대폰을 찾았어요. 내일 퇴근 후에 가지고 갈게요."

아녜는 역시나 또 전화를 받지 않았고, 아이는 먹먹한 전화기에 대고 이야기하는 수밖에 없었다.

그날 밤 꿈에서 샤오원을 만났다. 샤오원이 소파에 앉아서 평소처럼 휴대폰을 갖고 놀고 있었다. 아이는 샤오원과 몇 마디 대화를 나눴다. 샤오원은 아이의 질문에 조잘조잘 대답해주었다. 그러나 그 내용이 무엇인지 깨어난 뒤에는 아무것도 생각나지 않았다.

아이는 미소를 짓는 샤오원의 입술만 생각났다.

아침에 일어나자 눈가의 눈물 자국부터 닦아야 했다. 출근 준비를 마치고 충전된 샤오원의 휴대폰을 가방에 넣고 도서관으로 향했다.

"아이, 요즘 좀 정신없어 보이네. 괜찮은 거야?"

점심을 먹은 뒤 휴게실에서 웬디가 말을 걸었다.

"괜찮아요. 신경 쓰이는 일이 있어서 그래요."

"조사한다는 일 때문에 그래? 우리 당고모부가 결과를 알려줬어?"

웬디의 당고모부가 모 탐정이다. 웬디는 그 사건이 성격이 괴팍한 해커 탐정에게로 이전됐다는 것은 모른다.

"좀 진전이 있어요."

아이는 길게 말하고 싶지 않아서 두루뭉술하게 대답했다.

"혹시 돈이 문제라면 나도 도와줄게."

웬디가 진지하게 말했다. 샤오원 사건이 발생한 뒤로 웬디는 늘 아이를 신경 써주었다.

"며칠 전에 800홍콩달러 빌려줬잖아요. 그거면 충분해요."

"당고모부가 엄청 비싸게 부른 건 아니지? 우리 당고모가 나를 무척 예뻐하시거든. 당고모부한테 좀 저렴하게 해달라고 할게……."

웬디가 휴대폰을 꺼냈다. 당장 모 탐정의 부인에게 고자질할 태세다. 웬디가 휴대폰 비밀번호를 입력하는 모습을 아이는 멍하니 바라보았다. 아이의 머릿속에 별안간 어떤 화면이 떠올랐다. 샤오원이 휴대폰을 가지고 노는 장면이다. 어젯밤 꿈에서 본 장면인가? 아니, 아니다.

그건 집에서 휴대폰 비밀번호를 입력하던 샤오원의 생전 모습이었다. 아이는 샤오원의 휴대폰을 별생각 없이 바라보고 있었다.

왼쪽 맨 아래, 가운데 아래, 오른쪽 맨 아래, 정중앙, 그리고 왼쪽 맨 위.

아이는 긴장한 손으로 샤오원의 휴대폰을 꺼내 그 기억을 따라 비밀번호 패턴을 그렸다. 비밀번호가 풀렸다.

그러나 아이는 이 갑작스러운 일에 기뻐하지 않았다. 아니, 정확히 말하면 기쁨이 순간적으로 왔다가 가버렸다. 비밀번호가 풀리고 화면 어딘가를 눌렀을 때 나타난 글자들이 아이의 몸속 오장육부를 쥐어짜는 것 같았다. 아이는 심장 박동이 빨라지고 거의 질식할 지경이었다.

"웬, 웬디…… 저 오후에 반차 좀 써야겠어요. 말씀 좀…… 전해 주세요……."

아이는 덜덜 떨리는 손을 꽉 움켜쥐고 말했다.

"무슨 일이야? 아이, 왜 그래?"

"급한 일이 생겨서, 지금…… 지금 좀…… 조퇴해야겠어요. 부탁할게요……."

아이는 그렇게만 말하고는 가방에 샤오원의 휴대폰을 집어넣고 그대로 도서관을 빠져나왔다.

아이는 스마트폰을 써본 적이 없다. 그래서 화면에 나온 네모난 '위젯'이 뭔지도 몰랐다. 그게 구글이 제공하는 이메일 서비스인 지메일 앱이라는 것을 알지 못했다. 그렇지만 화면에 알림창으로 뜬 이메일 내용의 일부만으로도 아이는 그 위젯을 누르지 않을 수 없었다. 그 이메일의 전체 내용을 보아야만 했다.

그 끔찍한 내용을.

- 보낸이 : kid kit ⟨kidkit727@gmail.com⟩
- 받는이 : Nga-Man ⟨aungamanmanman@gmail.com⟩
- 날짜 : 2015-05-05 18:06

■ **제목 : Re:**

어우야원에게

정말 죽을 용기가 있어? 사람들 동정을 받으려고 수작 부리는 거 아니야? 하지만 이번에는 학교 친구들이 너의 그런 수작에 속지 않을걸. 너 같은 쓰레기는 죽어도 싸.

kidkit727

2015년 5월 21일 목요일

사실 내가 말하지 않은 게 있어…….

읽음 22:07 어우야원에게 이메일을 보냈어…….

읽음 22:07 그게 문제가 될까?

어쩌면 22:09

무슨 방법으로 이메일을 보냈니? 22:10

전에 내가 가르쳐준 방법대로 했어? 22:11

인터넷에서 흔적을 남기지 않는 방법 말이야 22:12

읽음 22:15 응.

그러면 OK 22:16

걱정하지 마 22:17

제4장

01

"다들 잘 듣게! 내일 다들 정장 입고 출근할 것! 오늘은 책상 위를 깨끗이 치우고 퇴근하고, 업무와 무관한 사적인 물건은 전부 보이지 않는 곳에 넣어둬. 아이돌 사진, AV 여배우 사진 같은 것들 말이야! 내일 오전에 확인했을 때 회사 이미지를 훼손하는 물건이 눈에 띄면 월급 500홍콩달러 삭감이야!"

지티넷 사무실에서 전화 한 통을 받고 난 사장이 당장 직원들을 불러 모았다. 그는 담담한 척하려 했지만 잔뜩 흥분해 있다는 것을 누구라도 알 수 있었다.

"사장님, 어떻게 됐어요?"

"내일 VC에서 참관을 오기로 했네. 생산력국의 프로젝트에 새로 합류한 외국 VC가 우리 회사에 관심이 있다는군. 투자할 가능성이 높아!"

"정말로 그런 멍청이가 있었군요."

마짜이가 목소리를 낮춰 스중난에게 속삭였다.

"외국계 VC라면 어느 회사죠?"

스중난이 사장에게 물었다.

"들으면 깜짝 놀랄 걸세. 미국의 SIQ야!"

스중난, 아하오, 조안 모두 경악했다. 다만 마짜이와 디자이너인 토머스만 아무 반응이 없었다.

"중난 형, SIQ가 유명한 회사예요?"

마짜이가 물었다.

"토머스는 그래픽 디자이너니까 모른다 치고, 너는 프로그래머인데 업계 사정에 관심을 좀 가져!"

스중난이 자리에 앉아 마짜이를 타박했다.

"SIQ는 인터넷 기술 관련 기업에 대한 투자기금으로 미국에서 첫 손가락에 꼽힌다고! 앤드리슨 호로위츠®와 비슷할 정도로 유명한……."

"앤드리슨 호로위츠는 또 뭔데요?"

스중난은 자신이 소 귀에 경 읽기를 하고 있다는 생각이 들어서 간단히 대답했다.

"어쨌든 아주 돈 많고 안목도 좋은 투자회사라는 거야."

스중난은 지금 엄청나게 긴장할 수밖에 없는 사장의 마음을 잘 알았다. SIQ가 참관자를 보내오다니, 이것은 하늘이 주신 기회다. SIQ의 전체 명칭은 'SIQ 벤처스Ventures'로, SIQ는 창립자 세 명의 이름 첫 자를 딴 것이다. 창립자 세 명은 스투웨이司徒瑋, 이노우에 사토

® 미국의 IT벤처 투자회사.

시#上聰, 카일 퀸시Kyle Quincy다. 1994년 로스앤젤레스 캘리포니아대학교에서 공부하던 일본계 컴퓨터 천재 이노우에 사토시가 참신한 이미지 압축 알고리즘을 발명했고, 이를 바탕으로 더 많은 이미지 파일을 전송할 수 있게 되면서 인터넷의 발전 방향을 혁신했다. 그는 같은 학교의 스투웨이와 함께 실리콘밸리에 소프트웨어 회사 아이소토프 테크놀로지Isotope Technologies를 설립하고 이미지, 영상, 오디오 파일의 알고리즘 및 소프트웨어 개발을 시작했다. 그 후 무선통신의 보안기술까지 영역을 확장해 회사에서 수백 건의 특허권을 획득했다. 스투웨이는 특히 비즈니스 쪽으로 뛰어난 수완을 보였으며, 아이소토프 테크놀로지의 특허 기술을 여러 대형 소프트웨어 및 하드웨어 관련 기업 상품과 응용하는 방식으로 수억 홍콩달러에 이르는 이윤을 얻었다.

2005년, 두 사람은 미국의 사업가 카일 퀸시와 파트너십을 이루어 벤처투자회사 SIQ를 설립, 중소형 벤처기업에 투자하기 시작했다. 또 다른 유명한 투자회사인 앤드리슨 호로위츠가 트위터와 페이스북에 투자해 막대한 이익을 올린 것처럼 SIQ는 설립 당시 4억 달러 자본금에서 시작해 현재 30억 달러까지 몇 년 사이 급속히 성장했다.

사장은 지티넷이 기술 연구에 있어서는 아이소토프 테크놀로지와 비교할 수 없는데도 언젠가는 이노우에나 스투웨이처럼 손꼽히는 재력과 유명세를 얻겠다는, 다소 현실성이 떨어지는 환상을 품고 있었다. 스중난은 사장의 그 허황된 꿈을 어느 정도는 눈치채고 있었고, 코웃음을 쳤다. 마흔 넘어서 가업인 방직업에서 뛰쳐나와 인터넷 사업에 뛰어든 사람과 IT 업계의 귀족인 그들을 비교할 수는 없다. 사실상 스중난도 야심을 품고 있었다. 언젠가 자신의 회사를 차려서 새로운 마윈이나 래리 페이지*가 되려는 꿈이었다.

'적어도 나는 이과 출신이잖아. 리스룽 사장 같은 가업 말아먹은 놈과는 다르다고.'

스중난은 그렇게 생각했다.

스중난은 졸업 후에 작은 회사를 전전했다. 작은 곳에서 큰 성공을 거두겠다는 심산이었다. 그의 대학 성적이라면 대기업 입사도 어렵지 않았다. 그러나 그는 자신의 약점을 잘 알았고, 대기업에서는 상사의 신뢰를 얻기가 쉽지 않다는 것도 알았다. 대기업에서는 10여 년 묵묵히 일해서 중년이 되어서야 아주 약소한 성공의 맛을 볼 수 있다. 그러나 직원이 열 명이 안 되는 작은 기업에서는 사장과 가까워질 기회도 많을뿐더러 다른 직원보다 잘 보여서 빠르게 승진할 가능성이 컸다.

지금처럼 SIQ에서 나온 고위층 임원을 만날 기회 말이다.

그는 눈에 거슬리는 리스룽 사장이 SIQ의 투자를 따낼 수 있게 도울 생각은 눈곱만큼도 없다. 하지만 자기 자신을 위해 최대한 노력할 것이다. SIQ 임원에게 좋은 인상을 남긴다면 나중에 또 어떤 기회가 왔을 때 좋은 창업 기반이 될지 모른다. 홍콩의 어느 창업투자회사 임원이 한 창업자와 커피 한 잔을 마신 뒤 100만 달러 투자를 결정했다는 소문을 들은 적이 있다. IT 업계의 투자자들은 인재 한 사람 혹은 새로운 사업 개념 하나를 보고 투자하는 경우도 종종 있다. 상대방의 인정만 받을 수 있다면 가난한 창업자가 순식간에 업계의 총아가 될 수도 있다. 스중난은 이것이 그가 줄곧 기다려온 기회라고 여겼다.

---

* 구글 창립자 중 한 명.

"사장이 SIQ의 눈에 들다니. 어떤 인간들은 날 때부터 운이 좋단 말이야. 물려받은 공장을 말아먹고도 손만 뻗으면 하늘에서 횡재수가 뚝 떨어지니."

퇴근할 때 아하오가 엘리베이터에서 스중난에게 말했다.

"마짜이라면 공덕을 잘 쌓아서라는 둥, 선행은 보답을 받는다는 둥 그런 이야기를 하겠지."

스중난은 인과응보라는 말을 믿지 않는다. 오랫동안 비도덕적인 술수로 살아온 인간들이 온갖 방법으로 어부지리를 얻는 것을 수없이 봐왔다. 순수한 사람은 억울하게 당하기 일쑤다. 드러내놓고 말은 할 수 없지만, 스중난은 연약한 놈들을 경멸했다. 하지만 사회생활을 하려면 '좋은 사람'으로 보여야 한다. 그것만 아니라면 그런 놈들을 인간 취급도 하지 않았을 것이다. 스중난은 사회적 규칙이라는 것이 얼마나 허위적인지 잘 알았다. 정치인, 자본가들은 쉼 없이 인의와 도덕을 내세우지만 그건 자신의 진심을 감추기 위한 연막에 불과하다. 법률은 평범한 사람들을 억누르고 소수의 강자를 돕는 도구일 뿐이다. 스중난은 '공덕'을 믿느니 자기 자신을 믿는다. 정말 업보라는 게 있다면 스중난 자신이 이미 그 쓴 열매를 맛보았을 것이다. 또한 자신보다 더 악랄한 놈들이 승승장구하는 모습도 수없이 보았다. 그러니 천벌이란 없다고 스중난은 확신한다.

다음 날 아침 9시, 지티넷 직원들은 이미 만반의 준비를 마쳤다. 손님이 11시가 지나야 도착한다는 것을 알고 있지만 말이다. 회사에서는 탄력적인 출퇴근 제도를 운영 중이라 스중난은 8시 좀 넘으면 회사에 나왔고, 아하오와 토머스는 보통 10시가 지나야 나타났다. 그러나 오늘만큼은 사장의 명령에 따라 모두 일찍 출근했다.

평소 옷차림이 자유로운 토머스도 오늘은 몸에 잘 맞지 않는 사이즈의 양복을 입었다. 그는 숨쉬기 불편한 사람처럼 수시로 넥타이를 매만졌다. 조안도 흰 블라우스에 검은색 투피스 정장 차림으로, 상큼하고 발랄한 '한국 직장 여성' 같은 평소의 이미지와 확연히 달랐다. 스중난은 평소와 별다르지 않았다. 그는 매일 셔츠 차림으로 출근한다. 다만 오늘은 넥타이와 재킷이 더해졌다. 사장은 평소 편안한 옷차림을 허용했다. 하지만 스중난은 소프트웨어 개발 프로그래머라면 그에 걸맞은 차림으로 일해야 한다고 생각했다. 또 평소 히키코모리처럼 입고 다니면 평생 별 볼일 없는 히키코모리로 살게 된다고 생각했다.

"중난 형, 전 영어 잘 못하니까 SIQ 사람이 저한테 질문하면 도와주셔야 해요."

평소 히키코모리처럼 입고 다니는 마짜이가 불안해하며 말했다. 마짜이는 직장생활이 2년밖에 되지 않았다. 이과생들이 다 그렇듯 문과 과목 성적은 그저 그랬고, 영어회화는 특히 취약했다.

"걱정 마. 기술 관련 질문을 하면 내가 다 대답할 테니."

스중난은 믿음직한 선배다운 모습을 보여주었고 마짜이는 연방 고개를 끄덕이며 고맙다고 했다. 스중난이 속으로는 완전히 다른 생각을 품고 있음을 마짜이가 알 리 없다. SIQ 임원과 대화할 기회가 생기면 스중난은 절대로 후배에게 기회를 양보하지 않을 것이다. 마짜이와는 직급이 비슷했지만 그를 업무 파트너로 여긴 적이 없다. 스중난에게 마짜이는 사무실에 놓인 업무 도구와도 같았다. 만약 업무상 실수나 문제가 발생하면 그는 마짜이에게 모든 책임을 뒤집어씌울 것이다. 물론 그런 생각을 겉으로 드러낸 적은 단 한 번도 없다.

그 뒤로 두 시간 동안 사무실에는 적막이 흘렀다. 평소의 느슨하고 흐트러진 분위기와는 정반대다. 모두 정신을 바짝 차렸고, 옆 사람과 시답잖은 이야기도 나누지 않았다. 스중난은 일할 마음이 나지 않아서 계속 모니터 아래쪽의 시계만 힐끔거렸다. 11시까지 몇 분 몇 초가 남았는지를 계산하면서 말이다.

딩동.

벨소리가 울린 순간 직원들은 저도 모르게 자세를 바로 했고, 사장은 더욱 긴장하여 의자에서 벌떡 일어서려고 했다.

조안은 사장의 행동을 보고 얼른 사무실 문 쪽으로 갔다. 아무리 회사가 작아도 사장이 직접 문을 열어주어서는 안 된다. 너무 없어 보이지 않는가.

스중난, 마짜이, 아하오 등은 모니터에서 눈을 떼지 않은 채 귀만 쫑긋 세워 동정을 살폈다. 조안이 영어로 방문객과 인사하는 소리가 들렸다. 그런데 곧 그들이 광둥어로 대화하기 시작했다.

"리스룽 씨와 11시에 약속했습니다."

맑고 아름다운 여성의 목소리가 들렸다.

"이, 이쪽으로 오세요."

조안도 광둥어로 바꾸어 안내했다.

방문객이 들어오자 스중난은 고개를 돌려서 쳐다보지 않을 수 없었다. 손님은 둘이었다. 앞에서 조안과 함께 들어온 사람은 갈색 머리에 몸매가 호리호리한 미모의 여성이다. 서른 살도 안 되어 보였다. 동양인과 서양인의 특징이 동시에 드러나는 얼굴로 보아 혼혈인 듯했다. 그녀와 조안은 모두 정장 차림이지만, 그녀는 치마가 아니라 검은색 바지여서 더욱 엘리트다운 느낌을 주었다. 가방 대신 검은색 아이패드만 들고 온 것도 멋있게 보였다. 스중난은 미인인 그녀를 몇 번 더 흘낏거렸다. 하지만 바로 뒤에 따라 들어온 남자를 본 순간, 그에게 시선을 빼앗겼다.

그 남자는 스중난보다 열 살쯤 많아 보였고 회색 정장에 검은색 넥타이, 흰색 손수건을 꽂은 차림이다. 젊고 스마트한 인상이 강렬했다. 테 없는 안경에 자신감 가득한 눈빛, 거기다 짙은 눈썹과 시원스러운 머리 모양은 마치 영화 〈프리티 우먼〉의 리처드 기어처럼 보였다. 아니, 정확히는 '아시아판' 리처드 기어라고 해야 하겠지만. 이 남자는 황색 피부와 검은색 머리를 가진 아시아인이니 말이다.

스중난이 그 남자에게 시선을 빼앗긴 것은 그가 잘생겼기 때문이 아니다. 스중난은 그 남자가 낯이 익었다.

"안녕하십니까? 제가 지티 테크놀로지의 리처드 리Richard Lee입니다."

사장이 방문객을 맞이하러 나와 악수를 청했다.

"안녕하십니까."

혼혈 미녀가 먼저 입을 열었다. 그녀는 옆 사람을 소개하는 손짓을 하며 말을 이었다.

"이분은 SIQ의 스투웨이 씨입니다."

그 말을 들은 사장은 턱이 빠질 뻔했다. 스중난은 자리에서 튀어오르듯 일어났다. 저 남자가 왜 낯이 익었는지 알았다. 외국의 IT 뉴스 사이트에서 그의 사진을 본 적이 있다. 이노우에 사토시와 스투웨이 두 사람은 최근 몇 년간 언론에 모습을 자주 드러내지 않았다. SIQ의 기자회견에는 대개 카일 퀸시가 참석했다. 그러나 10여 년 전 아이소토프가 막 창립했을 때는 그들도 실리콘밸리의 여러 언론사 인터뷰에 응한 바 있다. 당시 그들의 사진을 보고 업계에서 우스갯소리도 오갔다. 이노우에 사토시는 책벌레 같은 이미지로 항상 반바지에 티셔츠 차림인데 비슷한 또래인 스투웨이는 훨씬 어른스러운 차림을 고수해 늘 정장을 입었기 때문이다. 두 사람이 함께 찍은 사진을 보면 꼭 고등학생 아들과 아버지 같았다.

스중난은 스투웨이의 외모를 뜯어보고 그가 기억 속 사진에서 본 인물임을 확신했다. SIQ가 직원이 겨우 다섯 명인 회사 사장을 만나는 자리에 이사회의 이인자를 보내다니, 상상도 못 한 일이었다.

"스, 스투웨이 씨, 만, 만나서 반갑습니다."

사장이 더듬더듬 영어로 인사했다. 너무 긴장한 탓에 그의 '나이스 투 미츄'가 마치 '나이스 투 미스 유Nice to miss you'처럼 들렸다.

"광둥어로 말씀하세요."

스투웨이가 말했다. 발음이 아주 깨끗하지는 않지만 정확한 광둥어였다.

"부모님이 홍콩 분이어서 초등학교까지는 홍콩에서 다녔습니다. 광둥어를 완전히 잊어버리지는 않았어요."

스투웨이가 말했다.

"아, 아, 그렇군요. 뵙게 되어 영광입니다, 영광입니다."

사장은 전전긍긍하며 그와 명함을 교환했다.

"스투웨이 씨……라면 SIQ 창립자 중 한 분인 그 스투웨이 씨인가요?"

"맞습니다. 명함에 적힌 직함은 거짓말을 하지 않지요."

스투웨이가 씩 웃으며 명함을 가리켰다.

"하지만 제가 다른 회사를 방문할 때도 대부분 그런 질문을 받습니다."

"실, 실례했습니다."

사장은 이 귀한 손님의 말씨에 어떻게 대처해야 할지 몰랐다. 준비했던 아부의 말은 꺼내지도 못했다.

"유명한 스투웨이 선생님께서 직접 왕림해주시다니 저희 같은 작은 회사에는 정말 큰 영광입니다."

스중난은 사장을 보며 중국 왕조 시대의 말단 관리가 조정 대신을 만난 것 같다고 생각했다. 허리를 굽혀 몸을 웅크리고 머리를 바닥에 찧어가며 자신이 생각해낼 수 있는 최대한의 아첨을 주워섬기는 것이다. 참으로 꼴 보기 싫은 광경이다.

"우연히 그렇게 됐습니다. 친구들도 만날 겸 홍콩에서 휴가를 보내러 왔죠. 최근 몇 년은 회사 일을 다 카일에게 맡겨두고 있어요. 저는 이미 미국 동부 해안 쪽으로 이주했죠. 평소에는 간단한 화상회의만 합니다. 그런데 이렇게 반쯤 은퇴한 생활에도 조금 진력이 나서요, 종종 흥미가 생기는 투자 건은 직접 방문하기도 합니다……."

스투웨이가 웃으며 말했다.

"인터넷 시대에 회사 규모와 잠재력은 비례하지 않습니다. 제가 이노우에와 함께 아이소토프를 창립할 때도 직원이 네 명이었죠. 규모가 큰 회사보다 높은 영업수익률을 올리는 작은 회사가 많습니다. 저는 수백 명의 직원을 거느린 기업보다 열 명 미만의 작은 회사에 관심을 갖는 편입니다. 인재는 실력이 중요하지 숫자가 중요한 게 아니죠."

"아, 정말 저희 회사의 광영입니다. 우선 회의실로 가실까요? 저희 회사 업무와 비전에 대해 소개해드리겠습니다."

사장이 방문객들에게 따라오라는 손짓을 했다.

스투웨이와 사장 등이 회의실로 들어가자 아하오가 나는 듯이 스중난에게 달려와 속삭였다.

"세상에! 대어가 걸렸잖아! 저 사람이 정말 SIQ 창립자가 맞을까?"

"맞아. 사진을 본 기억이 나."

스중난이 고개를 끄덕이며 검색 사이트에서 스투웨이와 이노우에 사토시의 이름을 입력했다. 검색 결과 이미지 중에 바로 그 히키코모리와 신사 둘이 찍은 과거 사진이 떴다.

"중난 형, 회사 홈페이지에 들어가 봐요."

마짜이가 검색 결과에 나온 SIQ 공식 사이트를 가리켰다.

스중난이 마우스로 사이트를 클릭했다. SIQ 공식 사이트에 화려한 플래시는 없었다. 메인 화면은 신문사 뉴스 사이트 같아 보였다. 사진이 함께 배치된 텍스트로 소식을 전하는 내용이 나열되어 있다. 내용은 다양했다. 모바일 앱의 발전 방향, 미국 국방부와 실리콘밸리의 협력 사례, 가상현실 산업의 비전, 게임 시장의 변화, 스중난조차 이해할 수 없는 '양자 컴퓨터의 잠재력' 같은 소식도 있었다.

"SIQ 회사 사이트인데 '작품집'이라는 건 왜 있지?"

아하오가 화면의 오른쪽 윗부분을 가리키며 말했다.

"포트폴리오는 투자한 목록을 가리킬 때도 써요."

스중난이 대답했다. 그 카테고리를 클릭하자 기다란 회사 명단이 나왔다. 회사 소개글과 CEO 이름, 링크 주소 등이 나열되어 있었다. 스중난에게 익숙한 인터넷 서비스 업체도 많았다.

"저기 '팀Team'이라는 카테고리 눌러봐요."

SIQ의 조직 구성원은 생각보다 적었다. 화면에 40여 개의 사진 이미지가 떴다. 홈페이지에 사진이 올라올 정도라면 일부 고위 임원만 나온 게 아닌가 하고 스중난은 생각했다. SIQ의 조직은 몇 개 부문으로 나뉜다. 투자, 시장전략, 기술자문, 경영자문 부문 등이다. 완벽한 벤처 투자회사라면 단지 재무적인 부분에만 투자하지 않고 협력 파트너로서 기술 및 경영상의 의견을 제시하고 도움을 준다.

"여기 봐요, 스투웨이도 있어요."

스중난이 마우스 커서로 투자 부문 아래쪽의 사진 하나를 가리켰다. 사진 속 스투웨이는 역시나 정장을 빼입고 있다. 반면 다른 임원들은 대개 간편한 차림새로 넥타이를 맨 사람이 많지 않았다.

달칵.

회의실 문이 열리는 소리에 아하오는 곧장 자기 자리로 돌아갔다. 마짜이도 얼른 키보드 쪽으로 고개를 처박았다. 스중난은 Alt-Tab 키를 눌러 프로그래밍하던 화면으로 돌아갔다. 회의실에서 나온 사람은 조안이었다. 조안은 탕비실에 가서 손님을 위한 커피를 내렸다.

조안이 회의실로 돌아갔지만 아하오와 마짜이가 다시 스중난에게 오지는 않았다. 스중난은 스투웨이에게서 관심을 돌리지 않았다. 브라우저에서 계속 SIQ 관련 자료를 찾아봤다. 스투웨이의 사진을 클릭하니 새로운 페이지가 열리고, 스투웨이의 SNS 링크드인 계정으로 연결되었다. 스투웨이의 이력이 자세히 나와 있었지만, 내용이 특별할 게 없어서 페이지를 닫고 다시 SIQ 자료를 훑었다.

스중난은 자료를 읽는 한편 자기 자신을 야단쳤다. 어제 SIQ 임원이 올 거라는 말을 듣고 스중난은 영어로 기술적인 내용을 설명하는 것만 반복해서 연습했다. SIQ에 대해 조사할 생각은 하지 못했다. 사장보다 SIQ에 대해 잘 알고 있음을 드러내면 스투웨이에게 깊은 인상을 남길 수 있다. 아직 늦지 않았다. 스투웨이와 사장이 회의하는 사이에 최대한 SIQ에 대한 지식을 흡수해야 한다.

20분 정도 SIQ의 투자 목록과 조직 구성원의 자료를 훑어보고 있는데 회의실 문이 열렸다. 스중난은 얼른 브라우저 창을 최소화했다.

"저희 회사의 우수한 직원들을 소개하겠습니다."

사장이 양손을 비비면서 직원들 쪽으로 걸어왔다.

"이쪽은 저희 CTO 찰스 스Charles Sze, 그 옆은 수석 소프트웨어 엔지니어 휴고 마Hugo Ma입니다."

스중난은 영어 이름으로 불리자 잠깐 어리둥절했다. 자신의 영어이름이 찰스인 것은 맞지만, 몇몇 여자에게 자신을 찰스라고 소개한 적이 있을 뿐 평소에 그렇게 불려본 적은 없다. 게다가 마짜이의 영어 이름이 휴고인 것도 스중난은 모르고 있었다. 그보다 더 황당한 것은 '최고기술경영자'를 뜻하는 CTO나 수석 소프트웨어 엔지니어 같은 직함이었다. 회사에 프로그래머가 달랑 두 명인데 이렇게 휘황찬란한 감투를 씌울 것은 뭐란 말인가. 어차피 하는 일은 말단 소프트웨어 개발자의 업무와 똑같다.

"반갑습니다."

스중난과 마짜이가 스투웨이와 악수했다. 악수할 때 스중난은 상대방의 셔츠 소매에 Szeto*라고 수놓인 것에 주목했다. 그 옆에는 은과 검은색 법랑으로 된 커프스 단추가 끼워져 있다.

사장은 이어 토머스와 아하오를 소개했다. 역시 '최고 디자인 책임자' '고객지원 책임자' 등의 직함이 붙었다.

"저는 지티 테크놀로지 시스템에 관심이 있습니다."

스투웨이가 스중난과 마짜이를 향해 말했다.

"지티넷의 서버기는 지금의 백 배에 달하는 회원수를 감당할 수 있습니까? 평행분류를 고려한 적은 없습니까? 영상 스트리밍 서비스를 곧 개시한다고 했는데 서버기와 데이터베이스가 받는 압력이 크게 증가할 겁니다. 그러면 사용자의 사이트 체험 환경에 큰 문제

---

* '스투'의 광둥어 발음을 알파벳으로 표기한 것.

가 생기겠지요."

"그 부분은 대책이 있습니다. 사용자가 영상을 올리면 시스템이 영상을 30초짜리 조각으로 나눕니다. 이렇게 하면 서버의 프레스를 낮출 수 있고 사용자가 플러그인 프로그램으로 접속해도 전체 영상을 다운로드하거나 저희와 경쟁관계인 사이트로 보내는 것도 막을 수 있습니다……."

스중난이 스투웨이의 물음에 대답했다. 그리고 지티넷의 영상 스트리밍과 보안 시스템에 대해 설명을 이어갔다. 이런 부분은 마짜이의 업무 영역이지만, 스중난은 자신이 돋보일 기회를 마짜이에게 넘길 생각이 추호도 없었다. 스투웨이는 지코인의 매매 방식, 단어 검색의 알고리즘, 시스템이 자동으로 가십 정보의 가격을 책정하는 방식 등을 질문했고, 스중난은 하나하나 기회를 빼앗기지 않고 대답했다.

"찰스는 저희 회사의 뛰어난 인재죠. 그의 기술력이 지티넷의 발전에 기여할 겁니다."

스투웨이와 스중난의 긴밀한 문답 가운데 사장이 틈을 보며 끼어들었다.

"리처드, 솔직하게 말씀드리겠습니다."

스투웨이가 미소를 지으며 고개를 흔들었다 .

"찰스는 확실히 시스템 기술을 잘 이해하고 있는 인재입니다. 그러나 지티넷의 중점 서비스인 '가십 거래'라는 체제에 대해서는 판단 보류 상태라고 할 수 있겠군요…… 혹은 제가 상상한 것과는 거리가 좀 있다고 할까요? 이 모델로 수익을 낼 수 있을지 단정하기 어렵군요."

사장은 잠시 말문이 막혔다. 그는 미소를 유지하려 애썼지만 긴장한 입꼬리와 이리저리 방황하는 시선이 그의 당혹감을 그대로 드러내 보였다.

"지티넷은 가십 거래만 하는 것이 아닙니다. 아직 개발 준비 중인 서비스가……."

"예를 들면, 어떤?"

스투웨이가 물었다.

"어……."

"지코인과 가십 거래를 금융상품과 비슷하게 구성하는 방식을 고려하고 있습니다."

스중난이 갑자기 끼어들었다.

"오호?"

스투웨이가 호기심을 드러냈다.

"네, 네. 바로 그런 개념입니다."

사장이 고개를 주억거렸다.

"좀 더 상세히 설명해주겠습니까?"

"그, 그건……."

사장은 또 말문이 막혔다.

"지금 개발 중입니다. 영업 비밀이기도 해서 당장 말씀드리기는 곤란합니다."

다시 스중난이 대답했다.

"다만 한 가지 말씀드릴 수 있는 것은, 가십을 주식처럼 보고 거래량에 따라 가격 등락을 결정한다면 선물先物이나 주식매입권증서 등의 상품으로도 제공할 수 있다는 것입니다. 21세기는 정보 폭발의 시대입니다. 지티넷의 비전은 소식을 포장해서 사고 팔 수 있는 상품으로 만드는 것이죠."

"아, 그건 확실히 흥미롭군요……."

스투웨이가 턱을 쓰다듬었다. 스중난의 말을 곰곰이 생각해보는 것 같았다.

사장은 방아 찧듯 고개를 연방 주억이며 말했다.

"네, 맞습니다, 네. 저희 회사의 발전 방향이죠. 하지만 지금은 시기상조라 아까 회의에서 말씀드리지 않은……."

"그렇다면 좀 더 준비해서 프레젠테이션을 해주시면 어떨까요?"

스투웨이가 사장에게 말했다.

"비밀 유지 협정서를 쓰자고 해도 좋습니다. 제3자에게 귀사의 영업 비밀을 누설하지 않는다고 맹세하죠."

"아, 그건……."

"정리할 시간이 좀 필요합니다."

스중난이 다시 끼어들었다.

"스투웨이 씨는 홍콩에 얼마나 머물 예정이신지요?"

"서두르지 않아도 좋습니다. 전 한 달 내내 홍콩에 있을 겁니다. 7월 중순 미국에 돌아가니까 제가 홍콩을 떠나기 전에만 프레젠테이션을 준비하시면 됩니다."

스투웨이가 웃으며 대답했다.

스중난은 씩 웃으며 고개를 끄덕였다. 그리고 활짝 미소 짓는 사장 쪽을 흘낏했다. 방금 스중난이 말한 것은 전부 떠오르는 대로 마구 떠든 것이다. 지티넷은 이런 발전 계획을 갖고 있지 않다. 그러나 눈앞의 기회를 붙잡기 위해서는 죽은 말도 살아 있는 말인 양 정성스레 치료해야 한다. 입에서 나오는 대로 지껄인 것이기는 해도 스투웨이를 다시 만날 기회만 잡으면 그에게 좋은 인상을 남길 기회는 열려 있다. 스중난은 자신의 태도가 너무 급진적이었을 거라고 생각했고, 스투웨이도 아마 자신의 의도를 눈치챘을 것이다. 그러나 동시에 미국인은 적극적이니 스투웨이가 자신의 능력을 용감하게 드러내는 인재를 싫어하지는 않으리라고도 추측했다.

"다음에 또 만날 테니 지금은 다른 질문을 더 하지 않겠습니다."

스투웨이가 사무실을 한 번 둘러보고 다시 웃으며 말을 이었다.

"그러고 보니 사무실이 참 깔끔하군요. 제가 상상하던 것과는 좀 달라요."

"오늘 방문하신다고 해서 정리정돈을 열심히 했습니다."

사장이 민망한 표정으로 대답했다.

"IT 회사는 좀 어질러진 게 자연스럽지요. 제가 이노우에와 대학 기숙사에서 소프트웨어 개발을 시작할 때도 방이 엉망진창이었습니다. 이노우에는 매일 록 음악을 틀고서 프로그램을 짜곤 했어요. 하루 종일 음량을 최대로 올리고 말이죠. 그것 때문에 그와 여러 번 싸웠습니다."

스투웨이가 시원스럽게 웃으며 말했다.

"스투웨이 선생님은 록 음악을 좋아하지 않으시나 보군요?"

사장이 물었다.

"저는 고전음악을 좋아합니다."

스투웨이가 지휘하는 시늉을 했다.

"내일 홍콩 필하모닉 오케스트라 연주회에 베이징의 유명한 피아니스트 왕위자가 협연을 합니다. 그 공연도 제 홍콩행 목적 중 하나죠."

"홍콩 필하모닉 오케스트라……요? 저는 그쪽으로 문외한입니다. 홍콩에서 고전음악을 하는 게 수입이 되나요?"

사장이 멍청한 질문을 던졌다.

"그럼요! 홍콩 필하모닉 오케스트라는 아시아에서 상당히 유명한 악단입니다. 단원 중에 국제적으로 유명한 연주자도 여럿 있죠. 하지만 지금의 음악감독 얍 판 츠베덴은 네덜란드 사람이고, 수석 객원지휘자인 위룽은 상하이에서 왔고, 악장인 왕징은 중국계 캐나다인이니…… 홍콩은 확실히 전문 연주자를 육성할 토양이 부족하긴 합니다."

그때 스중난의 머릿속에 한 가지 생각이 번뜩였다. 그러나 겉으로는 드러내지 않고 방관자 역할을 계속하며 사장이 스투웨이와 한담을 나누는 모습을 구경했다. 그들은 10분 정도 한담을 나눴다. 홍콩의 맛집, 풍경, 날씨 등 다양한 화제가 오갔다. 이 대화를 통해 스중난은 스투웨이에 대한 정보를 좀 더 수집할 수 있었다. 그는 홍콩에서 머무는 동안 완차이灣仔에 있는 레지던스 호텔에 묵는다. 현재 지티넷 외에 다른 투자 안건은 없다. 함께 온 혼혈 미녀의 이름은 도리스Doris로, 스투웨이의 개인 비서다.

"오늘은 이만 가보겠습니다."

자리에서 일어나며 스투웨이가 인사했다.

"만나뵈어서 반가웠습니다. 프레젠테이션이 준비되면 도리스에게 연락하시면 됩니다. 약속을 잡아줄 겁니다. 좋은 파트너십이 이뤄지길 기대하겠습니다."

스투웨이는 모든 사람과 다시 한 번 일일이 악수하고 도리스와 함께 사무실을 떠났다.

"휴우!"

사장과 조안이 손님을 배웅하러 나간 뒤 직원들은 모두 길게 숨을 내쉬었다. 다들 아까까지 숨이 막혔던 듯하다.

"찰…… 중난, 아까 말한 '금융상품'이란 거 정리가 된 개념인가?"

사장이 돌아와 넥타이를 느슨하게 당기면서 물었다.

"당연히 아니죠. 급하면 쥐도 고양이를 문다잖습니까. 생각나는 대로 주워섬긴 거예요."

스중난이 어깨를 으쓱했다.

"그렇다면…… 아하오, 지금부터 2주간 중난과 함께 그 계획을 구체화해봐. 7월 중에 스투웨이가 떠나기 전에 프레젠테이션을 해야 해."

"엇, 제가 왜요?"

아하오가 깜짝 놀랐다.

"고객지원 팀장이시잖아. 당연히 이 일을 맡아야지."

스중난이 웃으며 말했다.

"아니, 그게……."

"중난, 회사가 투자를 따내느냐 마느냐가 자네에게 달렸어. 중요한 사안이니 절대 망치면 안 되네. 지금 하던 업무는 전부 마짜이에게 넘겨주고 프레젠테이션에 집중해."

사장이 말했다.

"급하게 처리할 업무가 있으면 며칠 내로 마짜이에게 인계하고."

"OK."

스중난이 마짜이 옆으로 의자를 옮겨 업무 인계를 할 태세를 갖췄다. 그리고 보니 마짜이는 아직도 SIQ 홈페이지를 들여다보고 있었다.

"아직도 이걸 보고 있었어?"

"방금 이상한 걸 발견했거든요. 이해가 안 돼서 계속 보고 있었죠."

"이상한 거?"

"SIQ 조직도에 이노우에 사토시가 없어요."

마짜이가 마우스 휠을 돌려서 홈페이지를 맨 위에서부터 끝까지 죽 내렸다. 투자 부문에도, 기술 부문에도 이노우에 사토시의 사진이 없었다.

"경영진만 홈페이지에 나온 건지도 몰라. 이노우에 사토시는 개발자에 가까우니 사람들과 어울리는 걸 싫어하는지도 모르지."

"그렇겠죠. 저도 프로그램 만드는 것만 좋아하지, 저더러 기술 자문을 맡으라고 하면 아마 못 견딜 거예요."

"일단 브라우저 닫아. 지금 내가 하고 있는 프로그램 모듈을 설명해줄게."

스중난은 마짜이와 업무 이야기를 하면서도 내내 다른 일에 정신이 팔려 있었다.

어떻게 스투웨이를 구워삶아 SIQ 홈페이지의 '투자 목록' 카테고리에 올라갈 것인가.

스중난은 이것이 일생에 한 번 올까 말까 한 기회임을 잘 알았다. 보통은 평생 가도 만나지 못할 황금 같은 기회다. 멍청이들이나 이런 기회를 놓친다. 스중난은 대학 시절 교수나 동기들이 자신을 업신여기며 지나치게 높은 이상만 추구한다고 조롱했던 일이 생각났다. 그러나 지금 눈앞에 인생을 바꿀 기회가 다가왔다.

스중난은 인과응보를 믿지 않는다. 나쁜 놈은 승승장구하고 착한 놈은 끝이 좋지 않다. 그게 세상의 법칙이다. 오늘날의 사회에서 '선량함'이란 한 사람의 성취를 가늠하는 지표가 아니다. 사리사욕을 채울 수 있다면 스중난은 남이 죽든 말든 관심이 없다. 자신과 무관한 사람의 생사라면 더욱.

02

띠띠띠띠띠…….

아이는 미친 듯이 초인종을 눌렀다. 아녜의 집에서는 귀를 찌르는 벨소리만 날 뿐 다른 움직임이 없었다.

아녜가 처음 만나던 날처럼 깊게 잠든 것이 아니라 외출한 거라는 확신이 들자, 아이는 휴대폰을 꺼내 아녜의 번호를 눌렀다. 결국 전처럼 곧바로 음성 메시지함으로 넘어갔다.

"어우야이입니다. 중요한 사실을 발견했어요…… 지금 당신 집 문앞이에요. 음…… 되도록 빨리 돌아와 주세요."

메시지를 남긴 후 아이는 바닥이 얼마나 더러운지도 신경 쓰지 않고 문앞 계단에 주저앉아 초조한 심정으로 아녜를 기다렸다. 어두운 계단에 혼자 있었지만 공포 따위를 느낄 여유도 없었다. 머릿속에는 오로지 샤오원의 스마트폰에서 본 끔찍한 이메일만 떠올랐다. 버스를 타고 사이잉푼으로 오는 동안 아이는 차마 샤오원의 휴대폰을 꺼내 다시 살펴볼 엄두를 내지 못했다. 스마트폰을 잘못 다뤄서 범인의 이메일이 삭제돼버릴까 두려운 마음도 있었고, 무엇보다 그 이메일 뒤에 숨겨진 사실을 마주하고 싶지 않았다.

샤오원은 자살하기 전에 땅콩게시판에 글을 올린 배후의 범인과 직접 연락했다.

—정말 죽을 용기가 있어?

아이는 이메일의 첫 문장을 떠올렸다. 그건 샤오원을 창밖으로 밀어버린 보이지 않는 손이었다.

어둑어둑한 계단에서 아이의 생각은 점점 더 멀리 나아갔고 감정도 점점 더 격해졌다. 그녀는 가방 속 물건이 샤오원을 죽인 흉기처럼 느껴졌다. 악의가 빨간 휴대폰에서 뻗어나와 자신을 집어삼키는 것만 같았다.

저도 모르게 아이는 가방에서 샤오원의 휴대폰을 꺼냈다. 자신의 행동을 깨달았을 때는 이미 비밀번호 패턴을 입력한 뒤였다. 이메일 앱을 닫지 않은 상태였기에(애초에 아이는 앱을 닫는 방법도 몰랐다) 휴대폰이 켜진 뒤 곧바로 그 사악한 문장이 눈에 들어왔다. 그러나 이번에는 아이도 마음의 준비를 한 뒤였다. 아이는 솟구치는 감정을 억누르며 화면의 정보를 자세히 읽었다. 이메일 앱의 사용법을 이해하려고 애썼다. 아이는 다른 사람들이 하던 동작을 흉내 내어 스마트폰 화면을 손가락으로 문지르듯 움직였다. 그러다가 의도치 않게 동그라미 안에 들어 있는 5라는 숫자를 건드렸다.

"어?"

이메일이 아이의 손가락 아래서 펼쳐졌다. 아이는 숫자 5가 첫 번째 메일과 마지막 메일 사이에 다섯 통의 주고받은 메일이 숨겨져 있다는 뜻임을 알아차렸다. 바꿔 말하면 샤오원은 자살하기 전에 범인과 대화를 주고받았다는 뜻이다.

아이는 이런 첨단 도구를 잘 모르지만 차차 조작법을 짐작할 수 있었다. 아이는 직감적으로 맨 위의 이메일을 열었다.

- 보낸이 : kid kit 〈kidkit727@gmail.com〉
- 받는이 : aungamanman@gmail.com
- 날짜 : 2015—05—05 17:57
- 제목 : (제목 없음)

어우야원에게

나는 널 줄곧 지켜봤어. 열다섯 살이라고 해서 무조건 동정받을 거라고 생각하지 마. 나는 네 가면을 벗겨버릴 거야. 세상 사람들이 네 진짜 모습이 얼마나 추악한지 알게 할 거야. 넌 아직 벌을 덜 받았어. 난 네가 다시는 웃지 못하게 만들겠어.

kidkit727

화면에 맨 처음 이메일이 나타났다. kidkit727이 샤오원에게 보낸 것이다. 아이는 숨을 가쁘게 쉬며 어찌할 바를 모른 채 도전적인 어조의 문장을 읽었다.

'진정, 진정해야 해……'

아이는 마음을 다잡았다. 지금 당황해봐야 도움 될 것이 없다. 냉정하게 범인이 남긴 단서를 찾아내야 한다.

아이는 이메일을 보낸 사람이 진짜 범인인지 확신할 수 없었다. 아녜는 땅콩게시판 게시자 kidkit727의 이메일 주소는 알파벳 Y로 시작하는 러시아 회사의 계정이라고 했다. 이 이메일을 보낸 계정과 다르다. 하지만 내용으로 볼 때는 땅콩게시판 게시자와 비슷해 보인다. 그 악의로 가득한 말투가 똑같다.

아이는 이메일 수신 시간을 보고 어지럼증을 느꼈다.

5월 5일 오후 5시 57분.

샤오원이 자살하기 10분 전이었다.

- 보낸이 : Nga-Man 〈aungamanman@gmail.com〉
- 받는이 : kid kit 〈kidkit727@gmail.com〉
- 날짜 : 2015-05-05 17:59
- 제목 : Re:

  누구세요?

내 이메일 주소는 어떻게 알았죠?

뭘 어쩌려는 거예요?

두 번째 이메일은 샤오윈이 보낸 답장이었다. 아이는 짧은 내용 속에서 샤오윈의 공포를 읽었다. 6주 전의 오늘, 아이는 동생이 자살하기 직전 어둠 저편의 숨은 범인과 홀로 맞섰다는 사실조차 몰랐다. 그렇게 허무하게 동생을 잃었다.

- 보낸이 : kid kit 〈kidkit727@gmail.com〉
- 받는이 : Nga-Man 〈aungamanman@gmail.com〉
- 날짜 : 2015-05-05 18:01
- 제목 : Re:
- 첨부파일 : IMG_6651.jpg

어우야윈에게

두려워? 너도 두려움이라는 걸 알아? 하하하! 너는 두려워해야 마땅해. 왜 냐하면 내가 사진을 공개할 예정이니까. 그때가 되면 너는 반에서 쓰레기가 될 것이고, 네 주변 사람은 전부 내가 쓴 글이 사실이라는 걸 알게 될 테지.

kidkit727

"네 주변 사람은 전부 내가 쓴 글이 사실이라는 걸 알게 될 테지"에서 아이는 메일을 보낸 kidkit727이 모방범이 아니라 땅콩게시판 게시자와 동일인임을 확인했다. 그것에 생각이 미치는 바람에 메일 속에 언급된 단어 '사진'에는 신경을 쓰지 못했다. 그 상태로 스마트폰 화면을 내리다가 메일 하단의 첨부파일 미리보기를 보고 말았다. 아이는 충격에 빠졌다.

작은 화면 속에 샤오원의 모습이 있었다.

사진 속 배경은 어두웠다. 가라오케나 술집에 있는 방으로 보였다. 사진 속 주인공은 두 명으로, 한 명은 평상복을 입은 샤오원, 또한 명은 머리를 빨갛게 염색하고 화려한 차림새를 한 십대 후반의 남자였다. 두 사람은 소파 위에 뒤엉켜 있었다. 남자의 팔이 샤오원을 끌어안았고, 그의 입술이 샤오원의 입가에 닿을 듯 말 듯 가까이 있었다. 샤오원은 눈을 반쯤 뜬 채 웃는지 마는지 모를 미묘한 표정으로 카메라 렌즈 뒤의 무언가를 쳐다보고 있다. 반쯤은 도취된 듯, 반쯤은 유혹하는 듯한 표정이다.

아이는 동생이 이런 장소에 갔었다는 것을 믿을 수 없었다. 두 사람 앞에 놓인 낮은 탁자에는 맥주캔, 술잔, 커피믹스 몇 봉지, 땅콩 두 접시, 주사위 셰이커, 마이크, 담뱃갑과 라이터, 그리고 검은색 작은 상자가 있다. 그 상자에 뭐가 들었는지는 알아볼 수 없었다. 하지만 그런 것에 신경 쏠 여력이 없다. 샤오원과 남자의 행동이 충격적이었기 때문이다. 남자의 오른손은 샤오원의 겨드랑이 아래로 들어가 손가락 끝이 가슴 근처에 닿아 있다. 샤오원이 이런 불량 청소년과 어울렸다는 것에 더해 남자의 이런 행동을 그냥 내버려두었다는 것이 너무 충격적이었다. 아이와 어머니는 항상 샤오원에게 불량한 남자들을 조심하라고 당부했고, 샤오원 역시 어떤 종류의 일탈 행동도 보인 적이 없었다. 그러나 사진 속 샤오원의 얼굴에는 아이가 한 번도 본 적 없는 '성인 여성' 같은 표정이 드러나 있었다.

kidkit727의 글이 머릿속에 번쩍 떠올랐다.

—학교 밖에서는 불량배와 어울리며 미성년자가 술을 마시기도 했다. 어쩌면 마약을 하거나 원조교제를 했을지도 모른다.

'아냐, 그럴 리가 없어!'

아이는 마음속으로 부단히 되뇌었다. 그녀는 더러운 생각에서 벗어나고 싶었다. 하지만 오랫동안 머릿속에 잠들어 있던 의혹이 이 사진을 보는 순간 표면으로 떠오르는 것을 막을 수 없었다.

그런데 이 사진을 언제 찍었는지 판단하기 어려웠다. 옷을 보니 겨울 같지만, 작년 겨울인지 재작년 겨울인지 단언할 수 없었다. 사진 속 여자는 분명 샤오원인데, 몹시 낯설게 느껴졌다. 불안한 생각을 떨쳐버리기 위해 아이는 다음 이메일을 열었다.

- 보낸이 : Nga-Man〈aungamanman@gmail.com〉
- 받는이 : kid kit〈kidkit727@gmail.com〉
- 날짜 : 2015-05-05 18:02
- 제목 : Re :
  어떻게 이 사진을 갖고 있는 거지?
  이건 사실이 아니야!
  그냥 사고 같은 거였어!

샤오원의 답장을 읽은 후 아이는 복잡한 심정이 들었다. 샤오원의 반응을 보면 사진 속 장면은 사실인 것이 확실하다. 저 불량 청소년과 아는 사이인 것도 맞다. 그러나 샤오원이 '사고'였다고 항변하는 것을 보면 뭔가 사정이 있을지도 모른다. 어쨌든 메일을 보낸 자는 사진을 이용해서 샤오원을 괴롭히고 있다. 무섭게도 그자는 '협박'을 하고 있는 것도 아니다. 아무런 요구도 없이, 그저 사진을 가지고 막막한 처지의 동생을 괴롭히고 있다.

- 보낸이 : kid kit 〈kidkit727@gmail.com〉
- 받는이 : Nga-Man 〈aungamanman@gmail.com〉
- 날짜 : 2015-05-05 18:04
- 제목 : Re：

어우야원에게

인간이 하는 일을 하늘에서는 다 내려다보고 있어. 나는 내 행동이 떳떳한데, 너는 어떨까? 넌 오로지 없는 일을 날조하고 다른 사람을 모함하는 일밖에 못 하잖아?

kidkit727

범인의 답장은 아이의 예상을 크게 벗어났다. 주고받은 이메일을 처음 봤을 때만 해도 아이는 범인이 악의로 가득 차 있으며 샤오원을 괴롭힐 목적으로 메일을 보냈다고 여겼다. 그러나 이번 메일을 보면 자신이 샤오원보다 훨씬 도덕적이라고 믿으면서 샤오원을 심판하고 정의를 실행한다고 생각하는 것처럼 보인다.

'이자는 샤오더핑이 샤오원의 모함을 받았고 확실히 억울하다고 믿고 있는 걸까? 설마 그래서 이런 일을 저질렀단 말인가?'

아이는 점점 더 머릿속이 어지러웠다.

- 보낸이 : Nga-Man 〈aungamanman@gmail.com〉
- 받는이 : kid kit 〈kidkit727@gmail.com〉
- 날짜 : 2015-05-05 18:04
- 제목 : Re：

내가 죽었으면 좋겠어?

샤오원의 짤막한 한마디를 본 순간 아이는 눈물이 터져 나왔다. 이메일로 주고받은 대화를 살펴보면 이 한마디는 말다툼하다가 화가 나서 툭 던지는 말처럼 보인다. 하지만 아이는 이 짧은 문장 뒤에 숨겨진 진심이 느껴졌다. 그것은 악의 어린 범인의 말에 대꾸한 것이 아니었다. 그때 샤오원은 절벽 끝에 서 있었고, 절망 속에서 누군가 도와주기를 바라며 마지막 유언을 남긴 것이다.

- 보낸이 : kid kit 〈kidkit727@gmail.com〉
- 받는이 : Nga-Man 〈aungamanman@gmail.com〉
- 날짜 : 2015-05-05 18:06
- 제목 : Re:

  어우야원에게

  정말 죽을 용기가 있어? 사람들 동정을 받으려고 수작 부리는 것 아니야? 하지만 이번에는 학교 친구들이 너의 그런 수작에 속지 않을걸. 너 같은 쓰레기는 죽어도 싸.

                                                    kidkit727

마지막 이메일은 아이가 맨 처음 본 메일이었다. 샤오원이 생애 마지막으로 읽은 메일이기도 했다.

이메일 대화를 다 읽은 후 아이는 범인에 대한 증오에 불탔다. 마지막 이메일의 말투가 조금만 달랐다면, 내용을 약간만 바꾸었다면 샤오원은 어쩌면 그 막다른 길을 벗어났을지도 모른다. 혹은 범인이 조금 늦게 답장하고 아이가 먼저 집에 돌아왔다면 동생의 상태가 평소와 다르다는 것을 눈치챘을지도 모른다. 샤오원은 분명 아이에게 안겨 울면서 무슨 일이 있었는지 다 털어놓고 위험한 상황을 벗어났을 것이다. 그러나 그 악마가 샤오원에게 숨 돌릴 기회를 주지 않았다. 그자는 샤오원의 영혼이 가장 연약한 순간에 잔인하게 칼을 찔러 넣었다.

'죽어도 싸'라는 말이 아이의 눈을 아프게 찔렀다.

"이봐요, 여기 앉아서 뭐 하는 겁니까?"

불량배같이 건들대는 말투가 생각에 침잠한 아이를 현실로 데려왔다. 고개를 드니 여전히 낡은 티셔츠와 7부 바지를 입은 아녜가 서 있다.

"어디에 있었어요? 왜 내 전화를 안 받아요? 내가 오늘 오겠다고 했잖아요! 왜 날 기다리지 않은 거예요!"

아이는 숨 쉴 틈도 없이 쏘아붙였다. 아녜에게 불만이 있어서가 아니라, 메일을 읽은 뒤 솟구치는 분노 때문에 저도 모르게 아녜에게 화풀이를 하는 것이다.

"점심 먹고 슈퍼마켓에 들렀죠."

아녜는 덤덤한 얼굴로 맥주, 냉동피자, 소시지, 영양바, 라면이 들어 있는 비닐봉지를 보여주었다.

"오늘 퇴근 후에 오겠다고 했잖아요! 왜 집에 있지 않았냐고요! 왜 나를 여기서 기다리게 만들어요!"

아이는 계속해서 말도 안 되는 성질을 부렸다.

"세상에, 지금 4시인데 오늘 퇴근 시간은 원래 7시 아닙니까? 당신이 일찍 올 거라는 걸 내가 무슨 수로 알아요?"

아이가 억지를 부리는데도 아녜는 어깨만 으쓱할 뿐이었다.

아이는 다시 쏘아붙이려다가 아녜의 말에 입을 다물었다. 아이는 그의 말대로 오늘 일찍 퇴근한다는 걸 알려준 적이 없다.

"좀 진정했습니까?"

아네는 아이가 입을 다문 순간을 놓치지 않았다.

"이렇게 초조해하고 조퇴까지 하고 온 걸 보니 무언가 알아낸 모양이군요."

아이는 긴장한 표정으로 스마트폰을 건넸다.

"점심시간에 갑자기 샤오원의 휴대폰 비밀번호가 떠올랐어요. 그래서 이메일을 볼 수 있었죠……."

아이는 허공에 비밀번호 패턴을 그려 보였다. 그사이 스마트폰은 자동으로 꺼졌고, 아네는 한 손으로 비밀번호 패턴을 그려 다시 스마트폰을 켰다. 메일을 읽으며 교활한 미소를 지은 아네가 말했다.

"재미있군."

그는 아이가 자기 고용인이라도 된다는 듯 덥석 비닐봉지를 떠안겼다. 왼손으로는 계속 스마트폰을 만지고 오른손으로 주머니에서 묵직한 열쇠 다발을 꺼내 현관문을 열었다.

"냉장고에 넣어요."

아네는 스마트폰에서 눈을 떼지 않은 채 명령조로 말했다.

아이는 기분이 나빴지만 그가 진지하게 이메일을 살피는 것을 보고는 시키는 대로 식료품을 냉장고에 정리했다. 부엌은 아이의 상상보다 깔끔했다. 적어도 거실처럼 종이 상자와 비닐봉지가 쌓여 있지는 않았다. 냉장고는 텅 비어 있었다. 아네는 먹을거리가 뚝 떨어지고 나서야 장을 보러 가는 사람임이 분명하다.

거실로 나오니 아네가 사무용 책상 앞에 앉아서 샤오원의 스마트폰을 자세히 들여다보고 있었다.

"동생의 구글 계정 비밀번호는 당연히 알 리가 없겠지요?"

아네가 갑자기 말을 걸었다. 아이는 고개를 저은 뒤 반문했다.

"이메일은 다 읽었잖아요. 또 비밀번호는 왜 필요한 거죠?"

"모바일 앱은 기능이 제한적입니다. 컴퓨터로 접속해야 볼 수 있는 정보가 많습니다."

아네는 스마트폰을 내려놓고 노트북 컴퓨터를 켰다. 아네의 손이 키보드 위를 쏜살같이 내달렸다.

"샤오원의 계정을 해킹하는 방법이 있나요?"

"물론! 하지만 이까짓 구글 계정을 보려고 해킹 기술까지 쓸 필요는 없어요."

아네가 픽 웃으며 사무용 책상 앞에 놓인 다른 의자를 가리켰다. 아이더러 앉으라는 뜻이었다. 그리고 컴퓨터 화면을 아이 쪽으로 향하게 돌렸다.

"요즘은 인터넷 보안의 중요성을 떠들면서 이중으로 확인하는 서비스가 많아졌습니다. 비밀번호를 정기적으로 변경하라고 요구하기도 하고요. 그래도 구멍이 많지요. 심지어 이전보다 더 허점이 많다고 할 수 있습니다."

아네는 아이가 본 적이 없는 브라우저로 구글 계정 로그인 화면을 켰다.

"구글이나 페이스북 같은 서비스는 비밀번호 재설정 기능이 있는데, 비밀번호를 자주 잊어버리는 바보들이 담당자와 따로 연락하거나 며칠씩 기다리지 않고도 비밀번호를 풀 수 있는 기능입니다."

아네가 '비밀번호를 잊으셨나요'라고 적힌 부분을 클릭했다.

"원래 설정한 비밀번호로 로그인할 수 없을 때 인터넷 서비스 측에서 다른 방법으로 계정 주인임을 확인하는 방법이 있지요. 그건 바로……."

띵.

샤오원의 휴대폰에서 알림음이 울렸다.

"문자 메시지입니다."

아녜는 탁자 위의 휴대폰을 집어들고 아이에게 화면을 보여주었다. 막 도착한 문자 메시지가 보였다.

"구글이 사용자가 전에 등록해둔 휴대폰으로 인증번호를 보내죠. 그 인증번호를 입력하면……."

아녜가 문자 메시지를 확인하고 971993을 노트북에 입력했다.

"그러면 계정에 접속할 수 있는 겁니다."

컴퓨터 화면에 비밀번호를 새로 설정하라는 메시지가 떠 있었다.

"이렇게 간단하다고요?"

새 비밀번호를 설정하는 모습을 아이는 의아한 얼굴로 쳐다봤다.

"이렇게 간단합니다. 구글도, 야후도, 페이스북도 사용자의 휴대폰 번호를 요구하는 사이트는 대개 이런 방식을 이용하죠. 누군가의 휴대폰만 갖고 있으면, 혹은 그 사람의 휴대폰에 뭔가 수작을 부리면 온라인 세계에서 그 사람을 지배할 수 있죠. 전자화된 생활은 아주 편안해 보입니다. 손가락만 놀리면 쇼핑, 송금, 투자, 친구와 수다, 구직 등등 못 할 게 없죠. 심지어 인터넷을 통해 업무도 볼 수 있고요. 하지만 현실적으로 편리할수록 쉽게 허점을 드러냅니다. 모든 일이 다 관련되어 있으니 그중에서 가장 약한 부분을 공략하면 사슬처럼 연결된 모든 것을 쉽게 장악하게 됩니다."

아녜는 샤오원의 계정 비밀번호를 새로 설정하고 곧바로 지메일에 들어가 범인이 보낸 메일을 클릭했다.

아이는 그가 화면의 어느 지점을 누르는 것을 보았다. 문자들이 빽빽이 들어찬 화면이 나타났다. 화면에는 의미를 알 수 없는 영어 단어가 가득했다. 'Mime-Version' 'DKIM-Signature' 'X-Mailer' 'Content-Transfer-Encoding' 같은 것들이다. 아이는 이게 지난번 아녜가 보여준 땅콩게시판의 백그라운드 프로세스 기록과 비슷한 것이리라 짐작했다. 흰 바탕에 검은 글씨들이 가득한 화면을 응시하던 아녜가 서서히 입꼬리를 올렸다. 뭔가 만족스러운 듯했다.

"어우야이 씨, 보물을 건져올렸군요."

"네?"

아이는 그의 말을 이해하지 못했다.

"혹시…… 이것들에서 뭔가 찾아냈나요?"

"당신이 말하는 '이것들'이 뭔지 모르죠?"

아녜가 모니터의 개미 같은 글자 조합을 가리켰다.

"이메일에는 '보낸이' '받는이' '제목'만 있는 게 아닙니다. 모든 이메일에는 '헤더Header'라는 게 있죠. 거기에는 시스템이 사용하는 문자 데이터가 기록되어 있습니다. 메일을 보낸 프로그램도, 메일을 발송한 서버도 새로운 자료를 추가합니다. 이 정보 속에 메일 발신인의 IP 주소를 포함할 경우가 있죠."

'IP 주소'라는 말에 아이는 감전된 듯 놀랐다. 그녀는 컴퓨터에는 백지지만 기억력이 좋았다. 전에 아녜가 알려준 것을 잊지 않았다.

"범인이 IP 주소를 남겼어요? 룩, 룩셈부르크가 아닌가요?"

아이는 긴장한 나머지 혀를 깨물 뻔했다.

아녜가 화면의 일정 부분을 바탕은 검게, 텍스트는 하얗게 바꾸었다.

Received: from [10.167.128.165] (1-65-43-119.static.netvigator.com. [1.65.43.119])

by smtp.gmail.com with ESMTPSA id u31sm8172637pfa.81.2015.05.05.01.57.23

"이번엔 홍콩입니다."

아녜가 웃으며 말했다. 아이는 'netvigator'라는 이름을 발견했다. 아이도 알고 있는 홍콩의 인터넷 서비스 업체다.

"그럼 범인의 위치를 알아낸 거죠?"

아이가 눈을 크게 뜨고 아녜를 다그쳤다.

"아닙니다. 이번에는 그가 좀 느슨하게 대처했지만 그래도 자기 위치를 드러낼 정도로 바보는 아니었군요."

"IP 주소가 있는데 왜 위치를 몰라요? 전에 설명한 내용과 모순 되잖아요?"

"이 사람이 이메일을 네 통 보냈는데, IP 주소가 세 개 나왔거든 요."

아녜가 마우스로 브라우저 창을 움직여서 세 개를 나란히 늘어 놓았다. 그런 다음 창 세 개에서 각각 한 단락씩 텍스트 색상을 바 꿨다.

Received: from [10.167.128.165] (1-65-43-119.static.netvigator. com. [1.65.43.119])
by smtp.gmail.com with ESMTPSA id 177sm7175247pfe.22. 2015.05. 05.02.01.41

Received: from [10.191.138.91] (tswc3199.netvigator.com. [218. 102.4.199])
by smtp.gmail.com with ESMTPSA id 361sm8262529pfc.63. 2015.05.05.02.04.19

Received:from [10.191.140.110] (1-65-67-221.static.netvigator.com.
[1.65.67.221])
by smtp.gmail.com with ESMTPSA id 11sm5888169pfk.91.2015.
05.05.02.06.33

"처음 두 통은 IP 주소가 같고, 세 번째와 네 번째 이메일이 다릅니다."

"그, 그럼 또 무슨 중계기 기술을 쓴 건가요……?"

아이는 풀 죽은 목소리로 물었다.

"아뇨, 그런 방법이었다면 홍콩 IP가 아니었겠죠."

아녜가 다시 지메일 화면으로 돌아갔다.

"IP 주소가 바뀌는 것은 흔히 볼 수 있는 일입니다. 노트북으로 집에서 인터넷 접속을 할 때와 도서관에서 접속할 때는 IP가 달라지는 겁니다. 하지만 이자는 10분 사이에 세 번 IP가 바뀌었는데, 이런 일은 많지 않습니다. 내가 보기에는, 딱 한 가지 상황에서만 이런 일이 생기죠."

"어떤 상황이요?"

"이메일을 보낼 때 대중교통을 타고 이동 중이었을 겁니다. 그래서 계속 다른 와이파이를 이용해서 인터넷에 접속한 거지요."

아녜가 화면의 텍스트를 가리키며 말을 이었다.

"그가 지하철을 타고 있었다면, 열차가 역에 정차한 1분 정도의 시간에 플랫폼 와이파이로 접속해 메일을 보내는 겁니다."

"메일 내용이 짧긴 하지만, 정차 시간 안에 답장을 쓰고 보낼 수 있을까요?"

아이는 사실 와이파이가 뭔지 정확히 알지 못했다. 다만 샤오원이 집에서 그걸 통해 인터넷에 접속했었다는 건 안다.

"메일을 단지 읽고 쓰기만 할 때는 인터넷이 끊겨 있어도 됩니다. 열차가 이동하는 동안 메일을 읽거나 쓰고, 역에 정차해 와이파이에 접속됐을 때 발송 버튼을 누르면 메일을 보낼 수 있죠. 이건 10초도 안 걸리는 일이에요."

"그럼 그게 어느 지하철역인지 알 수 있나요?"

"가능해요."

아네가 컴퓨터 모니터를 자기 쪽으로 돌렸다. 아이에게 화면을 보여주지 않으려는 듯했다.

"날짜, 시간, IP 주소가 있으면 정확한 지점을 찾는 것은 쉽습니다. 전에 말했듯 경찰도 이런 자료를 토대로 특정 누리꾼을 찾아내니까. 물론 경찰은 합법적으로 인터넷 서비스 업체에 접속 기록을 요구하겠지만 나는 좀 비공식적으로 하고."

아이는 지금 아네가 쓰는 방법이 합법적인 수단은 아닐 것이며, 자신은 모르는 게 나을 것 같다고 생각했다. 몇 분 지나지 않아 아네가 컴퓨터 모니터를 다시 아이 쪽으로 돌렸다.

"그 IP 주소는 유명한 지하철역 와이파이군요. 처음 두 통은 야우마테이역, 세 번째 메일은 몽콕역, 마지막은 프린스에드워드역입니다."

아네는 덤덤하게 말했다. 자신의 추측이 틀릴 리 없다는 태도였다.

"와이파이의 로그인 계정은 선불카드 번호여서 주인을 찾기는 어렵겠군요."

"로그인 계정은 뭔가요?"

아네는 머리를 긁적였다. 설명하기가 귀찮은 듯했다. 하지만 덤덤한 어조 그대로 설명을 계속했다.

"지하철역에서 무료로 와이파이 접속이 되는 곳도 있습니다. 다만 사용할 수 있는 범위가 좁아요. 열차나 플랫폼에서 와이파이 접속을 하려면 대개 로그인을 해야 합니다. 인터넷 서비스 업체들이 제공하는 와이파이를 쓸 수 있는 경우는 두 가지인데, 하나는 집에 광대역 서비스를 깔 때 묶음 상품으로 지하철역 와이파이 사용 권한도 받은 경우죠. 또 하나는 어느 통신사의 모바일 서비스에 가입해서 자기 휴대폰 번호를 로그인 아이디로 사용하는 겁니다. 휴대폰 번호를 사용하는 경우는 다시 두 가지로 나뉩니다. 하나는 매달 사용료를 내는 상품인데, 사용자는 개인정보를 통신사에 제공하고 매달 정액을 결제하죠. 다른 하나는 선불 유심카드를 쓰는 겁니다. 편의점 같은 곳에서 쉽게 살 수 있죠."

"선불 유심카드를 쓰면 개인정보를 제공하지 않아도 되나요?"

샤오윈도 선불 유심카드를 썼다. 그때는 사용량이 많지 않으면 그것이 더 이득이라는 동생의 말에 그런가 보다 했을 뿐이다.

"그렇죠."

아녜가 웃는지 마는지 모를 묘한 표정으로 말했다.

"홍콩의 통신법은 느슨한 편입니다. 선불 유심을 쓰면 개인정보가 필요 없으니 추적할 수 없는 전화번호를 취득해 온갖 악행을 저지를 수 있어요. 그런 짓을 하는 데 홍콩은 천국이죠. 많은 나라가 선불 휴대폰 유심 구입 시 신분 증명을 요구하거나 신용카드로만 결제할 수 있게 하는 등 추적 장치가 있습니다. 반면에 홍콩에선 전혀 추적할 수 없죠. 선불카드가 대량으로 여러 소매점에 운송되고, 몇 십홍콩달러의 현금만 내면 아무도 모르는 인터넷 입장권을 갖게 되는 겁니다. 미국에선 이런 식으로 선불 유심카드를 쓰는 휴대폰을 버너Burner라고 부릅니다. 다 쓴 다음에는 바로 버리고 곧바로 불에 태운다는 뜻이죠. 마약상이나 범죄자, 테러범 등이 사용하고요."

"그렇다면……."

아이가 아녜를 진지하게 쳐다보며 말했다.

"편의점에는 감시카메라가 설치돼 있으니, 신분 확인까진 안 되더라도 구입자의 얼굴은 찍혔을 거잖아요. 당신은 선불 유심카드 번호를 알아낼 능력이 있으니까 그 카드 판매처도 알아낼 수 있죠? 그럼 그곳의 감시카메라를……."

"이봐요, 내가 무슨 신인 줄 아세요?"

아녜가 놀리듯 말했다.

"하지만, 뭐 틀린 말은 아니죠. 하려고 하면 할 수 있어요. 다만 홍콩에선 감시카메라가 없는 판매점도 수두룩해요. 예를 들면 산수이포深水埗 압리우가鴨寮街의 노점 같은 곳."

"조사해보지도 않고 범인이 그런 곳에서 선불 유심카드를 샀다고 어떻게 확신해요?"

아이가 반박했다. 아녜는 말없이 책상 서랍을 열고 손바닥 크기의 검은 상자를 꺼냈다. 상자를 열고 뒤집으니 수십 개의 손톱 크기만 한 유심카드가 우르르 쏟아졌다. 책상 위에 조그만 유심카드 산이 생겼다.

"나라면 분명히 그런 데 가서 샀을 테니까."

아녜가 카드 몇 개를 손바닥에 올려놓았다.

"당신에게 준 전화번호로는 나를 절대 찾아낼 수 없는 것과 똑같아요."

아녜는 이 사건 조사를 완료하는 즉시 아이에게 준 전화번호를 폐기할 것이다. 아이는 그제야 그 사실을 깨달았다. 하지만 아녜의 집 주소를 알고 있으니 얼마든지 다시 그를 찾아올 수 있는데, 전화번호를 폐기하는 게 무슨 의미가 있을까? 그 이유를 물어보려는 순간 스스로 답을 찾았다. 아녜가 이사를 가면 자신과의 관계는 완전히 단절되고 만다.

"그, 그렇다면 지하철역의 감시카메라 영상을 조사하면 어때요? 당신 말대로 시간과 장소에 대한 충분한 정보가 있으니 그 시간대의 영상만 보면 메일을 보낸 범인을 찾을 수 있어요. 그런 다음 역에 들어가고 나간 바다퉁 카드 기록을 알아내면……."

아이는 경찰이 감시카메라 영상과 교통카드 기록으로 용의자를 좁혀나간다는 이야기를 들은 적이 있다. 아녜도 분명히 할 수 있을 것이다.

"요즘은 다들 고개를 숙이고 다닌다는 걸 모릅니까?"

아녜는 유심카드들을 다시 상자에 넣으면서 말했다.

"지하철역 감시카메라 영상을 손에 넣어도 야우마테이, 몽콕, 프린스에드워드는 카오룽선에서 가장 붐비는 역인데 스마트폰으로 당신 동생한테 메일을 보내는 자를 찾는 게 쉬울 것 같아요? 역사 내에는 감시카메라에 찍히지 않는 사각지대가 많고, 열차 안에는 영상기록이 없어요. 그자가 카페 아무 곳이나 들어가서 익명으로 인터넷 접속을 하지 않고 이런 방법으로 메일을 보낸 건 감시카메라에 찍히는 걸 피하기 위해서라고요."

"그럼……."

아이는 더 할 말이 없었다. 아녜의 말을 이해하지 못하는 것은 아니지만 어렵게 찾아낸 단서가 결국 막힌 골목이었다는 데 풀이 죽었다.

"하지만 덕분에 내 일이 많이 줄었죠. 그들 중 한 사람은 쉽게 찾을 수 있을 테니까."

아녜는 유심카드를 담은 상자를 다시 서랍에 집어넣었다.

"그들 중 한 사람……?"

"kidkit727이라는 이름 뒤에는 두 사람이 있습니다…… 셋이거나 넷일 수도 있지만 두 명일 가능성이 가장 높아요."

"어떻게 알죠?"

"결론부터 말하면, 메일을 보내고 땅콩게시판에 글을 올린 것은 두 사람의 짓입니다. 한 놈을 '7'이라고 부르기로 하죠. 자칭 kidkit727이니까. 다른 한 놈은 땅콩게시판 가입 시 쓴 메일 계정인 rat10934@yandex.com의 주인으로 보고 '생쥐'라고 하죠. 7은 이 사건의 주범입니다. 글을 쓴 것도, 메일을 보낸 것도 모두 이놈일 겁니다. 생쥐는 단지 기술적인 면을 지원해줬고요. 어떻게 이런 추론이 가능한가? 게시판 글을 쓸 때와 메일을 보낼 때 쓴 수법의 수준 차이가 크기 때문입니다."

아녜가 탁자 위의 컵을 들고 한 모금 마셨다.

"두 가지 수법이 다 추적이 불가능하긴 하지만 후자가 전자에 비하면 훨씬 귀찮습니다. 게시판에 글을 쓸 때 쓴 수법이 가장 효과적입니다. 일회용 계정으로 중계기를 거쳐서 쓰면 그 어떤 탐정도 알아낼 수 없죠. 반면에 메일을 보낼 때 쓴 수법은 지하철 와이파이를 이용하는 것입니다. 추적은 따돌렸지만 군더더기가 많은 방법이죠. 왜 중계기를 통하는 방법으로 인터넷에 접속하지 않았을까? 아니면 그냥 선불 유심을 이용해도 되는데, 은밀한 이메일 서비스도 많은데 왜 그걸 이용하지 않았을까? 7은 전에는 쓰지 않던 지메일 계정으로 메일을 보냈습니다. 추적이 불가능한 이메일 서비스도 많고, 메일 발송 뒤 몇 시간 지나면 자동으로 삭제되는 것도 있는데 말이에요. 중계기를 쓸 줄 아는 전문가라면 그런 걸 모를 리 없죠.

그렇다면 결론은 하나입니다. kidkit727은 사실 두 사람이다. 생쥐는 7이 게시판에 글을 쓰는 것을 도와주었다. 하지만 두 사람은 항상 같이 행동하는 것은 아니다. 그래서 생쥐가 7에게 특별한 컴퓨터 기술이나 도구 없이도 신분을 숨길 수 있는 방법을 알려주었다. 그 선불 유심카드 역시 생쥐가 준비했을 겁니다. 와이파이 계정 비밀번호만 7에게 알려주고 사람들이 붐비는 지하철역에서 인터넷에 접속하면 들키지 않는다고 했겠죠."

아이는 컴퓨터 기술에 대해서는 아는 바가 없지만, 아녜가 하는 말이 논리적이라는 것은 알 수 있었다.

"당신 일이 줄어들었다는 것은 무슨 뜻이에요? 범인 수가 늘어나면 상황이 더 복잡해지는 거 아닌가요?"

"이다음에는 당신 동생 학교의 같은 학년 학생들 중 아이폰을 쓰는 사람을 찾아내면 되거든요. 그중에 범인이 있을 테니까."

아이는 놀라서 아녜를 멍하니 쳐다봤다.

"같은…… 같은 학년?"

아이는 더듬더듬 물었다.

"그러니까…… 7이 샤오원의 학교 친구라고요?"

"같은 반 친구일 가능성이 높죠. 올해 같은 반이 아니라면 적어도 작년에 같은 반이었던 친구."

"그걸 어떻게 알죠? 학교 근처인 야우마테이역에서 보낸 거라서요?"

"지하철역은 보조적인 증거입니다. 가장 명확한 증거는 메일 속에 나와요."

아녜가 컴퓨터로 첫 번째 메일을 열었다.

"그…… '헤더'라는 건가요?"

그 말에 아네가 풋 하고 웃음을 터뜨렸다.

"헤더에 정보가 있으면 제일 좋죠. 당신, 정말 눈이 없습니까? 두 번째 문장을 좀 보라고요."

"두 번째 문장에 무슨 문제가 있어요?"

아이는 모니터의 메일 내용을 다시 살폈다.

"열다섯 살이라고 해서 무조건 동정받을 거라고 생각하지 마. 4월 10일 게시판에 올라온 글은 '열네 살 인간쓰레기가 우리 외삼촌을 징역살이시켰다'였습니다. 그런데 5월 5일에 보낸 메일에선 열다섯 살이라고 썼죠. 당신 동생은 그 사이인 4월 17일에 생일을 맞았고요. 당신 동생을 잘 아는 사람이 아니면 어떻게 생일이 지나서 열다섯 살이 되었다는 걸 알겠습니까?"

아이는 깜짝 놀랐다. 아네의 말이 맞다. 언론 보도에서도 다들 열네 살 소녀 A라는 식으로 샤오원을 지칭했고, 누리꾼들은 샤오원이 열네 살인 줄 안다. 샤오원이 죽은 뒤 경찰 발표를 통해 열다섯 살로 바꿔 지칭하기 시작했다. 범인이 샤오원과 가까운 사이가 아니라면 메일에서도 '열네 살이라고 해서 무조건 동정받을 거라고 생각하지 마'라고 썼을 것이다.

"그리고 두 번째 메일에서 '그때가 되면 너는 반에서 쓰레기가 될 것'이라고 한 것도 이상하죠."

아네가 마우스 휠을 돌려서 다음 메일을 보여주었다.

"보통 사람이라면 대부분 '가족의 쓰레기' '학교의 쓰레기' 아니면 '친구들의 쓰레기'라고 썼을 겁니다. 하지만 이 녀석은 콕 집어 '반의 쓰레기'라고 했단 말이죠. 이건 메일 발신인이 생각하는 관계의 범위가 그 정도라는 것을 보여줍니다. 거기다 생일까지 알 정도로 가깝다면 같은 학년 같은 반일 가능성이 가장 높습니다."

"하, 하지만 가능성일 뿐이잖아요. 꼭 같은 반 학생이라고 확신할 순 없어요."

"범인의 동기를 생각해본 적 있습니까?"

"동기요? 그야 샤오원을 위협하고 괴롭히려고……."

"목적 말고 동기 말입니다. 이메일을 보낸 동기."

"차이가 있나요?"

"있죠."

아녜는 당연하다는 듯 말을 이었다.

"아니면 바꿔서 말해볼까요? 왜 5월 5일에 갑자기 메일을 보내서 당신 동생을 위협했을까? 왜 조금 더 기다렸다가 생쥐의 도움을 받아서 더 은밀한 방식으로 메일을 보내지 않았을까?"

아이는 말문이 막혔다. 그 생각은 하지 못했다.

"이유는 간단합니다."

아녜가 모니터를 가리켰다.

"7은 충동적으로 메일을 보냈습니다. 생쥐의 도움을 기다릴 수가 없었던 거죠. 이유는 첫 번째 메일 마지막 문장에 나옵니다."

"다시는 웃지 못하게 만들겠어……?"

"사람들은 말할 때나 글을 쓸 때 자기도 모르게 별도의 정보를 남기죠. 7은 당신 동생을 미워하는 게 분명합니다. 그게 개인적인 원한인지, 샤오더핑 사건으로 인한 건지 상관없이 말입니다. 동생이 그전에 줄곧 기분이 가라앉아 있었겠죠?"

"맞아요. 작년에 엄마가 돌아가신 후로는 계속…… 그런데 조금 회복되는가 싶으면 또 사건이 터지곤 해서……."

"그렇다면 합리적이죠. 7은 당신 동생이 괴로워하고 실의에 빠져 있을 때 만족감을 느낍니다. 메일에서 이렇게 말하죠. '넌 아직 벌을 덜 받았어. 난 네가 다시는 웃지 못하게 만들겠어.' 이 문장을 보면 '다시'라는 단어가 강조돼 있어요. 7은 당신 동생이 웃고 있거나 편안한 상태에 있는 장면을 보았다고 추측할 수 있죠. 7은 그걸 견딜 수가 없어서 메일을 보내 위협한 겁니다. 당신 동생이 괴로워하도록 만들려고요."

"단지 그런 이유로?"

아이가 의아하게 물었다.

"끔찍한 악의일수록 별거 아닌 이유에서 비롯하는 경우가 많아요."

아녜가 어깨를 으쓱했다. 이런 일을 많이 겪어서 아무렇지 않은 것 같았다.

"사실상 동생을 괴롭힌다는 목적에서 볼 때 메일 내용이나 수법이 땅콩게시판에 올린 것과 비교하면 상당히 거칠고 계획성이 부족합니다. 첨부한 사진이 그 예죠. 애초에 어린애들 장난 수준입니다."

아이는 동생에 대한 의혹이 다시 솟아올랐다. 하지만 아녜의 말이 잘 이해되지 않았다.

"어린애들 장난 수준? 샤오원을 협박하는 사진이잖아요?"

"한 가지 물어봅시다. 그 사진에 무슨 위협성이 있나요?"

"샤오원이 불량배와 어울렸고, 그런 도덕적인 문제가 있으니 샤오더핑을 모함한 것도 사실일 거라는⋯⋯."

"그렇지만 이건 한 남자와 좀 친밀해 보이는 사진일 뿐이에요. 이 정도의 사진이 어른들 눈에 볼 때 무슨 협박거리가 됩니까? 7이 정말로 당신 동생을 매장시키려 했다면 원조교제라든지 더 심각한 사진을 폭로하지 않았겠어요? 내가 얼마 전 조직폭력배를 위협할 때 썼던 사진 같은 거요. 이런 사진은 지금 당장 공개해도 의미가 없어요."

"범인에게 다른 사진이 더 있다면요?"

"이 사진이 인터넷에 올라온 거라면 당신 말도 일리가 있습니다. 먼저 보통 수준의 사진을 공개하고 이어서 나체 사진이나 침대에서 찍힌 사진으로 수위를 올리면 훨씬 큰 반응이 돌아오죠. 하지만 이 사진은 동생에게 직접 보낸 겁니다. 이런 상황에서는 다음 수를 남겨둘 필요가 없어요. 오히려 상식적인 사람이라면 가장 충격적인 사진을 보내서 피해자를 흔들어놓으려고 하겠죠. 그러니 7에게는 이 사진밖에 없는 겁니다."

아이는 그제야 자신이 줄곧 '샤오원의 언니'라는 입장에서 이메일을 바라봤다는 걸 깨달았다. 샤오원이 메일을 받은 날은 게시판에 글이 올라온 지 한 달이 지난 시점이었다. 상대방이 인터넷에서 다시 화제를 만들려 해도 성공하지 못할 가능성이 있었다. 이 사진은 게시글에서 지적한 내용보다 심각하지 않다. 게시글에서 이 사진을 함께 공개했다면 글 내용에 대한 부분적인 증명이라도 됐을지 모른다. 그러나 사실상 새 정보가 없는 상태에서 화제성도 다 사라진 한 달 뒤에 공개하는 것은 누리꾼의 관심을 별로 끌지 못할 게 당연하다.

"종합해봅시다. 7은 당신 동생의 생일을 알고, 매일 동생의 기분 상태를 확인할 수 있는 사이입니다. 그리고 별 효과도 없어 보이는 사진을 보내서 충동적으로 위협했죠. 이런 걸로 보면 동생과 나이가 비슷할 것입니다. 매일 동생의 상태를 살필 수 있다면 같은 학교 학생일 가능성이 높고요. 게시글에서 '내 친구가 그 여학생이 다니는 학교 학생에게 들은 이야기'라고 했는데, 그 '학생'이란 애초에 7 자신일지도 모릅니다. 용의자를 동생 학교의 학생으로 좁히는 건 근거가 충분한 것 같군요."

"그럼 아이폰이라는 건······."

"그게 바로 헤더에서 얻은 정보죠."

아녜가 웃으면서 텍스트가 빽빽한 화면을 다시 펼치고 그중 한 부분을 가리켰다.

X-Mailer: iPhone Mail (11D257)

"아이폰에서 보낸 메일은 헤더에 이런 내용이 포함됩니다. 11D257이라는 건 버전의 일련번호죠. 아이폰이 쓰는 운영체제가 iOS 7.1.2이라는 뜻입니다."

아녜는 의자를 뒤로 젖히며 몸을 쭉 폈다.

"동생 학교 학생들 중 누가 아이폰을 쓰는지만 조사하면 용의자가 나온다, 이 말입니다."

아이는 다시금 아녜의 능력에 감탄했다. 자신은 한 시간 넘게 메일을 들여다봐도 머릿속 복잡하기만 했는데, 그는 겨우 몇 분 만에 이 모든 걸 알아냈다. 모 탐정이 어려운 사건을 만났을 때 놈팽이 같은 아녜에게 의뢰를 넘긴다고 한 말이 그제야 이해될 것 같았다.

"그렇다면."

아이는 막 튀어나오려는 감탄의 말을 꾹 눌러 삼켰다. 아녜가 기고만장해지는 모습을 보고 싶지 않았다. 아이는 숨을 고르며 천천히 다음 말을 이었다.

"그럼 이제부터는 학생들 휴대폰을 조사하러 갈 건가요?"

아녜가 고개를 흔들며 웃음을 터뜨렸다.

"정말 당신을 이해할 수 없군요. 어떨 때는 두뇌 회전이 빠른 것 같은데 어떨 땐 멍청하기 짝이 없는 질문을 하니. 내가 전에 이야기한 사용자 에이전트라는 걸 기억합니까?"

아이는 기억한다. 땅콩게시판에서 kidkit727의 로그인 자료를 알아낼 때 게시판에 사용자의 컴퓨터 관련 정보가 기록되는데 그걸 사용자 에이전트라고 한다고 했다.

아녜는 새로운 브라우저 창을 열어 샤오원이 다니던 이뉘중학교 홈페이지로 들어갔다.

"이뉘중학교는 교육국의 '디지털 교육 지원계획'에 참가했기 때문에 학교에 충분한 시스템 설비가 있습니다. 학교에 서버도 여러 대가 있고, 과목별, 반별, 특별활동 부서별로 각각 인터넷 게시판을 만들어 학생들이 이용하도록 장려하고 있죠."

아녜가 마우스를 몇 번 클릭하자 모니터에 깔끔한 회색 게시판이 나타났다. 아녜는 또 어떤 글 하나를 클릭했다.

"여기를 보시죠."

글의 제목은 '[학급공지] 스웨터 공동구매'였다.

- 게시판 : 3-B반
- 게시자 : 3B_Admin(학급위원)
- 제목 : [학급공지] 스웨터 공구
- 날짜 : 2014-10-10 16:02:53
  스웨터 공동구매 참여 여부를 알려주지 않은 사람들입니다. 이 글을 읽으면 바로 반장에게 연락해주세요.
  어우야원區雅雯, 장민얼張敏兒, 셰무퉁謝慕童, 후루이자胡銳嘉

글 속에서 동생의 이름을 본 아이는 조금 움찔했다. 시선을 더 아래로 내리자 더욱 먹먹함을 느꼈다.

- 게시자 : AuNgaMan(어우야웡)
- 제목 : Re: [학급공지] 스웨터 공구
- 시간 : 2014-10-10 20:01:41

지금은 구입하지 않을 예정. 하지만 월요일에 다시 댓글 달게.

"이게…… 샤오웡이 쓴 거죠?"

아이는 그 글이 동생이 남긴 유품처럼 느껴졌다.

"여기는 동생의 학급에서 운영하는 게시판입니다."

아녜는 아이의 감정을 무시하고 기계적으로 설명을 계속했다.

"이뉘중학교가 과학기술을 수업에 적용한다고는 하지만 학교에 전문적인 컴퓨터 기술 담당자가 없고, 학교에서 쓰는 프로그램은 전부 외부 업체에서 개발하고 보안 관리도 하고 있습니다. 시스템을 관리하는 교무직원은 멍청이고요. 교내 게시판은 학생과 교사 외에는 들어갈 수 없게 되어 있지만, 나는 며칠 전에 이미 뚫고 들어가서 사용 권한을 완벽하게 획득했죠. 백그라운드 프로세스도 다 손에 넣었고."

아녜가 마우스를 클릭하자 화면에서 샤오웡이 남긴 글이 사라졌다. 아이는 저도 모르게 몸을 떨었다. 마치 동생이 또다시 자기 곁에서 사라지는 것처럼 느껴졌다. 화면은 숫자를 포함한 텍스트가 빽빽한 창으로 바뀌었다.

"이 게시판의 백그라운드 프로세스에 남은 데이터입니다. 이미 삭제한 글을 포함해서 접속시간, 게시자의 IP 주소, 사용자 에이전트 등 찾으려고 하면 얼마든지 학생의 휴대폰 정보를 알 수 있죠. 봐요, 동생 정보도 여기 남아 있군요."

아녜가 화면 가운데의 한곳을 커서로 가리켰다.

Mozilla/5.0 (Linux; U; Android 4.0.4; zh-tw; SonyST21i Build/11.
0.A.0.16)
AppleWebKit/534.30 (KHTML, like Gecko) Version/4.0 Mobile
Safari/534.30

"이 정보를 통해서 동생은 글을 쓸 때 소니사에서 만든 안드로이드 스마트폰을 썼다는 걸 알 수 있습니다. 기종은 ST21i이고."

아네가 샤오원의 빨간색 스마트폰을 아이 눈앞에서 흔들어 보였다.

"필요하다면 게시판 외관에는 영향을 주지 않는 선에서 프로그램 코드를 추가할 수도 있죠. 그러면 그 뒤로 게시판에 접속하는 사람들의 더 많은 정보를 얻어낼 수 있습니다. 이눠중학교의 기말고사가 오늘 막 끝났으니 학생들이 게시판에 우르르 몰려와서 여름방학에 뭘 할지 이야기를 나눌 겁니다. 인내심만 있으면 학생들 휴대폰 정보를 알아내는 건 식은 죽 먹기죠."

"학교 게시판에 접속하지 않는 학생이 있으면요?"

아네가 다른 브라우저 창을 또 열었다. 귀여운 미소녀가 프로필 사진란을 채우고 있는 트위터 창이다.

"요즘 청소년들은 SNS를 쓰지 않는 아이들이 없죠. 페이스북, 트위터, 웨이보, 인스타그램 등등. 수많은 사람들이 근황, 사진, 영상 등을 올리고, 친구관계를 공개로 설정해놓습니다. '좋아요'를 몇 개 더 받으려고 사생활도 쉽게 노출합니다…… 해킹 기술을 쓸 필요도 없이 학생 한 명 한 명의 성격, 친구, 습관, 심지어 개인적인 기호도 알아낼 수 있죠."

아네는 방금 켠 트위터 계정을 가리켰다.

"여기 'cute_cute_yiyi'라는 트위터 계정도 당신 동생의 학교 친구입니다. 매일 트위터를 하는데, 쓸데없는 이야기에 한심한 사진을 올립니다. 열네다섯 살짜리 아이가 스마트폰을, 것도 값비싼 아이폰을 새로 샀다면 당연히 세상에 널리 알리고 자랑하고 싶겠죠."

"이 트위터는 어떻게 찾아낸 거죠?"

"당신이 오늘 오기 전에 동생 주변 사람을 조사하기 시작했어요."

아네는 브라우저의 북마크 목록을 보여주었다. 30에서 40개의 인터넷 주소가 나왔다.

"이게 전부 동생의 친구들과 관련 있는 웹사이트입니다. 원래는 동생의 교우관계를 조사하려던 거였는데, '아이폰을 가진 친구'를 찾으면 끝나는 단순한 일이 될 줄은 몰랐죠."

아이는 아네를 보며 믿음직스럽다고 생각했다.

"샤오원과 친한 친구들의 SNS 계정도 찾았나요?"

"아뇨. 동생과 관련된 정보는 거의 없었어요. 학교 친구들 중 몇 명이 한두 마디 추모글을 올린 것 외에는 동생에 대한 이야기는 전혀 하지 않아요. 사진도 없고."

"네?"

아이는 의아함을 느꼈다.

"그건…… 샤오원에게 친구가 한 명도 없다는 뜻인가요?"

"언니인 당신이 더 잘 알지 않습니까?"

아네가 아이를 흘겨봤다.

"하지만 사진을 찾지 못한 것이야 당연한 일입니다."

"왜죠?"

아이는 마음이 초조했다.

"친구라면 전에 올린 사진도 삭제했을 겁니다. 게시판에 글이 올라온 뒤 어떤 일이 있었는지 잊은 건 아니겠죠?"

kidkit727이 글을 올린 바로 다음 날 누리꾼들은 샤오원의 사진을 찾아내 인터넷에 공개했다. 출처는 분명 친구들의 SNS 계정이었을 것이다. 그런 일이 있은 뒤 다른 사람들이 함부로 이용하지 못하게 관련 사진이나 정보를 삭제하라고 학교에서 지시했을 게 당연하다. 아주 합리적인 조치다.

"그럼…… 그럼 그 조사는 언제쯤 결과가 나오죠?"

"아이폰을 소지하고 있는 용의자를 찾는 거 말입니까?"

아녜가 턱을 만지작거리며 말했다.

"이뤄중학교에서 동생과 같은 학년은 120명입니다. 학교 게시판의 백그라운드 프로세스를 통해서 70퍼센트는 확인할 수 있을 거고, 나머지 30퍼센트는 다른 경로로 확인해야겠죠. 올해 같은 반과 작년에 같은 반이었던 학생들을 위주로. 내일은 주말에 단오절이 겹친 휴일이니까 아마 인터넷에 접속할 시간이 많을 겁니다. 학교 게시판에 손을 써서 자료를 수집하면…… 내일 아침에는 결과가 나오겠죠."

"내일은 출근하지 않으니까 여기서 명단이 나오기를 기다릴게요."

아이의 말에 아녜는 당황한 듯했다.

"잠깐, 잠깐! 농담하는 거겠죠?"

아녜의 말투에 짜증이 배어 있었다.

"나는 혼자서 일하는 습관이 있습니다. 누가 감시하는 걸 제일 싫어하죠. 사건을 맡기로 했으니 조사를 열심히 할 거고……"

"아뇨, 아뇨. 당신이 못 미더워서 그러는 게 아니라……"

"그럼 집에 가서 하루이틀만 기다리라고요!"

"가능한 한 빨리 결과를 알고 싶어서……"

아이는 쓸쓸한 어조로 덧붙였다.

"집에 가면 샤오원이 그 악의적인 이메일을 읽었다는 생각이 나서 잠을 이룰 수 없을 것 같아요……."

아녜는 대답하지 않고 미간만 찌푸린 채 아이를 쳐다보았다. 두 사람은 한동안 말없이 대치 상태를 유지했다. 아이는 셔츠 소맷부리를 내려다보면서 무슨 말을 해야 아녜가 자신을 쫓아내지 않을까 고민했다. 그러나 고개를 들어 무슨 말이든 했다가는 아녜가 당장 화를 낼 것 같았다. 아니, 아녜가 화를 내는 것보다는 단호히 자기를 거절할까 봐 두려웠다.

한참 뒤에 아녜가 대답했다. 아이의 예상을 벗어난 대답이었다.

"좋습니다. 마음대로 해요. 날 방해하지만 말고. 내 생각의 흐름을 끊기만 해봐요, 당장 쫓아낼 테니."

아이는 고개를 끄덕이고 얼른 소파로 갔다.

"여기 앉아서 기다릴게요."

아녜는 그녀를 무시하고 책상에 놓인 오디오 리모컨으로 재생 버튼을 눌렀다. 스피커에서 몽환적인 로큰롤 음악이 흘러나왔다. 아이는 유럽과 미국 음악을 거의 듣지 않아서 이 음악이 유명한 롤링 스톤스의 곡인 것도 몰랐다. 아이는 소파에 멍하니 앉아 아녜를 보다가 며칠 전 도서관에서 빌린 소설책을 꺼냈다. 계속해서 아녜만 쳐다보고 있으면 그가 불쾌해할 것 같았다. 그러나 책을 읽을 마음이 나지 않았다. 글자들이 전혀 눈에 들어오지 않았다. 미국 작가 토머스 핀천의 『고유한 결점Inherent Vice』이었다. 배경은 1970년대 캘리포니아, 주인공 닥은 히피이자 사설탐정이다. 아이는 몇 쪽 넘기지 않아 딴생각에 빠졌다. 소설 속의 닥과 눈앞의 아녜를 비교하며 누가 더 '부랑자 탐정'이라는 말에 걸맞을지 가늠해보았다.

아이는 모니터 너머에서 입을 꾹 다물고 일하고 있는 아녜를 흘 끗거리곤 했다. 40분 정도 지났을 때 어떤 노래가 아이의 주의를 끌었다.

'아, 이 곡이네.'

아이는 속으로 혼잣말을 했다. 아녜가 다시 찾아온 아이를 쫓아 내려고 집 안에서 크게 틀었던 음악, 그때 그 곡이다. 마지막 음표 가 사그라들자 스피커에서는 다시 처음의 몽환적인 로큰롤 곡이 흘러나왔다. 음반이 첫 곡으로 돌아와 반복 또 반복된다.

아이는 롤링 스톤스의 보컬 믹 재거의 나른하고 독특한 목소리 에 점점 빠져들었다.

"이봐요."

아녜의 부름에 아이는 화들짝 놀라 그를 바라보았다.

"왜, 왜요? 결과가 나왔어요?"

아이가 긴장한 목소리로 물었다.

"두세 시간밖에 지나지 않았거든요?"

아녜가 부루퉁한 얼굴로 말했다.

"배고프지 않냐고 물어보는 겁니다."

아이는 벽에 걸린 시계를 보았다. 시침이 7과 8 사이에 놓여 있다.

"아, 조금요."

아이가 고개를 끄덕이며 말했다.

"잘됐네요."

아녜가 20홍콩달러짜리 지폐 하나와 10홍콩달러짜리 동전 하나 를 건네며 말했다.

"라이지 국숫집에 가서 포장해와요. 큰 그릇에 파 추가, 국수는 적게, 국물 따로 포장. 유차이油菜는 기름 빼고."

아이는 잠깐 멍해졌다가 곧 지폐와 동전을 받아 들었다. 처음에는 아녜가 친절하게도 저녁식사를 함께 하자고 말하는 줄 알았다. 그런데 자신의 생각이 너무 순진했다.

"라이지…… 위티가에 있던 그 국수 가게?"

아이는 아녜와 함께 조직폭력배에게 납치될 뻔했던 날을 떠올렸다.

"맞아요. 큰 그릇에 파 추가, 국수는 적게, 국물 따로 포장. 유차이는 기름 빼고."

아녜는 무감각한 투로 주문 내용을 반복했다. 유차이는 데친 채소 위에 굴소스를 뿌린 것인데, 기름을 빼라는 것은 채소를 데칠 때 식용유를 넣지 말라는 뜻이다. 보통 식당에서는 채소를 데칠 때 식용유를 약간 넣는다. 그러면 채소 색깔이 좀 더 선명해지고 맛도 좋다.

'국수 한 그릇 시키면서 주문사항이 뭐 이리 많담.'

아녜의 집을 나선 아이는 워터가를 지나 드보예로路 서쪽 길을 따라 천천히 걸어갔다. 2번가는 황혼 무렵이 지나니 인적이 드물었다. 드보예로에 들어서니 도시답게 사람들이 북적였다. 퇴근하는 직장인, 전철역에서 작별을 아쉬워하는 연인, 외식을 나온 가족도 보인다. 식당, 슈퍼마켓, 저렴한 옷가게, 전자제품 가게, 미용실 등이 불을 밝히고 있다. 코즈웨이 베이나 몽콕처럼 와자지껄하지는 않아도 생기 넘치는 거리다.

아이는 길을 둘러보며 국수 가게를 찾았다. 10분 정도 걸려서 라이지 국수 가게 앞에 도착했다. 북적이던 낮 시간에 비해 저녁 시간인 지금은 혼자 온 남자 손님 둘뿐이다.

"뭘 드릴까요?"

가게로 들어서자마자 솥에서 면을 삶던 주인이 목소리를 높여 물었다.

"큰 그릇에 파 추가하고 면은 적게, 국물은 따로 싸주세요. 식용유 넣지 않고 데친 유차이하고요. 그리고…… 작은 그릇으로도 하나요. 포장해 갈게요."

아이가 벽에 붙은, 손으로 쓴 차림표를 흘낏거리며 주문했다. 이번 달은 생활비를 빌려서 쓰는 중이라 저렴한 것을 골랐다.

"작은 그릇도 국물은 따로 드릴까요?"

"아…… 같이 넣어주세요."

"따로 포장해야 더 맛있어요. 국물 붓고 시간이 지나면 면이 불거든요."

주인은 한 손으로 주문서를 쓰면서 나머지 손으로 아이가 건네는 돈을 받았다.

"7, 8분 정도는 걸어가야 하잖아요. 국물을 같이 넣으면 맛있는 면을 먹을 수가 없어요."

"그걸 어떻게 아세요?"

아이가 의아하게 물었다.

"아내에게 사다 주는 거죠?"

주인이 아이에게 고개를 끄덕이며 말했다.

"파는 추가하고 면은 적게 주문하는 사람은 드물거든요."

"맞아요, 이렇게 까탈 부리는 사람은 없겠죠."

아이가 맞장구를 쳤다.

"그런 게 아니라……."

주인이 면을 삶으면서 낄낄 웃었다.

"다들 면을 추가하려고 한단 말이죠. 면을 적게 한다고 깎아주는 것도 아니고. 다 못 먹어서 버리게 되더라도 적게 달라는 사람은 없다니까요. 그런데 아녜는 음식을 남기고 버리면 요리사에 대한 예의가 아니라고 항상 면을 적게 달라고 하죠. 자랑은 아니지만, 우리 집 면은 내가 수타로 뽑지는 않아도 매일 3번가에 있는 오래된 면집에서 떼 오는 거예요. 그래서 항상 품질이 좋고 완탕에 들어간 새우도 매일 이른 아침부터……."

주인이 완탕면에 대해 자랑을 늘어놓는 동안 아이는 딴생각을 했다. 아녜를 처음 찾아왔던 날, 그는 오랜 단골처럼 이곳을 찾아들었다. 또 주인은 아녜의 집이 7, 8분쯤 걸리는 2번가에 있다는 것도 아는 것 같다.

"저, 여쭙고 싶은 게 있는데요……."

아이는 주인의 말을 끊고 질문했다.

"아녜와 친하세요?"

"친하다기보다는 몇 년째 단골이죠…… 5, 6년 정도 되었나?"

"어떤 사람이에요?"

주인이 솔직하고 활달하게 이야기하기에 아이도 서슴없이 질문을 던졌다. 주인은 아이를 슬쩍 곁눈질하더니 씩 웃으며 대답했다.

"아, 그 사람은 내가 아는 한 제일 정직한 남자예요."

아이는 '정직'이라는 단어가 아녜에게 쓰일 거라는 생각은 해본 적도 없다. 교활한 해커에 거만한 태도로 사람을 내려다보는 꼴불견이고, 조직폭력배도 무서워할 만큼 비열한 수단을 쓰는 남자였다. 정직의 정 자도 그에게는 어울리지 않는다. 억지로 장점을 찾아보자면 약속을 지키는 것 정도이다. 그러나 조사 결과가 완전히 나올 때까지는 이런 평가도 미뤄둘 것이다.

주인이 면과 유차이를 다섯 개의 일회용 그릇에 포장해주었다.

아이는 워터가의 비탈진 길을 걸어 아녜의 집으로 향했다.

'아!'

국수 가게 주인이 언급한 '정직'의 의미를 알 것 같았다.

'분명히 오해를 한 거야!'

아이는 분했다. 젊은 여자가 혼자 사는 남자에게 저녁거리를 사다 주면서 그 남자의 됨됨이를 질문한다면, 누구나 두 사람 사이를 의심할 것이다.

'어쩐지 의미심장하게 웃더라니…… 라이지 국수 가게 주인은 아녜와 친하니 좋은 말을 해주고 싶었겠지. 아무 장점도 없는 남자를 치켜세우는 데 정직하다는 말이 가장 흔하고 안전한 평가잖아…….'

그제야 아이는 깨달았다. 남자 혼자 사는 집에서 밤을 지새우겠다고 억지를 부린 건 너무 겁없는 짓이었다. 더구나 아녜는 내력이 불분명한 남자다. 아이는 중학교 때도 친한 친구가 없었고 남학생은 더더욱 멀리했다. 도서관의 남자 동료는 모두 기혼이라 최근 몇년간 남자를 만날 일이 거의 없었다. 사실상 아이의 생활은 남자친구를 사귈 시간이 없었다. 학교 졸업 전에는 동생을 돌봐야 했고, 취직한 뒤에는 어머니를 도와 집안일을 했다. 어머니가 병을 앓은 뒤로는 더더욱 여유가 없었다. 운명이란 참 우습다. 아이에게 가장 소중했던 가족들은 한 명 한 명 곁을 떠났다. 지금 아이는 친구도 몇 명 없이 혼자가 되었다.

'이런 생각 그만하자.'

아이는 고개를 흔들었다. 자신의 겁없는 행동, 국수 가게 주인의 오해 같은 것에 연연할 때가 아니다. 아이는 자신의 목표를 분명히 알았다. 샤오원을 죽인 놈을 찾아야 한다. 그 목표를 이루기 위해서라면 어떤 대가라도 치를 것이다. 샤오원이 피 웅덩이에 누워 있는 모습을 본 순간부터 아이는 자기 자신도, 미래도 돌아보지 않았다.

복잡한 심경을 안은 채 2번가 151번지로 돌아왔다. 6층에 도착하니 현관문이 잠겨 있지 않아서 그대로 문을 열고 들어갔다. 혹시 그 사이에 아녜가 어디론가 가버렸나 싶었지만, 그는 여전히 책상에 앉아서 모니터 두 대에 집중하고 있었다. 집 안은 전혀 바뀐 게 없었다. 흐르는 음악이 아이가 들어보지 못한 곡으로 바뀌었을 뿐이다. 아이가 나간 사이에 음반을 바꾼 듯하다.

아이는 아녜의 완탕면을 책상에 올려놓았다. 아녜는 고맙다는 한마디 없이 손바닥을 내밀었다. 아이는 잠시 어리둥절했다. 곧 정신을 차리고 끓어오르는 울분을 누르며 2홍콩달러짜리 동전을 아녜의 손에 얹었다. 큰 그릇 하나에 유차이를 더한 값은 28홍콩달러다.

"정직은 무슨! 쫀쫀한 인간 같으니."

아이는 아녜에게 들리지 않게 조용히 투덜거렸다.

아이는 소파에 앉아 게 눈 감추듯 완탕면 한 그릇을 비웠다. 면도, 완탕도, 국물도 다 맛있었다. 아이는 자신이 식욕이 있다는 데 새삼 놀랐다. 샤오원이 간접적으로 살해된 것을 알게 된 뒤로는 음식이 넘어가지 않을 줄 알았다. 아녜는 아직 완탕면 포장을 풀지도 않았다. 그가 완탕면을 먹는 소리가 들린 것은 30분이 지나서였다.

아이는 영어 실력이 시원찮아서 흘러나오는 로큰롤 가사를 이해하지 못했다. 소련, 검은 새, 혁명, 라쿤 같은 단어가 들리긴 하지만 전체적인 의미를 알 수 없었다. 그녀는 다시 핀천의 소설을 뒤적였다. 책 읽을 기분은 아니지만 아녜가 언제라도 '결과'가 나왔다고 외치기를 기다려야 했다. 시간은 점점 흘러가고, 아이는 그사이 부엌에 가서 물을 마시고, 문이 잘 잠기지 않는 화장실에도 다녀왔다. 새벽 2시까지 기다렸지만 결과는 나오지 않았다. 소파에 반듯이 앉아 있었던 아이는 이제 반쯤 소파 팔걸이를 베고 누운 상태였다. 눈꺼풀은 반쯤 감긴 채 '빅풋'이라고 불리는 경찰과 닥의 얽히고 설킨 이야기를 읽고 있었다.

'아, 깜박 잠들었었네……'

잠이 들었던 아이는 애써 눈을 뜨며 소파 등받이에 기댔다. 잠기운을 완전히 떨치지 못한 채 흘낏 벽시계를 봤다. 아침 6시가 넘었다! 아이는 책을 껴안고 소파에서 네 시간 넘게 잠들었던 것이다. 거실 전등은 꺼져 있고 떠오르는 태양빛이 창으로 들어오고 있었다.

아이는 급히 책상 쪽을 바라봤다. 아무도 없었다. 대신 거실 한쪽에 원래는 열려 있던 침실 방문이 닫혀 있다. 아이가 잠든 틈에 아녜가 컴퓨터와 전등, 오디오를 끄고 방에 가서 단잠을 자는 모양이다. 그를 깨워 진척 상황을 물어볼까 하다가 자신이 너무 매정한 것 같아 그만두었다.

'나는 그냥 앉아 있었는데도 졸음을 이기지 못했잖아. 내가 다그칠 입장은 아니지……'

아이는 다시 소파로 돌아갔다.

혼자 거실에 있으니 이런저런 생각이 떠올랐다. 죽기 전 이메일을 읽던 샤오원은 어떤 표정이었을까. 동생이 웬 남자와 껴안고 있던 사진도 떠올랐다. 샤오원에게 내가 모르는 비밀이 얼마나 많았을까? kidkit727의 게시글 내용은 전부 지어낸 것일까? 가족들이 보지 않는 곳에서 샤오원은 완전히 다른 얼굴이었던 걸까? 불안한 생각을 떨쳐버리기 위해 아이는 거실을 서성이기 시작했다. 소파에서 자느라 찌뿌둥한 몸도 좀 풀어야 할 것 같다.

아이는 집 안을 다시 둘러보았다. 거실 여기저기 잡동사니가 쌓여 있는 모습이 첫 방문 때와 달라진 게 없었다. 심지어 쓰레기 위치도 그대로다. 깔끔한 성격에다 어머니를 대신해 집 안 청소를 책임졌던 아이의 눈에는 너무 거슬리는 풍경이다. 무엇보다도 보기 싫은 것은 거실 한쪽에 놓인 커다란 책꽂이 두 개였다.

'불쌍한 책들.'

책들이 어지럽게 마구 꽂혀 있었다. 비좁은 공간에 아무렇게나 밀어 넣어서 표지가 우그러지기도 했다. 책등이 툭 튀어나와 있기도 하다.

아이는 책등에 쓰인 제목들을 읽었다. 매일 책에 둘러싸여 일하지만 그녀가 알아보지 못하는 책들도 많다. 대부분 영어로 쓰인 책이다. 중국어 책은 몇 권 없고, 의외로 일본어 책도 보인다. 『UNIX: The Complete Reference』『POSIX Operating Systems Interface standard』『Network Security: Current Status and Future Directions』『Public-Key Cryptography』『Artificial Intelligence: A Modern Approach』……. 책 제목이 전부 외계어 같았다. 특히 신기한 책은 다른 책 위에 가로로 누워 있는 오렌지색 표지의 영어 책이었다. 오래되고 낡은 그 책의 제목은 'Department of Defense Trusted Computer System Evaluation Criteria'. 해석하면 '국방부에서 신뢰할 수 있는 컴퓨터 시스템 평가 준칙'이다. 제목 위에는 미국의 국가 휘장까지 인쇄되어 있다. 동물도감류 같은 시리즈 책도 꽂혀 있었다. 시리즈 중 몇 권에는 책등에 야생동물 소묘 그림이 인쇄돼 있었다. 그런데 제목들을 눈여겨보니 역시나 외계어였다. 예를 들어 『802.11 무선 네트워크 기술총론 802.11』『파이썬Python의 유닉스, 리눅스 시스템 관리 응용』 등이다.

'파이썬이라는 게 진짜 구렁이를 말하는 건 아니겠지?'

아이는 책등에 그려진 정밀한 구렁이 그림을 보면서 생각했다.

'여기는 너무 지저분해.'

책상에는 어제저녁 먹었던 흰색 일회용 그릇이 그대로 올려져 있었다.

이로부터 한 시간 넘은 8시 정각에야 아녜는 일어났다. 침실 문을 열고 나왔을 때 그는 눈앞의 광경에 충격을 받아 굳어버렸다.

"어우야이! 무슨 짓을 한 거야!"

아녜는 먼지떨이로 책꽂이를 털고 있던 아이를 향해 소리를 빽 질렀다. 거실에 천지사방 널려 있던 종이 상자가 벽에 차곡차곡 쌓여 있다. 책장 앞 둥근 탁자에 있던, 부품으로 가득한 나무 상자는 날개라도 돋았는지 사라졌다. 책장 위에 마구잡이로 꽂혀 있던 책들도 가지런해졌다. 사무용 책상 위의 영양바 껍질, 맥주캔 등도 싹 사라졌다. 난잡하게 널려 있던 문구용품 같은 것도 종류별로 정리되었다.

"내가 뭘 했는데요?"

아이가 깜짝 놀라 돌아보았다. 아녜는 평소보다 머리카락이 더 엉망이었다.

"내 물건을 왜 마음대로 옮긴 겁니까!"

아녜가 흉흉한 기세로 걸어오더니 둥근 탁자 위를 가리켰다.

"여기 있던 부품들 어떻게 했어요?"

아이가 한 걸음 뒤로 물러섰다. 책장과 벽 사이 공간에 나무 상자 세 개가 가지런히 쌓여 있었다.

"딱 들어맞는 수납공간이 있어서 여기다 쌓았죠."

"그건 자주 쓰는 거라고요! 거기다 넣어놓으면 꺼낼 때 불편하단 말입니다!"

"거짓말하지 마요. 전선이며 회로판이며 전부 먼지가 1센티미터나 앉았던데, 자주 쓰긴요!"

아녜는 깜짝 놀랐다. 무분별하게 밀어붙이기만 하는 줄 알았던 아이가 의외로 세심한 관찰력을 선보였기 때문이다. 하지만 청소 경험이 풍부한 아이 입장에서 그런 관찰은 대단한 재능이 아니라 상식에 불과하다.

아녜가 사무용 책상 쪽으로 쿵쿵 걸어갔다.

"그럼 이 책상 위에 있던 물건은 어쨌습니까?"

"쓰레기라면 버렸죠. 이 건물 쓰레기장은 1층에 있더군요. 쓰레기 버리는 게 귀찮은 것도 이해는 되지만…… 그거 버리느라고 1층까지 두 번이나 왔다 갔다 했어요."

"쓰레기 말고!"

아녜가 짜증을 부렸다.

"책상 위에 다른 사건 증거물도 있었단 말입니다! 그걸 비닐봉투에 넣어서 책상 위에 뒀는데! 따로 의뢰받은 사건의 증거가……."

"이거요?"

아이가 책상 밑에서 종이 상자를 꺼냈다. 형형색색의 잡동사니 위에 투명한 비닐봉투에 담긴 시판용 땅콩 포장지가 들어 있다.

"아…… 버리지 않았어요?"

"당연하죠. 영양바 껍질, 맥주캔, 며칠째 방치한 건지 알 수 없는 라이지 국숫집 그릇만 버렸어요."

아이가 불쾌하다는 투로 말했다.

"이게 쓰레기가 아닌 건 나도 안다고요."

"어떻게 알아요?"

"첫째, 비닐봉투에 따로 담아놓았으니까요. 둘째, 당신 집에는 땅콩이 전혀 없어요. 영양바는 있지만."

아이는 부엌을 가리켰다.

"당신이 간식으로 땅콩을 먹는다면 어제 사온 슈퍼마켓 봉지에도 있었을 거잖아요?"

"근거 불충분! 내가 어쩌다 한 번 땅콩을 사 먹었을 수도 있고 비닐봉투에 담아둔 것도 나중에 버리려고 한 것일지 모릅니다."

"셋째, 책상 위에 땅콩 껍질이 없어요."

아이가 땅콩 포장지를 가리켰다.

"이건 껍질 있는 제품이에요. 정말 당신이 먹은 거라면 땅콩 껍질만 버리고 포장지는 안 버릴 리가 있나요? 이제 근거가 충분하죠?"

삐익.

아녜가 다시 도전하려는 순간 부엌에서 맑은 울림 소리가 들렸다.

"물이 끓었네요."

아이는 부엌으로 향했다.

"당신 마음대로 내 물건을 건드리면……."

아녜가 그녀를 따라 부엌까지 쫓아왔다. 아이는 막 끓은 찻주전자의 물을 붓는 중이었다.

"원래는 아침상을 차릴 생각이었는데, 여긴 달걀이나 빵도 없더군요. 그래서 홍차만 끓였어요."

아이가 찻주전자를 가볍게 흔들었다.

"아무것도 없는 주제에 찻잎은 고급이던데요? 차통을 열자마자 향기가 나더군요. 포트넘 앤드 메이슨Fortnum & Mason은 무슨 브랜드예요? 통에 적힌 걸로는 영국산 같은데."

"그 찻잎도 어떤 사건의 증거일 거라는 생각은 못 했어요?"

아이는 놀란 표정을 지었다가 곧 아녜가 억지를 부리고 있다는 것을 알아차렸다.

"중요한 증거품을 부엌에 둘 것 같지는 않군요."

아이가 홍차를 두 잔 따랐다.

"찻주전자나 찻잔이 깨끗한 걸 보면 선물받은 거겠죠."

"아뇨. 내가 산 겁니다."

아녜가 찻잔을 집어들고 한 모금 마셨다.

"다만 평소에는 끓이기가 귀찮아서."

'흥, 차를 끓인 뒤에 씻는 게 귀찮은 거겠지.'

아이가 속으로 생각했다.

두 사람은 좁은 부엌에 선 채로 말없이 홍차를 마셨다. 차를 마시는 아녜는 평소와 좀 달라 보였다. 표정이 조금 풀려서 평소처럼 딱딱거리는 느낌이 아니었다.

그러나 차를 다 마신 아녜가 입을 여는 순간 아이는 자신의 생각이 틀렸음을 깨달았다.

"한 번만 더 내 물건을 건드리면 당장 조사에서 손 뗄 겁니다."

아녜는 찻잔을 내려놓고 부엌을 나가 화장실로 갔다. 아이는 찻잔을 들고 거실로 가려다가 화장실 문이 또 닫혀 있지 않은 것을 보고 얼른 고개를 돌렸다. 아이는 어젯밤 내내 고개가 꺾인 채 잠들었던 소파에 앉았다.

"결과가 나왔나요?"

아녜가 거실로 나오자 아이가 벌떡 일어서서 물었다.

"지금부터 볼 겁니다."

"지금부터?"

"로봇 프로그램을 만들어 내가 자는 동안 자동으로 자료를 수집하게 했습니다. 나 대신 조사를 완성할 로봇이죠."

아녜가 하품을 했다.

"그 로봇 프로그램은 내 지시에 따라 이뉘중학교 학생의 SNS를 돌아다니면서 모든 글과 댓글을 기록하고, 그 속에서 '휴대폰' '아이폰' 등 관련 단어가 있는지 확인했어요."

"컴퓨터가 그런 작업도 할 줄 아나요?"

"인간의 뇌처럼 예민하지는 않죠."

아녜가 책상에 앉아 두 대의 컴퓨터를 켰다. 컴퓨터 한 대는 크고 작은 윈도 창이 잔뜩 열려 있다. 페이스북, 이뒈중학교 홈페이지 등등의 창이다. 그리고 검은 바탕에 흰 텍스트가 아래로 계속해서 생겨나고 있었다. 다른 한 대는 감시카메라 영상 같은 화면이 떠 있었다. 화면이 네 등분 되어 있는데 각각 지하철 플랫폼 풍경이다. 승객들이 막 열차에서 내리고 있었고, 몇몇은 플랫폼의 파란 기둥에 기대거나 긴 의자에 앉아서 휴대폰을 들여다보고 있었다.

"어라? 지하철역 감시카메라 영상을 조사하기로 했군요!"

아이가 책상 옆에 서서 외쳤다.

아녜가 키보드 위의 무언가를 누르자 다른 화면으로 바뀌었다.

"이건 다른 사건입니다."

아이는 아녜가 지기 싫어서 그런다고 생각했다. 이럴 때는 상대방을 자극하지 않는 게 좋다. 아이는 입을 다물었다.

"그럼…… 이뒈중학교 학생 중에선 용의자가 나왔어요?"

"정리 좀 하고요."

아녜가 다른 컴퓨터로 향했다. 검은 바탕, 흰 텍스트의 윈도 창에서 일정 부분을 복사해 어떤 SNS 사이트를 열었다.

"홍콩에서 안드로이드 기반 스마트폰이 주류인 걸 고마워하세요. 북미였다면 아이폰의 시장점유율이 50퍼센트 가까이 되니까요. 홍콩은 20퍼센트도 되지 않죠…… 당신 동생과 같은 학년인 120명 중에서 105명이 스마트폰을 쓰고, 그중 열여덟 명이 아이폰을 쓰는군요. 나머지는 삼성, 샤오미, 소니 등의 안드로이드 스마트폰이에요."

아네가 키보드를 두드리자 화면에 열여덟 행의 명단이 나타났다. 각각 학생의 이름, 반, 성별이 포함된 정보다.

"샤오원을 죽인 놈이 저 중에 있는 거죠?"

아이가 긴장하여 물었다.

"무조건 그렇다고는 하기 힘들지만, kidkit727이 저 중에 있는 건 90퍼센트 확실합니다. 기억나는 이름이 있습니까?"

아이는 명단을 자세히 살폈다. 하지만 이름이 다들 낯설었다. 아이는 고개를 저었다.

"동생이 친구 이름을 언급한 적은 없습니까? 영어 이름이나 별명이라도? kidkit727은 다양한 수단을 써서 동생을 괴롭혔어요. 분명히 동생과 접점이 많을 텐데, 이야기하다가 무심코 이름을 들먹였을 만도 한데……."

"저…… 저는 모르겠어요."

"동생하고 평소에 별로 이야기를 하지 않았습니까? 동생이 집에서 학교 이야기를 할 거 아닙니까? 왜 이름 하나 기억나는 게 없죠?"

아이는 기억을 뒤지고 또 뒤졌다. 그러나 아무 이름도 생각나지 않았다. 샤오원이 저녁 식탁에서 학교 이야기를 했던 것은 기억이 나는데 그때 들었던 이름들이 하나도 떠오르지 않았다.

아이는 샤오원이 꺼내던 일상적이고 사소한 이야기에 관심이 없었다. 한 귀로 듣고 한 귀로 흘리곤 했다. 저녁을 먹으며 동생의 말에 관심을 표현하고 대답해주던 사람은 어머니 저우치전이었다.

"사진, 사진이 없을까요? 이름을 모르지만 얼굴을 보면 혹시 기억날지도 몰라요……."

아네는 아이의 난처한 얼굴을 보며 한숨을 쉬었다. 그는 명단에 나온 SNS 계정을 열어 열네다섯 살 소년 소녀들의 사진을 보여주었다. 그러나 아이는 그 얼굴들을 보고서도 아무런 기억이 나지 않았다. 잘생긴 스포츠맨 타입의 남학생이나, 일본풍 장신구를 단 귀여운 여학생이나 아이에게는 전부 낯설기만 하다. 한편 아녜는 간단하게나마 사진 속 학생들을 소개하며 샤오원과 같은 반이었는지 아닌지 등의 내용을 덧붙였다. 마치 아녜가 샤오원의 가족이고 아이 자신은 타인인 것 같았다. 아이는 10여 컷의 사진을 보고도 아무것도 알아내지 못했다.

"다음은…… 여기, 두쯔위杜紫渝입니다."

모니터에 학교를 배경으로 한 사진이 나타났다. 긴 머리카락에 안경을 쓰고 좀 내성적으로 보이는 여학생이다.

"SNS는 없고, 학교 웹사이트 특별활동 카테고리에서 사진을 찾았죠."

"어? 이 아이는…… 기억이 나요……."

아이는 사람 얼굴을 잘 기억하는 편이 아니다. 하지만 얼굴형에 어울리지 않는 네모난 안경, 몸에 잘 맞지 않아 보이는 파란 긴팔 스웨터가 기억을 자극했다.

"맞아요, 샤오원의 장례식장에서 저 아이를 봤어요……."

"장례식장에 왔다?"

"저녁 8시 지나서 혼자 왔던 걸로 기억해요. 장례식에 온 친구는 범인이 아니겠죠?"

"반대로 자신의 악행이 드러날까 두려워서 살펴보러 왔을지도 모릅니다."

아이는 깜짝 놀라 굳어버렸다. 어두운 곳에 숨어 있는 kidkit727을 증오했지만, 자신이 떠올려온 사악한 이미지를 저기 저 아이들에게 씌워보려고 하니 도무지 머릿속이 말을 듣지 않았다.

아녜는 명단 중 두쯔위의 이름 옆에 표시를 해두고 다른 사진들을 계속 열었다. 그러나 나머지 '아이폰을 사용하는 용의자' 중에서는 조금이라도 낯익은 학생이 없었다.

"이게 마지막입니다."

아녜가 페이스북 계정을 열었다. 남학생과 여학생이 같이 찍은 '셀카' 사진이다. 칠판을 배경으로 둘 다 반팔 여름 교복을 입었다. 아마 교실인 것 같다. 남학생은 네모난 얼굴에 머리카락이 보통 남자아이보다 좀 긴 편이다. 여학생은 반대로 시원스러운 짧은 머리인데, 외꺼풀 눈에 예쁘게 생긴 아이다.

"여학생은 수리리舒麗麗라고 합니다. 아까 당신이 알아본 두쯔위와 수리리는 당신 동생과 3년째 같은 반이죠. 그러니 분명히…… 어우야이 씨, 왜 그래요?"

아이의 표정이 이상했다.

"둘 다…… 둘 다 장례식에 왔었어요. 저 여학생은 그때 무척 초췌해 보였고……."

"둘 다?"

아녜가 수리리 옆에 있는 남학생을 가리키며 물었다.

"이 남학생도 장례식에 왔었다고요?"

아이가 고개를 끄덕였다.

"남학생은 자오궈타이趙國泰라고 하는데, 올해 당신 동생과 같은 반이죠…… 수리리와 사귀는 사이 같군요."

아녜가 다른 컴퓨터에서 어느 브라우저 창을 확인해본 뒤 말했다.

"남학생은 삼성 휴대폰을 씁니다, 아이폰이 아니라."

"이 아이들이에요. 그리고 전에 우리 집에 온 적도 있어요. 샤오원이 몸이 좋지 않아서 집에 데려다 주었어요……."

"집에도 왔었다고요?"

아녜의 눈썹이 살짝 올라갔다. 아이의 말에 흥미를 느낀 것 같다.

"네. 그러니까…… 재작년 크리스마스이브 때였어요."

"재작년 크리스마스? 확실해요?"

"확실해요. 그날 어머니가 샤오원에게 10시 반 전에는 집에 오라고 하셨는데, 11시가 넘어도 오지 않았어요. 전화도 받지 않아서 어머니도 저도 걱정하고 있는데 초인종이 울렸어요. 저 친구들이 샤오원이 파티 중 몸이 안 좋아져서 집에 데리고 왔다고 했어요. 그날 밤 어머니가 밤새 샤오원을 간호했죠……."

옛일이 생각난 아이는 다시 슬픔에 잠겼다.

"샤오원의 장례식 날, 여학생은 샤오원의 친한 친구라고 생각했어요. 하지만 지금 다시 생각하면…… 혹시……."

"혹시 저 여학생이 인터넷에서 괴롭힘을 조장하고 동생을 자살하도록 유도했을지도 모른다?"

아이는 대답하지 않았다. 복잡한 표정으로 모니터의 사진만 보았다. 아녜가 아까 한 말은 이 여학생에게도 똑같이 적용될 것이다.

"어쨌든 수리리라는 학생은 조사할 필요가 있겠네요. 동생에게 메일을 보낸 사람이든 아니든 동생의 학교생활에 대해 알려줄 수 있을 테니까."

"그럼 수리리와 자오궈타이를 미행할 건가요?"

"미행보다는 샤오더핑처럼 직접 만나서 이야기를 나눠봐야죠."

"저 아이가 범인이라면 곧바로 인정할까요?"

아이가 놀라서 물었다.

"당신 정말 꽉 막혔군요!"

아녜가 웃으며 말했다.

"동생 학교의 연락처가 있습니까? 혹은 학교를 방문할 만한 핑계나?"

아이가 잠시 생각하다가 말했다.

"샤오윈의 담임 선생님이 학교 사물함에 샤오윈의 물건이 남아 있으니 가지러 오라고 했어요……."

"딱 좋군."

아녜가 모니터로 고개를 돌려 뭔가를 확인한 다음 책상 위에 있는 구식 키패드 휴대폰을 집었다.

"아직 9시 전이지만 담임 선생님은 일어났겠죠."

"선생님께 전화하게요?"

아이가 소파에서 자기 가방을 가져왔다. 담임의 전화번호를 찾으려는 것이다. 그런데 아녜는 손을 들어서 찾을 필요 없다는 표시를 하고는 곧바로 전화를 걸고 스피커폰 모드를 켰다.

"여보세요?"

발신음이 세 번 울린 뒤 전화가 연결되었다. 스피커에서 살짝 쉰 듯한 여자 목소리가 들렸다.

"안녕하십니까? 위안 선생님이신가요?"

아녜도 이렇게 친절하게 말할 수 있다니, 아이는 조금 놀랐다.

"저는 왕청王誠이라고 합니다. 어우야윈 학생의 언니 어우야이와는 친한 친구죠."

"아, 네. 안녕하세요."

"아침부터 전화드려 죄송합니다."

"아닙니다. 평일이라면 이미 학교에 출근했을 시간인걸요."

위안 선생님은 예의바르게 대답했다.

"무슨 일로 전화하셨나요?"

"샤오원의 사물함 물건을 가지러 가려고요. 약속시간을 잡으려고 전화드렸습니다."

"네, 참고서 같은 것들이 좀 남아 있죠. 어우야이 씨는 계속 연락이 없으셨는데 재촉하기가 좀 그래서…… 어우야이 씨는 괜찮으신가요?"

"염려해주셔서 감사합니다. 아이도 많이 좋아졌어요. 하지만 동생이 세상에 없다는 사실을 받아들이려면 시간이 더 필요할 것 같습니다. 그렇다고 샤오원의 사물함 정리를 계속 미룰 수도 없고, 그래서 제가 나서서 연락을 드렸어요. 학기도 끝나가고 곧 방학도 시작되니 그전에 마무리를 지어야지요."

"세심하시군요. 맞는 말씀입니다. 저도 빨리 야원의 물건을 돌려드리고 싶어요. 왕 선생님은 어디에 사십니까? 시간을 정해서 뵙기로 할까요?"

"아, 정말 감사합니다."

아녜는 계속해서 몹시 우호적이고 예의 바른 태도로 대화했다. 아이는 명청하게 그런 아녜를 바라보았다.

"저는 일이 좀 프리한 편이라, 제가 학교로 찾아뵈었으면 합니다. 월요일 오전에 방문해도 괜찮겠습니까?"

"그럼요. 학교로 와주시면 감사하지요. 어우야이 씨와 같이 오시나요?"

"저 혼자……."

아녜가 입을 떼는 순간, 아이가 달려들어 휴대폰을 쥔 아녜의 손을 붙잡았다. 다른 손으로는 자신을 가리키며 입 모양으로 '나도 갈 거예요'라고 말했고, 그러지 않으면 손을 놓지 않겠다는 뜻을 표시했다. 아녜는 '정말 못 당하겠군'이라는 표정으로 떨떠름하게 고개를 끄덕였다. 아이의 손을 뿌리친 그가 휴대폰에 대고 말했다.

"저 혼자 가려고 했습니다만, 아이도 학교를 둘러보며 동생을 추억하고 싶을 것 같아서요. 아이와 의논해보겠습니다. 동생의 학교를 둘러보면 마음의 상처가 좀 나아지지 않을까 싶군요."

"그럼요. 저도 어우야이 씨가 하루 빨리 슬픔을 이겨내시길 바랍니다. 월요일 11시 30분에 오시면 어떨까요?"

"좋습니다. 감사합니다. 모레 뵙지요."

"네, 모레 뵙겠습니다."

전화를 끊은 후 아이가 냅다 소리를 질렀다.

"날 떼놓고 갈 생각은 말아요! 반드시 갈 거니까!"

"방해되지 않으면 가든지 말든지."

아녜는 평소의 건들거리는 말투로 돌아왔다.

"당신 정말 안면을 빠르게 바꾸네요."

아이가 빈정거리듯 말했다.

"어쨌든 내가 의뢰인인데, 나한테도 위안 선생님과 말할 때처럼 좀 예의를 갖추면 어디가 덧나나요?"

"멍청하긴."

아녜가 업신여기는 태도로 말했다.

"당신에게 예의 갖춰 말한다고 해서 조사에 도움 되는 것도 아닌데 왜 그런 쓸데없는 기력 낭비를 합니까? 아까 그건 '예의'가 아니라 사회공학Social Engineering●이라는 겁니다."

"사회공학?"

● 컴퓨터 보안에서 인간 상호작용의 깊은 신뢰를 바탕으로 사람들을 속여 정상 보안 절차를 깨트리는 비기술적 침입 수단. 우선 통신망 보안 정보에 접근 권한이 있는 담당자와 신뢰를 쌓고 전화나 이메일을 통해 그들의 약점과 도움을 이용한다.

아이가 들어본 적 없는 낯선 단어다.

"이 기술에 능통한 해커는 사회적 상호작용을 수단으로 시스템에 침입할 수 있죠. 대화나 위장 신분 등으로 비밀번호를 알아낸다거나 다른 사람의 손을 이용해서 침입하는 겁니다."

아녜가 냉소적으로 말했다.

"세상에서 제일 파훼하기 쉬운 성벽이 바로 인류죠. 컴퓨터 시스템이 발전하고 완벽해져도 인간 본성의 취약점은 영원히 바뀌지 않을 겁니다."

아이는 그의 말을 곱씹었다. 인간성을 사물처럼 이용할 수 있다는 말에 불쾌감을 느꼈지만, 그 말이 현실이라는 것도 잘 알았다. 약육강식의 사회에서는 누구나 '이용하는 사람'과 '이용당하는 사람'으로 나뉜다. 인간성의 약점을 잘 이용하는 사람이 성공한다.

"위안 선생님 전화번호는 어떻게 알았어요?"

아이가 문득 생각난 듯 물었다.

"동생 주변인들 자료를 수집하다 보면 자연히 알게 됩니다."

아녜는 별것 아닌 것처럼 말했다.

"아, 깜빡 잊고 이야기하지 않았는데 담임 선생님도 조사 대상입니다. 아이폰을 쓰니까."

아이는 경악했다. 선생님이 자기 반 학생을 죽음으로 몰아넣었을 거라는 상상은 할 수 없었다.

"머리에 정확히 집어넣어요. 수리리가 kidkit727일지 아닐지 아직 모르는 일입니다. 우리는 이번에 그저 조사를 하러 가는 거고, 운이 따라줄지 시험해보는 것뿐이라는 말입니다. 나머지 열일곱, 아니 열여덟 명의 용의자도 살펴봐야 합니다. 선입견은 탐정 일에서 금기예요. 가설을 세울 수는 있지만 그게 사실이 아니라는 점을 분명히 기억해야 합니다. 가설을 세운 뒤에는 그것이 틀렸음을 밝힐 증거를 찾으려고 노력해야 합니다. 그 가설이 맞는지 증명하는 게 아니라."

아이는 고개를 끄덕였다. 아녜의 말을 완전히 이해한다. 그녀는 논리학 책을 읽은 적이 있다. 그 책에서는 까마귀를 예로 들어 설명했다. 1만 마리의 까마귀가 검은색이라고 해서 '까마귀는 다 검은색이다'가 참이라고 믿는 것은 불합리하다. 단 한 마리라도 흰 까마귀를 찾아낸다면 그 명제는 뒤집히기 때문이다. 이 명제를 증명하려면 반대로 '세상에는 검은색이 아닌 까마귀가 존재한다'는 가설을 세운 다음 이 가설이 불가능함을 증명해야 한다.

물론 이 명제를 증명하는 것은 터무니없는 일이다. 아이는 이번에 학교에 가서 조사하는 일이 아무 성과 없이 끝날까 봐 걱정되었다.

'어쩔 수 없어. 한 걸음 한 걸음 조사해가는 수밖에.'

아이는 속으로 각오를 다졌다.

"나…… 나도 명단을 갖고 싶어요. 열여덟 명 용의자 명단요."

아이가 컴퓨터 모니터에 떠 있는 표를 가리켰다.

"집에 가서 꼼꼼히 살펴보려고요. 혹시 이름이나 얼굴이 생각날지도 모르잖아요."

아녜가 그녀를 흘겨보았다. 마치 '당신 같은 멍청이는 꼼꼼히 봐도 아무 단서도 못 찾을걸'이라고 말하는 것 같다. 그러나 아녜는 키보드를 몇 번 눌렀고, 10초쯤 후 A4 용지에 명단이 인쇄되어 나왔다. 아이는 청소할 때 아녜의 책상 밑에서 본 작은 프린터가 생각났다.

"여기."

아녜가 심드렁하니 종이를 건넸다.

"여기 있는 게 학생들 SNS 계정 링크인가요? 그러니까 페이스북, 인스타그램 같은?"

아이가 표에서 어떤 칸을 가리키며 물었다. 인터넷은 잘 모르지만 샤오원 때문에 여러 인터넷 사이트를 돌아다녀 봤는데, 명단 옆에 나열된 링크는 너무 짧아서 인터넷 사이트 주소 같지 않았다.

"당신 정말 귀찮군!"

아네는 그녀의 질문에는 대답하지 않고 다시 키보드를 몇 번 눌렀다. 프린터가 두 번째로 종이를 뱉어냈다. 방금 받은 명단과 달리 이번 종이에는 앞뒤로 빽빽하게 텍스트가 박혀 있다. 얼핏 보아도 100여 줄 정도 되는 것 같다.

"이렇게 많아요?"

"명단에 있는 건 축약한 하이퍼링크고 지금 준 건 브라우저에서 북마크 자료를 전부 인쇄했으니까 알아서 해요. 초등학생도 보고 입력하는 정도는 할 수 있을 테니까! ……설마 초등학생만도 못하지는 않겠죠."

아네가 쓴 프로그램은 자동으로 인터넷 사이트 주소를 하이퍼링크로 바꿔 명단에 기록하게 되어 있다. https://twitter.com/cute_cute_yiyi라는 인터넷 주소라면 명단에는 cute_cute_yiyi라고만 기록되고, 마우스로 클릭하면 대응하는 인터넷 페이지가 열린다. 아이가 명단을 달라고 했을 때는 그 위의 주소가 전부 나오지는 않았던 것이다.

"자, 어우야이 씨. 이제 만족하셨습니까?"

아네가 하품을 했다.

"모레 11시 30분 이뉘중학교에 가서 조사를 벌일 예정이오니, 관심이 있으시면 정시에 교문 앞에서 뵙지요. 외람된 말씀이오나, 제가 잠이 모자라서 그러니 누추한 저희 집에서 이제 그만 고귀한 발걸음을 돌려주시기 바랍니다. 대단히 감사합니다."

과장되게 격식을 차린 말투는 아이를 더 불쾌하게 했다. 아이는 아네에게 묻고 싶은 것이 많았다. 열여덟 명 중 누가 제일 혐의가 짙은가? 수집한 명단 중 샤오원과 가까운 친구가 있었는가? 땅콩게시판 게시글 내용이 사실인지 여부를 알 수 있는지…… 하지만 지금은 무엇을 물어도 정보를 얻기 어려울 것이다. 아네는 다음 날까지 용의자를 추리겠다는 약속을 지켰고, 그녀와 같이 학교에 가서 조사를 하겠다고도 했다. 지금은 아네를 닦달할 때가 아니었다.

계단을 내려가는 아이는 몸이 물 먹은 솜 같았다. 피곤한 몸과는 반대로 마음은 훨씬 안정되었다.

"어머? 좋은 아침이에요."

건물을 나오자마자 누군가 인사를 건넸다. 처음에는 알아보지 못했다. 자세히 보니 2주 전 이곳을 처음 찾아왔을 때 마주친 여자다.

"안, 안녕하세요."

아이도 미소를 지으며 고개를 숙였다.

"2주 전쯤에 아네를 찾아왔던 그 아가씨죠?"

"네, 맞아요. 어우야이라고 합니다. 여기 사시나 봐요?"

"아뇨. 전 파트타임 청소부예요. 수요일, 토요일에 와서 아네의 집을 청소해요."

그녀는 손에 들고 있던 빨간색 플라스틱 통을 보여주었다. 통에 청소 도구가 들어 있었다.

"앞으로는 샹슝 언니라고 불러요!"

아이는 눈앞의 여자가 일을 제대로 하지 않았다고 생각했다. 아네의 집은 몇 년은 청소하지 않은 꼴이 아닌가. 하지만 곧 생각을 바꿨다. 그건 그녀의 잘못이 아니다. 아네가 집 안의 '쓰레기'를 건드리지도 못하게 했을 것이다. 그녀는 분명 부엌과 화장실만 청소할 것이다.

"아유, 계속 붙잡고 있었네. 다음에 또 봐요!"

그녀는 미소를 지으며 보일 듯 말 듯 고개를 끄덕였다. 아이도 가볍게 인사를 건네고 헤어졌다.

아이는 자신을 바라보는 '상 언니'의 태도가 좀 떨떠름했다. 하지만 오다가다 마주친 사람이니 신경 쓰지 않기로 했다.

워터가의 비탈진 길을 걷다가 홀연히 깨달았다. 젊은 여자가, 흐트러진 머리로, 제대로 자지도 못한 꼴로, 아침 9시에 혼자 사는 남자의 아파트에서 나오다니! 이상한 생각을 하지 않는 게 더 이상하다. 아이는 저도 모르게 이마를 짚었다.

'생각을 말아야지. 오해를 하든 말든.'

아이는 다시 샤오원 생각을 했다. 그리고 열아홉 개의 얼굴을 떠올렸다. 위안 선생님까지 포함해서. 머릿속에서 그 얼굴들이 계속 맴돌았다. 이 평범한 얼굴들 뒤에 누군가를 죽음에 이르게 할 정도의 악의가 숨어 있다고 생각하니 소름이 끼쳤다.

그러나 또 다른 의문이 아이를 불안하게 했다.

도대체 샤오원은 어쩌다 이런 사악한 인간과 엮이게 된 걸까?

샤오원에게 언니조차도 몰랐던 또 다른 모습이 있었던 걸까?

2015년 5월 21일 목요일

걱정 마 22:17

내가 준 와이파이 비밀번호는 선불카드에서 나온 거니까 추적할 수 없어 22:19

읽음 22:20 응.

이메일에 뭐라고 썼니? 22:24

읽음 22:24 겁을 주려고 했어, 그 사진을 공개하겠다고……

읽음 22:25 그날 그 애가 예전처럼 웃는 걸 보고 분노가 솟구쳤어.

읽음 22:25 그냥 혼을 좀 내주려고 이메일을 보냈는데……

넌 잘못한 거 없어 다 걔 잘못이야 22:26

걔 정신력이 그것밖에 안 되는 거지 22:29

자업자득 22:30

읽음 22:30 하지만 법을 어긴 것 아니야? 자살교사죄 같은 거……

네가 죄를 지은 거라면 걔는 더 큰 죄를 지었어 22:32

죽어서도 다 못 갚아 22:33

제5장

01

스중난은 홍콩문화센터 로비에서 주변을 두리번거렸다. 시간은 밤 10시 15분. 콘서트홀에서 왕위자와 홍콩 필하모닉 오케스트라의 연주회가 막 끝났다. 홍콩문화센터는 침사추이 해변에 자리 잡고 있다. 약 5만 제곱미터 부지에 국제적 수준의 설비로 400석 규모의 소극장과 1700석 규모의 대극장, 2천 명까지 수용할 수 있는 타원형 콘서트홀을 갖추었다. 홍콩은 종종 '문화의 사막'이라고 불리지만, 고전음악 연주회에는 적잖은 관객이 든다. 물론 관객 중 진정예술을 사랑하는 사람은 몇이나 있는지 알 수 없다. 겉치레로 돈과 가짜 품위를 맞바꾼 허영심 가득한 사람도 많다.

스중난은 고전음악에 문외한이다. 방금 끝난 연주회에서 피아니스트와 오케스트라가 브람스의 〈피아노 협주곡 2번〉, 드뷔시의 교향시 〈바다〉, 라벨의 〈볼레로〉를 연주했는데, 스중난에게는 대부분

낯설었다. 오로지 〈볼레로〉의 선율만 어디선가 들어본 듯했다. 사실상 그는 공연에 아무런 관심도 없었다. 그의 관심은 오로지 객석에 있을 스투웨이에게 쏠려 있었다.

어제 스투웨이가 연주회를 언급한 순간, 그는 공연장에 와서 우연히 마주친 척하며 스투웨이와 만날 계획을 세웠다 스투웨이가 머무는 레지던스 호텔 근처를 어슬렁거려볼까 생각도 했지만, 길에서보다는 공연장에서 마주쳐야 더 쉽게 대화의 물꼬를 틀 수 있을 터다.

그러나 스중난은 지금까지 스투웨이를 발견하지 못했다. 어제 오후 스마트폰으로 연주회 표를 예매했는데, 이 연주회 관객이 1천 명이 넘는다는 것을 예상치 못했다. 연주회 전날에 표를 샀으니 가장 저렴한 좌석밖에 없었다. 그의 자리는 왼쪽 박스석 중 가장 높은 곳이었고, 무대와 가까운 객석의 사람들은 잘 보이지 않았다. 콘서트홀에 들어가기 전에도 로비에서 스투웨이를 찾아보았지만, 잘 차려입은 상류층 인사들 속에서 그를 발견하기가 쉽지 않았다.

연주가 끝나자 스중난은 최대한 빨리 콘서트홀을 빠져나왔다. 1층 객석 출입구 앞에서 스투웨이가 나오는지 살펴보려는 것이었다.

스투웨이는 당연히 가장 비싼 좌석을 예매했을 것이다. 박스석 중 비싼 좌석에서 그를 발견하지 못했으니 아마 1층 객석 중앙구역에 앉았을 것이다. 그러나 홍콩문화센터에 익숙지 않은 스중난이 1층 객석 출입구를 찾아냈을 때는 관객 대부분이 콘서트홀을 빠져나간 뒤였다. 스중난은 어쩔 수 없이 한담을 나누는 사람들 속에서 목표 대상을 찾아야 했다.

로비를 15분 정도 돌아다녔지만 성과는 없었다.

'포기해야 하나……'

로비에 모여 있던 사람들도 반쯤 빠져나가고 스중난은 실망을 금치 못했다. 그런데 그때 검은색으로 빼입은 한 사람이 눈에 들어왔다. 로비의 티켓박스 근처 광고판 앞에 스투웨이가 키 큰 외국인 남자와 즐겁게 대화를 나누고 있었다. 그의 옆에는 가슴이 깊게 파인 빨간 이브닝드레스를 입은 미녀가 서 있었다.

스중난은 두 눈이 번쩍 뜨였다. 그는 머릿속으로 준비한 말들을 점검한 뒤 천천히 스투웨이 쪽으로 걸어갔다. 스투웨이 뒤편에 있는 광고판의 발레 공연 정보를 보려는 사람처럼 말이다. 그는 스투웨이와 대화하는 사람을 슬쩍 훑어보았다. 넥타이를 매지 않은 그 남자는 오륙십대에 스투웨이와 업무적으로 관련 있는 사람 같았다. 빨간 드레스의 미녀는 전에 본 적 있는 도리스인 줄 알았으나 자세히 보니 다른 여성이다. 어쨌든 갸름한 얼굴에 뛰어난 미인이라는 점은 마찬가지였다. 그들과 가까워졌을 때 스투웨이가 그 외국인과 영어로 작별인사를 나누는 소리가 들렸다. 외국인 남자는 "다음에 홍콩에 오거든 꼭 술 한잔하자"는 등의 말을 했다.

마침내 스중난과 스투웨이의 시선이 마주쳤다.

"어, 리처드의 직원이지요?"

스투웨이가 먼저 인사를 건넸다. 스중난은 속으로 쾌재를 불렀다. 저쪽에서 먼저 알아본 것이니 일부러 만남을 꾀했다는 건 눈치 채지 못한 셈이다.

"아! 스투웨이 씨 아니세요? 안녕하십니까?"

스중난이 깜짝 놀란 표정을 지어내며 말했다.

"어제 말씀하신 연주회가 정말 이 공연이었군요. 그때는 제가 여쭙지 못했습니다."

스투웨이가 빙그레 웃으며 말을 받았다.

"일부러 나를 찾아온 건가요?"

"아닙니다. 고전음악을 좋아하는 친구가 있어서 같이 왔습니다. 저는 오케스트라나 연주자에 대해서는 잘 모릅니다."

스중난이 매끄럽게 거짓말을 이어갔다.

"어제 말을 꺼내려다가 고전음악에 대해 잘 모르기도 하고, 제 친구가 같이 가자고 한 연주회가 일류 공연이 아니면 어떡하나 해서 말씀을 드리지 않았지요. 창피만 당할까 봐서요."

"하하하, 그랬군요. 친구분은요?"

"여자친구와 약속이 있어서 먼저 갔습니다."

"휴일에 여자친구는 팽개치고 고전음악에 관심 없는 친구와 함께 연주회를 봤단 말인가요?"

"저도 관심은 있는데 아직 잘 몰라서…… 친구의 여자친구는 천이쉰*만 좋아한다는군요. 두 시간씩 조용히 앉아 고전음악을 들으라고 하면 못 견딜 거라나요."

스중난이 재미있게 대화를 이어갔다. 친구도, 그의 여자친구도 허구의 인물이지만 모델이 된 사람이 있다. 조안은 콘서트를 좋아한다. 그러나 '스타 가수가 나오지 않는 음악회'는 돈 낭비라고 생각한다.

"천이쉰이 유럽의 어느 오케스트라와 함께 콘서트를 한 적이 있죠. 그때는 당신 친구와 여자친구가 같이 공연을 볼 수 있었겠군요."

스투웨이가 웃으며 말했다.

"오늘 공연을 어떻게 보셨습니까?"

"왕위자의 피아노 연주는 의심할 바 없이 훌륭하지요. 하지만 오늘은 홍콩 필하모닉 오케스트라의 협연이 아주 대단했습니다. 츠베

* 홍콩의 인기 가수.

덴의 지휘가 절묘해서 피아노에 눌리지 않았다고 생각합니다. 브람스의 피아노 협주곡 2번은 쉽지 않은 곡인데 오늘 연주는 유럽의 유명 오케스트라 연주에도 뒤지지 않았어요. 당신이 보기엔 어떤가요?"

"아, 저는 이제 막 입문한 단계라 좋고 나쁜 것을 구분할 줄 모릅니다. 하지만 저 같은 문외한도 피아노와 오케스트라의 합주가 훌륭하다는 것이 느껴졌습니다."

스중난은 고전음악에 대해 아는 것이 없다. 스투웨이의 평가를 듣고 두루뭉술한 느낌을 말하며 맞장구를 치는 것뿐이다. 하룻밤 사이에 관현악단의 연주 수준을 평가할 지식을 쌓기는 불가능하다. 그래서 친구에게 끌려왔다는 핑계를 생각해냈다. 이렇게 하면 자신이 멍청한 의견을 내놓더라도 스투웨이의 반감을 살 일은 없다.

"츠베덴은 네덜란드의 뛰어난 바이올리니스트이자 지휘자죠. 그가 홍콩 필하모닉 오케스트라의 음악감독이니 연주의 질은 보장된 거나 마찬가지예요."

스투웨이가 쉴 새 없이 말을 이었다.

"홍콩 필하모닉 오케스트라는 역사가 깊은 관현악단이죠. 홍콩 사람들도 잘 모르는 경우가 많은데, 100여 년의 역사가 있답니다. 런던 필하모닉, 필라델피아 오케스트라보다도 일찍 만들어졌죠. 처음에는 '사이노-브리티시 오케스트라'라고 불리다가 '홍콩 필하모닉 오케스트라'로 이름을 바꾼 것은 1957년이에요. 이 오케스트라의 지휘자는 국제적으로 유명한 음악가들이 거쳐 갔습니다. 러시아 작곡가 쇼스타코비치의 아들인 막심 쇼스타코비치도……."

스투웨이가 흥분한 듯 고전음악 지식을 떠드는 것을 보고 스중난은 속으로 '걸렸다'고 생각했다.

"여기서 이럴 게 아니라 커피라도 한잔할까요? 제대로 배움을 청하고 싶군요."

스중난이 두리번거리다가 로비 한쪽의 스타벅스를 보며 말했다.

스투웨이가 흠칫하더니 의미심장한 미소를 지었다.

"정말 안타깝지만, 오늘 밤은 선약이 있어요."

스투웨이가 옆에 있던 여자의 허리를 감싸 끌어당기더니 스중난을 향해 윙크했다. 여자는 생긋 웃으며 어색해하면서도 몸은 스투웨이 쪽으로 기댔다. 깊에 파인 드레스 아래에서 가슴이 튀어나올 것만 같았다. 스중난은 저도 모르게 여자의 가슴골에 시선이 갔다. 금세 정신을 차리고 스투웨이에게 시선을 고정했지만, 혹시 나쁜 인상을 주었을까 봐 걱정되었다.

스투웨이의 대답에 스중난은 속수무책이었다. 스투웨이가 거절할 경우에 대비해 다양한 대처법을 마련해두었지만, 이런 상황은 예상하지 못했다. 스중난이 어떻게든 시간을 벌어보려는 찰나, 스투웨이가 먼저 입을 열었다.

"따로 저녁 약속을 잡을까요? 홍콩에서는 별로 할 일도 없거든요."

스중난에게는 바라 마지않던 일이다.

"그렇게 된다면 정말 좋지요."

스중난이 주머니에서 명함을 꺼내 공손한 태도로 내밀었다.

"여기 제 휴대폰 번호가 적혀 있습니다."

스투웨이는 곧 블랙베리 휴대폰을 꺼내 빠르게 번호를 눌렀다. 스중난의 바지 주머니에서 휴대폰이 울렸다.

"이러면 당신도 내 번호를 알게 되었군요. 다음 주 중에 보기로 합시다."

스중난은 그가 이렇게 시원스럽게 약속을 잡아줄 거라고는 생각지 못했다. 그의 전화번호를 어떻게 알아낼지 머리를 잔뜩 굴렸던 것이 무색할 정도다.

스투웨이가 명함을 들여다보며 물었다.

"당신 이름이 찰스였던 걸로 기억하는데요. 명함에는 그 이름이 없군요?"

"사실 영어 이름은 잘 쓰지 않습니다. 저희 사장님도 저를 중난이 라고 부르고요."

스중난이 머리를 긁적이며 민망한 웃음을 지었다.

"하하하, 그럼 나도 당신을 중난이라고 부르죠. 그러잖아도 지티 넷과 관련해서 묻고 싶은 게 있습니다. 다음에 그 얘기를 좀 합시다."

스중난은 어안이 벙벙했다. 스투웨이도 다른 속셈이 있었다니, 생각지도 못한 일이다. 무엇을 물어보려는 걸까? 그것도 일개 직원 에게 따로 물어보겠다니, 사장을 상대로 물어보지 않고⋯⋯.

"저희 사⋯⋯ 사장님한테는 비밀로 하겠습니다."

스중난은 마음을 단단히 먹고 이렇게 말했다. 자신의 선택이 옳 았을까? 알 수 없다. 하지만 그는 큰일을 하려면 '올인'하는 것도 필 요하다고 생각했다.

"말이 통하는군요."

스투웨이가 웃으면서 다시 한 번 윙크했다. 스중난은 자신이 이 기는 패에 걸었다는 것을 확신했다.

스투웨이는 여자와 함께 떠났고, 스중난은 홍콩문화센터 로비 한쪽에서 미소를 지었다.

'아주 순조로워. 모두 계획대로 되고 있어. 이제 남은 것은 다음 에 만났을 때 나를 어떻게 어필하느냐야.'

스중난은 스투웨이의 전화번호를 연락처에 추가했다. 그가 생각하던 최고의 결과다. 홍콩은 약육강식의 사회다. 원하는 것이 있으면 자신의 능력으로 쟁취해야 한다. 그는 로비 중앙의 출입구 쪽으로 걸어가며 생각했다.

스중난이 유리문을 밀었을 때였다. 그 문으로 들어오려던 십대 소녀가 스중난과 딱 마주쳤다.

"죄송해요."

소녀가 조그만 목소리로 사과하고 몸을 돌려 다른 쪽 문을 열고 로비로 들어왔다. 스중난은 낯선 소녀를 훑어보다가 어우야윈이라는 이름의 다른 소녀를 떠올렸다. 소녀의 죽음은 그와 떼려야 뗄 수 없는 관계가 있다. 하지만 그는 조금도 후회하지 않는다. 동정심조차 느끼지 못한다.

우리는 약육강식의 사회를 살고 있다. 약자가 도태하는 것은 자연의 법칙에 따른 정상적인 결과다. 스중난은 그렇게 생각한다.

그는 곧 소녀에 대한 생각을 지워버렸다. 그의 뇌는 스투웨이와의 대화로 인한 도파민이 가득했고 감정은 비정상적으로 고양되었다. 하지만 스중난이 미처 몰랐던 게 있었다. 스투웨이와 대화하는 동안 로비 다른 쪽 구석에서 그들을 지켜보는 눈이 있었다.

스중난이 스스로 운이 좋다고 생각하는 그 순간에 어둠 속에 숨은 미행자는 벌써 며칠째 그를 감시하는 중이었다. 스중난은 이 상황이 자신의 운명에 예상치 못한 불확정성을 가져올 것을 알지 못했다.

02

월요일 오전 11시 20분, 아이는 이뉘중학교 교문 앞에서 아녜를 기다렸다.

원래는 출근해야 하는데 아녜의 조사에 동참하기 위해 상사에게 근무표 조정을 요청했다. 상사는 아이의 최근 업무 태도에 불만이 있었지만, 지난 몇 년간의 성실한 근무 태도와 최근에 겪은 충격적인 일을 감안해 허락해주었다. 아울러 아이에게 가능한 한 빨리 개인적인 일을 처리하라고 당부하는 것도 잊지 않았다. 아이도 이렇게 계속 동료에게 일을 미룰 수는 없다는 것을 잘 알았다. 그러나 그녀의 머릿속은 샤오원을 죽인 범인을 찾는 일로 꽉 차 있었다.

주말에 아이는 아녜에게 받은 명단에 따라 용의자들의 인터넷 계정을 둘러보았다. 열여덟 명의 용의자 중 수리리와 두쯔위 외에는 아는 얼굴이 없었다. 아이는 인터넷 스토커처럼 그들의 페이스북과 인스타그램을 열람했지만, 결국 아녜의 말처럼 아무리 꼼꼼히 살펴보아도 아무런 실마리를 찾지 못했다.

이대로 그만둘 수는 없었다. 아이는 아녜가 준 다른 종이의 주소 중 명단 속 용의자들과는 관련 없는 인터넷 페이지도 전부 들어가봤다. 수리리가 자오궈타이와 함께 장례식에 왔던 것을 떠올린 아이는 kidkit727이나 공범이 아이폰을 쓰지 않는 학생 중에 있을지도 모른다고 생각했다. 인터넷 주소는 아무 의미 없는 숫자와 알파벳의 조합인 경우도 많았다. 브라우저에 주소를 입력하는 일은 쉽지 않았다. 아이는 몇 번이나 L의 소문자를 숫자 1로, 알파벳 O를 숫자 0으로 잘못 입력했다. 두세 차례 주소를 입력하고서야 겨우 인터넷 페이지 하나가 열렸지만 아이의 의지는 꺾이지 않았다.

그러나 의지만으로는 무엇도 이룰 수 없다.

토요일 하루 온종일 아이는 집 컴퓨터 앞에서 움직이지 않았다. 일요일은 오전에 도서관 근무가 있었고, 퇴근 후 쏜살같이 집에 왔다. 머릿속에는 오로지 아녜가 준 명단으로 가득했다. 그러나 100개가 넘는 인터넷 페이지를 열람했지만 여전히 단서는 잡히지 않았다. 학생들의 SNS에서는 샤오원의 그림자도 발견할 수 없었고, 애도의 글과 비슷해 보이는 짧은 언급이 전부였다. 자오쿼타이의 페이스북에는 근황을 내포한 새로운 글이 올라와 있었다.

Kenny Chiu 2015-05-21 22:31
　　또 만나길. 천국이나 지옥을 믿지 않았는데, 지금은 그런 세계가 존재하길 기도해. 네가 그곳에서 행복했으면 좋겠어.
　　안녕.

아녜의 말대로 학교 측 지시로 학생들이 샤오원과 관련된 내용을 모두 삭제해버렸을지도 모른다. 하지만 모든 학생이 순순히 그 지시에 따를 리는 없다. 게다가 매일 글과 사진을 올리는 게 습관인 요즘 아이들이 아닌가! 어쩌면 샤오원은 애초에 친구들의 페이스북이나 트위터에 잘 등장하지 않았던 게 아닐까? 아이는 그런 생각이 들었다. kidkit727의 게시글에 나오듯 샤오원은 '친한 친구조차 없'었으니 말이다. 또다시 악마의 속삭임이 아이의 귓가에 메아리쳤다.

아녜가 건네준 종이의 인터넷 페이지 중에는 학생들의 SNS가 아니라 인터넷 게시판 링크도 있었다. 땅콩게시판이 열리고 샤오원이 죽기 전 누리꾼들이 지하철 사건을 놓고 떠들었던 글이 아이의 눈앞에 펼쳐졌다. 아이는 가슴이 미어질 듯했다. 대부분 두 달 전에 이미 읽은 글이지만, 악의에 휩싸인 문장들이 다시금 아이의 가슴을 할퀴었다.

그런데 언뜻 평범한 땅콩게시판의 주소로 보이는 링크를 열었다가 아이는 화들짝 놀라고 말았다.

그것은 반라의 소녀 사진이었다.

성인용 이미지 게시판에 올라온 사진이다. 땅콩은 성인용 게시판을 따로 운영한다. 성性에 대해 이야기하는 잡담 게시판, 친구를 구하는 건지 섹스 파트너를 구하는 건지 모를 친목 게시판, 야한 사진들을 올리는 이미지 게시판 등의 메뉴로 구성돼 있다. 이미지 게시판의 규칙은 성기 노출 금지, 만 18세 이상의 인물만 올리기 등이다. 성기 노출 여부는 사진을 보면 바로 알 수 있다. 반면에 사진 속 인물의 나이는 증명할 방법이 없다. 게시자는 당연히 18세가 넘었다고 주장하겠지만 실제 나이는 본인만 알 것이다.

아이가 열어본 사진의 제목은 '홍콩 원조교제녀'였다. 첨부된 다섯 컷의 사진에서 여자는 흰색 팬티만 입고 있다. 침대에 무릎을 꿇고 앉아 벌거벗은 가슴을 드러내고 있다. 여자의 목 윗부분은 사진에 나오지 않았다. 세 번째 사진까지는 상반신을 벗은 여자가 침대에서 억지스러운 자세로 가슴을 강조하고 있고, 네 번째 사진은 등을 보인 채 팬티를 허벅지까지 내려서 엉덩이를 노출하고 있다. 다섯 번째 사진이 가장 역겨웠다. 비대한 남자가 벌거벗은 여자의 왼쪽 가슴에 얼굴을 가까이하고 유두를 핥을 듯 혀를 내밀고 있다. 남자의 얼굴은 입과 혀 부분만 빼고 모자이크 처리를 해놓았다. 아마 남자가 한 손으로 여자를 잡고 다른 손으로 직접 사진을 찍은 것 같다. 남자는 상반신을 벗은 채였다. 하반신은 찍히지 않았지만 사진을 본 사람이라면 누구나 그가 바지도 벗고 있으리라고 추측할 것이다.

아이는 눈앞이 깜깜해졌다. 사진 속 소녀가 샤오원으로 보였다. 동생이 매춘을 했다는 생각에 메스꺼움과 슬픔과 분노가 뒤섞인 감정이 치밀었다. 그러나 잠시 후 다시 살펴보니 사진 속 소녀는 샤오원보다 키도, 가슴도 컸다. 머리카락 길이도 샤오원과 다르다. 아이는 샤오원이 아주 어릴 때부터 목욕을 시켰기 때문에 동생 가슴과 허리에 점이 몇 개인지도 다 알고 있다. 사진 속 소녀는 샤오원이 아니었다.

아이는 한숨을 내쉬었다. 그제야 아녜가 이 페이지를 넘겨준 의도에 생각이 미쳤다. 아녜가 준 땅콩게시판 링크 중 딱 하나만 성인용 이미지 게시판이었다. 사진 속 소녀는 샤오원의 친구일까? 혹시 동생과 친구 사이의 '원한관계'에 관련된 걸까? 하지만 세 번째 사진의 배경에 파란색 교복이 보인다. 샤오원의 흰색 교복과는 전혀 다른 디자인이다.

'설마…… 나를 놀리려고…….'

30분 넘게 그 사진들을 뚫어져라 살펴보던 아이는 문득 또 하나의 가능성을 떠올렸다. 어쩌면 아녜는 다른 의도로 이런 링크 주소를 건네주었을지 모른다. 아이가 깜짝 놀라서 자신에게 질문하면 비웃어줄 요량으로 말이다. "그것 봐, 문외한이 끼어들면 방해만 된다니까"라며 의기양양해할지도 모른다. 아이는 이틀간 빠져 살았던 온라인 세계에서 이제 그만 빠져나오기로 했다. 그게 일요일 밤 10시였다. 계속해서 이것들을 살펴보는 것은 아녜의 계획에 장단을 맞추는 꼴이 될 것이다.

그날 밤 아이의 꿈에 샤오원이 나왔다. 이번에는 꿈 때문에 놀라 잠에서 깨어났다. 얼굴에 모자이크한 뚱뚱한 남자가 유흥업소에서 샤오원과 딱 달라붙어 있었다. 얼굴이 보이지 않는 남자들이 두 사람을 둘러싸고 휴대폰이나 카메라로 사진을 찍고 있었다. 애교스러운 표정을 지은 샤오원은 뚱뚱한 남자의 행동을 그냥 내버려두는 정도가 아니었다. 스스로 단추를 풀고, 자신의 몸을 주무르는 남자의 손을 즐기는 것처럼 보였다. 뚱뚱한 남자가 샤오원의 몸에 올라탔을 때 아이는 비명을 질렀다. 소파에 드러누워 이미 알몸이 된 샤오원은 아이의 경악에도 아랑곳하지 않았다. 오히려 무서운 눈길로 아이를 쳐다보았다. 마치 '언니가 뭔데 그래? 나한테 관심이나 있어?'라는 눈빛이다.

아이는 잠에서 깬 뒤에도 악몽의 기억이 머릿속에 남아 괴로웠다. 오늘은 아녜와 이뉘중학교에 가기로 한 날이다. 아이는 최대한 정신을 가다듬고 마음의 준비를 했다.

하늘이 원망스럽게도 아이는 집을 나서다 우편함에서 심란한 편지를 발견했다. 새로운 주택이 배정되었다는 방옥서의 통지서였다. 7월 7일 전에 새 공공주택 사무소에 와서 입주 수속을 하라고 했다. 새 주택은 유엔롱에 있는 텐웨天悅 공공주택이었다. 통지서를 본 아이는 주택관리국 주임과의 불쾌한 면담이 떠올라 더욱 우울해졌다. 아이는 통지서를 무시하기로 했다. 배정된 공공주택을 두 번까지는 거부할 권리가 있다. 다만 다음번, 또 다음번에 배정될 주택이 이보다 더 먼 곳일지도 모른다는 것이 걱정되었다.

아이의 심정을 대변하는 듯 하늘에 먹구름이 짙게 드리워져 있었다. 곧 비가 쏟아질 듯한데 빗방울은 떨어지지 않았다. 이뉘중학교 교문 앞에서 아이는 도로 양쪽을 두리번거리며 아녜를 기다렸다. 재활용품을 주워 생활하는 나이 든 여자, 도로변에서 차를 기다리는 양복 입은 남자, 퇴직하고 한가롭게 시간을 보내는 어른들이 보였다. 이 시간에 학교 근처에는 행인이 많지 않다. 이뉘중학교 맞은편에 4성급인 텐징호텔이 있지만 아침 11시 조금 넘은 시간은 체크아웃하기에도 조금 이르다. 관광버스 한 대가 맞은편 도로에 정차해 있기는 하지만 시끌벅적한 중국 대륙의 관광객들은 보이지 않는다.

10분 넘게 기다리다가 손목시계를 보니 11시 30분이 이미 넘어 있었다. 속으로 투덜대던 아이는 갑자기 걱정이 되었다. 아녜가 따로 위안 선생에게 전화해서 시간을 바꾼 건 아닐까? 나를 떼놓고 조사하려고 말이야. 아이는 당장 휴대폰을 꺼내 아녜에게 전화를 걸었다.

딩동딩동, 딩동딩동, 딩동딩동딩…….

벨소리가 아이의 왼쪽에서 들렸다. 고개를 숙인 채 위안과 통화할 때 썼던 낡은 전화를 들여다보며 걷고 있는 아녜가 보였다.

"성격 급한 사람은 큰일을 못 하는 법입니다."

아녜가 전화를 받지도 않고 껐다. 첫 마디가 늦어서 미안하다는 것이 아니라 비꼬는 말이다.

아이는 아녜의 말에 대꾸도 하지 않았다. 그의 옷차림에 충격을 받기 때문이다.

"오늘도 이렇게 입고 오면 어떡해요!"

아녜는 오늘도 7부 바지에 빨간색 트레이닝복 상의를 입었다. 지퍼를 목까지 채웠지만 그 안은 분명 꾸깃꾸깃한 티셔츠 차림일 것이다.

"오늘은 신발도 제대로 신었는데."

아녜가 오른발을 들어 보였다. 평소의 슬리퍼가 아니라 레저화였다.

"레저 룩이라는 겁니다. 당신은 모르겠지만."

"위안 선생님께 '가까운 친구'라고 소개했잖아요. 나는 당신 같은 남자랑 사귀는 것처럼 보이기 싫다고요."

"그게 무슨 상관입니까? 다음에 또 위안 선생님과 만날 일이 있을 것 같아요? 그분이랑 친하게 지낼 예정? 그분은 당신이 어떤 남자랑 사귀는지 관심 없을걸요."

아녜가 비웃으며 말했다.

아이는 그의 이상한 논리에 반박하려고 했다. 하지만 그의 말솜씨에 대적할 만한 생각이 떠오르지 않았다.

"요즘은 당신 같은 바보들이 참 많단 말입니다. 다른 사람이 자기를 어떻게 보는지 잔뜩 신경을 쓰고 세상이 자기 위주로 돌아가는 줄 알거든. 고전 명작만 읽지 말고 『남이야 뭐라 하건!』이나 『사랑의 싯다카붓타』*도 읽어요."

아녜는 업신여기는 표정으로 말했다.

"당신은 인터넷 세상에 숨어 있는 놈을 잡으러 온 거잖습니까? 만약 위안 선생님이 kidkit727이라면 그때도 그 사람이 나하고 당신을 어떻게 보는지에 신경을 쓸 겁니까?"

아이는 말문이 막혔다.

아녜가 교문으로 향했다.

"갑시다. 따라오지 않으면 두고 갈 겁니다. 참, 오늘 내가 가명을 쓴다는 거 잊지 말고."

두 사람은 학교 경비원에게 방문 목적을 이야기했다. 경비원은 방문객 명찰을 주고 중앙 교사 3층의 교무실로 안내해주었다. 이눠중학교는 교사가 중앙, 동편, 서편으로 구분된다. 기다리고 있던 위안 선생님이 미소 띤 얼굴로 교무실 문 앞까지 마중을 나왔다.

"대화는 나 혼자 할 겁니다."

---

*『愛のシッタカブッタ』. 한국에서 '부처와 돼지' 시리즈로 발간되었다.

위안이 다가오는 동안 아녜가 아이에게 명령하듯 말했다. 아이는 뭐라고 대꾸하고 싶었지만 위안이 바로 앞까지 오는 바람에 아무 말도 못 했다.

"어우야이 씨, 안녕하세요. 잘 지내셨어요?"

위안이 아이에게 인사를 건넨 뒤 아녜를 보며 물었다.

"이분이 왕청 씨군요?"

"안녕하십니까."

아녜가 친절하고 호감 가는 표정을 하며 위안에게 악수를 청했다.

"저희 샤오윈을 잘 돌봐주셔서 감사드립니다."

아녜의 말에 아이는 순간 당황하더니 급히 동의한다는 표정을 지었다. 아녜는 마치 자기가 샤오윈의 가족이라는 듯한 말투다. 무엇보다 아녜가 순식간에 딴사람처럼 행동하는 것에 놀랐다. 그는 아이를 골탕 먹이려고 위안 앞에서 샤오윈의 미래 형부처럼 구는 것인지도 모른다.

"어우야윈은 착한 아이였지요. 안타깝게도……."

위안은 아이의 상처를 건드릴까 봐 걱정되는 듯 말을 멈췄다.

"서서 이야기할 게 아니라 자리를 옮기시지요. 이쪽으로 오세요."

위안이 작은 회의실로 안내했다. 직사각형 탁자에 의자가 여덟 개 놓여 있는 곳이었다. 회의실 구석에는 정수기가 마련되어 있었다. 위안이 차 두 잔을 타서 아녜와 아이 앞에 내려놓았다.

"어우야윈이 쓰던 사물함 물건들입니다."

위안이 책이 담긴 흰 비닐봉투를 탁자 위에 올렸다. 봉투에 6, 7권쯤 들어 있는 것 같았다.

"감사합니다."

아녜가 봉투를 받아 들며 인사했다.

"이건 저희 반 학생들이 쓴 추모글을 모은 거예요."

위안이 작은 책자 하나를 건넸다.

"어우야원이 갑자기 떠났기 때문에 학생들이 그 사실을 잘 받아들이지 못했어요. 그래서 아이들이 슬픔을 다스릴 수 있도록 야원에게 하고 싶은 말을 쓰라고 했어요."

아이는 낱장의 종이를 제본한 책자를 넘겨보았다. 별 특징 없는 추모의 글들이었다. "영원히 기억할게" "잘 가" "깊은 애도를 담아" 등등. 대부분 이름이 남아 있지 않아 누가 썼는지는 알 수 없다. 마치 숙제라도 하듯 쓴 것 같다. 20쪽 조금 넘는 글 중 두세 편 정도만 좀 길었는데, 그중 한 페이지에 아이의 시선이 닿았다.

야원, 미안해. 용기 없는 나를 용서해줘. 네가 떠났다는 소식을 들은 뒤 나는 내내 이게 우리들의 잘못이 아닐까 생각했어. 정말 미안해, 미안해, 미안해. 하늘에서 평안히 쉬길 바라. 네 가족도 슬픔을 이겨내길 빌게.

역시 이름이 적혀 있지 않았다. 아이는 이 학생이 kidkit727 본인이 아닐까 의심했다. 범인이 샤오원을 죽인 것을 후회할까? 그러나 '용기 없음'은 또 뭐란 말인가? kidkit727이 보낸 이메일에서는 '용기 없음' 같은 것은 전혀 느끼지 못했다.

아이가 책자를 넘겨보는 동안 아녜가 위안에게 말했다.

"감사합니다. 연락을 늦게 드려서 죄송하고요."

"아뇨, 아닙니다. 시간이 필요하실 거라고 생각했어요."

위안이 웃으며 고개를 끄덕였다.

"이해해주시니 감사합니다."

아녜가 허리를 굽히며 인사했다.

"샤오원의 일로 학교 측에 폐가 되지는 않았을까요? 저도 이런 문제를 처리하기가 쉽지 않다는 점 잘 이해하고 있습니다."

"교육부에서 정한 위기관리 지침에 따라 처리하기 때문에 어려운 점은 없었습니다. 전부 학교 당국의 통제하에 있고요."

위안이 아이 눈치를 슬쩍 보면서 말을 이었다.

"작년 샤오원의 지하철 사건 때도 관련 지침에 따라 처리했고, 올 4월 온라인 게시글이 올라왔을 때도 곧바로 대책위원회를 구성해서 협조를 받았어요. 이해심 부족한 학부모 몇 분이 사전에 사건 발생을 막지 못했다고 항의하신 것을 빼면, 학생들의 정서적인 면도 대체로 안정적이었어요. 폐가 될 일은 아니었습니다."

"땅콩게시판 게시글 때문에 문제가 많았겠지요."

아녜가 말을 이었다.

"외람된 말씀이지만, 그 글은 샤오원의 명예를 심각하게 훼손하는, 사실이 아닌 내용을 담고 있습니다. 학교 측에서 혹시 조사해본 건 없나요? 그 글과 관련된 학생이 있는지 알아보진 않았나요? 뭐라 해도 그 일은 학교의 명예에도 큰 영향을 미치는 일이잖습니까."

아녜가 이렇게 단도직입적으로 나올 줄은 몰랐다. 아이는 놀라면서도 위안의 반응이 궁금했다.

위안은 무거운 표정으로 말했다.

"맞습니다. 그 게시글로 인한 피해가 적잖았지요. 하지만 교육자로서 저희가 가장 중요하게 생각하는 것은 학생의 미래입니다. 그래서 가장 먼저 조치를 취한 것은 학생들의 공포와 불안을 다스리기 위해 긍정적이고 적극적인 태도와 행동으로 학생들의 모범이 되는 것이었습니다. 마찬가지로, 야원이 세상을 떠난 뒤에도 학교 측에서는 동일한 신념 아래 학생들이 슬픔을 극복하고 정서적 안정을 되찾도록 애쓰고 있어요."

"정말 수고가 많으십니다. 저 역시 학교의 조치가 완벽하리라 믿지만, 의외의 문제도 생기는 법이지요. 인생에서 불행을 피해갈 수는 없다고 한탄하는 것도 그 때문일 거고요."

아네는 고개를 끄덕이면서 덧붙여 물었다.

"참, 위안 선생님께서는 국어 과목 담당이죠?"

"네."

"샤오원의 작문 숙제를 좀 보고 싶습니다. 샤오원이 그런 결정을 내린 동기를 찾고 싶은 건 아니고, 샤오원이 우리 곁을 떠나기 전에 저희가 몰랐던 생각들이 있었는지 알고 싶어서요."

"특별한 것은 없었어요……."

위안은 고개를 숙이고 생각에 잠겼다.

"잠깐 기다리시면 가서 작문 숙제를 찾아볼게요. 저희 학교는 학생들의 작문 숙제를 늘 보관해둡니다. 우수 작품은 교내 신문에 싣기도 하고요. 새 학기가 되면 학생들에게 돌려주죠. 지금 가족분들께는 야원이 남긴 글이 무척 의미 있을 것 같으니 가져와볼게요."

"네, 정말 감사합니다."

위안이 회의실을 나갔다. 아이는 선생님이 멀어진 것을 확인한 다음 아네를 향해 작문 숙제를 보여달라고 한 이유를 물으려 했다. 혹시 뭔가 알아낸 것이 있는지 궁금했다. 그러나 아이가 입을 열기도 전에 아네가 선수를 쳤다.

"조금 있으면 다 알게 될 겁니다."

아이는 입을 다물고 회의실만 둘러보았다. 벽에 걸린 학교 휘장을 본 순간, 아이는 여기가 동생이 3년간 매일 생활하던 공간임이 피부로 느껴졌다. 샤오원은 과거에 이 학교에 존재했다. 회의실 창으로 L

자로 생긴 건물의 맞은편 복도가 보였다. 흰색 반팔 교복을 입은 학생들이 교과서를 들고 활기차게 걸어가고 있다. 그들에게서 샤오원의 그림자가 보였다.

하지만 이제 샤오원은 없다.

아이는 코가 시큰거렸지만 눈물을 참았다. 지금 이 회의실에 온 목적을 떠올렸다. 동생을 죽인 범인을 찾는다는 사명이 아이를 강하게 붙들어줄 것이다. 아이는 범인을 찾기 전까지는 다시 눈물을 흘리지 않겠다고 맹세했다.

슬쩍 아녜를 돌아보니 그는 단정하게 앉아 편안한 표정을 짓고 있었다. 자살한 소녀의 가족이라는 역할에 충실한 모습이다. 아이는 새삼 아녜의 옷차림이 나쁘지만은 않다고 생각했다. 7부 바지에 트레이닝복 상의가 신경 쓰지 않은 차림새이기는 하지만 그런 옷차림은 평범한 사람들과 별 차이가 없어 보였다. 수염도 깨끗이 깎아서 부랑자 같은 구질구질한 느낌도 싹 사라졌다.

아마 처음 만난 날의 선입견에 아이는 붙들려 있었던 모양이다. 사실 처음 만난 날 외에는 아녜의 얼굴에 보기 싫은 수염이 나 있지 않았다. 아까 두 사람의 대화를 돌이켜보아도 위안은 아녜를 경계하지 않는 것 같았다. 오히려 아녜가 정장을 입고 와서 이것저것 캐물었다면 위안이 다소 경계를 했을지 모른다. 어쩌면 탐정이라는 사실을 들켰을지도 모른다. 7부 바지에 트레이닝복 차림으로 의뢰인과 조사를 하러 나오는 탐정은 없을 것이다.

이것도 '사회공학'일까? 아이는 그렇게 생각했다.

곧 위안이 원고지 뭉치를 들고 돌아왔다. 원고지는 열 몇 장 되어 보였다.

"이게 올해 작문 숙제로 낸 원고입니다. 전부 열 편이군요."

위안이 원고지 묶음을 아이와 아녜 앞에 내려놓았다. 아이는 익숙한 글씨를 보고 동생을 다시 만난 듯 마음이 아팠다. 그러나 정신을 빼앗길 시간이 없었다. 얼른 원고지를 살펴보았다. 작문 주제는 대부분 흔히 보는 것이었다. '1년의 계획은 봄에 세우자' '나의 꿈' '찻집에서 세상 이야기를 듣다' 등등.

"샤오원은 성적이 좋은 편이 아니었군요?"

아녜가 원고지의 점수와 첨삭 평가를 넘겨보다가 물었다. 글씨를 잘 쓰면 선생님께 좋은 인상을 주고 작문 점수도 높기 마련이다. 그러나 샤오원은 글씨를 잘 썼는데도 점수가 60점 근처였다.

"중간 정도예요. 좋지도 나쁘지도 않죠."

위안이 미소를 지으며 대답했다.

"아이들 대부분은 좋은 글을 쓸 실력이 못 된답니다. 야원은 이과 과목을 잘했어요. 작문 실력이 좀 부족한 것도 이해가 되지요."

위안이 듣기 좋게 말했다. 아이는 원고지에서 선생님의 평가글을 보았다. "문장은 매끄럽지만 내용이 풍부하지 못합니다. 주제에 알맞은 내용을 쓰도록 노력하세요"라거나 "논리성이 모호하니 좀 더 집중해서 쓰도록 합시다"라는 내용이었다. 특히 '나의 꿈'이라는 작문 점수가 가장 낮았는데, "빙빙 돌리지 말고 요점을 충실히 표현하면 됩니다"라고 적혀 있었다.

"야원이 작문을 잘하는 편은 아니었어요."

작문을 자세히 들여다보는 아이에게 위안이 말했다.

"단어 운용력이나 문장력이 나쁜 것은 아닌데 내용이 얕았지요. 인생 경험이 부족해서 그런 거니까 앞으로…… 아, 실언을 했군요. 죄송합니다."

위안은 '앞으로 세월이 흐르고 경험이 쌓이면 좋아질 겁니다'라고 말하려고 했을 것이다. 하지만 샤오윈에게는 미래의 세월이 없다.

"괜찮습니다. 샤오윈이 쓴 글을 전해주셔서 감사드려요."

아이가 가볍게 고개를 숙이며 말했다. 그녀는 원고지 속에서 자신이 알지 못했던 동생을 만난 듯 반갑고 또 슬펐다. 샤오윈은 중학교에 들어간 뒤로는 아이에게 숙제를 봐달라거나 모르는 문제를 물어보지 않았다. 숙제도 공부도 혼자서 했기 때문에 아이는 샤오윈의 최근 성적을 알지 못했다. 아이는 그 사실을 지금 문득 깨달았다.

"샤오윈이 학교에서 얌전했나요?"

아녜가 물었다.

"1학년 때는 장난꾸러기였답니다. 그땐 제가 담임은 아니고 국어 시간에만 가르쳤지만요. 그러다 차차 달라졌어요."

위안이 아이 쪽을 보며 말했다.

"아마 2학년 2학기로 기억합니다. 그…… 어머니의 병 때문에…… 야윈이 내성적으로 변했어요."

어머니 이야기가 나오자 아이는 마음이 울적해졌다.

"반에서 특별히 친한 아이는 없었나요? 전에 두어 명 이야기를 들었는데 이름이 기억나지 않네요……."

아녜는 여전히 가족과 친한 사이인 것처럼 연기했다.

"친구라…… 전에는 리리, 궈타이와 친했는데 나중에는 좀 멀어졌죠……."

"수리리, 자오궈타이 말인가요? 말씀하시니 기억이 나네요. 집에 자주 놀러 왔다고 들었습니다. 저는 만난 적이 없지만요."

아녜가 있지도 않은 일을 떠벌렸다. 아이는 놀랐지만 아녜의 말을 끊지 않도록 간신히 참았다.

"네, 그 애들입니다. 저도 아이들 사이에 무슨 일이 있었는지 잘 모르지만, 제가 보기엔 연애 문제가 있었을 것 같아요. 요즘 아이들은 조숙하거든요."

'연애 문제'라는 네 글자에 아이는 온몸이 죄어드는 것 같았다. 아이는 동생을 어린아이라고만 여겼다. 연애 같은 것과는 전혀 관련이 없을 거라고 말이다. 그러나 이제는 자신의 생각을 확신할 수가 없다. kidkit727이 보낸 사진이 떠오르고, 샤오원이 남의 남자친구를 빼앗았다는 땅콩게시판 내용도 떠올랐다. 아이는 자신이 동생을 제대로 알지 못했다는 생각이 들었다.

"그 애들 외에 샤오원에게 또 친한 친구가 있나요? 다른 학생들과의 관계는 어땠습니까?"

아녜가 계속 질문했다.

"음…… 생각이 잘 나지 않네요. 다른 학생들과의 관계는 별다르지 않았습니다. 혹시 야원이 따돌림당했는지 묻고 싶으신 거라면, 그런 일은 없었다고 보증할 수 있습니다."

"아뇨, 아뇨. 그런 뜻이 아닙니다. 오해하시게 했다면 죄송합니다."

"작년에 야원이 지하철에서 그 사건을 겪은 뒤로, 반에서 처음에는 소문이 좀 돌았죠. 특히 남학생들 사이에서 상세하게 묘사하면서 이야기하곤 했어요. 하지만 학교 측에서 발 빠른 조치를 해서 아이들도 야원에게 2차 가해가 가지 않도록 조심하게 되었어요. 그래서 금세 그런 분위기도 수그러들었죠. 인터넷에 글이 올라온 뒤에도 학생들 사이에서 이상한 조짐은 없었습니다. 아마 그전에 학교에서 충분히 지도한 덕분이 아닐까 해요."

"위안 선생님, 샤오원의 친구를 만나서 이야기를 나눠도 괜찮을까요? 리리나 궈타이는 샤오원의 장례식에도 와주었는데, 그 애들에게 고맙다는 인사를 하고 싶습니다.”

“그건…….”

위안은 망설이는 듯했지만 곧 대답했다.

“좋습니다. 기말고사가 끝나서 학생들은 오전에 자습하고 오후에 특별활동을 하니까요. 지금 마침 점심시간이니 제가 교실로 안내하겠습니다.”

“감사합니다.”

아녜가 인사를 하는 동시에 책이 든 비닐봉투를 아이 쪽으로 밀었다. 그는 자연스럽게 탁자 위의 추모집과 작문 원고 뭉치를 집어 들었다.

위안은 두 사람과 함께 회의실을 나왔다. 복도에 나오자마자 아녜가 위안을 한쪽으로 데려가 몇 마디 속닥거렸다. 아이가 어리둥절해 있는데 위안이 아이를 향해 고개를 끄덕여 보이더니 일이 있어 먼저 교무실로 가야겠다고 말했다.

“위안 선생님이 급한 일이 있으시다고요?”

복도에 두 사람만 남았을 때 아이가 이상하다는 듯 물었다.

“선생님이 방해가 될 것 같아서 따돌린 겁니다.”

“뭐라고 했는데요?”

“당신한테 병이 있다고 그랬죠.”

“네?”

“동생 일 때문에 불면증이 생겼다고 했습니다. 의사가 동생 친구들과 이야기를 나누면 우울증이 나아질 거라고 조언했다고.”

아녜가 평소의 말투로 돌아왔다.

“선생님이 있으면 아이들이 편하게 말하지 못할 테니 당신 치료에 도움이 안 된다고 했어요. 그러면 날 훼방하지 못할 테니까. 교실

위치도 알려줬고, 점심시간 종이 울리면 가서 애들을 찾으라고 하더군요."

아이는 자신에게 멋대로 병을 갖다 붙인 아녜가 불만스러웠지만, 충분히 이해할 만하다고 생각했다.

"위안 선생님은 이해심이 참 깊으시네요……."

"이해심은 개뿔!"

아녜가 업신여기는 태도로 뒤에 있는 교무실 쪽을 노려보았다.

"왜요?"

"일단 가면서 이야기합시다."

아녜가 아이를 떠밀며 복도 끝 계단으로 걸어갔다. 계단을 내려가 아무도 없는 운동장 한쪽으로 이동했다. 아녜가 추모집을 넘겨보면서 말했다.

"저런 선생님은 그야말로 최악이지, 꼴 보기 싫은 인간이야."

"무슨 말이에요?"

아이는 아녜의 말을 이해할 수 없었다. 위안 선생님은 친절하게 질문에 대답해주었고, 작문 원고도 가져다 주지 않았는가? 샤오원의 반 친구들을 만나는 것도 허락해주었다.

"저런 인간은 선생님이라고 불릴 가치도 없다고 생각합니다. 학점 파는 상점 같은 학교에서 일하는 노예라고나 할 수 있겠지."

아녜가 신랄하게 말했다.

"위안 선생님이 뭘 잘못했어요?"

위안을 좋게 본 만큼 아이는 아녜의 말이 불쾌했다.

"하, 당신은 진짜 사기 당하기 딱 좋은 사람이군. 입으로 좋은 말을 해주면 좋은 사람이라고 여기니 말이야."

아녜가 냉소했다.

"위안 선생님이란 인간, 겉으로는 우호적인 체하지만 실제로는 자기 생각만 하는 속물입니다. 조금만 민감한 화제를 꺼내면 당장 선을 긋죠. 학교 당국이 무슨 지침에 따라 무슨 조치를 취했느니 하는 소리는 다 개소리예요. 그런 말을 하는 건 소신도 없이 정해진 지침만 따를 뿐이라는 겁니다. 직접 교육부의 지침을 인용하는 걸 보면, 그 문건을 얼마나 숙지하고 있는지 보이죠. 수많은 학부모들에게 똑같은 말을 해왔을 거고요⋯⋯ 이 추모집이라는 것도 마찬가지로, 두세 편 정도를 제외하면 전부 적당히 형식적으로 적은 것인데, 학생들에게 애도하는 마음이 없다면 왜 이런 일을 해야 했을까요? 위안 선생님은 그런 것 따위는 신경 쓰지 않는 거지요. 그저 로봇처럼 지침에 따라 처리한 거예요. 선생님이 이해심 있다고 했는데, 내가 학생들과 따로 만나고 싶다고 하니 첫 반응이 어땠는지 압니까? '그건 규정에 어긋나요.' 하! 내가 학생들을 만나려는 이유에도 관심 없었고, 학생들에게 가슴 아픈 일을 떠올리게 할까 봐 걱정하지도 않더군요. 학생들 감정보다는 학부모들이 항의할까 봐 걱정한 거라고요."

"하, 하지만 위안 선생님은 샤오원의 장례식에도 오셨어요! 학생에게 관심이 없다고 할 수 있나요?"

"장례식에 와서 뭐라고 했는데요?"

"기억은 잘 안 나요. 위로하는 그런⋯⋯."

"사과는 했고?"

아녜가 아이를 똑바로 쳐다보면서 물었다.

"아마⋯⋯ 그런 말은 없었던 것 같아요. 하지만 선생님이 잘못한 건 아니니까⋯⋯."

"학생이 독립된 개체라고는 해도 교사로서 자기 학생의 행동에 이상한 점이 있다는 걸 알아차리지 못한 것에 미안함이나 자괴감을 가져야 하지 않을까요? 당신 동생의 자살을 막지 못한 것에 대해 당신 앞에서 사과해야 하지 않을까요? 무릎 꿇고 빌어야 한다는 게 아니라 공감 능력이 있는 인간이라면 담당했던 아이가 자살했을 때 적어도 약간의 부끄러움, 죄책감을 보여야 하는 겁니다. 하지만 아까 그 여자는 전혀 아니었지. 모든 잘못은 다 남에게 있다는 식입니다. 분명히 조금도 미안함을 느끼지 않을걸요. 왜냐하면 그 여자는 교사라는 직업을 학교에 고용된 직원처럼 여기기 때문입니다. 회사 대신 문제를 처리하는 직원의 책임을 다하고 있을 뿐이죠. 우리 주변에는 이런 자세로 소임을 다했다고 여기는 사람이 잔뜩 있는데, 그러는 사이 자신이 세속에 묻혀 타락하고 있는 줄도 모르는 멍청이가 되어갑니다. 그런 사람들이 이 사회를 속에서부터 썩어가게 만들고 있죠."

아이는 반박할 수 없었다. 아녜의 말이 반사회적인 논리로 들렸지만 결코 부정할 수 없는 내용이었다.

"하지만, 그렇기 때문에 위안 선생님은 kidkit727이 아닙니다."

아녜가 말투를 바꿔 느릿느릿 말했다.

"왜죠?"

"그녀는 자기 자신, 그리고 학교에 문제 될 일을 할 리가 없거든요. 만약 그녀가 정말로 당신 동생에게 무슨 원한이 있다 해도 인터넷으로 동생에게 불리한 여론을 조작하지는 않을 거예요. 자기 직업에 연관된 일이니까. 그녀에게 학생들은 공장의 원자재 같은 존재죠. 거푸집으로 똑같이 복제된 인형을 만들어서 사회라는 이름의 기계에 이름 없는 톱니바퀴로 납품하는 거지요. 그녀 자신도 바로 그런 톱니바퀴라고 생각할 테고요."

아이의 마음은 온갖 감정으로 어지러웠다. 아녜의 말이 너무 극단적이었다. 자신은 한 번도 이런 각도에서 생각해본 적이 없었다. 그녀도 어렸을 때부터 '열심히 공부하고, 열심히 일하고, 사회에 도움 되는 사람이 되어라'라는 말을 아무 의심 없이 받아들였고, 그것이 이상적인 인생이라고 믿으며 살아왔다. 그러나 지금 어머니와 동생의 갑작스러운 죽음을 겪으면서 사회에 도움 되는 사람이 되는 게 무슨 의미가 있을까, 생각이 든다.

"……작문 숙제를 달라고 한 건 무슨 이유죠?"

기분을 좀 바꾸려고 아이가 새로운 화제를 꺼냈다.

"진심을 담아 쓴 글이 아니라도, 허구의 창작물일지라도 글쓴이는 행간에 자신의 개성을 드러냅니다."

아녜는 추모집을 계속 넘겨보면서 말했다.

"문외한이라면 100년이 걸려도 그런 걸 찾아내지 못하겠지만."

아이는 아녜가 자신을 비웃고 있다는 걸 알았지만 잠자코 다음 말을 기다렸다.

"대강 점심시간이 된 것 같은데, 교실로 가봅시다. 그 아이들을 만나면 당신은 인사 담당이에요. 그다음부터 질문은 전부 내가 할 거니까 끼어들지 마요."

아녜는 추모집을 덮고 샤오원의 작문 원고를 그 사이에 끼워 넣었다.

아녜는 아이를 학교 동편 교사로 데려갔다. 계단과 복도를 지나가는데 아녜의 걸음걸이가 거침이 없었다. 이 학교 건물 배치에 익숙한 것이 의아했지만, 곧 그가 인터넷을 통해 배치도를 숙지해두었을 것이라 생각했다.

자오궈타이와 수리리는 샤오원과 같은 3학년 B반이었다. 교실은 동쪽 교사 4층에 있었다. 점심 종이 울리자 학생들이 우르르 교실 문을 빠져나왔다. 그들은 아이와 아녜를 의아하게 쳐다보며 지나갔다. 자오궈타이와 수리리도 교실을 나왔다. 아이가 부르기도 전에 두 학생이 먼저 아이를 알아보고 허둥거리며 목례를 했다.

"궈타이와 리리지? 나는······."

"샤오원의 언니죠."

자오궈타이가 아이의 말을 자르며 말했다.

"응. 이분은 내 친구인······."

"나는 청誠 형님이라고 부르면 돼."

아녜가 말을 받아 설명했다.

"샤오원이 썼던 교과서를 챙기러 왔단다. 온 김에 반 친구들을 좀 만나고 싶어서 위안 선생님께 여쭤보니 너희들과 친했다고 하더구나. 장례식에도 왔었다지? 정말 고마워."

궈타이와 리리가 얼른 고개를 끄덕였다. 아이는 아녜가 샤오원을 언급할 때 두 학생의 눈빛이 바뀌는 것을 느꼈다.

"고, 고맙다니요."

리리가 대답했다. 시원시원해 보이는 외모와 달리 목소리가 무척 작았다.

"지금 점심식사하러 가는 거니? 괜찮다면 같이 식사해도 될까?"

아녜가 또다시 친절하고 호감 가는 얼굴로 말했다.

"샤오원이 너무 갑작스럽게 우리 곁을 떠나버렸잖아. 그래서 샤오원의 학교생활 이야기를 좀 듣고 싶구나."

리리와 궈타이는 서로 마주 보며 망설이는 듯했지만, 결국 궈타이가 고개를 끄덕였다.

"네. 하지만 저희는 학교 식당에 가야 하는데요······."

"잘되었구나. 샤오원의 언니도 동생이 평소 점심 먹던 곳을 보고 싶어 했거든."

아녜가 왜 그렇게 말했는지는 모르지만, 아이는 그에게 조금 고마웠다. 생전의 동생과 같은 곳에서 같은 풍경을 보며 같은 음식을 먹는다고 생각하니 왠지 작은 위안을 받는 기분이었다.

식당은 서쪽 교사 1층, 교문과 가까운 곳에 있다. 이눠중학교는 점심때 꼭 교내에서 식사해야 한다는 규칙은 없지만, 학교 식당이 저렴해서 학생들이 많이 이용한다. 오늘은 기말고사가 끝나고 곧 여름방학을 앞둔 때라 밖에서 느긋하게 점심을 먹으려는 학생들이 많았다. 교내 식당은 길게 줄을 서던 평소 풍경을 볼 수 없었다.

음식은 종류가 다양하지 않았다. '식당'이라고 불리지만 사실은 규모가 조금 큰 매점에 탁자와 의자를 구비한 정도다. 수저도 사용 후 바로 버리는 일회용품이었다. 아이는 식욕이 없어서 샌드위치 하나만 주문했다. 반면 아녜는 돼지갈비 도시락을, 궈타이와 리리는 국수를 시켰다. 그들은 식당 한쪽에 자리를 잡았다. 탁자 옆에 창이 있어서 농구장과 수풀 너머로 워털루로에 우뚝 솟은 20여 층짜리 텐징호텔이 보였다. 궈타이와 리리가 국수를 후루룩거리며 먹는 동안 아이는 탁자 위를 응시할 수밖에 없었다. 궈타이와 리리의 휴대폰이 탁자 위에 올려져 있었다. 교칙상 수업 중에는 휴대폰을 꺼놓아야 하므로 학생들은 점심시간을 이용해 인터넷 검색을 했다. 궈타이와 리리도 마찬가지였다. 아이는 샌드위치가 마치 고무를 씹는 듯 아무 맛도 느껴지지 않았다. 리리의 아이폰 때문에 식욕이 점점 더 떨어졌다. 눈앞에 있는 착해 보이는 소녀가 혹시 범인은 아닐까, 아이는 어쩔 수 없이 자꾸만 의심하게 되었다.

"우리 샤오원하고 친했니?"

아녜가 돼지갈비를 뜯으며 지나가듯 물었다.

"음…… 그렇다고 할 수 있죠."

궈타이가 대답했다. 그런데 아이처럼 둔한 사람도 부자연스러운 목소리라는 걸 느낄 정도였다.

"전에 샤오원이 아플 때 집에 데려다준 적이 있지. 그렇지?"

아이가 끼어들었다. 화제를 제공하면서 서로 거리감을 좁혀보려는 것이었다. 아녜가 좀 더 편하게 두 사람을 조사할 수 있게 해주려는 시도였을 뿐이다. 그런데 궈타이와 리리의 표정이 홱 변하더니 천적을 마주한 야생동물처럼 경계하기 시작했다. 동시에 아녜가 그녀의 종아리를 세게 걷어찼다. 아이가 통증을 참으며 아녜를 돌아봤다. 아녜는 아무 일도 없었다는 듯 표정 변화가 없었다. 아이의 입을 막으려는 의도인 게 분명했다.

"샤오원이 원 디렉션One Direction*을 좋아했지?"

아녜가 궈타이와 리리의 표정 변화를 눈치채지 못했다는 듯 다른 화제를 꺼냈다. 아이는 원 디렉션이 뭔지 몰랐지만, 이 화제가 나오자 리리의 표정이 풀리는 것을 분명히 확인할 수 있었다.

"네, 저희 둘 다 좋아해요…… 처음엔 제가 먼저 팬이 되었고, 나중에 샤오원에게 얘기해주었더니 그 애도 금방 팬이 되었죠."

리리가 말했다.

"원 디렉션의 노래 중에 〈What Makes You Beautiful〉이 히트했잖아. 나 같은 아저씨도 들은 적이 있을 정도지."

아이는 묵묵히 대화를 들으며 원 디렉션이 밴드 이름인가 보다 생각했다.

---

* 영국의 인기 보이그룹.

"맞아요! 〈One Thing〉도 인기가 많았죠!"

리리가 눈을 반짝이며 말했다. 자기와 말이 통하는 어른을 만난 게 기쁜 것 같았다.

"원 디렉션을 음반사에서 돈으로 히트시켰다고 비난하는 사람도 있는데, 그건 너무 지나친 것 같아. 원 디렉션은 오디션 프로그램에서 3위를 할 정도로 실력을 갖추었잖아."

아녜가 차분하고 당당하게 이야기를 이어갔다. 마치 음악평론가라도 된 듯했다.

"돈을 써서 세계적인 인기 그룹을 만들 수 있다고 생각하는 건 너무 순진하지."

리리는 아녜의 의견에 공감한다는 듯 계속해서 고개를 끄덕였다.

"넌 멤버 중에서 누굴 제일 좋아하니?"

아녜가 물었다.

"리암Liam이요."

수줍은 표정으로 리리가 대답했다.

"리암이 인기가 많은 것 같더구나."

아녜가 돼지갈비를 다시 한입 뜯으면서 말했다.

"내가 아는 영국 친구가 있는데, 그 집 딸은 제인Zayn을 좋아했거든. 제인이 그룹을 탈퇴하는 바람에 이틀이나 울었대."

리리의 표정이 갑자기 어두워졌다.

"이런, 미안하구나. 제인이 탈퇴한 얘기를 꺼내지 말 걸 그랬지."

"아뇨, 그게 아니라……."

눈가가 발갛게 된 리리가 고개를 저었다.

"샤오원 생각이 나서요…… 전에 둘이서 원 디렉션이 홍콩에서 콘서트하면 꼭 가자고 약속했거든요. 그런데 원 디렉션이 정말로

콘서트하러 왔을 때는 우리가 절교를 해서…… 게다가 지금 샤오원은…… 샤오원은…….'

귀타이가 주머니에서 화장지를 꺼내 리리의 눈물을 닦아주었다.

"샤오원은 원망하지 않을 거야."

아녜가 말했다.

"아니에요! 다 제 책임이에요! 제 탓이라고요……."

리리는 갑자기 흥분하며 눈물을 뚝뚝 흘렸다. 아이는 범인의 자백이라고 생각할 뻔했다. 리리의 울음소리가 옆 탁자 여학생들의 눈길을 끌었지만, 상황을 모르는 그들은 그저 식사를 하면서 이쪽을 흘끔거릴 뿐이었다.

"제가 샤오원을 죽인……."

"쓸데없는 소리."

귀타이가 리리의 말을 끊었다.

"야이 누나, 리리는 샤오원하고 멀어진 걸 늘 후회했어요. 샤오원이 힘들 때 고민을 나누지 못했다고 자기를 책망하고 있죠."

아이는 뭐라고 대답해야 할지 알 수 없었다. 귀타이의 말이 사실일까? 리리가 단순히 그런 이유 때문에 우는 것일까? 아니면 샤오원과 싸우고, 그 애를 죽음으로까지 몰아넣은 걸 후회하고 있는 걸까?

"귀타이, 너도 밴드 하지?"

아녜가 갑자기 화제를 바꿨다. 아이는 당황해서 아녜를 흘낏 봤다. 그는 샤오원과 리리의 관계를 더 파고들 생각이 없어 보였다.

"어, 아, 네."

귀타이도 얼떨떨한지 더듬더듬 대답했다.

"왼손 손가락 끝에 굳은살이 박힌 걸 보고 알았지."

아녜가 귀타이의 왼손을 가리키며 말했다.

"기타?"

"기타와 베이스 둘 다 연주해요. 하지만 배운 지 2년 정도라서 아직 멀었죠."

"나도 기타를 쳤지. 지금은 그만둔 지 오래되어서 다 잊어버렸어."

아이는 아녜의 집에서 봤던 전자기타를 떠올렸다. 하지만 그의 말이 진짜인지 거짓인지는 알 수 없다.

"형은 어떤 음악을 하셨어요? 캠퍼스 음악? 서양 로큰롤?"

"일본 쪽. 내가 네 나이만 했을 때는 X, 세이키마츠, 보위 같은 일본 록 밴드가 인기였거든."

"와! 제가 속한 밴드도 일본 로큰롤 음악을 주로 연주해요. 플럼 풀이나 원 오크 록 곡을 많이 하죠."

"인터넷에서 이름만 들어본 적 있는 밴드들이네. 나도 늙었구나."

아녜가 웃으며 말했다. 그 후 10분 정도 아녜와 귀타이는 유행하는 대중음악과 밴드에 대해 이야기를 나눴다. 리리는 가끔 끼어들어 한두 마디 보탰지만, 아이는 조용히 듣고만 있었다. 그녀는 그들이 무슨 이야기를 하는지 하나도 알아듣지 못했다. 다만 아녜가 이런 화제를 꺼낸 데는 이유가 있겠거니 생각했다.

"너희들은 우리 때보다 훨씬 행복해."

아녜가 뜯어먹던 마지막 돼지갈비를 내려놓고 입가를 닦았다.

"전에는 이펙터 하나 사려면 몇 백 홍콩달러나 들었지. 좀 좋은 것은 거의 1, 2천 홍콩달러였고. 지금은 컴퓨터나 스마트폰으로 다 할 수 있잖아. 커넥터만 하나 사면 앱으로 어떤 효과든 낼 수 있지."

"형이 말씀하신 커넥터가 아이릭인가요? 저한테 기타 가르쳐주는 선배가 얼마 전에 그 얘길 꺼낸 적이 있는데 저희 밴드는 아직 초보라서 이펙터나 앱에 대해서는 아는 게 없어요."

귀타이가 고개를 흔들었다.

"게다가 애플사의 맥북을 사야 쓸 수 있다던데요. 그럼 너무 비싸요. 돈이 있다면 저는 스콰이어*의 텔레캐스터를 사고 싶어요……."

"스콰이어 라인이 저렴하긴 하지만 오래 쓰기엔 좋지 않아. 몇 년 지나면 수리를 해야 하거든. 텔레캐스터를 살 거라면 원래의 펜더 공장에서 제작하는 걸 사는 게 확실하지."

"펜더 기타는 너무 비싸요. 제가 돈을 다 모으더라도 부모님이 가격을 아시면 당장 불호령을 내리실걸요."

귀타이가 시무룩하게 대답했다.

그 말에 아녜가 미소를 짓는 듯하더니 순간 멈칫했다. 쓸쓸한 표정이었다. 아녜는 생각에 잠긴 듯 천천히 말을 이었다.

"만약…… 샤오원이 아직 세상에 있었다면 내가 학교에 찾아올 일도 없었을 테고 너랑 기타 얘길 하지도 않았겠지. 우리는 좀 더 시간이 지난 다음에 만났을 거야. 너희 밴드가 학교 축제에서 공연을 한다거나 할 때 말이야. 나와 야이 누나는 관객으로 공연을 보러 가는 거지. 아니면 너희들이 우리 집에 놀러 와서 샤오원이 우리를 소개해주거나. 어쩌면 오늘 우리가 만난 건 샤오원이 하늘에서 자리를 마련해준 것인지도 모르겠구나."

그러자 귀타이와 리리의 표정이 어두워졌다.

"샤오원은 점심때 보통 뭘 먹었니?"

아녜가 물었다.

"에그토마토 샌드위치요. 지금 야이 누나가 드시는 거."

귀타이가 대답했다.

---

* 유명 기타 제조사 펜더의 저가 생산 라인.

아이는 깜짝 놀랐다. 자신이 우연히 주문한 샌드위치가 샤오원이 평소 자주 먹던 것이었다. 아이는 단지 입맛도 없고 제일 싼 메뉴라서 주문했을 뿐이다. 방금 전 아녜의 말처럼 정말 샤오원이 하늘에서 이런 상황이 되도록 계획하고 있는 것 같다.

"샌드위치 같은 걸로 배가 차니?"

아녜가 다시 물었다.

"그럭저럭요. 그리고 가끔 방과 후에 같이 애프터눈 티를 먹기도 했어요."

"집에서 샤오원은 먹성이 좋은 편이었는데…… 너희들은 한창 성장기니까 많이 먹는 게 좋아. 물론 골고루 먹는 것도 중요하지. 나처럼 편식하면 안 돼."

아녜는 가볍게 말하면서 포크로 접시에 남긴 콩을 밀어냈다. 돼지갈비 뼈 밑에 숨기려는 그 모습에 귀타이와 리리가 웃음을 터뜨렸다.

아이는 아녜의 놀라운 화술에 감탄했다. 그는 우선 음악이나 기타 같은 의외의 화제로 두 사람과 공감대를 형성한 다음 점차 핵심 주제인 샤오원의 이야기로 넘어갔다. 더욱 감탄스러운 것은 샤오원을 화제에 올리면서 비통해하기보다는 마치 먼 나라로 이민 간 친구를 그리워하는 듯한 느낌을 주었다. 귀타이와 리리를 자연스럽게 대화에 빠져들도록 만드는 것이다. 리리가 샤오원을 죽인 범인이든 아니든.

아이는 표정을 바꾸지 않고 세 사람의 대화에 귀를 기울였다. 아녜는 마치 링 위의 권투선수 같았다. 그는 상대방 주변을 맴돌며 기회를 노리는 선수처럼 십대 청소년의 관심을 끌 만한 이야기를 느긋하게 이어갔다. 그러다 빠르게 잽을 두어 번 날리듯 샤오원의 이름을 툭 던진다. 마치 의도치 않게 입에서 나온 것이라는 듯. 귀타이와 리리는 샤오원이 언급될 때마다 여전히 경계심을 보였지만 처음보다는 훨씬 누그러졌다. 이제 아녜는 그들과 페이스북의 실명제 도입, 유명 인터넷 가수의 절도 혐의 같은 이슈를 이야기하고 있다. 갑자기 아녜는 강력한 훅 한 방을 날렸다.

"그러고 보니 요즘 인터넷은 정말 대단하지. 한나절이면 모든 소식이 다 알려지니까."

아녜는 쏠쏠한 표정을 지으며 말을 이었다.

"땅콩게시판에 샤오원에 대한 글이 올라왔을 때도 달궈진 냄비처럼 순식간에 끓어올랐지."

귀타이와 리리는 시선을 마주쳤다가 아녜를 향해 살짝 고개를 끄덕였다.

"선생님이 그 사건을 입에 올리지 말라고 하셨어요. 학교에서는 조용했죠, 겉으로 보기에는."

귀타이가 말했다.

"친구들이 학교 밖에서는 이런저런 이야기를 많이 했겠구나."

아녜가 말했다.

"네…… 형, 글 내용은 사실이 아니에요. 샤오원은 절대……."

"우리도 알아."

아녜가 고개를 끄덕였다.

"하지만 내용이 너무 심각했어. 혹시 학교에 샤오원을 미워하거나 모함하는 사람이 있었니?"

"분명히 공주 짓이에요!"

리리가 갑자기 말했다.

"공주?"

아이가 물었다.

"우리 반에 리민黎敏이라고 대단한 집 딸이 있거든요. 매일 시녀 같은 애들한테 둘러싸여 있어서 별명이 공주예요. 그 무리가 반에 서 분위기를 주도하는데 여학생들 사이에선 특히 입김이 세죠. 걔 들이 누군가를 따돌릴 작정을 했다면 다들 그 누군가랑 말도 잘 못 해요. 자기가 다음 따돌림 목표가 될까 봐서요."

"너희 반에 집단 따돌림이 있단 말이니?"

아녜가 물었다.

"그런 것은 아니에요…… 걔들이 누굴 때렸다거나 개인 교과서 나 학용품을 몰래 버렸다는 얘기는 들은 적이 없어요. 그냥 한 명 을 고립시키거나 가끔 불쾌한 소리를 하는 정도는 집단 따돌림이 라고 할 건 아니잖아요? 우리 반에 걔들보다 더 나쁜 애들도 있고 요……."

궈타이가 머리를 긁적였다.

"그런데, 우리 반에서 학급여행 장소를 정할 때 공주가 디즈니랜 드를 가고 싶어 했는데, 여학생 중에서 샤오원은 반대표를 냈어요. 결국 1표 차이로 마안산馬鞍山 공원으로 결정되었죠."

리리가 불쾌한 얼굴로 말을 받았다.

"공주 걔는 입이 가벼워서 시비 붙이는 데 도가 텄어요. 분명 학 급여행지 투표 때문에 샤오원에게 앙심을 품고 있다가, 누군가 샤 오원에 대해 물어봤을 때 그걸 복수의 기회로 삼았을 거예요. 아무 말이나 막 해서 샤오원을 나쁜 애로 만든 거죠……."

"공주가 그랬다는 증거는 없잖아. 걔들이 평소에 샤오원을 괴롭 히지도 않았고, 공주는 샤오원 장례식에도 갔어. 공주도 알고 보면 나쁜 애는 아닐 거야……."

귀타이가 끼어들었다.

"장례식에 왔다고?"

아이는 당황했다.

"공주라는 친구가 샤오원 장례식에 왔었단 말이야?"

귀타이와 리리가 아이를 의아하게 쳐다보더니 귀타이가 반문했다.

"아니에요? 그날 빈소를 나서는데 그 애가 장례식장 문앞에 혼자서 있는 걸 봤어요."

"그 애하고 인사를 했니?"

아녜의 물음에 귀타이는 고개를 저었다.

"별로 친하지 않기도 하고, 리리는 그 애를 싫어하거든요. 서로 못 본 척하는 사이예요."

"그날 교복을 입고 있었니, 사복을 입고 있었니?"

아이가 재우쳐 물었다.

"교복이요. 우리 학교 교복 입은 애가 있어서 보게 됐거든요."

"샤오원 장례식에 온 친구는 너희 둘하고 두쯔위라는 애였는데."

아이는 그날 기억을 떠올리며 말했다. 자신이 뭔가 잘못 기억하고 있는지 걱정이 되었다.

"두쯔위요? 공주가 아니라? 그 여자애 머리가 길었어요?"

리리가 물었다.

"긴 머리였어. 키는 이만하고 네모난 안경을 쓰고 있었지."

아이가 기억을 더듬어 그 여학생의 키를 알려주었다.

"그러면 두쯔위가 맞는데……."

리리가 낮게 중얼거렸다.

"귀타이, 왜 그러니?"

아녜의 물음에 아이가 궈타이를 보았다. 궈타이의 얼굴빛이 달라져 있었다.

"아무것도 아니에요. 샤오원과 두쯔위가 그 정도로 친한 줄은 몰랐거든요."

궈타이의 대답에는 뭔가 숨은 내용이 있는 것 같았다.

"응. 어쨌든 장례식에 와준 친구라면 누구든 샤오원은 고맙게 생각할 거야. 아까 학급여행 얘기 말인데……."

아녜가 화제를 돌려 다시 가벼운 이야기를 떠들기 시작했다.

식탁 위의 화제가 끊이지 않자 옆 탁자의 학생들이 다시 이쪽을 넘겨보았다. 아이와 아녜가 평상복 차림의 어른이라 튀어 보이는 모양이다. 어쩌면 학생과 교사의 면담 자리로 보일지도 모른다.

리리가 디즈니랜드 이야기를 하자 아이는 거의 잊어버렸던 기억이 떠올랐다. 어느 날 아버지가 텔레비전에서 홍콩 디즈니랜드 공사가 시작되었다는 뉴스를 듣고 완공되면 온 가족이 함께 놀러 가자고 했다. 그러나 아버지는 디즈니랜드가 개장하기도 전에 세상을 떠났다. 당시 어머니가 입장권이 비쌀 거라고 하자 아버지는 호기롭게 '더 저축하면 되지'라고 말했다. 아이는 디즈니랜드에 관심이 없었지만 모처럼 즐거워하는 아버지를 보니 덩달아 기분이 좋아졌다.

샤오원은 그 일을 기억하고 있을까? 그때 샤오원은 세 살이었다.

"점심시간도 거의 끝났겠구나. 다시 수업 들어가야지?"

아녜가 벽에 걸린 시계를 보며 말했다. 식당에 있던 학생들도 하나둘 자리를 뜨고 있었다.

"지난주에 기말고사가 끝나서 이번 주 오후 시간은 자유활동이에요. 좀 더 이야기해도 되는데……."

궈타이가 말했다.

"안 돼. 넌 음악실 가서 기타 연습해야지. 나도 연습하러 가야 해."

리리가 궈타이를 보면서 말했다.

"연습?"

아이가 물었다.

"리리는 배구부예요."

궈타이가 대답했다.

"운동을 잘할 줄은 몰랐네."

아녜가 리리에게 웃으며 말했다. 리리도 부끄러운 듯 미소 지었다.

"둘 다 할 일이 있으니 우리도 더 시간 빼앗지 않을게. 오늘 시간 내줘서 고마워."

아녜는 두 아이에게 살짝 허리를 굽혔다.

"형, 그런 말씀 마세요. 저희도 샤오원의 가족을 만나서 정말 기뻐요…… 안타까웠던 마음이 많이 나아졌어요."

아녜가 주머니에서 볼펜을 꺼내 종이 냅킨에 전화번호를 썼다.

"이건 내 휴대폰 번호야."

아녜가 궈타이에게 냅킨을 건넸다.

"너희와 이렇게 만난 것도 인연인데 시간 날 때, 혹은 고민 같은 게 있을 때 언제든지 전화해. 우리도 너희를 만나면 샤오원에 대해 더 잘 이해할 수 있겠지. 비록 샤오원이 우리 곁을 떠났지만 마음속에 영원히 살아 있을 거다. 샤오원 생전에 있었던 사소한 일이라도 알게 된다면 나나 야이 누나도 기쁘단다."

"네."

궈타이가 냅킨을 받아 들었다.

"이제 댁으로 돌아가시나요?"

아녜는 주변을 둘러보며 말했다.

"우린 조금 더 있다가 갈까 해. 샤오윈이 지냈던 학교를 둘러보고 싶구나."

궈타이와 리리가 고개를 끄덕이더니 예의 바르게 인사하고 식당을 나갔다. 두 사람은 마지막으로 식당을 나선 학생이었다. 식당에는 아녜와 아이, 그리고 다른 탁자에서 이제 막 식사를 시작한 식당 직원뿐이다.

"아녜, 이제 뭘 할 거죠?"

아이가 물으며 아녜 쪽으로 고개를 돌렸다. 아녜가 얼굴을 잔뜩 찡그린 채 몹시 불쾌하다는 표정을 짓고 있었다.

"어우야이 씨."

아녜가 아이를 노려봤다. 목소리가 아주 차가웠다.

"대화는 내가 주도하겠다고 했을 텐데요. 한 번 더 당신 멋대로 나섰다간 당장 이 사건에서 손 뗄 겁니다."

"내, 내가 뭘 어쨌는데요? 아, 끼어들었다고 그러는 거예요?"

아이는 아까 탁자 아래로 걷어차였던 것이 생각났다.

"그냥 그 애들이 샤오윈을 집에 데려다준 게 생각나서, 분위기를 부드럽게 해보려고……."

"이 일을 잘 모르면 끼어들지 말라고 했잖아요."

아녜는 큰소리를 내지는 않았지만 목소리에 위엄이 느껴졌다.

"열네댓 살 아이들은 민감해요. 조그만 동물처럼 금방 겁을 먹는단 말입니다. 그 애들 마음을 알아차릴 능력이 없는 바보는 입을 다물고 있는 게 도와주는 겁니다. 당신은 아무 생각 없이 던진 말이겠지만 나에게는 폭탄이었어요. 겁먹은 애들을 되돌리는 데 얼마나 노력을 퍼부어야 했는지 압니까? 걔들이 우리를 적으로 인식할까 봐 결국 작은 단서 몇 개만 찾아내고 핵심 부분은 묻지도 못했다고요."

"핵심?"

"당신이 조심성 없이 꺼낸 그 일."

"아픈 샤오원을 집에 데려온 게 무슨 핵심 사건이에요?"

아이는 지기 싫었다.

"이러니 내가 아는 것도 없이 나서는 바보를 싫어하는 거야."

아녜가 주머니에서 샤오원의 휴대폰을 꺼냈다.

"이 사진이 어떻게 된 일인지 알고 싶을 거 아닙니까?"

아이는 숨을 들이켰다. 휴대폰 화면에는 kidkit727이 보낸 샤오원의 사진이 떠 있었다.

"디지털 카메라가 막 보급되던 때 일본전자공업진흥협회가 EXIF°라고 불리는 규격을 정했습니다. 그에 따라 디지털 사진에는 정보가 기록됩니다."

아녜가 샤오원의 휴대폰 화면을 누르며 말했다.

"요즘 휴대폰도 그런 규격을 써서 사진을 찍을 때 사진 원본파일에는 EXIF가 들어갑니다. 카메라 브랜드, 기종, 셔터 속도(노출 시간), 조리개 수치, 감도 수치 등을 알 수 있죠."

아녜가 휴대폰을 다시 아이 앞에 들이밀었다.

"그리고 사진을 찍은 날짜와 시간도."

휴대폰 화면의 사각형 칸 안에 몇 줄의 글자가 보였고, 그중 촬영 시간 란에 '2013/12/24 22:13:55'라고 쓰여 있었다.

아이는 그 화면을 뚫어져라 쳐다보다가 뒤늦게 날짜의 의미를 알아차렸다. 귀타이와 리리가 샤오원을 집에 데려온 날, 재작년 크리스마스이브.

° Exchangeable Image File format. 교환 이미지 파일 형식.

"이, 이 사진이, 리리가 샤오윈을 집에 데려다준 날, 그날……."

아이는 이 사실에 너무 놀라 말을 더듬거렸다.

"그런데 당신이 생각 없이 그날 일을 꺼내는 바람에 다시 그 이야기를 할 수가 없었단 말입니다!"

아녜가 아이를 노려보며 말했다.

"인간은 별로 이성적인 동물이 아닙니다. 어떤 일의 중요성을 판단하는 건 이성이 아니라 감각에 의존하죠. 아까처럼 궈타이와 리리가 우리를 '친구'라고 인식하면 그 애들이 앞서서 이런저런 이야기를 하기 마련이죠. 하지만 당신이 재작년 크리스마스이브 얘기를 꺼냈을 때는 아이들이 아직 우리를 신뢰하기 전이었어요. 그래서 내가 한 시간이나 들여가며 애들과 친해졌어도 다시 그날 이야기를 꺼낸다면 애들은 당장 우리를 경계하게 됩니다. 우리가 실은 잘 모르는 어른들이라는 걸 상기하는 거죠. 그러면 내가 심혈을 기울여 만들어놓은 분위기가 한순간에 날아가는 거란 말입니다. 이런데도 당신이 잘못한 게 없다고?"

"내…… 내가 어떻게 그런 걸 다 알아요? 당신……이 그런 얘기를 해준 적도 없으면서 왜 나만 원망하는 거예요?"

아이가 반박했다. 문득 아녜의 집에서 밤을 보낸 다음 날 아침이 떠올랐다. 그때 아이는 사진으로 궈타이와 리리를 알아보고는 재작년 크리스마스이브의 이야기를 꺼냈다. 그러자 아녜가 꼬치꼬치 캐물었었다. 그는 그때도 뭔가를 알고 있었는데 아이에게 말해주지 않은 것이다.

"그 애들에게 들킬지도 모르니까! kidkit727이 보낸 사진이 궈타이와 리리가 딱 한 번 당신 집에 갔던 날 찍은 거라는 걸 알고 나서도 아까처럼 온화하고 친절한 '야이 언니'의 모습으로 한 시간 동안 앉아 있었겠습니까?"

아이는 할 말이 없었다. 그의 말이 맞다. 그가 몇 번이나 자신이 대화를 주도할 거라고 강조했던 건 아이가 실수할까 봐 걱정되었기 때문이다.

"미…… 미안해요."

아이는 한참 말이 없다가 결국 사과했다. 아녜의 태도가 싫었지만 이번에는 자신의 책임이 크다는 것을 이해했다.

"어휴, 됐습니다."

아녜는 더 추궁하지 않았다. 아이의 사과를 받아주지도 않았지만 말이다.

"어우야이 씨, 나한테 조사를 의뢰했으니 나를 믿어주었으면 좋겠군요. 내 지시에 따라 내 방식대로 조사할 수 있어야 당신이 원하는 결과를 효과적으로 얻어낼 수 있습니다."

"네…… 알겠어요."

아이가 고개를 끄덕였다.

"그럼 궈타이와 리리도 그날 파티에 갔으니까 샤오원이 정말로 원조교제, 마약 복용 같은 것을 했다면 그 애들도 알겠군요……."

"원조교제? 정말로 그 사진이 원조교제 장면이라고 생각합니까?"

"아닌가요? 그럼 빨간 머리 남자가 샤오원의 남자친구라는 건가요? kidkit727이 '다른 사람의 애인을 빼앗았다'고 했는데 그 사람이……?"

아녜는 미간을 찌푸리며 아이의 눈을 응시했다.

"어우야이 씨, 나쁜 소식을 들을 마음의 준비를 하세요."

아이는 그만 얼어붙었다. 그러나 곧 마음을 가다듬고 고개를 끄덕였다. 그녀는 이미 아무리 잔인한 현실이라도 받아들이겠다는 각오가 되어 있었다.

아녜가 샤오원의 휴대폰에 띄워진 사진을 확대했다.

"이거 보입니까?"

아이는 고개를 숙여 화면을 들여다보았다. 아녜가 확대한 부분은 낮은 탁자 위에 널려 있는 물건들이다. 맥주병, 술잔, 커피믹스, 땅콩, 주사위, 담배와 라이터.

"샤오원이 담배를 피웠다는 말을 하고 싶은 거예요?"

"아뇨, 이거 말입니다."

아녜가 탁자 위에 널린 커피믹스를 가리켰다.

"술집이나 가라오케에 가면 음료를 시키겠죠. 커피를 원하면 커피를 내줄 테고요. 그런데 왜 여기에 커피믹스 봉지가 있을까요?"

"아! 그럼, 그럼 이게 마약……? 엑스터시 같은 그런 거라고요?"

"반만 맞혔습니다. 엑스터시나 환각제라면 판매상이 커피로 위장할 리가 없어요. 사탕으로 위장하는 게 더 편하니까. 이렇게 커피믹스 모양으로 포장하는 건 딱 하나입니다. 데이트 강간 약물이죠."

아녜의 말이 벼락처럼 아이의 고막을 때렸다. 아이는 그 자리에 못 박힌 듯 굳어버렸다.

"불량배들이 흔히 쓰는 수법이죠."

아녜는 경악한 아이의 표정에 신경 쓰지 않고 빠르지도 느리지도 않게 말을 이었다.

"가라오케나 술집에서 점찍은 여성을 술에 취하게 만든 후 자기 마음대로 하려는 건데, 그걸 손쉽게 해주는 게 이 보물 같은 약이죠. 커피를 마시면 술이 깬다고 속이는 겁니다. 여자들은 완전히 밀봉된 커피믹스 포장을 보고 아무 의심 없이 뜨거운 물에 타서 먹지요. 그걸 마시고 나면 금세 정신을 잃어요. 사실상 이런 포장에는 미리 손을 써둡니다. 윗부분을 잘라서 가루약을 넣고 기계로 다시 붙이면 끝. 자세히 살펴보면 일반 커피 포장보다 짧다는 걸 알 수 있지만, 조명이 흐릿한 술집 같은 곳에선 알아차리기 어렵죠."

"그, 그럼…… 샤오원이…… 그날……."

"약을 먹었을 겁니다."

"그럼 샤오원은……."

아이는 차마 끝까지 말할 수가 없었다.

"아마도 성폭행을 당했겠지요."

아이는 숨이 막혔다. 동생이 원조교제를 하고 마약을 복용했을지도 모른다고 생각했을 때는 그게 가장 고통스러운 결론이었다. 그러나 현실은 열 배나 더 잔혹한 것이었다. 아이는 영혼이 부서지는 것만 같았다. 어떤 반응도 할 힘이 없었다. 그저 깊고 어두운 구멍으로 추락하는 듯했다. 고통과 슬픔으로 가득 찬 구멍으로.

"어우야이 씨, 나는 '아마도'라고 했습니다."

아이는 마지막 남은 희망의 동아줄을 붙잡듯 그의 말에 매달렸다.

"아마도……?"

"그날 밤 11시에 궈타이와 리리가 동생을 부축해 집에 왔다고 했죠. 불량배가 정신을 잃은 여성에게 손을 썼다면 그렇게 빨리 놓아주지 않았겠죠."

아이는 숨 쉬기가 조금 편안해졌다. 동시에 아녜가 자신을 질책했던 이유도 깨달았다. 자기가 끼어들어 상황을 망치지 않았다면 아녜는 분명 두 친구에게서 샤오원이 약을 먹고 집에 오기까지의 일을 캐냈을 것이다. kidkit727도 이 사진을 갖고 있으니 아녜는 새로운 각도로 접근해 범인의 신분을 알아내려고 했다.

"다른…… 다른 방법으로 다시 궈타이와 리리에게 그날 밤 무슨 일이 있었는지 물어볼 수 없을까요?"

아이가 초조하게 물었다.

"기회란 떠나고 나면 돌아오지 않습니다. 다음 기회를 기다리는 수밖에."

아녜는 샤오원의 휴대폰을 내려놓았다.

"이제 당신도 알게 되었으니 한 가지 더 말해주지요. 그 사진에 나온 가라오케는 몽콕의 징화瓊華센터입니다. 그 지역을 잘 아는 사람을 보내 빨간 머리 남자에 대해 알아보라고 했어요."

"사진을 보고 위치를 알았어요?"

"아뇨. 요즘 스마트폰 사진은 GPS 시스템으로 위치기록이 남습니다. 징화센터에는 가라오케가 한 곳뿐이라 확인하는 게 어렵지 않았죠. 하지만 1년 반이나 지난 일이라 그 가라오케는 이미 문을 닫았고, 당시 일했던 종업원을 찾아내더라도 뭔가 특별한 일이 있지 않았다면 기억하고 있지 않을 겁니다. 다시 말해 궈타이와 리리가 우리가 그날 일에 대해 정보를 얻을 수 있는 제일 좋은 통로라는 거죠."

아이는 좌절했다.

"샤오원이 언제부터 원 디렉션이라는 밴드를 좋아한 걸까요?"

아이가 물었다. 자신이 말실수를 한 후 아녜가 말을 돌렸던 화제가 떠올랐다.

"원 디렉션은 '밴드'가 아니라 '보이그룹'입니다. 집에 포스터 같은 걸 붙이지 않았나요?"

"아뇨."

"호오."

아녜가 다시 샤오원의 휴대폰을 켜서 아이에게 음반 표지 사진을 보여주었다. 다섯 명의 잘생긴 서양인 남자가 보였다.

"동생 휴대폰에는 원 디렉션의 곡만 들어 있었죠. 수리리와 페이스북으로 원 디렉션의 소식을 자주 이야기하기도 했고. 그래서 이 이야기를 꺼내면 수리리의 경계심이 누그러질 거라고 생각했죠. 귀타이가 밴드를 하는 것도 손가락의 굳은살을 보기 전에 이미 트위터를 통해 기타를 친다는 걸 알았어요. 그날 동생과 관련된 학생들 자료를 받아가서 살펴보지 않은 겁니까?"

아이는 당황했다. 이틀간 다른 일은 하지 않으면서 샤오원 친구들의 SNS를 살펴보았지만 아이들의 취미나 일상 이야기에는 관심을 두지 않았다. 아이는 오로지 동생과 관련된 이야기만을 찾아보았다. 혹은 사진 속에서 스쳐 지나가는 동생의 그림자를 찾으려고 했다.

"맞아, 휴대폰에 문자 메시지는 없나요? 샤오원이 친구들과 문자를 주고받았을 텐데."

아이는 SNS에 동생의 흔적이 없다면 친구들과 개인적으로 연락을 나눴으리라는 데 생각이 미쳤다.

"휴대폰에는 아무런 문자 메시지도 없습니다."

아녜가 손가락으로 휴대폰 화면을 누르며 말했다.

"통신사가 보내는 광고 문자도 없는 걸 보면 문자함을 전부 삭제한 것 같아요. 라인LINE 앱도 깔았는데 확인해보니 대화 상대도 전혀 추가하지 않았더군요. 전에는 추가했다가 나중에 채팅 기록과 함께 지워버린 걸로 보입니다. 당시 심리 상태를 생각하면 타인과 접촉하는 것이 두려워서 대화 상대 목록이나 문자 메시지를 삭제했을 가능성이 없지 않죠."

"라인?"

"실시간으로 대화를 나누는 앱…… 문자 메시지와 비슷한 거 있어요."

아녜의 표정은 마치 '당신이 현대인의 상식 수준에 못 미친다는 걸 내가 잊고 있었군' 하고 말하는 듯했다.

"아!"

휴대폰 뒤편의 동그란 구멍을 보고 아이는 새로운 사실이 떠올랐다.

"휴대폰에 사진이 있을 거 아니에요? 단서가 될 만한 거 없어요?"

"사진도 몇 장 없어요. 사진첩의 일련번호를 보면 동생이 문자나 라인처럼 대부분은 지운 것 같더군요. 남은 사진 중에서 친구와 찍은 건 딱 하나입니다."

아녜가 사진첩을 열어 사진을 보여주었다. 샤오원과 리리가 함께 찍은 사진으로, 교복 차림에 학교 복도가 배경이다. 각도로 볼 때 리리가 손을 뻗어 사진을 찍은 것 같다. 둘의 얼굴이 딱 붙어 있고 화사하게 웃고 있다. 사진 속 리리의 머리는 오늘보다 조금 더 길었다.

"이건 재작년 6월에 찍은 겁니다. 중학교 1학년 때죠."

아이는 사진 속 동생을 보며 코가 시큰거렸다. 웃음을 머금은 샤오원의 입을 본 게 얼마 만인지 이제 기억도 나지 않았다.

"그, 그러면 리리는 kidkit727이 아니겠죠?"

아이가 고개를 들고 물었다.

"샤오원과 이렇게 친한 데다 장례식에도 왔고 아까도 거의 울려고 했잖아요. 이 애는 우리가 찾으려는 범인이 아니겠죠?"

"어쩌면 연기력이 뛰어난 여자아이일지도 모르죠."

"연기? 겨우 열네댓 살짜리인데……."

"요즘 애들을 쉽게 생각하면 안 됩니다. 특히 요즘 같은 병든 사회에서는 애들도 교활함으로 가득한 어른들의 정글에서 살아남기 위한 방법을 익히게 되거든요. 부모는 자식을 명문 학교에 보내려고 여섯 살도 안 된 아이에게 면접시험을 보게 하죠. 면접에서는 얌전한 척 가면을 썼다가 집에 돌아오면 본래대로 고용인에게 소리를 지르는 꼬마 황제로 돌아옵니다."

"그건 너무 극단적이지 않나요……."

"이게 현실입니다."

아녜가 부루퉁하게 대답했다.

"아까 궈타이가 말했죠. 학교에서 당신 동생 이야기를 하지 못하게 했다고요. 그건 애초에 아무도 속이지 못할 허술하고 허위적인 방식입니다. 이야기를 나누지 않으면 있었던 사건이 없었던 게 됩니까? 불안 요소를 없애고 학교의 안녕을 유지하기 위해 눈 감고 귀 막은 채 화기애애한 학교생활을 연기하는 것 아닌가요? 윗물이 맑아야 아랫물도 맑다고, 선생님이 위선적인 행동을 보였는데 아이들이 뭘 배우겠어요?"

아이는 말문이 막혔다.

"어쨌든 결정적인 증거를 찾기 전에는 누구도 믿을 수 없습니다."

아녜는 샤오원의 휴대폰을 주머니에 넣었다.

"결정적인 증거가 어디에 있죠?"

"나도 모릅니다. 하지만 이다음에 누구와 대화를 나눠야 할지는 알죠."

"누구?"

"공주."

"리리와 귀타이가 장례식 날 그 애를 봤다고 해서요? 그래서 그 애도 혐의가 생긴 거예요?"

"아뇨. 장례식장에서 목격된 사실과 더불어 이것도 포함해서죠."

아녜가 주머니에서 흰색 스마트폰을 꺼냈다. 그가 휴대폰을 몇 대나 가지고 다니는 건지 아이는 좀 궁금해졌다. 이번에 꺼낸 스마트폰은 명함보다 약간 큰 정도로 사이즈가 작았고, 반면 두께는 거의 2센티미터나 되어 보였다. 아녜가 화면을 몇 번 누른 뒤 아이 눈앞에 들이밀었다. 화면에 페이스북 계정이 나타나 있다. 귀여운 단발머리에 앞머리가 이마를 덮은, 바비 인형처럼 예쁜 소녀의 사진이 화면 위쪽에 보인다. 거울 앞에서 찍은 휴대폰 셀카 사진이다. 뒤의 배경을 보면 자기 방에서 찍은 것 같다. 방은 분홍색으로 꾸며져 있다. 아이는 이 예쁜 소녀가 바로 '공주'냐고 물어보려 했다. 그러다 불현듯 사진이 눈에 익다는 생각이 들었다.

"어? 이 사진 본 적이 있는데…… 아!"

사진이 낯익은 이유를 알아차렸다. 어제 샤오원의 친구들 SNS를 열람할 때 이 사진을 보았다. '공주'라는 별명을 가진 여학생 리민이 들고 있는 휴대폰이 바로 아이폰이다.

"이 여학생은 아이폰을 사용하는 열여덟 명 중 한 명입니다."

아이는 아녜의 기억력에 깜짝 놀랐다. 귀타이가 공주의 이름을 말했을 때 이미 이 사실을 기억해낸 것이다.

"그럼…… 그럼 이 여학생이 제일 혐의가 짙은 거군요. 리리 말로는 샤오원과 사이가 좋지 않았다고 했고, 장례식에 가서 상황을 살펴보려 했지만 들킬까 무서워서……."

"또, 또. 그제 아침에 내가 한 말 기억 안 납니까?"

문득 아이의 머릿속에 열여덟 명의 명단을 건네주던 아녜의 말이 떠올랐다.

—가설을 세운 뒤에는 그것이 틀렸음을 밝힐 증거를 찾으려고 노력해야 합니다. 그 가설이 맞는지 증명하는 게 아니라.

"네…… 맞아요. 공주는 범인일 수도 있고 아닐 수도 있지요."

아이가 고개를 끄덕였다.

"그런데 공주를 어디서 만나죠? 오후에는 수업이 없고 특별활동을 하러 간다고 했는데."

"4층의 특별활동실. 같은 서편 교사의 위층이죠."

아녜가 천장을 손가락질했다.

"공주는 연극부입니다. 한 달 뒤에 있을 학교 연합 연극 공연을 연습하고 있을 겁니다."

"그걸 어떻게 알아요?"

아이가 의아하게 물었다.

"나는 누구처럼 멍청이가 아니라고요. 열여덟 명의 학생들 정보를 기억하는 데 아무런 문제도 없단 말입니다."

아녜는 아이를 놀릴 기회를 놓치지 않았다.

"게다가 호랑이굴에 들어올 오늘을 위해, 학생들에게 진실을 캐내는 데 필요한 정보를 미리 알아뒀죠. 동행인의 옷차림이 어떤지, 알지도 못하는 사람에게 내가 어떻게 보일지에만 신경 쓰는 게 아니라."

아이는 자기변호를 좀 해보려 했다. 나는 당신처럼 전문가도 아니고 정보 파악 능력이 부족할 수밖에 없지 않느냐고 반박하려 했다. 하지만 말을 삼켰다. 지금은 그런 입씨름을 할 때가 아니었다.

아녜와 아이는 연극부 특별활동실로 향했다. 위층으로 올라가 L자형 복도를 지나면서 많은 학생을 마주쳤다. 학생들은 두 사람을 향해 고개를 숙여 인사했지만, 목에 걸린 방문객 명찰을 보고 별 관심을 갖지 않았다. 이 학교는 학부모나 기자, 교육부 관계자 등이 자주 방문해서 그런지 외부 사람에게 별 흥미가 없는 것 같다.

"동생은 용돈을 얼마나 받았죠?"

계단을 올라가는 동안 아녜가 물었다.

"그건 왜요?"

아이는 이상한 질문이라고 생각했다.

"대답이나 해요."

"일주일에 300홍콩달러요."

"교통비와 식비를 포함해서?"

"네. 아침은 집에서 먹고요."

아이와 어머니는 샤오원에게 절약 습관을 길러주려고 꼼꼼한 계획 아래 용돈을 정했다. 학생표를 사면 하루 교통비가 15홍콩달러이니 200홍콩달러 남짓이면 점심값과 잡비를 충당할 수 있다고 보았다. 주말에 돈 쓸 일이 생기면 평일 용돈을 아껴서 저축해야 한다. 아이는 샤오원이 어머니에게 별도로 돈을 타 썼는지는 알지 못했다. 하지만 어머니가 돌아가신 뒤 샤오원이 언니에게 용돈을 더 달라고 한 적은 없었다.

4층 특별활동실에 도착하니 문은 잠겨 있지 않고 열 몇 명의 학생이 보였다. 활동실은 교실 세 개를 합친 정도로 상당히 넓었다. 안에는 두 블록으로 구분된 약 30열의 의자가 설치되어 있었다. 앞부분 의자를 한쪽으로 밀어서 만든, 교실 절반 정도의 공간에 학생들이 모여 있었다. 남학생 세 명이 중앙에 서 있고, 나머지 학생들은 옆에 서거나 앉은 채로 그들을 주시했다.

"맞습니다, 샤일록 씨. 3천 다카트, 3개월 안에 돌려드리죠."

"3천 다카트는 적은 돈이 아닙니다. 이자는 어떻게 계산할 거요?"

아이는 '샤일록 씨'라는 말에 〈셜록 홈즈〉를 연기하는가 보다 생각했다가, 다음 대사까지 듣고는 셰익스피어의 〈베니스의 상인〉 연기임을 알아차렸다. 아이는 『베니스의 상인』을 여러 번 읽었다. 지금 남학생들이 읊는 대사는 원작과 좀 다르다. 분량을 줄이기 위해 약간 각색한 모양이다.

"컷! 대사 흐름이 너무 빨랐어!"

샤일록과 안토니오의 대사가 끝나자 연출로 보이는 여학생이 외쳤다.

"대사를 떠올리려고 애쓰는 게 다 보이잖아! 자연스럽게 해! 5분 쉬었다가 다시 해보자!"

아녜는 기회를 놓치지 않고 활동실 문을 두어 번 두드렸다. 약간 통통한 남학생이 다가왔다.

"무슨 일이시죠?"

"미안하지만 3학년 B반의 리민 학생이 여기 있나요?"

아녜가 친절한 표정으로 물었다. 남학생이 고개를 돌려 "공주!" 하고 외친 다음 친구들 곁으로 돌아갔다. 한 여학생이 아이를 향해 걸어왔다. 교복을 입고 화장도 하지 않았지만 이 여학생이 사진 속에서 본 '공주' 리민이라는 것을 알 수 있었다.

"안녕?"

아녜가 공주를 향해 상냥하게 인사를 건넸다.

"3학년 B반 리민 학생 맞지?"

"그건 맞는데, 왜요?"

공주는 청순하고 귀여운 인상이지만 입을 여니 강하고 사나운

기운이 확 전해졌다. 아녜와 아이를 어른 대우 해주지 않는 것 같았다. 아이의 머릿속에 공주가 평소 이런 말투로 주변 여학생들을 대하는 장면이 떠올랐다. '공주병'이라는 단어와 함께.

"자리를 옮겨서 이야기 좀 할 수 있을까? 우리는 어우야원의 가족이야. 이쪽이 언니고."

아녜가 다른 사람이 듣지 못할 정도로 작게 말했다.

공주는 의아한 표정을 지으며 뒤로 반 발짝쯤 물러섰다. 아이가 눈에는 범인이 자신의 범행이 들킬까 봐 두려워하는 것처럼 보였다.

"아…… 저한테 할 말이라도?"

공주는 아녜를 경계하는 듯했고 말투가 우호적이지 않았다.

"응."

아녜는 고개를 끄덕이며 활동실 안쪽으로 시선을 던졌다. 학생들 몇몇이 이쪽을 흘깃거리고 있었다. 낯선 방문객이 공주를 찾아온 것에 호기심을 느끼는 것 같았다.

공주는 아녜와 아이를 따라 아무도 없는 구석으로 갔다. 잡동사니가 올려진 탁자 하나가 보였다. 연극 소도구와 무대의상, 문구류와 종이 등이었다. 아이는 탁자 위에서 '베니스의 상인' 그리고 '이뉘중학교 연극부'라고 표지에 적힌 극본을 발견했다. 공주는 아녜를 빤히 쳐다보며 그가 입을 열기를 기다렸다.

"방해해서 미안하구나."

아녜가 손에 들고 있던 추모집을 탁자 위에 놓더니 그 손을 바지 주머니에 넣었다. 주머니에서 지갑이 나왔다. 아녜는 지폐 두 장을 꺼내 공주에게 내밀었다.

"샤오원이 너한테 200홍콩달러를 빌렸지? 그 애가 세상을 떠난 뒤에 그 사실을 알게 되었어. 용돈이 부족할 때면 종종 친구들에게 돈을 빌렸다고 하더구나. 샤오원은 없지만 빌린 돈은 갚아야지."

"네? 그, 그런 적 없어요."

공주가 깜짝 놀랐다.

"리민 학생 아니야?"

"맞아요. 하지만 전 어우야원에게 돈을 빌려준 적이 없는데요."

아녜는 곤혹스러운 표정을 지었다.

"어…… 그럼 너희 반에 '민敏' 자 들어가는 친구가 또 있니?"

"네, 장민얼張敏兒이요."

"아, 그럼 그 아이인가 보다. 그 애와 샤오원이 친했니?"

"모르겠어요."

공주는 이 대화를 얼른 끝내고 싶은 듯 대답이 무척 짧았다.

"그래, 그 장민얼이라는 친구를 만나봐야겠네."

아녜가 고개를 끄덕이다가 말을 이었다.

"샤오원은 네 얘길 자주 했거든. 그래서 돈 빌린 내용을 보다가 민 자를 보고는 너라고 생각했어."

"제 이야기를 자주 했다고요?"

공주는 놀라움을 감추지 않았다. 시선이 아녜와 아이 사이를 왔다 갔다 했다.

"그럼. 샤오원이 연극부 활동을 하는 친구가 있는데 나중에 꼭 유명 배우가 될 거라고 그랬단다. 하지만 샤오원이 친구를 잘 사귀는 편이 아니라서 어떨 때는 마음과 달리 오해를 살 때가 많았어…… 그러고 보니 샤오원이 너를 민망하게 만든 일이 있었다면서, 사과하고 싶은데 어떻게 하면 좋겠느냐고 나한테 물어본 적도 있었지."

"사과를요?"

"응. 샤오원이 사과하지 않았니? 아마 용기가 없어서 말을 꺼내지 못했나 보다. 작년에 학급여행 투표 때 다들 디즈니랜드에 가고 싶어 했는데 자기가 반대표를 던졌다고 하더구나. 내 기억이 맞다면 그 의견을 낸 게 리민 학생이라고 들었거든. 샤오원도 사실은 디즈니랜드에 가고 싶었는데, 그 애 언니가 좀 구두쇠라서…… 아니, 좀 원칙을 따지는 사람이거든. 언니가 그런 상황에 용돈을 더 주는 사람이 아니라서 샤오원도 어쩔 수 없이 반대했대.”

아녜가 멋대로 지어낸 이야기에 아이는 당장 반박하고 싶었다. 그러나 아녜가 공주에게서 이야기를 끌어내려 한다는 걸 알고는 억지로 고개를 살짝 끄덕였다.

“그걸 왜 말하지 않았죠? 입장권을 살 돈 같은 건 나한테 빌려도 되잖아요!”

공주의 목소리가 높아졌고 미간도 살짝 찌푸려졌다.

“그때는 다른 친구들한테 돈을 빌린 뒤라서 더 빌리기 힘들었나 보지.”

공주의 표정이 아주 복잡해졌다. 분한 듯, 후회스러운 듯한 표정이다. 디즈니랜드에 못 간 것 때문에 저런 표정을 짓는 걸까, 아니면 이런 작은 일로 샤오원을 죽음에 몰아넣었다는 것 때문일까. 아이는 잠시 생각에 빠졌다.

“그 애가 말하지 않았다니 내가 대신 사과하마.”

아녜가 정성을 담아 말했다.

“게다가 샤오원 일 때문에 너희 반 친구들에게도 폐를 끼쳐서 미안하다.”

“그건…… 별로 폐가 되지 않았어요.”

공주는 자신에게 저자세로 나오는 어른을 대하기가 난감한지 대강 한마디 대답하고 넘어가려 했다.

"나는 늘 샤오원이 학교에서 누군가에게 원한을 사서 결과적으로는 자기 명예를 훼손당하는 이런 일을 겪었다고 생각했어."

아녜는 평온한 어조로 말을 이었다.

"샤오원과 같은 반이니 묻는 건데, 혹시 그런 일을 일으킬 만한 사람이 있을까?"

공주는 어두운 표정을 지으며 팔짱을 꼈다.

"잘 모르겠어요."

"친구들 사이에 그 일을 이야기한 적은 없어?"

"선생님이 못 하게 하셨어요. 그래서 누가 기자나 낯선 사람에게 무슨 말을 어떻게 했는지 저는 전혀 몰라요."

공주는 더 말하고 싶지 않다는 듯 대답했다. 그런 태도가 오히려 아이는 의심스러워 보였다. 이제 아녜가 놀라운 화술을 발휘해 상대방의 마음을 녹여서 더 많은 진실을 캐낼 거라고 기대했다. 그러나 놀랍게도 아녜는 아이의 예상과 완전히 다르게 나왔다.

"아, 그렇구나. 연습을 더 방해하면 안 되겠지. 이만 가볼게."

아녜는 고개를 끄덕이고 공주에게 작별인사를 했다. 아이는 이 상황이 의아했지만, 끼어들지 않기로 약속했기 때문에 똑같이 인사를 했다. 공주는 팔짱을 꼈던 팔을 가지런히 내리고 예의 바르게 고개를 숙였다. 하지만 공주의 진심은 귀찮게 구는 두 사람이 얼른 나가기만을 바랄 거라고 아이는 생각했다.

"참, 그렇지."

몇 걸음 걷던 아녜가 생각난 듯 뒤돌아보았다.

"샤오원의 장례식에 왔었지?"

공주는 뻣뻣이 굳은 채 멍하니 아녜를 바라보더니 한참 만에 대답했다.

"아뇨. 잘못 보신 것 같아요."

"그래? 내가 착각했나 보구나. 잘 있으렴."

아녜와 아이는 특별활동실을 나와 노천 복도를 걸어 4층의 다른 쪽으로 이동했다. 아녜가 걸음을 멈추고 돌난간 앞에 서서 흰색 스마트폰을 꺼냈다. 뭔가 정보를 확인하는 듯했다. 아이는 난간 너머로 운동장을 내려다보았다. 체육복을 입은 여학생들이 배구를 하고 있었다.

"저 애가 범인이죠?"

주변에 다른 사람이 없다는 것을 확인하고 아이가 물었다.

"모르죠."

아녜는 어깨를 으쓱하고 스마트폰을 주머니에 넣었다.

"몰라요? 아까 공주를 쉽게 놓아준 건 무엇 때문이에요? 더 캐물었어야죠!"

"물어봐야 소용없어요."

아녜가 고개를 저으며 방금 공주가 그랬던 것처럼 팔짱을 꼈다.

"그 여자애는 경계심이 강해서 한두 마디 말로는 풀기 어려웠습니다. 게다가 관련 없는 다른 학생들도 옆에 있는데 괜히 질질 끌면서 질문했어도 아무것도 알아낼 수 없었을 겁니다."

"그러면 이제 어떡해요?"

"다음에 다시 만나서 이야기하면 달라질 겁니다."

"경계심이 강하다면서 그 애가 우리를 다시 만나줄까요?"

"당연히 다시 만나주죠."

아녜가 손에 들고 있는 물건을 보여주었다. 아이는 그것이 추모 집인 줄 알았다. 그런데 다시 보니 '베니스의 상인'과 '이눠중학교 연극부'라고 적힌 극본이었다. 게다가 표지 한귀퉁이에는 '리민'이라는 이름도 쓰여 있다.

"그 애 극본을 훔쳤어요?"

아이가 소리쳤다.

"무슨 말씀! 탁자 위에 있던 극본을 추모집인 줄 알고 '실수로' 들고 나온 것뿐입니다. 나중에 친절하게도 다시 학교를 방문해서 직접 돌려줄 예정이고요."

아녜가 웃으며 말했다. 조금 전 공주의 극본이 탁자에 놓여 있는 것을 보고는 지갑을 꺼낼 때 손에 있던 추모집과 작문 원고 등을 그 위에 얹었다가 나중에 함께 집어들고 나온 것이다.

"아이쿠, 공주가 여주인공 포샤 역이군."

아녜가 공주의 대본을 뒤적이면서 아이에게 보여주었다.

"아주 열심히 하는군요. 대사마다 주석이나 수정 사항을 달아놓은 걸 보니. 그렇다면 반드시 이 대본을 무사히 돌려받고 싶겠죠."

아녜의 말투는 꼭 몸값을 요구하는 납치범 같았다. 하지만 지금으로서는 이게 최선의 방법이었다. 아이는 공주가 kidkit727일 거라고 거의 확신하고 있었다.

"공주는 조금 전 샤오원의 이름을 들었을 때 확실히 동요했죠? 특별활동실에서 나오기 직전, 장례식에서 본 적 있다고 그 애를 자극하기도 했고요. 나도 그 애가 뭔가 숨기고 있는 걸 알겠던데요."

"당신 말이 맞습니다. 하지만 그건 결정적인 증거가 아니에요."

"그걸로도 결정적이지 않다고요?"

"좋습니다. 당신이 증거를 제시하면 나는 공주를 변호하기로 합시다. 당신이 말하는 결정적인 증거가 얼마나 결정적인지 따져보죠."

아녜가 대본을 덮고 추모집과 작문 원고와 함께 넣어두었다.

"공주는 우리를 대할 때 우호적이지 않고 경계했어요."

아이가 첫 번째 증거를 댔다.

"열네댓 살 소녀들은 낯선 사람이 이것저것 캐물으면 다 그래요."

"샤오원이 사과하려 했다고 말하자 갑자기 초조해했죠. 샤오원을 죽인 일로 죄책감을 느껴서 그런 게 분명해요."

"죄책감을 느끼는 것과 당신 동생을 죽인 것은 다른 문제예요. 다른 일 때문에 죄책감을 느꼈을지도 모릅니다."

"누가 샤오원의 명예를 훼손하는 짓을 했을지 물었을 때 얼버무렸어요. 그런 반응이 바로 그 애가 범인임을 증명하죠."

"학교에서 지시가 있었으니 당연히 말하지 않으려 했을 겁니다. 게다가 우리는 처음 만난 사이인데, 우리가 선생님에게 이 일을 언급한다면 그 애가 야단을 맞을 거라고요. 이눠중학교 교칙은 아주 엄격하니까."

"좋아요. 여기까지는 말이 되지만 중요한 것은 그 애가 장례식장에 왔던 것을 숨겼다는 거죠!"

아이는 이것이 가장 결정적인 증거라고 생각했다.

"궈타이와 리리가 거짓말을 했을지도 모릅니다."

아녜의 대답은 냉정했다. 아이는 이제 할 말을 잃었다. 아녜가 가라오케 사진의 비밀을 설명해준 뒤로 아이는 리리가 범인일 거라는 가설을 폐기했다. 샤오원을 집에 데려다준 친구가 나쁜 아이일 리는 없다.

"여전히 리리가 연기력이 훌륭한 소녀라고 생각하나요?"

"나도, 당신도 그건 알 수 없습니다. 다만, 리리가 우리를 잘못된 방향으로 이끌었을지도 모르니 무조건 리리의 말을 믿어서는 안 된다는 겁니다. 예를 들어 리리가 친한 친구를 몰래 살해했다고 칩시다. 친구의 가족들이 찾아와 이것저것 물어본다면, 의심의 방향을 다른 사람에게 돌리고 싶을 겁니다. 그 대상이 예전에 친구와 불화가 있었던 친구라면? 아주 합리적이지 않습니까?"

"그건⋯⋯."

듣고 보니 충분히 그럴 만도 하다.

"물론 이건 전부 가설입니다. 나는 리리 혹은 공주가 kidkit727이 아니라는 점을 증명하려는 게 아니에요. 단지 지금은 결론을 내리기엔 이르다는 말이죠."

아이는 생각에 잠겼다가 아녜를 향해 고개를 끄덕였다. 자신이 보기에도 너무 앞서갔다. 이 학교에 들어오는 순간부터 그녀는 뭐라 표현할 수 없는 초조함을 느꼈던 것 같다. 어쩌면 범인이 같은 공간에 존재할지도 모른다는 생각을 견디지 못했던 건지도 모른다.

"갑시다. 마지막으로 한 사람 더 만나보죠."

"누구요?"

"장례식에 왔던 두쯔위요. 점심 먹으면서 그 이름이 언급되니까 궈타이의 표정이 어색해졌는데, 혹시 당신 동생과 무슨 관련이 있거나 우리가 모르는 무언가를 알고 있을지도 모릅니다."

아이도 궈타이의 표정이 떠올랐다.

"그래요. 두쯔위의 정보도 조사했겠죠? 지금 어디에 있나요?"

"당신하고 같은 일을 해요."

"저요?"

"도서관에서 일하거든요. 지금 마침 두쯔위가 도서관 담당일 시간이네요."

이눠중학교 도서관은 서편 교사 5층이다. 연극부 특별활동실의 바로 위에 있다. 5층의 절반이 도서관이고, 나머지 절반이 화학실험실이었다. 아이는 지나가면서 커다란 수조와 실험용 책상, 책상

위의 가스등 등을 보면서 자신의 중학교 시절을 떠올렸다. 아이가 다닌 중학교 도서관도 실험실 옆에 있었다. 책을 빌리러 갈 때마다 창으로 지금과 비슷한 풍경을 보곤 했다.

도서관에 들어가니 긴장했던 마음이 한결 편안해졌다. 역사적 흔적이 남은 나무 책장, 높낮이가 다르지만 가지런히 꽂혀 있는 책, 카트에서 책장에 꽂히기를 기다리고 있는 책, 모든 것이 아이에게 익숙한 것이다. 입구 옆에는 책을 빌리고 반납하는 창구가 있다. 그 앞 조금 멀리 긴 책상 두 개가 있고, 책상 너머로 책장들이 늘어서 있다. 벽에 붙인 책장은 천장에 닿을 정도로 높지만 다른 책장은 전부 5단으로 보통의 사람 키보다 낮았다. 이런 내부 배치에 햇빛이 잘 드는 꽤 커다란 창까지 더해져서 전등이 많이 필요하지 않았다. 창구 왼쪽으로 긴 책상이 하나 더 있고, 컴퓨터 네 대가 놓여 있다. 17인치 모니터, 키보드, 마우스가 갖춰져 있고, 책상 끝에는 스캔 기능이 있는 레이저 프린터가 놓여 있다.

특별활동 시간이어서인지 도서관 이용자는 별로 없다. 창구 앞 책상도, 컴퓨터 좌석도 다 비어 있다. 오른쪽 잡지 책장에서 과학 잡지 『뉴턴』을 뒤적이는 깡마른 남학생과, 창구를 지키며 소설을 읽고 있는 긴 머리 여학생뿐이다. 아이는 이 여학생이 샤오원의 장례식에 왔던 두쯔위임을 한눈에 알아보았다.

"안녕?"

아녜가 두쯔위에게 말을 걸었다. 두쯔위가 고개를 들더니 조금 의외라는 표정을 지었다. 학생이 아니라 어른이 찾아왔기 때문일 것이다. 두쯔위는 방문객 목걸이를 보고 복도에서 본 학생들처럼 인사했다.

"안녕하세요. 무슨 일이세요?"

목소리가 작고 여렸다. 콧등에 두꺼운 렌즈의 안경이 얹혀 있고, 등이 조금 굽은 자세였다. 어디 아픈 데가 있어서 체육 계통의 특별 활동을 못 하는 게 아닐까, 하는 생각이 드는 아이다. 아이도 그런 느낌을 받았다. 특히 흰색 교복 위에 파란색 긴팔 스웨터를 입고 있어서 더 그랬다. 도서관 냉방이 스웨터를 입을 정도인가 하면 그렇지도 않다. 아이는 두쯔위가 추워서 스웨터를 입은 게 아닐지도 모른다고 생각했다. 가슴이 큰 여학생들은 헐렁하고 짙은 색 스웨터로 몸매를 가리곤 한다. 아이 자신은 그런 고민을 해본 적이 없다. 집안일을 돕고 동생을 돌봐야 한다는 책임 때문에 다른 사람 시선을 신경 쓸 겨를이 없었다.

"3학년 B반 두쯔위 학생 맞지? 우린 어우야원의 가족이야. 이쪽이 그 애 언니지."

두쯔위는 순간 표정이 굳었다. 몇 초 정도 멍하니 있다가 고개를 끄덕여 보였다.

"안…… 안녕하세요."

"샤오원의 장례식에 와주었지? 샤오원의 유품을 가지러 학교에 온 참에 장례식에 왔던 친구들에게 감사인사를 하려고 찾아왔어."

"당연한 일을 한 것뿐이에요."

두쯔위가 고개를 끄덕이며 대답했다. 하지만 표정은 여전히 의심스러워하는 듯했다.

"제 이름은 어떻게 아셨어요?"

"장례식에 온 친구들이 많지 않아서 생김새를 설명하니까 금방 누군지 알려주더구나."

아녜의 태도와 말투가 얼마나 자연스러운지 그 말이 사실인 것만 같았다.

"샤오원과 친했니? 집에선 학교 이야기를 하질 않아서……."

아녜는 공주와 두쯔위에게 완전히 다른 방식으로 접근했다. 공주에게는 샤오원이 공주 이야기를 자주 했다고 하고, 두쯔위에게는 반대로 이야기하는 것이다. 아이는 그의 방식이 꽤 합리적이라고 생각했다. 공주와 샤오원이 학급여행 일로 마찰이 있었다는 이야기를 리리에게 듣고서 샤오원이 평소에 말한 것처럼 꾸몄지만, 두쯔위와 샤오원의 관계에 대해서는 전혀 아는 바가 없으니 당연히 같은 방법을 쓸 수 없다.

"친하지는 않았어요."

두쯔위는 쓸쓸한 표정으로 고개를 저었다.

"방과 후에 종종 도서관에서 숙제를 하곤 했어요. 그래서 얼굴은 자주 보았죠…… 대화를 나눈 적은 많지 않아도 같은 반 친구로서 마지막 작별인사는 하고 보내줘야겠다고 생각했어요."

"그렇게 생각한다니 정말 고맙다."

아녜가 미소를 지으며 말을 이었다.

"샤오원이 평소 반에서 어땠니? 친구들과 잘 어울렸니?"

"음…… 별로 특별한 건 없었어요. 보통이었죠. 하지만 지난해 '그 사건'이 있고 나서 우리들은 어떻게 대응해야 할지 난감했어요. 어우야원은 그다지 영향 받지 않은 것 같았지만, 친구들은 혹시 상처를 건드리게 될까 봐 어우야원에게 말을 잘 걸지 못했어요. '후속 사건'이 일어난 뒤에는 선생님이 그에 대한 얘기를 일체 금지하셨고, 반에서 어우야원에게 다가가는 친구가 더 적어졌어요."

"그때부터 방과 후에 도서관에 자주 오게 되었니?"

아녜가 물었다.

"저도 잘 몰라요. 매일 도서관에 나오는 것은 아니라서…… 그렇지만 사건이 있고 나서 제가 도서관 당직일 때는 매번 어우야윈을 보았어요."

두쯔위는 도서관 입구에서 멀리 떨어진 긴 책상의 한 자리를 가리키며 말을 이었다.

"어우야윈은 매번 같은 자리에 앉았어요."

아이는 두쯔위가 가리킨 빈 의자를 바라보았다. 교복을 입은 샤오윈이 거기 앉아서 숙제를 하는 모습이 보이는 것만 같았다. 샤오윈은 앉는 자세가 바르지 않았다. 책상에 엎드리다시피 해서 코를 공책에 처박은 채 글씨를 썼다. 아이가 겨우 그 습관을 고쳐놓았지만 샤오윈은 정신을 집중할 때면 또 몸이 책상에 가까워지곤 했다.

온갖 기억이 다시 아이의 머릿속에서 피어올랐다. 아이는 자신이 기억 속 많은 부분을 놓치고 있었다는 것을 깨달았다.

"저기, 휴대폰을 찾으러 왔는데요."

남학생 목소리가 들려 돌아보니 『뉴턴』을 읽고 있던 학생이다.

"네."

두쯔위가 남학생의 손에서 학생증을 받아 들고 바코드를 스캔한 다음 아래쪽에서 휴대폰을 하나 꺼내주었다. 남학생은 고맙다고 인사한 다음 휴대폰을 들여다보며 도서관을 나섰다.

"도서관에 오면 휴대폰을 맡겨야 하니?"

아녜가 물었다.

"아뇨. 휴대폰 충전을 해주는 거예요."

두쯔위가 밑에서 벌집처럼 생긴 나무 상자를 꺼내 보여주었다. 휴대폰 하나가 들어갈 만한 크기의 칸마다 번호가 붙어 있었다. 칸마다 충전용 플러그가 하나씩 나와 있다. 대부분의 플러그는 회색으로, 열 몇 개의 USB 잭이 가득 꽂혀 있는 충전기에 연결되어 있다. 그리고 독립적으로 검은색 충전기가 하나 더 보였다.

"저희 학교는 디지털 학습 프로젝트인가 하는 것에 참여하고 있어서 교실마다 이런 나무 상자와 충전기가 있어요. 학생들이 태블릿이나 스마트폰을 충전할 수 있게 해주죠. 교실 다음에는 도서관과 특별활동실에도 설치했고요."

"학교 서비스가 좋은걸."

아네가 나무 상자를 빤히 쳐다보며 말했다. 그 상자를 상당히 마음에 들어 하는 표정이다.

"방금 학생증 인증을 하고 휴대폰을 찾아가던데, 뒤바뀔까 봐 그런 거니?"

"네. 도서관은 디지털화가 되었거든요. 책 대출 반납 기록을 컴퓨터로 처리하는 것처럼 휴대폰 충전 서비스 처리도 똑같이 하게 됐어요. 사서 선생님이 학교 프로그램 관리회사에 의뢰해 시스템을 조금 고쳐서 그렇게 처리할 수 있게 만들었어요."

"요즘 도서위원을 하려면 컴퓨터에 익숙해야겠구나."

"예전보다 훨씬 편해졌지요. 도서 카드에 반납일을 도장으로 찍어줄 필요가 없으니까요. 선배들이 도장 날짜를 잘못 설정하는 바람에 그날 하루 동안 빌려간 책의 반납 기한이 전부 잘못된 적도 있었대요. 지금은 반납일이 대여자 이메일로 자동으로 보내지고, 반납일이 다가오면 문자 메시지로 알려주기도 해요."

"편리하고 환경보호도 되는 방법이네. 하지만 컴퓨터를 모르는 사람에게는 옛날식으로 도장을 찍어주는 게 백배 편할지도 모르지."

아네가 아이를 흘깃 쳐다봤다. 아이는 입을 다물었다. 끼어들지 않는다고 약속했으니 항의할 수도 없었다. 컴퓨터를 이용한 출반납 작업은 아이도 매일 중앙도서관에서 하고 있는 업무다. 아이는 다만 매일 달라지는 인터넷상의 서비스에 관심이 없을 뿐이다.

"샤오원에게 못 이룬 소원이 있을까?"

아녜가 진지한 태도로 물었다.

"학교에서 뭔가 마음에 두고 있는 일이 있었다면 이번 기회에 샤오원 대신 우리가 소원을 이뤄주고 싶어."

두쯔위는 몇 초 정도 침묵하다가 고개를 저었다.

"죄송해요. 모르겠어요. 정말로 친하지는 않아서……."

"아니야, 괜찮아. 마음에 두지 말렴. 너무 갑자기 세상을 떠난 데다 그 직전에 소문 때문에 힘들어했던 게 너무 가슴 아파서 그 애를 위해 뭔가 해주고 싶어서 그래."

두쯔위는 대답하지 않았다. 조용히 고개만 끄덕였다.

"선생님이 그 소문을 입에 올리지 말라고 하셨다지만, 친구들끼리 몰래 이런저런 이야기를 하지 않았을까…… 맞아, 샤오원을 특별히 싫어했던 친구가 있었니?"

두쯔위는 이해할 수 없다는 표정으로 아녜를 쳐다봤다.

"샤오원이 학교에서 누군가에게 원한을 샀기 때문에 그런 근거 없는, 명예훼손하는 말이 떠돌게 되었다고 생각해……."

아녜는 한숨을 쉬고 다시 말을 이었다.

"원한은 맺기보다는 풀어야 한다는 말도 있는데, 샤오원이 정말로 학교 친구에게 원한을 샀다면 우리가 대신 그걸 풀어주고 싶어. 그래야 샤오원도 마음 편하게 하늘나라로 갈 수 있을 거야."

"그……."

두쯔위가 무슨 말을 하려다 도로 삼켰다.

"왜 그러니? 혹시 샤오원을 싫어했던 친구가 생각났어?"

"저도 정확하게는 몰라요. 제가 보기에 수리리와 어우야원 사이에 문제가 많은 것 같았어요."

두쯔위의 목소리는 아주 작았다. 반 친구에 대해 안 좋은 말을 하려니 불편한 듯했다.

"전에는 한시도 떨어지지 않을 만큼 친했는데, 나중에는 전혀 같이 지내지 않더라고요. 마치 일부러 서로 피하는 것처럼…… 갑자기 확 바뀌었어요."

"수리리가 샤오원에 대해 나쁜 소문을 퍼뜨렸다고 생각하니?"

"저도 몰라요. 그냥 친했던 친구끼리 다투면 무서운 일도 저지르곤 하더라고요. 게다가 요즘은 누구나 인터넷으로 어떻게 소문을 퍼뜨려야 하는지 잘 알잖아요. 얼마든지 사실을 왜곡하고 남을 모함할 수 있으니까……."

두쯔위가 리리를 언급하자 아이는 조금 놀랐다. '거짓말을 한 건 궈타이와 리리일지도 모른다'는 아녜의 말처럼 아이는 리리에 대한 호감과 신뢰를 잃어버렸다.

"네 말도 맞아."

아녜가 우울한 어조로 말했다.

"샤오원이 도서관에서 다른 친구들과 이야기한 적은 없었니? 가능하다면 그 친구들도 만나보고 싶은데."

"어우야원은 늘 혼자였어요. 도서관에서 방과 후에 공부하는 학생이 많지 않았거든요. 다들 자기 일에 바쁘죠. 평일엔 도서관에 사람이 없어요. 방과 후에 잡지를 보거나 휴대폰을 충전하려는 학생 정도예요. 교실은 수업이 다 끝나면 문을 잠그니까 방과 후에 충전하려면 도서관에 오거든요."

두쯔위의 말에 아이도 깊이 공감했다. 갈수록 책 읽는 사람이 줄어들고 있었다. 젊은 사람은 SNS에서 떠들거나 내용도 없는 글을 읽을지언정 책을 펼칠 생각을 하지 않는다. 사실상 현대인이 날마다 인터넷에서 읽는 문자량은 놀라울 정도다. 미국 어느 기관의 조사에 따르면 사람들이 하루 평균 5만 자 이상의 인터넷 정보를 읽는다는데, 그것은 거의 소설 한 권 분량이다.

"우리가 도서관을 좀 둘러봐도 될까? 샤오원이 생활했던 곳을 좀 살펴보고 싶어서 말이야."

"네, 편하게 둘러보세요."

아녜는 고맙다고 말한 뒤 아이와 함께 책장들 쪽으로 움직였다. 두쯔위는 읽던 소설로 돌아갔다. 아이는 샤오원이 평소 앉았다는 자리로 가서 책상을 쓸어보았다. 마치 동생 곁에 서 있는 기분이었다. 오래전 기억이 다시 떠올랐다. 아이는 어릴 적 집에서 책상에 붙어 앉아 초등학교 2학년이던 샤오원의 숙제를 봐주곤 했다.

딩동딩동, 딩동딩동.

전화벨 소리가 도서관의 고요를 깨뜨렸다. 아이는 추억에서 현실로 돌아왔다. 고개를 드니 구석 쪽의 책장 앞에서 아녜가 휴대폰을 꺼내 확인하고 있었다.

"미안해."

아녜가 자신을 쳐다보는 두쯔위에게 한마디 던지고는 얼른 도서관을 나갔다. 아이가 그를 따라가야 하나 생각하는데, 아녜가 손을 휘휘 내저었다. 도서관 규정을 얌전히 따르는 아녜의 모습에 아이는 좀 놀랐다. 하지만 두쯔위의 시선을 보고는 아녜가 여전히 사회공학에 기반한 위장술을 펼치는 중이며, 샤오원의 착한 가족 구성원 역할을 수행하고 있다는 것을 깨달았다.

아이는 더 이상 기억 속에 잠겨 있을 수 없었다. 그녀는 학교에 온 목적을 냉정히 떠올렸다. 지금은 샤오원을 추억할 게 아니라 진실을 찾아야 할 때다. 아이는 샤오원이 평소 앉았다는 의자에 앉아 주변을 둘러보았다. 뭔가 단서를 찾아내려고 했지만 시선에 들어오는 것은 평범한 학교 도서관일 뿐이다. 아이와 가장 가까운 책장에는 역사 분야 책이 꽂혀 있었다. 다음 책장은 문학 분야였고 중국어 도서분류법에 따라 분류되어 있었다. 왼쪽 컴퓨터 책상 옆의 벽에는 게시판이 붙어 있었다. 게시판에는 '중학생을 위한 우수도서' 광고 포스터, 도서관에서 정기구독하는 잡지 공고, 신착도서 정보 등이 나와 있다. 게시판에서 유일하게 책과 관련 없는 내용은 교무처 공지사항으로, 컴퓨터 사용 시 비밀번호 등 보안에 신경 쓰라는 권고였다. 신착도서 정보든, 컴퓨터 보안 공지든 학생들은 게시판 내용에 관심이 없을 것이다.

아이는 주변을 둘러보다가 돌연 고독감에 사로잡혔다. 운동장에서 시끌벅적 경기하던 배구부와 큰소리가 오가던 연극부, 그리고 도서관의 고요함은 하늘과 땅 차이였다. 이 적막감이 무척 차가웠다. 마치 생기 없는 무덤처럼. 도서관 내부 장식이나 창으로 비껴 들어오는 햇빛 때문에 이런 감정이 드는 것인지, 아니면 동생을 그리워하는 마음 때문인지 아이는 알 수 없었다.

'샤오원은 이런 곳에서 조용히 사람들 눈을 피해 고개를 떨어뜨리고 숙제를 했던 걸까?'

아이는 그런 생각에 빠져들었다.

"계속 그러고 있을 겁니까? 이제 갑시다."

고개를 번쩍 드니 아녜가 서 있었다. 아이는 아녜가 들어오는 소리도 못 들었다. 그녀는 텅 빈 책상을 향해 속으로 '안녕'이라고 인사를 던졌다. 과거의 샤오원과 작별하는 것 같았다.

"두쯔위 학생, 오늘 샤오원 얘기를 들려줘서 고마워. 이만 가볼게."

아녜가 인사했다. 두쯔위는 소설책을 내려놓고 가볍게 고개를 숙였다. 두쯔위가 읽던 책이 미나토 가나에의 『고백』이라는 게 아이의 눈에 들어왔다. 그런데 저 소설을 중학교 3학년 학생이 읽어도 좋을까? 아이는 순간 그런 생각이 들었다.

"아녜, 두쯔위는 리리와 샤오원 사이에 문제가 있었다고 하는데 그게 사실일 것 같나요? 리리가 샤오원을 죽였을까요?"

도서관을 나온 뒤 아이는 아무도 없는 계단참에서 물었다.

"어우야이 씨, 다른 사람 말에 너무 잘 넘어가는군요. 두쯔위는 당신 동생이 친한 친구와 사이가 나빠졌다고 한 거지, 친구가 동생을 죽였다는 뜻은 아니잖습니까."

"그럼 다른 단서를 발견한 건 없어요?"

"있죠. 하지만 결론을 도출할 정도는 아니라서 지금 말해봐야 소용이 없어요. 당신은 뭔가 생각한 게 있습니까?"

"두쯔위에 대해서요? 책 읽기를 좋아하는 내성적인 소녀라고 생각했어요. 솔직히 나는 그 애가 마음에 들어요. 저도 도서관에서 일하고 있으니 공감대도 있고…….."

"그 애 말고요."

아녜가 걸음을 멈추고 아이의 두 눈을 똑바로 쳐다보았다.

"오늘 동생 친구들이 동생을 어떻게 생각하는지 들었어요. 그리고 동생이 걸었던 복도와 생활했던 공간을 당신이 직접 거닐어봤고, 동생이 보았던 것들도 당신 눈으로 보았단 말입니다. 진짜 동생과 당신 머릿속의 동생이 같다고 생각합니까?"

아이는 무슨 뜻인지 이해되지 않아 멍하니 그를 쳐다보았다.

"샤오원은 샤오원이죠."

"어휴, 이 질문은 하지 않은 걸로 합시다."

아녜가 입을 비죽이며 몸을 돌려 휘적휘적 걸어갔다. 아이는 그가 왜 냉담하게 구는지 알 수 없었다. 그저 자기만 아는 오만한 자식이라고 몰래 욕할 뿐이었다.

"이제 누굴 만나요? 그 명단에서 아이폰을 쓰는 다른 학생?"

아이가 물었다.

"아뇨, 이제 학교에서 나갑시다."

"더 조사하지 않고요?"

"조사는 더 해야죠. 하지만 일단 학교를 나간 뒤에."

"그럼 위안 선생님에게 이만 가보겠다고 인사를……."

"필요 없어요. 인사한다고 좋아하지도, 예의 바르다고 생각하지도 않을 겁니다. '찰거머리들이 아직도 안 갔군' 하고 생각할 테죠."

"그럴 리가요……."

"좋습니다. 혼자 가서 그 여자한테 인사하고 오십시오. 나는 이대로 나갈 거니까 따라오든 말든 알아서 해요."

아녜가 빠른 걸음으로 걸어가는 바람에 아이도 따라갈 수밖에 없었다. 위안에게 좋은 인상을 남기는 것보다는 아녜를 따라가서 조사의 진척을 지켜보는 것이 더 중요했다.

두 사람은 워털루로를 따라 네이선로路 쪽으로 걸었다. 아녜가 앞서 걷고 아이가 뒤를 바짝 따랐다. 이제 무얼 조사할 거냐고 묻고 싶었지만 좀처럼 입을 열 기회가 없었다.

"여기서 커피를 마시기로 합시다."

네이선로에 도착해 피트가街 근처 지하철 입구에 왔을 때 아녜가 커피숍을 가리키며 말했다. '파이시스Pisces 카페'라는 이름의, 2층에 위치한 커피숍이었다. 건물 입구 옆에 영업시간과 2층으로 올라오라는 화살표가 표시된 광고 배너가 세워져 있었다. 파이시스 카페의 로고는 스타벅스의 로고를 떠올리게 했다. 초록색 동그라미 안에 두 마리의 물고기가 그려져 있는 로고다. 스타벅스 로고를 표절했다고 의심할 만한 수준이었지만, 그래도 이 커피숍을 스타벅스로 오인할 사람은 없을 것이다.

2층에 도착해보니 내부까지 스타벅스를 모방했다는 게 한눈에 보였다. 색감을 비롯한 장식도 비슷했고 문 옆에 있는 금전 등록기나 음료가 나오는 곳도 닮았다. 계산대에서 주문하고 차를 받아가는 방식도 똑같다. 야우마테이와 몽콕 일대는 가겟세가 높아 커피숍의 이윤이 많이 남지 않을 것이다. 대형 체인점이 아니라면 대로변에서 영업하기란 쉽지 않다. 그래서 네이선로의 커피숍은 대부분 2층 혹은 3층에 자리 잡고 있다.

"아이스 카페라테요."

아녜가 계산대 앞에서 주문했다. 아이에게 뭘 마시겠느냐고 묻지는 않았다. 아이 역시 그가 친절하게 자신의 음료까지 주문해줄 거라고는 기대하지 않았다. 메뉴를 훑어보니 가격은 저렴하지 않은 편이었다. 커피 한 잔이 30홍콩달러 이상이고, 제일 저렴한 음료인 따뜻한 차 역시 20홍콩달러나 한다. 아이는 웬디에게 빌린 800홍콩달러로 살아가는 처지라 가능한 한 소비를 줄여야 한다. 하지만 아녜에게서 정보를 더 얻어내기 위해 눈물을 머금고 20홍콩달러짜리 따뜻한 차를 주문해야 했다. 이 차의 원가는 분명 2홍콩달러도 안 될 텐데!

오후 3시가 되기 전이라 그런지 손님이 많지 않다. 아녜는 아이스 라테를 들고 구석의 네모난 탁자에 자리를 잡았다. 아이도 뜨거운 차를 탁자에 내려놓고 그의 맞은편에 앉았다.

"이봐요, 이제 오늘의 조사 결과를 좀 알려줘도 되지 않아요?"

아이가 조급하게 물었다.

아녜는 빨대 끝을 물고 라테를 한 모금 빨아 올렸다. 그러고는 천천히 주머니에서 조그만 흰색 스마트폰을 꺼냈다.

"오늘 학교를 찾아간 데는 한 가지 목적이 더 있었습니다."

"무슨 목적요?"

"kidkit727이 당신 동생네 학교 학생인지 증명하는 거죠."

"그건 이미 확인된 거 아니었어요?"

아이가 의아해하며 물었다.

"전에는 추론이었고, 오늘은 객관적인 증거를 찾는 겁니다."

아녜가 휴대폰을 아이에게 내밀었다.

"말하자면 결정적인 증거를 말이죠."

아이는 공주를 만난 뒤에 아녜와 나눴던 짧은 대화를 떠올렸다.

"내가 전에 말한 거 기억합니까? kidkit727이 이메일을 보낼 때 지하철역 와이파이를 이용해 인터넷에 접속했다고 한 것?"

"네. 무슨 IP 주소인가 하는 것을 보면 그렇다고 했죠."

"IP 주소란 은행이나 병원 번호표처럼 인터넷에 들어갈 때마다 새로 번호를 받고, 그걸로 신분을 확인하는 거라고 한 것도 기억합니까?"

아이가 고개를 끄덕였다.

"그런데 내가 말하지 않은 게 있습니다. 와이파이로 인터넷에 접속하면, 또 다른 일련번호가 인터넷 서비스 업체에 기록됩니다. 병원이나 은행으로 비유하면, 당신이 신분증으로 신분을 확인시켜줘야만 IP 주소라는 번호표를 건네주는 거라고 할 수 있죠."

"신분증?"

"네, 신분증. 유일무이한 신분 증명서."

아녜가 휴대폰을 가리킨 다음 커피숍 계산대 옆에 놓인 공용 컴퓨터를 가리켰다.

"와이파이로 접속하는 기기는 모두 이와 같은 고정적인 번호가 있습니다. 그걸 맥MAC 주소라고 합니다. '매체 접근 제어Media Access Control'의 줄임말이죠. 이것은 기기가 공장에서 생산되어 나올 때 기기에 들어가는 네트워크 모듈에 포함되는 겁니다. 간단히 말하면, 홍콩에는 1천만 대의 스마트폰이 있는데, 맥 주소 역시 1천만 개가 있는 겁니다. 인류의 지문처럼 기기마다 맥 주소가 다르죠."

"그래서요?"

"kidkit727이 지하철역에서 와이파이로 인터넷에 접속한 IP 주소를 찾아냈을 때, 나는 그 아이폰의 맥 주소를 확보했습니다. 인터넷 서비스 업체가 그 자료를 저장하고 있었죠. 3E06B2A252F3."

아녜는 표정 변화도 없이 알파벳과 숫자가 뒤섞인 일련번호를 말했다.

"3E……."

"3E06B2A252F3. 이론적으로 말해서 이 맥 주소를 가진 아이폰을 찾으면 kidkit727도 찾을 수 있습니다."

아이는 자리에서 벌떡 일어설 뻔했다.

"학교로 돌아가서 열여덟 명의 아이폰을 조사해요! 그 맥 주소인지 뭔지를!"

"이미 조사했어요."

"네?"

"우선 무선 인터넷 기술 입문 강좌를 해드리죠. 와이파이가 뭔지 알고 있습니까?"

"스마트폰이나 태블릿으로 무선 인터넷을 쓸 수 있게 하는 거요."

kidkit727이 지하철역 와이파이로 이메일을 보냈다는 말을 들은 후 아이는 도서관에서 무선 인터넷 입문서를 빌려 읽었다. 요즘 대부분의 사람이 인터넷 검색으로 정보를 찾겠지만 아이는 아직 책을 통해 지식을 얻기를 좋아한다.

"그렇다면 당신이 스마트폰이나 태블릿에서 와이파이 연결 버튼을 누른 뒤에 어떤 일이 벌어지는 걸까요?"

아이는 대답하지 못했다. 그녀가 읽은 책은 어떻게 응용하는지만 이야기하고 있었다.

"당신이 전혀 이해하지 못할 줄 알았어요. 사실 스마트폰을 쓰는 사람들 대부분이 모를 겁니다. 많은 와이파이 중에서 접속 가능한 것을 찾아서 누르면 인터넷을 쓸 수 있다고만 생각하죠."

아녜가 계산대 뒤에 붙은 종이를 가리켰다.

"저기 쓰여 있는 것을 읽어봐요."

아이가 고개를 돌려 종이에 쓰인 글을 읽었다. '무료 와이파이' 밑으로 조금 작은 글자로 'ID : PiscesFreeWifi'라고 쓰여 있다.

"간단히 말해서 이 커피숍의 무료 와이파이를 쓰려면 스마트폰에서 'PiscesFreeWifi'라는 이름을 찾아서 누르면 끝입니다."

아녜는 샤오원의 휴대폰을 꺼내 탁자에 올려놓고 화면에 뜬 여러 개의 이름을 보여주었다. 'PiscesFreeWifi' 'CSL' 'Y5Zone' 'Alan_Xiaomi' 등등. 'PiscesFreeWifi' 옆에는 '연결됨'이라고 쓰여 있었다.

"CSL이나 Y5Zone 같은 것들은 PiscesFreeWifi처럼 우리 주변의 와이파이 신호입니다. 그걸 안테나라고 생각하면 됩니다. 이 안테나들이 각각 땅 밑에 매설된 광케이블과 연결해주는 거죠. 당신이 스마트폰으로 인터넷에 접속할 때 '스마트폰-와이파이-광케이블'과 같이 연결이 됩니다. 이건 이해했습니까?"

아이가 고개를 끄덕였다.

"그럼 보통 사람들이 별로 신경 쓰지 않는 부분으로 넘어갑시다. 당신의 스마트폰에 CSL이나 PiscesFreeWifi 같은 이름은 왜 나타나는 걸까요?"

"스마트폰이 이런 와이파이의 이름을 수집하나요? 주파수를 잘 맞추면 방송을 들을 수 있는 라디오처럼?"

"절반만 맞혔습니다. 와이파이 플랫폼은 자신의 이름 및 기타 정보를 내보냅니다. 당신의 스마트폰이 이 플랫폼의 신호 범위 내에 들어오면 곧바로 서로 정보를 주고받습니다. 당신의 대답이 절반만 맞았다는 뜻은 스마트폰이 주동적으로 정보를 내보내기 때문이죠. 인터넷에 접속되어 있지 않아도 주변의 와이파이 플랫폼에 정보를 전송하죠."

"네? 스마트폰에서 와이파이 연결 버튼을 눌러야 그때부터 접속되는 게 아닌가요?"

"아뇨. 그전에 기기들 사이에 이미 상당한 정보 교류가 일어납니다. 사실상 스마트폰이 어떤 와이파이에 연결되어 있는 상태라도, 기기는 일정 기간마다 신호를 보내 주변의 다른 와이파이 플랫폼 정보를 수집합니다. 기기가 내보내는 신호를 '프로브 요청Probe Request'이라고 합니다. 간단히 말해 '나는 스마트폰입니다, 저와 연결 가능한 와이파이 플랫폼이 있습니까?'라고 소리치는 겁니다. 플랫폼이 이 신호를 받으면 거기에 대답을 하는데 그걸 '프로브 응답Probe Response'이라고 합니다. '안녕하십니까, 저는 PiscesFreeWifi라는 연결 가능한 플랫폼입니다'라고 대답하는 거죠. 이런 과정을 거쳐서 당신의 스마트폰에 와이파이 플랫폼 이름이 나타나게 됩니다."

"알겠어요. 왜 이런 걸 설명해주는 거지요?"

아네는 탁자 위에 흰색 스마트폰과 샤오원의 빨간 스마트폰을 나란히 놓았다.

"학교에 있는 동안 내내 내 스마트폰을 '와이파이 플랫폼'으로 위장하고 있었습니다. 주변의 스마트폰이 보내는 프로브 요청 신호를 기록했죠. 프로브 요청 때 스마트폰이 내보내는 정보에는 맥 주소가 포함됩니다."

아이는 고개를 숙여 흰색 스마트폰 화면에 나타난 문자들을 한 줄 한 줄 읽기 시작했다. 중간의 한 줄은 다른 색으로 표시되어 있었다. 그 줄은 '3E:06:B2:A2:52:F3'이었다.

"방금 kidkit727의 휴대폰이 바로 우리 주변에 있었던 겁니다."

아네가 담담하게 결론을 내렸다.

"그, 그럼…… 리리가?"

아이는 더듬거렸다. 식당에서 리리의 아이폰이 내내 식탁 위에 놓여 있던 장면이 눈앞에 떠올랐다.

"시간 기록을 보면 이 맥 주소는 우리가 교실로 리리를 찾으러 간 때부터 계속 수신됩니다. 하지만 꼭 리리라는 증거는 아니죠. 당시 그 근처에 있던 사람, 심지어 위층이나 아래층에 있던 사람일 수도 있죠. 와이파이 신호는 바닥이나 천장을 뚫고 수신할 수도 있으니까."

아이는 금세 아네의 말뜻을 알아들었다. 그들이 방금 만난 세 명의 아이폰 사용자는 모두 그들과 멀지 않은 곳에 있었다. 공주는 4층 특별활동실에, 두쯔위는 5층 도서관에. 그리고 아이가 주의 깊게 보지 않았지만 그들도 식당에서 점심을 먹었을지도 모른다. 그리고 공주와 두쯔위를 만나고 있을 때 배구부가 그 건물 바로 아래에서 연습했으니 리리의 아이폰 역시 그동안 계속 범위 내에 있었다.

"그러면 범인은 리리, 공주, 두쯔위 셋 중 한 명……."

"확실하지는 않습니다. 신호가 제일 먼저 잡힌 것이 교실에서니까, 어쨌든 당신 동생의 반 친구들을 집중적으로 조사해야겠지요."

"왜 확실하지 않다는 거예요?"

"두 가지 이유가 있습니다."

아녜가 아이스 라테를 한 모금 마시고 말을 이었다.

"첫째, kidkit727이 우연히 서편 교사 어딘가에 있었을 가능성을 배제할 수 없습니다. 그러니 조사 범위를 우리가 만나서 대화를 나눈 사람들로 한정해버리면 사고의 허점이 생깁니다."

아이가 고개를 끄덕였다. 하지만 마음속으로는 그 세 명의 혐의가 가장 짙다고 생각했다.

"둘째, 찬물을 끼얹는 결과일지 모르지만……."

아녜는 말을 멈추고 씁쓸하게 웃었다.

"맥 주소는 지문과 달리 바꿀 수 있기 때문입니다."

"네?"

"어떤 프로그램을 이용하면 맥 주소를 인위적으로 수정할 수 있습니다. 아이폰 5S 기종에 운영체제 iOS8를 쓰면 프로브 요청 시 내보내는 맥 주소를 마음대로 바꿀 수 있어요. 와이파이 플랫폼과 연결해야만 진짜 맥 주소를 제공하는 거지요. 애플사에서는 이것이 사용자의 개인정보를 보호하기 위한 장치라고 말하지만, 많은 라이벌 기업은 그것이 정보를 농단하려는 수단이라고 여기죠."

"그러면 아까의 조사가 의미 없어지는 거잖아요!"

아이가 실망스럽게 외쳤다. 아녜는 오히려 잔잔한 미소를 띠었다.

"아니, 아닙니다. 내가 학교에서 3E06B2A252F3이라는 맥 주소를 수신한 건 조사의 큰 진전입니다. 당신이 알아야 할 것은 최신 아이폰이 맥 주소를 바꿀 수는 있어도 정확히 3E06B2A252F3이라는 주소를 우연히 만들어낼 가능성은 280조 분의 1이라는 겁니다. 이런 확률이 '불가능'과 동의어라는 것은 당신도 인정하겠지요."

"하지만 아까 그 무슨 주소라는 거, 사람 손으로 수정할 수 있다고 하지 않았어요?"

"맞습니다. 우리의 적 중 한 명인 '생쥐'는, 그러니까 컴퓨터에 정통하고 '7' 뒤에 숨어 기술을 지원하는 녀석 말입니다만, 그자는 우리의 생각보다 영리해서 맥 주소가 함정이었을 수도 있습니다. 우리의 조사를 잘못된 방향으로 유도하려는 거죠. 그가 7에게 맥 주소를 바꾸는 방법을 알려주었고, 메일을 보낼 때 맥 주소를 바꾼 뒤 보내게 했을지도 모르죠. 그 프로그램은 아주 간단해서 제대로 배우면 당신도 5분 만에 해낼 수 있어요."

"그럼 내가 한 말이 맞지 않아요?"

아이가 의아한 듯 물었다.

"아직 이해를 못 했군요. 두 가지 가능성이 있습니다. 만약 생쥐가 7에게 맥 주소를 바꾸게 하지 않았다면 우리는 스마트폰을 통해 7이 누구인지 확정할 수 있습니다."

"만약 바꾸었다면?"

"바꾸었다면, 3E06B2A252F3의 맥 주소를 가진 아이폰 주인은 7이 함정에 빠뜨리려는 사람이 됩니다. 왜 전혀 관련도 없는 일련번호로 바꾸지 않았을까요? 추리소설을 읽어봤겠죠? 맥 주소를 지문으로 바꿔서 생각하면 좀 더 쉽게 이해될 겁니다."

아이는 그의 설명을 이해했다. 샤오원이 받은 이메일이 흉기라면 kidkit727이 남긴 맥 주소는 흉기 위에 남은 지문이다. 범인은 범행을 계획할 때 존재하지 않는 인물의 가짜 지문을 사용할 수 있다.

맥 주소로 바꿔 말하자면 의미 없는 아무 번호나 쓰는 것이다. 그러나 지금 아이와 아녜는 흉기의 지문이 이뉘중학교의 어떤 인물의 것임을 확인했다. 즉 이것이 함정이라면 범인은 어쨌든 이 지문의 주인과 관련이 있다는 의미다.

kidkit727이 샤오원의 반 친구가 아니라 할지라도 적어도 깊은 관계가 있는 누군가일 수밖에 없다.

게다가 범인은 어떤 사람을 모함하고, 그 사람에게 죄를 뒤집어씌우려고 한다.

"그럼…… 어떻든 우리는 3E 어쩌구 하는 주소의 아이폰 주인을 찾아야 하는 거군요? 그 사람이 범인이거나 혹은 범인이 해치고 싶은 사람일 테니까. 어느 쪽이든 우리의 조사에 도움이 되겠죠."

"그 말도 맞습니다. 하지만 나는 다른 수단도 쓸 수 있죠."

"어떤 수단요?"

"몇 번 말했을 텐데요. 내가 어떤 방법으로 조사하는지는 신경 쓰지 말라고요. 어쨌든 당신이 만족할 만한 결과를 보여줄 테니까."

아이는 뾰로통한 표정으로 이미 식은 차만 마셨다.

"이 흰색 스마트폰은 샤오원 것보다 훨씬 작은데 와이파이 플랫폼으로 위장해서 남의 정보를 캐낼 수도 있네요."

아이는 손가락으로 아녜가 탁자에 올려둔 스마트폰을 톡 쳤다.

"당신이 상상하는 것 이상을 할 수 있는 녀석입니다."

아녜가 악의적인 미소를 지었다.

"이 기기는 휴대폰이라기보다 소형 컴퓨터라고 불러야 맞습니다. 하드웨어나 소프트웨어 모두 대폭 개량했으니까."

"이 녀석이 또 뭘 할 수 있는데요?"

아녜가 아래턱을 쓰다듬으며 몇 초 침묵했다가 말했다.

"좋습니다. 오늘 당신에게 새로운 세계를 보여주지요. 이쪽을 보세요."

아이는 아녜가 가리키는 방향으로 몸을 돌렸다. 그들 옆으로 빈 탁자 두 개 너머에 이십대 여성이 태블릿으로 인터넷 검색을 하고 있었다. 그녀는 아이를 등지고 있어서 어깨 너머로 그녀의 태블릿 화면을 볼 수 있었다.

"이게 왜요?"

아이가 물었다.

아녜가 흰색 스마트폰을 들고 가볍게 밀었다. 그러자 전화기 아랫부분이 밀려나오면서 작은 키패드가 나타났다. 이것의 두께가 거의 2센티미터나 되는 이유를 아이는 그제야 알았다. 아녜는 전화기를 들고 양손 엄지를 빠르게 놀리기 시작했다.

"고양이, 개, 토끼. 하나 골라봐요."

아녜가 키패드를 누르면서 말했다.

"뭐라고요?"

"고양이, 개, 토끼."

"토끼요."

아이는 이해할 수 없었지만 토끼를 골랐다.

"저 여자의 태블릿 화면을 잘 봐요."

아이가 다시 몸을 돌렸을 때 그 여자는 막 뉴스 사이트를 둘러보고 있었다. 다음 순간 그녀가 화면의 링크를 눌렀을 때 아이는 마시던 차를 내뿜을 뻔했다.

웹사이트에 하얀 토끼 사진이 떠오른 것이다. 기사 제목은 '영국에서 성배聖杯를 지키는 살인 토끼 발견'이었다.

기사를 본 여자는 깜짝 놀란 듯 손가락으로 화면을 밀어내려 했다. 아마 자신이 본 화면이 이상하다고 여기는 것 같았다. 그녀는 이전 페이지로 돌아간 다음 다시 기사 링크를 눌렀다. 이번에는 토끼 사진이 나타나지 않았다.

아이는 아녜를 향해 고개를 돌렸다. 그는 의기양양한 표정으로 자기 스마트폰의 화면을 아이에게 보여주었다. 방금 전 여자의 태블릿에 나타났던 토끼 사진이 떠 있었다.

"저 여자 태블릿을 해킹했어요?"

아이가 목소리를 낮춰 소근거렸다.

"그래요."

"이렇게 쉽다고요?"

"이렇게 쉽죠."

"어떻게 한 거예요?"

아이가 생각하는 해커란 영화에서처럼 방 안에 틀어박힌 채 여러 복잡한 기기와 수많은 전선에 둘러싸인 채 연구하는 사람이었다. 그렇게 연구해야만 방금 아녜와 같은 일을 해낼 수 있다고 믿었다.

"와이파이를 이용했죠. 무료 공용 와이파이는 허점이 많아요. 그런데 사람들은 안전의식이 부족하고요."

아녜가 씩 웃었다.

"당신 같은 컴맹은 차라리 나아요. 많은 사람들은 자기가 기술을 이용하고 있다고 생각하죠. 사실은 자신의 능력을 넘어선 기계를 조종하고 있는 건데 말이죠."

"무료 와이파이에 허점이 있다니요?"

아이는 방금 일어난 일에 큰 호기심을 느꼈다. 아녜는 마법을 부리듯 인터넷 공격이 얼마나 쉬운지를 보여주었다.

"내가 저 여자 태블릿에 '살인 토끼' 기사 페이지를 띄운 방법이 뭐라고 생각합니까?”

“그녀의 태블릿을 조종한 거죠!”

“아뇨. 그러지 않았습니다.”

아녜가 웃으면서 ‘PiscesFreeWifi’라고 적힌 종이를 가리켰다.

“내가 조종한 것은 그녀가 접속한 와이파이 플랫폼입니다.”

“뭐라고요?”

“이걸 ‘중간자 공격Man In The Middle’이라고 합니다. 줄여서 MITM이라고 하죠. 해커가 사용하는 기술은 사실 아주 단순합니다. 삼류 마술사의 트릭보다도 간단하죠. 다만 과학 기술의 겉옷을 걸치고 있어서 사람들이 신비롭고 대단하다고 여길 뿐.”

아녜는 태블릿을 쓰고 있는 여자 쪽을 흘낏 쳐다봤다.

“방금 내 스마트폰을 PiscesFreeWifi 플랫폼으로 위장했지요. 내가 내보내는 신호가 더 강하기 때문에 저 여자 태블릿이 자동으로 내 기기에 연결한 겁니다. 내 스마트폰은 동시에 진짜 PiscesFreeWifi에도 연결되어 있으니 눈에 보이지 않는 중간자가 된 셈입니다. 당신이 인터넷 사이트를 돌아다닐 때 컴퓨터가 어떤 역할을 한다고 생각합니까?”

아이는 고개를 저었다.

“간단한 방법으로 설명하자면, 당신이 어떤 웹사이트를 열면 당신 컴퓨터는 그 웹사이트를 보여줍니다. 멀리 있는 서버기가 당신의 요청을 받아 대응하는 텍스트와 이미지를 당신 컴퓨터로 보낸 것입니다. 하지만 당신 컴퓨터는 서버기와 소통하는 것이 아니라 중간에 있는 와이파이 플랫폼과 소통하죠. 도서관에 비유해보지요. 어떤 사람이『해리 포터』를 빌리려고 합니다. 대출대에 있는 당신에게 이용객이 와서 책 제목을 말하면 당신은 책장에서 그 책을 찾아와 건네주겠지요. 이럴 때 당신은 와이파이 플랫폼과 같은 역할을 하는 겁니다."

도서관 비유를 듣고 아이는 금세 알아들었다.

"자, 지금 내가 한 일은 도서관 직원을 사칭하며 입구에 가짜 대출대를 차린 겁니다. 이용객은 내가 도서관 직원이라고 생각해서 나에게 『해리 포터』를 빌려달라고 요청합니다. 그러면 내가 진짜 대출대에 가서 당신에게 그 책을 요청하죠. 당신이 책을 건네주면 그걸 이용객에게 다시 전달합니다. 이렇게 하면 당신이나 그 이용객에게는 결과적으로 똑같지요. 중간에 문제가 있다고 느끼지 못할 겁니다."

"하지만 당신은 이용객이 빌린 책이 『해리 포터』라는 것을 알게 되었죠."

"맞습니다. 그 이용객의 개인정보가 폭로되었지요. 더 재미있는 것은 내가 그 사람에게 표지는 해리 포터지만 내용은 『소돔 120일』인 소설을 건네준다면……."

아이는 완전히 이해했다. 아까 그 여자가 링크를 눌렀을 때 아녜는 그 작업을 중간에 가로채 '살인 토끼' 데이터를 전송했다. 아녜의 비유에 따르면, 『해리 포터』 내용을 전혀 모르는 이용객일 경우, 아녜가 바꿔치기한 소설을 읽으면 『해리 포터』가 호그와트 마법학교의 신비로운 모험 이야기가 아니라 변태적 죄악에 대한 이야기인 줄 알게 될 것이다. 이처럼 방금 그 뉴스가 황당한 살인 토끼에 대한 것이 아니라 현실에서 볼 법한 내용이었다면, 그 여자는 별 이상을 느끼지 못하고 아녜가 위조한 가짜 뉴스를 사실이라고 믿었을 것이다.

"아!"

아이가 갑자기 소리를 내뱉었다가 다시 목소리를 죽이고 말했다.

"저 여자가 인터넷 은행에 들어갔다면 계좌번호와 비밀번호를 다 알아낼 수 있겠군요. 심지어 저 여자 계좌에서 당신 계좌로 돈을 전부 옮긴다든지…….”

“은행은 몇 단계가 더 필요하죠. 은행 웹사이트를 위조해서 본인 인증 절차를 피해야 하고…… 하지만 당신 말이 맞아요.”

아녜가 어깨를 으쓱했다.

“10분 있으면 난 저 여자 이름, 주소, 직장, 연애사, 현재 고민, 속옷 사이즈까지도 다 알아낼 수 있죠. 한 시간을 준다면 저 여자의 생각을 바꾸고 어떤 행동을 하도록 유도할 수도 있습니다. 당신이 컴퓨터나 스마트폰을 잘 모르는 게 다행일지도 몰라요. 인터넷으로 성인용품을 산 기록 때문에 타인이 당신의 특수한 성적 기호를 알아내는 일은 없을 테니까요.”

아이는 등골이 오싹했다. 인터넷의 개인정보 유출 문제가 심각하다는 이야기는 많이 들었지만, 그런 문제는 샤오원이 겪은 불행과 같은 종류일 거라고 생각했다. 사진이나 자료가 악의적으로 공개되는 것 말이다. 게다가 그것은 1만 명 중 한 명 정도에게 벌어지는 특별한 사건인 줄만 알았다. 그런데 아녜의 말을 듣고 보니 현대인은 자신이 은밀한 방에 살고 있다고 여기지만 그 방의 벽이 유리로 되어 있는 꼴이다. 그 유리를 통해 몇 쌍의 눈이 자신을 들여다보고 있는 줄도 모르고.

무심히 아이스 라테를 마시고 있는 눈앞의 남자를 보면서 아이는 가슴이 선뜩했다. 나의 개인정보는 아녜가 얼마나 알고 있을까? 그녀는 그 흔한 인터넷 서비스도 잘 쓰지 않지만 아녜는 그녀의 은행 잔고며 출퇴근 시간도 정확히 알고 있었다. 어쩌면 아녜가 알아낸 정보는 그보다 훨씬 많을 거라고 아이는 생각했다. 아녜 앞에서 아이 자신은 비밀이라고 할 것이 없을지도 모른다.

다행히 지금 이 무시무시한 남자는 자신과 같은 편이다.

아녜가 샤오원의 휴대폰과 '해커 스마트폰'을 자신의 윗도리 왼쪽 주머니에 집어넣었다. 무슨 이유인지 그의 얼굴에는 학교에서 그랬던 것처럼 친절한 미소가 걸려 있었다.

"끼어들지 않기로 한 거 기억해요."

아녜는 이 한마디만 던지고 커피숍 입구를 향해 손을 흔들었다. 아이가 고개를 돌리니 귀타이가 막 계산대 옆에 서 있다가 그들 쪽으로 걸어오고 있었다.

"형, 누나."

예의 바르게 인사한 귀타이가 책가방을 내려놓고 자리에 앉았다.

"마실 거 사올게요."

아녜가 고개를 끄덕였다. 아이는 의아한 표정만 지었다. 귀타이가 커피를 주문하는 사이, 아이는 얼른 아녜 옆으로 옮겨 앉아 물었다.

"어떻게 된 거예요? 여기서 만나기로 약속한 것 같은데, 그런 거예요?"

"내가 '다음 기회를 노린다'고 한 거 못 들었습니까?"

아녜는 웃으면서 말했다.

"당신의 실수를 만회하기 위해서 밑밥을 깔았는데, 이렇게 빨리 효과가 나타날 줄이야."

아이는 식당에서 귀타이와 리리가 나갈 때 아녜가 휴대폰 번호를 알려준 게 생각났다.

"아! 아까 도서관에서 받은 게 귀타이의 전화였군요……."

"귀타이가 이 커피숍에서 만나자고 하더군요. 당신 동생 일에 대해 말해줄 게 있다면서."

아이는 아녜가 그 사실을 말해주지 않은 데 화가 났다. 좀 전에 아이가 기어이 아녜를 쫓아오지 않았다면 지금 아녜는 궈타이와 혼자 만나 이야기를 들었을 것이다. 자기는 쏙 뺀 채 말이다.

"함부로 끼어들지 마요."

아녜는 아이에게 더 말할 기회를 주지 않았다. 궈타이가 아이스커피를 들고 돌아왔다.

"뭘 좀 먹어야 하지 않니?"

아녜가 궈타이에게 물었다.

"난 네 나이 때 방과 후에 소 한 마리도 먹어치울 수 있을 정도로 배가 고프던데."

"아뇨, 오늘…… 오늘은 별로 생각이 없어요."

궈타이가 가볍게 미소 지으며 말했다. 아이 눈에는 그 미소가 좀 불편하고 억지스러워 보였다. 궈타이는 아이스 커피를 한 모금 마신 뒤 고개를 떨어뜨렸다. 입을 열고 싶지만 어떻게 말을 꺼내야 할지 고민스러운 듯했다. 한참 후 궈타이가 고개를 들고 아이를 쳐다봤다.

"샤오원이…… 제 얘기를 한 적 없죠?"

아이는 뭐라고 답해야 할지 몰라 당황했다. 대신 아녜가 대답했다.

"없었단다."

"그렇겠죠…… 샤오원이 아직 저를 용서하지 않았을 거라고 생각했어요."

궈타이의 표정이 우울해 보였다.

"둘이 전에 무슨 문제라도 있었니?"

"우리…… 우리는 전에 사귀었어요. 2주 만에 헤어졌지만요."

궈타이가 풀죽은 목소리로 말했다.

아이는 자기 귀를 의심했다. 동생이 연애를 했다는 게 상상이 되지 않았다. 귀타이는 위안 선생님이 말한 '연애 문제'를 사실로 증명해준 셈이 되었다. 다만 아이는 한 번도 샤오원에게 남자친구가 있다는 흔적을 보지 못했다. 더 중요한 것은 kidkit727이 퍼뜨린 소문이 사실일까 두려웠다. 샤오원이 정말로 다른 사람의 남자친구를 빼앗았을까? 그렇다면 그 글에서 언급한 원조교제나 마약 같은 것도 거짓말이 아닐지 모른다.

"둘이 어떻게 사귀게 되었어?"

아녜가 물었다.

"저하고 리리는 초등학교 동창이에요. 집도 가까워서 소꿉친구였죠."

귀타이는 담담하게 말했지만 어딘지 괴로워 보였다.

"샤오원과 리리는 중 1 때 같은 반이었는데 자리가 가까워서 점점 친해졌어요. 저는 리리 때문에 샤오원과 자주 어울렸고요. 우리는 금요일 방과 후면 이 커피숍에 모여서 애프터눈 티를 마시며 이야기를 나눴어요. 몽콕 거리를 돌아다니기도 했고요. 그때는 참 즐거웠는데…… 중 2 여름방학 때는 셋이서 같이 놀러 다니기도 했고…… 저, 저는 차차 샤오원을 좋아하게 되었어요."

아이는 재작년 여름 샤오원의 평소 생활을 떠올려보았지만 잘 생각나지 않았다. 중앙도서관 직원에게 여름방학은 업무량이 많은 시기다. 학생들이 평일 낮 시간에 도서관에 많이 오는 데다 더운 날씨에 어르신들도 무료 냉방을 즐길 겸 방문하곤 한다. 그녀와 동료들은 휴식시간도 줄여가며 근무해야 할 정도다. 아이는 그해 여름 샤오원이 자주 외출했는지 기억나지 않았다. 일하는 것만으로도 이미지쳐서 집에 오면 어머니나 동생과 대화하는 것도 힘들었다. 사실상그녀의 그 당시 기억은 거의 비어 있다. 매일 정해진 일과대로 일어나서 출근하고, 퇴근해서는 저녁을 먹고 잠들기 전까지 소설을 읽었다. 단조롭고 반복적인 생활이었다. 단지 시간을 돈으로 환산해 은행 예금을 늘려 가계를 돕는 것이 목적일 뿐 그 과정은 전혀 중요하지 않았다.

"2학년이 된 후 리리는 배구부에 들어가더니 방과 후 연습에 참가했어요. 그래서 저와 샤오원 둘이 만나는 날이 많았죠. 11월 초에 샤오원에게 고백했는데, 깜짝 놀라더군요. 하지만 다음 날 제 고백을 받아주었어요."

궈타이는 잠시 쉬었다가 이야기를 이어갔다.

"그때 전 세상에서 제일 행복한 사람이었어요. 그런데 일주일도 안 되어서 샤오원의 태도가 차가워지더라고요. 전 제가 무슨 잘못을 한 줄 알고 샤오원에게 물었는데 대답해주지 않았어요. 2주가 지난 뒤 샤오원은 저에게 성격이 맞지 않는다면서 헤어지자고 하더군요. 그때는 전혀 이해할 수 없어서 그 애 마음을 돌려보려고 했지만, 그런데 샤오원의 말투가 무서울 정도로 바뀌어서……."

"무서울 정도라고?"

"샤오원이 진심으로 저를 싫어하게 되었다고 생각했어요. 그 애가 그런 표정을 짓는 건 처음 보았죠. 저도 더는 견딜 수 없어서 샤오원에게 '너는 진지한 감정이 아니었다'고 화를 내면서 헤어졌어요."

"그래서 샤오원이 그 일 때문에 너를 용서하지 않았다고 생각하는 거니?"

"아뇨, 그게 아니라……."

궈타이가 우울한 표정으로 고개를 저었다.

"그건 그냥 사소한 일이었어요…… 내가 너무 멍청했던 거죠. 저와 샤오원이 헤어진 뒤 샤오원과 리리도 절교한 것처럼 굴더군요.

저는 그때 무척 실의에 빠져 있었는데 리리가 옆에서 격려를 많이 해줬어요. 그래서 그 후에 저랑 리리는 사귀는 사이가 되었지요."

아이는 궈타이를 믿음직한 남자애라고 생각했는데, 이 말을 들으니 갑자기 실망이 되었다. 궈타이가 샤오원과 사귄 것은 문제가 아니지만, 헤어진 뒤 얼마 안 되어 다른 여자애를 좋아하게 됐다니, 별로 미더워 보이지 않았다. 자신이 너무 시대에 뒤떨어져 요즘 청소년들의 연애관을 이해하지 못하는 것인가, 그런 생각도 들었다. 패스트푸드 같은 사랑이 좋을지도 모른다. 궈타이는 동시에 두 명을 사귄 것은 아니니 이 정도면 괜찮은 남자친구일 것이다.

"지금도 리리와 사귀고 있는 거지?"

아녜가 담담하게 물었다.

"네. 중간에 한 번 위기가 있기는 했어요. 제가 사실을 다 알았을 때요."

궈타이가 깊게 한숨을 쉬었다.

"작년 5월에 샤오원이 평소와 달라 보여서 선생님께 여쭤보니 엄마가 돌아가셨다고 하더군요…… 저는 이런 경우엔 전에 어떤 일이 있었든 다가가서 위로해줘야 한다고 생각했어요. 리리에게 다시는 샤오원 때문에 걱정하는 일 없도록 할 거라고 약속하긴 했지만, 그래도 정상적인 사람이라면 엄마를 떠나보낸 친구를 위로해주는 게 당연하죠. 그래서 제가 리리에게 샤오원과 다시 친하게 지내자고 말했어요. 하지만 리리는 그걸 바라지 않았죠…… 저는 그때, 샤오원이 저에게 상처 줬던 일 때문에 리리가 샤오원을 용서하지 않는 거라고 생각했어요. 그런데 나중에 알고 보니 저만 아무것도 몰랐던 거더군요."

"리리와 샤오원 사이에 무슨 일이 있었구나?"

"형도 바로 알아차리시네요. 전 정말 멍청했어요……."

귀타이는 후회하는 표정을 지었다.

"제가 몇 번이나 캐물었더니 리리가 사실대로 말해줬죠. 샤오원은 저와 사귀기로 한 뒤에 곧바로 리리에게 그 사실을 털어놨대요. 전 리리가 어렸을 때부터 절 좋아했다는 걸 몰랐죠. 리리는 그때 샤오원에게 절교하겠다고 했대요. 어떻게 친구가 좋아하는 남자를 빼앗을 수 있느냐고 원망하면서요. 아마 죄책감 때문에 샤오원은 얼마 안 있어서 저랑 헤어진 것 같아요. 그 일이 있고 나서 샤오원과 리리는 줄곧 서로 피했어요. 저도 사실을 알고 나니 입장이 난감하더군요. 결국 저는 리리 편을 들어서 두 사람이 본 척 만 척하는 걸 내버려두었는데……."

아직 어린 아이들이지만 샤오원을 비롯한 세 사람이 당시 얼마나 괴로웠을지 아이는 이해할 것 같았다. 열서너 살짜리 아이들은 그저 한 가지에만 매달리기 십상이라 우정도 사랑도 연약하다. 사소한 일로도 쉽게 갈라서고, 다시 가까워지기가 몹시 어렵다. 점심을 먹으며 리리가 충동적으로 이런 이야기를 꺼내려다가 귀타이의 제지에 입을 다물었다. 귀타이는 여자친구가 비난받을 게 걱정되어 제지한 게 아닐까. 그 대신 조용히 따로 찾아와서 이렇게 설명하는 것이다.

"샤오원이 갑자기 세상을 떠나서 너희들도 무척 후회했겠구나."

아녜의 말에는 원망하는 느낌이 전혀 담겨 있지 않았다.

고개를 끄덕이는 귀타이의 눈이 약간 붉어졌다.

"야이 누나와 형이 오늘 학교에서 이 이야기를 전혀 하지 않으셔서 샤오원이 저와 사귀었던 일을 말하지 않았다고 생각했어요. 그래서 마음이 더 아프더라고요. 야이 누나가 저를 욕하신대도 달게 받을 거예요. 하지만 리리는 원망하지 말아주세요. 제가 샤오원과 리리의 마음을 제대로 알아차리지 못해서 이렇게 된 거니까…… 샤오원이 제일 우리가 필요했을 때 도와주지 못한 것은…… 그건 다 제, 제 잘못…….”

눈물 한 방울이 궈타이의 눈꼬리를 타고 떨어졌다. 궈타이는 목이 메이는 듯 말을 잇지 못했다. 예상치 못한 궈타이의 눈물에 아이는 어찌할 바를 몰랐다. 아녜가 아이를 툭 치더니 손가방을 가리켰다. 아이는 얼른 가방에서 화장지를 꺼내 궈타이에게 건네주었다. 궈타이가 괴로워하는 모습에 아이는 저도 모르게 범인은 kidkit727 이니 죄책감을 느끼지 말라고 말해주고 싶어졌다.

궈타이는 고개를 숙인 채 눈물을 닦았다. 세 사람은 한참 침묵을 지켰다. 아이는 아녜의 지시 없이 말을 꺼내기가 꺼려졌고, 그 역시 말이 없는 걸 보니 궈타이의 마음이 가라앉길 기다리는 것 같았다.

침묵이 조금 어색해질 무렵, 아녜가 입을 열었다.

“궈타이, 방금 ‘다시는’ 샤오원 때문에 걱정하는 일 없을 거라고 약속했다고 했지? 그러면 너와 리리가 사귄 뒤에 샤오원에게 관심을 가져야 하는 일이 있었던 거니?”

궈타이는 잠시 얼어붙었다가 고개를 끄덕였다.

“네. 그날은 좀 위험했기 때문에 제가 리리의 의견을 완전히 무시해서…….”

“크리스마스이브 날 징화센터 가라오케에서 있었던 일 말이야?”

“형이 그걸…… 어떻게 아세요?”

궈타이의 목소리가 높아졌다. 놀람과 의아함이 깃든 표정이다.

“샤오원이 말했나요? 전 절대 말하지 않을 줄 알았어요. 게다가 샤오원은 어떤 일이 있었는지 잘 모를 텐데…….”

"샤오원이 말한 건 아니야. 우연히 그 일을 조금 알게 되었고 나머지는 추측한 거야. 샤오원에게 무슨 일이 있었는지 나도 야이 누나도 잘 모른단다."

귀타이는 아녜를 쳐다보고 다시 아이를 쳐다보았다. 자신이 알고 있는 사실을 말해야 할지 마음을 정하지 못하는 듯했다. 한참 망설인 끝에 귀타이가 입술을 깨물며 이야기를 시작했다.

"샤오원과 사귄 것도 말씀드렸으니 이 이야기를 해도 괜찮겠지요."

아이는 침을 삼켰다.

"그건 재작년 크리스마스이브에 있었던 일이에요. 원래는 샤오원과 데이트할 예정이었는데 리리와 데이트를 하게 되었죠."

귀타이의 말은 매우 느렸다. 그때 일을 떠올리는 것이 괴로운 것 같았다.

"당시 저는 제 자신이 너무 싫었어요. 리리와 데이트하면서도 마음속에는 샤오원이 신경 쓰였죠. 전 제가 나쁜 놈이라고 생각했어요. 그날 해질 무렵 저와 리리는 쇼핑을 하고 저녁식사는 일본 요리를 먹기로 했어요. 그런데 쇼핑 중에 밴드 선배를 만났는데, 샤오원 이야기를 꺼내더라고요."

"그 선배도 샤오원과 아는 사이야?"

귀타이의 말을 끊고 아녜가 물었다.

"아는 사이라기보다, 예전에 연습할 때 샤오원과 리리가 연습실에 온 적이 있어서 제 친한 친구라는 것은 아는 정도예요…… 물론 저희 사이에 그런 문제가 생긴 것은 모르죠. 그날 저랑 리리가 손잡고 있는 것을 봤으니 대강 눈치는 챘을 테지만, 리리와 샤오원이 절교한 것은 몰랐을 거예요. 그래서 샤오원 이야기를 아무렇지 않게 꺼낸 거고요. 아무튼 그날 랭엄 플레이스에서 샤오원이 여러 명의 남자 여자들과 같이 있는 걸 봤다는 거예요. 그중에 선배가 아는 남자도 몇 명 있었는데, 밴드계에서 악명 높은 놈들이래요. 여자 꾈 목적으로 밴드를 하는데, 그렇게 꾀어낸 여자애에게 원조교제도 시킨다고……."

아이는 원조교제라는 말을 듣자마자 게시글 내용이 떠올랐다.

"샤오원이 그 사람들과 아는 사이였을까?"

아녜가 다시 물었다.

"모르겠어요."

귀타이가 고민스러운 표정으로 미간을 찌푸렸다.

"전 때려죽여도 샤오원이 그런 놈들과 왕래가 있었다고 믿지 않지만, 그날 확실히 같이 있긴 했어요…… 저는 리리와 저녁 먹는 내내 너무 걱정되어서, 결국 화장실에서 샤오원에게 전화했어요. 두 번째 걸고서야 샤오원이 전화를 받았는데, 발음이 분명하지 않고 묻는 말에 대답을 잘 못했어요. 제가 알아들은 건 샤오원이 어느 가라오케에 있다는 것뿐이었죠. 전 뭔가 사고가 터질 것 같아서 불안했어요. 그래서 리리에게 샤오원을 그냥 내버려둘 수 없다고 했죠."

"네 선배가 샤오원이 그런 사람들과 같이 있다고 말했을 때 리리도 옆에 있었니?"

"네, 다 들었어요."

"리리는 신경 쓰지 말자고 했어?"

"리리는 샤오원과 절교한 지 얼마 되지 않았을 때였고, 우리는 평소에 거의 샤오원 얘기를 꺼내지 않았어요. 그래서 선배가 샤오원을 봤다고 한 뒤로 우리는 좀 어색해졌지만 아무렇지 않은 척 데이트를 계속했어요. 하지만 리리도 저처럼 그 말에 신경 쓰고 있었어요. 저녁 먹을 때 제일 좋아하는 성게를 남겼다니까요."

"그럼 샤오윈과 통화한 후에 리리에게 샤오윈을 찾으러 가자고
했어?"

궈타이가 고개를 끄덕였다.

"샤오윈의 말투가 너무 이상했거든요. 리리가 반대할 줄 알았는
데 같이 찾으러 가자고 했어요. 다만 '다시는 샤오윈 문제에 끼어들
지 마'라고 하더군요. 우리는 곧 징화센터에 있는 가라오케로 샤오
윈을 찾으러 갔어요."

"징화센터라는 건 어떻게 알았니?"

아녜가 눈썹을 슬쩍 들어올리며 호기심 어린 표정으로 물었다.

"전화통화할 때 들려오던 음악이 쉬즈안許志安의 신곡이었어요.
그 노래를 부를 수 있는 가라오케는 몽콕 징화센터의 그곳뿐이었
거든요. 그래서 바로 거기 가서 확인해보기로 한 거예요."

아녜의 입꼬리가 보일 듯 말 듯 올라갔다. 눈앞에 앉은 소년의 영
리함이 마음에 드는 모양이다.

"그 가라오케에서 샤오윈을 찾았니?"

"아뇨. 다시 떠올리니 또 식은땀이 나네요."

궈타이가 한숨을 쉬더니 말을 이었다.

"10시 반쯤 징화센터 근처에 도착했는데, 거기서 샤오윈이 두 남
자에게 양쪽으로 부축받으며 사이영초이가西洋菜街 쪽으로 가는 걸
발견했어요. 그들을 가로막았는데, 저더러 쓸데없는 일 벌이지 말
라면서 경고하는 거예요. 제가 '미성년자에게 무슨 짓을 하는 거냐'
고 소리 질렀더니 주변 사람들 시선이 신경 쓰였는지 샤오윈을 놔
두고 도망쳤죠."

"그때 샤오윈은 정신이 맑았어?"

"아뇨, 분명치 않아 보였어요. 술에 취했거나 약을 먹은 것 같았죠."

궈타이는 다시 한 번 분기에 차서 대답했다.

"네가 찾으러 가서 정말 다행이었구나. 네가 제때 도착하지 못했다면 그놈들이 샤오원을 어디로 데려갔을지 누가 알겠어."

아녜가 궈타이를 칭찬한 다음 다시 물었다.

"그 뒤에 리리와 네가 샤오원을 집에 데려다준 거야?"

"네. 우선 샤오원을 근처 맥도날드에 데려가서 잠시 쉬게 한 다음 택시 타고 러화 공공주택으로 갔어요. 택시에서 샤오원이 조금 정신을 차린 것 같았는데, 계속 뭐라고 중얼거렸지만 알아듣기 힘들었죠. 겨우 알아들은 건 '엄마한테 말하지 마'였어요. 그래서 저희가 샤오원이 크리스마스 파티에서 몸이 좋지 않아 보여서 데려왔다고 말씀드린 거고요."

그날의 일을 알게 된 아이는 만감이 교차했다. 궈타이가 샤오원을 구해준 건 정말 다행이지만, 샤오원이 가라오케에서 무슨 일을 당했을지 생각하니 가슴이 찢어질 듯했다. 문득 어머니라면 그날의 일을 대강 눈치챘을 거라는 데 생각이 미쳤다. 그날 밤 저우치전은 밤새 샤오원을 간호했다. 정말 그런 일이 있었다면 인생 경험이 풍부한 어머니의 눈을 피하지는 못했을 것이다.

"그날 일은 너와 리리 외에 다른 사람은 모르는 거지?"

아녜가 핵심적인 질문을 던졌다. 아이는 긴장된 마음으로 귀를 기울였다. 이것은 사건에서 매우 중요한 부분이다. kidkit727이 가라오케에서 찍은 사진을 갖고 있으니 그날 일을 다른 사람이 모른다면 리리가 범인일 가능성이 커진다.

"그게…… 약간 의외의 일이 있었어요."

귀타이가 불안한 눈빛으로 아녜를 바라보았다.

"사실 저하고 리리 외에는 아는 사람이 없어야 맞는데, 얼마 후에 학교에서 소문이 났어요. 저희 학년 여학생 중에 크리스마스이브에 불량배에게 나쁜 일을 당한 애가 있다고요. 게다가 고학년 선배들 사이에서 그 일이 아주 화제가 되었다고 했어요. 그 여학생이 누구인지는 밝혀지지 않아서 선생님들도 특별히 뭐라고 하지는 않았고, 교장 선생님만 조회시간에 '말과 행동을 신중히 하라'는, 몇 마디 형식적인 훈계를 하고 넘어갔죠. 밴드 선배한테 물어봤는데, 여자 꾀려고 밴드한다는 놈들 중에 사촌동생이 우리 학교에 다니는 사람이 있대요. 아마 그 사촌동생 입에서 소문이 시작된 것 같아요."

아이는 귀타이의 대답에 실망했다. 하지만 옆을 흘낏 보니 아녜는 가볍게 고개를 끄덕이고 있었다. 귀타이의 대답이 아녜의 생각과 딱 맞아떨어지는 모양이다.

"형, 누나…… 아까 장례식에 와줘서 고맙다고 하셨는데, 저는 부끄럽기만 했어요. 저희가 샤오원을 저버렸고, 그렇게 해서는 안 되는 거였는데……."

귀타이는 괴로워 보였다.

"샤오원 엄마가 돌아가셨을 때도 위로해주지 못했고, 지하철에서 나쁜 놈을 만났을 때도 곁에 있어주지 못했어요. 인터넷에 그런 글이 올라와 난리가 났을 때도…… 우린 계속 우리만 생각하고 어색한 분위기가 싫어서 샤오원과 다시 친해질 기회를 영영 잃어버렸어요…… 샤오원의 친구라고 말할 자격도 없어요. 두 분한테 인사를 받을 자격이 없다고요……."

"귀타이, 이미 지나간 일이야. 너무 괴로워하지 마."

아녜가 '금지령'을 내리긴 했지만, 아이는 귀타이의 모습에 더 참지 못하고 입을 열었다.

"네가 용기 내어 이런 이야기를 해줘서 얼마나 고마운지 몰라…… 샤오원도 저세상에서 다 알아줄 거야. 너를 원망하지도 않을 거고. 마음 추스르고 리리한테도 잘 해주렴. 그래야 샤오원도 기뻐하지 않겠니."

"하, 하지만……."

궈타이는 괴로움을 떨치지 못했다. 아이의 진부한 위로는 귀에 들어오지 않는 듯했다.

그때 아녜가 입을 열었다.

"샤오원에게 죄를 지었다고 생각한다면, 그러면 영원히 그 죄책감을 갖고 살아."

아이는 크게 당황했다. 궈타이도 고개를 들고 아녜를 멍하니 바라보았다. 친절하던 '형'이 갑자기 매정해진 게 의아했을 것이다.

"인간은 쉽게 잊어버리는 이기적인 동물이야."

아녜의 말투는 아주 평온했다. 표정에도 전혀 변화가 없었다. 아이는 그가 잠시 가면을 벗었다고 느꼈다.

"남의 용서를 바라는 건 이기적인 소망이지. 용서를 얻고 나면 자기는 마음 편히 앞으로 나아갈 수 있으니까. 하지만 솔직히 그건 위선이야. 샤오원이 너를 용서하지 않을 거라고 생각한다면, 평생 그 죄책감을 짊어지고 언제까지나 친구를 저버렸다는 사실을 기억하면서 살아. 이제 영원히 샤오원에게 지은 죄를 갚을 수 없으니까. 남은 인생을 영원히 그 죄책감을 안은 채 그때 왜 한 걸음 다가가지 못했을까, 왜 한마디 건네지 못했을까 후회하면서 살아. 하지만 후회하는 동시에 너에게는 잘살아야 할 책임이 있다는 것도 기억하렴. 네 마음에 귀 기울이고 올바른 선택을 하면서 살아야 해. 그것만이 네가 마음속의 후회를 줄이고 네 죄를 갚는 유일한 방법이니까. 지금 느끼는 죄책감은 피와 살이 되어 네가 좋은 사람이라는 걸 증명해줄 거다."

아이도 귀타이도 아녜의 말에 또 한 번 놀랐다. 귀타이는 곧 우울했던 표정을 갈무리하고 힘차게 고개를 끄덕였다.

"네. 형, 잘 알았어요. 고맙습니다."

"그래."

아녜가 다시 온화하게 미소를 지었다. 아이는 지금껏 아녜의 설교는 비뚤어진 논리라고 생각했는데, 방금 한 말은 비뚤어진 논리라고 해야 할지 맞는 말이라고 해야 할지 애매했다. 적어도 아이 자신이 한 말보다는 훨씬 힘 있는 것은 사실이었다.

"참, 한 가지 더 묻고 싶은 게 있어. 두쯔위라는 아이를 아니?"

커피를 한 모금 빨아 마시던 아녜가 컵을 내려놓으며 물었다.

"걔요…… 같은 반이니까 모르지는 않죠."

귀타이의 표정이 좋지 않았다. 방금 전 아녜의 말에 받은 상처가 가시지 않은 모양이다.

"식당에서 두쯔위 얘기가 나왔을 때 네가 뭔가 할 말이 있는 것 같아서 말이다."

아녜가 가볍게 덧붙였다.

"그냥 이상해서 물어본 거야."

아이의 머릿속에도 귀타이가 '샤오원과 두쯔위가 그렇게 친한 줄 몰랐다'고 한 말이 떠올랐다.

"두쯔위는…… 형, 샤오원에게 원한 품은 사람이 나쁜 소문을 퍼뜨린 게 아니냐고 하셨죠? 리리는 그게 공주라고 했지만, 저라면 두쯔위를 조심해야 한다고 생각해요. 공주와 그 무리가 입이 가벼운

건 사실이지만, 남의 약점을 잡아서 고자질할 정도로 비겁한 녀석을 고르라면 전 첫 번째로 두쯔위를 꼽을 거예요."

궈타이는 아주 차갑게 말했다. 두쯔위의 이름을 언급할 때마다 궈타이는 무척 불쾌해 보였다.

"그 애와 샤오원 사이에 무슨 문제가 있었어?"

"그런 건 아니지만, 두쯔위는 전에도 똑같은 짓을 한 적이 있거든요."

"무슨 짓을 했지?"

"1학년 때 일이에요."

궈타이가 불쾌해하던 표정을 풀고 말을 이었다.

"저는 B반이고 샤오원과 리리, 두쯔위는 A반이었어요. 두쯔위는 A반 반장이었고요. A반에 샤오롄小憐이라는 여학생이 있었는데 상냥하고 성적도 좋아서 인기가 많았죠. 저희 반에도 그 애를 짝사랑하는 친구가 있었어요. 그런데 샤오롄은 고백하는 사람을 다 거절해서 선배 중에 사귀는 사람이 있다는 소문이 있었어요. 다들 농구부 스타인 선배, 아니면 시사토론부 부장일 거라고 했어요."

중학교 1학년이 연애를 하다니 요즘 애들은 참 조숙하다고 아이는 생각했다.

"나중에…… 그러니까 1학년 말쯤, 아마 5월이었을 거예요. 샤오롄이 선생님에게 불려갔죠. 선배와 학교 옥상에서 그렇고 그런 짓을 했다고요. 사건이 커져서 샤오롄은 결국 학교를 떠났어요. 선배 쪽은 곧 졸업을 앞두고 있어서 선생님들도 어쩌지 못했고요."

"경찰에 신고하지 않았어? 서로 합의했다고 해도 열세 살이면 아동으로 분류되니까 졸업반 선배가 그런 짓을 했다면 범죄가 돼."

아녜가 물었다.

"구설수에 오르는 게 무서웠겠죠. 그리고 그 정도는 아니에요. 둘이 입맞춤한 정도였다고 하던데요."

"입맞춤 정도로 무슨 추문이야?"

아녜가 의아하게 물었다.

"샤오렌과 사귀던 사람이 여자 선배였거든요. 저희 학교는 기독교계 학교잖아요. 그런 쪽으로는 보수적이에요."

아이와 아녜는 그제야 고개를 끄덕였다.

"두쯔위가 이 사건에 무슨 관련이 있니?"

"선생님에게 고자질한 애가 그 애예요."

귀타이의 말투에 분노가 섞였다.

"제가 교무실에 숙제를 제출하러 갔는데 학생주임 선생님과 두쯔위가 한쪽에서 이야기하고 있는 걸 우연히 봤죠. 제가 들은 내용은 이랬어요. '네가 직접 봤어?' '네.' '옥상에서?' '맞아요.' 그때는 무슨 이야기인지 몰랐는데 며칠 뒤 사건이 밝혀져서 그게 샤오렌과 선배에 대한 얘기였단 걸 깨달았어요. 학생주임 선생님이 그날 범인 취조하듯이 샤오렌을 혼내면서 듣기 거북한 말로 야단 쳤대요. 친구들이 그 일을 알고 나서 다들 반감을 가졌어요. 지금이 어떤 시대인데요. 외국에선 동성 결혼도 허용한다고요. 이건 인권침해 아닌가요? 친구들 사이에선 선생님보다는 두쯔위를 더 싫어하지만요."

"공주보다는 두쯔위가 나쁜 소문을 퍼뜨릴 사람이라는 네 말에도 일리가 있구나. 전에도 그런 적이 있었으니."

"그럼요."

"하지만 그 애와 샤오원 사이에는 문제가 없었잖니? 공주는 적어도 학급여행 투표 때문에 샤오원에게 불만이 있었는데."

"두쯔위는 샤오렌하고도 아무 문제가 없었는걸요? 샤오렌이 엄청 나쁜 짓을 한 것도 아니고요."

귀타이가 억울한 듯 투덜대며 말했다.

"텔레비전에서 봤는데, 자기가 정의롭다고 여기고 세상을 위해 좋은 일 한다고 나대는 사람이 사실은 편집광에 도덕적인 체하는 편견 대마왕일 수 있대요. 그런 사람은 자기 마음에 들지 않으면 모두 '죄악'으로 보고 없애버리려고 한대요. 샤오렌이 선배하고 몰래 입 맞추는 일이 두쯔위 눈에는 더러운 죄악이었던 거죠. 그 애는 분명 크리스마스이브 소문의 주인공이 샤오원이라는 걸 알아내고, 단지 소문만으로 샤오원에게 편견을 가졌을 게 뻔해요. 그 뒤로 몰래 다른 사람에게 샤오원이 불량배와 왕래한다고 퍼트리고 다녔을 거라고요……."

"샤오렌은 나중에 어떻게 되었어? 그 애 소식은 못 들었니?"

"호주로 유학 갔어요. 집안이 부유해서 부모님이 샤오렌과 선배의 관계를 끊어놓으려고 곧바로 외국으로 보냈대요."

아이는 이런 희극적인 사건에 대해 들을 거라고는 생각지 못했다. 게다가 소심한 책벌레 같았던 두쯔위가 귀타이의 이야기 속에서는 비뚤어진 정의감에 빠진 '편견 대마왕'이라는 것도 놀라웠다. 점심때 '공주 무리보다 더 나쁜 애들도 있다'고 말할 때 귀타이가 떠올린 사람은 아마도 두쯔위였을 것이다.

"그래서 두쯔위가 샤오원의 장례식에 왔었다는 말에 깜짝 놀랐어요. 그 애는 평소 남에게 거의 관심이 없어요. 그런데 장례식에 갔었다니 고양이 쥐 생각해주는 꼴이죠."

귀타이가 씩씩대며 말했다.

"리리는 공주를, 너는 두쯔위를 의심하지만 둘 다 개인적인 추측일 뿐이야. 그렇지?"

"그건 그렇지만……."

"궈타이, 샤오원 이야기를 알려줘서 정말 고마워."

아녜가 웃으며 말했다.

"공주나 두쯔위가 무슨 이유로 장례식에 왔든 다들 샤오원의 마지막 모습을 보러 와준 친구들이야. 나는 이것도 인연이라고 생각해. 샤오원은 우리 곁을 떠났지만 우리 마음속에 영원히 살아 있을 거야."

아이가 옆에서 고개를 끄덕였다. 물론 아이는 그의 말 속에 숨은 의미가 있다고 느꼈다. kidkit727의 마음속에도 샤오원은 영원히 살아 있지 않을까? 다만 원한과 증오의 대상으로 살아 있겠지만.

궈타이가 작별인사를 했을 때는 오후 4시 15분이었다. 배구부 연습이 4시 반에 끝나므로 학교로 리리를 데리러 갈 거라고 했다.

"오늘 리리가 이것저것 고민을 많이 할 것 같아요."

궈타이는 자리에서 일어나기 전에 이런 말을 남겼다. 아이와 아녜를 만난 일 때문일 것이다.

궈타이의 뒷모습을 바라보는 아이의 머릿속은 엉망진창이었다. 몇 번이나 kidkit727은 분명 이 사람일 거라고 확신했다가 미궁에 빠지길 반복했다. 모든 사람에게 다 혐의가 있었다. 태도로 볼 때 '공주' 리민이 가장 범인의 특징을 보여주었다. 아이와 아녜를 경계하고 우호적이지 않았으니 말이다. 동기로 본다면 수리리가 가장 가능성이 크다. 친한 친구였다가 절교했고 연애 문제 때문에 반감이 생긴 사이라면 생각지도 못한 잔인한 짓을 할 수도 있다. 그러나 궈타이가 마지막으로 두쯔위에 대해 말한 내용은 놀라웠다. 유약해보이던 도서위원에게 그런 비인간적인 면이 있을 줄이야! 아이를 가장 골치 아프게 하는 문제는 이 세 사람 외에도 다른 학생이 범인일 수 있다는 것이다. 연이은 우연으로 아이와 아네가 세 소녀에게 초점을 맞춰 잘못된 방향으로 조사하고 있는지도 모른다.

"여기 계속 있을 겁니까? 오늘 조사는 끝났어요."

아네가 자리에서 일어나 아이를 바라보며 말했다.

"끝났다고요? 더 조사하지 않고요?"

"어우야이 씨, 당신이 회사 사장님이 아닌 게 얼마나 다행인지 모르겠네요. 당신 직원으로 일하다간 과로사하겠어요."

아네가 허리를 살짝 굽혀 아이 쪽으로 고개를 숙인 채 말했다.

"나한테 8만 홍콩달러 지불했다고 내 시간을 전부 점유하려고 하면 안 되지요."

"뭔가 결론이 나온……."

"당신 진짜 귀찮아."

아네가 아이의 말을 끊었다.

"결론이라, 오늘 만난 사람 중에 당신이 찾는 사람이 있다는 것을 90퍼센트 확신해요. 이유는 말할 수 없지만. 결정적 증거를 찾기 전에는 내 패를 보여주지 않을 겁니다."

아이는 아네의 말이 진짜인지, 아니면 자신을 떼놓으려는 수작인지 짐작하기 어려웠다.

"하지만……!"

"난 진짜 집에 가야 해요. 안 그러면 바바라가 죽을 거라고요."

"바바라가 누구예요?"

아이가 의아하게 물었다.

"우리 집에 있는 만년청萬年青! 오늘 아침에 나오면서 물 주는 걸 깜빡했거든요. 조사에 진전이 있으면 다시 연락하죠."

아네가 커피숍을 나갔다. 아이는 그가 말도 안 되는 핑계를 댔다고 여겼다. 그의 집에서 본 그 관엽식물은 하루 정도 물을 주지 않는다고 말라죽는 품종도 아니고, 아녜가 분재 식물에 '바바라' 같은 이름을 붙일 것 같지도 않다.

아이는 집에 돌아와서야 아녜가 학교에서 받은 것들, 샤오원의 참고서, 작문 원고, 추모집과 몰래 가져온 대본 등을 전부 가져갔다는 것을 알았다. 하지만 별로 신경 쓰지 않았다. 샤오원의 유품은 핑계고 진짜 목적은 용의자를 조사하는 것이었으니까. 그녀는 컴퓨터 앞에 앉았다. 아녜에게 받은 명단에서 리리, 공주, 두쯔위와 관련된 웹페이지에 들어갔다. 용의자들을 만나고 왔으니 다시 그들의 SNS 계정을 둘러보면서 또 다른 단서를 찾아보려는 것이다.

리리의 페이스북에서 아이는 원 디렉션의 뉴스 포스팅을 보았다. 주말에 똑같은 '조사'를 할 때는 전부 무시했던 것이다. 여러 음식 사진 중 특히 일본 요리가 많다는 것도 발견했다. 아마 궈타이와의 데이트 때 찍은 사진이 아닐까. 아이는 음식 사진을 올리는게 무슨 재미인지 알지 못했다. 다만 많은 사람들이 음식을 찍어대는 걸 보고 인터넷에서 유행하는 일인가 보다고 추측할 뿐이다.

공주의 페이스북은 본인 사진으로 가득하다. 마치 연예인 SNS처럼 포스팅마다 '좋아요' 숫자가 리리 것보다 백배 정도 많다. 게다가 사진 설명글에도 귀여운 이모티콘이 잔뜩이다. 아이는 도도해 보이던 공주가 이런 귀여운 말투로 글을 쓰는 게 놀라웠다.

두쯔위는 블로그만 하나 운영하는데 전부 독후감이었다. 주말에 '조사'할 때는 일상생활을 다룬 포스팅이 없기에 읽지 않고 넘어갔다. 다시 살펴보니 두쯔위는 무라카미 류, 장아이링, 카를로스 루이스 사폰, 길리언 플린 등의 작가를 특히 좋아했다. 그런 사실 외에 독후감에서 샤오원과 관련된 무언가는 전혀 찾아낼 수 없었다.

아녜는 조사가 진전되면 연락한다고 했지만 이틀이 지나도록 감감무소식이었다. 아이의 인내심이 바닥났다. 출근해서도 머릿속에는 리리와 공주 등의 얼굴만 떠다녔다. 아이는 아녜의 말을 곱씹다가 그가 일부러 자신을 잘못된 결론으로 유도했을지 모른다는 생각이 들었다. 그날 만난 사람 중에 범인이 있다는 건 위안 선생님, 자오궈타이, 심지어 교무실로 안내해준 교직원이나 연극부원들, 도서관에서 『뉴턴』을 뒤적이던 남학생, 커피숍에서 태블릿을 해킹당한 여자까지도 kidkit727일 수 있다는 말 아닌가. 생각할수록 머리가 더 아팠다. 아녜가 얼른 의혹을 풀어주기만 바랐다. 이틀간 초조한 시간을 보내던 아이는 수요일인 오늘 퇴근하자마자 전차를 타고 아녜의 집으로 향했다. 다행히 수요일은 조금 이르게 퇴근하는 날이다.

전차가 센트럴을 지나면서 후회가 되기 시작했다.

샤오원의 일로 아이는 종일 초조하고 불안한 마음이다. 하지만 그녀는 뼛속까지 이성적인 사람이며 급할수록 돌아가야 한다는 이치도 잘 안다. 학교를 찾아갔을 때 아녜의 말을 듣지 않아서 일을 망칠 뻔했던 것도 떠올랐다. 어쩌면 아녜가 알아서 조사하도록 내버려두는 것이 좋을지도 모른다. 일을 맡겼으면 믿어달라고 하던 아녜의 말이 귓가에 쟁쟁했다. 지금 찾아가는 것은 좋지 않을 것이다.

아이가 갈팡질팡하는 사이 전차는 사이잉푼으로 들어섰다. 결과적으로 이성이 감성을 이겼다. 아이는 2번가의 해커 탐정에게 독촉하러 가는 것을 포기하고 위티가에서 내렸다.

'저녁으로 국수나 먹어야지.'

아이는 라이지 국숫집의 완탕면을 떠올렸다. 긴축 재정 중이라 이보다 저렴하고 맛있는 음식을 먹기란 어려울 것이다. 그녀는 지갑 속 현금을 헤아려봤다. 이 정도면 일주일을 버틸 만하다. 월급날까지 앞으로 일주일이 남았다. 아이는 길을 건너 라이지 국숫집으로 갔다.

"사장님, 안녕하세요. 작은 그릇으로 하나만 주세요."

아이는 계산대 옆 탁자에 자리 잡았다. 가게에는 손님이 한 명도 없었다. 주인은 조그만 텔레비전으로 뉴스를 보던 중이었다.

"예에, 작은 그릇으로 하나······."

주인은 면을 삶기 시작했다.

"오늘은 아녜에게 사다 주지 않나요?"

'역시 알아보는구나.'

아이는 속으로 투덜거렸다. 하지만 이 기회에 오해를 풀어도 좋을 것 같았다.

"아뇨, 오늘은 저 혼자 먹으려고 온 거예요. 전 아녜랑 친구라고 하기도 애매하거든요. 그냥 일 때문에 만난 사이예요."

"일이라······."

주인이 기다란 젓가락으로 국수를 휘휘 저으며 10여 초 익힌 다음 차가운 물에 면을 식혔다가 다시 냄비에 넣어 익혔다.

"그렇군요. 운이 좋네요. 아녜가 당신 의뢰를 받아줬으니."

아이는 깜짝 놀랐다. 단순히 일로 만난 사이라고 했는데 주인은 금세 자신이 의뢰인이라는 것을 알아차렸다.

"아녜가 제 이야기를 했나요?"

아이는 조금 긴장했다. 탐정은 원칙적으로 의뢰인의 신분을 비밀로 해야 한다.

"말한 적은 없지만 '일 관계'라고 하면 십중팔구 의뢰인이겠죠."

주인이 씩 웃으며 국수의 물기를 털고 이어서 완탕을 삶았다.

아이는 방금 전 자신의 질문에 대해 자책했다. 그렇게 물으면 주인의 추측이 맞다고 대답해주는 꼴이 아닌가. 아이는 이렇게 된 이상 아녜에 대해 좀 더 알아보기로 했다.

"사장님도 아녜의 직업을 알고 계셨군요?"

"대강 알죠. 사람들의 골치 아픈 문제를 전문적으로 해결해주는 사람이잖아요."

"방금 운이 좋다고 하셨는데 아녜가 의뢰를 잘 받지 않나 봐요?"

주인은 바쁘게 움직이던 손을 멈추고 아이를 쳐다보더니 다시 씩 웃으며 요리에 집중했다.

"아가씨, 아녜가 얼마나 대단한지 잘 모르나 보군요. 그 사람은 말이죠, '센 놈'이에요."

"센 놈?"

"아무도 못 건드릴 만큼 센 놈이죠."

아이는 그제야 '센 놈'이 독하고 무서운 사람을 가리키는, 암흑가의 말이라는 것을 알아차렸다.

"아녜……가 혹시 범죄 조직의 두목인가요?"

아이가 전전긍긍하며 물었다. 해커가 불법적인 일을 한다는 것은 알았지만 조직폭력배 같은 범죄 집단은 또 다른 문제다.

"아니, 그게 아니라."

주인이 웃음을 터뜨렸다.

"범죄 조직 두목보다 더 세요. 조직 세계에 몸담고 있는 것도 아닌데 여러 두목들이 다들 한 수 접어주거든요. 아녜에게 한 방 먹어도 아무 말 못 하고 넘어가지요. 듣자니 웨스턴 지구의 경사警司하고도 친분이 있고 경찰들도 아녜에게 굽실거리면서 도와달라고 한다나요. 그러니 센 놈이라는 말 말고는 설명할 길이 없죠."

아이는 금발남과 문신남에게 납치되었던 일이 떠올랐다. 라이지 국숫집 밖에서 주인이 아녜에게 '어디서 온 멍청이가 자넬 건드렸어'라고 말한 이유가 바로 이것이었다.

"여기 흉터 보여요?"

주인은 가스레인지 너머에서 목을 길게 빼고 머리카락을 걷어 왼쪽 관자놀이를 보여주었다. 2센티미터 정도의 흉터가 보였다.

"몇 년 전에 조폭 몇 명이 와서 난장을 피웠죠. 내가 만든 완탕에 문제가 있어서 자기네 두목이 배앓이를 했다는 거예요. 보호비 같은 걸 뜯어낼 요량인가 보다 생각했는데, 내가 '돈'이라는 말을 꺼내기도 전에 탁자며 의자를 뒤엎더니 계산대까지 부쉈다오. 내가 장사한 지 20년이 넘었는데 이런 일을 처음 겪는 것도 아니고 한 번이야 참았지. 그런데 그놈들이 그다음 주에 또 오는 게 아니겠어요. 세 번째가 되자 나도 못 참고 놈들을 막아섰는데, 그때 얼굴을 칼로 그었어요. 병원에 가서 여섯 바늘이나 꿰맸다오."

"경찰에 신고는 안 하셨어요?"

주인이 왜 이 이야기를 꺼내나 하면서도 아이는 화제에 맞춰 적당히 질문을 던졌다.

"했죠! 하지만 소용이 없더라고. 칼에 베인 것도 난리 중에 실수로 상처 입은 거였어요. 그 조폭놈들이 영리한 것이, 물건만 부수고 나한테는 절대 손을 안 댔거든. 경찰은 기물파손 사건으로 처리하는 거고, 그러면 살인이나 방화 사건에 비해서 순서가 밀리기 십상이지."

주인이 완탕을 냄비에 넣으며 말했다.

"하지만 신기하게도 그 조폭놈들이 그 뒤로는 오지 않더란 말이야. 두목이 화가 풀렸나, 갑자기 양심에 찔렸나 생각했어, 나는. 그런데 거의 반년이 지나서야 진짜 이유를 알았지요.”

“아녜…… 덕분이었나요?”

“그래요.”

주인이 고개를 끄덕였다.

“아녜는 아무 말이 없었는데 내가 그쪽으로 아는 사람 통해서 수소문해보니까 그 두목이 물러났다더군요. ‘외부인’ 때문에 세력을 잃었다는 거야. 그리고 그때야 알게 되었는데, 완탕면 먹고 배앓이 했다는 건 핑계고, 어떤 기업가가 내 가게를 점찍은 거였어요. 조폭을 동원해 내가 가게 문을 닫게 만들어서 싼 값에 가게를 사려고 말이야. 내 가게를 사면 이 건물 전체를 살 수 있는데, 그 뒤에 이 자리에 고층 빌딩을 지을 예정이었대요. 그러면 몇 십억 홍콩달러를 벌었을 거래요.”

“그 외부인이 아녜인 것은 어떻게 아셨어요?”

“아녜가 그 조폭들 생김새와 우리 가게에 와서 말한 내용 등을 자세히 물어본 적이 있었어요. 그때는 아녜의 직업을 몰라서 호기심이 강한 손님이라고만 생각했지. 나중에 내가 사실을 알고 물어보니 가타부타 말을 않더라고. 다만 ‘이 국숫집이 문을 닫으면 이웃들이 다 아쉬워할 겁니다’라고 하더군요.”

아이는 주인이 아녜를 거의 신격화하는 건 아닌가 생각했다. 하지만 아녜는 분명 일반인이 별것 아니라고 여기는 사소한 점에서 유용한 정보를 집어낼 줄 안다. 아이 앞에서도 두 명의 조폭을 혼비백산하게 하지 않았던가.

“아녜에게 도움을 청하는 사람이 아주 많은데 의뢰를 받아주는 경우는 별로 없어요. 의뢰비가 아무리 많아도 돈으로는 움직이는 사람이 아니거든. 자기가 관심 가는 일은 어디에나 관여하기도 하

고. 그러니 아가씨는 운이 좋았다는 거예요. 진융金庸 소설『천룡팔
부天龍八部』읽었어요? 아네는 거기 나오는 소림사 마당을 쓰는 스님
같답니다. 속세를 떠나 은거한 고수죠. 강호 일에는 나서지 않지만
만약 그가 손을 쓴다면 모용복 부자나 소봉 부자가 함께 덤벼도 적
수가 안 될…….”

아이도『천룡팔부』를 읽었다. 하지만 무협소설 속 인물을 아네에
게 대입하기는 힘들었다. 주인은 무협소설 팬인지 한번 입이 풀리
니 쉼 없이『천룡팔부』이야기를 떠들었다. 이어 드라마의 여러 버
전을 비교하면서 예전의 허죽 스님이 나중에는 소봉이 되었고, 예
전의 소봉이 중국 대륙 버전 드라마에서는 소원산이 되었다고도
했다.

아이는 이야기를 따라잡지 못해 고개를 끄덕이거나 미소를 짓는
것으로 주인의 말에 반응했다. 그러는 사이 맛있는 냄새를 풍기는
완탕면이 탁자에 놓였다. 속이 꽉 찬 완탕에 식감이 일품인 면, 감
칠맛 나는 국물이 담긴 그릇을 아이는 순식간에 해치웠다.

주인이 아이에게 따뜻한 차 한 잔을 내왔다. 아이는 차를 마시며
오랜만에 푸근한 감정에 젖어들었다. 라이지 국숫집은 작지만 저녁
시간에는 손님이 많지 않아 빨리 자리를 내줄 필요가 없었다.

아이는 국수 값을 치르고 거스름돈을 기다렸다. 그때 손님 한 명
이 들어오며 말했다.

“사장님, 파 추가한 큰 그릇 하나, 유차이 하나요.”

‘파 추가한 큰 그릇’이란 말에 아이는 흠칫했다. 혹시 아네인가
싶어 돌아보았는데 의외의 인물이 서 있었다.

“어우야이 씨?”

문간에 서 있는 사람은 머리가 희끗한 오십대 남자였다. 웬디의

고모부 모 탐정이다.

"모…… 선생님?"

"여기서 다 만나네요……."

모 탐정이 아이의 옆자리에 앉았다.

"그러고 보니 아녜를 만나러 왔겠군요."

"아뇨, 오늘은 아니에요."

아이는 라이지 국숫집에서 완탕면을 먹기로 한 순간부터 아녜를 만나러 사이잉푼에 온 게 아닌 셈이 되었다고 생각했다.

"그래요? 이 국숫집은 아녜가 소개해준 거겠죠? 몇 년 전에 나도 그 사람이 데려와서 처음 먹었는데 종종 생각이 나더군요. 근처 지나가게 되면 꼭 들러요."

모 탐정이 떠보는 듯한 미소를 지었다.

"요즘 원가 낮추려고 완탕면 큰 그릇에 완탕 여섯 개를 넣는 데가 많은데 여긴 꼭 여덟 개를 주지요. 옛 홍콩의 맛을 그대로 살리기도 했고……."

"이 근처에 볼일이 있으셨나 봐요?"

아이는 일부러 '조사'나 '정탐' 같은 말을 쓰지 않고 두루뭉술하게 말했다. 탐정 일에도 뭔가 업계의 규칙 같은 게 있을 테고, 가능하면 탐정의 신분을 밝히지 않는 게 좋을 것이다.

"당신 의뢰 때문에 왔죠."

"저요?"

"아녜가 나한테 대신 몇 가지 조사해달라고 해서 오늘 그 결과를 알려주러 왔어요."

모 탐정은 젓가락통에서 젓가락을 꺼내며 말을 이었다.

"당신 사건을 자기한테 떠넘겼으니 애프터서비스의 의무가 있다고 그러는군요. 그건 그렇다지만 참 알미운 것이, 컴퓨터 전문가라면서 저더러 반드시 직접 와서 결과를 전해달라는 겁니다. 인터넷으로 파일을 보내면 안전하지 않다나…….”

“어떤 걸 조사해달라고 했어요?”

아이는 조금 긴장하며 물었다.

“그 빨간 머리 불량배요. 당신 동생의 사진에 나온…….”

그때 아이가 튀어오르듯 일어서더니 이만 가보겠다며 밖으로 뛰쳐나갔다. 아이는 곧장 2번가 151번지로 달려갔다.

띠띠띠띠띠띠띠띠…….

6층까지 단숨에 뛰어 올라가 죽어라고 초인종을 눌렀다. 귀를 찌르는 벨소리도 지금 타들어가는 아이의 마음을 온전히 표현하지 못할 것이다. 얼마 지나지 않아 흰색 나무문이 열리고 아녜의 불쾌한 얼굴이 나타났다.

“내가 연락한다고…….

“방금 모 탐정님을 만났어요.”

아녜는 미간을 찡그리며 한숨을 쉬더니 창살문을 열어주었다.

“모 탐정이 뭐랍디까?”

아녜가 사무용 책상으로 걸어가며 물었다.

“몽콕을 잘 아는 사람에게 빨간 머리 남자에 대한 조사를 맡겼다고 했잖아요. 그 사람이 모 탐정님이죠?”

아이가 거친 동작으로 아녜를 마주하고 앉았다.

“맞습니다.”

“조사 결과는?”

“모 탐정이 말해주지 않던가요?”

“그 남자에 대한 조사라는 말만 듣고 그대로 국숫집을 뛰쳐나왔어요.”

아이가 당당하게 말했다.

“모 탐정님이 그 남자 이름을 말해줘도 그걸로는 샤오원이나 kidkit727과 무슨 관계인지 알 수 없어요. 당신만이 조각난 사실을 맞춰서 완전한 진실을 알려줄 수 있어요.”

아이의 말에 아녜는 다리를 꼬고 두 손을 머리 뒤에 얹으며 말했다.

“정확합니다. 하지만 그쪽은 막힌 길이었어요. kidkit727과는 전혀 관계가 없더군요.”

“왜죠?”

“작년 3월에 갱생센터에 들어갔어요. 지금도 거기 있고.”

갱생센터는 홍콩의 징교서懲教署에서 설치한 기관으로 홍콩 전체에 딱 네 군데 있다. 열넷에서 스물한 살까지의 어린 범죄자를 구금하는 곳이다.

“그 자식은 장치디張啟迪라고 하는데 작년 초에 절도 및 상해죄로 체포되었습니다. 가라오케 사건에서 한 달 뒤쯤이죠. 귀타이 말처럼 ‘여자 꾀려고 밴드하는 놈’ 중 하나인데, 사촌동생이 이눠중학교에 다닙니다. 그놈이 갱생센터에 들어가기 전 사촌동생과 자주 어울렸다는군요.”

“그 사촌동생은 이름이 뭐죠? 샤오원과 같은 반인가요?”

“사촌동생은 제이슨Jason이라고 하는데 당신 동생보다 한 학년 위입니다. 작년에 ‘전학’했고요.”

아녜가 어깨를 으쓱했다.

“이눠중학교는 문제 학생을 조용히 퇴학시키는 걸 좋아하니까.”

“그럼 제이슨은…….”

"어우야이 씨, 아직 조사가 진행 중입니다. 너무 캐묻지 마세요. 그거 정말 피곤하거든요."

아네가 몸을 앞으로 숙이며 오른손으로 턱을 괴었다. 얼굴에는 불쾌한 표정이 가득했다.

"당신처럼 귀찮은 의뢰인은 처음이야."

아이는 좀 더 캐묻고 싶었지만 이만 참기로 했다.

"돌아가요. 말했다시피 진전이 있으면 내가 다시 연락할 겁니다."

아이는 힘없이 일어나 현관으로 향했다. 그제야 며칠 사이 아네의 집이 다시 엉망진창 상태로 돌아갔음을 알았다. 잡동사니와 쓰레기봉투가 거실에 마구 쌓여 있었다. 부엌 쪽을 힐끗 보니 찻주전자와 찻잔이 아이가 그날 썼던 그대로 조리대 위에 놓여 있었다. 찻주전자 속에는 찻잎도 그대로일 것이다.

"아네, 어쩜 치우지도……."

아이는 가기 전에 아네의 지저분함에 대해 한두 마디 해주려고 했다. 또 모 탐정이 왔는데 차 한 잔도 내주지 않았느냐고 지적하고 싶었다. 그런데 불현듯 뭔가 이상하다는 생각이 머리를 스쳤다.

"모 탐정님이 장치디와 제이슨에 대해 말해주려고 온 건가요?"

아이는 현관 앞에 서서 책상에 앉아 있는 아네에게 물었다.

"그렇다니까요."

"거짓말."

아이가 딱 잘라 말하자 아네의 표정이 경계심을 띠었다.

"거짓말이라고요?"

"네, 모 탐정님은 아까 '몇 가지 일'이라고 했어요. 빨간 머리 남자에 대한 것만 조사한 거라면 '한 가지 일'이나 '한 사람'이라고 했겠죠."

"모 탐정이 어떤 단어를 썼는지는 내가 상관할 바가 아닙니다."

"그게 중요한 게 아니잖아요."

아이는 아녜 쪽으로 다가가 두 손으로 책상을 짚었다.

"중요한 것은! 모 탐정님이 그러는데, 인터넷으로 파일을 보내는 건 위험하니 직접 와달라고 했다더군요. 빨간 머리 남자만 조사했다면 사이잉푼까지 올 이유가 없어요. 전화로 설명하면 되니까. 모 탐정님이 직접 와야 했다는 것은 '실물'을 전달했다는 거예요. 지금 뭘 조사하고 있는 거예요? 그 파일이란 건 또 뭐고?"

아녜는 묵묵히 그녀를 쳐다보기만 했다. 아이는 피하지 않고 아녜의 시선을 마주했다. 두 사람은 몇 초간 대치했다. 결국 아녜가 한숨을 쉬며 서랍을 열어 USB 하나를 꺼냈다.

"당신처럼 귀찮은 의뢰인은 다시 없을 겁니다."

아녜가 USB를 컴퓨터에 꽂았다.

"이게 뭐예요?"

"직접 들어요."

아녜가 마우스를 몇 번 클릭하자 컴퓨터 스피커에서 누군가의 목소리가 들렸다.

—모 선생님, 알려주셔서 감사합니다. 먼저 말씀드리고 싶은 게 있는데요, 저희는 모 선생님께서 사실을 알려주신 후 곧바로 빅터Victor를 해고했습니다. 또한 그가 정보를 유출한 경위에 대해 자세히 질문했으며, 아무런 법률적 문제가 없다는 점도 확인했습니다.

—마이麥 변호사님, 안심하세요. 어떤 법률적 책임을 따지려는 게 아닙니다. 정확하게 어떻게 된 일인지 알고 싶은 겁니다. 제 의뢰인이 책임을 물을 생각이었다면 당신을 만나러 오지도 않았겠지요.

― 그렇다면 다행이군요. 빅터는 막 학교를 졸업하고 세상물정을 잘 몰라서 이런 잘못을 저지른 겁니다. 요즘 젊은이들은 일할 때도 노상 휴대폰을 손에서 놓지 않지요. 골치가 아프답니다.

― 빅터는 그 여학생을 어떻게 알게 된 거지요?

― 저희 사무소에선 종종 지역사회를 위해 무료 법률 강좌를 엽니다. 그러면 사람들이 크고 작은 법률 자문을 구하러 오지요. 그럴 경우 보통 수습직원이나 보조 변호사가 처리하고요. 그 여학생도 그때 알게 되었다고 하더군요. 빅터는 연애 경험이 없어서 어린 여학생이 살갑게 구니까 직업적 본분도 잊어버린 모양입니다. 지금 생각해보면 그 여학생은 정보를 얻을 목적으로 빅터에게 접근한 것 같아요.

― 빅터가 그 여학생에게 어떤 정보를 넘겨줬습니까?

― 기본적으로는 이미 공개된 것들입니다. 재판 때 있었던 샤오더핑의 증언 등입니다. 공개되지 않았던 것은 저희가 샤오더핑을 변호하기 위해 세운 전략 정도입니다. 예를 들면 그와 아내의 관계, 그에게 유리한 의혹 같은 것이지요. 이런 자료가 샤오더핑을 포함해 그 어떤 사람의 사생활이나 인권도 침해하지 않는다고 확신합니다.

― 변호사님, 그 점은 더 강조할 필요가 없습니다. 빅터도 이미 해고하셨다고 하니 이 일로 책임지실 것은 없습니다.

― 네, 네.

― 빅터가 그 여학생과 몇 번 만났습니까?

―서너 번 정도라고 하더군요. 빅터에게 법학 전공 예정이라며 로스쿨에 다니는 선배가 실제 사건을 많이 접해보라고 충고했다는 식으로 말했다고 합니다. 변호사가 어떤 일을 하는지 알아두면 대학 입학 면접 때 도움이 된다고 말입니다.

― 그걸 믿었다고요?

—네. 정말 단순한 녀석이지요. 그 여학생 뒤에 기자가 있을 거라는 생각 같은 건 하지도 않았나 봅니다. 그러니 빅터를 해고하는 게 하나도 아깝지 않았지요. 모 선생님, 당신 의뢰인은 누굽니까? 설마 옛날 사건을 들추려는 신문사는 아니겠지요?

—변호사님, 저도 당신과 마찬가지로 의뢰인의 비밀을 지킬 의무가 있습니다. 걱정하지 않으셔도 됩니다. 이 일을 대중에게 공개하는 일은 없을 테니까요.

—그렇다면 괜찮습니다.

—빅터가 그 여학생 이름은 이야기하지 않던가요?

—뭐라고 했더라? 아, 맞아. 보기 드문 성씨였어요, 수舒씨였거든요. 수리리라고 했습니다.

2015년 6월 22일 월요일

바쁜데 미안. 방금 어우야원 가족이 학교로 찾아왔어.

읽음 16:28 이것저것 잔뜩 질문하고······.

읽음 16:31 내가 한 일을 알고 온 걸까?

회의 중이었어 미안해 17:14

뭘 질문했어? 17:15

읽음 17:17 주로 어우야원이 살아 있을 때 학교생활 같은 것······.

읽음 17:17 분명히 우리가 한 일을 알고 온 거야!

읽음 17:18 벌써 경찰에 신고한 것은 아닐까?

읽음 17:18 너무 걱정돼.

혹시 선생님이나 교장선생님을 만나러 온 걸지도 몰라 17:41

그 사람들이 네가 누군지 알 리가 없어 17:42

괜히 고민하지 마 17:43

읽음 17:50 알았어······.

읽음 17:55 오늘 저녁에 바빠? 만나서 이야기하고 싶어.

오늘하고 내일은 안 돼 요즘 회사가 많이 바빠 18:02

큰 거래처가 생겼거든 18:03

나중에 다시 연락할게 18:03

제6장

01

스중난은 몽콕 성호이가上海街 랭엄 플레이스Langham Place 빌딩 옆 거리에 서 있었다. 그는 놀라움과 기쁨, 동시에 약간의 근심을 안은 채 주변을 둘러보며 행인들을 유심히 살폈다.

시간은 6시 45분, 날짜는 6월 25일 목요일, 스중난이 홍콩문화센터에서 '우연히' 스투웨이를 만난 날에서 5일이 지났다.

SIQ 이사의 휴대폰 번호를 얻은 뒤로 스중난은 시시때때로 휴대폰을 들여다보았다. 혹시라도 그의 전화를 놓치면 안 되니까. 그러나 며칠을 기다려도 스투웨이의 연락은 없었다. 이틀 동안은 스중난도 침착했다. 시간이 나면 연락하겠지 하는 마음이었다. 그러나 나흘째가 되어도 문자 메시지 하나 없자 점점 초조해졌다. 마짜이도 그가 이상하다는 것을 느낄 정도였다. 스중난은 자신이 먼저 스투웨이에게 연락할까 고민했다. 어쨌든 스투웨이도 지티넷의 내부 상황을 듣고 싶어 하지 않았는가. 그러나 스투웨이는 '보통 사람'이 아니다. 스중난은 휴대폰 전화번호부에 저장된 그의 번호를 감히 눌러도 될지 내내 고민했다.

어떻게 할지 우물쭈물하는 사이 스투웨이가 돌연 전화를 걸어왔다. 발신자로 그의 이름이 뜬 것을 보고 스중난은 황급히 화장실에 가는 척하며 사무실을 빠져나왔다. 아무도 없는 곳에 이르자 심호흡을 하고 휴대폰 화면에 뜬 초록색 버튼을 눌렀다.

"중난? 스투웨이입니다."

미묘하게 외국인 억양이 섞인 스투웨이의 광둥어가 들렸다.

"스투웨이 씨, 안녕하세요!"

"오늘 저녁에 시간 괜찮아요?"

스중난은 살짝 당황하며 손목시계를 내려다보았다. 4시 30분.

"네, 네. 시간, 시간 있습니다."

스중난은 오늘 저녁 약속이 있었다. 하지만 그는 무엇이 중요하고 급한지 잘 아는 사람이다.

"좋습니다. 그럼 저녁 7시에 만나기로 합시다. 침사추이尖沙咀에 가서 항저우杭州 요리를 먹을까요?"

"아…… 항저우 요리 좋죠. 그런데 제가 6시 30분 퇴근이라 늦을 것 같습니다. 그때는 길이 막힐 시간대라 택시 잡기도 어렵고, 지하철은 붐벼서 몇 대 보내고 나서야 탈 수 있거든요."

"직접 운전해서 오지 않고요?"

"저는 차가 없습니다. 홍콩은 자동차 유지비가 너무 비싸거든요."

스중난이 쓸쓸하게 말했다. 그는 매달 집세에만 월급의 60퍼센트를 털어넣고 있다. 차를 산다면 주차장 비용에 나머지 40퍼센트를 쓰게 될 것이다.

"그렇다면 내가 당신 회사 근처로 데리러 가지요. 6시 45분, 랭엄 플레이스 호텔 옆문에서 봅시다. 성호이가 쪽. 오케이?"

"아, 그렇게까지 하지 않으셔도……."

"나도 지금 카오룽퉁 혁신센터에 약속이 있어 가는 길입니다. 침사추이로 가는 길에 들르면 되니까 괜찮아요. 6시 45분에 봅시다."

시원시원한 서양인 스타일대로 스투웨이는 스중난이 더 거절하기 전에 전화를 끊었다.

스중난은 그의 소탈한 태도에 호감을 느꼈다. 데리러 오겠다는 그의 말을 사양하려 한 것은 예의 때문이 아니었다. 혹시라도 동료의 눈에 띄어 투자자와 사적으로 접촉한다는 사실이 회사에 알려질까 봐 걱정되었을 뿐이다. 그랬다가는 당장 실업자가 될지도 모른다. 온라인에서는 신분을 감추는 게 쉽지만 현실에서는 가짜 이름과 얼굴로 자신을 보호할 수가 없다.

스중난은 들킬 가능성을 최소화하기 위해 일부러 6시 40분에야 회사를 나와 랭엄 플레이스 쪽으로 빠르게 걸었다. 마짜이와 아하오, 토머스 등은 야근을 한다고 했다. 따라서 그가 회사를 나설 때는 사장과 조안만 조심하면 되었다. 사장과 조안은 6시가 되기 전에 앞서거니 뒤서거니 퇴근했는데, 따로 나간 것은 연막이고 오늘 십중팔구 '밀회'가 있는 듯했다. 둘만의 데이트를 회사 사람들에게 숨기고 싶다면 몽콕 근처에 머무르지는 않을 것이다. 그러니 지금 회사 사람들이 랭엄 플레이스 근처에 나타날 가능성은 아주 적다. 그래도 스중난은 마음을 놓지 못하고 익숙한 얼굴이 있나 연신 주변을 살폈다.

물론 긴장보다는 흥분이 더 크다.

스중난이 어릴 때 할아버지가 관상가에게 그를 데려간 적이 있었다. 관상가는 그의 팔자가 비범하다고 했다. 분명히 큰 성취를 이룰 거라고 했다. 그래서 스중난은 학창시절 곱지 못한 시선을 많이 받으면서도 자신이 남보다 잘났다는 믿음을 버리지 않았다. 뛰어난 성적에 더해 자신이 머리가 비상하고 눈치가 빠르다고 믿었다.

스투웨이가 사장과 자신을 대하는 태도도 다르다고 느꼈다. 무엇이 다른지는 꼬집어 말하기 쉽지 않다. 다만 스투웨이의 말이나 행동은 자신을 회유하는 듯한 데가 있었다. 왜 그러는지는 짐작하기 어렵다. 몸값이 수십억 달러에 이르는 국제적인 엘리트가 작은 회사 CTO를 회유한다니, 과연 그럴 만한 까닭이 어디 있단 말인가.

스투웨이의 태도에 대해 생각하며 주변을 두리번거리고 있는데 검은 세단 한 대가 그의 앞에 멈췄다.

"헤이, 오래 기다렸나요?"

스투웨이가 뒷좌석 창으로 고개를 내밀었다.

스중난은 얼른 정신을 차렸다. 차를 본 순간 가슴속에서 감탄의 비명이 나왔다. 그는 운전면허를 딴 지 오래되었지만 아직 차가 없었다. 하지만 수많은 홍콩 남자와 마찬가지로 명품 차에 대한 동경이 있었다. 고급 주택, 고급 차, 고급 술, 미녀. 이것들은 홍콩 사회에서 성공한 남자를 대변해준다. 스중난은 고급 차를 살 돈은 없지만 승용차 관련 웹사이트와 방송 프로그램을 보는 것을 좋아한다. 영국 BBC 방송의 〈톱 기어Top Gear〉는 한 편도 빠짐없이 봤다. 스투웨이가 데리러 오겠다고 했을 때도 그가 어떤 차를 타고 올지 궁금했다. 다국적 기업의 이사급이니 홍콩에서도 벤츠나 아우디 정도는 타야 할 거라고 생각하기도 했다. 그러나 지금 눈앞에 멈춘 차는 그런 류의 고급 차가 아니다. 위엄 있는 롤스로이스나 과시적인 페라리도 아니고, 오히려 과학기술 분야 엘리트라는 스투웨이의 배경에 어울리는 테슬라 모델S였다.

테슬라는 미국의 전기자동차 회사다. 전기차는 리튬 축전지로 움직이는데, 미래에는 환경보호를 위해 이런 전기차가 주류가 될 거라고 한다. 테슬라 모델S는 이 회사의 고급 차종으로 성능, 외관, 내부 디자인 등은 다른 명품 차보다 못하지만, 가격은 그것들보다 비싸면 비쌌지 싸지는 않다. 가장 저렴한 차종도 60만 홍콩달러나 된다. 리튬 축전지를 대용량으로 교체하고 현가장치*나 자율주행 기능 등을 추가하면 100만 홍콩달러도 넘는다.

"타지 않고 뭐 해요?"

스투웨이가 웃으며 말했다. 차 문도 열려 있다. 스중난은 얼른 고맙다고 인사하면서 차에 올랐다. 그가 자리를 잡고 보니 제일 먼저 눈에 들어온 것은 테슬라 모델S의 유명한 '태블릿처럼 인터넷 사용이 가능한 대형 대시보드'가 아니라 운전석에 앉은 혼혈 미녀 도리스였다.

"차에 불편한 게 있습니까?"

스투웨이가 스중난에게 악수를 청하며 미소를 띠었다.

"아, 아뇨. 제가 테슬라를 처음 타봐서요."

스중난은 실례라는 것도 잊고 장난감 가게에 들어간 아이처럼 차체 내부를 이곳저곳 살펴봤다.

"괜찮은 차지요. 마력馬力은 스포츠카와 비교할 만하고 사륜구동에 안정감도 좋고…… 하지만 홍콩에서는 아무리 빨리 달리는 차도 쓸 데가 없어요. 도시에선 제한속도가 있으니 능력 발휘가 불가능해요."

---

* 주행 중 충격이나 진동을 완화하여 승차감과 안정성을 향상시키는 장치.

스투웨이가 싱긋 웃으며 말했다.

"중난, 차를 좋아하나 보군요?"

"예. 제가 소유할 수는 없지만 잡지 사진을 보며 눈요기를 하죠."

두 사람은 10여 분 정도 자동차에 대해 이야기를 나눴다. 여러 유명 브랜드의 역사에서 차종별 가성비까지 다양한 주제가 나왔다. 스중난은 미국인은 확실히 '자동차의 민족'이라는 생각을 했다. 과거 말을 타던 기사가 명마를 물색하듯 오늘날 미국인들에게는 멋진 차가 바로 명마일 것이다.

"안타깝게도 홍콩은 땅이 좁고 인구가 많아서 미국처럼 자동차가 보급되긴 힘들어요."

"차가 없는 인생이란 무미건조, 그 자체예요."

스중난의 말에 스투웨이가 손을 내저으며 대답했다. 자신이 미국인임을 뿌듯해하는 듯했다.

"자동차를 보면 차주의 개성이 드러나죠. 옷과 마찬가지로 당신의 품격을 보여주는 도구예요."

"하지만 홍콩 사람들은 휴대폰으로나 개성을 드러낼 수 있습니다. 차를 사지 못하니까 휴대폰을 자주 바꾸죠. 계절마다 옷을 사는 것처럼."

스중난이 웃으면서 대답했다.

"일리 있는 말이네요. 홍콩 인구가 700만인데 사용 중인 휴대폰은 1700만이 넘는다고 하더군요. 평균적으로 한 사람이 두 대 이상 휴대폰을 쓴다는 건데, 이런 수치는 세계 최고일 겁니다. 홍콩 사람이 휴대폰을 바꾸는 빈도는 미국에서 자동차 애호가가 차를 바꾸는 빈도와 비슷하다지요……."

스투웨이가 말하다 말고 잠시 생각하다 덧붙였다.

"아니지, 미국의 자동차 애호가가 좀 더 미친 것 같군요."

"하하하, 그야 휴대폰이 훨씬 저렴하니까요."

"맞아요."

스투웨이가 창밖을 바라보며 생각에 잠긴 듯이 말했다.

"하지만 돈을 얼마나 쓰든 소비가 있기 때문에 세계 경제가 존속할 수 있고 우리 같은 투자자가 돈을 버는 겁니다."

스중난은 스투웨이의 시선을 따라 침사추이의 귕둥로_{廣東路}에 빽빽이 늘어선 유명 상점을 보았다. 상점 안에는 눈 부시도록 화려하게 차려입은 손님이 있었다. 침사추이야말로 홍콩의 축소판이라고 스중난은 늘 생각한다. 이놈의 사회는 돈이 최고다. 그 돈이 힘들게 모은 것이든, 타인을 착취해 얻은 것이든 상관없다. 돈이 있으면 무조건 존중받는다. 이 속물적인 사회 법칙에 동의하지 않더라도 홍콩이라는 도시에서 살아남으려면 그 법칙에 복종할 수밖에 없다.

스중난은 얼마 전 아하오가 했던 말을 떠올렸다. "도태되는 쪽이 되지 않으려면 도태시키는 계층이 되어야 해."

차가 부이윈로_{北京路}로 들어섰다. 아이스퀘어_{iSquare} 빌딩 앞에 차가 멈췄다. 스중난과 스투웨이가 차에서 내리자 도리스가 차를 몰고 사라졌다.

"셋이 같이 식사하는 게 아니었습니까?"

스중난이 조금 머뭇거리며 물었다.

"업무 미팅이 아니니까 도리스가 참석하지 않아도 돼요."

스투웨이가 웃으면서 반문했다.

"아니면, 나보다는 도리스와 함께 식사하는 걸 더 바랐던 건가요?"

"아, 아뇨! 그건 아닙니다."

"그렇다고 해도 잘못된 건 아니죠."

스투웨이가 소리 내어 웃었다.

"도리스 같은 미인 앞에서 남자라면 마음이 흔들리겠지요."

"혹시…… 도리스와……."

스중난은 질문을 하려다 말았다. 너무 당돌해 보일 것 같았다.

"그녀는 비서일 뿐입니다."

스투웨이가 개의치 않는다는 듯이 말했다.

"중국어에 이런 속담이 있죠? 토끼도 제 굴 주변의 풀은 먹지 않는다. 도리스는 훌륭한 직원이죠. 그녀의 업무 효율에 영향을 주거나 업무관계에 손해 될 일은 하고 싶지 않아요. 뭐, 내 주변에는 업무상 아무 관련도 없으면서 도리스보다 예쁘고 섹시한 여성도 여럿 있으니까요."

스중난은 사장과 조안을 떠올리지 않을 수 없었다. 이런 차이점이 바로 사장이 평생 노력해도 스투웨이가 될 수 없는 이유가 아닐까?

두 사람은 아이스퀘어 쇼핑몰로 들어가 엘리베이터를 탔다. 스투웨이가 엘리베이터의 31층을 누르자 스중난은 깜짝 놀랐다. 아이스퀘어는 종합 쇼핑몰로 옷, 전자제품 등의 상가를 비롯해 은행, 식당, 아이맥스 영화관 등이 입점해 있다. 20층 이상은 전부 고급 식당인데 높은 층일수록 식당의 급도 높다. 한 끼에 1, 2천 홍콩달러나 하는 식당이라 스중난의 월급으로는 꿈도 꿀 수 없는 곳이다.

"오늘은 내가 사는 거니까 딴소리하지 마요."

스투웨이는 스중난의 마음을 읽은 듯 가볍게 말했다.

"아, 고…… 고맙습니다."

스중난은 예의상으로나마 자기가 사겠다고 말하려다가 그만두었다. 혹시라도 스투웨이가 덜컥 그러라고 해버리면 자신의 지갑 상황이 난감해진다.

엘리베이터 문이 열리자 '톈딩쉬안天鼎軒'이라는 중국 요릿집이 나타났다. 미색 대리석을 위주로 중국식과 서양식이 섞인 듯한 인테리어로 벽이 꾸며져 있다. 입구에는 자주색 유니폼을 입은 여성 종업원이 서 있었다. 이십대로 보이는 그녀는 몸매가 패션모델 같았고 얼굴은 패션모델보다 아름다웠다.

"안녕하세요, 스투웨이 씨. 이쪽으로 오시죠."

종업원이 스투웨이를 보더니 먼저 인사를 건네고 그와 스중난을 안내했다. 스중난은 이런 고급 식당이 처음이었다. 스투웨이의 이름조차 확인하지 않는 것을 보니 그가 이 식당에 자주 오는 모양이었다.

두 사람은 독립된 별실로 안내되었다. 스중난은 자신의 추측이 틀리지 않았음을 느꼈다. 그 방은 양면이 전면 유리창이어서 빅토리아 항구 동쪽의 멋진 풍경을 조망할 수 있었다.

방이 그리 넓지는 않지만 12인용 원탁은 들어갈 정도다. 지금은 그릇과 수저 등이 두 벌 준비된 네모난 탁자만 놓여 있다. 스중난은 이곳이 고급 중식당 톈딩쉬안의 귀빈실임을 확신했다. 문 옆에는 또 다른 여성 종업원이 서 있었다. 이 방으로 안내한 종업원만큼 미녀였다.

스중난은 오늘 정장에 넥타이를 매고 오길 다행이라고 생각했다. 평소처럼 셔츠만 입고 나왔다면 실례였을 것이다. 스투웨이가 회사에 참관을 온 다음부터 사장은 모든 직원에게 '적절한 복장'으로 출근하라고 지시했다. 전문가 집단에 어울리는 이미지 운운하면서 말이다. 사장은 돌발적인 스투웨이의 방문에 회사의 비전문가적인 이미지가 심어지게 될까 봐 걱정했던 것 같다.

스투웨이가 손을 뻗어 자리에 앉으라고 권했고, 그 자신은 별실 입구에서 먼 쪽 자리에 앉았다.

"이 방은 조명에 신경을 많이 썼어요. 실내가 밝은데도 바깥 야경이 잘 보이죠. 조명 디자이너가 고심했다는 게 느껴진답니다."

스투웨이의 말에 스중난도 창밖으로 시선을 던졌다. 빅토리아 항구 양쪽으로 늘어선 마천루가 막 기울어가는 석양 아래서 붉은색 옷을 입은 듯이 보였다. 거리에는 색색의 네온사인이 하나둘 켜지면서 이 도시의 밤이 시작되었음을 알렸다. 일본 에도 시대의 쇼군은 성루에 높이 앉아 거리를 메운 등불을 바라보았다고 한다. 어쩌면 현대인들은 그런 허영심을 복제해 야경을 내려다보며 세상을 발아래 둔 것 같은 착각을 하는지도 모른다.

직원이 들어와 스투웨이에게 메뉴판을 건넸다. 스투웨이는 메뉴판을 받지 않고 스중난에게 물었다.

"못 먹는 음식 있습니까? 예를 들어, 해삼 같은?"

"없습니다."

스중난이 고개를 저었다.

"잘되었군요. 위딩御鼎 코스로 합시다."

직원이 미소를 지으며 고개를 끄덕였다. 그녀가 나가자마자 머리가 긴 종업원이 들어왔다. 이번 종업원은 자주색 유니폼이 아니라 넥타이를 맨 검은색 정장 차림이다.

"스투웨이 씨, 오늘 저녁은 어떤 술로 할까요?"

그녀가 스투웨이에게 주류 목록을 보여주었다.

"음……."

스투웨이는 안경을 치켜올리면서 목록을 훑어보았다.

"부켈라 카베르네 소비뇽 2012년산으로 합시다."

"부켈라 카베르네 소비뇽 2012년산, 알겠습니다."

스중난은 이 여성이 소믈리에라는 것을 눈치챘다. 그녀는 스투웨이의 선택을 반복하여 읊은 다음 그가 가볍게 고개를 끄덕이는 것을 확인하고 방을 나갔다.

"중난, 포도주를 마시지 않는 것은 아니겠죠?"

스투웨이가 갑자기 생각난 듯이 물었다.

"마십니다, 당연히 마십니다…… 포도주를 잘 아는 것은 아니지만요. 중국 요리에 포도주를 곁들이는 것은 처음이고요."

"나는 홍콩에서 결혼식 때는 다들 중국 요리에 포도주를 내는 줄 알았어요. 처음이라니까 이번에 제대로 마십시다. 부켈라 와이너리의 카베르네 소비뇽은 유럽의 비슷한 등급 포도주에 뒤지지 않아요. 내가 보증하죠."

"유럽에 뒤지지 않는다…… 이 술은 프랑스산이 아닌가요?"

스중난은 재산이 수십억이 넘는 스투웨이라면 마땅히 프랑스 보르도산 포도주를 마실 거라고 생각했다.

"미국 포도주죠. 부켈라 와이너리는 나파밸리에 있습니다. 실리콘밸리와 마찬가지로 캘리포니아고요. 나와 이노우에가 아이소토프를 설립하고 초기에 나파밸리로 직원여행을 몇 번 갔답니다. 차로 두 시간이면 도착하거든요. 캘리포니아에 가본 적이 있습니까?"

"캘리포니아는 고사하고 미국도 가본 적이 없습니다. 제일 멀리 가본 곳이 일본이죠."

"그렇다면 기회가 있을 때 꼭 가보세요……."

스투웨이가 캘리포니아의 명소들을 설명해주는 사이에 소믈리에가 어두운 빛깔의 병을 들고 왔다. 병에는 흰색 라벨이 붙어 있고 그 위에 예술적인 서체로 '2012'라고 적혀 있다. 라벨 윗부분에는 붉은색 봉랍이 붙어 있다. 전체적으로 미니멀리즘의 느낌을 주었다.

"부켈라 카베르네 소비뇽 2012년산입니다."

소믈리에가 포도주 이름을 다시 읊고 스투웨이에게 라벨을 보여주었다. 스투웨이가 고개를 끄덕이자 탁자 옆으로 물러나와 코르크를 땄다. 소믈리에는 먼저 스투웨이의 잔에 술을 절반쯤 따랐다. 스투웨이가 잔을 들고 붉은색 액체를 불빛에 비춰보았다. 이어서 포도주의 향기를 맡고 또 가볍게 한 모금 맛을 보았다.

"음."

스투웨이가 고개를 끄덕이자 소믈리에가 스중난의 잔에 포도주를 절반쯤 채우고, 다시 스투웨이의 잔에 절반 가까이 따랐다.

스중난은 이렇게 정식으로 포도주를 마셔본 적이 없다. 평소에는 슈퍼마켓에서 포도주를 사서 잔에 가득 따라 꿀꺽꿀꺽 마신다. 스중난은 오늘 중국 요리를 먹어서 다행이라는 생각을 했다. 중국 요리에 포도주를 곁들이는 것은 어쨌든 정통적인 방식은 아니니 술을 마실 때 특정한 에티켓 같은 것은 없을 터였다. 오늘 프랑스 요리를 먹었다면 식사 예절 때문에 낭패를 보고, 스투웨이에게 나쁜 인상을 주었을 것이다.

"자, 들어요. 난 늘 이 술과 항저우 요리가 잘 어울린다고 생각한 답니다. 캘리포니아산 포도주는 유럽 포도주보다 산도가 낮고 특유의 과일향이 있지만 음식의 풍미에 영향을 주지 않으니까요……."

스중난은 포도주를 한 모금 삼켰다. 그러나 이 맛에 대해 뭐라고 표현해야 할지 알 수 없었다. 프랑스산 포도주 맛을 모르기 때문이다. 그래도 지금 이 술이 매우 향기롭고 맛있다는 것은 느낄 수 있다. 스투웨이가 이 술을 좋아하는 이유도 알 것 같다.

스투웨이가 포도주 이야기를 이어가는 동안 자주색 유니폼을 입은 직원이 은접시를 들고 왔다.

"항저우 용정하인龍井蝦仁입니다."

스중난은 중국 요리란 커다란 접시에 나온 요리를 각자 덜어 먹는 것이라고 생각했다. 그런데 이곳에서는 프랑스 요리처럼 각자의 요리가 따로 나왔다. 작은 접시 위에 놓인 새우살은 윤기가 흐르고 속이 보일 정도로 투명하다. 요리를 접시에 놓은 모양도 아름다워서 차마 손 대기 아까울 지경이다.

이어 정갈하고 맛있는 요리들이 차례로 식탁에 올랐다. 밀즙화방蜜汁火方, 간작향령乾炸響鈴, 서호초어西湖醋魚, 동파육東坡肉…… 정통 항저우 요리가 빠짐없이 차려졌다. 항저우와는 별 관련 없는 전복, 해삼, 말린 부레 등의 진귀한 해산물도 다양하게 조리되어 나왔다. 검은 송로버섯, 아스파라거스 같은 서양식 식재료도 끼여 있어서 신선하고 융합적인 요리의 품격을 더했다. 각 접시마다 요리 양은 적지만 가짓수가 많아 스중난은 일본식 가이세키懷石 요리*가 생각났다. 요리가 나오는 순서나 플레이팅 수법 같은 것을 보면 오히려 서양 요리에 더 가까워 보였다.

식사하는 동안 스투웨이는 즐겁게 웃었고, 대화가 끊이지 않았다. 그러나 화제는 음식, 차, 여행이라는 세 가지 범위에서 빙빙 돌았다. 스중난은 지난번에 자신을 '말이 통하는 사람'이라고 표현한 그의 말을 떠올렸다. 그 말의 숨은 의미를 알고 싶었지만 지금은 자신의 마음을 눌러두어야 했다. 지티넷이나 SIQ의 투자에 대해서는 입도 벙긋하지 않았다. 자기가 먼저 그런 말을 꺼냈다가는 그와 인맥

---

* 작은 그릇으로 다양한 음식이 순차적으로 나오는 일본의 연회용 코스 요리.

을 쌓고 싶어 하는 본심을 들킬 수 있고, 자신은 수동적인 입장에 처해질 것이다.

스중난이 인내심을 갖고 기다린 결과, 스투웨이가 먼저 입을 열었다. 그는 홍콩문화센터에서 만난 날의 이야기를 꺼냈다. 그런데 스중난이 상상하던 이야기와는 너무 달랐다.

"중난, 고전음악을 좋아한다는 친구 이야기는 거짓말이죠?"

제비집으로 만든 디저트를 먹은 뒤 포도주를 마시며 스투웨이가 물었다.

"예?"

스중난은 자신이 잘못 들은 줄 알았다. 그의 몸이 바짝 긴장했다.

"지난 토요일 말입니다. 사실은 혼자 홍콩문화센터에 갔던 거죠? 연주회를 보러 간 것도 아니고."

스투웨이가 포도주 잔을 가볍게 돌리며 평온한 어조로 말했다.

스중난은 심장이 빠르게 뛰기 시작했다. 심장 소리가 맞은편 스투웨이에게까지 들릴 것만 같았다. 애써 당황한 마음을 감추며, 그날의 만남은 순전히 우연이었다고 밀고 나가려 했다. 그러나 막 입을 열려는 순간 그게 '정답'이 아니라는 생각이 들었다.

"어…… 그렇습니다. 저는 일부러 스투웨이 씨를 만나려고 거기에 갔던 겁니다."

스중난은 마음을 단단히 먹고 직설적으로 대답했다.

"아주 좋습니다."

스투웨이가 만족스럽게 웃었다.

"판단력이 훌륭하군요. 숨길 때와 솔직할 때를 구분할 수 있어야 합니다. 비즈니스 관계에서 거짓말이나 약간의 수단을 동원하는 것은 흔한 일이지요. 저도 이해합니다. 다만 상대방이 자기 패를 다 알고 있는데도 끝까지 거짓말하는 것은 일종의 모욕이기도 하죠."

그 말에 스중난은 마음을 무겁게 누르던 바위가 치워진 듯했다.

"그럼 다시 묻겠습니다."

스투웨이가 포도주 잔을 내려놓았다.

"지코인과 가십의 금융상품화라는 아이디어는 당신의 임기응변이었지요? 사실은 당신네 회사에 그런 개발 계획이 없었던 것 아닙니까?"

"……맞습니다."

"중난, 축구 좋아합니까? 그러니까 사커 말입니다, 미식축구 말고."

"자주 보지는 않지만 가끔 유럽 리그전을 봅니다."

스중난은 그가 왜 화제를 바꾸었는지 어리둥절했다.

"홍콩 사람들은 열 중 아홉은 축구를 좋아한다던데요. 그럼 일류 공격수와 보통 공격수에 어떤 차이가 있는지 아십니까?"

스투웨이가 웃으며 물었다.

스중난은 여전히 이런 질문을 하는 의도를 알 수 없었다. 그는 고개를 저었다.

"기회를 잡는 능력의 차이입니다. 예를 들어, A팀 공격수는 슛 열 번에 한 번 골을 넣고, B팀 공격수는 슛 다섯 번에 한 번 골을 넣는 다고 합시다. 한 경기에 슛 기회가 일곱 번이라면, A팀은 그 경기에서 0 대 0으로 비기는 게 가장 좋은 결과겠지요. 반대로 B팀이라면 1 대 0으로 이길 가능성이 있습니다. 이런 비유가 너무 단순화한 것인지도 모르지만, 핵심은 일류 인재라면 짧은 시간에 흐름을 파악하고 이익과 손해를 분석해서 기회를 잡아 최대 수익을 얻어낸다는 겁니다. 공격수는 운이 좋으면 한 경기에서 대여섯 골을 넣기도 합니다. 그러나 진정한 인재는 리그전에서 매 경기 안정적인 실력 발휘를 할 수 있어야 합니다. 언제든 슛 기회가 오면 그걸 잡을 수 있어야 하죠. 훌륭한 코치라면 후자를 선택할 거고요."

스투웨이는 잠시 말을 멈추고 검지손가락으로 스중난을 가리켰다.

"당신네 회사에선 오직 스중난 당신만 그런 능력을 갖췄습니다."

"과, 과찬이십니다."

"내가 일부러 트집 잡으면서 당신네 회사 수익 모델에 의문을 표시했을 때, 사장인 리처드는 한마디도 못 했어요. 두뇌 회전이 빠르지 않을 뿐 아니라 기본적인 대처 능력도 부족합니다. 다른 직원들도 중국인의 전통적인 '주종관계'에 갇혀서 나설 생각도 하지 않았지요. 적게 일하고 적게 실수하겠다는 거죠. 하지만 당신은 그 순간 제일 중요한 건 일단 나라는 월척을 붙잡아두는 것임을 알았죠. 그래서 근거도 없는 아이디어를 과감히 제시했고요. 심지어 영업 비밀이라는 그럴듯한 말로 내 관심을 되돌려 놓았죠."

스중난은 그제야 깨달았다. 그날 스투웨이가 지티넷에 대해 의문을 표시한 것은 일종의 시험이었던 것이다.

"당신 태도가 하도 당당해서 거의 속을 뻔했습니다."

스투웨이가 미소를 지었다.

"리처드가 얼굴에 생각이 다 드러나는 사람이 아니었다면, 난 정말 당신네 회사에서 '가십의 선물先物 상품화' 같은 황당한 일을 모색하는 줄 알았을지도 모릅니다. 솔직히 말해서 그 아이디어는 정말 어리석어요. 가십이란 실체가 없기 때문에 무제한으로 복제할 수 있습니다. 수요와 공급의 관계가 아니므로 물건처럼 투자, 거래한다는 생각이 성공하면 신기한 일이지요. 하지만 세상에는 이보다 더 황당무계한 금융상품도 분명히 존재합니다. 예를 들어 신용부도스와프credit default swap는 도박 아니면 사기인데, 기업 간에 효과적인 금융상품일 뿐만 아니라 심지어 화려하게 포장해 대중에게도 판매했지요…… 물론 2008년 금융위기 이후로 대중들이 진실을 다 알게 되었지만."

2008년 투자은행 리먼브라더스가 서브프라임 모기지론 위기로 파산했다. 그 후 그들이 신용부도스와프 상품을 채권으로 포장해 홍콩, 타이완, 싱가포르 은행을 통해 일반 고객에게 판매함으로써 결국 이들 고객의 재산을 잃게 한 일이 폭로되었다.

스중난은 사장의 지시 하에 자신과 아하오가 그 '황당한 일'을 열심히 모색 중이라고 말할 뻔했다. 2주 뒤에 당신에게 보여주기 위해 밤낮 없이 연구 중이라고 말이다. 하지만 스중난도 '가십의 선물 상품화' 같은 것은 그냥 지껄인 말에 불과하다는 것을 안다. 그 아이디어를 구체적이고 합리적인 보고서로 만들어낸다는 것은 꿈같은 일이다. 그러잖아도 아하오와 둘이서 이 일을 어떻게 수습할지 골머리를 앓았다. 깊이 들어갈수록 그게 얼토당토않은 아이디어라는 것이 명확해지는 중이었다.

"그 어쭙잖은 아이디어는 넘어가고, 그날 당신이 보여준 태도만큼은 90점 이상이었습니다."

스투웨이가 잠시 말을 멈추고 씩 웃었다.

"그래서 두 번째 시험을 했는데 당신은 기대를 저버리지 않았죠."

"두 번째 시험이라니요?"

"내가 왜 고전음악 이야기를 하고 토요일에 연주회를 보러 간다는 개인적인 일정까지 흘렸을까요?"

스중난은 머리를 한 대 맞은 듯했다. 모든 것이 스투웨이의 계획이었다. 그는 스투웨이를 붙잡았다며 기뻐했지만, 알고 보니 전부 스투웨이의 손바닥 안이었다.

"오늘 이 자리는 당신에게 주는 내 축하 선물입니다."

스투웨이가 포도주 잔을 들어올렸다.

"나는 결단력, 행동력 그리고 기회포착력을 갖춘 인재를 만나면 멋진 식사를 대접하고 좋은 술을 한 병 주문합니다. 그런 인재들이 지금 SIQ의 훌륭한 파트너가 되었죠."

경마에서 이기기라도 한 듯 스중난의 가슴속에 만족감이 가득 차올랐다. 그는 속으로 연신 고함을 질러댔다. 스투웨이가 명확하게 무언가를 약속한 것은 아니지만, 그는 자신이 제대로 된 길을 선택했으며 성공적으로 IT 업계의 유명인사와 인연을 맺었다는 것을 확신했다.

"하지만 너무 흥분하지 말길 바랍니다."

스투웨이는 스중난이 대답하기를 기다리지 않고 말을 이어갔다.

"나는 그 인재가 보여주는 능력에 따라서 축하 선물 가격을 정합니다. 이 포도주는 겨우 200달러죠. 나는 1천 달러짜리 술을 산 적도 있습니다. 당신이 가십의 선물 상품화니, 주식매입증서니 하는 황당한 소리가 아니라 좀 더 실현 가능한 고급 아이디어를 내놓았다면 아마 우리는 지금 ICC 타워 100층에 앉아 있을 겁니다."

ICC 타워, 즉 국제상업센터International Commerce Centre는 서카오룽에 위치한, 홍콩에서 가장 높은 118층짜리 건물이다. 100층 이상은 6성급 호텔 및 고급 식당인데, 당연히 엄청나게 비싸다.

스중난은 그날 왜 더 좋은 아이디어를 내놓지 못했는지 후회스러웠다. 하지만 이제 눈앞의 기회만 잘 잡으면 된다. 그러면 나중에 ICC 타워에서 식사하는 것은 물론, 세계에서 가장 높은 건물인 두

바이 부르즈 할리파의 높은 층에 사무실을 갖는 것도 꿈만은 아닐 것이다.

"제가 홍콩문화센터에 연주회를 보러 간 게 아니라는 걸 어떻게 확신하십니까?"

"오늘 고전음악 이야기는 한마디도 하지 않았으니까요."

스투웨이가 낄낄거리며 웃었다.

"또 궁금한 게 있으면 물어보세요."

"SIQ가 왜 우리 회사를 고른 겁니까? 지티넷의 수익 모델이 돈을 벌지 못할 거라고 생각했다면 SIQ에서 투자할 이유가 없어요."

"메트컬프의 법칙Metcalfe's Law이 뭔지 압니까?"

"인터넷과 관련 있는……."

"맞습니다. 메트컬프의 법칙은 네트워크의 가치는 이용자 수의 제곱에 정비례한다는 것입니다. 즉 쉰 명의 이용자를 보유한 네트워크는 열 명의 이용자를 보유한 네트워크보다 다섯 배가 아니라 스물다섯 배의 가치를 갖습니다. 이 법칙을 인터넷 사업에 적용하면 대기업이 같은 업종의 중소기업을 계속 합병하려는 이유가 설명됩니다. 쉰 명의 이용자를 둔 네트워크가 열 명의 이용자를 둔 네트워크를 집어삼키면? 이용자 수는 20퍼센트 증가하지만 가치는 50퍼센트 증가하죠."

"그게 지티넷과 무슨 상관이 있습니까?"

"이해가 안 되나요?"

스투웨이가 의미심장한 미소를 띠었다. 그 순간 스중난은 답을 발견했다.

"SIQ가 미국에서 비슷한 기업에 투자를 했군요?"

"정답."

스투웨이가 그의 눈을 직시했다.

"자세한 사정은 더 말할 필요가 없겠지요. 다만 당신네 회사의 가십 거래라는 개념은 우리가 중점적으로 투자하는 다른 기업과 흡사합니다. 우리는 그 서비스가 텀블러나 스냅챗 정도로 성장할 것으로 기대하고 있어요. 그래서 전 세계적으로 비슷한 사업 모델의 작은 회사들을 찾고 있죠."

"그루폰이 유바이아이바이uBuyiBuy를 인수한 것처럼?"

"바로 그거죠."

2010년 초, 홍콩 젊은이 둘이 인터넷 소셜커머스 사업의 잠재력에 착안해 '유바이아이바이'라는 웹사이트를 론칭했다. 반년 후 이 회사는 세계 최대 소셜커머스 업체인 미국의 그루폰에 인수되었다. 당시 그루폰은 아시아 시장을 개척하기 위해 홍콩, 타이완, 싱가포르의 비슷한 기업을 동시에 인수했다.

"또 질문이 있습니까?"

"음…… SIQ는 홍콩에 자회사를 세우려는 건가요?"

스중난의 말에 스투웨이의 표정이 굳었다.

"왜 그렇게 생각합니까?"

"오늘 테슬라를 타고 오셔서요. 스투웨이 씨는 홍콩에 휴가차 오셨다고 했으니 렌트카를 타실 줄 알았습니다. 그런데 테슬라 같은 흔치 않은 차종은 홍콩 렌트카 업체에서 취급하지 않을 테지요. 홍콩 친구의 차를 빌린 것 같지도 않았고요. 차에서 얘기할 때 스투웨이 씨가 남의 차가 아니라 자가용을 언급한다는 느낌을 받았거든요. 미국에 거주하는 분이 홍콩에 자기 소유 차량이 있다면, 유일한 가능성은 SIQ가 곧 홍콩에 지사를 설립할 예정이고, 테슬라 모델S는 회사 명의의 차량이라는 겁니다. 오늘 카오룽통 혁신센터에서의 미팅은 SIQ를 대표해 홍콩 기업가들과 만난 건지도 모르겠군요."

"내가 실수한 것 같네요."

스투웨이가 가볍게 탁자 위의 포도주 병을 두드렸다.

"500달러짜리였어야 했는데."

스중난은 그의 완곡한 칭찬에 속으로 환호성을 질렀다.

"SIQ는 중국에 진출하려고 합니다. 우선 홍콩에 자회사를 세워 아시아 총괄본부로 삼을 예정이지요."

스투웨이가 망설임 없이 스중난의 추측을 인정했다.

"중국에는 많은 벤처기업이 있지요. 창립자는 대개 젊고 서구의 엘리트에 뒤지지 않는 뛰어난 인재들입니다. 최근 중국 경제 성장이 둔화되어 SIQ에서는 이 기회에 자본을 투입해 중국에서 잠재력 있는 신흥 IT 기업을 발굴하려고 합니다…… 하지만 내가 이번에 홍콩에 온 것은 이 일 때문이 아니에요. 현재 SIQ를 이끄는 사람은 카일이고, 나는 가끔 조력자 혹은 헤드헌터 역할을 할 뿐이죠."

오늘 그를 만나기 전에 스중난은 SIQ 관련 자료를 꼼꼼히 살펴 터라 그의 말이 사실임을 알고 있다. 유튜브에서 SIQ 관련 인터뷰나 기자회견 영상을 보면 오십대에 팔자 수염을 기른 카일 퀸시가 대개 출석하고 있었다.

"SIQ가 중국에 진출한다면 스투웨이 씨가 전면에 나서야 하지 않을까요? 아시아에서는 동양인 CEO가 현지 기업과 소통하기 좋을 테니까요."

"당신 말이 맞습니다. 하지만 나는 은퇴를 번복할 생각은 없어요."

스투웨이가 어깨를 으쓱했다.

"지금의 생활에 완전히 만족하고 있어요. 여러 나라를 돌아다니고 향기로운 술과 맛있는 음식을 즐기죠. 투자의 성패를 두고 골머리를 앓지도 않고, 기껏해야 가끔 회사에 자문을 해주는 정도의 일만 하며 지냅니다. 갑자기 비즈니스의 최전선으로 돌아가는 건 쉽지 않아요. 카일이 아시아 총괄책임자를 물색하고 있습니다."

"그럼 이노우에 씨는요?"

SIQ 창립자 셋 중에 두 명이 아시아인이다. 스중난이 보기에 그들이 아시아 시장 개척에 나서지 않는 것은 능력을 묵혀버리는 멍청한 짓이었다.

"하하하!"

스투웨이가 큰 소리로 웃었다.

"이노우에 그 친구요? 그가 지금 어디에서 무슨 일을 하고 있는지는 하늘이나 알 겁니다."

"네? 이노우에 씨가 SIQ 이사 중 한 분이 아닙니까?"

스중난이 당황하며 물었다.

"그 친구는 SIQ에 이름만 걸어두고 있습니다. 이사회에도 출석하지 않은 지 몇 년이나 되었지요. SIQ의 발전에는 영 관심이 없어요. 그는 천재지만, 기업 경영보다는 어딘가 처박혀서 기술을 개발하는 걸 더 좋아합니다. 나도 그를 몇 년째 못 만났고 연락처도 모릅니다. 이사회에서 그를 찾아야 할 일이 생기면 먼저 알고 이메일 같은 방식으로 연락이 오지요. 마치 회사 동향을 줄곧 지켜보고 있었던 것처럼요. 가끔 그 친구가 회사 보안 시스템을 해킹해서 우리를 감시하는 건가 의심스러울 때도 있죠……."

"그 정도로 대단하다고요?"

"대단하지 않으면 아이소토프의 엄청난 특허는 어떻게 얻었겠습니까?"

스투웨이가 피식 웃으며 대답했.

"특허 기술의 발명과 시스템 해킹은 다르니까요."

"케빈 미트닉이라는 이름을 들어본 적이 있습니까?"

스중난이 고개를 저었다.

"케빈 미트닉은 미국에서 컴퓨터 보안 자문회사를 경영하고 있습니다. 기업을 대신해 시스템을 점검하고 해킹에 취약한 부분이 없는지 알려주는 것으로 업계에서 유명하죠."

스투웨이가 오른손 검지손가락으로 허공에 시간축을 그렸다.

"그러나 2000년 이전의 그는 세계에서 가장 악명 높은 해커였습니다. 미국 컴퓨터 범죄 중에서도 최악의 수배범이었죠. 전 세계 수많은 기업과 정부 기관을 해킹해 기밀문서를 빼돌렸습니다."

"아하, 그럼 지금 이노우에 씨도…… 어라?"

스중난이 말하다 말고 입을 다물었다. 스투웨이의 말에 숨겨진 의미가 있다는 생각이 들었다.

"나는 아무것도 말하지 않았습니다."

이렇게 말하며 스투웨이가 윙크를 했다.

스중난은 더 파고들지 않기로 했다. 어떤 일은 드러내놓고 떠들어서는 안 된다. 그는 이노우에가 여러 인터넷 보안 협정을 제정하는 데 참여했다는 자료를 읽은 적이 있다. 그렇다면 이노우에가 컴퓨터 해킹의 지식과 경험이 있다고 해도 이상하지는 않다.

"그 친구 이야기는 그만합시다. 또 질문 있습니까?"

사실 스중난은 자신도 이러저러한 해킹 기술을 알고 있으며 이러저러한 시스템에 침입한 적이 있다고 자랑하고 싶었다. 그런데 스투웨이가 계속해서 '질문'을 요구하는 것을 보니 뭔가 다른 의도가 있는 것 같다. 아마도 세 번째 시험인 듯하다. 스중난은 정확한 질문을 찾기 위해 지금 알고 있는 정보를 종합적으로 검토해보았다. 얼마 지나지 않아 올바른 질문을 찾아냈다.

"SIQ가 미국에서 지티넷과 비슷한 회사에 투자하셨으니 저희 회사가 투자를 받는 것은 거의 확실하겠군요. 그렇지요?"

"맞습니다."

"그럼 제가 스투웨이 씨를 도와드릴 일이 있을까요?"

스투웨이가 만족스러운 미소를 지었다. 스중난은 가장 합리적인 결론을 도출했다. 1, 2천만 홍콩달러가 SIQ에는 큰돈도 아니고 이미 지티넷 투자가 확정된 사안이라면, 새로 프레젠테이션을 요구하지도 않을 것이고 자신에게 내부 상황을 들을 필요도 없다. 그러나 스투웨이는 자신이 먼저 저녁식사를 제안했다. 그것은 스중난이 SIQ의 이번 투자 안건에 어떤 가치가 있다는 뜻이다.

"SIQ가 당신 회사에 투자한 뒤에도 리처드가 계속해서 CEO를 맡을 겁니다만……."

'사장'이 아니라 'CEO'라고 칭하는 그의 말에 스중난은 그만 웃음을 뿜을 뻔했다.

"그가 모회사의 발전에 보조를 맞춰 임무를 제대로 수행해낼지 확신하기 어렵군요. 나로서는 관찰력과 상황 대처력이 뛰어난 직원이 따로 회사 운영에 대해 적절히 보고해주길 바랄 수밖에 없어요."

"그러니까 저에게 '정보원'이 되라는 거군요?"

스중난이 미소를 지었다.

"그건 좀 부정적인 표현이고, 비공식 내부감찰원이라고 하면 적당할 것 같군요."

스투웨이도 미소를 되돌려주었다.

"뭐든지 분부만 하십시오."

스중난이 일어서서 오른손을 내밀었다. 스투웨이 역시 일어서서 그의 손을 잡았다. 협상이 타결되었다.

두 사람은 계속해서 술을 마시며 한담을 나눴다. 화제는 여전히 요리와 차 주변을 맴돌았다. 다만 스중난은 한 시간 전과는 완전히 다른 기분이었다. 그가 줄곧 기다려온 기회가 눈앞에 나타났다. 그의 계획이 구체적인 실행 단계로 들어섰다.

"돌아가야 할 때가 되었군요."

스투웨이가 손목시계를 보며 말했다. 밤 9시 30분이다.

"웬만하면 한 잔 더 하고 싶지만 내일 아침 또 약속이 있어서 어쩔 수 없군요."

스중난은 약간 아쉬웠지만 조급하면 안 된다고 스스로 다독였다. 그는 이미 SIQ로 통하는 입장권을 손에 넣지 않았는가.

"미국으로 돌아가기 전에 따로 뵐 기회가 있을까요?"

스중난이 물었다.

"다시 연락합시다. 당신 전화번호도 알고 있으니."

스투웨이가 손에 쥔 블랙베리 휴대폰을 흔들었다.

똑똑.

별실 문을 두드리는 소리가 났다. 마지막 요리가 나오고 문이 닫힌 뒤에는 종업원이 한 번도 들어오지 않았다. 이런 고급 식당에서는 손님이 은밀한 공간에서 업무상 이야기를 할 수 있게 해주는구나, 라고 스중난은 생각했다.

"아, 도리스."

문으로 들어온 사람은 종업원이나 소플리에가 아니라 스투웨이의 비서 도리스였다. 그녀는 말없이 문가에 서서 상사의 지시를 기다렸다.

"중난, 집이 어디에 있습니까?"

스투웨이가 물었다.

"다이아몬드힐Diamond Hill 입니다."

"이런…… 내 숙소는 완차이라서, 홍콩섬에 산다면 가는 길에 태워주려고 했는데."

스투웨이가 턱을 매만졌다.

"신경 쓰지 마십시오. 지하철로 가면 됩니다."

아이스퀘어 빌딩은 침사추이역과 연결되어 있다.

"그렇다면 다행이군요."

세 사람이 식당을 나가는데 자주색 유니폼 종업원들과 양복 차림의 지배인이 공손히 배웅했다. 계산대를 거치지 않고 나가기에 스중난은 당황했다. 하지만 곧 도리스가 이미 처리했을 거라는 데 생각이 미쳤다.

스중난은 가벼운 발걸음으로 지하철을 탔다. 붐비는 시간이 아니라서 빈 자리도 많았지만 늘 그렇듯 문 옆에 기대어 섰다. 그리고 서류가방에서 휴대폰을 꺼내 전원을 켰다. 식사하는 동안 확인하지 못한 메시지에 답한 다음, 스투웨이가 홍콩에 머무는 동안 어떻게 그와 좀 더 가까운 관계로 발전할지 골똘히 생각했다.

스중난은 오늘 저녁이 완벽하게 느껴졌다. 그 어떤 일도 지금의 기분을 망치지 못할 것 같다.

그러나 그가 틀렸다.

그는 오늘의 기적 같은 일을 곱씹으며 별생각 없이 차량 내부를 훑고 있었다. 그때 가운데 좌석 오른쪽에 앉은 남자가 눈에 띄었다. 뭔가 이상했다. 한 번 더 그 남자를 흘낏거렸다. 스중난의 머릿속 의혹이 곧 불안으로 바뀌었다.

스중난은 저 남자를 본 적이 있다.

세 시간 전 거리에서 스투웨이를 기다릴 때였다. 그는 회사 사람들에게 들킬까 봐 주변을 계속 두리번거렸다. 그때 저 남자가 신문을 들고 친구를 기다리는 척하며 자신과 10미터쯤 떨어진 곳에 있었다. 바로 지금 스중난과 저 남자가 떨어진 거리만큼 사이를 두고 있었다.

'우연일까?'

지하철이 몽콕역에 도착했다. 스중난은 쿤통선으로 갈아타려고 열차에서 내린 뒤 불시에 뒤돌아보았다. 그 남자가 자신과 마찬가지로 플랫폼에 서 있었다. 순간 가슴이 서늘해졌다.

'나를 미행하는 건가?'

스중난은 괜히 눈에 띄는 동작을 해서 상대방이 경계하게 하고 싶지 않았다. 왜 나를 미행한단 말인가? 내가 SIQ의 주요 인사와 따로 만나는 걸 사장이 알아낸 걸까? 혹시 스투웨이가 만나는 사람이 누구인지 조사하는 산업 스파이일까?

'아니면 혹시……'

스중난은 또 다른 가능성을 떠올렸다.

그는 의식적으로 방금 주머니에 넣은 휴대폰을 쓰다듬었다.

'경찰일까?'

스중난은 속으로 자문자답했다.

'아니지, 경찰이라면 집으로 찾아왔을 거다.'

그는 자신의 '악행'이 밝혀져도 사복 경찰이 뒤를 밟는 수고는 하지 않을 거라고 생각했다. 사복 경찰에게 쫓기려면 범죄 조직의 수뇌 정도는 되어야 할 것이다.

몽콕에서 열차를 타는 사람이 많아서 스중난은 곧 그 남자를 놓쳤다. 다이아몬드힐역에 내려서 플랫폼을 둘러보아도 그 남자는 없었다. 집으로 걸어가며 수시로 주변을 살폈지만 역시 의심스러운 인물은 보이지 않았다.

'내가 너무 예민했을까?'

스중난은 집으로 돌아와 생각했다. 애써 고개를 저으며 그 남자에 대한 생각을 밀어내려 했다. 오늘 저녁은 자신의 인생에서 이정표가 될 날이다. 마땅히 처음부터 끝까지 차근차근 되새겨볼 만하다.

띵.

휴대폰 메시지 수신 알림이 울렸다.

스중난은 넥타이를 풀고 편안히 컴퓨터 앞에 앉아 대기 모드인 컴퓨터가 켜지기를 기다렸다. 시스템 알림을 전하는 어니언 브라우저 창을 끄고 매일 출퇴근하는 땅콩게시판을 둘러보았다.

— 내일 저녁 7시로 시간을 바꿀까?

그녀의 메시지를 보고 스중난은 다시 지하철에서 본 그 남자의 얼굴이 떠올랐다. 어쩐지 그 남자가 유령이 되어 집이든 어디든 그늘에 숨어서 자신의 일거수일투족을 감시하고 있는 것 같았다.

02

"노스포인트North Point 방향으로 가는 열차가 곧 도착합니다. 내리는 승객이 먼저……."

플랫폼 방송의 여자 목소리에 아이는 정신이 들었다. 야우통油塘역 플랫폼에서 환승할 열차를 기다리던 그녀는 다시 한 번 멍하니 생각에 잠겼다. 아녜의 집에서 모 탐정이 녹음한 대화를 들은 후로 그녀의 머리는 며칠째 공백 상태였다. 저도 모르는 사이에 계속해서 그 일만 생각하게 되었다.

'수리리가 kidkit727이었어.'

아이는 아녜가 인터넷에 파문을 일으킨 그 게시글에 '변호사의 말투'가 들어 있다고 언급한 것을 기억한다. 그는 그 부분을 더 조사해보겠다고 했다. 아녜가 모 탐정을 시켜 그 일을 조사할 줄도 몰랐고, 더군다나 리리가 변호사의 조수를 통해 사건 정보를 빼냈으리라고는 상상도 못 했다. 이 사실을 알고 나니 아이는 범인이 단순히 샤오원을 공격한 정도가 아니라는 걸 깨달았다. 범인은 확실한 목적을 갖고 샤오더핑의 사건이 완결된 후 일부러 샤오원을 공격했으며 자료를 수집해 인터넷 내의 괴롭힘을 유도한 것이다.

다만 아이의 예상을 벗어난 것은 아녜의 반응이었다.

"자, 녹음한 것을 들었으니 이제 돌아가요."

아녜는 녹음에 나오는 마이 변호사의 증언에 아무런 감흥도 없는 것처럼 냉랭하게 말했다.

"돌아가라니요? 이 녹음으로 범인이 누구인지 밝혀졌잖아요? 왜 이걸 말해주지 않은 거예요? 내가 월급을 받으면 의뢰비를 더 받아내려고요?"

아이는 참지 못하고 성질을 부렸다.

"⋯⋯이것도 결정적인 증거는 아닙니다."

꾸물거리는 아녜의 태도에 아이는 거의 폭발할 뻔했다. 수리리는 아이폰을 사용한다. 범인이 이메일을 보낸 휴대폰 기종과 일치한다. 남자친구 때문에 샤오원과 절교했다. 샤오원에게 보복할 동기가 충분하다. 크리스마스이브 가라오케 사건을 아는 소수의 사람

중 한 명이고, 마이 변호사의 조수에게 샤오더펑 사건에서 공개되지 않은 내용을 알아냈다. 어느 면에서 보나 리리가 kidkit727이다. 증인, 증거, 동기 어느 하나 빠지는 게 없다. 아이는 결정적 증거가 아니라는 아녜의 말을 도무지 이해할 수 없었다.

아녜의 태도에 대해 그녀가 상상할 수 있는 유일한 이유는 그가 체면 때문에 결과를 인정하지 않으려 한다는 것이다. 자신은 온갖 최첨단 기술로 용의자의 범위를 좁혔지만 결국 업신여기던 모 탐정이 사건을 해결하고 손쉽게 핵심 증인을 찾아냈으니까.

아이는 아녜와 몇 분 동안 말씨름을 했지만 별 성과를 거두지 못했다. 결국 아녜가 리리를 다시 조사할 경우 아이와 꼭 동행한다는 약속을 받아내는 데 그쳤다. 그녀는 분노에 차서 집에 돌아왔고, 그날 밤늦게까지 잠을 이루지 못했다.

며칠간 아이는 리리와 궈타이, 샤오원 사이에 있었던 일만 오로지 생각했다. 리리가 그렇게까지 샤오원을 미워한 이유가 뭘까? 샤오원과 궈타이는 이미 헤어졌고 더 이상 친구로도 지내지 않는다. 샤오원이 삼각관계에서 한발 물러섰는데도 왜 악독한 수단으로 샤오원을 괴롭혔을까? 학교에서 마주했던 리리의 표정을 떠올리면 소름이 끼쳤다. 리리가, 샤오원이 죽을 거라고는 예상치 못하고 그런 짓을 저질렀고, 그 행동을 후회하며 눈물을 흘린 거라면, 그 애에게도 일말의 인간성이 남아 있다고 할 수 있다. 그러나 혹시 궈타이가 나중에 세 사람의 관계를 밝혀버릴까 두려워서 후회하는 척 연기한 것이라면 이 십대 소녀가 참으로 무섭지 않을 수 없다.

일요일 아침, 아이는 출근해서 당직 근무를 준비하고 있었다. 그때 며칠 만에 처음으로 아이의 휴대폰이 울렸다.

"내일 낮 12시 30분, 이눠중학교 앞."

발신번호가 없는데도 아이는 아녜의 목소리를 알아들었다. 명령조의 말투에 다시 분기가 차올랐다.

"무슨 뜻이에요? 내가 가라면 가고 오라면 오는 사람이에요? 나한테 시간이 있냐고 먼저 물어봐야 하잖아요!"

"내일 쉬는 거 다 압니다. 오기 싫으면 말아요. 짐짝이 없으면 나도 편하거든요."

아이는 얼굴이 붉으락푸르락했지만 더 할 말이 없었다.

"좋아요. 가지요."

아이가 차갑게 대답한 뒤 아녜에게 반문했다.

"그런데 이번엔 또 무슨 핑계로 궈타이와 리리를 불러낼 거죠? 교문 앞에서 잠복할 건가요?"

"책 반납이요."

"책…… 반납? 공주에게 대본을 돌려준다고요?"

"틀렸어요."

아녜의 목소리가 조금 멀어졌다. 고개를 돌려서 뭔가를 뒤적이는 것 같았다.

"전에 위안 선생님이 준 참고서 사이에 학교 도서관 책이 하나 섞여 있었어요. 아마 당신 동생이 사물함에 넣어뒀던가 본데, 선생님이 그 책까지 우리에게 준 거지요. 선생님과 통화해서 약속을 잡고, 궈타이에게 그 핑계로 학교에서 점심을 같이 먹자고 했습니다."

"샤오원이 도서관에서 책을 빌렸다고요? 무슨 책이에요?"

"『안나 카레니나』 상권."

아이는 의아했다. 기억 속의 샤오원은 라이트노벨 작품도 두껍다며 싫어했다. 수업시간에 교과서에서 읽은 것을 제외하면 자발적으로 소설을 읽은 적이 없는 아이다. 톨스토이와 러시아 문학에 관심을 보이는 샤오원을 상상하기가 어려웠다.

다음 날 낮 12시 넘어 아이는 다시 이뤄중학교 교문 앞에 섰다. 일주일 전과 다른 점은 하늘이 아주 맑다는 것이다. 유백색 외벽의 텐징호텔에 비친 햇빛이 반사되어 학교를 둘러싼 나무 위에 내리쬐고 있었다. 그러나 아이의 마음은 지난주보다 무거웠다. 리리를 만났을 때 어떻게 반응해야 할지 도무지 가늠할 수 없었다.

'왜 샤오원을 죽였냐고 직접적으로 물어볼까? 아니면 아무것도 모른다는 얼굴로 그 애가 정말 후회하는지 다시 살펴볼까?'

아이의 마음은 의문과 모순으로 가득했다. kidkit727을 반드시 찾겠다고 결심했지만, 지금 이 순간 다음 행동을 결정할 수가 없었다. 샤오원을 막다른 길로 내몬 악마를 증오하는 것은 분명하지만, 샤오원과 리리가 함께 찍은 사진을 보면 차마 그 원망의 마음을 전하지 못할 것 같다. 리리는 샤오원이 사랑했던 친구가 아닌가.

거리에 선 채 10분이 흘러갔다. 이뤄중학교의 점심시간이 시작되었다. 교복을 입은 소년 소녀가 우르르 교문으로 몰려나왔다. 아이가 더 기다리다 못해 그에게 전화하려는데 휴대폰에서 짧은 알림음이 들렸다. 문자 메시지가 도착한 것이다.

아이는 문자 메시지를 보고 미간에 주름이 잡혔다. 그러나 별수 없이 아녜의 지시에 따라 행동해야 했다. 그녀는 학교에 들어가서 지난주 만난 경비원에게 방문 목적을 말했다.

"아, 어우야이 씨죠? 위안 선생님이 책을 저에게 맡겨놓고 가시라고 하셨어요. 갑자기 일이 생겨서 시간을 낼 수 없다고 하시네요."

예순 살쯤 되어 보이는 경비원이 웃는 얼굴로 말했다.

"무슨 일이 생겼나요?"

아이는 깜짝 놀랐다.

"내일 기말고사 성적이 나가는 날인데 컴퓨터에 문제가 생겼대요. 전에 입력한 점수가 몽땅 삭제됐다는군요. 선생님들이 전부 내일까지 다시 입력하고 대조해야 해서 아침부터 교무실이 난리였답니다. 컴퓨터 관리 업체가 왔는데도 자료를 복구하지 못했대요."

"아⋯⋯."

아이는 아녜 같은 전문가라면 해결 방법이 있지 않을까 생각했다.

"어우야이 씨, 책은요?"

경비원의 말에 아이가 당황했다. 책은 아녜에게 있다. 그렇다면 경비원이 자신을 들여보내 주지 않을지도 모른다. 하지만 아녜는 귀타이와 리리를 도서관에서 만나자고 약속했다. 기다리다가 가 버리면 어떡하지?

그때 아녜가 말했던 단어 하나가 떠올랐다.

사회공학.

"제가 직접 도서관에 가져갈게요."

아이는 손가방을 톡톡 두드리며 이 안에 책이 있는 척 굴었다.

"제가 여기다 책을 놓고 가면 아저씨가 괜히 왔다 갔다 하셔야 하잖아요. 선생님들이 지금 정신없이 바쁜 상태니 아저씨도 할 일이 많으실 거 아녜요. 그렇죠?"

"그건 그렇지요."

경비원이 미소를 지으며 고개를 끄덕였다.

"원래 우리끼리 돌아가며 점심을 먹는데, 다른 경비원들이 교장 선생님에게 급히 불려가서 내가 지금 자리를 비울 수가 없어요. 도서관이 어디인지는 아시죠?"

"5층이지요?"

아이가 손가락으로 가리켰다.

"맞아요, 맞아. 그럼 부탁합니다."

"참, 지난번에 저와 같이 왔던 남자분 기억하세요? 오늘도 같이 오려고 했는데 갑자기 배가 아파서 화장실에 들렀다 온다네요. 제가 5층에 있다고 전해주시겠어요?"

"그럼요. 요즘 배앓이하는 사람이 많죠. 날씨가 워낙 더워서, 원. 식당에선 그런 걸 조심하지도 않고······."

아이는 경비원이 말을 맺기도 전에 고개를 꾸벅하고 계단을 향해 걸어갔다. 그녀는 이번 사회공학이 꽤 괜찮았다고 생각했다. 게다가 아녜를 '똥 누고 온 남자'로 만들었다. 아큐식의 정신승리라고는 해도 기분이 나쁘지 않았다.

"어우야이 씨! 잠깐만요!"

경비원이 부르는 소리에 아이는 깜짝 놀랐다. 뭔가 잘못된 걸까? 뒤돌아보니 경비원이 방문객 명찰을 건넸다.

"이거 가져가야죠."

경비원이 친절하게 말했다.

아이는 얼른 명찰을 목에 걸었다. 가능한 빨리 경비원의 시야에서 사라지고 싶었다. 급한 걸음으로 계단을 오르면서 역시 자신은 사기꾼 재목은 아니라고 생각했다.

도서관에는 지난번보다 사람이 많았다. 비록 네댓 명이지만 말이다. 그러나 고학년들은 책을 읽는 게 아니라 컴퓨터 좌석에 둘러서서 뭔가를 출력하고 있었다. 아마도 특별활동에 쓸 문서인 듯했다. 대출대를 지키고 있는 사람은 지난주에 만났던 두쯔위다. 이번에는 소설을 읽고 있지 않았다. 프린터를 사용하고 있는 학생들을 바라보고 있었다. 두쯔위는 입구에 서 있는 아이를 보고 의아한 표정을 짓더니 이내 예의 바른 태도로 고개를 숙였다.

"안녕하세요."

귀타이와 리리가 아직 오지 않은 것을 확인하고 아이는 우선 두쯔위에게 말을 걸었다.

"점심은 먹지 않니?"

"다른 도서위원과 교대로 먹어요."

두쯔위가 조금 어색해하며 대답했다.

"오늘 저는 점심시간에 30분만 일하고, 오후에는 다른 학생이 올 거예요."

아이는 월요일에 두쯔위가 점심시간 이후에 도서관 당번을 했던 것을 떠올렸다. 도서위원 당번도 고정적이지 않은 것 같다.

"오늘도 일이 있어서 오셨어요?"

두쯔위가 물었다.

"샤오윈이 책을 빌리고 반납하지 않은 게 있어서 그걸 돌려주러 왔어."

아이는 진실의 절반만 이야기했다. '수리리의 가면을 벗기러 왔어'라고 말할 수는 없으니까.

"어우야윈이 책을 빌린 줄은 몰랐어요. 제가 당번이 아닐 때였나 봐요."

두쯔위가 그렇게 말하고 입을 꾹 다문 채 아이의 얼굴을 뚫어져라 쳐다보았다. 아이는 이 이상한 침묵이 무엇을 의미하는지 알 수 없었다. 두 사람이 말없이 마주 본 채로 몇 초간 어색한 분위기가 이어졌다. 그러다 아이는 깨달았다. 두쯔위는 지금 아이가 책을 건네주기를 기다리는 것이다.

"아, 책……은 내가 가지고 있지 않아."

아이가 민망하게 웃으며 말했다.

"다른 분이 가져올 거야. 그러니까…… 지난주에 같이 왔던……."

"아."

두쯔위가 고개를 끄덕인 다음 프린터 주변의 학생들에게 시선을 돌렸다. 학생들이 프린터를 망가뜨리기라도 할까 봐 걱정되는 듯했다.

"야, 내가 도서관에 벌금을 내야 한다던데, 무슨 소리야?"

갑작스러운 말소리에 고개를 돌린 아이는 몸이 굳고 말았다. 상대도 아이를 보고 당황한 듯했다. 아이 옆에 서서 두쯔위에게 항의하는 여학생은 '공주' 리민이었다. 공주 옆에는 여학생 두 명이 함께였다. 화려한 머리 모양에 장식이 가득 달린 휴대폰을 들고 있었다.

'아마도 공주의 시녀들이겠지.'

아이가 속으로 생각했다.

"응?"

두쯔위가 공주에게 물었다.

"나한테 통보가 왔다니까! 내가 도서관에 내야 할 돈이 있다고."

공주는 아이를 알은 체도 하지 않고 두쯔위에게 말했다.

두쯔위가 키보드를 두드리더니 모니터를 보며 말했다.

"아, 전에 프린터 사용하고 돈을 내지 않았구나. 135홍콩달러인데, 학기가 곧 끝나니까 오늘 돈을 내지 않으면……."

게시판에 붙은 공지사항이 아이의 눈에 들어왔다. "여름방학 기간 중 도서관을 개방하지 않으니 학기가 끝나기 전에 책 반납과 이용료 정산을 마쳐주십시오"라고 쓰여 있다.

"이제 와서 돈을 내라니, 무슨 소리야!"

공주는 지기 싫은 듯 목소리를 높였다.

"난 상한선을 넘긴 적이 없어. 1인당 50장까지는 무료출력할 수 있잖아!"

"무료출력은 흑백만 해당돼. 넌 컬러 출력을 했다고 기록돼 있어. 한 장에 3홍콩달러씩 45장 값을 내야 해."

두쯔위는 담담하게 말했다.

"설정을 잘못해서 흑백 문서를 컬러로 출력한 거 아니니?"

"내가 그렇게 바보 줄 알아?"

공주는 두쯔위가 자신을 무시했다고 생각하는지 발칵 화를 냈다.

"도서관 프린터를 올해 처음 쓰는 것도 아닌데 이번에만 실수를 했겠어? 너희 시스템이 문제일 거야!"

"맞아, 맞아. 사람들이 다 자기처럼 바보 줄 아나 봐. 너 같은 다운 증후군 환자들이나 그런 실수를 하는 거야."

시녀 A가 끼어들었다.

"돈을 내지 않으면 선생님께 말씀드릴 수밖에 없어."

두쯔위가 조금 불쾌한 표정을 지으며 말했다.

"아하, 공장장은 선생님한테 고자질하는 것밖에 모르지? 얼른 가서 고자질해!"

시녀 B가 날카롭게 응수했다. 아이는 공장장이 무슨 뜻인지 몰랐지만, 아마도 학생들 사이의 은어 같은 것이려니 했다.

"그까짓 100홍콩달러가 없어서 이러는 거 아니야! 아무 이유 없이 돈을 낼 수는 없어!"

공주가 기세등등하게 외쳤지만 두쯔위는 아랑곳하지 않았다.

"뭐라고 하든 상관없어. 규칙은 규칙이야. 네가 돈을 내지 않으면 난 선생님께 말씀드릴 책임이 있고, 선생님은 네 부모님께 연락하시겠지."

"너 지금 우리 부모님을……!"

여학생들의 말싸움에서 아이는 한 발짝 물러서서 보고만 있었다. 여기서 유일한 어른이니 나서서 조율해야 하나 싶었지만, 방문객 명찰을 건 그녀가 끼어들었다가는 공주와 시녀들이 코웃음도 치지 않을 것이다. 아이는 긴 책상 쪽으로 물러나서 프린터 주변 학생들과 함께 공주의 소동을 바라보았다. 그때 리리와 궈타이가 문을 밀고 들어섰다.

"야이 누나, 안녕하세요."

궈타이가 예의 바르게 인사했고, 리리도 가볍게 허리를 숙였다.

리리와 마주친 순간 아이는 어떤 반응도 할 수 없었다. 머릿속이 복잡했다. 리리의 뺨을 때리거나 멱살을 잡고 왜 그런 짓을 했느냐고 추궁할까도 했지만 섣불리 행동에 옮길 수는 없었다. 리리도 샤오원이 죽을 줄은 몰라서 지독한 심리적 고통을 겪고 있는 게 아닐까? 아녜가 궈타이에게 한 말이 떠올랐다. 만약 리리가 평생 죄책감을 안고 살아간다면 그것은 지금 자신에게 폭행을 당하는 것보다 큰 벌일 것이다.

"누나, 형은요?"

궈타이의 질문에 아이의 생각이 멈췄다.

"아…… 그 사람은 지금 오는 중이야."

아이는 애써 마음을 가라앉히며 최대한 평온한 어조로 대답했다.

"네."

궈타이가 한창 말다툼 중인 공주와 두쯔위를 보더니 아이에게 물었다.

"저 애들은 왜 싸우는 거예요?"

"프린터 사용료에 문제가 생겼나 봐."

아이는 리리와 샤오원 생각을 잠시 미루고 궈타이에게 물었다.

"프린터를 쓸 때마다 현금으로 사용료를 내는 게 아니니?"

"보통은 그런데, 가끔 컴퓨터실이나 도서관에 당번이 없을 때는 시스템으로 사용료를 기록해요."

"누가 사용했는지를 어떻게 확인해?"

"각자 개인 계정이 있어요. 학교 게시판에 접속하는 것처럼 프린터를 쓸 때도 자기 이름과 비밀번호로 로그인을……."

쾅!

커다란 소리에 모두가 동작을 멈췄다. 공주와 두쯔위의 말다툼도, 귀타이와 아이의 대화도 끊겼다. 모든 사람의 시선이 도서관 문으로 쏠렸다. 그곳에는 트레이닝복 윗도리를 입은 아녜가 숨을 헐떡이며 서 있었다. 쾅 소리는 그가 문을 열어젖히는 소리였다.

"어…… 왔어요?"

아이는 그가 이렇게 다급한 모습으로 뛰어올 줄은 몰랐다.

"위안, 위안 선생님께 전화 좀 걸어줘. 도서관으로 오시라고 해."

그는 다짜고짜 대출대 앞으로 다가가 헐떡이는 목소리로 말했다. 두쯔위는 이유도 모르면서 곧바로 전화를 걸었다.

아녜가 아이 옆으로 와서 의자를 하나 빼고 털썩 주저앉았다. 아이는 무슨 일이냐고 묻고 싶었다. 하지만 그가 숨을 돌리고 이야기하자는 듯 손을 내저었다.

1분도 되지 않아 위안 선생님이 급한 걸음으로 도착했다.

"무슨 일이신가요?"

두쯔위가 내선 전화로 아녜의 이상한 태도를 간단히 설명한 모양이다.

아녜는 가쁜 호흡이 좀 가라앉자 의자에서 일어나 책상 위에 책을 한 권 내려놓았다. 톨스토이의 『안나 카레니나』 상권이다. 아이는 녹색 표지를 보고 타이완 위안징遠景 출판사가 1980년대에 출간한 책이라는 것을 알아보았다. 지금은 다른 출판사에서 나온 새 번역본만 살 수 있다. 절판된 세계명작 도서는 학교 도서관에서 찾기 쉽다.

"내, 내가 미처 못 봤는데…… 책 속에……."

아녜가 여전히 숨을 들이쉬며 겨우 말을 이었다.

"방금 차 타고 오면서 책을 넘겨보다가 이게 끼워져 있는 걸 발견했습니다……."

아녜가 책장을 넘겨 100쪽 근처를 펼쳤다. 책장 사이에 옅은 노란색 종이가 접힌 채 끼워져 있었다. 그가 종이를 펴서 책상 위에 놓았다. 아이도, 위안 선생님도 종이 위의 글자를 볼 수 있었다.

안녕, 낯선 사람.

당신이 이 글을 읽을 때면 아마도 나는 이 세상에 없을 거예요.
요즘 나는 매일 죽는 생각을 합니다.

가장자리에 만화 캐릭터가 그려진 편지지였다. 글을 읽어 내려가는 아이의 눈에 눈물이 차올랐다.

"샤오원, 샤오원의 글씨예요……."

아이는 목이 메었다.

위안 선생님은 경악했고, 귀타이와 리리, 공주 그리고 다른 모든 사람도 종이에 쓰인 내용을 보려고 목을 뺐다.

"샤오원이 유서를 남기지 않은 게 아니었습니다. 우리가 찾지 못했던 것뿐이에요."

아녀가 말했다. 그는 아이가 자세히 읽을 수 있도록 두 장의 종이를 나란히 펼쳐놓았다. 각각 열세 줄씩 한 면에만 글이 쓰여 있었다.

안녕, 낯선 사람.

당신이 이 글을 읽을 때면 아마도 나는 이 세상에 없을 거예요.
요즘 나는 매일 죽는 생각을 합니다.
정말, 정말 지쳤어요.
매일 밤 악몽을 꾸고, 꿈에서 나는
황야를 걷다가 시커먼 것에게 쫓깁니다.
쉼 없이 도망가고 소리치지만, 아무도 구해주지 않아요.
아무도 구해주지 않는다는 것을 나도 잘 알아요.
그 시커먼 것은 나를 찢고 산산조각 내면서
웃어요.
웃음소리가 무서워요.
제일 무서운 것은 꿈속에서 나도 웃고 있다는 거예요.

내 마음도 망가진 것 같아요.
나는 매일 수천 쌍의 악의적인 눈동자가
나를 노려보는 것을 느껴요.
그들은 내가 죽어야 한다고 생각해요.
나는 도망칠 곳이 없어요.
학교에서도 집에서도 생각해요, 지하철역에
안전문이 없다면, 열차가 들어올 때 한 걸음 내딛어

다 끝낼 수 있을 텐데.

내가 죽는 게 나아요. 어차피 다른 사람에게 폐만 끼치니까.

매일 교실에서 그 애를 훔쳐봅니다.

겉으로는 아닌 척하지만, 그 애는 나를 미워해요.

나는 그 애가 남몰래 어떤 일을 했는지도 알아요.

내가 남의 연인을 빼앗고, 마약과 원조교제를 했다고

"이 뒤는?"

아이가 다급하게 물었다. 종이를 뒤집어보았지만 뒷면은 비어 있었다. 그녀는 미친 여자처럼 『안나 카레니나』 상권을 넘겼다.

"뒤는 없어요. 두 장뿐이었어요."

아녜의 표정이 무거웠다.

"반쪽 유서를 보고 떠오른 생각이 있는데, 진짜인지 운을 시험해 봐야겠습니다."

아녜가 의아한 말을 내뱉더니 책장 쪽으로 뛰어갔다. 사람들은 어리둥절한 눈으로 그의 모습을 바라보기만 했다. 아녜는 어깨 높이의 책장 사이를 오가며 뭔가를 찾기 시작했다. 어느 순간 그의 시선이 한곳에 머무르더니 그가 다시 사람들 쪽으로 돌아왔다. 그의 손에는 책 한 권이 들려 있었다.

『안나 카레니나』 하권.

아녜가 빠르게 책장을 넘겼다. 그가 126쪽을 펼친 순간 아이는 그가 말한 운이 무엇인지 알았다. 그 책에도 옅은 노란색에 반으로 접힌 편지지가 끼워져 있었다. 아이는 손을 덜덜 떨며 종이를 폈다.

"다른 사람이 발견해서 쓰레기인 줄 알고 버렸다면 큰일 날 뻔했 네요."

아녜가 조그맣게 속삭였다.

그런데 종이에 적힌 내용을 보고 사람들은 모두 당황했다.

다.

이름을 썼지만 고소하고 싶은 것은 아니에요.

어차피 당신은 나를 모르고, 나도 당신을 모릅니다.

내가 바라는 것은 세상의 어느 낯선 사람이

내 이야기를 들어주고 내가 존재했음을 증명해주는 것뿐이에요.

당신이 이 글을 읽을 때 내가 이미 존재하지 않을지라도.

"문장이 연결되지 않는데요?"

궈타이가 말했다. 상권에 끼여 있던 유서의 두 번째 장 마지막 줄은 "내가 남의 연인을 빼앗고, 마약과 원조교제를 했다고"였다. 그런데 세 번째 장 첫 줄이 "다" 한 글자뿐이다.

"중간에 빠진 부분이 있는 거군요?"

위안 선생님이 외쳤다.

아녜가 하권을 들고 엄지손가락으로 책장을 꼼꼼히 훑었다. 세 번을 반복해서 살펴도 또 다른 종이는 나오지 않았다.

"『안나 카레니나』에 중권이 있니?"

아녜가 두쯔위를 보며 물었다.

"없어요······."

두쯔위가 대답하기 전에 아이가 먼저 말했다.

"저 판본은 상하 두 권이라고요······."

"그렇다면······."

아녜가 잠시 생각하더니 번쩍 고개를 들고 두쯔위에게 말했다.

"어서! 샤오원의 대출기록을 살펴봐."

"대출기록요?"

위안 선생님이 물었다.

"유서 앞부분은 샤오원이 대출해간『안나 카레니나』상권에서 나왔습니다. 그렇다면 샤오원이 도서관이 아니라 외부에서 유서를 책에 넣었다는 뜻입니다. 샤오원이 이 책 상권만 빌려서 유서를 반만끼워놓고 나머지 유서는 도서관에 와서 하권에 끼워 넣었다는 건말이 안 됩니다. 샤오원은 아마 책을 여러 권 빌렸을 겁니다. 그리고유서를 나눠서 각각의 책 속에 숨겼죠. 그리고 책을 반납할 때 실수로『안나 카레니나』상권을 빼뜨린 겁니다. 그러니까 유서 중간 부분은 샤오원이 빌렸던 다른 책에 들어 있을 가능성이 높습니다."

"샤오원이 왜 이렇게 했을까요?"

궈타이가 미간을 찌푸리며 물었다.

"모르겠어."

아녜가 고개를 저었다.

"자살 직후 곧 유서 내용이 공개되는 게 싫었을지도 모르지. 그리고 유서를 여러 권의 책에 나눠서 숨겨놓은 건 발견될 확률을 높이기 위해서일 거야. 요즘 학생들은 책을 잘 읽지 않으니까. 몇 년 뒤에야 이 책을 빌린 사람이 유서를 발견한다면 사건이 다 잊혀져서이걸 샤오원과 연관시키기가 힘들지."

아이는 가슴이 아팠다. 샤오원이 미지의 '낯선 사람'에게 유언을남겼으면서도 언니인 자신에게는 한 글자도 남기지 않았다는 사실이 괴로웠다.

"유서를 쓸 때 샤오원의 마음은 분명 모순적이었겠지요. 남에게자기 마음을 꽁꽁 감추면서도 한편으론 누군가에게 다 털어놓고 싫었을 겁니다…… 그래서 이런 방법으로 미지의 누군가에게 마음을 전한 거죠…….”

“대출기록을 찾았어요.”

두쯔위가 아네의 말을 잘랐다. 그녀는 모니터를 보면서 말했다.

“어우야원은 『안나 카레니나』 상하권만 빌렸어요. 다른 책은 빌린 게 없어요.”

“없다고?”

아네와 아이가 동시에 외쳤다.

“네, 없는걸요…….”

두쯔위가 키보드를 몇 번 더 두드리고 나서 말했다.

“4월 30일 방과 후에 책 두 권을 빌렸어요. 그중에서 하권만 5월 4일 반납했는데…… 3교시 끝나고 쉬는 시간에 반납했네요.”

샤오원은 5월 5일 자살했다. 아이는 두쯔위의 말을 듣고 다시 깊은 슬픔에 빠졌다. 그녀는 동생이 kidkit727의 이메일을 받기 전부터 죽음을 생각하고 있었다는 걸 몰랐다.

“그전에라도 다른 책을 빌린 적이 없니?”

아네가 묻자 두쯔위는 고개를 저었다.

“대출기록은 그 두 권이 전부예요.”

“저도 샤오원이 도서관에서 책을 빌려 읽는다는 이야기는 못 들었어요…….”

궈타이도 말했다.

“아!”

아이가 소리를 내뱉었다.

“어쩌면 샤오원의 다른 책에 있을지도 몰라요. 그 참고서라든지…….”

"위안 선생님, 저희는 집으로 가봐야겠습니다. 유서의 나머지 부분이 샤오원의 사물함이나 다른 곳에 떨어져 있지는 않은지 살펴봐주시겠습니까?"

아녜가 위안에게 말했다.

"걱정 마세요. 자세히 찾아보겠습니다."

아이는 유서 세 장을 품에 안고 위안에게 인사했다. 그러나 머릿속이 엉망진창이라 자신이 지금 무엇을 하고 있는지 인지하기도 힘들었다.

"다음에 보자."

도서관을 나서며 아녜가 궈타이에게 속삭였고, 궈타이는 고개만 끄덕였다.

교문을 나선 아이와 아녜는 워털루로를 따라 야우마테이역 방향으로 뛰다시피 걸었다. 아이는 정신이 반쯤 나간 채 손에 옅은 노란색 편지지만 움켜쥐고 걸었다. 리리를 만나서 어쩌겠다는 생각은 모조리 사라져버렸다. 지금은 범인을 만나는 것보다 동생의 유언을 찾는 일이 더 중요했다.

게다가 동생의 유언을 읽은 뒤로 아이는 더욱 불안했다. 온전하지 않은 유서에서 샤오원은 자신을 괴롭히는 사람이 누구인지 안다고 언급했다. '그 애'가 자신을 미워하는 것을 안다고 했다.

'샤오원은 리리가 범인인 것을 알고 있었어.'

아이는 그 사실이 너무도 가슴 아팠다.

"잠깐! 이쪽으로!"

아녜가 돌연 그녀를 붙잡아 세웠다. 아이가 고개를 돌려보니 아녜가 텐징호텔의 자동문을 가리키고 있었다.

"당신 집으로 가서 참고서를 찾아봐야 하지 않나요? 아까 차를 가지고 왔다고 했죠? 호텔 주차장에 주차해뒀나요?"

"질문은 나중에. 일단 나만 따라와요."

아네가 빠른 걸음으로 호텔 안으로 들어갔다. 아이는 영문도 모른 채 그를 뒤따랐다.

두 사람은 총총히 호텔 로비를 지나 엘리베이터를 탔다. 아네는 주차장이 있는 지하 1층이 아니라 6층을 눌렀다. 1분도 안 되어 엘리베이터 문이 열렸다. 아네는 아이를 데리고 왼쪽 복도를 따라 걸었다. 그리고 603호 객실 문 앞에 섰다. 문에 '방해하지 마시오'라는 팻말이 걸려 있었지만 아네는 깔끔히 무시했다. 그는 주머니에서 카드키를 꺼내 잠금쇠 부분에 갖다 댔다. 등이 빨간색에서 초록색으로 바뀌면서 문이 달칵 열렸다.

눈앞에 드러난 방 안의 모습에 아이는 할 말을 잃었다.

그녀는 비현실적인 느낌을 받았다. 603호는 홍콩의 일반적인 4성급 호텔 2인실과 별다르지 않았다. 더블침대, 평면 텔레비전, 옷장, 작은 책상, 작은 냉장고 등 평균적인 방이었다. 다만 침대 위에 각각 다른 색 전선으로 연결된 두 대의 태블릿이 있고, 책상에는 호텔에서 기본으로 제공하는 과일 외에도 도시락 크기의 검은 상자 몇 개, 두 대의 모니터, 터치패드가 달린 키보드가 올려져 있었다. 바닥의 양탄자에는 굵기가 다양한 케이블이 어지럽게 널려 있고, 그중 몇 가닥은 벽에 걸린 42인치 평면 텔레비전에 연결되어 있었다. 커튼을 친 창에는 삼각대 세 대가 놓여 있었다. 그중 왼쪽과 오른쪽 삼각대에는 각각 긴 렌즈와 짧은 렌즈의 카메라가 얹혀 있고, 중간 삼각대에는 위성신호 수신기처럼 생긴 원반 장치가 달려 있다.

그리고 가무잡잡한 피부에 눈빛이 매서운 남자가 책상 앞에 앉아 있었다. 아네보다 몇 살 많아 보였다. 그는 회색 폴로셔츠에 검은색 진을 입고 헤드셋을 낀 채 모니터만 주시하고 있었다. 얼마나 집중하고 있는지 아녜와 아이가 방에 들어섰을 때도 잠깐 흘끗하며 손을 들어 보였을 뿐이다.

아이는 이런 광경을 첩보 영화에서나 보았다. 지금 이 호텔 방은 마치 톰 클랜시의 소설처럼 중앙정보국 특공대가 적을 감시하는 기지 같다.

"움직임이 있었나?"

아녜가 창가로 다가가면서 남자에게 물었다.

"아직은 없어."

"여긴 내가 맡을 테니 먼저 가봐."

남자가 헤드셋을 벗고 검정 배낭을 메고 나갔다. 아이 곁을 지나갈 때 그가 가볍게 고개를 숙였지만 입을 열지는 않았다. 그는 아이가 아녜와 함께 이곳에 오리라는 걸 알았던 것 같다.

"누구예요?"

남자가 방을 나간 뒤 아이가 물었다.

"야지鴨記라고 합니다. 내 후방 지원부대죠."

아녜는 의자에 앉아 야지라는 남자처럼 모니터를 주시했다.

"야지?"

이름이 좀 이상했다. 아이는 처음에 자기가 잘못 들은 줄 알았다.

"예전에 압리우가에서 전자부품 같은 걸 팔았거든요. 그래서 그런 별명이 붙었어요.* 하지만 지금은 컴퓨터 판매점을 몇 개나 소유한 점주예요."

"그럼 두 사람은 여기서 뭘 하고 있었던 거예요?"

---

* 남자의 별명에도, 거리 이름에도 오리 압(鴨) 자가 들어간다.

아이가 아녜 옆으로 가서 물었다.

"이 방을 보고도 모르겠어요?"

아녜가 개구진 웃음을 터뜨렸다.

"당연히 감시하는 거죠."

"감시? 감…… 세상에!"

아이가 말하다 말고 펄쩍 뛰어올랐다. 방금 앞에 놓인 모니터에 영상이 나타났기 때문이다. 그건 이눠중학교 5층 도서관이었다. 아이는 급히 창가로 가서 커튼을 살짝 걷었다. 이제 보니 삼각대 위의 카메라가 창밖의 이눠중학교를 향해 있고, 이 방은 딱 서편 교사와 마주 보고 있다. 백 미터 넘게 떨어져 있어서 육안으로는 잘 보이지 않지만, 눈앞 정면으로 도서관 창이 보인다. 지금 그녀 옆에 있는 카메라가 고배율 렌즈로 도서관 내부 상황을 선명하게 찍고 있었다. 아이는 커튼을 내리고 손으로 가볍게 카메라를 만졌다.

"삼각대 건드리지 마요!"

아녜가 명령했다. 아이가 손에 힘을 주지 않았는데도 아녜가 주시하던 화면이 흔들린 모양이다.

"이게 다 뭐예요? 누굴 감시하는 건데요?"

아이는 주변에 가득한 감시용 기기들이 의아했다.

"kidkit727이 누군지 찾아달라고 했잖습니까? 당연히 그걸 위한 감시죠."

아녜의 대답은 시원스러웠다.

"리리가 범인이잖아요. 증인, 증거, 동기 다 있는데 계속 감시해서 뭐해요?"

"그건 결정적 증거가 아니라니까요."

아녜가 살짝 고개를 돌려 아이를 보더니 손가락을 까딱였다. 자기 옆에 오라는 뜻이다.

"이제부터 결정적 증거가 어떤 건지 보여드리죠."

"뭐라고요?"

"영상 안 보여요?"

아이는 모니터를 봤다. 도서관 창 안이 들여다보인다. 줄지어 늘어선 책장과 책장 너머로 입구 근처의 대출대가 보인다. 위안 선생님, 귀타이, 리리, 공주와 시녀들, 프린터 주변 학생들, 나중에 구경하러 모인 학생들은 아직 도서관에 있다. 두쯔위도 여전히 대출대 책상을 지키고 있다. 위안이 귀타이와 리리에게 뭐라고 말하고 있고, 공주와 시녀들은 다시 두쯔위와 말다툼하는 것 같다. 아이가 도서관을 나온 지 4, 5분밖에 되지 않은 때라 사람들이 아직 다 남아 있다.

"즈원츠文 출판사에서 나온 『죄와 벌』 표지 알고 있습니까?"

"그럼요. 도스토옙스키의 초상이 있는 표지죠."

"이뉘중학교 도서관에는 『죄와 벌』이 두 권 있는데, 하나는 위안주원화遠足文化가 작년에 출간한 새 번역본이고, 또 하나는 1985년에 즈원 출판사가 출간한 책입니다."

아녜가 잠시 쉬었다가 말을 이었다.

"이제 누군가 책장 쪽으로 가서 새로 나온 책이 아니라 예전 책을 꺼낼 겁니다. 그 사람이 바로 kidkit727입니다."

아이는 그의 말을 이해할 수 없었다. 그러나 아녜는 헤드셋을 착용하는 것으로 '토론 끝'이라는 뜻을 전했다. 아이는 그저 기다렸다. 모니터에서 위안이 먼저 도서관을 나가는 모습이 보인다. 이어 공주가 두쯔위를 꺾지 못했는지 지갑에서 돈을 꺼내 던지고는 시녀 A, B를 거느리고 떠났다. 프린터 주변의 고학년들도 곧 도서관을 나갔다. 그중 한 명이 종이 뭉치를 들고 있는 것을 보아 어쨌든 필요한 만큼 출력을 마친 것 같다. 귀타이와 리리는 긴 책상 자리에 나란히 앉아 있었다. 리리는 눈물을 훔치고 귀타이가 옆에서 달래주고 있는 것 같다. 1분 후 리리가 귀타이의 부축을 받으며 도서관을 나갔다. 도서관에는 두쯔위 혼자다.

이어지는 화면에 아이는 얼이 빠졌다.

두쯔위는 대출대를 돌아 나와 창 바로 앞의 책장으로 갔다. 그녀는 네 번째 칸에서 책 한 권을 꺼냈다. 화면이 깨끗하지 않아도 책표지의 그림을 알아볼 수 있었다. 길고 덥수룩한 수염을 기른 남자의 얼굴이다. 러시아의 세 문호 중 한 명인 도스토옙스키.

아이의 경악은 거기서 그치지 않았다.

두쯔위는 『죄와 벌』을 꺼낸 뒤 빠르게 책장을 넘겼다. 그 속에서 반으로 접힌 옅은 노란색 편지지를 꺼냈다. 그 편지지를 주머니에 쑤셔넣고는 아무 일 없었다는 듯 책을 제자리에 꽂았다. 그리고 두쯔위는 대출대로 돌아갔다.

"어우야이 씨, 저 애가 바로 당신이 찾던 사람입니다."

헤드셋을 벗은 아녜가 말했다. 아이는 넋 나간 듯한 표정이다.

"저, 저, 저건 샤오원의 유서?"

아이는 뻣뻣한 움직임으로 두어 발짝 뒷걸음질했다. 당장이라도 밖으로 뛰쳐나가 이눠중학교로 달려갈 태세다. 그녀는 당장 두쯔위에게서 샤오원의 유서를 빼앗아 오고 싶었다.

"흥분 가라앉혀요."

아녜가 의자를 하나 가져오더니 아이의 어깨를 눌러 앉혔다.

"유서는 가짜입니다."

"가, 가짜? 하지만, 하지만…… 그건 분명 샤오원의 글씨였어요!"

"위조한 거예요."

아이는 믿을 수 없다는 눈빛으로 아녜를 바라보았다.

"왜 이런 짓을 해요! 왜 이런 잔인한 짓을! 샤오원이 한마디도 남기지 않고 떠났다고 생각…… 나, 나는 그게 그 애 유언이라고만……."

아이가 시뻘건 얼굴로 고함쳤다.

"이렇게 해야 kidkit727을 잡을 수 있습니다."

아녜가 무표정하게 대답했다.

"어우야이 씨, 나는 당신의 의뢰를 한 번도 잊은 적이 없습니다. 그 게시글을 올린 사람을 찾는 목적이 무엇인지 말입니다. 그런데 당신은 유서를 보자마자 판단력을 잃더군요. 명심해요, 이 방법만이 결정적 증거를 얻을 수 있다는 것."

"이 방법만이……?"

"당신이 방금 말한 증인, 증거 전부 정황증거입니다."

아녜가 느리지도 빠르지도 않게 말했다.

"우리는 애초에 kidkit727이 정확히 누구인지 밝힐 증인이나 증거를 찾을 수 없는 입장입니다. 그놈은 땅콩게시판에 글을 하나 올린 뒤 모든 흔적을 지우고 사라졌습니다. 지하철역에서 당신 동생에게 이메일을 보내고도 명확한 증거는 아무것도 남기지 않았지요. kidkit727의 휴대폰을 취득하거나 이메일을 해킹한다손 쳐도 그걸로 게시글을 올렸는지, 이메일을 보냈는지를 증명할 수는 없다는 말입니다. 심지어 kidkit727이 어떤 기종의 휴대폰으로 메일을 보냈는지는 확정할 수 있지만, 그 휴대폰 주인이 kidkit727 본인임을 증명할 방법은 없습니다. 좀 다르게 설명하자면, 내가 누군가의 휴대폰을 해킹해서 협박 편지를 보낸다고 해봐요. 내가 휴대폰을 해킹했다는 증거를 찾지 못하면, 휴대폰 주인이 협박범으로 억울하게 의심받게 됩니다. 나는 처음부터 아무리 증거를 모아도 목표 인물을 찾아낼 수 없을 거라고 생각했어요."

"그럼 왜 증거를 수집했죠?"

"목표 인물의 범위를 줄이기 위해서. 용의자 수가 일정 수준 이하로 줄어들면 다음 단계를 실행할 수 있으니까. 함정을 파서 목표 인물이 그물에 걸려들도록 만드는 거죠. 그러면 그 인물 스스로 자신이 kidkit727이라는 것을 증명하게 됩니다. 우리가 지난주에 학교를 방문한 것은 주변 환경을 답사하고 함정을 파기 위한 준비 작업이었습니다. 전에 말하지 않았습니까? 금 밟기, 주변 조사."

아이는 조폭에게 납치될 뻔한 날 아녜가 그 말을 입에 올렸던 게 기억났다.

"지난주에 가짜 유서를 이용할 계획을 세웠군요?"

"당신에게 의뢰받던 날 이미 생각해둔 겁니다. 어떻게 실행에 옮길지를 지난주에 결정한 거고. 당신 동생은 유서를 남기지 않았습니다. 그건 용의자의 심리를 조종할 수 있는 좋은 수단이죠."

"샤오원 글씨는 어떻게 위조한……."

아이가 말을 맺기도 전에 아녜가 탁자 위의 원고지 뭉치를 툭 꺼내놓았다. 샤오원의 작문 숙제 원고다.

"이렇게 샘플이 많으니 잘 관찰하고 며칠 연습하면 비슷하게 모방할 수 있어요. 게다가 당신이 보자마자 동생 글씨라며 유서의 진위를 가려주었잖아요. 내가 필요한 게 바로 그거였습니다. 용의자가 그걸 진짜 유서라고 믿게 만드는 거죠. 친언니가 인정했으니 용의자도 쉽게 믿은 겁니다."

아이는 깨달았다. 자신은 또 아녜의 장기 말로 쓰인 셈이라는 걸. 아녜의 목적이 합당하다는 것을 알면서도 몇 번씩 속임을 당하니 불만스럽다.

"그『안나 카레니나』와『죄와 벌』은 어떻게 된 거예요?"

"그것도 내가 꾸민 거죠."

"학교 시설에 침입했어요?"

"그럴 리가. 모든 일은 당신 눈앞에서 벌어졌습니다."

아녜가 아무렇지 않은 얼굴로 말을 이었다.

"우선 지난주에 공주의 대본 외에도 도서관에서 책 한 권을 훔쳤죠."

"네?"

"궈타이가 전화했을 때. 원래는 좀 더 의미심장한 책을 고르려고 했는데 전화가 울리는 바람에 급하게 러시아 문학으로 결정했죠. 편의점의 소소한 절도범처럼『안나 카레니나』상권을 옷 안에 집어넣었습니다."

"그럼 샤오원이 책을 빌리지 않았다?"

"전혀."

"하긴 샤오원은 책을 좋아하지 않았는데 왜 하필 톨스토이의 작품을 골랐나 의아했죠……."

"가짜 유서를 준비한 뒤 당신에게 학교에 가자고 전화했습니다. 위안 선생님이 준 참고서 중에서 찾았다고 말했지만 위안 선생님에게는 당신 집에서 찾았다고 말했지요.『안나 카레니나』상권이 도입부고, 하권은 미끼라면,『죄와 벌』은 낚싯바늘이에요……."

"아! 그럼 두 번째, 세 번째 책에 있는 유서는 당신이 아까 책장 쪽에 다가갔을 때 넣은 거군요."

"맞습니다. 하권을 꺼내올 때 지금은 두쯔위의 주머니에 있는 가짜 유서의 세 번째 장을『죄와 벌』에 넣고,『안나 카레니나』하권을 꺼내 네 번째 장을 넣었죠. 책장으로 가려져 있어서 별로 어렵지도 않았습니다. 몇 초면 끝나는 일이니까."

아녜가 손을 뻗어 침대 위 노트북의 키보드를 눌렀다. 작은 화면에 과거의 영상이 나타났다. 화면 속의 아녜가 방금 두쯔위가 있던 책장 사이에서 책을 찾고 있다. 눈으로는 책장을 훑으면서 손으로는 재빨리 책 두 권을 꺼내 종이를 끼워 넣는다. 그중 한 권은 책장에 돌려놓고 한 권만 들고 대출대 쪽으로 돌아간다.

"저는 목표 인물이 당신 동생 주변에 있으리라 판단하고, 그 인물이 스스로 정체를 드러내도록 유서를 이용하자는 결정을 내렸습니다. kidkit727이 여러 수법으로 정체를 숨긴 것을 보면 그게 약점이라는 것을 알 수 있죠. 유서에 kidkit727이 누구인지를 지목하는 단서를 남겼다면 그 인물은 어떻게든 그걸 없애려고 하겠지요."

아이는 손을 펼쳐 구깃구깃한 가짜 유서를 내려다보았다. 다시 한 번 꼼꼼히 읽어보니 아녜의 말이 이해가 된다. "겉으로는 아닌 척하지만, 그 애는 나를 미워해요" 또는 "나는 그 애가 남몰래 어떤 일을 했는지도 알아요"라는 문장을 보면 범인이 자기를 지목한다고 생각할 만했다. 또 "이름을 썼지만 고소하고 싶은 것은 아니에요"라는 문장은 kidkit727이 나머지 유서에 자기 이름이 쓰여 있다고 여기게 만들 것이다.

"kidkit727은 유서에 쓰인 것이 자기 이름인지, 남의 이름인지 확신할 수 없지만 모험을 하지 않을 겁니다. 특히 과거에 정체를 숨긴 것을 보면 이제 와서 모든 것이 무너지면 안 되겠죠."

아녜는 말하면서도 계속 모니터를 응시하며 두쯔위의 행동을 감시했다.

"그래서 그 사람은 『죄와 벌』 속에서 나머지 유서를 찾아내야 했지요."

"그러니까 번역소설이 있는 책장에서 나머지 유서를 찾는 사람이 바로 범인이군요? 하지만 두쯔위가 그냥 호기심에 그랬을지도 모르잖아요."

"내가 왜 kidkit727은 책장에 가서 유서를 끼워둔 그 책을 찾는 사람이라고 단언했는지 알아요?"

아녜가 아이 쪽으로 짧게 시선을 던졌다.

"우리가 도서관을 떠나기 전에 두쯔위는 이미 자백한 것이나 다름없었거든요."

"네?"

"아직 모르겠습니까?『안나 카레니나』상권은 지난주에 내가 훔쳤다고 했습니다. 그러면 도서관에 왜 대출 후 미반납이라고 기록되어 있는 걸까요?"

아이는 아녜가 무슨 일을 했는지 깨달았다.

"학교 컴퓨터 시스템을 해킹했군요! 가짜 대출기록이었어!"

"맞습니다."

아녜가 빙그레 웃었다.

"이뉘중학교 도서관은 출납 기록을 책 뒤의 종이 대출카드에 적지 않고 컴퓨터 시스템으로 처리하는 방식이라 아주 쉬웠습니다. 손가락만 놀리면 뭐든지 바꿔놓을 수 있으니까. 여기, 현재 도서관 시스템에 남은 당신 동생의 대출기록입니다."

아녜는 키보드를 몇 번 누른 다음 다른 모니터를 아이 쪽으로 돌려주었다. 맨 위에 '이름 : 어우야원 / 학급 : 3B / 학생번호 : A120527' 이라고 적힌 화면이 나타났다. 그 아래로 세 줄의 기록이 보인다.

- 889.0143 /『안나 카레니나』(상) / 위안징 출판사 / 2015-04-30 ~ 2015-05-21 / 반납 기한 경과
- 889.0144 /『안나 카레니나』(하) / 위안징 출판사 / 2015-04-30 ~ 2015-05-04 / 반납
- 889.0257 /『죄와 벌』/ 즈원 출판사 / 2015-04-30 ~ 2015-05-04 / 반납

"두쯔위는 대출대 컴퓨터로 이 기록을 조회해서 보고 나서『안나 카레니나』상하권 외에 다른 책을 빌리지 않았다고 대답했습니다. 그때 바로 자기가 kidkit727임을 자백한 셈이지요."

아녜가 모니터를 톡톡 두드렸다.

아이는 숨이 막혔다. 두쯔위는 정말 차분한 얼굴로, 진심으로 도와주는 듯한 태도로 대출기록을 조회했다. 그런데 실은 모든 사람을 앞에 두고 거짓말을 한 것이었다니! 열다섯 살 소녀가 표정 하나 변하지 않고 사람을 속였다. 이렇게 교활하고 무서울 수 있단 말인가?

띵.

샤오원의 대출기록을 보여주는 화면에서 짧은 알림음이 울렸다.

"하, 정말 재미있군."

아녜가 갑자기 말했다.

모니터에서 윈도 창의 맨 위가 빨간색으로 바뀌고 한구석에 '편집 모드'라는 글자가 나타났다. 그리고 샤오원의 대출기록 중 하나가 글자 색이 바뀌었다. 이어 새로 팝업 창이 떴다.

889.0257 /『죄와 벌』대출기록 삭제 완료

아이가 감시 화면으로 시선을 돌렸을 때 두쯔위는 대출대에 앉아 무거운 표정으로 컴퓨터 키보드를 두드리고 있었다.

"이 화면은 학교 도서관 대출 시스템과 동기화하고 있습니다. 두쯔위가 방금 기록을 수정했다는 거지요."

"증거를 없앴군요……."

사실 조금 전까지도 아이는 이 모든 것이 오해가 아닐까 생각했다. 도서위원에다 책을 좋아하는 소녀에게 품었던 호감을 완전히 거둘 수가 없었다. 그러나 지금 두쯔위의 행동은 저 얌전한 소녀가 바로 동생을 죽인 악마임을 증명해준다.

"똑똑하네. 그래, 일단 시작했으면 철저하게 해야지. 그렇게 하면 귀신도 모르지."

아녜가 무심하게 중얼거렸다.

"하, 하지만 리리가 범인일 텐데……."

아이는 눈앞의 진실을 믿을 수 없었다. 지난 며칠간 내내 그녀는 리리가 질투에 사로잡혀 동생을 죽음으로 몰아갔다고 믿었다.

"아직도 믿지 못하겠어요? 정말 노새처럼 미련하고 고집 센 사람이라니까."

아녜가 이죽거렸다.

"일부러 용의자 전부를 불러서 시험을 했는데도 그래요? 리리가 kidkit727이라면 유서를 보고 나서 아무 조치도 하지 않고 울기만 했겠습니까?"

"용의자 전부에게 시험을 했다고요?"

"내가 왜 두쯔위가 당번인 날 궈타이와 리리를 도서관으로 불렀겠습니까? 공주는 왜 또 도서관에 왔고?"

"잠깐만요! 당신이 궈타이와 리리를 도서관으로 부른 것은 이해가 되지만, 공주는 우연히……."

"나는 '운'이나 '우연'으로 일하는 사람이 아닙니다."

아녜는 자부심 넘치는 말투로 대답했다.

"공주가 도서관에 낼 돈이 있다는 것도 내가 시스템을 조작한 겁니다."

"네?"

"이뉘중학교 컴퓨터 시스템은 정말 편하다니까요. 메일과 문자 메시지가 자동으로 학생에게 통보해주죠. 나는 손가락 하나 까딱하지 않고 공주에게 미납금 알림을 보냈습니다. 도서관 미납금을 납부하라, 그러지 않으면 과태료가 추가된다 등등. 요즘 학생들은 점심시간이 되면 제일 먼저 휴대폰을 켜서 새로운 알림을 확인합니다. 그래서 공주가 도서관에 나타나는 시간도 조종할 수 있었죠. 어려울 게 뭐 있담."

"……그러니까, 일부러 늦었군요?"

아이가 물었다. 아녜가 약속시간에 도착했다면 도서관에 뛰어들어와 유서를 꺼냈을 때의 효과가 훨씬 줄어들었을 것이다.

"맞아요. 오늘 아침 일찍부터 야지가 이 방에서 도서관을 감시하고 있었죠. 연극 무대가 순조롭게 진행될 수 있도록요. 만일 『안나 카레니나』나 『죄와 벌』을 누군가 빌려가 버리면 동생의 대출기록을 수정해야 하니까. 방학을 앞두고 그동안 빌린 책을 내일까지 반납해야 하는데 이제 와서 재미도 없는 고전문학을 빌릴 사람은 없겠지만……."

아녜의 입꼬리가 올라갔다.

"그리고, 우리가 다시 도서관에 가기 위해서 어쩔 수 없이 선생님들에게 고통을 좀 드렸죠."

아이가 눈을 동그랗게 떴다.

"시스템에서 기말고사 성적표를 삭제한 것도 당신 짓이군요!"

"물론이죠. 안 그러면 위안 선생님이 교문에서 책만 받고 돌아갔을 겁니다. 우리가 다시 학교 안에 들어가려면 선생님을 바쁘게 만들어야 했어요. 당신도 꽤 잘해내더군요. 연기는 좀 어색했지만 경비원을 설득해서 도서관까지 들어갔으니. 실은 당신이 나를 실망시킬 경우를 대비한 플랜 B도 있었어요."

"그걸 어떻게 알았…… 아!"

아이는 입을 다물지 못했다. 아녜가 키보드를 두드리자 대출기록을 보여주던 화면에 또 다른 윈도 창이 떴고, 이눠중학교 교문 앞 풍경이 나타났다.

"카메라를 설치한 차를 맞은편 도로에 세워놓았고, 교문 옆 나무 사이에 도청기도 설치해두었죠. 당신과 경비원 대화가 아주 잘 들렸다고요."

아녜가 헤드셋을 가리켰다.

"당신이 학교에 들어간 다음 나는 밖에서 내가 등장할 타이밍을 기다렸습니다. 야지가, 필요한 인물들이 도서관에 다 도착했다는 신호를 주면 내가 5층까지 달려가서 연극을 시작하는 거죠."

아녜의 치밀한 계획에 아이는 놀라움에 더해 소름까지 돋았다.

"두쯔위가 kidkit727이면 어떻게 크리스마스이브의 그 사진을 갖고 있는 걸까요? 또 어떻게 그날 샤오원에게 있었던 일을 알게 된 거죠?"

"kidkit727은 가라오케 사건을 정확히 모를 겁니다. 땅콩게시판 게시글을 보면 '불량배와 어울리고 술을 마신다'고 표현했을 뿐이고, 메일에서도 사진만 첨부했지 다른 이야기는 없었습니다. 두쯔위는 거꾸로 사진을 보고 짐작해서 글을 쓴 겁니다. 사진에서 연상되는 나쁜 짓들을 증거도 없이 마구 써낸 거라고요…… 어차피 그 게시글은 사실을 알리는 게 목적이 아니니까요."

"그럼 사진은……?"

"사진은 제이슨이라는 놈을 통해 두쯔위에게 흘러갔을 겁니다."

아이는 빨간 머리 남자의 사촌동생 제이슨이 이눠중학교를 다닌다고 한 모 탐정의 말이 생각났다.

"두쯔위와 제이슨이 아는 사이일까요?"

"그건 모르겠습니다. 하지만 모르는 사이여도 사진은 손에 넣을 수 있어요."

아녜가 모니터 속 두쯔위를 가리키며 말을 이었다.

"이 녀석은 마음만 먹으면 얼마든지 학생들 정보를 훔칠 수 있습니다. 도서관에서 휴대폰을 충전해주는 거 봤지요?"

"제이슨이 도서관에서 휴대폰을 충전할 때 몰래 사진을 복사해갔다?"

"아마 그럴 겁니다."

아이가 샤오원의 휴대폰을 꺼내 충전기를 꽂는 곳을 보여주었다.

"충전기를 꽂는 곳에 USB 선을 연결하고 몇 가지 기술만 알면 얼마든지 휴대폰 속 자료를 빼낼 수 있죠. 이걸 주스재킹Juice Jacking이라고 합니다."

"두쯔위가 그런 기술을 안다고요?"

"그 애가 아는지는 모르겠지만, 그 뒤에 있는 '생쥐'는 분명히 알 겁니다."

아녜는 kidkit727이라는 아이디 뒤에 두 인물이 있다면서 각각 '7'과 '생쥐'라는 별명을 붙인 적이 있다.

"두쯔위는 개인적인 기호인지, 다른 무슨 이유 때문인지 도서관 충전 서비스 중에 학생들의 개인정보와 사생활을 수집했습니다. 그렇게 손에 넣은 사진으로 소문의 주인공이 당신 동생임을 알게 되었을 겁니다. 귀타이가 그랬죠. 고학년들 사이에서 그 사건이 화제였다고. 제이슨은 분명 사진을 친구들에게 보내주었을 거고, 그중 한 명이라도 도서관에서 충전을 했다면 두쯔위가 사진을 손에 넣게 되는 거지요. 그 사진에는 '셀링 포인트'라고 할 게 없어서 인터넷으로 유포되거나 하지는 않았으니 다행이죠. 미국에서 교내 성폭행 사건이 많이 벌어지는데, 대개 피해자의 사진이나 영상이 학생들 사이에 유포되는 바람에 뒷일이 더 끔찍해지는 경우가 많아요."

"여기까지는 당신의 추측인 거죠?"

"맞습니다. 두쯔위가 이 방법으로 사진을 손에 넣었다는 것을 증명할 수는 없어요. 다만, 누군가 도서관 충전 서비스를 통해 남의 휴대폰 데이터를 빼냈다는 것은 백 퍼센트 확신합니다."

"왜요?"

"내가 이 업계 전문가니까요."

아녜는 주머니에서 검은색 충전기를 꺼내 탁자에 내려놓았다.

"도서관에는 회색 충전기 외에도 이렇게 검은색 충전기가 있었습니다. 이건 충전만 되는 것이 아니라 전화 속 데이터도 빼낼 수 있는 장치예요. 일반적으로는 쉽게 구분할 수 없지만, 이런 장치가 시중에 여러 개 있는 것은 아니라서 나는 보자마자 바로 알아차렸죠."

아이도 도서관의 충전기 상자 옆으로 검은색 충전기 선이 따로 나와 있었던 것을 기억한다. 돌이켜보니 그 검은색 충전기가 이상하긴 했다. 벌집 모양으로 생긴 나무 상자에 빈 칸이 있는데 왜 충전기를 따로 추가했을까?

"모 탐정의 녹음은 어떻게 설명할 건가요? 리리가 마이 변호사의 조수에게 사건 정황을 빼냈다는 사실은……"

"그 여학생이 자기 이름을 수리리라고 했다고 해서 진짜 수리리라는 법은 없잖습니까?"

아녜는 끈질기게 물고 늘어지는 아이가 짜증스러웠다.

"kidkit727은 자기 정체를 숨기는 데 신경을 많이 씁니다. 그런데 본명을 밝혔을까요? 마이 변호사 조수에게 정보를 빼낸 여학생이 수리리인 척하는 두쯔위였는지, 혹은 다른 누군가인지, 두쯔위였다면 그 애가 어떻게 변장하고 어떤 방법으로 접근했는지, 이런 것들은 다 중요한 게 아닙니다. 아까 말했듯이 kidkit727을 찾아내려면 스스로 정체를 밝히게 해야 합니다. 그 외의 모든 것은 추론을 뒷받침하는 정황증거에 불과하다고요."

그래도 아이는 아직 만족스럽지 않았다.

"그럼 공주는 어떻게 된 거예요? 귀타이와 리리가 장례식 날 공주가 와서 탐색했다고 했잖아요. 뭔가 찔리는 게 있어서 그런 거 아닐까요? 귀타이와 리리가 거짓말을 했거나 착각했다고 할 건가요?"

"마음은 여린데 말로만 강한 척하는 사람이 있지요. 시쳇말로는 '츤데레'라고 합니다. 평소에는 가시를 세우지만 본래는 선량하죠."

아녜가 가방에서 추모집을 꺼내 어느 한 페이지를 펼쳤다.

"직접 읽어봐요."

아이는 추모집을 받아 들고 전에 읽은 적 있는 문장을 읽었다.

야원, 미안해. 용기 없는 나를 용서해줘. 네가 떠났다는 소식을 들은 뒤 나는 내내 이게 우리들의 잘못이 아닐까 생각했어. 정말 미안해, 미안해, 미안해. 하늘에서 평안히 쉬길 바라. 네 가족도 슬픔을 이겨내길 빌게.

글쓴이 표시는 없었다. 아이는 아녜가 하고 싶은 말이 무엇인지 깨달았다.

"공주가 이 글을 썼다는 거예요?"

"비교해보면 알게 될 겁니다."

아녜가 이번에는 지난주에 슬쩍한 〈베니스의 상인〉 대본을 건넸다. 추모집 속 글씨와 대본에 적힌 메모의 글씨가 비슷했다. 예를 들면 적的 자에서 오른쪽 부수를 왼쪽 부수보다 길게 쓴다거나, 아我 자를 쓸 때 오른쪽 위의 점을 생략하는 등의 특징이 똑같다.

"그럼…….."

아이는 안하무인격인 공주가 이렇게 겸손한 어조의 추모문을 썼다는 것이 믿기지 않았지만 글씨체는 자기가 보기에도 일치했다.

"설마 공주의 추모문이 진심이 아니라고 말하려는 건 아니겠죠? 그걸 증명할 수는 없지만, 이 추모문 내용이 평소 공주의 태도보다 진실하다고 생각합니다. 이름을 쓰지 않아도 되니까 자신의 진짜 마음을 표현한 거죠. 그러면 장례식장에 온 것도 이해가 되지요. 정말로 당신 동생에게 작별인사를 하고 싶었는데 궈타이와 리리를 마주치는 바람에 포기한 거죠."

"평소에는 왜 그렇게 예의 없이 굴까요?"

"당신도 중학교 시절이 있었을 거 아닙니까? 또래 사이의 자아정체성 문제로 고민해본 적이 없나요? 이 나이대 아이들은 남의 시선에 몹시 신경을 씁니다. 모든 사람이 2 더하기 2는 5라고 말한다면 혼자 틀렸다고 주장하기 힘들죠. 만약 지금 공주의 시녀들이 그 애를 약자라고 생각하게 되면 당장 하루도 안 되어 공주가 서민으로 떨어질 겁니다. 궈타이도 공주도 다들 두께는 다르지만 가면을 쓰고 있습니다. 다른 사람 눈에 비치는 이상적인 모습을 위해 자기 본 모습을 억누르는 것입니다. 원래는 어른들이 청소년에게 자신감을 가지고 소신 있게 살도록 이끌어야 하지만, 지금의 병든 사회에서는 교육이란 권위에 복종하고 주류에 편승하며 똑같은 상식과 능력을 갖춘 로봇이나 제조하고 있는 꼴이죠."

아이는 대답할 말이 없었다. 그녀는 청소년기에도 하루하루를 안간힘으로 살아내느라 타인의 시선을 신경 쓸 겨를이 없었다.

아이는 냉정하게 생각해보았다. 공주에 대한 아녜의 판단은 아마 틀림이 없을 것이다. 귀타이의 말에 따르면, 공주는 장례식장에 시녀들 없이 혼자 왔다. 사람들은 혼자 있을 때 꾸미지 않고 자기 본모습으로 돌아오기 마련이다.

"이 대본이…… 공주의 마음을 드러내는 증거로 쓰일 줄은 몰랐네요……."

아이가 조그맣게 중얼거렸다.

"나도 몰랐어요."

아녜가 어깨를 으쓱했다.

"원래는 다른 전략에 활용하려던 건데, kidkit727이 두쯔위일 거라는 추론을 하게 되면서 쓸모가 없어졌죠."

아이는 아녜의 말에서 이상한 점을 발견했다. 다시 생각해보니 오늘 아녜의 계획에도 말이 안 되는 부분이 있다.

"오늘은 두쯔위를 노리고 함정을 팠어요, 그렇죠? 가짜 대출기록을 만든 것도 그렇고. 언제부터 두쯔위를 의심한 거예요?"

아이가 미간을 찡그리며 물었다.

"지난주 도서관에서 만난 뒤부터. 십중팔구 그 애라고 생각했죠."

"뭐라고요? 그럼 귀타이에게 가라오케 사건에 대해 듣기도 전이잖아요?"

"그때 궈타이를 만난 것은 리리가 kidkit727이 아니라는 것을 증명하기 위해 좀 더 많은 정보를 얻으려고 한 겁니다."

"어째서 두쯔위를 의심한 거예요? 궈타이가 샤오롄의 퇴학과 관련된 일을 얘기하기도 전인데!"

"그때 나하고 같이 있었는데 두쯔위의 말에서 이상한 점은 느끼지 못했군요."

"이상한…… 점?"

"내가 그날 위안 선생님, 궈타이, 리리, 공주 그리고 두쯔위에게 전부 비슷한 질문을 했습니다. 기억합니까?"

"그럼요. 샤오원이 누군가에게 폐를 끼친 적이 있는가. 누가 샤오원에 대해 나쁜 소문을 퍼뜨렸을까……."

"맞습니다. 그들의 대답도 기억해요?"

"위안 선생님은 그런 일이 없다고 했고, 리리는 공주를 지목했어요. 공주는 모르겠다고 했고, 두쯔위는 리리를, 궈타이는 전과가 있는 두쯔위를…… 두쯔위가 리리를 지목해서 의심하기 시작한 건가요? 하지만 그때는 모 탐정의 녹음을 듣기 전이고……."

"틀렸습니다. 그들이 누구를 지목했든 그건 상관없어요. 중요한 것은 당시 그들이 내 질문을 어떻게 받아들였느냐죠."

아이는 머리가 터질 것 같았다. 무슨 말인지 하나도 알아들을 수 없다.

"리리는 공주가 입이 가벼워서 누군가 샤오원에 대해 물어봤을 때 복수하려고 아무 말이나 마구 했을 거라고 했습니다. 공주는 선생님의 단속 때문에 누가 기자나 낯선 사람에게 뭐라고 떠들었는지 모른다고 했죠. 궈타이는 두쯔위가 샤오원에게 편견이 있으니 샤오원이 불량배와 왕래한다고 몰래 다른 사람에게 소문 냈을지도 모른다고 했고요. 반면 위안 선생님은 내 질문을 곧바로 학급 내 따돌림이나 괴롭힘으로 생각했어요."

아녜가 잠시 말을 멈췄다.

"그런데 말입니다. 두쯔위는 내 질문에 이렇게 대답했습니다. 친했던 친구끼리 다투면 무서운 일도 저지를 수 있다, 요즘은 누구나 인터넷으로 어떻게 소문을 퍼뜨리는지 잘 안다, 얼마든지 사실을 왜곡하고 남을 모함할 수 있다……."

"그 말에 무슨 문제라도 있어요?"

"어우야이 씨, 우리가 학교에 가서 '누가 샤오원에 대해 나쁜 소문을 퍼뜨렸느냐'고 물은 목적이 뭡니까?"

"kidkit727을 찾아내는 거죠! 게시글과 메일로 샤오원을 자살하게 만든 범인!"

"그런데 동생 친구들에게 누가 샤오원에 대해 나쁜 소문을 퍼뜨렸느냐고 질문하는 것은 다른 사람을 찾는 질문입니다."

"다른 사람이라니요?"

"샤오더펑의 조카에게 당신 동생에 대해 남의 남자친구를 빼앗고 불량배와 왕래하는 편모 가정 소녀라고 알려준, 이눠중학교의 어떤 학생 말입니다."

"하지만 샤오더펑의 조카는 애초에 없는 사람인걸요? ……아!"

아이는 마침내 아녜의 말을 이해했다. 게시글에는 "내 친구가 그 여학생이 다니는 학교 학생에게 들은 이야기"라는 대목이 있다. 아이가 학교를 찾아와 책임 소재를 추궁한다면, 샤오원의 친구들 입장에서는 아이가 게시글에 언급된 이눠중학교 학생을 찾는 것으로 여겨질 것이다. 샤오더펑의 조카에게 샤오원의 정보를 알려준 학생. 학교 친구들은 게시글을 쓴 사람이 자신들 중에 있다는 사실은 모르는 것이다.

"리리는 '누군가 샤오원에 대해 물어봤을 때'라고 했지요. 공주는 '기자나 낯선 사람'이라는 표현을 썼습니다. 궈타이는 '몰래 다른 사람에게'라고 했고요. 전부 어떤 학생이 '특정 인물에게 정보를 주었다'는 것을 전제하고 있죠. 그런데 두쯔위의 말에선 전제조건이 달랐어요. 내 질문을 '누가 인터넷에 샤오원에 대해 나쁜 소문을 퍼뜨렸느냐'로 받아들인 겁니다. 그래서 '요즘은 누구나 인터넷으로 어떻게 소문을 퍼뜨리는지 잘 안다'고 강조해서 말했습니다. 내 질문을 그렇게 받아들일 사람은 오직 샤오더핑의 조카가 실제 인물이 아니라는 걸 아는 kidkit727뿐이죠. 두쯔위의 대답을 들은 순간 그 애를 용의자 명단 맨 위에 올리게 됐어요."

아녜가 감시 영상 속 두쯔위를 가리켰다.

"거기다 방금 범인이 스스로 자백했지요. 내 판단이 틀리지 않다는 것을 증명해준 겁니다."

아이는 이제 두쯔위가 kidkit727이라는 사실을 받아들였다. 마음속에 두쯔위에 대한 분노가 차올랐다. 동생의 죽음이 비통했다. 그런데 지금 이 순간 분노와 슬픔에 더해 무력감이 아이를 덮친다. 범인을 찾는다고 해서 무엇을 할 수 있단 말인가…….

"어우야이 씨, 당신이 찾던 인물을 드디어 찾아냈습니다. 다른 질문이 없다면 이걸로 저의 임무는 완수한 것으로 하겠습니다."

아녜가 무심한 투로 상황을 정리했다.

"그런데…… 나는 이제 뭘 해야 하죠? 그 애를 찾아가서 추궁해야 하나? 네 악행을 공개하겠다고 할까요? 사람들 앞에서 욕이라도 해……."

아이가 더듬더듬 물었다.

"그건 당신이 결정해야지요."

아이는 멍하니 모니터 화면만 들여다보았다. 대출대를 지키고 오도카니 앉아 있는 두쯔위를 바라보노라면 다음 일에 대한 계시를 얻을 수 있을 것 같다.

엉뚱한 생각이었지만 정말로 계시가 왔다.

단발머리 여학생이 도서관으로 들어와 두쯔위와 인사하며 대출대 너머로 간다. 두쯔위는 그 여학생과 교대하고 담담히 도서관을 나선다.

"다음 당번이 점심을 먹고 왔나…… 엇?"

아녜는 말을 맺지 못했다.

"왜 그래요?"

"오른쪽으로 가는군요."

아녜가 급히 창가로 다가가며 말했다. 화면 속 두쯔위는 도서관을 나와 오른쪽으로 걸어가고 있다.

"식당이나 교문이나 전부 도서관에서 왼쪽으로 가야 하는데."

아이는 화면에서 눈을 떼지 않았다. 두쯔위의 모습은 금세 화면 바깥으로 사라졌다. 아녜는 길쭉한 렌즈가 달린 카메라를 붙잡고 LCD 화면을 열었다. 고개를 숙인 채 화면을 바라보더니 손으로 카메라를 수평으로 이동시켰다. 탁자 위 모니터 화면도 동시에 천천히 오른쪽으로 수평이동하기 시작했다. 아녜의 손놀림은 아주 안정적이었다. 곧 다시 두쯔위가 화면에 나타났다.

두쯔위는 복도 양쪽을 한 번씩 살펴보고는 도서관 옆 실험실 문을 열고 들어갔다. 실험실에 아무도 없나 확인하는 듯이 또다시 주변을 둘러보았다. 그리고 오른쪽으로 움직였다. 각도상 한쪽으로 치우쳤지만 아녜의 렌즈는 칠판 앞 첫 번째 실험대에 서 있는 두쯔위를 담아냈다. 그녀의 움직임과 표정을 선명하게 알아볼 수 있었다.

"실험실에서 뭘 하려는 거지?"

아이가 중얼거렸다. 실험실에는 아무도 없다. 실험실 담당 교사도 점심을 먹으러 갔을 것이다.

아이는 곧바로 해답을 찾았다.

분노를 참을 수 없게 하는 해답이었다.

두쯔위는 작은 상자를 찾아 실험대에 올려놓았다. 그런 다음 주머니에서 종이를, 반으로 접힌 연노란색 가짜 유서를 꺼냈다. 그녀는 잠시 동작을 멈추더니 이내 망설임을 날려버리듯 상자를 열었다. 상자에는 가스등에 불을 붙이는 데 쓰는 성냥이 들어 있다. 두쯔위는 빠르게 성냥을 그었다. 조그마한 불꽃이 확 하고 그녀의 눈앞을 밝혔다. 그녀는 곧장 가짜 유서의 한귀퉁이에 작은 불꽃을 가져다 댔다. 불꽃이 종이를 집어삼킨다. 종이가 다 타기 직전, 그녀는 끄트머리만 남은 그것을 실험대 위 어딘가에 던져 넣었다.

각도상 아녜도 실험대 위에 무엇이 있는지 볼 수 없었다. 실험대 위에 연소폐기물을 넣는 곳이 있겠거니 짐작할 뿐이다.

"놀라워. 증거를 인멸하는 솜씨가 대단한데."

아녜가 절반은 조롱, 절반은 감탄의 어조로 말했다.

아이는 아녜의 '농담'이 귀에 들어오지 않았다. 그녀는 심장을 난도질당하는 기분이었다. 두쯔위의 표정을 보았기 때문이다.

옅은 미소가 걸린 얼굴.

그 미소를 본 순간, 아이의 이성에 깊은 균열이 생겼다.

쾅!

아이가 벌떡 일어섰다. 그 서슬에 의자가 나동그라졌다. 아이는 탁자 위 과일 접시에 놓인 과도를 움켜쥐었다. 그리고 문을 향해 뛰었다.

"이봐!"

아녜가 급히 침대를 넘어 달려와 아이의 팔을 붙잡았다.

"놔요! 죽여버릴 거야!"

아이가 몸부림쳤다.

"웃고 있었어! 후회하지도 않는 거지! 종이를 펴보지도 않고 바로 불에 태웠다고! 진짜 유서였다면 샤오원이 남긴 마지막 말이 아무도 모르게 사라진 거잖아! 악마! 살 가치도 없어! 샤오원을 자살하게 만든 것도 모자라서 그 애가 남긴 흔적을, 마지막 존재를 없앴어……!"

아이가 히스테릭하게 소리 질렀다. 그녀는 눈물 범벅인 얼굴로 붙잡힌 팔을 빼내려고 버둥거렸다.

"칼 내려놔! 살인을 하든 말든 상관없지만 이 방에 있던 칼은 안 돼!"

아녜의 눈빛이 무시무시했다. 그가 아이를 매섭게 다그쳤다.

"죽이고 싶으면 알아서 해. 하지만 나한테 민폐는 끼치지 말아야지!"

아이는 발버둥을 멈췄다. 이를 악문 채 칼을 바닥에 떨어뜨렸고, 몸을 돌려 방문 쪽으로 가려 했다. 하지만 아녜가 손을 놓지 않았다.

"칼은 버렸잖아! 이거 놔. 난 샤오원의 복수를 할 거야……."

아녜가 평소의 표정으로 돌아와 느릿느릿 말했다.

"정말, 복수하고 싶어요?"

"놓으란 말이야!"

"대답해요. 정말 복수하길 원해요?"

"그래요! 그 악마를 찢어 죽일 거라고요!"

"일단 진정하고 천천히 이야기를 해보죠."

"이야기? 무슨 이야기? 경찰에 신고하라고요? 법의 심판 같은 소리를 할 거라면……."

"그럴 리가! 법으로는 두쯔위를 상대할 수 없습니다."

아녜가 냉혹하게 말했다.

"홍콩 법률상 자살교사가 범죄이기는 하지만 이 사건에선 그것도 적용되지 않습니다. 자살교사는 명확한 동기와 수단이 있어야 하거든요. 자살하려는 생각을 불어넣고 자살 방법도 제공해야 합니다. 당신 동생이 받은 이메일에서 두쯔위는 상대를 비난했을 뿐, 자살하도록 협박하거나 부추기지는 않았어요."

"그러니까 죽일 거야! 두쯔위를 죽이는 것만이 샤오원의 억울함을 푸는 길이라고……."

"내 이름이 왜 '아녜'인지 물어본 적 없죠."

갑작스런 말에 아이는 조금이나마 이성을 되찾았다.

"뭐……라고요?"

"내가 왜 아녜인지 알고 싶지 않습니까?"

"당신 이름이 개든 고양이든 나랑 무슨 상관……."

"나는 인터넷 세상에서 '네메시스Nemesis'라고 불립니다. 그래서 아녜라는 이름이 붙었죠. 첫 글자를 따서."

"그게 뭐……!"

아이는 돌연 움직임을 멈췄다. 네메시스는 그리스 신화 속 복수의 여신이다. 고대 그리스인이 '복수'라는 개념을 신격화하여 탄생한 신이다.

"사건 조사는 심심풀이고, 내 진짜 직업은 복수를 대행하는 겁니다."

아녜가 손을 놓아주었다.

"비용이 적지 않지만, 고객만족은 보장하죠."

"진짜예요?"

"처음 만난 날, 같이 조폭에게 끌려갔던 거 기억합니까?"

"그걸 어떻게 잊어요."

"그들이 날 끌고 간 이유, 알고 싶어요?"

아이는 야녜의 눈을 들여다보며 그의 의도를 읽어내려 애쓰다가 어쩔 수 없이 고개를 끄덕였다.

"내 고객이 부당한 수법으로 1천만 홍콩달러를 사기당해 나에게 복수를 의뢰했어요. 저는 그 회사 사장에게 이자를 포함해 2천만 홍콩달러를 받아내 주었죠. 그러자 사장이 합법적인 방법으론 안 되니까 조폭을 써서 나를 덮친 겁니다. 그 뒤에 어떻게 되었는지는 잘 알겠지요."

"……2천만이라고요?"

아이는 엄청난 액수에 경악했다.

"2천만은 많은 것도 아닙니다. 더 큰 건도 해본 적 있어요."

아녜가 교활한 미소를 지었다.

"법을 잘 지키는 서민들은 상상하기 힘들겠지만, 법의 테두리 밖에서 '이에는 이'로 대응하는 의뢰가 상당히 많아요. 특히 요즘 같은 사회에선 문명화된 껍데기 속에 뼛속까지 약육강식의 법칙이 통용되지요. 내가 주로 상대하는 자는 뒤가 구린 기업가들입니다만, 이번만큼은 눈높이를 낮춰서 당신의 복수를 대행해주지요."

"나는 돈 같은 거 필요 없어요, 나는……."

"압니다. 이보다 더러운 짓도 한 적 있고."

아녜의 표정에 아이는 하나의 기억을 떠올렸다. 그녀는 이 표정을 본 적이 있었다. 조폭의 차에서 아녜가 세 사람을 협박할 때 딱 이런 표정이었다. 당시에는 위협일 뿐이라고 생각했다. 하지만 이제 돌이켜보니 아녜가 정말로 목표 대상의 딸에게 손을 쓰고, 마시는 물에 치명적인 기생충을 넣을 수도 있겠다는 생각이 든다. 그처럼 주도면밀하고 계획적인 사람이 빈말로 위협했을 리가 없다. 그는 행동파다.

"그럼…… 의뢰비는 얼마죠?"

아이가 두쯔위에 대한 분노를 억누르며 물었다.

"당신 건은 50만."

"나한테 그런 돈이 없다는 것을 당신도 잘 알 텐데요."

아이가 차갑게 대꾸했다.

"조사 의뢰와는 달리 복수는 후불제입니다. 지금은 한 푼도 낼 필요 없고, 나중에 당신을 위한 맞춤형 지불방법까지 만들어줄 테니 걱정 마요."

"두쯔위가 응분의 대가를 치르게 해줄 건가요?"

"두쯔위는 물론 그의 공범까지도."

아이는 숨을 들이켰다. 그녀는 kidkit727에게 복수할 생각만 했는데, 두쯔위 뒤에는 계략을 짜준 rat10934가 있다.

아녜가 말하는 '맞춤형 지불방법'도 의심스럽다. 아이는 인신매매나 장기매매 등의 가능성도 상상했다. 그러나 지금 그녀의 마음은 복수의 악마에게 완전히 지배당해 샤오원의 복수를 할 수 있다면 무엇이든 희생할 수 있을 것 같다.

"좋아요, 의뢰할게요."

아녜가 미소를 지었다. 그 순간 아이는 아녜의 눈 속에서 기이한 빛이 떠오른 것을 보았다. 그의 눈빛에서 언젠가 읽은 책의 구절이 떠올려졌다. 정확히 기억나지는 않지만, "도깨비불처럼 번쩍이는 눈빛은 영혼이 그 동공 속으로 빨려드는 느낌을 주었다"와 같은 문장이었다. 그 문장이 묘사하는 사람은 제정 러시아 시절 수많은 귀족이 경애하는 동시에 혐오했던 광승狂僧 라스푸틴이다.

'내가 방금 라스푸틴 같은 마귀에게 영혼을 팔았는지도 몰라.'

아이는 그렇게 생각했다.

하지만 이 결정을 조금도 후회하지 않았다.

2015년 6월 29일 월요일

오늘 어우야원의 가족이 또 왔는데,

읽음 15:32 유서까지 찾아내서 깜짝 놀랐어.

유서? 15:54

읽음 15:55 응. 내가 중요한 부분을 처리해버렸으니까, 괜찮아.

유서에 뭐라고 쓰여 있었니? 15:56

읽음 15:57 몰라, 태워버렸거든.

읽음 15:57 읽고 나면 마음이 복잡할 것 같아서, 열어보지도 않았어.

잘 생각했어 15:58

읽음 16:12 오늘 밤에는 만날 수 있어?

아빠가 오늘 베이징에 출장 갔거든. 열흘 뒤에 온대.

읽음 16:14 이제 몰래 외출하지 않아도 돼.

읽음 16:16 야근해야 하면 어쩔 수 없고.

당연히 OK 16:25

7시에 늘 보던 데서 만나 16:26

제7장

01

"중난, 증액 배당이라는 게 도대체 뭐야?"

아하오가 모니터의 한 부분을 가리키며 물었다.

지티 테크놀로지의 좁은 회의실에서 스중난과 아하오가 스투웨이를 위한 프레젠테이션을 준비하고 있었다. 사장은 스투웨이의 비서를 통해 다음 주에 재방문한다는 약속을 받았다. 그러니 프레젠테이션 준비를 빨리 마쳐야만 한다.

"이용자가 정기적으로 지코인을 구매한 후 시스템이 매달 이자를 주는데, 이렇게 늘어난 지코인은 3개월 후부터 사용이 가능하다는 거죠."

스중난이 베타테스트용 데이터에 파묻혀 고개도 들지 않고 대답했다.

"이런 걸 하면 무슨 의미가 있어? 이런 건 보험업계 같은 데서나 필요한 거 아냐?"

"신경 꺼요. 최대한 뭐든 집어넣어서 프레젠테이션이 충실해 보여야 해요."

"너무 억지스러워. 스투웨이가 문외한도 아니고, 보자마자 문제를 알아차릴걸. 세부사항을 질문하면 뭐라고 대답할 거야?"

"괜찮다니까 그러네."

지난 일주일간 스중난은 매일 아하오와 두 번째 프레젠테이션 자료를 준비했다. 아하오는 금융상품이나 재테크를 잘 모르고, 스중난도 아하오보다 조금 더 알 뿐이었다. 두 사람은 '가십 선물 금융상품'이라든가 '지코인 증권' 같은 것을 그럴듯하게 만들어내느라 머리를 쥐어짰다.

스중난은 소식을 분류해서 이용자가 지코인으로 저렴하게 각 분야의 열람권을 사고, 이 권리를 다른 이용자에게 판매할 수 있게 하는 아이디어를 냈다. 그러고 보니 주식시장의 증권과 나름 비슷한 면이 있는 것 같았다. 물론 스중난 자신도 이 방법이 제대로 통용될지에 대해서는 회의적이었다. 아하오의 아이디어는 더 단순했다. 지코인으로 특정 이용자가 쓴 글에 대한 구독권을 구입하여 그 이용자의 글은 좀 더 저렴하게 열람할 수 있게 한다는 것이었다. 말하자면 유튜브의 '구독' 개념에다 가격 개념을 합친 것에 불과했다. 사장은 두 사람에게 모든 것을 맡기고 며칠에 한 번씩 회의만 열었다. 그는 스중난이 제안하는 아이디어를 전혀 거절하지 않았고, 항상 같은 말만 했다. "SIQ의 투자만 받을 수 있으면 돼."

스중난은 지코인의 유통량을 제한하면 선물 상품과 증권 가격이 높아질 거라고 생각했다. 하지만 지코인은 이용자들이 실제 화폐로 가십을 구입하도록 유도하려고 만든 과도기적 개념이자 허구의 화폐다. 유통량을 제한한다면 지티넷 이용량이 감소할 뿐이다. 그는 이와 비슷한 상품을 계속 생각해냈지만, 전부 지티넷의 수익률을 높인다는 전제조건과 배치되어 쓸 수 있는 아이디어가 없었다.

그러나 지난주 목요일 스투웨이와 개인적인 만남을 가진 뒤로 그의 생각은 180도 달라졌다.

SIQ의 투자는 이미 정해진 사안이다. 이번 프레젠테이션은 보여주기식 절차에 지나지 않는다. 따라서 프레젠테이션은 길게 끌기만 하면 된다. 이제 이 프레젠테이션의 진짜 목적은 사장을 속이는 것이 되었다. '증액 배당' 같은 허무맹랑한 소리가 스투웨이의 마음을 돌릴 수 있다고 사장이 믿으면 그만이다. 스중난은 사장이 아는 것도 없으면서 자존심만 강하다는 것을 잘 알았다. 그와 아하오가 말도 안 되는 계획을 그럴듯하게 설명하면 사장은 미심쩍어하면서도 그냥 넘어갔다. 자신의 무식함이 들통 날까 봐 염려하는 것이다.

스중난은 모든 것이 잘 굴러가고 있다고 느꼈다. 최근 며칠간 아하오와 프레젠테이션의 세부사항을 논의하면서 오로지 그는 분량을 채우는 데만 급급했다. 기회가 왔을 때 몰아쳐야 한다고 그의 마음 한구석에서 누군가 속삭이고 있었다. 결국 그는 홍콩 특별행정구 성립 기념 휴일이었던 어제, 직접 스투웨이에게 전화했다.

"헬로."

발신음이 두 번 울리고 전화가 연결되었다. 스투웨이가 아니라 비서인 도리스의 목소리다.

"저, 저는 지티 테크놀로지의 스중난입니다. 스투웨이 씨 계신지요?"

"지금 전화받기가 어려우신데, 메시지를 남겨주세요."

"네."

스중난이 침을 한 번 삼키고 말을 이었다.

"지티 테크놀로지와 관련된 일로 스투웨이 씨와 논의하고 싶은 게 있습니다. 다시 한 번 뵙고 그 일에 대해 말씀드리고 싶습니다."

"알겠습니다. 전해드리겠습니다."

"아, 감사합니다."

상대방의 대답이 너무 단순명료해서 스중난도 다른 말을 덧붙일 수 없었다. 그는 다른 사람이 전화받을 거라고는 예상하지 못했다. 스투웨이를 위해 준비한 말이 있었고, 그에 따라 다음 단계도 다 예정되어 있었다. 그런데 이제 어쩔 수 없이 수동적으로 스투웨이의 연락을 기다려야 했다.

오늘 출근할 때까지도 스중난은 스투웨이의 연락을 받지 못했다. 혹시 도리스가 자신의 연락을 보고하지 않은 건 아닌지 걱정되었다. 퇴근하면 다시 한 번 스투웨이에게 전화하리라 마음먹었다.

점심시간이 지나 회의실에서 한창 프레젠테이션 준비를 할 때였다. 스중난의 휴대폰이 울렸다.

"전화받고 올게."

스중난이 사무실 바깥 복도로 나와 전화를 받았다.

"여보세요? 스중난입니다."

"하이! 어제 연락 못 해 미안합니다. 도리스가 너무 흘려 써서 난 다른 찰스가 전화한 줄로만 알았죠."

스투웨이가 전화 저편에서 웃었다.

"오늘 아침 당신이 나를 만나고 싶어 한다는 이야기를 전해 들었어요. 무슨 일이 있나요?"

"네, 지금은 자세히 말씀드리기가……."

스중난이 목소리를 낮추고 사무실 입구를 돌아보았다. 아하오나 다른 직원이 듣고 있을까 걱정이었다.

"그럼 오늘 저녁 술이나 한잔합시다."

"좋습니다. 언제든 괜찮아요."

"그럼 9시에 봅시다. 저녁식사는 다른 약속이 있어서요. 몽콕으로 데리러 갈까요?"

"아뇨, 그러실 것 없습니다. 장소를 말씀해주시면 제가 찾아가겠습니다."

스중난은 회사 동료에게 들킬 가능성을 또다시 떠올렸다.

"그 술집은 회원제라 아무나 들어갈 수 없어요."

스투웨이가 말을 끊었다가 그럴듯하게 덧붙였다.

"그리고 내가 당신에게 보여줄 게 있어서 그러니 일단 몽콕에서 만납시다."

스중난은 순간 망설였다. 하지만 스투웨이가 또 시원스럽게 전화를 끊어버리면 지난번처럼 거리에서 회사 사람들에게 발각될까 안절부절하며 기다려야 할까 봐 급히 말했다.

"방금 생각났는데, 제가 퇴근 후에 홍콩섬 쿼리베이Quarry Bay에 갈 일이 있습니다. 쿼리베이에서 뵈면 어떨까요?"

"오케이, 그럼 9시에…… 9시에 타이쿠 플레이스Taikoo Place에서 기다릴게요."

타이쿠 플레이스는 쿼리베이에 위치한 유명 상업지구로, 미국 IBM사의 홍콩 사무실도 그곳에 있다.

"네! 고맙습니다!"

스중난이 쿼리베이를 고른 것은 회사 사람들을 마주칠 가능성이 낮기 때문이었다. 회사 사람들 중에는 홍콩섬에 사는 사람이 없고, 혹시 약속이 있더라도 그들은 코즈웨이베이나 센트럴에서 만난다.

스중난이 회의실로 돌아오자 아하오가 컴퓨터에 이해하지 못할 단어와 수치들을 입력하고 있었다.

"여자친구?"

아하오가 물었다. 스중난은 당황해서 몇 초 지나서야 그가 방금 온 전화에 대해 묻는다는 것을 깨달았다.

"나 솔로인 거 잘 알잖아."

스중난이 애매한 미소로 당황스러움을 감추었다.

"어? 여자친구 전화 아니었어? 그럼 그게, 여자친구가 아니었나…… 생각해보니 아닌 것 같다."

아하오는 여전히 고개도 들지 않고 키보드를 두드리며 말했다.

"동창이 다음 주에 같이 밥 먹자는 전화야."

스중난이 아무렇게나 주워섬겼다.

"전화 말고."

아하오가 약간 고개를 들더니 은근한 미소를 지었다.

"완전 어리던데, 돈 많이 들지?"

"무슨 소리야?"

"며칠 전에 영화 보러 갔다가 너랑 열 몇 살 되어 보이는 여자애랑 같이 있는 걸 목격했지."

아하오가 한쪽 눈썹을 올리며 덧붙였다.

"PTGF?"

스중난의 몸이 딱 굳었다. 아하오가 자기를 봤다니, 낭패다.

"무슨 헛소리야. 걘 내 여동생이야."

스중난이 미간을 찌푸렸다.

PTGF는 '파트타임 걸프렌드Part-Time Girl Friend'의 줄임말이다. 원조 교제라는 뜻이 된다.

"여동생이 있어? 왜 한 번도 말을 안 했냐?"

"입 다물어."

스중난이 말투를 바꾸어 웃으면서 대답했다.

"귀찮게 내 귀여운 여동생 소개해달라고 할까 봐."

"얼씨구, 나는 소아성애자가 아니거든요! 그리고 네 동생 예쁘지도 않던데……."

아하오가 비아냥거렸다.

"쓸데없는 소리 말고, 이용자 수 예측 데이터는 그래프화했어?"

"여기. 그런데 이 숫자 영 보기 안 좋아……."

아하오는 그래프의 단점을 설명하기 시작했다. 스중난은 전혀 귀담아듣지 않았다. 그날 밤 아하오가 나를 봤을 줄이야! 그게 큰 문제는 아니지만, 자기가 아무 경계심도 없었던 것이 마음에 걸렸다. 일주일 전 스투웨이와 저녁을 먹고 돌아오던 길에 지하철에서 본 미심쩍은 남자가 떠올랐다.

저녁 7시.

스중난이 여전히 서류에 고개를 처박고 있는 아하오에게 말했다.

"오늘은 약속이 있어서 먼저 갈게."

"야, 이렇게 해서는 다음 주에 못 끝내."

하지만 아하오는 스중난의 퇴근을 말릴 생각이 없다.

"주말에 출근해서 하면 돼."

"미리 말해두겠는데, 난 주말에 안 나와. 주말 계획 다 세웠어."

아하오가 웃으며 말을 이었다.

"사람이 숨은 쉬며 살아야지!"

스중난도 웃으며 '오케이'라고 손짓했다. 그는 가방을 집어들고 사무실을 빠져나왔다.

붐비는 몽콕 거리를 지나 지하철을 타고 홍콩섬 동쪽 쿼리베이로 갔다. 쿼리베이는 홍콩의 초기 공업지구로, 홍콩 개항 초기 스와이어 그룹이 이곳에 선박 시설, 설탕 공장, 탄산수 공장을 세웠다. 홍콩 경제의 주력 산업이 바뀌면서 이곳도 시대 흐름에 따라 변화했다. 선박 시설은 대규모 주택단지로, 설탕 공장은 비즈니스 빌딩 타이쿠 플레이스로 바뀌었다. 과거의 흔적은 거리 이름에나 남아 있다. 통총가_{糖廠街}가 바로 이름에 설탕 공장의 흔적을 담고 있는 거리다.

타이쿠 플레이스 주변에는 직장인을 위한 식당이 많은 데다 옛날 주택도 적잖아서 거리에 저렴한 밥집이 많다. 스중난은 '더 프레스'라는 미국식 식당에 갈 생각이었으나 문앞에 비치된 메뉴를 보니 전채 요리 값이 100홍콩달러가 넘었다. 그는 주머니 사정을 고려해 더 프레스를 포기하고 허름한 중국식 국숫집에 들어갔다. 그곳에서 의외로 맛난 만두와 국수를 먹은 다음 약속 시간이 오기를 기다렸다. 머릿속으로는 스투웨이와 만나면 어떻게 대처할 것인지 계속 생각했다. 그는 오늘의 만남이 지난번처럼 순조롭기를 바랐다. 저녁 시간대에 국숫집은 한가했다. 종업원도 느긋하게 텔레비전이나 보고 있었다. 구석 자리에 앉아 심각한 표정으로 생각에 잠긴 직장인에게는 관심을 두지 않았다.

8시 45분. 휴대폰 벨소리가 울렸다.

"쿼리베이에 도착했습니다. 지금 킹스로_路에 있어요. 당신은 어디 있습니까?"

"전 호이쿵가_街예요."

"호이쿵……."

스중난은 상대의 목소리 뒤쪽으로 짧은 전자음 같은 것을 들었다. 아마 자동차 내비게이션으로 목적지를 찾고 있는 모양이다.

"그럼 내가 호이쿵가와 통총가가 만나는 곳에서 기다리지요."

스중난은 얼른 밥값을 내고 나왔다. 호이쿵가를 따라 통총가 쪽으로 걸어가며 스투웨이의 검은색 테슬라를 찾았다. 그러나 호이쿵가 끝에 도착했을 때 본 것은 새빨간 스포츠카였다. 그리고 차 옆에 서 있는 사람은 다른 누구도 아닌 스투웨이였다.

"스투웨이 씨, 이건……."

스중난은 그와 악수를 하면서도 시선이 그 옆의 스포츠카에 못 박혔다.

"내가 보여줄 게 있다고 했잖습니까."

스투웨이가 시원스럽게 웃었다.

"차종을 알아보겠어요?"

"그럼요! 쉐보레 콜벳 C7!"

쉐보레 콜벳은 미국의 국보급 슈퍼 스포츠카다. C7은 최신 모델이었다. 독일의 포르쉐나 이탈리아의 페라리에 뒤지지 않는 명차다. 더욱 중요한 것은 홍콩에 쉐보레가 흔하지 않다는 것이다. 희귀할수록 가치가 높아지는 법이어서 홍콩의 자동차 애호가들이 특히 동경하는 차다.

"이 차는 친구에게 빌린 겁니다. 우선 한 바퀴 돌고 오죠!"

스투웨이가 말했다. 새 장난감을 받은 어린아이 같은 표정이다.

스중난은 조수석에 앉아 흥분을 감추지 못했다. 지난번의 테슬라보다 더욱 그를 들뜨게 했다. 콜벳 로고가 새겨지고 프레임이 마그네슘 합금으로 된 좌석만으로도 이 차가 보통이 아님을 느낄 수 있었다. 유럽 스포츠카의 우아함과 비교할 때 쉐보레 스포츠카는 광야의 기백을 느끼게 한다. 이런 지배감은 스중난이 오랫동안 추구하던 것이었다.

"오늘은 도리스가 휴가예요. 남자만 둘이니 이 차를 몰고 나왔죠."

스투웨이가 운전석에 앉아서 입을 열었다. 콜벳도 보통의 스포츠카처럼 좌석이 두 개였다.

"당신도 알겠지만, 도리스가 운전하는 차의 조수석에 앉기가 좀 그렇거든요."

"여자가 콜벳을 운전하면 좀 이상하죠."

스중난이 고개를 끄덕였다. 콜벳은 남성적인 차다. 여성이 운전하는 경우는 드물다.

"그건 괜찮아요. 다만 여자친구를 운전사로 부려먹는 남자처럼 보여서 말입니다."

스중난은 오늘따라 스투웨이가 살갑게 여겨져 속으로 쾌재를 불렀다. 그가 자신을 동료로 여기는 것 같았다. 스투웨이의 옷차림도 좀 더 편안해졌다. 밝은 회색 셔츠에 넥타이는 없고, 겉옷은 짙은 파란색 캐주얼 재킷이다. 카키색 바지에 짙은 갈색 가죽 구두까지, 오늘 스투웨이는 실제 나이보다 젊어 보인다. 편안한 옷차림이지만 재단이나 바느질이 훌륭했고 왼쪽 손목에 예거 르쿨트르 시계가 더해져 상당한 자본가의 품격이 느껴진다.

스투웨이가 안전벨트를 맸다. 그제야 스중난은 깨달았다.

"이 콜벳은 운전석이 오른쪽에 있군요?"

"그렇죠. 좌측에 운전석이 있으면 차량번호가 나오지 않잖습니까."

스투웨이가 입을 삐죽였다.

"외교관이거나 중국의 유력인사면 몰라도."

홍콩은 영국처럼 운전석이 오른쪽에 있다. 미국과 중국 등은 그 반대다.

"쉐보레 콜벳에서 운전석이 오른쪽인 C7을 생산하나요?"

"돈이 있으면 다 됩니다."

스투웨이가 웃었다.

"사실 이 C7은 홍콩 친구가 나한테 부탁해서 구입한 건데, 쉐보레에 운전석 위치를 오른쪽으로 제작해달라고 해서 샀습니다. 그리고 홍콩으로 운송해서 차주가 따로 차량 검사, 등록을 마친 뒤 홍콩 도로를 달릴 수 있게 되었어요."

"그렇게 하면 비용이 많이 들 텐데요? 개조비, 운송비, 차량 등록세 등을 합치면 차 가격보다 많이 나오는 것 아닙니까?"

"많이 나오더군요."

스투웨이가 산뜻하게 대답했다.

"그래도 별로 비싸지 않아요. 차가 60만 홍콩달러, 운송비며 기타 등등까지 해서 100만 홍콩달러예요. 요즘 홍콩에서 37제곱미터짜리 집이 500에서 600만 홍콩달러쯤 하는데 100만 홍콩달러쯤이야."

듣고 보니 스중난도 고개가 끄덕여졌다.

"내 친구에게 C7은 장난감입니다. 파가니 존다 정도여야 명차라고 할 수 있지요."

'유령의 아들'로 불리는 존다는 이탈리아 자동차 회사 파가니가 생산하는 최고급 스포츠카다. 차 가격이 2천만 홍콩달러에 이르는 '슈퍼 스포츠카 중의 슈퍼 스포츠카'다. 스투웨이의 말을 듣고 있으니 스중난은 홍콩이 백만장자가 흔한 사회라는 것을 새삼 체감할 수 있었다. 차창 밖으로 퇴근하는 월급쟁이들이 보였다. 저렴한 양복에 서류가방을 든 그들은 쉐보레를 발견하고 한 번씩 부러운 눈길을 던졌다. 반면 차 주인에게 이 차는 '장난감'일 뿐이다. 스중난이 이 장난감을 사려면 4년치 월급을 쏟아부어야 한다.

스중난은 쉐보레 안에서 외부 세계와 단절된 느낌을 받았다. 바깥 세상의 저들보다 자신이 한 등급 위에 있으며, 비참한 계급을 벗어나 인생의 새로운 단계에 접어든 듯했다. 물론 이 차에서 내리는 순간 본래의 자신을 마주하리란 것도 잘 안다. 저만치 있는 주유소 직원이나 바로 옆 신문가판대 주인과 아무 차이 없는 자신을 말이다.

"출발합시다."

스투웨이가 액셀러레이터를 밟았다. 엔진이 매혹적인 소리를 울리며 스중난의 우울한 기분을 날려버렸다.

차는 킹스로를 따라 타이쿠 플레이스를 끼고 돌아 나갔다. 스중난은 빅토리아 항구 동쪽의 야경을 눈에 가득 담았다. 카이탁 크루즈 터미널과 쿤통 일대는 번화를 상징하는 불빛으로 반짝였다. 바다에는 칠흑 같은 어둠이 내려앉았지만 자세히 살펴보면 크고 작은 배가 느릿느릿 물살을 가르고 있다. 오늘 밤은 도로도 한산한 편이라 스투웨이는 기분이 좋은 듯했다. 기분이 고양되는 만큼 콜벳의 속도도 빨라졌다. 고속도로에서 속도가 높아지자 창밖 풍경이 날아가듯 멀어졌다. 스중난은 등에서부터 높은 속도에 뒤따르는 압박감을 느끼기 시작했다.

"정지 상태에서 가속할 때 시속 100킬로미터까지 4초도 안 걸리죠. 그런데 이 도로는 제한속도가 70킬로라 아쉽군요. C7를 모는 쾌감을 제대로 즐기려면 노스란타우 고속도로에 가야 해요. 그곳은 110킬로까지 달릴 수 있죠. 물론 콜벳 속도를 다 발휘하기란 미국 도로에서도 쉽지 않아요. 거긴 제한속도가 140킬로 정도거든요."

"콜벳이 낼 수 있는 최고 속도는 얼마지요?"

"300킬로."

스투웨이가 웃으며 말했다.

"개인 소유 트랙에서나 그 극한의 속도를 맛볼 수 있죠…… 아니지, 호주. 호주에는 제한속도가 없는 도로가 있어요. 나도 200까지 달려봤죠."

"평생 한 번이라도 그런 경험을 해보고 싶습니다."

"기회가 있을 겁니다, 하하하. 이게 내 차였으면 당신한테 몰아보라고 했을 텐데 아쉽네요."

목요일 밤의 교통 상황은 순조롭다. 몇 분 지나지 않아 차는 애드미럴티를 지났다. 고속도로를 벗어나 시가지로 들어선 것이다.

"아, 오늘 도로가 잘 뚫리는데…… 조금 돌아서 갈까요?"

스투웨이가 말했다. 스중난은 그의 의중을 파악하지 못한 채 차가 명품숍이 즐비한 퀸스로에 진입하는 것을 바라보기만 했다. 그러나 곧 '돌아서 갈까요'라는 말뜻을 알아차렸다. 새빨간 슈퍼 스포츠카가 유럽 명품숍 거리를 가다 보면 란콰이퐁 같은 유흥가에서 술과 파티를 즐기는 화려하고 매력적인 아가씨들의 눈길을 받을 수밖에 없다. 순식간에 파리나 맨해튼에 와 있는 듯한 착각이 들게 한다.

'이런 게 귀족 놀이라는 거겠지.'

스중난이 생각했다.

차는 성완을 돌아 다시 센트럴로 돌아왔다. 스중난은 그들의 목적지가 란콰이퐁이라고 생각했다. 그러나 차가 멈춘 곳은 윈덤가衛 센트럴플라자 옆에 위치한 빌딩이다. 란콰이퐁에 몰려 있는 술집이나 바와는 거리 하나 정도 떨어진 곳이다.

"도착했습니다. 가방은 차에 두고 내려도 됩니다."

"아닙니다. 가져가는 게 좋겠습니다."

두 사람은 차에서 내렸다. 엘리베이터 앞에 새까만 정장을 입은 건장한 체격의 외국인 남자가 서 있었다. 그는 스투웨이를 보자 딱

딱하게 굳었던 얼굴을 풀고 미소를 띠며 인사를 나누었다. 스투웨이가 갈색곰 같은 그 남자에게 차 열쇠를 건넸다. 남자는 공손하게 엘리베이터를 잡아주었다.

"저 사람은 예고르Egor라고 합니다."

엘리베이터 문이 닫힌 뒤 스투웨이가 입을 열었다.

"주차를 해주고 문을 열어주는 일반적인 술집의 가드라고 생각하면 안 됩니다. 저 사람은 이 클럽의 보안을 책임지는 사람이죠. 우리가 이 가게에 들어갈 수 있느냐 없느냐는 전부 저 사람 마음에 달렸으니까."

"회원제 클럽 아닌가요?"

"예고르를 통과할 수 있는 사람이 곧 회원이에요. 물론 남자와 여자의 회원 자격이 좀 다르겠지요."

스중난은 고개를 끄덕였다. 예고르는 남자를 판단할 때 사회적 지위를 따져볼 것이다. 스중난 같은 사람은 평생 혼자서는 이런 클럽에 들어오지 못한다. 반면 여자는 미모가 중요하다. 남자 회원이 클럽에서 돈을 좀 더 쓰게 만들 수 있는 여자라면 사회적 지위에 상관없이 클럽 문을 열어줄 것이다.

엘리베이터 안에는 층별 단추가 1층 외에 단 하나밖에 없었다. 클럽으로 통하는 전용 엘리베이터인 듯하다. 엘리베이터 문이 열리고 재즈 음악과 부드러운 조명 아래 클럽 내부가 눈앞에 펼쳐졌다. 목재 위주의 인테리어로 꾸며진 곳이다. 엘리베이터 문 가까이긴 바 테이블이 있고, 두 명의 바텐더가 칵테일을 만들고 있다. 더 안쪽으로는 10여 개의 둥근 탁자 좌석이 보인다. 그 너머에는 전면 유리창이, 창밖에는 테라스가 있다. 손님은 10여 명 정도로 많지 않다. 두세 명이 둥근 탁자에 둘러앉아 있거나, 바 테이블에서 우울하게 술을 들이켜는 사람도 있다.

정장에 조끼 차림인 여종업원이 스투웨이와 스중난을 구석진 자리로 안내했다.

"오늘은 차를 가지고 왔으니 잭앤코크로."

스투웨이는 고민도 하지 않고 주문을 마쳤다.

"저도요."

스중난은 잭앤코크를 마셔본 적이 없다. 다만 가장 안전한 방법을 따른 것이다. 마티니를 시키면 초짜가 초짜 아닌 척하는 것처럼 보일 것 같고, 맥주를 시키자니 너무 멋없어 보일 게 걱정이었다.

"여긴 정말 좋은 곳이군요."

스중난이 주변을 둘러보며 말했다. 그는 남자와 여자로 가득하고 시끄럽기 이를 데 없는 술집만 다녀봤다. 로큰롤 음악이 귀를 때리거나 디제이가 믹싱한 전자 댄스음악이 흘러나오는 곳들 말이다. 반면에 이곳은 격조가 있을 뿐만 아니라 손님도 적어 차분하게 손에 쥔 술을 즐길 수 있게 해준다. 이런 곳에서는 업무 이야기도, 친구의 하소연을 들어주는 것도 어울릴 것 같다. 혹은 처음 보는 다른 손님과 말을 섞어도 편안하고 자연스러울 것 같다.

"지난주에 술을 마셨다면 여기에 데리고 왔을 겁니다."

"스투웨이 씨는 이곳에 자주 오시나요?"

"그렇지도 않아요. 올 일이 있을 때만 오지요."

"올 일이라면?

"그러니까……."

그때 종업원이 길쭉한 유리잔 두 개를 가져왔다. 우선 잔 받침을 내려놓고 위스키와 콜라를 조합한 잭앤코크 잔을 그 위에 올렸다.

"나갈 때 계산하는 건가요?"

스중난이 지갑을 꺼내려고 했다. 이번에는 자신이 대접할 작정이었다. 그러나 종업원은 계산서를 주지 않았다.

"내 이름으로 바로 계산될 겁니다."

스투웨이가 웃으면서 스중난에게 지갑을 집어넣으라는 손짓을 했다.

"우선 건배합시다. 비즈니스 성공을 위하여!"

두 사람이 잔을 부딪치고 한 모금 술을 넘겼다.

"그래, 나한테 할 말이 있다고 했죠?"

스투웨이가 단도직입적으로 물었다.

스중난도 술잔을 내려놓고 진지하게 입을 열었다.

"최근 회사에서 제가 고객 서비스 책임자인 동료와 함께 새로운 프레젠테이션을 준비하고 있습니다."

"무슨 문제라도 있나요? 프레젠테이션이 좀 부족하더라도 투자는 이미 결정된 사안인데요."

"문제는 리처드가 이 일에 전혀 참여하지 않는다는 겁니다."

스중난은 사장을 '리처드'라고 부르는 게 어색해 방금 혀를 깨물 뻔했다.

"오호?"

"그는 우리가 제시한 계획에 아무런 의견이 없습니다. 그저 무슨 아이디어든 내서 스투웨이 씨의 흥미를 끌라고만 하죠."

스중난이 미간을 찌푸리며 말을 이었다.

"저는 이 문제가 심각하다고 생각합니다. 리처드는 지티넷을 설립할 때 새로운 방식으로 인터넷 게시판 서비스 시장을 개척하겠다고 했어요. 땅콩게시판 같은 업계 선발주자와 자웅을 겨루겠다고 했지요. 성패는 차치하더라도 기백이라는 게 있었습니다. 하지만 지금 그의 눈에는 돈 말고는 아무것도 보이지 않는 것 같습니다."

"그래요?"

"전 회사의 방향이 잘못되었다고 생각합니다."

스중난이 여기서 한숨을 길게 내쉬었다.

"지티넷이 직원 수는 적어도 전에는 업무 분담도 확실하고 조리가 있었습니다. 리처드는 사장으로서 투자 유치를 맡고, 저와 마짜이는 기술 개발에 매진하고, 아하오는 고객 지원 업무를 담당하는 식이었죠. 그런데 리처드는 벤처캐피털 프로젝트에 참여하면서부터 오직 투자금 유치에만 혈안이 되어 지티넷 본연의 업무에는 관심이 없어요. 주객전도도 이런 주객전도가 없죠."

"당신 말도 일리가 있군요."

"SIQ의 투자를 받아 리처드가 새로운 경영 방향으로 발전하도록 이끌어야 하는데, 지금처럼 가다가는 업무를 직원에게 다 떠넘길 판이에요."

"리처드가 왜 그렇게 변했다고 생각합니까? 단순히 당신이 제시한 방안을 이해하지 못해서 그런 건가요, 아니면 다른 원인이 있나요?"

스투웨이가 미소를 지으면서 반문했다.

"음……."

스중난은 말하려다 말고 몇 초 시간을 끌었다.

"조안과 사귀면서부터 그렇게 되었습니다."

"그…… 비서?"

스중난이 고개를 끄덕였다.

"사내 연애가 문제인 게 아닙니다. 다만 그게 업무에 지장을 준다면 그거야말로 문제지요. 특히 리처드는 정책 결정권자이자 회사를 이끄는 입장인데 연애 감정에 빠져서 회사를 소홀히 하고 있어요."

"그렇군요……."

스투웨이가 혼잣말처럼 중얼거리며 술잔을 들었다. 깊이 생각에 잠긴 모양새다.

스중난은 스투웨이의 표정을 보며 자신의 말이 얼마나 효과적이었을까 가늠했다. 사장은 분명 아하오와 스중난의 회의에 참석하지 않는다. 그러나 스중난이 한 말은 사실의 일부에 불과하다. 사장은 스중난이 제기한 '가십의 선물 상품화'라는 아이디어를 전혀 이해하지 못한다. 그래서 직원을 신임하는 마음으로 모든 업무를 스중난 등에게 맡겨두었고, 그들이 맘껏 실력을 발휘할 수 있도록 해주었다. 사장은 지금 마짜이와 함께 적극적으로 영상 스트리밍 서비스와 앱 개발에 참여하고 있다. 사장과 조안의 관계 역시, 그들은 사무실에서는 애정 행각을 벌이지 않을뿐더러 업무관계의 선을 지키려고 노력한다. 그러니 스중난의 지적은 근거 없는 거짓말인 셈이다.

잠시 후 스투웨이가 딱 한마디를 내뱉었다.

"실망스럽군요."

스중난은 속으로 쾌재를 불렀다. 이번 작전도 잘 먹혀들었다고 생각하는 찰나, 스투웨이의 다음 말에 천국에서 지옥으로 떨어졌다.

"중난, 당신이 나를 실망시켰어요."

스중난은 그대로 굳어버렸다. 스투웨이를 바라보기만 할 뿐 어떤 반응도 하지 못했다.

"내가 당신에게 회사 내부를 잘 관찰하라고 한 것은 이런 식의 쓸모없는 고자질을 하라는 뜻이 아니었어요. 게다가 SIQ는 아직 투자금을 내놓지 않았습니다. 그런데 지금 나에게 이런 말을 하는 건 너무 무모한 거 아닌가요? 당신이 나라면 어떻게 하겠습니까? 프레젠테이션 때 투자자의 신분으로 리처드를 질책? 아니면 아예 투자 건을 포기?"

스투웨이의 말투는 차분했지만, 아무리 바보라도 그가 지금 불쾌해한다는 것을 알 수 있을 것이다. 스중난은 자기가 잘못된 선택을 했다는 것을 알았지만, 첫 번째 바둑돌을 놓은 이상 되돌릴 길은 없다. 성공이든 실패든 끝까지 바둑을 두어야 한다. 이제 손에 들린 마지막 패가 국면을 전환시킬 수 있느냐에 달렸다.

"이것을 좀 봐주십시오."

스중난이 서류가방에서 6,7장 정도의 A4 문서를 꺼냈다.

"뭡니까, 이게? 회사 내부 문서를 빼왔습니까?"

스투웨이의 어조가 얼음처럼 차가웠다.

"중난, 실수를 거듭하지 않기를 바랍니다."

"아뇨, 아닙니다. 이건 제가 업무 외 시간에 작성한 겁니다."

스중난은 불안을 억누르며 담담한 어조를 유지하려 애썼다.

"지난주에 스투웨이 씨를 뵙고 나서 오랫동안 SIQ의 투자 기록을 연구했습니다. 인터넷으로 관련 자료도 찾아보았고요. 경제기사든, 블로그에 나온 작은 소식이든 하나도 놓치지 않았습니다."

스투웨이의 표정이 살짝 의아함을 띠었다. 하지만 그는 묵묵히 다음 말을 기다렸다.

"SIQ의 최근 1년간 투자 항목을 살펴보니 인터넷 SNS 관련 투자는 여덟 개에 불과하고, 그중 지티넷과 성격이 가장 비슷한 회사가 바로 이곳입니다."

스중난이 영어로 가득한 문서에서 한 부분을 짚었다.

"츄오버Chewover라는 사이트죠. 포럼형 게시판과 비슷한데 독립적인 이미지, 영상, 음원 스트리밍 기능을 갖고 있습니다. 게시글 조회수와 평점에 기반해 사이트 이용자의 경험치를 책정해줍니다. 경험치가 높은 이용자는 기본 이상의 기능을 사용할 수 있고요. 심지어 돈으로 돌려받을 수도 있습니다. 유튜브 이용자들이 광고 수입을 배당받는 것과 같습니다. 저는 이 사이트가 SIQ에서 지티넷에 투자한 다음 합병하려고 하는 미국 사이트 중 하나라고 생각합니다."

"사이트 중 하나?"

"네, 사이트 중 하나죠."

스중난이 문서의 또 다른 부분을 가리켰다.

"저는 SIQ가 츄오버에 투자하는 동시에 또 다른 훌륭한 회사에도 투자했다는 데 주목했습니다. 젤렙워치Zeleb Watch라는 회사는 회사명과 동일한 뉴스 사이트를 운영합니다. 연예인이나 상류층 인사 등 유명인의 가십을 집중 보도하는 사이트죠. 창립 초기에는 주류 연예잡지 기사를 베껴서 올리는 데 그쳤지만, 지금은 파파라치를 겸하는 편집부도 갖추었죠. 누리꾼들로부터 비싼 값에 유명인의 사적인 사진을 사들일 정도로 규모가 커졌습니다."

스중난이 고개를 들고 스투웨이의 두 눈을 직시하며 말했다.

"SIQ는 츄오버와 젤렙워치를 합병할 겁니다."

"어디서 이런 결론을 얻은 겁니까?"

"SIQ가 지티넷에 투자할 거라는 사실이 가장 큰 증거입니다. 이 두 사이트를 합병하면 지티넷과 90퍼센트 비슷해지지요."

"이 문서는 그 사실을 설명하는 건가요?"

"아뇨. 이건 지티넷의 비전과 발전 방향을 분석한 자료입니다. 그리고 아까 말씀드린 가설에 바탕한 미래 5년간의 시장 전략을 담았습니다."

스중난은 스투웨이의 표정이 약간 바뀐 것을 알아차렸다. 아주 짧은 순간이었지만 중대한 의미를 가진 변화다.

"제가 보기에 지티넷은 새로운 연예 매체로 성장할 수 있습니다. 지금의 익숙한 매체를 뒤집을 수 있다고 봅니다. 지티넷의 특색은 글의 가격이 화제성에 따라 움직인다는 거죠. 만약 우리가 지코인을 현금으로 환전할 수 있게 한다면, 사이트 이용자들을 연예 기자로 활용해 수익을 얻는 게 가능합니다. 유튜브가 좋은 예죠. 유튜브 이전에는 방송이 대기업의 전유물이거나 정부의 통제를 받았습니다. 투자 비용 역시 규모가 컸습니다. 그러나 유튜브는 그런 고정관념을 깨고 누구나 컴퓨터 한 대, 혹은 스마트폰 한 대로 유튜버가될 수 있는 세상을 열었습니다. 자신의 채널을 소유할 수 있고 올린영상이 시청자를 끌어들이면 광고비를 받아 생계를 꾸릴 수 있습니다. 세계 각국에 성공한 전업 유튜버도 대단히 많죠. 퓨디파이라는 스웨덴 청년은 유튜브의 게임 실황 채널로 작년에만 400만 달러를 벌었어요. 올해 수입은 더 늘어날 거고요."

스투웨이는 그의 말을 들으며 서류를 넘겨보았다.

"만약 우리가 방송국을 연예 매체로 바꿔 생각해본다면, 지티넷의 미래를 확실히 알 수 있을 겁니다."

스중난은 거침없이 말을 이었다. 이것이 그의 마지막 기회였다.

"유튜브는 '만인의 감독화'를 성공시켰습니다. 그렇다면 우리는 '만인의 파파라치화'도 성공할 수 있다고 추측 가능하지요. 제 예측으로는 지티넷을 통해 이용자들이 각기 유명인을 뒤쫓는 채널을 운영하면서 지금의 연예잡지를 대체할 겁니다. 과거 연예잡지는 여러사람이 협력하여 만들었습니다. 파파라치, 기자, 편집자, 인쇄소 및잡지 유통사 등이 모여야 했죠. 그러나 과학기술의 발달로 이런 각각의 분야를 일반 사람이 혼자서도 해낼 수 있게 되었습니다. 우리가 늘 갖고 다니는 휴대폰이 전문 카메라 못지않고, 인터넷에 발표하는 글에는 특별한 디자인이나 인쇄가 필요 없습니다. 디지털 거래로 고객은 직접 제공자에게 돈을 내고 소식을 사서 읽을 겁니다. 지티넷은 전문 파파라치, 기자, 편집자 등의 업무를 개인화하고, 연예 가십 잡지를 사라지게 만들 수 있습니다. 이게 첫 번째 단계입니다.”

“첫 단계라고요? 두 번째 단계가 있습니까?”

“두 번째 단계는 새로운 협력방식이 출현하는 것입니다. 유튜브의 어떤 채널들은 서로 협력하여 여러 유튜버가 다른 사람 영상에 카메오 출연을 하거나 함께 영상을 찍습니다. 지티넷에서도 같은 방식의 협력이 일어날 가능성이 큽니다. ‘가십 기사 에디터’라고 표현해도 좋을 만큼 유명한 이용자끼리 협력하고, 일반 이용자는 젤렙워치처럼 돈을 내야 소식을 받아볼 수 있게 하는 겁니다. 그러면 우리는 그들이 좀 더 쉽게 협력하고 교류할 수 있는 도구를 제공해 사이트의 이윤을 높여야겠지요.”

“아주 재미있는 생각입니다.”

스투웨이의 두 눈은 여전히 스중난이 건네준 서류에 못 박혀 있다.

“그런데 이것과 방금 리처드에 대해 이야기한 건 무슨 관계가 있죠?”

스중난은 침을 꿀꺽 삼키고 용기를 북돋아 2주간 마음속에 담아두었던 말을 꺼냈다.

“저는 제 자신이 리처드보다 지티넷의 CEO에 적합하다고 생각합니다.”

스투웨이가 고개를 들었다. 눈빛이 약간 흔들렸지만 늘 그렇듯 침착했다. 그는 마치 처음 만난 사람인 듯 스중난을 자세히 뜯어보았다.

스중난은 얼굴에 두려움과 나약함을 드러나지 않도록 무진 애를 썼다. 대학 시절 스중난은 창업을 염두에 두고 있었다. 작은 회사에 취직해 일하면서 언젠가 자신을 알아주는 투자자를 만나 독립적인 회사를 차릴 수 있기를 바랐다. 그런데 2주 전 스투웨이를 만난 뒤 스중난은 계시라도 받은 듯 새로운 아이디어를 얻었다.

홍콩 필하모닉 오케스트라의 음악감독은 네덜란드 사람이고, 수석객원지휘자는 상하이 사람이며, 악장은 캐나다 화교다. 스투웨이가 지나가듯 그렇게 말했다. 그때 스중난의 머릿속에 팍 하고 떠오른 생각이 있었다.

'투자자를 찾아서 회사를 창업할 필요가 뭐 있지? 기존의 회사를 낚아채면 되잖아.'

홍콩 필하모닉 오케스트라를 누가 처음 설립했는지는 중요하지 않다. 중요한 것은 지금 이 순간의 지도자가 누구냐다. 그 사람이 오케스트라의 분위기와 방침, 발전 방향을 결정한다.

'사장만 밀어내면 지티넷을 집어삼키고 CEO가 될 수 있다.'

이 생각이 떠오르자 스중난은 그 목표를 향해 전력질주했다. 한 달 뒤 홍콩을 떠난다는 스투웨이의 말에 홍콩문화센터에 가서 그를 기다렸다. 온갖 수를 써서 스투웨이와 따로 만날 자리를 만들었다. 그리고 자신의 사장을 모함했다. 이 모든 것이 전부 그 목표를 위해서였다.

"SIQ는 지티넷에 투자한 후 최대 주주가 됩니다. 스투웨이 씨는 주주회의에서 모든 권리를⋯⋯."

스중난의 심장이 빠르게 뛰기 시작했다. 그러나 그는 자신감 넘치는 어조를 잃지 않고 말을 이었다.

"CEO 변경을 포함한 모든 권리를 갖게 됩니다."

스투웨이는 여전히 말없이 팔짱을 끼고 있었다. 미간을 살짝 찌푸린 상태지만 그 표정은 '혐오'가 아니라 '고민'에 가까웠다.

"당신은 내 예상보다 훨씬 대담하군요."

한참 후에 스투웨이가 입을 열었다.

"나쁜 일은 아닙니다. 큰일을 할 사람은 모진 데도 있어야 하죠. 꾸물거리다가는 기회를 잃게 됩니다…… 하지만 당신도 알다시피 브루투스는 결국 살해되고, 옥타비아누스가 권력을 얻습니다."

"리처드는 시저가 아닙니다. 그는 공화국의 이름 없는 지방 총독에 불과해요."

스중난의 말에 스투웨이는 활짝 미소 지었다. 두 사람 사이의 분위기가 그 순간 아주 부드러워졌다. 스중난은 시저를 암살한 브루투스에 대한 책을 읽은 자신을 속으로 칭찬했다. 덕분에 그는 스투웨이의 비유를 알아들었고, 나름대로 지적인 대꾸를 할 수 있었다.

"SIQ에서 투자 후에 CEO를 바꾼 사례가 없는 것은 아닙니다. 하지만 아주, 아주 적어요. 그것도 투자를 하고 몇 년 후의 일이죠. 사실상 대부분의 벤처투자사는 그런 대주주의 권리를 잘 활용하지 않습니다. 투자사에 부정적인 이미지를 형성하기 때문입니다. 게다가 우리가 추대한 CEO가 회사의 수익을 높인다는 보장도 없지요. SIQ의 투자 이후 리처드는 지분 일부를 양도하고 적잖은 돈을 벌게 될 겁니다. 하지만 당장 그를 해임하면 그는 쫓겨났다는 느낌을 받겠지요. 당신의 다른 동료들도 그렇게 느낄 거고요. 만일 리처드가 직원들을 데리고 새로운 회사를 시작하겠다고 나선다면 우리의 발전 전략에 도움이 안 됩니다. 투자사가 투자하는 대상은 회사가 아니라 회사 내부의 창의적인 인재들이거든요."

"만약 제가 직원들의 이직 움직임을 저지한다면요?"

"그 비서 아가씨는 붙잡을 수 없겠지요?"

스투웨이가 웃으며 말했다.

"조안은 리처드의 비서일 뿐입니다. 회사 운영에는 아무런 영향력도 없어요. 신입 직원을 뽑아 대체할 수 있습니다."

스중난이 진지하게 대답했다.

"회사에서 지티넷 운영에 관여하는 사람은 저와 마짜이, 아하오, 토머스 네 사람입니다. 사실상 제가 회사를 이끌겠다고 하면 방금 말씀하신 문제는 쉽게 해결됩니다. 저는 하늘에서 뚝 떨어진 경영자가 아니라 회사를 함께 만들어온 사람이기 때문입니다. 직원들의 사기에 영향을 주지 않을 뿐 아니라 오히려 직원들이 더욱 소속감을 느끼게 될 겁니다. 만약 제가 그 세 명에게 계속해서 회사에서 일하겠다는 다짐을 받아낸다면, 스투웨이 씨께서는 제 제안을 긍정적으로 고려하실 의향이 있으십니까?"

스투웨이는 스중난의 질문에 바로 대답하지 않고 탁자에 놓인 서류를 다시 꼼꼼히 읽기 시작했다. 그는 때때로 턱을 쓰다듬으며 스중난의 제안을 심사숙고하는 듯했다. 스중난은 눈앞에 앉은 '미래의 경영이사회 구성원'이 내릴 결정을 긴장된 마음으로 기다렸다. 두 사람 사이에 말 한마디 없이 15분 정도가 흘렀다. 스중난은 15분이 1년처럼 길게 느껴졌다. 그는 저도 모르게 눈앞의 칵테일을 전부 마시고 말았다. 그러나 한 잔 더 주문할 배짱은 없었다.

드디어 스투웨이가 서류를 내려놓았다.

"지금 동료와 함께 다음 주의 프레젠테이션을 준비 중이라고요?"

스중난이 고개를 끄덕였다.

"어떤 내용입니까?"

스중난이 자신이 억지로 끼워넣은 아이디어들을 하나하나 설명했다. 열람권 양도, 선불구독권, 그리고 자기가 생각해도 황당무계한 증액 배당 같은 것들. 스투웨이는 스중난에게 우스갯소리라도 듣는 듯 계속해서 웃음을 터트렸다.

"좋습니다."

스투웨이가 중간에 말을 끊었다.

"그만하면 되었어요. 리처드가 이런 내용에 아무 이의도 제기하지 않았다면 확실히 너무 무능하군요. 그가 지티넷 사이트를 어떻게 시작했는지 모르겠네요. 좋습니다, 당신 제안을 받아들이겠습니다……."

스중난은 벌떡 일어서 환호성을 지르고 싶었다. 그러나 그는 스투웨이가 아직 말을 끝내지 않았다는 것을 알아차렸다.

"……다만 한 가지 시험을 하겠습니다. 당신의 분석은 나쁘지 않았어요. 하지만 초고 상태에 불과하지요."

스투웨이가 탁자 위의 서류를 가리켰다.

"완벽한 보고서로 다시 써서 보여주십시오. 지티넷의 기술적인 내용에서 발전 방향까지 포함해서. 나는 재무제표와 자산분석보고서, 시장조사보고서, 경영계획 등도 보고 싶습니다. 그 문건을 가지고 SIQ 경영전략 부문의 심사를 받을 겁니다. 정식 프레젠테이션을 준비해서 나에게 내용을 보고해주세요."

스중난은 회사의 재무제표를 갖고 있지 않다. 하지만 사장에게 지금 준비하는 보고서에 필요하다고 하면 쉽게 내줄 것이다.

"좋습니다. 프레젠테이션을 언제 하면 되겠습니까?"

"다음 주, 내가 지티 테크놀로지를 다시 방문할 때."

스중난의 몸이 굳었다.

"그, 그럼 프레젠테이션에서 리처드에게 패를 다 보여주라고요?"

"아니죠."

스투웨이가 술을 한 모금 마신 뒤 말을 이었다.

"다음 주의 프레젠테이션에서 당신 능력을 뽐내보라는 겁니다. 리처드는 당신이 아무렇게나 주워섬긴 지코인의 선물 상품화 같은 데 아무런 개념도 없다니까, 프레젠테이션도 당신에게 맡기겠지요. 그러니 그때 내가 말한 새로운 보고를 진행하십시오. 당신의 보고 내용이 미흡하면 나는 그 자리에서 비판할 겁니다. 만약 보고가 만족스럽다면, 역시 그 자리에서 당신의 프레젠테이션 덕분에 투자를 따냈다는 점을 명확하게 밝혀주겠습니다. 그러면 나중에 당신이 리처드를 밀어내는 것이 더 순조롭겠지요."

스중난은 이런 생각은 하지 못했다. 그러나 듣고 보니 이것이 가장 효과적인 전략이다. 리스룽 사장의 위신을 깎아내리는 동시에 동료들의 지지를 받을 수 있다. 사장은 지금 SIQ의 투자만 받으면 된다고 입버릇처럼 말하고 있으니, 스중난이 몰래 준비한 다른 내용으로 프레젠테이션을 해도 투자만 받으면 문제 삼지 않을 것이다.

그러나 스중난은 자신의 프레젠테이션이 스투웨이의 인정을 받을 것인지 확신할 수 없었다. 까딱 잘못하면 앞뒤로 적을 만나는 상황에 빠지게 된다. 동료들의 지지도 잃고, 스투웨이의 인정도 받지 못하고, 사장에게는 자신이 딴 마음을 품은 걸 들킬 것이다. 어쩌면 바로 다음 날 해고 통지를 받을 수도 있다.

"강요하지는 않겠습니다."

스투웨이가 미소 지었다.

"지금 대답할 필요도 없어요. 다음 주에 당신이 어떤 내용의 프레젠테이션을 할지 기대하겠습니다."

"음……."

스중난은 가슴이 쿵쿵 뛰었다. 최종 목표가 바로 눈앞에 있다. 반면 목표에 도달하려면 자신의 진면목이 폭로될 위험을 무릅써야 한다. 얌전히 지코인의 금융상품화 보고를 준비하면 회사는 투자를 받고, 자신은 급여가 오를 것이다. 아무것도 잃을 게 없다. 그러나 리스룽 사장을 밀어내는 데는 방금 스투웨이가 말한 방법이 가장 효과적이고 빠른 방법이다. 만약 이 방법을 쓰기로 결정하면, 지금 이 순간이 승산을 높이는 최적의 기회다.

"……스투웨이 씨, 제가 보여드린 문서에 대해 어떤 평가도 하지 않으셨습니다. 츄오버와 젤렙위치의 합병에 대한 제 추측이 맞는지 틀린지도 말씀하지 않으셨고요. 적어도 제가 올바른 방향을 선택했는지 정도는 알려주셔야 공평하지 않을까요?"

"하하하, 이제는 나하고 흥정을 하려고 드는군요."

스투웨이가 질책하듯 말했지만 말투는 가벼웠다.

"비밀 유지 협정이 있으니 츄오버와 젤렙위치에 대해서는 알려줄 수 없습니다. 그러나 당신이 방금 이야기한 첫 번째, 두 번째 단계는 확실히 내가 지티넷의 미래에 대해 그리는 청사진과 부합합니다. 실은 세 번째 단계도 있죠."

"세 번째 단계요?"

"재작년 보스턴 마라톤 폭발사건을 기억합니까?"

스중난이 고개를 끄덕였다. 2013년 4월 15일 오후 2시 50분, 마라톤 경기가 진행 중이던 보스턴에 폭탄 테러가 벌어졌다. 마라톤 결승선 근처 관중석에서 사제 폭탄 두 개가 폭발해 세 명이 사망하고 200여 명이 부상을 입었다. 사건 발생 사흘 후 미국 연방조사국은 러시아 체첸에서 난민 신분으로 미국에 건너온 형제를 용의자로 지목했다. 다음 날 체포 과정에서 형은 총에 맞아 사망했고 동생은 붙잡혔다. 동생은 미국이 이라크와 아프가니스탄에서 벌인 군사행동에 대한 복수라고 범행의 동기를 밝혔다. 그 후 범인은 사형을 선고받았다.

"그럼 폭탄 테러 발생 후 가장 반응이 빠르고, 정보가 정확하면서 많았던 매체가 어디였을까요?"

"CNN?"

"버즈피드입니다."

스중난은 깜짝 놀랐다. 버즈피드는 뉴욕의 인터넷 매체다. 2006년 설립되었고 온라인상의 화젯거리나 독자의 흥미를 유발하는 재미 위주의 기사를 싣는다. 예를 들면 스타벅스에서 스타들이 주문하는 음료나 세계 최고의 고양이 사진 100순위 같은 기사다. 스중난도 버즈피드에서 올린 흥미 본위의 기사를 퍼오는 경우를 여러 차례 본 적이 있다.

"버즈피드는 주류 매체도 아니지 않습니까?"

"맞아요. 당연히 아니죠."

스투웨이는 어깨를 으쓱했다.

"하지만 당시 『뉴욕 포스트』가 사망자 수를 열두 명이라고 오보했을 때, 버즈피드는 대량의 현장 사진과 보스턴 경찰의 성명서 내용까지 포함해 정확한 기사를 사이트에 올렸습니다. 버즈피드의 취재방식은 전통적인 언론과 달랐죠. 전통 언론이 기자를 파견해 취재할 때, 버즈피드는 인터넷, 트위터, 페이스북, 유튜브 등을 정보원으로 삼았습니다. 그들이 한 일은 뉴욕의 사무실에 가만히 앉아서 정보와 사진의 사실관계를 비교, 대조, 정리하는 것이었죠. 당시 『뉴욕 타임스』 기자가 자기 트위터로 '버즈피드에서 최신 소식을 찾아냈다'고 밝히기도 했습니다."

스중난은 이런 사실을 전혀 알지 못했다. 그는 미국인도 아니고, 외국의 뉴스 사이트를 자주 들여다보지도 않는다.

"버즈피드는 그 후로 더 이상 흥미 위주의 뉴스 사이트가 아니라 무시할 수 없는 새로운 형식의 매체로 대접받게 되었습니다. 대통령 보좌관도 그 사실을 잘 알고 있을 정도죠. 올 3월, 백악관 기자실에 버즈피드의 자리가 생겼습니다. 로이터 통신, AFP 통신, CBS 방송 등과 어깨를 나란히 하게 된 겁니다."

스투웨이는 잠시 쉬었다가 말을 이었다.

"그런데 버즈피드의 성공 뒤에는 한 웹사이트의 공헌이 있었습니다."

"어떤 사이트죠?"

"레딧."

레딧은 10년 역사를 가진 미국 인터넷 토론게시판이다. 글이나 링크를 자유롭게 올릴 수 있고, 다른 이용자가 댓글을 달거나 찬성과 반대 표시를 할 수 있다. 레딧은 수십만 개의 '서브레딧' 페이지로 구성된다. 서브레딧은 음악, 영화, 건강, 과학기술, 국제 뉴스, 유머 등 각각의 주제와 규칙으로 운영된다. 레딧은 전 세계에 3600만 이용자가 있고, 그들이 1만여 개의 활성화된 서브레딧에서 글과 댓글을 쓴다. 매달 레딧의 유입자 수는 2천만 명에 이르고, 레딧의 시장 가치는 5억 달러라고 한다.

"폭탄 테러가 벌어진 뒤 15분이 안 되어 뉴스 서브레딧에 한 이용자가 테러 관련 글을 올렸습니다."

스투웨이가 설명을 계속했다.

"현장에 있던 사람들이 계속해서 사진과 정보를 제공했고, 현장

밖 사람들은 다른 경로로 수집한 정보를 올렸습니다. 사실관계를 증명할 방법은 없지만 대부분의 사람이, 버즈피드 편집자들도 레딧의 그 글에서 첫 번째 정보를 얻었을 거라고 믿고 있지요."

"그러니까 말씀하신 세 번째 단계는……."

스중난은 스투웨이의 의도를 짐작하기 시작했다.

"맞습니다. 나는 그것이 언론 혁명의 다음 단계라고 생각합니다."

스투웨이의 입꼬리가 올라갔다.

"지티넷은 단순히 가십이나 연예계 소식이 아니라 차차 모든 분야의 소식을 다루게 될 겁니다. 먼 과거에는 갑작스런 사건이 터지면 신문사에서 호외를 발행했습니다. 텔레비전이 나온 뒤에는 호외 역할을 방송 뉴스가 담당했죠. 인터넷의 출현으로 언론은 다시한 번 거대한 변화를 겪을 겁니다. 개인이 기업을 대체하고 '만인의 기자화' 시대를 살게 되는 거죠. 보스턴 폭탄 테러의 범인이 누구였죠?"

"미국으로 이민 온 형제요."

"네, 그럼 그들을 가장 먼저 용의자로 지목한 게 누군지 압니까?"

스중난이 고개를 저었다.

"레딧의 이용자가 현장 사진을 보고 용의자를 지목했습니다."

"일개 누리꾼이 범인을 잡았다고요?"

"물론 연방조사국은 인정하지 않지요."

스투웨이가 웃으며 대답했다.

"하지만 연방조사국이 용의자 사진을 공개하기 전, 인터넷에는 이미 레딧을 통해 검은 배낭을 메고 각각 검은색 흰색 모자를 쓴 남자 두 명이 용의자라는 소문이 돌았습니다. 인터넷 덕분에 대중과 경찰의 출발점이 똑같아졌죠. 양측의 정보와 자료가 점점 비슷해짐니다. 대중은 경찰이 갖는 한계를 넘어서기도 합니다. 누리꾼은 교류하고 정보를 주고받는 행위를 통해 누구나 탐정이 될 수 있습니다. 그들이 끊임없이 토론하면서 가장 합리적인 추론을 도출하는 데 반해 경찰은 유한한 인력을 통해 정보를 확인하죠."

스중난은 이런 상황은 영화나 소설에서 나온다고 생각했다.

"현대인들은 '뉴스의 본질'을 잊어버렸어요."

스투웨이는 계속해서 말했다.

"뉴스는 대중이 사회에서 발생한 일을 이해하는 수단이자, 세계에 대한 대중의 호기심을 채워주는 도구입니다. 더 중요한 것은 뉴스가, 대중이 평온무사하게 살아갈 수 있도록 해주는 무기라는 점입니다. 기자가 정치인의 추문을 파헤치는 것은 대중이 차 한잔하며 떠들 화젯거리를 만들기 위해서가 아니라, 대중의 권리가 침해되고 있음을 알리기 위해서죠. 대중의 공통된 재산이 어떤 이기적이고 뱃속 시커먼 자에게 유용되고 있기 때문입니다. 살인사건의 범인을 보도하는 것은 대중에게 경각심을 주고 예방하게끔 하기 위함이고요. 인터넷은 이미 마비돼버린 이 시대의 대중을 일깨우고 새롭게 자기의 권리, 의무, 환경을 직시하도록 만듭니다. 대중은 더이상 일방적인 정보 주입을 받아들이지 않습니다. 정권의 번지르르한 거짓말을 맹목적으로 믿지도 않습니다. 자발적으로 참여하고 자신의 눈과 귀로 무엇이 진실이고 거짓인지 판단합니다."

스투웨이가 술잔을 흔들었다. 얼음들이 부딪치며 청량한 소리를 냈다.

"이제 당신도 이해했을 것 같군요. 이게 지티넷에 투자하려는 이유입니다. 만인의 기자화로 최초의 소식이 지티넷에서 발표된다면 사람들은 자연히 돈을 낼 겁니다. 투자회사 입장에서는 이것이 가장 이상적이고 수익률이 높은 투자죠."

스투웨이의 연설을 들은 스중난은 자신의 안목이 너무 얕았다는 생각이 들었다. 이때껏 수익률이 낮아 보였던 지티넷이 스투웨이의 분석을 거치니 거대한 부를 가져올 원석처럼 보였다. 스중난은 자신이 남보다 식견이 높다고 자부해왔다. 학창시절 친구들이 자신을 멀리한 것도 자신의 실력과 재능을 시기해서라고 여겼다. 그는 뛰어난 졸업 성적으로 그런 친구들의 코를 납작하게 해주었다. 그러나 스투웨이 앞에서는 그런 자부심이 다 허상에 불과했다. 좋은 학업성적은 종잇장 위의 허무한 영예였고, 자신은 단지 우물 안 개구리의 우월감에 빠져 있었던 것이다.

이 순간 스중난에게 참으로 오랜만에 겸손함이 차오르고 있었다. 그는 눈앞의 이 남자야말로 진정으로 비범한 인물이라고 여겼다. 단지 멋진 옷차림, 값비싼 시계, 고급 차 때문이 아니라 그의 비범한 안목과 뛰어난 두뇌 때문이다. 그가 이 남자와 인맥을 쌓으려 애쓴 것은 오로지 리스룽의 자리를 빼앗기 위함이었다. 그러나 지금은 이 남자에게서 더 많은 것을 배우고 싶다는 열망이 차올랐다.

"스투웨이 씨, 클라우드 기술이 미래의 인터넷 생태에 어떤 영향을 미칠 거라고 보십니까?"

스중난은 기회를 놓치지 않고 미래 기술 발달의 청사진을 질문했다. 스투웨이도 아낌없이 자신의 견해를 들려주었다. 두 사람은 클라우드 기술에서 빅데이터까지, 착용 가능한 컴퓨터 장치에서 중국의 방화벽까지 다양한 주제로 대화를 나눴다. 대화 주제는 지티넷의 투자 프레젠테이션과는 무관했다. 스중난은 다만 이 기회에 안목을 넓히고 싶은 것이다.

"잠시 화장실에 다녀오겠습니다."

한 시간쯤 대화를 나누다가 스중난이 일어서며 말했다.

"저쪽으로."

스투웨이가 바 테이블 쪽을 가리켰다.

화장실에는 아무도 없었다. 스중난은 볼일을 보고 세수를 했다. 그리고 거울 속의 자신을 보았다. 전과는 달라진 모습이 보였다. 스중난은 아직 리스룽의 자리를 빼앗지 못했다. 하지만 이 바둑판이 마지막을 향해 가고 있음을 알았다. 방금 스투웨이와의 대화에서 그는 수십 개의 훌륭한 아이디어를 얻었다. 지티넷을 역사에 한 획을 긋는 인터넷 서비스로 발전시킬 전략이 될 것이다. 그는 자신의 견해가 스투웨이에 미치지 못한다는 것도 알았다. 그러나 자신이 탁월한 조수로서 스투웨이의 지도 아래 새로운 사업 성취를 이룰 거라고 굳게 믿었다.

그런 생각을 하다가 스중난은 웃음을 터트리고 말았다. 거울 속의 남자도 똑같은 웃음을 지었다.

화장실을 나와보니 처음보다 손님이 늘어나 있었다. 방금까지는 대화에 집중하느라 주변의 변화를 몰랐다. 바 테이블에는 빈 좌석이 두세 개 남았고, 둥근 탁자 자리는 거의 다 채워졌다. 테라스에도 외국인 손님 몇 명이 대화를 나누며 시가를 피우고 있다.

자리로 향하는데 지나가던 한 젊은 여자와 눈이 마주쳤다. 마주친 시간은 2초도 되지 않았지만 스중난은 그녀에게 깊은 인상을 받았다. 그녀는 일본의 미소녀 아이돌을 떠올리게 했다. 갸름한 얼굴과 곱게 휘어진 눈매, 붉은 입술 등이 그랬다. 다만 그녀는 긴 생머리고, 아이돌은 구불구불한 파마 머리라는 게 다르다. 그녀는 무릎까지 오는 검은색 민소매 원피스를 입었다. 살갗을 별로 드러내지 않았지만 섹시한 매력을 풍겼다. 어려 보이는 얼굴과 강하게 대비되어 더 인상적이었다. 그녀 옆에는 이십대로 보이는 단발머리 여자가 있었다. 가슴이 꽤 파인 분홍색 미니드레스 차림에 유행하는 한국식 화장을 하고 있었다. 역시 미모가 뛰어났지만 옆 친구의 매력에는 미치지 못했다.

"술잔이 비었더군요. 한 잔 더 주문했습니다."

자리에 돌아오니 종업원이 가져온 새 칵테일이 놓여 있었다.

"고맙습니다."

스중난이 웃으며 말했다. 그의 머릿속은 방금 눈이 마주친 여자에 대한 생각으로 가득했다. 그는 저도 모르게 뒤를 힐끔거렸다.

"아는 사람입니까?"

"아, 아니, 아닙니다. 그냥…… 일본 연예인과 닮아 보여서요."

스중난은 얼른 정신을 차렸다. 스투웨이에게 나쁜 인상을 주면 안 된다.

"어느 쪽? 검은색, 아니면 분홍색?"

"검은색이요."

"아, 그렇군요."

스중난은 술을 한 모금 마시며 어색함을 숨기려고 했다. 이런 대화가 또 다른 위기를 초래할까 걱정됐다.

"작업을 걸어보지 그래요."

스중난은 순간 사레가 들렸다. 스투웨이가 그런 경박한 말을 할 줄은 몰랐다. 혹시 이것도 일종의 시험이 아닌지 의심스러웠다.

"중난, 긴장 풀어요."

스투웨이가 웃으며 말했다.

"계속 일 이야기만 하지 말고. 술을 마시러 왔으니 좀 즐겨도 괜찮지 않을까요……."

"무모한 작업은 상처만 남기죠."

스중난이 완곡하게 거절했다. 상처받는 것은 큰일이 아니지만, 스투웨이 앞에서 창피를 당하는 것은 큰일이다.

"바나 클럽에 온 여자들, 열에 아홉은 누군가 작업을 걸어주길 바랄 텐데요. 게다가 바 테이블에 앉는 것은 작업을 환영한다는 신호죠. 남자들이 다가가기 쉽거든요. 옆에 서서 말을 붙이면 되니까. 내가 보기에는 두 사람 다 오늘 밤 안으로 손에 넣을 수 있을 것 같은데."

"저는 스투웨이 씨와 달라서 여자들이 별로 관심을 주지 않아요."

스중난도 바에서 여자를 유혹해보던 시절이 있었다. 그러나 망신을 당하고 불쾌한 기억만 남았다. 결국 그때 이후로는 술집에서 작업을 걸어보겠다는 생각을 접었다.

"그럴 리가."

스투웨이가 단호하게 말했다.

"이런 일은 신분, 재산, 외모와 다 상관없는 겁니다. 자신감이 없으면 당연히 실패하죠."

"좋습니다. 그럼 제가 저 여자들에게 술을 살게요……."

"세상에, 그런 방법은 안 통해요."

스투웨이는 막 종업원을 부르려는 스중난을 말렸다.

"술집에서 여자에게 술을 사는 남자가 어떻게 보이는지 알아요? 나는 숙맥입니다, 술 한잔으로 당신의 5분을 사고 싶습니다. 이렇게 말하는 거나 마찬가지예요."

"전 그게 가장 정상적인 술집의 작업방식이라고 생각했어요."

"안 되겠네. 날 따라와요."

스투웨이가 울지도 웃지도 못하겠다는 듯한 얼굴로 술잔을 들고 일어섰다. 스중난은 의외라고 생각하면서 별생각 없이 술잔을 들고 따라갔다.

"잠시 실례할게요."

스투웨이가 두 여자에게 말을 걸었다. 그리고 약간 어리둥절해하는 여자들의 시선은 모른 척하고 계속 말했다.

"제가 뉴욕 출신이라 홍콩을 잘 모릅니다. 그런데 제 동료가 두 분을 잡지에서 봤다고, 맹세할 수 있다고 자꾸 그러네요. 그래서 제가 그랬죠. 인구 700만의 도시에서 그렇게 쉽게 유명인을 만날 리가 없다! 이 친구랑 내기를 해서 그러는데, 혹시 모델이나 영화배우신가요?"

"당연히 아니죠. 하지만 그렇게 봐주셨다니 고마워요."

두 여자는 재미있다는 듯 깔깔 웃었다.

"거 봐! 찰스, 나한테 밥 사야 해."

스투웨이가 고개를 돌려 스중난에게 윙크했다. 그러고는 두 여자를 향해 말했다.

"좋은 식당을 소개해주시겠습니까? 비싼 데라도 상관없습니다. 저 친구가 살 거니까요. 식당을 정하지 않으면 나를 아무 데나 데려가서 잘 알려지지 않은 맛집이라고 속일지도 몰라요."

스투웨이가 순식간에 두 여자와 대화의 물꼬를 텄다. 여자들은 적극적으로 센트럴의 프랑스 식당과 일본 식당을 추천했다. 그러는 사이 스투웨이가 자연스럽게 술잔을 테이블에 내려놓는 것을 스중난은 놓치지 않았다. 어느새 스투웨이는 단발머리 여자 옆에 앉아 있었다. 스중난은 술집에서 여자를 꾀려면 일단 허세를 좀 부리고 술을 사야 한다고 생각했다. 그런데 스투웨이는 너무나 자연스럽고 손쉽게 여자의 관심을 끌었다.

"아, 저는 웨이드Wade라고 합니다. 이쪽은 찰스."

5분 정도 지나자 스투웨이가 여자들에게 자기 소개를 했다. 스중난은 스투웨이가 웨이드라는 영어 이름을 쓴다는 걸 처음 알았다. 아마 자신의 찰스처럼 이럴 때만 꺼내는 이름일 것이다.

"전 탈리아, 철자는 ＴＡＬＩＡ가 아니라 ＴＡＬＹＡ예요."

단발머리 여자가 말했다. 그리고 검은 원피스 여자를 가리키며 덧붙였다.

"얘는 조Zoe."

"오, 미국에 있는 제 동료 중에도 탈리아가 있어요. 아버지가 영국인인데 어머니가 뼈대 있는 유대인 집안이라 유대인 이름을 붙였다고 하더군요……."

스투웨이가 잠시 말을 멈추더니 탈리아를 빤히 쳐다보며 말했다.

"당신도 어느 명문가의 아가씨인 것은 아니겠죠?"

"어머, 아니에요."

스투웨이의 넉살에 탈리아가 웃음을 터트렸다. 조 역시 미소를 지었다.

"당신은 미국에서 무슨 일 하세요?"

"인터넷 관련 일입니다."

여자의 물음에 스투웨이가 가볍게 대답했다.

"찰스도 저와 동종업인데 이 친구는 홍콩에서 일해요. 아주 뛰어난 CTO, 즉 최고기술경영자죠."

스중난은 탈리아와 조가 최고기술경영자라는 말에 반응하는 것을 눈치챘다. 그들의 눈빛이 방금 전과는 달라졌다. 몇 분 전까지만 해도 여자들은 멋있고 유머러스한 스투웨이만 쳐다봤다. 스중난은 대화에 낄 틈도 없는 투명인간이었다.

"그냥 작은 회사입니다."

스중난이 미소를 지으며 자기 마음에 든 미녀를 향해 말했다. 그는 스투웨이가 왜 CTO라는 직함을 들먹였는지 알지 못했다. 스중난을 치켜세워주려는 것일 수도 있고, 여자들의 관심을 스투웨이 자신에게서 멀어지게 하려는 것일 수도 있다. '수십억 달러 가치를 가진 기업의 창립자'는 사실 너무 거대한 이름표가 아닌가. 여자들이 놀라 도망가든지, 아니면 돈에 눈먼 여자라면 귀찮게 들러붙을 것이다.

그 후 한 시간 동안 스중난은 다른 여자들에게서는 얻지 못했던 만족감을 느꼈다. 네 사람이 나눈 대화는 별 의미 없는 것이었다. 어느 술집이 인기 있는지, 유명인사 누구를 본 적이 있다든지, 어느 식당이 맛있는지, 그리고 스투웨이의 미국식 유머 등등. 스중난이 만족감을 느낀 부분은 여자들이 이런 시시한 대화에 보여준 태도였다. 자기 얘기가 별로 재미있지 않은데도 여자들은 즐겁게 웃어주었다. 아마 스중난 혼자 왔다면 10분도 안 되어 분위기가 어색해졌을 것이다. 그에 비해 스투웨이는 이런 쪽의 입담을 타고난 것 같다. 그는 마치 10년은 알고 지낸 사이처럼 자연스럽고 편안한 분위기를 만들었다.

"아주 정확한 심리 테스트를 알고 있는데, 해보시겠습니까?"

화제가 떨어질 때쯤 되면 스투웨이가 이런 말로 여자들을 집중시켰다. 그의 말은 주로 '명문가의 아가씨는 아닌' 탈리아에게 초점이 맞춰졌다. 스중난은 상대적으로 냉대를 당하는 조에게 공을 들였다.

"파란색을 고르면 친구들 사이에서 사실은 인기가 없는 거래요."

색깔 심리 테스트에서 스투웨이는 파란색을 고른 조에게 말했다.

"파란색에는 짙은 파랑과 옅은 파랑이 있죠. 당신은 흰색에 가까운 옅은 파랑을 생각하고 골랐을 겁니다. 그렇죠?"

스중난이 분위기를 부드럽게 해보려고 끼어들었다. 스투웨이가 흰색을 고른 탈리아에게는 사교성이 좋다고 말했기 때문이다.

조는 스중난을 향해 웃어주었다. 하지만 두 사람의 대화에는 별로 열기가 없었다. 웃고 이야기하는 사이 스중난은 조에게 점점 호감을 느꼈다. 외모가 그의 기호에 딱 맞을 뿐만 아니라 상냥한 성격과 얌전한 태도가 마음에 들었다. 스중난은 드물게 진심으로 여자의 마음을 얻어보고 싶었다.

"아, 난 한 잔 더 시킬래요."

탈리아가 잔을 마저 비우고 종업원에게 손을 흔들었다. 그러나 11시가 되어 손님이 많아져서 종업원이 이쪽에 신경을 쓰지 못했다.

"내가 가서 주문하고 올게요."

조가 자리에서 일어섰다. 스중난은 그녀의 잔도 비었다는 걸 알았다.

바 테이블 자리도 다 차서 조는 사람들 틈을 비집고 들어갔다. 하지만 몸집이 작은 그녀는 바텐더의 주의를 끌지 못했다. 스중난이 가서 도와주어야 하나 망설이는 사이, 스투웨이가 먼저 움직였다. 그가 바텐더에게 주문을 하고, 얼마 후 조가 초록색 마르가리타 두 잔을 들고 스투웨이와 함께 돌아왔다.

스중난은 자기가 재빠르게 행동하지 못한 것을 후회했다. 조와 스투웨이가 자리로 돌아오면서 네 사람의 자리 배치도 바뀌었다. 원래는 스중난과 탈리아 사이에 앉았던 스투웨이가 지금은 두 여자 사이에 앉았다. 조는 바에서 주문을 도와준 스투웨이에게 좋은 인상을 받은 것 같다.

스투웨이의 관심도 탈리아에서 조로 바뀌었다. 그리고 탈리아는 옆자리로 온 스중난에게 살갑게 말을 붙였다.

"CTO라고요? 스티브 잡스나 빌 게이츠를 만난 적이 있어요?"

그 후로 스중난은 분위기가 완전히 달라진 걸 느꼈다. 겉으로는 전과 다름없어 보였지만, 조는 스투웨이와 눈빛을 주고받으며 옥구슬 구르는 듯한 웃음소리를 들려주었고, 탈리아는 스중난 쪽으로 몸을 붙여왔다. 스중난은 여전히 우호적인 태도를 보였지만 속으로는 기분이 좋지 않았다.

"이제 가야겠어요."

12시 50분에 조가 말했다.

"아직 시간이 이른데요."

스중난이 말을 받았다. 그는 상대방과 좀 더 가까워질 시간을 갖고 싶었다.

"조는 집이 멀어서 집에 가면 2시가 넘을 거예요."

탈리아가 끼어들었다.

"어디 사시죠?"

이번에는 스투웨이가 물었다.

"유엔롱에요."

"제가 차로 데려다 드리죠."

"고마워요."

조는 곧바로 승낙했다. 얼굴에 홍조도 피었다. 스중난은 그걸 보고는 상황을 바꿀 수 없다고 인정했다. 자기가 머뭇거리며 재빠르게 행동하지 못한 것을 원망할 수밖에.

스투웨이가 일어서서 종업원에게 손짓했다. 종업원은 고개를 끄덕이더니 옷깃에 달린 마이크에 대고 몇 마디 했다. 스중난은 그가 계산을 하려는 게 아니라는 것을 눈치챘다. 아마도 예고르에게 연락해 자신의 차를 문앞에 대놓게 해달라고 부탁했을 것이다.

탈리아와 조는 엘리베이터 쪽으로 향했다. 스중난도 따라가려는데, 스투웨이가 불러 세웠다.

"서류가방을 잊었군요."

스중난은 본래의 자리에 뒀던 서류가방을 떠올리고 얼른 가서 가져왔다.

"불만스럽습니까?"

갑자기 스투웨이가 질문했다.

"네?"

"내가 당신이 마음에 들어 한 여자를 가로챘는데."

스투웨이가 엘리베이터 앞에 서 있는 여자들 쪽으로 턱짓을 했다.

"아뇨, 스투웨이 씨가 조를 좋아하신다면 저는 당연히……."

"특별히 마음에 드는 것은 아닙니다."

스투웨이가 어깨를 으쓱했다.

"당신에게 야심만으로는 성공할 수 없다는 것을 알려주고 싶었습니다. 올바른 방법으로 공략해야 목적을 이룰 수 있어요."

스중난은 그 자리에 멈춰 서서 한참 말을 못 했다.

"내가 왜 처음에는 조에게 관심 없는 것처럼 굴고, 심리 테스트를 한다면서 그녀에게 인기 없다는 소리를 했을까요? 그런 식으로 감정을 조종하다가 나중에 다가가면 승산이 높거든요. 인간의 마음을 뜻대로 움직이는 것은 여자를 유혹할 때만 쓰는 게 아닙니다. 비즈니스 현장에서는 더욱 중요한 무기죠. 당신이 리처드 대신 CEO가 되고 싶다면 이런 이치를 잘 이해해야 할 겁니다. 실수를 하면 술집에선 단지 침대 위의 파트너를 놓치는 것이지만, 비즈니스에선 오랫동안 쌓아올린 성과가 순식간에 무너지기도 합니다."

"몃, 명심하겠습니다."

이것 역시 스투웨이의 시험이었을 줄이야! 스중난은 자신의 실책을 뼈저리게 후회했다.

"긴장 풀어요."

스투웨이가 가벼운 목소리로 돌아와 말을 이었다.

"탈리아도 몸매가 멋진데, 오늘 밤을 노려요."

"노려요?"

"집에 데려가라고요. 당신이 마음에 든 것 같은데. 모르겠습니까?"

"그런 여자들은 아닌 것 같은데요?"

"내가 하룻밤이면 손에 넣을 수 있다고 하지 않았습니까?"

스투웨이가 입꼬리를 끌어올렸다.

"당신은 어떨지 모르겠지만, 나는 조가 오늘 밤 집에 가지 않을 거라고 확신하는데요."

엘리베이터에서 스중난은 초조한 기분이었다. 조를 알게 된 지 세 시간밖에 되지 않았지만 그녀가 쉽게 처음 만난 남자와 침대에 누울 거라고는 믿지 않는다. 그는 스투웨이가 조를 다른 여자들과 똑같이 놓고 이야기하는 것이 모욕적으로 느껴졌다.

거리로 나왔을 때 스중난은 자기 생각이 틀렸다는 것을 깨달았다.

"이거 당신 차예요?"

조와 탈리아가 스투웨이의 쉐보레 콜벳을 보고 눈이 휘둥그레졌다. 사탕을 발견한 어린아이들처럼 차 옆에서 구경하기 바빴다. 스중난은 조의 표정을 보면서 자신의 여신도 속물일 뿐이라고 느꼈다. 돈과 명예에 굴복하고 자기 몸을 이용해서 허영을 채우려는 여자 말이다.

'이게 당연한 현실이지.'

스중난은 방금 전까지 품었던 자신의 순진한 생각에 씁쓸하게 웃었다. 스투웨이는 예고르에게 차 열쇠를 받고 스중난에게 말했다.

"그렇지. 아까 이 클럽에 자주 오느냐고 물었죠……."

스중난도 그 질문을 했던 기억이 난다. 그때 스투웨이는 '올 일이 있을 때만 온다'고 했다.

"……이것도 여기에 '올 일' 중 하나지요."

스투웨이가 윙크를 하고 엄지손가락으로 차 내부를 구경하느라 정신없는 조를 가리켰다.

스중난은 스투웨이가 조에게 차 문을 열어주고 운전석에 타는 모습을 지켜봐야 했다.

"죄송합니다. 자리가 둘뿐이라서."

스투웨이가 차창을 내리고 말했다.

"찰스, 다음 주에 봐!"

불타는 듯 새빨간 스포츠카가 멀어져갔다. 스중난은 만감이 교차했다.

"한 잔 더 하러 갈까요?"

탈리아가 물었다. 그녀는 얼굴이 발갛게 달아올라 발음도 부정확하고 비틀거렸다. 탈리아는 스중난이 좋아하는 유형은 아니지만 보복하는 심정으로 스투웨이의 말을 따르기로 했다.

"우리 집에 술이 있는데, 집으로 가죠."

"좋아요. 당신 차는요?"

"나……는 차가 없어요."

"아."

탈리아가 눈썹을 찌푸렸다가 다시 웃음을 터트렸다.

"괜찮아! 택시 타죠, 택시!"

탈리아가 길가에서 손을 흔들었지만 도로에 택시가 전혀 없었다. 그녀는 생각보다 더 많이 취한 것 같았다.

"이봐요, 찰스. 당신은 무슨 차를 타요?"

"나는 차가 없다니까요."

"오늘은 차 없는 거 알아요. 평소에 무슨 차를 타냐고요."

"차가 아예 없어요."

스중난은 그제야 탈리아의 반응을 보고 자신이 말실수를 했다는 것을 깨달았다.

"차가 없다고?"

탈리아가 의아하다는 표정을 지었다.

"당신 동료 웨이드는 그런 스포츠카를 모는데? CTO라면서요, 그럼 벤츠 한두 대는 있는 거 아니에요?"

"동료? 우리는 같은 회사가 아니에요. 우리는…… 협력사죠."

스중난은 거짓말을 하려고 했다. 그런데 오기도 생겼고, 술기운도 올라서 곧이곧대로 말해버렸다.

"다국적 기업의 CTO가 아니란 말이에요?"

스중난은 탈리아가 무엇을 오해했는지 알아차렸다. 그녀는 미국 회사에서 CTO를 맡고 있는 스중난이 홍콩 자회사에 파견된 거라고 오해한 것이다. 스투웨이가 스중난을 동료라고 했기 때문이다.

"홍콩 현지 회사예요."

"맙소사! 난 당신이 작은 회사라고 하기에 겸손하게 말하는 줄 알았지!"

탈리아가 믿을 수 없다는 표정으로 다그쳤다.

"당신 회사 규모는 도대체 얼마나 커요? 직원이 몇 명이에요?"

"여섯 명."

"부하직원이 겨우 여섯 명! 그냥 작은 부서의 부서장이네!"

탈리아가 소리를 질렀다.

"아니. 우리 회사 사람이 전부 여섯이고 내 부하는 한 명뿐인데."

탈리아가 눈을 둥그렇게 떴다. 마치 스중난이 사기꾼이라도 된다는 듯한 표정이다.

"개자식! 내가 경계심을 가져서 정말 다행이지. 안 그랬으면 너같은 사기꾼이랑 자러 갔을 거 아냐!"

탈리아는 거리에서 사람들이 쳐다보든 말든 스중난에게 삿대질을 하며 소리를 질렀다.

"미친년! 나야말로 너 같은 년은 관심 없어!"

스중난 역시 지지 않고 받아쳤다.

"가난뱅이 주제에 분수를 알아야지! 돈이 없으면 누가 너랑 놀아주겠어?"

택시 한 대가 보이자 탈리아가 손을 흔들었다. 그녀는 택시를 타고도 스중난에게 욕을 두어 마디 쏘아붙이고 갔다.

"제기랄!"

스중난은 란콰이퐁을 따라 퀸스로 쪽으로 걸었다. 길에는 취객과 섹시한 여자, 그런 여자를 노리는 놈팡이로 가득했고, 다들 서로 다른 의미의 미소를 띠고 있었다. 오직 스중난만이 얼굴을 찡그리고 있다.

"내가 성공하고 나면 저 여자는 개처럼 내 앞에서 엉덩이를 흔들겠지……."

스중난이 울분에 차서 씹어뱉듯 말했다. 그는 지하철역에 도착했을 때 불운은 하나씩 오지 않는다는 것을 알았다. 마지막 열차가 막 떠나고 직원이 역사 문을 닫고 있었다.

스중난은 역 입구 계단에 털썩 주저앉았다. 울화가 가득 차올랐다. 어디엔가 풀어내고 싶었다.

그러나 그는 점차 마음을 진정시켰다. 서류가방에서 스투웨이에게 보여줬던 서류를 꺼냈다. 이것이 그에게 지금 가장 중요한 일이다. 다른 것은 다 사소한 일에 지나지 않는다.

서류를 가방에 집어넣다가 구석에 처박힌 휴대폰이 눈에 띄었다. 휴대폰을 켜본 스중난이 중얼거렸다.

"메시지 하나 온 게 없네……."

그는 통화기록에서 누군가의 이름을 골라 메시지를 보냈다. 새벽 1시가 좀 넘었을 뿐이니 상대방이 아직 잠들지 않았을 것이다.

그는 휴대폰을 주머니에 넣고 일어섰다. 곧 택시 한 대가 왔다.

"다이아몬드힐, 룽푼가龍蟠街."

스중난이 좌석에 기대 앉아 목적지를 말했다. 운전기사가 냉랭한 태도로 고개를 끄덕이고는 묵묵히 운전을 시작했다.

스중난은 휴대폰을 다시 꺼냈다. 방금 보낸 메시지에 읽음 표시가 떴지만 답장은 없다. 차가 해저도로에 진입할 때까지도 휴대폰은 조용했다. 스중난은 이상한 생각이 들었다. 그는 분명 상대방에게 메시지를 받으면 무조건 답장하라고 명령했었다.

문득 아하오가 오후에 했던 말이 뇌리를 스쳤다.

―얼씨구, 나는 소아성애자가 아니거든요! 그리고 네 동생 예쁘지도 않던데…….

이유 없이 가슴속에서 불안한 예감이 스멀스멀 번졌다.

02

두쯔위는 눈을 뜨고 하얀 천장을 바라보았다. 왼쪽 침대 머리맡의 자명종 시계는 시침이 8과 9 사이에 가 있다. 바람이 파란색 커튼을 흔든다. 아침의 부드러운 햇빛이 커튼 사이로 들어와 두쯔위의 종아리를 비춘다.

'정말 평온해.'

두쯔위는 그렇게 생각했다.

여름방학이 시작되었다. 그녀는 자명종을 맞추지 않고 깰 때까지 푹 잤다. 사실상 평일 아침에는 6시부터 비둘기들이 에어컨 실외기에 날아와 휴식을 취하기 때문에 굳이 자명종이 필요하진 않다. 오늘은 비둘기들도 두쯔위의 마음을 아는지 간만에 여유를 누리는 그녀의 단잠을 방해하지 않는다.

'단잠이라, 얼마나 오랜만에 쓰는 말인지.'

지난 두 달간 두쯔위는 정신이 거의 붕괴되다시피 했다.

어우야원이 자살할 줄이야!

그날 마지막 이메일을 보낸 후 한참 동안 답장이 없자 그녀는 자신이 승리했다고 여겼다. 어우야원이 단지 이메일을 삭제하는 것으로 소심한 대응을 했으리라 여겼다. 모래에 고개를 처박은 타조처럼 현실을 회피하고 있을 거라고 말이다. 두쯔위는 어우야원에게 알려주고 싶었다. 세상일에는 다 원인과 결과가 있다는 것, 하늘은 평범한 사람의 손을 빌려 악인을 벌한다는 것.

두쯔위는 어우야원이 그때 이미 세상에 없을 거라고는 생각하지 못했다.

인터넷에서 어우야원이 자살했다는 기사를 본 순간 그녀는 머릿속이 하얘졌다. 동명이인이 아닐까, 기사가 잘못된 것은 아닐까 하며 몇 번이나 짤막한 기사를 읽었다. 그러고 나서야 자신이 무슨 짓을 했는지 깨달았다. 어우야원은 두쯔위의 이메일을 읽은 뒤 자살했다. 자기가 직접 창밖으로 어우야원을 떠민 것은 아니지만 두쯔위도 이 죄의 무거움을 느낄 수 있었다.

그 순간 두쯔위의 마음속에 두 가지 상반된 목소리가 들렸다.

―내가 사람을 죽였어.

―네 책임이 아니야. 그 애 목에 칼을 들이대고 뛰어내리라고 한 것도 아니잖아.

―자신을 속이지 마. 네가 이메일로 죽어버리라고 해서 그 애가 진짜로 죽은 거야.

두쯔위는 어우야원의 죽음에 대한 핑계를 찾았다. 하지만 '이성'의 목소리가 점차 커졌다. 그 목소리는 반복해서 하나의 사실을 지적했다.

―네가 사람을 죽였어.

정신을 차렸을 때 두쯔위는 변기를 붙잡고 구토하고 있었다.

그녀는 운명이 이렇게 무서운 것인 줄 몰랐다.

그날은 아버지가 오늘처럼 출장을 가고 커다란 집에 두쯔위 혼자 있었다. 집은 카오룽에서도 손에 꼽는 고급 주택가인 브로드캐스트 드라이브Broadcast Drive에 있다. 브로드캐스트 드라이브는 길이가 1킬로미터 정도 되는데, 자신의 꼬리를 물어 원형을 이루는 뱀 우로보로스처럼 거리의 시작점과 종착점이 연결되어 산기슭에 하트 모양을 그리고 있다. 하트 안에는 남북으로 가로지르는 두 길 마르코니로路와 페선던로路가 있다. 예전에는 이곳에 홍콩의 유명 방송국들이 있었고, 거리 이름도 무선기술 발전에 기여한 두 발명가의 이름을 따왔다.˚ 그러나 이제는 방송국 등이 이전하면서 홍콩라디오, 커머셜라디오 방송국 두 곳만 남았다. 나머지는 호화 주택이다.

두쯔위는 층마다 두 세대만 사는 빌라의 10층에 산다. 가족이라고는 아버지와 딸 둘뿐인데 집은 92제곱미터가 넘는다. 거실 동쪽으로 베란다가 딸려 있고, 제일 큰 침실에 독립된 욕실이 갖춰져 있다. 홍콩의 모든 직장인이 꿈꾸는 생활 환경이다.

그러나 어우야윈이 자살한 그날 이후 생기라고는 없는 이 집은 두쯔위를 숨 막히게 했다. 집 안의 모든 전등을 켜고 텔레비전과 오디오도 켰지만, 이 집에 그녀 혼자라는 사실을 바꿀 수 없었다. 가장 힘들고 불안할 때 하소연할 상대조차 없다. 예전에는 로잘리라는 필리핀 출신 입주 가정부가 있었다. 집안일을 오랫동안 돌봐준 사람으로, 두쯔위는 그녀를 반쯤 가족이라고 여겼다. 그러나 작년 5월 아버지가 로잘리를 해고하고 시간제 도우미를 고용하면서 두쯔위는 더욱 고독해졌다.

그날 밤 두쯔위는 두려운 마음을 이기지 못하고 떨리는 손가락으로 유일하게 믿을 수 있는 사람에게 메시지를 보냈다.

그녀의 '오빠'에게.

─그 여자애 죽었어!!!

찰칵.

현관문이 열리는 소리에 두쯔위는 기억 속에서 빠져나왔다. 매일

˚ '마르코니로'는 이탈리아의 노벨물리학상 수상자 '굴리엘모 마르코니'에서, '페선던로'는 캐나다 발명가 '레지널드 오브리 페선던'의 이름에서 따와 명명했다. 페선던은 1906년 인류 역사상 최초로 무선으로 음성을 전달하는 데 성공했다.

아침 9시면 황黃씨 성의 가사 도우미가 와서 청소를 하고 간다. 그녀는 저녁 6시에 다시 와서 저녁상을 차려준다. 두쯔위가 학교에 가지 않는 날은 간단히 점심식사도 준비해주지만, 아침식사는 그녀의 업무 범위에 속하지 않는다. 아침마다 두쯔위는 빵을 먹고, 아버지는 두쯔위보다 훨씬 일찍 출근해서 회사 근처 식당에서 식사를 한다.

과거 언젠가 이 집에도 지금과는 다른 아침 풍경이 있었다.

그때는 아침식사 시간이 하루 중 두쯔위가 가장 기대하는 시간이었다. 필리핀 가정부 로잘리가 부엌에서 바쁘게 아침을 준비하고, 아버지는 커피를 마시며 텔레비전 뉴스를 보고, 어머니는 로잘리의 계란 프라이에 투덜거린다. 아주 화목한 풍경은 아닐지 모른다. 그래도 그때는 부모님과 두쯔위가 같은 식탁에 둘러앉을 기회가 있었다. 두쯔위의 아버지는 거의 항상 출장이나 야근으로 바빴다. 저녁에도 얼굴 보기가 쉽지 않았다. 어머니도 늘 집에 없었다. 결국 6년 전 어머니가 '무뚝뚝한 남편과는 더 이상 함께 못 살겠다'는 쪽지를 남기고 떠나버렸다. 그 후 어머니는 돌아오지 않았다.

두쯔위의 아버지는 엔지니어로 졸업 후 쭉 규모 있는 건축회사에서 일하고 있었다. 지금은 임원이 되어 수입이 상당했다. 집값이 저렴할 때 구입한 브로드캐스트 드라이브의 호화로운 빌라도 그새 시세가 많이 올랐다. 그러나 어머니가 떠날 때 남긴 말처럼 아버지는 무뚝뚝하고 말수가 적다. 오랫동안 일에만 매달리는 워커홀릭으로 살았다. 그는 쉰 살이 다 되어서 결혼했는데, 두쯔위는 어머니가 아버지와 결혼한 것은 오로지 그의 재산 때문이었을 거라고 생각한다. 그러나 돈이 언제나 삶의 자극이 되는 것은 아님을 깨닫고 현실적이지 못한 행복을 좇아 다른 남자의 품으로 떠났다.

두쯔위가 가장 이해할 수 없는 것은 어머니가 떠난 후의 아버지였다. 아버지는 아무런 반응도, 어떠한 정서적 격동도 보이지 않았다. 항상 그랬듯이 규칙적인 출퇴근을 반복했고 모든 생활이 그대로였다. 이 남자에게는 아내도 가족도 중요하지 않은가 보다고 두쯔위는 생각했다. 몇 년 전 세상을 떠난 고모가 두쯔위에게 말한 적이 있다. 네 아버지는 결혼에 별 관심이 없었는데 오는 사람 막지 않는다는 식으로 어머니를 받아들인 거라고.

그래서 두쯔위가 이 남자에게 느끼는 감정은 복잡하다. 그녀는 아버지를 가족이라기보다 단지 동거인처럼 여기지만, 한편으로는 편안한 생활을 제공하는 그에게 감사함을 느낀다. 물질적인 면에서 두쯔위는 남들보다 풍족했다. 영혼은 그 반대지만 말이다.

그녀는 거리에서 행복한 가족의 모습을 볼 때마다 자신이 평범한 가정에서 태어났다면 어떤 성격으로 자랐을까, 지금의 상황이 바뀌었을까 상상하곤 했다.

"안녕?"

침대에서 일어나 부엌으로 가니 가사 도우미가 웃으며 인사했다.

"안녕하세요?"

"빵 먹을래?"

가사 도우미가 식탁 위의 비닐봉지를 가리켰다.

"괜찮아요. 어제 먹던 빵이 남았어요."

두쯔위는 냉장고에서 호두빵을 꺼내 전자레인지에 넣고 데웠다. 가사 도우미는 미소를 지으며 그녀를 바라보았다. 알뜰한 두쯔위를 대견해하는 것 같다. 하지만 두쯔위의 이런 습관은 훌륭한 가정교육 덕분이라기보다 그녀가 아버지의 돈을 되도록 쓰지 않으려다 보니 길러진 것이다. 두쯔위는 어머니 같은 여자가 되고 싶지 않았다.

나이를 먹을수록 두쯔위는 외모에 두려움을 느꼈다. 거울을 볼 때마다 어머니를 닮아가는 자신의 얼굴을 발견했다. 미인인 어머니는 서른이 훌쩍 넘어서도 거리에서 대학생이 말을 걸어올 정도였다. 웃으면 보조개가 패는 것이 사람들에게 호감을 주었다. 두쯔위는 어머니의 보조개뿐 아니라 묘한 눈빛도 물려받았다. 인정하고 싶지 않지만 정말이지 어머니를 많이 닮았다. 지조 없는 여자인 어머니는 남에게 불행만 주었다. 두쯔위는 자신의 얼굴이 혐오스러웠다. 어머니에게 물려받은 특징을 감추고 싶었다. 그래서 얼굴형과 어울리지 않는 네모난 안경을 쓰고, 되도록 웃지 않으려고 애썼다.

"네 나이 여자애들은 잘 꾸미고 다녀야 해. 예쁜 건 죄가 아니야."

오빠가 이렇게 충고한 적도 있다.

두쯔위에게 오빠는 유일한 마음의 지주였다.

두쯔위는 빵과 컵을 들고 침실로 돌아왔다. 그녀는 자기 방에 틀어박히는 습관이 있었다. 거실에 있어도 어차피 혼자지만. 사실상 그녀의 방은 실제보다 꽤 넓어 보인다. 침대, 옷장, 책상 등의 가구 외에도 누울 수 있는 작은 소파와 탁자도 있다. 그녀는 소파에 편안히 기대어 좋아하는 소설을 읽곤 한다. 두쯔위는 컵을 책상에 올리고 다 읽은 소설을 책장에 꽂았다. 어제 그녀는 이미 여러 번 읽은 이 일본 소설의 결말을 되새겼다. 그녀의 블로그에 댓글을 남긴 사람이 있었기 때문이다.

샤오팡小芳 2015-06-30 20:13

안녕하세요! 저는 최근 우연히 이 소설을 읽고 충격을 받았어요. 다른 독자의 감상을 읽고 싶어서 인터넷 검색으로 당신의 블로그까지 왔습니다. 감상문을 정말 잘 쓰셔서 초면에 댓글을 남겨요. 제 마음에 들어왔다 나간 것 같은 감상문입니다. 두 주인공의 관계가 참 마음이 아파요. 결말 부분에서 저는 눈물도 흘렸어요. 하지만 작가가 남자 주인공이 자살하는 걸로 마무리한 것은 받아들일 수 없어요. 그가 여자 주인공의 숨겨진 연인이었다면 이해할 수 있겠지만, 그 두 사람은 그렇지 않아 보이잖아요? 그가 왜 생명을 버리면서 여자 주인공을 위해 희생했을까요? 속죄일까요? 하지만 그가 죄를 지은 것도 아니잖아요. 님은 어떻게 생각하는지 듣고 싶어요. 고맙습니다.

댓글자가 말하는 작품은 히가시노 게이고의 유명한 소설이다. 두쯔위는 히가시노 게이고를 특별히 좋아하지는 않지만 이 소설만큼은 무척 사랑한다. 그래서 블로그에 감상문도 평소보다 자세하게 썼다. 감상문을 올린 게 작년 봄인데 1년도 더 지나서 첫 댓글이 달렸다. 두쯔위의 블로그는 방문자가 별로 없었다. 홍콩은 독서 인구도 적은 편이다. 그녀가 블로그 통계 기능으로 알아보니 방문자 중 많은 수가 타이완 사람이었다. 이번 댓글을 단 샤오팡도 IP 주소를 확인해보니 타이완 사람이다.

어제 댓글을 읽은 후 두쯔위는 어떻게 답을 할지 고민에 빠졌다. 두 주인공은 남녀간의 연애관계가 아니라 그보다 한 차원 높은 감정을 나누는 관계라고 얘기해주고 싶었다. 그러나 이것을 한두 마디로 간단히 쓰기가 어려웠다. 두쯔위는 어떤 부분에서는 무척 소심했다. 그저 형식적인 대응으로 넘어가는 것은 용납할 수 없었다. 마음이 통하는 독자를 만났으니 성실하게 소통하고 싶었다.

두쯔위는 빵을 먹으면서 눈으로 책장을 훑었다. 지금 평온한 자신의 마음 상태가 의아하기도 하다. 요 며칠 사이 마치 탈피를 한 듯 고민과 고통이 사라지고 새로운 영혼으로 바뀐 것 같다. 무엇 때문일까? 시간이 흘러 감정이 무뎌진 것일까? 여름방학이 되어 어우야원의 빈 자리를 보지 않아도 되어서일까? 별것 아니지만 블로그 댓글이 그녀의 시각을 바꾸었기 때문일 수도 있다. 아니, 가장 큰 이유는 자신이 직접 어우야원의 유서를 태웠기 때문이라고 두쯔위는 생각했다.

유서가 나타나는 바람에 그녀는 충격에 빠졌다. 사람들 앞에서 평소처럼 굴었지만 속으로는 냉정하게 대응방법을 고민했다. 다행히 그 급박한 상황에서 기지를 발휘했다. 이게 전부 오빠가 늘 격려해준 덕분이다. 그래서 위험을 멋지게 벗어났다. 어우야원의 유서 중 가장 중요한 부분이 공개되지 않았다. 비록 내용도 읽지 않았지만 그 부분에 자신의 이름이 쓰여 있었을 거라고 확신한다.

두쯔위는 인류의 문명 발전 과정에서 외부의 제례의식을 이용해 내부의 변화를 꾀한 사례를 책으로 읽은 적이 있다. 원시부족의 제례나 오래전 종교의식 등은 대개 비슷한 이유에서 시작되었다고 한다. 인간은 '어떤 동작을 실행해야' 진정으로 '생각의 어떤 변화'를 느낀다는 것이다. 두쯔위는 유서를 태우는 행동이 자신에게는 죄에서 벗어나게 만드는 세례였을 거라고 생각한다.

그제 밤 그녀는 오빠를 만났다. 오빠는 그녀가 스스로를 해방시킨 것을 칭찬했다. 어우야원은 오빠에게도 마음에 박힌 가시 같은 존재였다. 하지만 오빠는 그런 마음을 전혀 표현하지 않았다. 두쯔위가 마음 놓고 쉴 곳을 잃지 않도록 하기 위해서였다.

"내가 늘 말했잖니. 넌 이기적으로 구는 법을 배워야 해."

예전에 오빠가 이렇게 말한 적도 있었다.

"지금 이 사회는 참 잔혹한 곳이야. 약한 사람은 공격을 받을 뿐이야. 그 어우야원이라는 애는 네가 뭘 어쨌기 때문에 죽은 게 아니야. 비난받았다고 건물에서 뛰어내린다면 우리는 매일 수천 명의 자살자를 보게 될걸. 그 애는 강하지 못해서 죽은 거야. 이 어처구니없는 사회에서 겪는 고통을 못 견뎌서 도망간 거야. 그 도망의 수단으로 죽음을 선택한 거지."

이 말이 비뚤어진 논리라고 해도 두쯔위는 이런 말에서 나름의 구원을 받았다.

책상 위 컵을 집으려다가 어제 받은 성적표에 물을 쏟을 뻔했다. 이번 기말고사에서 두쯔위는 13등에서 17등으로 미끄러졌다. 당연한 일이다. 기말고사에 제대로 집중하지 못했다. 시험 결과에 실망하긴 했지만 예전처럼 성적에 집착하지 않는다. 작년까지만 해도 그녀는 1, 2등을 다투었다. 부모님의 압박이 있는 것도 아니었지만 시험을 잘 보기 위해 애썼다. 어렸을 때부터 시험을 잘 보면 부모님의 관심을 받을 거라는 착각이 있었다. 어머니가 집을 나갔을 때 초등학생이던 두쯔위는 시험에서 1등을 하면 어머니가 돌아올 거라고 믿었다. 그것이 혼자만의 망상이라는 것을 깨달은 후에도 성적에 대한 집착을 놓지 못했다. 그런 집착과 몸부림 때문에 자신의 영혼이 목 졸리고 있다는 것도 몰랐다.

이런 두쯔위의 생각을 바꾸게 해준 것도 역시 오빠였다.

생각을 바꾼 후 두쯔위는 다행히 남들처럼 부모님에게 성적표를 보여드리는 일로 고민할 필요가 없었다. 아버지는 그녀의 성적에 아무런 관심이 없었다. 성적이 좋아도 칭찬하지 않았고, 나빠도 야단치지 않았다. 아버지는 이번에도 출장 이틀째지만 전화 한 통도 없다. 출장에서 돌아올 때까지 그럴 것이다.

삐.

그때 휴대폰에서 알림음이 울렸다. 휴대폰을 켜니 학교 시스템을 통해 문자 메시지가 들어와 있었다.

이뉘중학교 도서관에서 알려드립니다. 대출한 책『１３．６７』을 기한 내에 반납해주십시오. 반납 기한을 연장하거나 대출기록을 확인하려면 아래 링크를 클릭하세요. http://www.enochss.edu.hk/lib/q?s=71926

두쯔위는 의아했다. 학교 도서관은 여름방학 동안 개방하지 않는다. 도서관 시스템에서 문자 메시지를 보내올 리 없다. 게다가 그녀는 미반납한 책이 없었다. 하지만 문자 메시지는 학교 도서관에서 보내오는 통보 문자와 똑같다. 다만 책 제목이 깨져서 알아볼 수 없는 상태인데, 이것은 시스템에 뭔가 오류가 생겼기 때문일 것이다. 링크를 누르자 휴대폰 화면에 브라우저가 떴지만 한참 동안 웹페이지가 열리지 않았다. 거의 20초쯤 기다리고 나서야 이뉘중학교 홈페이지가 나타났다.

'학교에서 시스템 점검을 하는 걸까?'

컴퓨터에 문제가 생겨서 기말고사 성적표도 못 나올 뻔했는데 선생님들이 전교생의 성적을 다시 입력했다지 않은가.

두쯔위는 도서관 페이지로 들어갔다. 대출기록을 보니 자신은 미반납 도서가 없는 게 맞다. 그녀는 다른 학생들도 이런 메시지를 받았는지 알아보려고 게시판으로 들어갔다. 게시판에는 도서관 카테고리가 따로 있는데 사실 글은 별로 올라오지 않는다.

▪ 제목 : [대출] 글자가 깨진 반납 통보 받은 사람?

도서관 카테고리에 들어가자마자 새로 올라온 글을 발견했다. 어제저녁 올린 글이고 댓글이 네 개 달려 있다. 이상한 반납 통보

문자를 받았다는 것으로, 다른 사람도 두쯔위와 비슷한 일을 겪은 듯했다. 두쯔위는 그 문자 메시지에 신경 쓰지 않기로 하고 휴대폰을 껐다. 오전에 근처 서점에 가서 책을 몇 권 구입해야겠다고 생각하며 습관적으로 '목록으로 돌아가기'를 눌렀다. 그리고 의외의 게시글을 발견했다.

- **제목 : [잡담] 어제 벌어진 사건**

제목에 무슨 사건인지 언급되어 있지 않았지만 두쯔위는 가슴이 조마조마했다. 그녀는 긴장한 손길로 게시글을 열었다.

- **카테고리 : 도서관**
- **게시자 : WongKwongTak2 (포테이토)**
- **제목 : [잡담] 어제 벌어진 사건**
- **시간 : 2015−06−30 21:14:13**
  어제 낮에 도서관에서 소동이 있었다며? 3학년 B반 '그 사건'과 관련 있다던데 자세한 내용 아는 사람 없어?

글에는 별 내용이 없었다. 단지 소문을 들은 학생이 무슨 일인가 하고 궁금해서 물어보는 것이었다. 주제에 맞지 않는 이런 글은 관리자가 삭제하기 마련이다. 그런데 시스템이 점검 중인지, 관리자나 선생님이 아직 접속하지 않은 것인지 이 글은 게시판 맨 위에 자리해 있었다. 학생들이 댓글을 달며 떠들어대는 중이다.

　─'그 사건' 관련이면 언급 금지 아니야?

— 또 너냐, 포테이토! XD

— 학생도 알 권리가 있다! 선생님들이 언제까지 숨길 건가?

— 위 댓글 선생님한테 걸리는 거 안 무서워? 잡히면 보충수업이야~

— 언론 자유를 원합니다! (잡아가지 마세요!)

— 관리자가 아직 삭제하지 않다니 기적이네.

학급 게시판은 반장도 관리자 권한이 있지만, 도서관 게시판은 담당교사가 관리한다. 하루 종일 인터넷에 접속해 있는 학생들에 비해 어른들은 이런 잡무에 크게 신경 쓰지 않는다. 두쯔위는 의미 없는 댓글들을 훑어보며 자신의 생각이 너무 앞서가는 것 같다고 가슴을 쓸어내렸다. 그러나 맨 끝에 달린 긴 댓글이 그녀의 시선을 붙들고 말았다.

- 게시자 : LamKamHon (아한 부장)
- 제목 : Re: [잡담] 어제 벌어진 사건
- 시간 : 2015-07-01 01:00:48

  어제 현장에 있었어. 점심때 바둑부 친구들과 도서관에서 프린트물 출력하다가 처음부터 목격했지.

  자세한 맥락까지는 모르겠는데, '그 여학생'의 가족이 도서관에서 유서를 발견했다. 슬쩍 본 거라 내용을 다 보지는 못했다. 하지만 좋은 내용은 아니었어. 반에서 어떤 학생이 자기를 원망하고 어쩌고 그렇게 쓴 것 같아. 나도 그 애가 죽기 전에 누구를 지목했다는 식으로 추측하려는 것은 아니야. 교장선생님 지시를 어기고 싶지도 않아. 다만 그게 사실이라면(내 눈으로 똑똑히 보았으니까) 말을 해도 잘못은 아니라고 생각한다. 소문은 덮을수록 썩은 냄새가 나는 법이야. 위안 선생님이 학생들에게 진실을 제대로 밝혔으면 좋겠다.

하지만 이 글도 곧 삭제되겠지.

두쯔위는 한기를 느꼈다. 유서의 나머지 부분을 태워버린 것으로 사건이 일단락되었다고 생각했는데 또 문제가 생길 줄은 몰랐다. 바둑부 부장인 아한은 두쯔위도 얼굴을 안다. 그때 도서관에 있었던 것도 확실하다. 게다가 이 선배는 학교의 유명인사 중 한 명이다. 바둑 경기에서 여러 차례 상을 받았고 성적도 우수해서 그의 말은 어느 정도 힘이 있는 편이다. 그가 쓴 댓글이라면 다른 학생들이 그 내용을 의심하지 않을 것이다.

다른 사람들이 믿게 되면 일이 복잡해진다.

두쯔위는 어우야원의 유서가 자신을 지목한다고 확신하고 증거를 없앴다. 그러나 기어코 '같은 반 학생이 어우야원을 죽였다'는 이야기가 흘러나가게 된 것이다. 여기에 생각이 미치자 두쯔위는 초조해졌다. 막 먹은 빵이 역류하는 기분이었다. 그녀는 다급히 평소 오빠와 연락하던 라인LINE을 켰다.

─ 큰일 났어, 학교 게시판에 누가 글을 올렸

두쯔위는 문장을 완성하지 못하고 엄지손가락을 멈췄다. 이 메시지를 보내서는 안 될 것 같다. 오빠 회사에 최근 중요한 거래처가 생겼다고 했다. 잘하면 승진하거나 월급이 오를 거라고도 했다. 오빠의 말을 다 이해하지는 못했지만, 그가 최근 아주 바쁘고 일에 집중해야 한다는 것은 확실했다. 그런 오빠를 귀찮게 해서는 안 된다.

'사실 아직 뭐가 밝혀진 것도 아니잖아.'

오빠는 학교 게시판을 해킹한 적도 있다. 이번에도 오빠에게 게시글을 삭제해달라고 부탁하려고 했다. 하지만 진정하고 나니 지금 상황이 그렇게 나쁜 것은 아닌 것 같았다.

'어우야원의 유서에서 누군가를 지목하는 말이 나왔지만 단편적인 이야기일 뿐이야. 내 이름이 밝혀졌더라도 내가 그 애의 죽음에 관련 있다는 증거가 없어.'

두쯔위는 오빠의 해킹 기술을 믿었다. 절대로 그녀가 이메일을 보냈다는 게 들킬 리 없다. 생각해보면 수리리가 더 범인처럼 보일 것이다. 반 친구들 중에서 적어도 대여섯 명은 수리리와 어우야원이 절교한 사연을 알고 있다. 수리리와 자오궈타이가 사귄다는 게 알려지면 누구라도 어우야원이 연적 때문에 자살했다고 생각할 것이다. 숨어 있는 조종자가 두쯔위라는 것은 아무도 모른다.

감정의 출구를 찾아낸 것처럼 마음이 다시 평온해졌다. 그녀는 노트북을 켜고 자신의 블로그에 들어갔다. 샤오팡의 댓글에 답을 쓰면서, 서점에 언제 갈지 고민했다. 아무래도 책을 읽으며 마음을 다스려야 할 것 같다.

두쯔위는 여름방학의 첫날을 편안하게 보내고 싶었다.

하지만 '문제'가 점점 커졌다.

- ■ 게시자 : ChuKaLing
- ■ 제목 : Re: [잡담] 어제 벌어진 사건
- ■ 시간 : 2015-07-02 03:14:57

  땅콩게시판에 그 사건에 대한 새 글이 올라왔어!

  http://forum.hkpnuts.com/view?article=9818234&type=OA

다음 날 아침 두쯔위는 컴퓨터를 켜고 다시 학교 게시판에 들어갔다. 어제의 게시글을 관리자가 삭제했는지 확인하기 위해서였다. 게시글은 삭제되지 않았다. 오히려 충격적인 새 댓글까지 달려 있었다. 그녀는 전전긍긍하며 링크를 눌렀다. 브라우저에 새 웹페이지가 열렸고, 왼쪽 상단에 익숙한 땅콩 그림이 걸려 있다.

superconan이 2015-07-01 23:44에 쓴 글 :
열네 살 소녀의 자살 뒤에 숨겨진 비밀?

땅콩의 어린 왕자이자 키보드 전사 슈퍼코난이 여러분에게 놀라운 비밀을 알려드립니다!
오늘 폭로할 소식은 3개월 전 이 게시판을 발칵 뒤집었던, 여러 땅콩 친구들을 환호하게 했던 인기 게시글 '열네 살 인간쓰레기가 우리 외삼촌을 징역살이시켰다'의 내막입니다. 건망증이 심한 분을 위해 기억을 되살려 드리지요.
http://forum.hkpnuts.com/view?article=7399120

억울함을 호소하는 이 글을 읽고 다들 분기탱천해서 들고 일어났지. 열네 살 인간쓰레기의 악독함을 욕하고 가련한 문구점 주인을 안타까이 여기며, 여학생의 이름, 주소, 학교, 사진 등등을 까발렸어. 결국 그 인간쓰레기가 아파트에서 뛰어내려 자살했고, 땅콩게시판 친구들은 다시 한 번 사회의 해악을 처리했다고 기뻐했을 거야.
하! 하지만 땅콩게시판 친구들도 마음속으로는 편치 않을 거야, 그렇지? 차마 진짜 마음의 소리를 입 밖에 내지 못한 것일 뿐. 오늘 땅콩게시판 8대 불가사의 중 첫 번째인 슈퍼코난님께서 여러분을 위해 진실을 말해주겠어.

너희들, 전부, 살인자야.

나 슈퍼코난은 땅콩게시판에 서식한 지도 몇 년째고, 그간 수많은 싸움질에 동참했지만 어려운 일을 겪는 사람에게 돌 던진 적 없고, 꼴같잖은 정의감에 취해 행동한 적도 없다. 정의를 외치는 놈들이 알고 보면 대부분 영웅이 아니더라고. 이번에도 내가 하나하나 이름을 대지는 않겠지만 땅콩게시판에서 누가 열네 살 소녀를 저승 문에 밀어넣었는지 다들 알 거라고 생각한다. 그 문구점 주인이 추행을 했는지 여부는 차치하고, 그가 정말 여학생에게 모함당한 거라고 해도 여학생이 죽을죄를 지은 것은 아니잖아?

좋아, 본론으로 들어가자. 이 글을 쓴 목적은 훈계가 아니라 폭로다.
다들 아래 링크로 들어가 봐.
http://forum.hkpnuts.com/user?id=66192614
'열네 살 인간쓰레기가 우리 외삼촌을 징역살이시켰다'라는 글 작성자 kidkit727(형님인지 누님인지 모르겠다만)의 정보다. 다들 보면 알겠지만 kidkit727은 글을 딱 한 번 썼다. 댓글은 한 번도 안 썼다. 첫 접속일은 4월 10일, 마지막 접속일도 4월 10일이다. kidkit727이 땅콩게시판의 신규 가입자인 건 문제가 아니다. 어쩌면 외삼촌의 억울함을 알리는 글을 쓴 뒤 다시는 접속하지 않았는지도 모른다. 하지만 글만 올리고 그 여학생을 혼내주자는 게시판의 토론에서는 쏙 빠진다는 게 이상하지 않은가? 내가 슈퍼코난의 슈퍼 수사능력을 발휘해 찾아봤지만 인터넷상에 kidkit727이라는 이름과 관련된 정보가 전혀 없다. 이메일, 페이스북, 웨이보 등 아무것도 없다. 땅콩게시판에 와서 누리꾼들의 힘을 빌릴 줄 아는 녀석이 왜 자기를 꽁꽁 숨길까? kidkit727의 행동을 보면서 분명 뭔가 구린 데가 있다 싶었다.

그래서 나 슈퍼코난이 말하고 싶은 것은 게시판의 여러분들은 사실 살인자가 아니라 살인자에게 이용당한 바보 멍청이라는 것이다.

다들 내가 헛소리를 한다고 생각하겠지? 이제 땅콩의 어린왕자이자 키보드 전사 슈퍼코난이 증거를 보여주지. 내가 어젯밤에 PM®을 하나 받았다. 그 제보자가 나에게 중요한 내막을 알려주더군. kidkit727이 감옥에 간 문구점 주인이 자기 외삼촌이라고 했는데, 문구점 주인에게는 누나도 여동생도 없다. 그런데 어디서 외조카가 튀어나왔지? 제보자는 믿을 만한 사람이다. 못 믿겠으면 땅콩게시판 친구들이 알아서 각자의 방식으로 확인해보길. 내 말이 맞다는 것을 알게 될 테니.

kidkit727이 감옥에 간 모모 씨와 친척도 뭣도 아니라면 왜 여기 와서 구구절절 글을 쓴 걸까? 왜 알지도 못하는 사람을 위해 변호했을까? 혹시 열네 살 여학생과 땅콩게시판 친구들 사이에 뭔가 일을 만들려고 한 건 아닐까?

하하하! 똑똑한 땅콩게시판 친구들, 지금 기분이 어떠냐? 응?

두쯔위는 이 괴상한 글을 읽고 등골이 오싹했다. '슈퍼코난'은 말투를 보건대 땅콩게시판에서 오래 활동한 것 같다. 인터넷에는 슈퍼코난 같은 사람이 많다. 스스로 유머러스하다고 착각하면서 크고 작은 게시판을 기웃거리며 떠드는 것으로 소일하는 사람 말이다. 그들은 얼굴도 모르는 또 다른 누리꾼과 키보드를 두들기며 싸움을 벌이는 데 생존의 의의를 둔 것 같다. 슈퍼코난의 이 글은 낄낄거리며 조롱하고 있지만, 두쯔위는 그 뒤에 숨은 날카로운 공격

® Private Message. 게시판의 회원 개인에게 보내는 쪽지 시스템.

을 무시할 수 없다. 무엇보다도 그는 샤오더핑에게 외조카가 없다는 사실을 명확히 알고 있다.

두쯔위는 오빠와 함께 샤오더핑의 조카를 사칭해 글을 썼다. 그녀는 변호사 사무실 인턴을 통해 샤오더핑의 친척관계, 사교활동 등을 알아냈고, 그에게 외조카가 없다는 것도 알았다. 하지만 오빠는 진짜 존재하는 인물을 사칭하는 것보다 이것이 더 안전하다고 했다.

─쯔위, 우리가 그 사람의 아내, 친구 등의 이름으로 글을 올리면 본인이 나서서 부인하는 순간 그 글의 진실성이 사라져버려.

오빠는 이렇게 이야기했다.

─그리고 게시자의 신분은 사람들이 보기에 감정적으로 인정될 만한 것이어야 해. 그냥 '후배'나 '친구'라고 하는 것보다는 외삼촌과 조카처럼 가까운 친척관계가 효과적이지. 허구의 외조카를 꾸며내는 것은 밝혀질 위험이 있기는 해. 하지만 샤오더핑 집안사람들은 나서서 밝히지 않을 거야. 게다가 샤오더핑은 이미 감옥에 있으니 기자에게 이러니저러니 떠들 정도로 바보는 아닐 거고.

─샤오더핑 가족이 왜 밝히지 않는다고 생각해?

─샤오더핑의 처지에 도움이 되지 않으니까. 그는 변호를 포기하고 감옥살이를 선택했어. 이제 와서 사건을 뒤집어도 도움이 안 돼.

─샤오더핑의 가족관계를 알아내서 게시자 신분이나 동기에 의심을 품으면 어떡해?

─우리는 글 하나 올리고 사라질 건데, 뭐. 기자가 우리를 찾으려고 해도 찾을 수 없을걸. 샤오더핑이 정말로 게시자가 누군지 모른다고 밝히더라도, 그건 이 사건을 오리무중으로 만들 뿐이야. 우리에게 피해는 없고 이익만 있는 일이지. 적어도 인터넷에 불씨를 던

질 수 있으니까. 우리 목적이 뭔지 기억하지?

　─응. 어우야원은 벌을 받아야 해.

　두쯔위는 당시 오빠의 말이 다 맞다고 생각했다. 그러나 지금 생각하니 중요한 점을 놓쳤다. 어우야원이 죽으면 상황이 뒤집힌다.

　두쯔위는 슈퍼코난의 글에서 언급한 제보자가 도서관의 유서 사건과 관련 있을 거라고 추측했다. 학교에서 누군가 샤오더펑과 아는 사이라도 유서가 발견된 지 이틀 만에 이런 글이 올라온 것은 너무 공교롭다. 두쯔위는 냉정하려 애쓰면서 여러 가능성을 생각했다. 혹시 누군가 예전부터 샤오더펑에게 외조카가 없음을 알고 있었지만 그동안 말할 기회가 없었는데, 유서가 공개되면서 자신의 정보를 밝혀야겠다는 생각에 슈퍼코난과 연락한 것일 수 있다.

　'아니, 뭔가 이상해.'

　두쯔위는 방금의 추론에 이상한 점이 있다고 느꼈다. 하지만 뭐가 이상한지는 알 수 없다.

　그녀는 고민하다가 휴대폰을 들고 메시지를 보냈다.

　─빨리 땅콩게시판에 들어가봐! 누가 글을 올렸어! 어떡하지?
　http://forum.hkpnuts.com/view?article=9818234&type=OA

　바쁜 오빠를 방해하고 싶지 않지만 지금은 오빠 외에 도움을 청할 곳이 없다. 메시지를 보낸 뒤 휴대폰 화면만 바라보았다. 근무 시간이라 오빠가 언제 메시지를 확인할지 모르지만 제발 빨리 확인하기만을 바랐다. 1분 정도 기다렸지만 보낸 메시지에 '읽음' 표시도 뜨지 않았다. 어쩔 수 없이 다시 컴퓨터로 땅콩게시판을 들여다보았다. 1초에 한 번씩 휴대폰을 힐끔거리는 것은 멈추지 못했다.

5분 후 문자 메시지 아래쪽에 읽음 표시가 떴다. 당장 휴대폰을 집어들고 초조하게 오빠의 답장을 기다렸다. 이 몇 분 동안 두쯔위는 가시방석에 앉은 듯했다. 왼손을 꼭 쥐는 바람에 손톱이 닿은 손바닥에 새빨간 자국이 생겼는데도 그녀는 알지 못했다. 다시 5분을 기다려서야 오빠의 답이 왔다.

　― 걱정 마, 멍청한 소리니까

두쯔위는 곧바로 새 메시지를 보냈다.

　― 하지만 그 사람에게 외조카가 없다는 것을 알아냈대!

메시지 전송을 누른 후 다시 오빠의 답을 눈 빠지게 기다렸다. 이번에는 금방 새 메시지 수신 알림음이 울렸다.

　― 정말 걱정할 거 없어, 그 녀석 글은 아무도 안 믿어
　　그 글에 달린 댓글을 봐

슈퍼코난의 글에는 댓글이 딱 두 개 달렸다. 하나는 욕을 하며 가서 잠이나 자라는 내용으로, 아마 슈퍼코난과 싸움질을 한 적이 있는 회원 같다. 또 하나는 씁쓸하게 웃는 이모티콘으로, 어떤 멍청이가 이 글을 믿겠느냐고 말하는 듯했다. 오빠는 땅콩게시판을 오래 이용한 만큼 슈퍼코난이라는 게시자를 알고 있을지 모른다. 그에 대한 차가운 반응이 오빠의 말이 사실임을 보여준다. 그러나 두쯔위는 마음을 놓을 수 없었다.

─오늘 저녁에 만날 수 있어?

　두쯔위가 물었다. 그녀는 오빠와 보통 일주일에 한 번 만난다. 하지만 지금은 너무 불안하여 당장 오빠를 만나 이야기를 나누고 싶다. 혹시 모를 상황에도 대비해야 하니까.

　　─미안, 오늘 저녁엔 일이 있어
　　　요즘 좀 바빠 주말에도 출근해야 해

　답을 받은 후 두쯔위는 자신이 너무 나약하고 쓸모없는 사람이라고 여겨졌다. 오빠가 자신을 위로해주고 마음을 달래준 것이 바로 얼마 전인데, 또 오빠를 귀찮게 굴었다. 오빠가 일에 집중할 수 있도록 그녀는 간단하게 답장하고 대화를 끝냈다. 그녀는 오빠가 지금 일에서 중요한 기회를 만났다는 것을 알고 있다. 오빠가 열심히 노력하는 이유도 단순히 돈을 벌기 위해서가 아니다.

　─쯔위, 네가 졸업하기 전에 꼭 그 집에서 나오게 해줄게.

　오빠는 그렇게 약속한 적이 있다.

　─그 남자처럼 이렇게 좋은 집에서 가사 도우미를 쓰면서 살게 해주지는 못해도 널 꼭 행복하게 해줄 거야.

　두쯔위는 그때 오빠에게 뭐라고 대답했는지 기억하지 못한다. 그녀는 오직 그 순간의 감동만을 기억할 뿐이다. 자신이 이 세상에 혼자가 아니라는 기분 말이다.

　두쯔위는 지금 생긴 '문제'가 금방 사라질 거라고 스스로 설득하려 애썼다. 땅콩게시판은 매일 수백 편의 글이 올라온다. 관심을 받지 못한 글은 금세 두 번째, 세 번째 페이지로 밀려난다. 댓글이 두

개 달린 것을 보니 슈퍼코난은 오래된 회원이지만 게시판에서 인기 있는 사람은 아닌 것 같다. 이렇게 관심을 못 받으니 그 글도 금세 목록의 저 아래쪽으로 사라질 것이다.

그러나 '문제'가 정말 그런 방향으로 흘러갈지는 확신할 수 없다.

두쯔위는 불안감에 몸을 떨었다. 그 글을 잊으려고 다른 일에 생각을 쏟기로 했다. 오후에, 그녀는 어제 새로 산 소설을 읽는 데 집중했다. 그러나 무척 기대하고 구입한 제프리 디버의 소설에도 몰입할 수 없었다.

"왜 그래? 음식에 문제가 있니?"

저녁 7시, 두쯔위가 식사를 하는데 퇴근 준비를 하던 가사 도우미가 물었다. 두쯔위네 주방은 상당히 크다. 홍콩에는 별로 보급되지 않은 식기세척기도 있다.

"네? 아니, 아니에요."

두쯔위는 자신이 방금 멍하니 있었던 것도 몰랐다.

"생선은 건드리지도 않길래 뭔가 문제가 있나 했어."

가사 도우미가 웃으며 덧붙였다.

"평소에는 생선을 제일 먼저 먹는 애가 말이야."

"아무것도 아니에요. 생각할 게 좀 있어서요."

두쯔위가 억지로 웃는 얼굴을 만들었다.

오늘 그녀는 하루 종일 좌불안석이었다. 내내 슈퍼코난의 게시글만 생각했다. 읽던 책을 갑자기 내려놓고 새로운 댓글이 달리지 않았는지 확인하기도 했다. 게시글이 두 번째 페이지 목록으로 밀려나 있으면 한숨을 돌렸고, 종종 '코난이 또 난리네'라든가 이모티콘 댓글이 달려서 게시글이 맨 위로 올라올 때면 심장이 방망이질했다. 자신의 표정이 가사 도우미가 알아차릴 정도로 어두워 있는 줄도 몰랐다.

우웅, 우웅.

다음 날 아침 두쯔위는 거실에서 들리는 진공청소기 소리에 잠에서 깼다. 자명종 시계를 보니 오전 10시였다. 그녀는 어제 몇 시에 잠들었는지 기억나지 않았다. 그저 이리저리 뒤척거리다 겨우 잠들었던 것만 안다. 이미 사라졌다고 생각한 죄책감이 다시 차올랐다. 게다가 이번에는 땅콩게시판 누리꾼들이 이 일을 물고 놔주지 않을까 봐 겁이 났다. 그녀는 인터넷상의 괴롭힘, 신상정보 공개 등의 위력이 얼마나 대단한지 잘 알았다.

휴대폰을 들고 오빠가 출근 전에 메시지를 남기지 않았는지 살폈다. 그러나 광고 메시지조차 없었다.

두쯔위는 용기를 내어 학교 게시판의 도서관 카테고리로 들어갔다. 글 목록을 보고는 마음이 조금 편안해졌다. '포테이토'가 올렸던 '[잡담] 어제 벌어진 사건'이 사라졌기 때문이다. 관리자가 삭제한 것 같다. 두쯔위는 비슷한 희망을 품고 땅콩게시판으로 들어갔다. 슈퍼코난의 글이 열 번째 페이지까지 멀리 밀려나 있기를 바라면서. 하지만 게시판을 연 순간, 그녀는 자신의 상상을 넘은 훨씬 끔찍한 소식을 마주했다.

zerocool이 2015-07-03 01:56에 쓴 글 :

re: 열네 살 소녀의 자살 뒤에 숨겨진 비밀?

오래 고민했는데, 역시 글을 쓰기로 결정했다. 긴 글이 될 텐데 이해해줘.

우선 한 가지 밝히자면, 나는 땅콩게시판에서 오래 활동했는데, 이번만 새로 만든 계정으로 글을 쓴다. 내가 누군지 밝혀내려고 하지 않았으면 좋겠다. 다 이유가 있어서 한 일이거든.

나는 좀 특수한 직업을 갖고 있어. '정보기술 보안요원'인데, 땅콩게시판에도 이 말을 알아듣는 사람이 있을지 모르겠다. 쉽게 말해 해커다. 내가 범죄자라고 오해하지 말았으면 좋겠어. 나는 기업의 의뢰를 받고 합법적으로 그들의 시스템에 허점이 없는지 확인해주는 '착한 해커'니까. 간단히 말해서 은행이 금고 전문가를 불러서 금고의 안전성을 점검한다고 보면 된다.

해커라고 밝히는 게 큰 문제는 아닌데, 내가 따로 계정을 만든 이유가 있다. 직업적인 이유로 가끔 불법적인 자료, 불법 웹사이트와 접촉할 때가 있어. P2P 소프트웨어로 각종 파일을 다운로드하기도 하고. 일반적으로 해적판 영화, 음악 같은 것과 달리 나는 인터넷에 떠도는 개인정보를 손에 넣을 때가 있다는 거야. 이동통신 회사에서 고객 명단이 유출되기도 하고, 정부 기관에서 흘러나온 문건도 있지. 그래서 내가 이런 정보를 많이 갖고 있는데, 이걸로 불법적인 짓을 하는 것은 아니지만 이런 자료를 갖고 있으면 문제가 될 수밖에 없어서 새 계정을 쓰는 거야.

내가 지난달에 P.D.라고 하는 P2P 소프트웨어로 자료를 수집하다가 불완전한 하드디스크 백업파일이 걸렸어. 파일 종류는 말하지 않겠다(게시판 사람들이 찾으려고 들까 봐서). 어쨌든 내가 백업파일의 일부를 압축 해제했는데, 그게 사람들 개인정보라는 걸 알았어. 아마 누군가 수작을 부린 P.D.를 설치했다가 저도 모르는 사이에 하드디스크를 털린 모양이다. 요즘 해커들이 원래 코드를 바꾼 P.D.를 배포하는데, 그걸 설치하면 저도 모르는 사이에 디스크에 있던 파일이 외부로 유출되니까.

개인 하드디스크의 백업파일이라는 것을 알고 나서는 나도 그 파일에 관심을 끊었지. 남의 사생활 같은 건 관심도 없고(비슷한 백업파일이 며칠에 한 번씩 걸리거든). 그런데 어제 이 글을 읽고 뭔가 생각나서 백업파일을 다시 뒤져봤더니 경악할 만한 사실이 나왔다.

그 백업파일에 텍스트만 있는 파일이 있는데, 내용이 4월에 올라온 '열네 살 인간쓰레기가 우리 외삼촌을 징역살이시켰다'와 똑같더군. 처음에는 누군가 땅콩게시판에 올라온 글을 복사해서 다른 사이트에 올리려고 만든 파일이라고 생각했어. 그런데 어제 다시 확인해보니까 이상하더라고.

그 글이 게시판에 올라온 건 4월 10일이야. 그런데 내가 본 파일의 생성 날짜는 4월 9일이었어. 땅콩게시판에 올라온 글이 어디서 퍼온 건가도 생각했지만, 내가 확인해본 결과로는 그 글이 인터넷에 올라온 건 땅콩게시판이 최초였어. 즉, 내가 찾은 것이 kidkit727의 하드디스크 백업파일이란 거지. 슈퍼코난이 kidkit727이 의도적으로 그 여학생을 자살하게끔 몰아갔다는 가능성을 제기했으니, 나도 이 일을 공개해야 하나 고민을 좀 했어. 결국 사람 목숨과 관련된 일인데 가만있을 수 없다고 판단하여 글을 쓴다. 백업파일이 완전하지 않은 상태라 압축을 다 풀려면 시간이 좀 더 걸릴 거야. 만약 슈퍼코난의 주장이 사실이라고 판단되는 자료가 나온다면 게시판에 다시 글을 쓸게. 또 다른 새 계정으로 말이지. 게시판 관리자도 내 IP를 추적하려는 쓸데없는 짓은 하지 말길 바란다. 이래봬도 해커인데, 신분을 감추는 기술은 확실하거든.

두쯔위는 긴 댓글을 읽고 기절할 뻔했다. 다행히 침대에 누워 있었으니 쓰러지지는 않았다. 그녀는 곧장 초록색 라인 앱을 누르고 메시지를 보냈다.

― 오빠, P.D.라는 프로그래 쓰고 있어?

두쯔위는 오자도 고치지 못했다. 오빠가 최대한 빨리 메시지를 확인하기만 기다렸다. 3분 후에도 보낸 메시지에 읽음 표시가 뜨지 않았다.

─중요한 일이란 말이야!

두쯔위는 다시 메시지를 보냈다. 오빠는 근무시간에는 전화하지 말고 라인으로 메시지를 보내라고 했다. 그래서 마음이 급한데도 전화를 걸 수 없었다.

다시 5분을 더 기다렸지만 답이 없었다.

─큰일 났어! 아마도

두쯔위가 세 번째 메시지를 입력하는 사이에 읽음 표시가 깜빡였다. 그녀는 겨우 숨을 돌렸다. 그러나 오빠의 대답에 그녀는 다시 초조해지기 시작했다.

─왜 그래? P.D.? 쓰고 있는데

오빠의 답장에 두쯔위는 아까 '보안요원' 어쩌고 하던 사람의 말이 거짓말이 아니라는 것을 확신했다. 그녀는 얼른 반쯤 쓴 메시지를 지워버리고 새 내용을 입력했다.

─얼른 어제 올라온 땅콩게시판 글 좀 봐!

지금 그녀가 기댈 곳은 오빠뿐이다. 2분 후 오빠의 메시지가 도착했다.

─걱정 마, 별일 아냐

두쯔위는 이해할 수 없었다. 지금 이 상황이 별일 아닌 걸로 보인단 말인가?

　　ㅡ 별일 아니라니? 그 사람이 오빠 파일을 갖고 있는데?

읽음 표시가 한참 후에 나타났다. 두쯔위는 걱정 때문인지, 아침 식사 시간을 넘겼기 때문인지 모를 위통을 느꼈다.

　　ㅡ 내 파일이라는 법은 없잖아
　　　난 내 컴퓨터 방화벽에 자신이 있어
　　　어떤 사람이 컴퓨터 시계를 하루 늦게 설정해서
　　　복사한 파일 시간이 잘못된 걸 거야

두쯔위는 그런 가능성은 생각해보지 않았다. 가능성은 있지만 그래도 마음 한구석이 불안했다.

　　ㅡ 내가 오빠에게 준 다른 파일도 그 디스크에 같이 됐어?
　　　그 파일이 공개되면 끝이야!
　　ㅡ 무슨 파일?

오빠의 무심한 대답에 두쯔위는 화가 났다.

　　ㅡ 내가 학교에서 몰래 수집한 자료들 말이야!
　　　다른 학생들 휴대폰에서 빼낸
　　　사진, 통화기록, 문자 메시지 등등 보내줬잖아!

땅콩게시판에서 오빠 신분이 공개되더라도

컴퓨터 시간이 하루 늦게 설정되어 있었다고 핑계를 대면 되지만

만일 오빠랑 내 관계가 밝혀지면

오빠가 어우야원과 아무 상관 없는 사람이

아니라는 걸 들키는 거라고!

그러면 죄를 피할 수 없어!

두쯔위는 오빠에게 이렇게 거칠게 말한 적이 한 번도 없었다. 하지만 자기보다 오빠가 이 일에 연루될까 봐 걱정이었다. 어우야원이 죽은 후 그녀는 최악의 상황을 가정해본 적이 있다. 이메일 때문에 자신의 신분이 밝혀지는 상황 말이다. 만일 그렇게 된다면 무조건 혼자 책임지고 절대 오빠는 들키지 않게 할 작정이었다.

어우야원을 징계하기 위해 그녀는 학생들의 자료가 필요했다. 그 자료 수집을 오빠가 도와주었다. 오빠가 준, 검은색 충전기처럼 생긴 장치는 충전하는 척 꽂으면 휴대폰에 보관된 사진, 영상, 통화 기록, 문자 메시지, 일정 등을 전부 빼낼 수 있다. 두쯔위는 교실과 도서관에 몰래 이 장치를 두고 학생들의 사생활을 훔쳤다. 그 목적은 오로지 어우야원과 관련된 소문을 확인하고 그 애에게 벌을 줄 수단을 찾기 위한 것이었다.

말하자면 '크리스마스이브날 불량배에게 성폭행을 당한 여학생' 같은 소문 말이다.

두쯔위는 학교에서 거의 말이 없다. 하지만 귀는 항상 쫑긋 세우고 다닌다. 교실에서든, 복도에서든 언제나 다른 사람들의 대화 내용을 듣는다. 그녀는 그 소문의 주인공이 어우야원이라는 것을 확신했다. 하지만 증거가 없었다. 그래서 오빠의 도움을 받아 특수한

'수단'을 쓴 것이다. 두쯔위는 이것으로 학생들의 비밀을 많이 알게 되었다. 어떤 친구가 후배를 짝사랑하는지, 어떤 선배가 양다리를 걸치고 있는지, 누가 선생님과 그렇고 그런 사이인지, 누가 몰래 원조교제를 하는지 등등. 연인과 찍은 은밀한 사진과 영상도 수없이 손에 넣었다. 실연당한 남자가 협박용으로 써도 될 만큼 수위가 높은 것들도 있었다. 하지만 그 많은 자료 중에 어우야원과 불량배, 크리스마스이브의 증거는 찾지 못했다. 그나마 손에 넣은 것이 술집인지 가라오케인지에서 포옹하는 사진이 전부였다. 다른 학생들의 수많은 영상에 비하면 정보로서 가치가 떨어진다.

두쯔위는 수집한 자료를 오빠에게 복사해서 보냈다. 손에 넣은 사진, 문자 메시지 등의 양은 상당했다. 오빠에게 일부 보내서 어우야원과 관련된 자료가 있는지 확인하는 것을 도와달라고 했다. 두쯔위가 걱정하는 것은 그 자료가 그녀와 오빠의 관계를 직접적으로 폭로하는 증거가 된다는 것이었다. 그녀가 어우야원을 죽음으로 몬 것이 자기만의 책임이라고 주장하더라도 사람들은 믿지 않을 것이다. 결국 오빠도 죄를 뒤집어쓰게 된다. 두쯔위는 미성년자이니 감형받을 수도 있지만, 그녀보다 열 살이 많은 오빠는 그렇지 않을 것이다.

　—그 파일

　　신경 쓰지 마

　　다른 하드디스크에 넣었을 거야

　　괜히 안 좋은 생각 하지 말고

　　지금 회의 들어가야 해, 다시 얘기하자

오빠의 메시지가 여전히 느긋해서 두쯔위는 화가 나고 속이 탔다. 오빠에 대한 유일한 불만이 바로 이런 지나친 자부심이다. 물론 그런 성격이 장점이 되기도 한다. 아무리 힘든 상황이라도 오빠는 자신감을 갖고 침착하게 대응한다.

그 후 보낸 두쯔위의 메시지는 줄곧 읽지 않은 상태다. 오빠가 많이 바쁘다는 것을 받아들여야 했다.

해커라고 밝힌 사람의 댓글이 달린 이후 또 몇 개의 댓글이 달렸다. 대부분 "좋은 구경 하겠구나" "진실을 밝히길 기다리겠다" 같은 내용이다. 어떤 회원은 슈퍼코난과 사이가 좋지 않은지 이런 댓글을 달았다. "입만 살아서 떠드는 누구누구와 달리 제로쿨은 어떻게 해야 멋있는지 잘 아네."

답답해진 두쯔위는 인터넷에 'zero cool'을 검색해보았다. 제로쿨은 1995년 해커를 소재로 한 영화에서 주인공의 별명으로 쓰였던 이름이었다. 또 『쥬라기 공원』의 작가 마이클 크라이튼이 젊은 시절 존 랭이라는 필명으로 발표한 소설 제목이기도 했다. 하지만 그 보안요원이 소설 제목에서 이름을 따왔을 것 같지는 않았다. 두쯔위는 댓글자가 그 영화를 안다는 것 외에 별 소득 없이 검색을 마쳤다.

"오…… 오늘 저녁에는 오지 않으셔도 괜찮아요."

낮 12시쯤 다음 집으로 가기 위해 현관을 나서는 가사 도우미에게 두쯔위가 말했다.

"어? 오늘 저녁에 약속 있니?"

"네."

두쯔위가 고개를 끄덕이고는 거짓말을 계속했다.

"학교에서 독서 모임 활동을 하는데 며칠 동안 모이지 않았거든요. 친구들과 저녁 먹고 들어올 거예요."

"그렇구나. 저녁에 양고기 요리 하려고 재료도 다 사놨는데."

"집에 가져가서서 아이들하고 드세요."

"그건 좀…… 너희 아버지께서 아시면 싫어하실 거야."

"냉장고에 오래 두면 고기가 안 좋아져요. 아깝잖아요."

"그렇다면……."

가사 도우미는 내키지 않은 척하면서도 표정은 무척 만족스러워 보였다.

"독서 모임 활동은 언제까지 하니?"

"며칠간은 계속 모일 거예요. 제가 집에서 저녁 먹게 되면 하루 전에 말씀드릴게요."

가사 도우미는 고개를 끄덕이고 양고기를 꺼내 기분 좋게 떠났다. 두쯔위는 모임이 있다고 거짓말을 했다. 하지만 집에 혼자 있으려는 것은 아니다. 혼자 있으면 쓸데없는 생각이 날 것이다. 차라리 북적북적한 쇼핑몰에 가서 시간을 보내고 싶었다. 오빠도 몇 번이나 말했다. 불안한 마음이 들거든 밖에 나가 바람을 쐬라고.

그날 오후 두쯔위는 카오룽통의 유이청又一城 쇼핑몰에서 저녁을 먹고 커피숍에서 11시까지 있다가 귀가했다. 집에서는 카오룽통보다 러푸의 쇼핑몰이 더 가깝지만 그곳의 커피숍들은 일찍 문을 닫는다. 평소 오빠를 만날 때는 러푸에서 약속을 많이 잡는다. 러푸 쇼핑몰 스타벅스에서 오빠를 만나면 마음이 편안해진다.

두쯔위는 또래 여자아이들보다 이성적인 편이다. 오빠가 그렇듯 그녀도 위험한 순간 재빨리 상황을 파악하고 가장 유리한 선택을 할 줄 안다. 도서관에서 어우야원의 유서를 발견했을 때도 어떻게 해야 계속해서 자신의 범행을 숨길 수 있는지 바로 알아차렸다. 오늘 외출을 한 것도 그녀의 이성적인 판단에 따른 것이다. 계속해서 땅콩게시판만 들여다보고 있다가는 미쳐버릴 것 같았다. 정서적인

과부하 상태가 얼마나 나쁜 결과를 낳는지 그녀는 잘 알고 있었다.

그러나 두쯔위가 아무리 이성적이라도 외부에서 가해지는 정서적 자극을 전부 견딜 수 있는 것은 아니다.

두쯔위는 휴대폰 벨소리에 잠에서 깼다. 처음엔 자명종 소리인가 했는데 눈을 떠보니 창밖이 아직 어두웠다. 자명종을 힐끗 보니 새벽 3시 반이다. 벨소리가 이어지는 휴대폰을 들어 화면을 보았다. 발신번호가 뜨지 않았다. 두쯔위는 순간 잠기운이 달아났다. 혹시 오빠에게 문제가 생긴 게 아닐까? 더럭 겁이 났다. 보통의 여학생이라면 출장 간 아버지를 걱정하겠지만, 두쯔위는 남이나 다를 게 없는 아버지보다 오빠에게 더 관심이 많았다.

"여보세요?"

두쯔위가 휴대폰에 대고 말했다.

아무 소리도 들리지 않았다.

"여보세요?"

두쯔위가 다시 말했다.

"뚜⋯⋯."

통화가 끊어지고 뚜 소리만 들려온다.

잘못 걸린 전화일 거라고 생각했다. 마음을 가라앉히며 침대에 누웠는데 다시 휴대폰이 울렸다. 방금 전처럼 발신인 번호가 없다.

"여보세요?"

두쯔위는 조금 화가 났다.

전화 저편에서 미약한 숨소리가 넘어왔다.

"누구시죠?"

두쯔위가 큰 소리로 물었다.

"살인자⋯⋯!"

상대방은 한마디를 던지고 바로 전화를 끊었다. 두쯔위는 침대에 앉은 그대로 얼어붙었다. 여자 목소리였다. 아니면 어린 남자일지도 모른다. 분명히 '살인자'라고 했다.

두쯔위는 이성을 유지하기 힘들었다. 어떻게 된 것인지 몰라도 그녀의 휴대폰 번호가 알려졌다. 누군가 그녀가 한 짓을 알고 있다. 두쯔위는 급히 전화를 걸었다. 깊은 밤이지만 오빠에게 도움을 청해야 한다. 그러나 통화기록에서 오빠 이름을 찾아 누르기도 전에 세 번째 충격이 덮쳤다. 방 안의 적막을 찢듯 전화 벨소리가 울려 퍼졌다.

"누구야? 뭘 어쩌려는 거야? 또 전화하면 경찰에 신고하겠어!"

두쯔위가 전화기에 대고 소리 질렀다.

"미친년! 킥킥."

상대방이 욕설과 비웃음을 날리고 바로 전화를 끊었다. 두쯔위는 공포에 휩싸인 와중에도 지금의 목소리가 앞선 전화의 목소리와 다르다는 것을 알아차렸다. 이번에는 성인 남자다.

두쯔위는 멍하니 전화만 내려다보았다. 뒷목으로 식은땀이 흘러내렸다. 온몸이 벌벌 떨렸다. 전화는 그녀를 놔줄 생각이 없는 듯 다시 울리기 시작했다. 두쯔위는 이제 전화를 받지 않고 끊었다. 전화를 끊자마자 다음 전화가 울렸다. 두쯔위는 더 생각하지 않고 휴대폰 전원을 꺼버렸다.

휴대폰 액정화면이 까맣게 변했다. 두쯔위는 멍하니 방 안의 어둠을 노려보았다. 창밖에서 희미하게 들어오는 가로등 빛 말고는 차가운 어둠뿐이다. 두쯔위는 자신이 악의로 가득 찬 공간을 부유하고 있다고 느꼈다. 기온이 낮지 않은데도 그녀는 이불로 온몸을 칭칭 감쌌다. 최대한 마음을 가라앉히려고 노력했다. 그러나 창밖의 바람 소리, 시계 초침 소리 등이 귀신의 울음소리처럼 들렸다. 두쯔위는 날이 밝을 때까지 다시 잠들지 못했다.

찰칵.

현관문 열리는 소리가 났다. 두쯔위는 날이 밝아서야 겨우 눈을 붙여서 비몽사몽한 상태였다. 가사 도우미가 일을 시작하는 소리에 두쯔위는 잠에서 완전히 깨어났다.

어젯밤 바닥에 떨어뜨린 휴대폰이 다시 두쯔위를 두려움에 떨게 했다. 휴대폰을 켤지 말지 망설였다. 결국 이성이 공포를 이기고 전원 버튼을 눌렀다. 오빠에게 도움을 청하려면 휴대폰을 켜야 한다.

휴대폰을 켰지만 더 걸려온 전화는 없었다. 그런데 음성 메시지가 40여 개 와 있다. 그녀는 음성 메시지를 확인하지 않았다. 새벽 4시부터 아침 9시까지 다섯 시간 사이에 아버지든 오빠든 음성 메시지를 40여 개나 보낼 리가 없다.

사태가 심각했다. 근무시간이지만 오빠에게 전화를 걸었다. 지금 이 순간 오빠 목소리가 몹시 듣고 싶었다. 오빠가 직접 한마디 해준다면 마음이 편해질 것 같다.

뚜…… 뚜…….

20초를 기다렸지만 전화를 받지 않는다.

두쯔위는 시계를 보았다. 오빠가 출근하자마자 회의를 하러 가지는 않았을 것 같다. 하지만 꼭 그러지 말라는 법도 없다.

두쯔위는 용기를 내어 땅콩게시판에 들어가 어젯밤 일의 배후를 찾아보기로 했다. 제로쿨이라는 사람이 무언가를 한 게 분명하다는 생각이 들었다. 게시판을 연 순간 그녀의 눈앞에 무시무시한 댓글들이 펼쳐졌다.

admin이 2015-07-04 07:59에 쓴 글 :

re: 열네 살 소녀의 자살 뒤에 숨겨진 비밀?

[관리자 공지] 회원 acidburn님의 댓글 내용 중 타인의 개인정보가 포함되어 있어서 해당 회원 계정의 게시판 접근을 금지합니다. 문제 제기를 하려면 관리자에게 PM 주십시오.

＊땅콩게시판은 회원 간의 교류 커뮤니티로, 게시판에 올리는 텍스트, 이미지, 영상, 음원, 여타 모든 파일에 대한 법률적 책임은 해당 회원에게 있음을 알려드립니다.

'타인의 개인정보'라는 말에 두쯔위는 온몸이 뻣뻣해지는 기분이었다. 댓글란을 확인해보니 새벽 3시 15분에 올린 글이 삭제되고 댓글자 acidburn의 이름만 남아 있다. 이 댓글 밑에도 다양한 반응의 댓글이 달려 있다.

— zerocool 최고! 증거가 확실하네. 이놈이 진짜 흑막이었어.

— zerocool하고 acidburn 모두 영화 〈해커스〉에 나오는 이름이지?

— 세상에, 전화번호까지 있어! 전화해본 사람?

— 나! 여자더라! 다들 걸어봐!

— 이름은 남자 같던데?

— 침대를 같이 쓰는 사이인가 보지. 나도 걸어봐야지~

— 잠도 안 오는데 나도 한번 놀아보자.

— 전화번호 누르기 전에 133 잊지 마!＊

＊ 홍콩은 자동으로 발신자 번호가 표시되는데, 전화번호 앞에 133을 누르고 전화를 걸면 수신인 전화에 발신자 전화번호가 표시되지 않는다.

비슷한 반응의 댓글이 새벽 3시 20분부터 5시 넘어서까지 이어졌다. 거의 20건은 될 것 같다. 두쯔위는 악의에 목이 졸리는 것 같았다. 댓글 내용은 장난스럽지만 음험하고 잔혹하다. 그녀는 자신이 누구나 괴롭혀도 되는, 그래도 원망할 권리가 없는 무생물이 된 것 같았다.

처음에는 '증거가 확실'하다는 게 무얼 말하는 건지 알지 못했다. 하지만 acidburn의 삭제된 댓글 위에 올라온 글을 보고는 머릿속이 새하얘졌다.

kidkit727이 2015-07-04 03:09에 쓴 글 :
re: 열네 살 소녀의 자살 뒤에 숨겨진 비밀?

나 zerocool이다. 압축이 풀린 파일 중에서 이 계정의 비밀번호를 찾았다. 이 자식이 그 사건과 관련이 있는 건 백 퍼센트 확실해.

두쯔위는 kidkit727 회원 계정이 도용될 줄은 몰랐다. 도용 자체는 별문제가 아니다. 그러나 제로쿨이 인터넷에서 하드디스크의 백업파일을 찾아내고, 그 속에서 또 이 계정의 비밀번호도 알아냈다면 디스크의 주인이 kidkit727이라는 것을 증명한 것이다.

그녀는 휴대폰 통화기록을 열어 다시 오빠에게 전화했다. 여전히 전화를 받지 않는다. 라인으로 메시지를 보낼 수밖에 없다. 오빠가 제발 빨리 메시지를 확인하기를 바라며.

"왜 그러니? 어디 아픈 거야?"

두쯔위가 부엌으로 나가자 가사 도우미가 물었다. 아까 거울을 보니 자기 눈에도 무척 초췌해 보였다.

"아니에요. 잠을 잘 못 자서 그래요."

두쯔위가 억지로 웃어 보이며 냉장고에서 아침용 빵을 꺼냈다.
방에 돌아오니 새 메시지 알림이 와 있었다.

　─왜 그래?

오빠의 짤막한 한마디가 두쯔위에게는 상처로 가득한 마음을 기
댈 유일한 기둥이었다.

　─kidkit727 비밀번호를 적어뒀어? 땅콩에서 그 계정을 도용한 사람이 있
　　어! 빨리 그 글 읽어봐!

두쯔위는 다급히 물었다. 그러나 답장이 오는 데는 10분이 걸렸다.

　─나도 읽었어
　　너무 걱정 마, 비밀번호를 써놓을 리가 없잖아
　　나도 상황을 주시하고 있어
　　무슨 문제가 생기더라도 인정하지 않으면 그만이야
　　이런 증거로는 아무것도 못 해

오빠는 여전히 자신만만했다. 두쯔위는 오빠가 정말로 자신 있는
것인지, 자기가 걱정할까 봐 허세를 부리는 것인지 알 수 없었다.

　─전화받을 수 있어?

두쯔위가 짧게 한 줄 보냈다. 다시 5분을 기다려서 답장을 받았다.

—미안해, 사장이 바로 옆에 있어

　　　오늘은 중요한 손님이 와서 바빠

　　　저녁에 전화할게

　　오빠의 냉정한 대답에 화가 났지만, 지금 그녀는 화난 것보다 두려움이 컸다. 그녀는 오빠가 얼른 상황의 심각성을 알아주기를 바랐다. 다시 메시지를 보냈지만 읽음 표시가 나타나지 않았다.

　　두쯔위는 몸과 마음이 무너져내릴 지경이었다. 그녀는 자신의 뺨을 때려 정신을 차렸다. 스스로 강해져야 한다고 다짐했다. 오빠의 발목을 잡아서는 안 된다. 오빠는 아무리 바빠도 그녀의 연락에는 빠르게 답장해주는 사람이다. 오늘은 짧은 한두 마디로 대화를 끝내는 것을 보니 정말 중요한 일이 있는 모양이다.

　　'나중에 전화한다고 했으니 꼭 전화할 거야.'

　　두쯔위는 오전 내내 컴퓨터 앞에 앉아 땅콩게시판의 반응만 살폈다. 장난전화는 더 걸려오지 않았고, 게시판에도 새로 올라온 글이 없었다. 두쯔위는 모른 척하고 게시판의 토론에 끼어서 누리꾼의 신상 털기가 문제였다는 쪽으로 여론을 조성할까도 고민했다. 하지만 그랬다가 역풍을 맞을까 두려웠고, 오빠의 도움 없이 혼자서 흔적을 없앨 자신도 없었다.

　　댓글 중에 '남자 이름 같았다'는 내용을 보면 자기 이름이 공개된 것은 아닌 듯하다. 어쩌면 오빠 이름이나, 제로쿨의 오해로 상관없는 사람의 이름이 공개되었을 것이다. 그녀는 제로쿨이 어떻게 자기 전화번호를 알아내고도 그걸 오빠 것이라고 여겼는지 이해하기 어려웠다. 그녀가 확실히 알 수 있는 것은 제로쿨이 손에 넣은 백업 파일은 오빠의 하드디스크 파일이 분명하다는 것이다. 그 파일 속에 우연히 그녀가 쓴 땅콩게시판 글과 전화번호, kidkit727의 계정 비밀번호가 함께 있었다는 것은 세 살 아이도 믿지 않을 것이다. 어쩌면 제로쿨이 파일에서 전화번호부 같은 것을 찾아내고, 거기서 본 번호를 오빠 것이라고 여긴 것일지도 모른다.

오빠의 전화번호부 맨 위에는 그녀의 번호가 있을 게 분명하다.

"……괜찮니?"

갑작스러운 소리에 그녀는 화들짝 놀랐다. 고개를 돌려보니 문 옆에 가사 도우미가 서 있었다.

"여러 번 방문을 두드렸는데 반응이 없어서 네가 기절이라도 한 줄 알았어."

"아, 아니에요. 괜찮아요."

두쯔위는 얼른 노트북을 덮었다. 가사 도우미가 내용을 볼까 봐 걱정이 되었다.

"너무 집중해서 못 들었어요."

두쯔위가 겨우 미소를 지었다.

"집안일은 다 끝냈어. 이만 가볼게."

가사 도우미가 노트북을 슬쩍 쳐다보았다. 방금 두쯔위의 행동에 호기심이 든 모양이다.

"오늘도 모임이 있니? 아니면 집에서 저녁 먹어?"

"괜, 괜찮아요. 밖에서 먹고 올 거예요."

"그래, 알았어. 내일은 쉬는 날이니까 모레 다시 올게…… 너, 정말 괜찮은 거지?"

"그럼요."

두쯔위는 오늘 외출할 생각이 없다. 땅콩게시판의 상황이 어떻게 될지, 오빠는 언제 전화를 걸어올지, 그것만 생각했다. 저녁에 가사 도우미를 오지 못하게 한 이유는 두 가지다. 하나는 땅콩게시판 사건 때문에 자신이 고민하는 것을 도우미가 눈치챘기 때문이고, 다른 하나는 그녀가 자기편이 아니라는 것을 알고 있기 때문이다.

예전에 집안일을 돌봐주었던 로잘리가 해고된 것은 두쯔위를 동정했기 때문이다.

저녁이 되도록 오빠의 전화는 없었다. 라인 메시지도 읽지 않는다. 두쯔위는 휴대폰을 확인할 때마다 갈등했다. 오빠의 연락을 기다리면서도 문자함에 적힌 42라는 숫자를 보기가 두려웠다. 42개의 메시지가 음성사서함에 남아서 두쯔위가 풀어주기를 기다리고 있다.

저녁 생각도 없었지만 나가서 식사를 하기로 했다. 기분이 좋지 않을수록 배부르게 먹어야 한다고 오빠가 말했다. 배가 고프면 정확한 판단을 할 수 없다는 이유였다. 아버지는 라면 같은 인스턴트 식품을 먹는 것을 싫어했다. 쌀, 달걀, 채소 등의 재료는 집에 있지만 두쯔위는 음식을 만들 기분이 아니었다.

"외출하니?"

건물을 나서는데 경비원이 웃는 듯 마는 듯한 얼굴로 물었다. 두쯔위는 고개만 끄덕이고 대답도 없이 문을 나섰다. 그녀는 경비원도 아버지에게 매수당한 '스파이' 중 하나라는 것을 알았다.

브로드캐스트 드라이브는 주택가라 식당이라고는 없다. 홍콩라디오 방송국에 직원용 구내식당이 있을 뿐이다. 식사를 하려면 걸어서 10분쯤 걸리는 러푸 쇼핑몰에 가거나, 홍콩뱁티스트대학교와 홍콩뱁티스트병원이 있는 정션로路 일대로 가야 한다. 어제는 마음을 가라앉히려고 사람들이 많은 곳을 찾았지만, 오늘은 사람들의 시선이 무섭다. 두쯔위는 정션로 쪽으로 걸었다.

브로드캐스트 드라이브와 정션로가 만나는 곳에 작은 공원이 있다. 두쯔위는 어릴 때 그림책을 들고 공원에 와서 책을 읽곤 했다. 로잘리는 다른 필리핀 출신 고용인들과 잡담하면서 그녀를 지켜보았다. 공원을 지날 때 두쯔위는 무성한 나무 덤불을 보며 옛 생각을 하지 않을 수 없었다.

살인자⋯⋯!

갑자기 웬 여자 목소리가 두쯔위의 귓가에 울렸다. 경악한 그녀는 숨이 가쁘고 심장이 터질 듯 뛰었다. 고개를 돌렸지만 공원 관리인 제복을 입은 남자가 브로드캐스트 드라이브 쪽으로 천천히 걸어가는 뒷모습만 보였다. 관리인은 두쯔위에게서 10미터는 떨어져 있다. 두쯔위는 그 자리에 얼어붙은 채 주변을 둘러보며 목소리의 주인을 찾아보았다. 하지만 길 위에는 관리인 외에 사람 그림자도 없었다.

'잘못⋯⋯ 들은 거겠지?'

고개를 저으며 아직도 뛰는 가슴을 진정하려 애썼다.

'근처 빌딩 2층에서 텔레비전을 크게 틀었던 거야⋯⋯.'

그러나 갑작스러운 이 일 때문에 식욕이 뚝 떨어졌다. 그녀는 뱁티스트병원 옆 서양식 식당에 들어가 아무 생각 없이 스파게티를 시켰다. 주문 후에는 멍하니 앉아 있었다. 그때였다.

살인자⋯⋯!

똑같은 여자 목소리가 들렸다. 두쯔위는 너무 놀라 의자를 박차고 일어났다. 두 번째 들었으니 이제 잘못 들은 거라고 할 수 없었다. 새벽의 전화에서 들었던 목소리와 똑같았다. 두쯔위는 정신없이 식당에 있는 모든 사람들을 훑어보았다. 그러나 옆 탁자에서 보르시*를 먹고 있는 대학생 같은 남자와, 앞쪽으로 4미터쯤 떨어진

---

* 붉은색을 띠는 우크라이나식 수프.

곳에서 세상에 둘만 있는 듯 속삭이고 있는 연인 한 쌍뿐이다. 그들 중 누구도 그런 말을 한 것 같지 않다. 출입문 쪽 계산대에 여자 종업원이 한 명 서 있었지만, 그녀는 지금 음식을 포장해가려는 손님과 이야기 중이다.

그때 종업원이 스파게티를 가져왔다. 두쯔위는 먹을 생각이 나지 않았다. 그녀는 계속 옆 탁자의 남자와 앞쪽의 연인을 주시했다. 그들이 자기 쪽을 힐끔거릴지도 모른다. 혹시 자신의 이름과 주소가 인터넷에 공개된 건 아닐까? 전화를 걸어 괴롭히는 데 만족하지 못하고 집 근처까지 와서 장난을 치는 사람이 있을지도 모른다.

살인자……!

그러나 같은 말이 세 번째 들린 순간, 두쯔위는 새로운 사실을 알아차렸다. 이 사실은 그녀를 극단적인 공포로 밀어넣었다. 방금 세 번째로 '살인자' 소리를 들었을 때 옆 탁자의 남자, 앞쪽의 연인, 주방 입구의 종업원, 계산대의 종업원, 그리고 포장 그릇을 받아 들고 나가는 손님까지 아무도 반응을 보이지 않았다. 그들에게는 아무 소리도 들리지 않은 것처럼 보였다.

두쯔위는 이 식당에서 유일하게 그 소리를 들은 사람이다.

그녀는 이 현상을 설명해보려 애썼다. 예를 들어, 식당에 있는 모든 사람이 공모하고 그녀를 놀리고 있다. 그러나 두쯔위도 그럴 가능성이 없다는 것을 안다. 자신이 이 식당을 택해 들어온 것은 방금 전 임의로 정한 것이다. 그녀는 유령이나 귀신 이야기를 믿지 않는다. 그러니 유일한 가능성이자 그녀가 가장 인정하고 싶지 않은 가능성은 지금 자신이 환청을 듣는다는 것이다.

다시 말해 그녀는 곧 미칠 예정이다.

두쯔위는 벌떡 일어나 계산대에 100홍콩달러짜리 지폐를 내던졌다.

"이봐요? 이봐요!"

종업원이 소리쳐 불렀지만, 그녀는 무시한 채 식당에 있는 모든 사람의 시선을 받으며 거리로 내달렸다. 뒤도 돌아보지 않고 곧장 집으로 달렸다. 집에 도착하자마자 모든 전등과 거실의 텔레비전까지 켰다. 텔레비전 음향은 최대로 올렸다. 두쯔위는 옷도 갈아입지 않고 그대로 침대로 직행했다. 이불을 머리까지 덮고 누웠다. 침대만이 그녀가 유일하게 안심할 수 있는 장소였다.

이불을 칭칭 감은 채 어젯밤의 악의적인 전화를 생각했다. 슈퍼 코난과 제로쿨의 글, 그리고 환청도 생각했다. 혼란 속에서 오빠가 되도록 빨리 전화해주기를 기다렸다.

딩동, 딩동.

이불 바깥에서 무슨 벨소리가 들렸다. 두쯔위는 그것이 또 다른 사악한 장난전화는 아닐지 두려움에 떨었다. 그녀는 황야에서 천적을 만난 쥐처럼 머리를 처박았다. 한참 만에야 그것이 휴대폰 벨소리가 아니라 현관문 초인종 소리라는 걸 알았다. 두쯔위는 문을 열어야 하나 망설였다. 초인종 소리도 환청일까 무서웠다. 그러나 초인종 소리는 계속해서 이어졌다. 멈출 것 같지가 않았다. 그녀는 용기를 내어 현관문으로 갔다. 문구멍으로 내다보니 잘 아는 얼굴이었다. 건물의 야간 경비원이다.

"무슨 일이세요?"

두쯔위가 도어체인을 벗기지 않고 문을 빼꼼히 열었다.

"안녕하십니까."

경비원이 미소를 지었다.

"텔레비전 소리가 너무 크다고 이웃에서 연락을 주셨어요. 그래서 살펴보러 왔습니다."

두쯔위는 벽에 걸린 시계를 보았다. 벌써 11시다. 그녀는 리모컨을 들고 음량을 최소로 낮췄다.

"이렇게 하면 될까요?"

"네, 고맙습니다."

경비원의 태도는 아주 정중했다.

"무슨 일이 있는 건 아니죠? 아버님이 출장 가시면서 따님 혼자 있으니 신경 써달라고 당부하셨거든요……."

"감사합니다. 전 괜찮아요."

"알겠습니다. 편히 쉬세요."

두쯔위는 문을 잠그고 전등을 전부 켜서 낮처럼 밝은 거실로 돌아왔다. 경비원의 말에 반감이 생긴다. 아버지가 경비원에게 신경 써달라고 한 것은 미성년자 홀로 집에 있는 것이 걱정되어서가 아니라 집이 빈 틈을 타서 오빠를 부르지 못하게 하려는 것이다. 아버지는 평소 아무런 감정도 표현하지 않지만 오빠만 관련되면 혐오의 표정을 드러낸다. 작년에 로잘리는 아버지가 집을 비웠을 때 오빠를 집에 들였다는 이유로 해고당했다. 두쯔위도 아버지를 이해하지 못하는 것은 아니다. 아버지 입장에서 오빠는 아무 상관도 없는 타인일 뿐이다. 어느 정도는 두쯔위, 그녀 역시 아버지에게 그런 존재다.

그날 밤 두쯔위는 몇 시간 자지 못하리란 걸 알았다. 그녀는 현실과 꿈 사이를 헤맸다. 휴대폰이 수차례 울렸고, 한번은 오빠 목소리였다가, 또 한 번은 살인자라고 말하는 여자 목소리였다. 그러나 비몽사몽 중에 휴대폰을 확인해보면 실제로 온 전화는 한 통도 없다. 물론 휴대폰을 확인한 것도 꿈속의 일인지 모른다.

다음 날 잠에서 깼을 때는 이미 점심때였다. 창밖에서 간헐적으로 자동차 소리가 들릴 뿐 집안 전체가 조용하다. 세상에 그녀 혼자인 듯하다. 모든 고민이 다 남의 일인 것 같다. 그러나 침대 옆에서 휴대폰을 발견한 순간 족쇄가 풀린 듯 다시 온갖 근심이 떠올랐다.

'왜 오빠가 전화하지 않는 거지?'

어제는 이상한 일을 너무 많이 겪어서 머리가 제대로 돌아가지 않았다. 휴대폰을 확인하니 오빠는 한 번도 전화하지 않았을 뿐만 아니라, 어제 그녀가 마지막으로 보낸 라인 메시지조차 읽지 않았다.

두쯔위는 불안한 마음으로 컴퓨터에서 땅콩게시판에 접속했다.

crashoverride가 2015−07−05 02:28에 쓴 글 :

re: 열네 살 소녀의 자살 뒤에 숨겨진 비밀?

계정을 또 바꿨다. 오늘이 아마 마지막 글이 될 것 같다. 이다음에는 평범한 땅콩게시판의 일개 회원으로 돌아가야지. 솔직히 이 역겨운 사건에 더 끼고 싶은 마음이 없다.

파일은 80퍼센트 정도 압축을 풀었다. 놀랄 만한 정보가 가득 들어 있더군. 한 폴더에서 휴대폰에서 추출한 전화번호부, 통화기록 등이 잔뜩 발견되었는데 전부 중학생이었다. 주고받은 메시지를 봐도 중학생 사이에서 오가는 별것 아닌 이야기들이었고. 다시 조사해보니 사진들도 나왔는데, 그 사진에서 학생들이 입은 교복이 바로 두 달 전 자살한 여학생이 다니던 학교 교복이었다.

왜 이 남자가 학생들 정보를 이렇게 많이 갖고 있는지, 어떤 방법으로 손에 넣었는지는 모르겠다. 이런 정보를 잔뜩 수집한 동기는 더욱더 모르겠다. 그러나 한 가지 확실한 것은 이런 정보는 전부 학생들의 사생활이라는 점이다. 심지어 사진과 영상 중에는 절대 공개할 수 없는 것들도 있었다. 나는 이 남자가 자살한 여학생과 모종의 개인적인 관계가 있었다고 의심한다.

또한 게시자(슈퍼코난)가 제기한 의문점 역시 소홀히 넘길 수는 없다고 생각한다. 이 사건이 내가 상상하는 것보다 더 사악한 무언가일지도 모르겠다. 형사 사건으로 넘어갈 여지가 있다고 생각한다.

그 중학생들 관련 파일을 정리해서 사건의 자초지종을 적은 편지와 함께 익명으로 경찰에 넘겼다. 경찰에서 곧 수사를 시작할 거라고 믿는다. 사실상 나는 그 남자의 이름과 직장도 경찰에게 넘겨주었으니까, 경찰이 그 남자에게 '수사 협조'를 요청하는 데 별 어려움이 없을 거다.

내가 지난번에 쓴 글이 타인의 개인정보 유출이라서 삭제되었는데, 이번에 한 번만 더 금기를 어기겠다. 나는 또 다른 폴더에서 이 남자의 사진을 찾아냈다. 나중에 이 남자가 체포되고 사건이 공개되면, 신문지상에서 이 사진과 동일한 남자를 볼 수 있을 거다.

〔첨부파일 : 0000001.jpg〕

글의 끝에 작은 사진 한 장이 첨부되어 있다. 파란 셔츠를 입은 남자는 카메라 정면을 향해 환하게 웃고 있다. 어느 커피숍이 배경이다. 두쯔위는 그곳이 러푸 쇼핑몰 스타벅스라는 것을 알고 있다. 그 사진은 그녀가 찍은 것이다. 어느 날 오빠를 만났을 때 찍어서 오빠에게 보내주었다.

모니터 속 사진을 들여다보는 두쯔위는 온몸에 개미들이 기어다니는 듯했다. 개미들이 그녀의 뒷목을 기어올라 두피를 파고든다. 그녀는 얼른 휴대폰을 켜고 오빠에게 전화를 걸었다. 몇 번을 걸어도, 아무리 기다려도, 전화를 받지 않는다.

어쩔 줄 몰라 하던 그녀는 다시 모니터로 시선을 돌렸다. 오빠의 사진 아래로 회원들의 댓글이 달려 있다.

─ 우오오, 음모의 냄새가 난다!

─ 이 남자 진짜로 자살한 애랑 말 못할 관계였나? 원조교제?

─ 그럴 것 같다. 돈을 얼마 주느냐 가지고 싸우다가 이런 방식으로 여자애를 자살하게 만든 거지.

─ 그건 말이 안 되잖아. 그렇다고 죽여?

─ 나는 가능성 있다고 생각해. 자살한 여자애는 원조교제하러 나온 건데 남자는 의처증 같은 게 있는 거지. 결국 여자애가 자기한테서 돈만 바란다는 것과 따로 애인이 있다는 걸 알고 폭발한 거야. 모함당한 사람을 도와준다는 명목으로 그 여자애 비밀을 까발려 누리꾼의 공격 대상이 되게 만들었어. 사랑을 얻지 못한다면 차라리 괴롭히겠다, 뭐 그런 거 아니겠어?

─ 이런 방식으로 사람을 해치다니 변태 같아

'아니야, 그런 거 아니란 말이야!'

누리꾼들은 오빠에게 '색마'나 '짐승'의 꼬리표를 붙이고 있었다. 두쯔위는 새로 계정을 만들어 오빠를 변호하는 댓글을 달고 싶었다. 댓글로 찧고 까부는 사람들에게 하나하나 반박하고 싶었다. 그러나 그것이 무슨 도움이 될지 알 수 없었다. 수면부족과 스트레스로 그녀는 지금 정상적인 판단을 하기가 힘들었다.

오빠 집에 가볼까?

오빠 회사로 가볼까?

게시판에서 '열네 살 소녀의 자살 뒤에 숨겨진 비밀?'이라는 글은 이미 최고 인기 게시글이 되었다. 1분마다 새로 댓글이 달리고, 글은 목록의 제일 윗부분으로 올라왔다.

뚜…… 뚜…….

수차례 전화해도 오빠의 전화에서는 전화를 받을 수 없다는 기계 음성만 들렸다. 여태까지 전화도 받지 않고 메시지도 읽지 않는 다니, 그녀는 사태가 심상치 않음을 느꼈다.

오후 4시, 땅콩게시판의 댓글로 답이 나왔다.

star_curve가 2015-07-05 16:11에 쓴 글 :

re: 열네 살 소녀의 자살 뒤에 숨겨진 비밀?

기사 떴다!

http://news.appdaily.com.hk/20150705/realtime/j441nm8.htm

〔긴급보도〕 경찰, 학생들의 개인정보를 불법 수집한 남자 체포

25세 남성이 불법적인 수단으로 야우마테이 소재 모 중학교에서 학생들의 휴대폰 통화기록 등 개인정보를 무단 수집한 사실이 밝혀져 오늘 아침 자택에서 경찰에 체포되었다.

경찰은 어제 익명의 제보자가 모 IT 기업에 근무하는 남자가 여러 미성년 학생들의 개인정보를 불법 수집한 사실을 경찰에 알렸다고 밝혔다. 경찰에서는 인터넷 보안 및 과학기술 범죄와 관련된 사안으로 엄중히 다루었으며, 신속하게 용의자를 검거하고 컴퓨터 두 대를 증거물로 확보했다. 타인의 자료를 불법 수집하는 것은 심각한 범죄이며 최고 징역 5년형이 구형될 수 있다.

한편 온라인상에서 이 용의자가 두 달 전 쿤통 러화 아파트에서 자살한 여학생 사건과 관련이 있다는 내용이 유포되고 있어 경찰이 재수사를 결정했다.

오빠가 체포되었다. 두쯔위는 머리가 새하얘졌다. 게시판에서는 축제라도 벌어진 모양새다. "천벌이다" "죽어도 싸다" "5년형은 너무 약하다"는 댓글이 주르륵 달렸다. 두쯔위는 머릿속에 한 가지 생

각만 자리 잡았다. 자수.

그녀가 자수하면 오빠의 죄를 나눠 질 수 있다. 게다가 자기가 진짜 주범이고 오빠는 단지 자기를 도와주었을 뿐이 아닌가.

그러나 두쯔위는 자수하는 것이 올바른 결정인지 확신이 서지 않았다. 지금 그녀는 머리가 맑지 못하다. 그녀가 망설이는 사이, 새로운 댓글이 눈에 들어왔다.

misterpet2009가 2015-07-05 16:18에 쓴 글 :

re: 열네 살 소녀의 자살 뒤에 숨겨진 비밀?

축배를 들기엔 일러. 저놈은 쉽게 무죄 판결을 받을걸. 타인의 정보를 공개한 것은 아니잖아. 제로쿨이 정당하지 못한 방법으로 어쩌다가 손에 넣은 거지. 다시 말해 경찰에서 저놈도 똑같은 말로 혐의를 벗을 수 있어. 자기도 인터넷에서 우연히 저 정보들을 얻었다고 말이야. 그 사람이 자료를 실제 불법적으로 수집했는지를 증명하는 것은 쉽지 않아. 지난 판례를 보면, 한 남자가 인터넷에 음란 사진을 올린 혐의로 체포되었는데, 동거인이 있어서 풀려난 적이 있어. 경찰에서 음란 사진을 올린 게 그 남자인지, 그 남자 부인인지 정확하게 밝힐 수가 없어서 말이야!

'하마터면 다 망칠 뻔했네!'

오빠가 늘 말했던 것이 바로 이런 것이다. 마음을 가라앉히고, 조용히, 끝까지 부인할 것. 오빠는 경찰에 체포된 것이지 아직 기소된 게 아니다. 법정에 가면 증거 불충분으로 풀려날 수도 있다. 그리고 경찰이 빠르게 움직인 것도 컴퓨터 범죄이기 때문이지, 자살교사죄나 비방죄 때문은 아니었다. 경찰이 오빠와 이눠중학교의 상관관계를 찾아내지 못하면 법정에서 얼마든지 빠져나갈 구멍이 있다.

'상관관계를 찾아내지 못하면…….'

두쓰위는 자기 자신이 이 사건의 핵심이라는 것을 깨달았다. 그녀는 다시 몸이 떨렸고, 목구멍이 찌르듯 아팠다. 그녀는 오늘 하루 종일 아무것도 먹지 않았다. 위액이 식도로 넘어오는데도 자기 몸 상태 같은 것은 아무래도 좋았다.

"나를 찾아내지 못하면, 나를 찾아내지 못하면……."

두쓰위는 주문이라도 외우듯 끊임없이 중얼거렸다. 그녀는 혼잣말하는 습관이 없지만, 지금은 저도 모르게 말이 흘러나왔다. 그녀는 의자에 깊이 앉아 양팔을 감싸고 몸을 앞뒤로 흔들거렸다.

"오빠는 나랑 아예 성이 달라. 나를 찾아내지는 못해……."

시간이 흐르고 있다. 두쓰위는 오로지 컴퓨터 앞에 앉아서 사태의 진행상황만 주시했다. 그녀는 오빠가 풀려났다는 소식을 기다리고 있다. 조금 있으면 오빠에게서 연락이 오지 않을까? 아니, 그럴리 없어. 그녀는 머리를 저었다. 그녀도 자신이 사건의 핵심임을 알아차렸는데 오빠가 그걸 모를 리 없다. 그렇다면 그 사실을 들키지 않기 위해서라도 오빠가 먼저 연락하지는 않을 것이다.

석양이 지기 시작했다. 두쓰위는 거의 일곱 시간째 컴퓨터를 들여다보고 있다. 게시판의 축제 분위기는 아직 끝나지 않았다. 땅콩 회원들은 의기양양하게 오빠가 유죄인지 무죄인지, 동기가 무엇인지, 어떤 수법을 썼을지 등을 놓고 떠들었다. 오빠와 어우야원이 어떤 비도덕적인 관계였을지도 갑론을박이 오가기도 했다. 대부분 의미 없는 쓰레기 같은 글이었다. 그러나 그중 몇몇 댓글이 그녀의 주의를 끌었다.

— 공범이 있는 것 아닐까?

─내가 그 공범이라면 지금 당장 도망갈 거야.

　─홍콩 경찰을 바보로 아네. 이 좁은 데서 어디로 도망가?

　─공범이 있다면 그냥 콱 죽어버렸으면 좋겠다. 저승으로 숨어버리는 거지.

　죽음?

　─쯔위, 약속해. 사는 게 아무리 힘들어도 절대 생명을 포기해서는 안 돼. 괴로움은 다른 사람에게 풀어버려! 우리는 이상한 사회에 살고 있어. 매일 크고 작은 불공평한 일들을 겪고, 시시때때로 힘든 일이 생겨. 하늘이 우리를 괴롭힌다면, 우리도 남을 괴롭히면 돼. 전 세계를 상대로 싸워도 좋아. 강한 사람만 이 사회에서 살아남는 거야.

　오빠의 말이 떠올랐다.

　그러나 지금은 그 말을 실천하기 힘들 것 같다.

　내 존재가 오빠를 위험하게 한다면?

　오빠는 어려서부터 고생만 했어. 이제 좀 편안하게 살 수 있게 되었는데, 직장 일도 잘 풀린다고 했는데, 이럴 때 범죄자의 낙인이 찍혀서는 안 돼. 오빠의 앞날이 한순간에 무너져…….

　(……) 두 사람은 연인이 아니지만 그보다 더 긴밀하고 뗄 수 없는 공생관계예요. 우리는 세속적인 시각으로만 그 관계를 바라보면 안 된다고 생각합니다. 제 생각에는, 작가가 강조하고 싶은 것은 두 사람 사이의 '유대감'입니다. 그래서 여자를 위해 죽은 남자 주인공은 자신의 죽음을 희생이라고 생각하지 않을 것 같아요. 그의 눈에 자신의 생명과 여자 주인공의 생명은 원래부터 하나였으니까요. (……)

두쯔위는 며칠 전 블로그에 댓글을 단 샤오광에게 대답했던 말이 떠올랐다.

저녁 9시 26분. 이미 100여 개의 댓글이 달린 땅콩게시판의 '열네 살 소녀의 자살 뒤에 숨겨진 비밀?'에 새로운 댓글이 올라왔다.

spacezzz가 2015-07-05 21:26에 쓴 글 :

re: 열네 살 소녀의 자살 뒤에 숨겨진 비밀?

체포된 저 남자, 내 직장 동료야. 저런 쓰레기 같은 놈일 줄이야. 사람은 겉만 보고는 모르는 법인 것 같아. 한 가지 공개하자면, 저 남자에게 중학생인 여동생이 있어. 전에 둘이 같이 있는 것을 봤거든. 여동생이 입은 교복이 자살한 여학생네 학교 교복과 비슷했어. 분명히 그 여동생하고 무슨 관련이 있을 거야!

댓글을 읽은 두쯔위는 더 이상 몸이 떨리지 않았다.

왜냐하면 그녀는 이제 머리가 맑아졌기 때문이다.

2015년 7월 5일 일요일

12:48 답 좀 해줘! 큰일이 생겼어!

13:10 지금 어디 있어? 그 사람이 경찰에 신고했대!

13:15 !

13:31 상황이 심각해! 빨리 땅콩에 좀 가봐!

14:01 거기 있어??

14:42 나 너무 걱정돼!!

15:13 메시지 보면 꼭 전화해

15:14 부탁이야

15:14 오빠

제8장

01

"이쪽은 괜찮아. 스중난인가 하는 놈만 감시해줘."

가로등 아래에서 아녜는 전화로 야지에게 지시했다. 그는 전화를 끊고 차로 돌아왔다. 차에는 아이 혼자다. 그녀는 온 정신을 쏟아 모니터를 주시하고 있다.

7과 생쥐의 정체를 확인한 다음 지난 며칠 아녜와 아이는 두쯔위의 일거수일투족을 감시했다. 아녜는 차를 두쯔위 집 근처에 대고 며칠째 잠복 중이다. 차는 차체가 높은 흰색 포드 트랜싯이다. 홍콩에는 토요타 하이에이스 밴이 많지만, 트랜싯도 그리 드물지는 않아서 도로변에 주차해 있어도 별로 시선을 끌지 않을 것이다. 그러나 가능한 한 불안요소를 없애기 위해 아녜는 브로드캐스트 드라이브 내에서 매일 다른 위치에 주차한다. 관찰력 좋은 주민이나 빌딩 경비원이 낯선 밴을 유의하여 볼지도 모른다. 오늘 그가 선택한 지점은 브로드캐스트 드라이브와 페선던로가 만나는 곳이다.

외관상 이 트랜싯은 평범해 보인다. 차체는 약간 더러워졌고, 검은색 앞 범퍼는 자잘한 흠집과 충돌 흔적이 있으며, 트렁크 부분의 창이 잠겨 있는 등 전형적인 소형 화물차다. 그러나 차 내부는 아주 특별하다. 며칠 전 아이는 차 안에 들어왔다가 깜짝 놀랐다.

모니터로 가득했던 것이다.

차 안에는 좌우 양쪽 벽에 크기가 제각각인 컴퓨터 모니터 여섯 대가 설치되어 있고, 차 앞쪽으로는 금속 프레임으로 수납장을 짜서 층마다 형형색색의 전자기기가 들어가 있었다. 기기에는 빼곡한 단추와 연결부, 지시등이 달려 있다. 차 내벽은 방음을 위한 스폰지를 붙였고, 오른쪽 네 대의 모니터 아래에는 2미터 길이의 작업대가 설치되었다. 작업대 위에는 노트북 컴퓨터와 키보드, 마우스 그리고 아이는 본 적도 없는 기계와 리모컨이 있었다. 그 밖에도 스타벅스 일회용 컵과 간식들도 보인다. 작업대 앞에는 낮은 의자가 세 개 놓여 있다. 바닥은 전선으로 뒤덮이다시피 했다. 작업대 아래에 골판지 상자 몇 개가 쌓여 있고, 그 안에 종이컵이며 도시락 그릇 등 쓰레기가 들어 있다.

차 안의 지저분한 정도는 2번가 아녜의 아파트와 비슷했다. 게다가 은근히 악취가 풍긴다. 텐징호텔에서 본 장면을 생각할 때 이것은 아녜의 이동 기지일 것이다. 차 안을 보며 아이가 떠올린 것은 방송국 취재차량이었다. 다만 아녜의 차는 외관상 일반 화물차처럼 보인다.

아이는 처음에 이 협소한 공간이 불편했다. 하지만 며칠 만에 더럽고 어질러진 환경에 완벽히 적응했다. 특히 그녀 자신이 '성과'를 눈으로 확인한 뒤로는 자신의 바람이 이뤄질 거라는 기대감 때문인지 쓰레기 더미에 파묻혀 있는 시간이 하나도 싫지 않았다.

"아녜, 당신 말은…… 오늘 밤에 다 끝난다는 거지요?"

막 차에 탄 아녜에게 아이가 물었다. 그녀의 두 눈은 여전히 모니터 속 두쯔위에게 못 박혀 있다. 그녀는 짧은 며칠 사이에 두쯔위가 저런 모습이 될 줄은 몰랐다. 머리는 산발이 되었고 얼굴은 나무 인형처럼 표정을 잃었다. 입술은 터지고 갈라졌으며 두 눈도 텅 비어 시커먼 동굴 같았다.

"그래요. 오늘 밤에 끝납니다."

아녜가 하품을 하며 아이 옆 의자에 앉았다. 그의 평온한 어조가 아이에게는 불가사의였다. 그는 이 복수 계획을 완전히 별것 아니라고 생각하는 듯했다.

이 계획의 목표가 한 소녀의 죽음인데도 말이다.

"어떻게 복수할 거예요?"

두쯔위가 실험실에서 가짜 유서를 태우는 모습을 본 날, 아이는 텐징호텔 603호실에서 아녜에게 물었다.

"두쯔위가 목숨으로 죗값을 갚길 바라죠?"

아녜의 말이 아이에게는 의외였다. 그녀는 자신이 살인하는 걸 막으려고 아녜가 복수를 제안했다고 여겼다. 그런데 도리어 아녜가 두쯔위의 목숨을 앗는 것에 대해 언급한 것이다.

"당신은…… 살인 청부업자인가요?"

아이가 더듬더듬 물었다.

"목숨으로 죗값을 치르게 하는 방법은 살해만 있는 게 아닙니다. 예를 들어 두쯔위가 자살을 한다면 가장 원만한 결과라고 할 수 있겠죠."

"당, 당신 말은 살인을 자살로 위장한다는 건가요?"

아이의 목소리가 떨렸다. 그녀의 가슴은 원수를 향한 살의로 가득했지만, 살인에 대한 생각을 입 밖에 내고 그것을 실행에 옮기는 일은 쉽지 않았다.

"아닙니다. 내가 말한 자살은 진짜 자살입니다."

아녜가 아이의 눈을 똑바로 쳐다보았다.

"우리가 직접 손을 쓰는 것보다 두쯔위가 당신 동생처럼 자기 손으로 목숨을 끊는 모습을 보고 싶지 않은가요?"

아이가 침을 꼴깍 삼켰다.

"방법은요?"

"모르죠."

아녜가 어깨를 으쓱했다.

"하지만 방법을 찾아낼 겁니다."

"흥, 자살하라고 협박하는 일이 그렇게 쉬우면 참 좋겠네요."

아이가 코웃음을 쳤다.

"틀렸습니다. 어우야이 씨, 나는 자살하라고 협박하는 게 아닙니다. 강압과 협박으로 자살하게 만드는 것은 살해와 다를 게 없죠. 인류가 다른 생물보다 고등한 것은 자유의지가 있기 때문입니다. 게다가 우리는 자신이 자유의지를 갖고 있음을 압니다. 우리는 논리적인 추론 능력이 있고, 모든 일에는 원인과 결과가 있다는 것과 자신의 결정에 책임을 져야 한다는 것도 압니다. 나는 두쯔위를 자살하도록 협박하지 않습니다. 다만 자살이라는 선택지를 만들어 그 애 눈앞에 놔두고 스스로 선택하게 합니다. 그것이야말로 당신에게 진정으로 완벽한 복수일 테니까요."

아이는 조금 어리둥절했지만 굳이 따져 묻지는 않았다. 아녜가 복수를 해주면 그뿐, 그가 자유의지를 이용하든, 다른 수단을 이용하든 상관없다.

그날 저녁 그들은 두쯔위를 미행해 한 성인 남자와 만나는 모습을 보았다. 그 남자는 약 스무 살에서 서른 살 사이로 보였다. 보통 키의 직장인으로, 그때는 그 남자가 누구인지 몰랐지만 아녜는 그가 두쯔위의 기술적인 조력자 생쥐일 거라고 추측했다.

"점심때 위험을 무릅쓰고 유서를 없앴으니 천재 범죄자가 아니라면 공범을 만나서 상의하려고 하겠죠. 자기가 단서를 남기지 않았는지, 뭘 더 해야 할 일이 없는지……."

두쯔위와 그 남자의 태도를 보며 아이는 알 수 없는 분노를 느꼈다. 두쯔위는 학교에서와 달리 생기 넘쳐 보였다. 생쥐 앞에서는 보통의 발랄한 소녀처럼 굴었고 눈에 흠모의 빛이 가득했다. 아마도 생쥐는 두쯔위의 연인일 것이다. 아이는 점점 더 울화가 치밀었다. 두쯔위는 악행을 저질렀으니 행복을 누릴 자격이 없다고 아이는 생각했다. 그러나 이튿날 오후 아녜의 전화를 받고 약간 의외라는 생각을 하게 된다. 아녜는 그날 아이와 헤어진 후 따로 그 남자를 미행하여 정체를 알아냈다. 그는 두쯔위의 '오빠'였다.

"잠깐, 생쥐는 성이 두씨가 아닌데 두쯔위의 오빠인 것은 확실하다고요?"

아이가 전화에 대고 반문했다.

"그럼 친남매는 아니겠군요."

"두 사람 관계는 좀 복잡합니다…… 이번에 운이 좋아서 쉽게 그의 정보를 얻을 수 있었죠. 다음에 자세히 설명하지요."

아녜의 말투는 평소보다 상쾌하게 들렸다. 사건 조사보다 복수가 더 재미있는 모양이다.

이틀 후 아이는 출근길에 다시 아녜의 전화를 받았다.

"오늘 오후 브로드캐스트 드라이브에 있는 커머셜라디오 방송국 건물 앞에서 봅시다."

"왜요?"

아이는 두쯔위의 집이 브로드캐스트 드라이브에 있다는 것을 안다. 하지만 아녜가 자신을 현장으로 부르는 이유는 짐작하기 힘들었다.

"준비를 마쳤습니다. 당신도 복수에 동참하고 싶을 테니 오늘 오후에 들러요."

"오후에…… 알겠어요. 반차 내고 갈게요."

아이는 꼭 가겠다고 했다. 아녜가 먼저 연락해서 오라고 했는데 거절하면 그가 또 자기 모르게 일을 진행할 것 같았다.

"나를 현장에 부를 거라고는 생각 못 했는데요?"

"일이 커졌으니 당신이 멍청하게 끼어들어서 계획을 망치지 못하게 하려고 그러는 겁니다. 사건 조사와는 차원이 다르죠. 이번에는 우리가 하는 일이 들통 나면 쉽게 빠져나갈 수 없어요."

아녜가 아이를 조롱하듯 말했다. 아이는 마음이 무거워졌다. 그녀는 옆자리의 승객을 흘깃 쳐다보았다. 아무도 그녀의 통화 내용에 관심이 없다. 그녀도 의혹을 살 만한 말은 입에 올리지 않았다는 걸 안다. 아녜가 '이것은 살인이 아니다'라고 말했지만, 그녀는 이 계획을 법률과 도덕을 다 어기는 일이라고 본다. 이 일은 반드시 신중하게 진행해야 한다. 지금 아이가 들고 있는 휴대폰 역시 사흘 전 아녜가 준 것이다. 이 전화기로 통화해야 안전하다고 했다.

오후 4시, 아이는 브로드캐스트 드라이브의 커머셜라디오 방송국 앞에 도착했다. 이 거리는 늘 행인이 많지 않다. 아이는 버스에서 내린 후 주변을 둘러보았지만 아녜를 발견하지 못했다. 아녜에게 전화를 걸려는데 마침 휴대폰이 울렸다.

"길 건너편 흰 화물차로 와요."

아녜는 짤막하게 한마디 던지고 전화를 끊었다.

아이는 길 건너로 고개를 돌렸다. 개인주택 앞에 상사나무가 그늘을 드리운 공용주차장이 있고, 주차장에 흰색 포드 밴이 서 있다. 그녀는 길을 건너 화물차 옆으로 갔다. 차 문이 열리고 아녜가 고개를 내밀었다. 아이가 어쩔 줄 몰라 하는데 아녜가 그녀의 팔을 붙잡고 차에 태웠다.

"어?"

차 내부는 어두웠다. 몇 초 지나 어둠에 눈이 익자 이상한 풍경을 볼 수 있었다. 하지만 곧 이곳이 아녜의 이동 기지라는 것을 알아차렸다. 제일 놀라운 것은 차 안에 여러 대의 모니터가 설치되어 있고, 화면에 두쯔위의 모습이 보인다는 것이었다. 두쯔위는 긴 의자에 기대어 책을 읽고 있었다.

"실시간 영상입니다."

아녜가 눈짓으로 모니터 앞 의자에 앉으라고 권했다.

"두쯔위는 지금 자기 방에 있습니다. 2번, 3번 모니터가 그 방을 찍고, 나머지 모니터 세 대는 집 안 다른 장소를 찍습니다."

"이 영상을 어떻게 찍는 거죠? 두쯔위의 집은 10층이잖아요?"

아이가 경악하며 물었다. 브로드캐스트 드라이브 일대는 주택가라 톈징호텔에서 이눠중학교 도서관을 감시했던 것처럼 주변의 방을 빌려서 카메라를 설치하기가 불가능하다.

"드론으로 항공촬영하고 있죠."

아녜가 뒤쪽에서 손바닥만 한 크기에 네 장의 프로펠러 날개가 달린 회색 비행기를 꺼냈다.

"이런 것 몇 대를 두쯔위 집과 마주 보는 건물 창틀과 에어컨 실외기 위에 얹어놓았죠. 각도를 잘 맞추면 실내를 선명히 찍을 수 있습니다. 필요하다면 집이 비어 있을 때나 다들 잠들었을 때 실내에 가까이 접근해서 촬영할 수도 있을 겁니다. 드론은 비행할 때 소리가 나기는 하지만 깊이 잠들었다면 알아채기 힘들어요."

아이는 그제야 깨달았다. 조폭에게 납치됐을 때 아녜가 금발남을 위협하는 데 사용한 사진도 이런 방식으로 찍은 것이다. 아녜는 조폭의 집에 들어가지도 않고 과학기술을 이용해 잠든 사람의 근접 사진을 찍은 것처럼 꾸몄다.

"두쯔위의 방에 들어간 드론도 있어요?"

아이가 2번 모니터를 가리키며 물었다. 2번 모니터 화면은 딱 보아도 실내에서 찍는 영상이다. 방 안의 책장과 방문의 무늬까지 선명하다.

"아뇨. 그건 두쯔위의 노트북 렌즈에서 찍는 겁니다."

아녜가 무심한 목소리로 대답했다.

"필요하다면 두쯔위의 휴대폰 후면 카메라에서 화면을 전송받을 수도 있고…… 하지만 저 집은 창문이 많고 커튼도 잘 치지 않아서 드론 촬영만으로도 집 안 전부를 볼 수 있어요."

아이는 '준비를 마쳤다'는 아녜의 말이 가택침입 수준의 감시 상태일 거라고는 상상도 못 했다. 그녀는 두쯔위를 미행하고 매일 외출 시간 등을 파악하는 정도만 예상했다. 그런데 이런 수준의 영상이라면 아녜는 두쯔위가 방에서 옷을 갈아입는 장면도 다 보았을 것이다. 혹시 아녜가 이 기회에 자신의 관음증 욕구를 채우는 건 아닐까? 그러나 다시 생각해보면, 자신이 남의 생명을 빼앗으려는 것에 비하면 이 정도쯤이야 대수로울 것도 없다.

"두쯔위를 감시하는 것은 준비가 끝났군요. 그럼 다음 단계는 뭐죠?"

"내가 전에 말했던 것처럼 두쯔위가 그 선택지를 고를 만한 상황을 만들어야죠."

물론 '그 선택지'란 '자살'을 가리키는 말임을 아이도 잘 안다.

"어떻게 상황을 만들 거예요?"

"당신에게 가장 이상적인 것은 두쯔위가 당신 동생과 똑같은 상황에 놓이는 것일 테죠. 인터넷에 개인정보가 공개되고 누리꾼들의 악담이 쏟아지는……."

아녜가 잠시 말을 멈췄다가 다시 입을 열었다.

"하지만 오늘 당신을 부른 건 이 일 때문이 아닙니다. 저번에 내가 두쯔위의 가정사를 얘기해준다고 했죠?"

아이가 고개를 끄덕였다. 오빠를 만나 행복한 표정을 짓던 두쯔위를 떠올리자 아이는 심장이 바늘로 찔리는 듯한 고통을 느꼈다. 동생의 생명을 빼앗은 두 사람을 절대 용서하지 않을 것이다.

아녜는 작업대에 노트북을 올리고 키보드를 두드렸다. 화면에 사진 몇 장이 나타났다. 나이 지긋한 남자 사진과 며칠 전 목격한, 두쯔위와 함께 있던 젊은 남자의 사진이 많았다.

"이 사람이 두쯔위의 아버지입니다."

아녜가 화면의 사진 중 하나를 가리켰다. 오십대에 엄한 표정을 짓고 있는 검은 양복의 남자다.

"그는 건축회사 임원이죠. 이건 그의 회사 홈페이지에서 찾은 사진입니다. 지금은 출장 중인데, 덕분에 우리는 절묘한 복수의 기회를 얻었죠. 저 집에는 그와 딸 두쯔위 두 사람만 삽니다. 즉 다음 주에 그가 돌아오기 전까지 두쯔위는 혼자 집에 있습니다."

"두쯔위의 어머니는요?"

"몇 년 전에 집을 나갔어요."

아이는 호화로운 주택에 사는 부잣집 여자가 가정을 버리고 떠났다는 사실이 의아했다. 돈이 많으니 그렇게 제멋대로 살 수 있는 것이리라.

"그리고 이쪽이 바로 우리의 생쥐 씨."

아녜가 다른 사진을 가리켰다.

"공과대학 컴퓨터학과를 졸업하고 작은 회사에서 프로그래머로 재직 중. 혼자 살고 있음……."

아녜가 두쯔위의 오빠에 대해 설명하면서 빠르게 마우스를 클릭했다. 화면의 사진이 빠르게 바뀌면서 두쯔위 오빠의 여러 모습이 지나갔다. 그가 집을 나설 때, 지하철역에 들어갈 때, 회사가 있는 것으로 짐작되는 빌딩에 들어갈 때 등등. 아이는 사진 속에서 이상한 점을 발견했다.

"잠깐. 이 사진에 나온 찻집! 문에 단오절 포스터가 붙어 있어요. 단오는 2주 전이잖아요. 당신은 이틀 전부터 이 일을 시작한 거 아닌가요?"

"이건 내가 찍은 게 아닙니다."

"그럼 어디서 이런 사진을 손에 넣었어요?"

"어느 탐정사무소 컴퓨터에서 빌려온 겁니다."

"탐정사무소?"

"이번 일은 운이 많이 따라주더군요."

아녜가 씩 웃으며 말했다.

"그날 당신과 헤어지고 이 녀석 뒤를 밟아 사는 곳까지 갔죠. 그런데 거기서 재미있는 일이 벌어졌습니다. 누가 검은 차 안에서 망원렌즈로 이 녀석을 도촬하는 겁니다. 보자마자 동종업계 누군가가 이 녀석을 주시하고 있구나 했죠."

"네?"

"홍콩의 탐정사무소들은 대부분 나에게 협조를 구합니다. 차량번호가 눈에 익더군요. 어느 탐정사무소 차인지 바로 알았죠. 나와 함께 일했던 탐정사무소는 내가 컴퓨터 시스템에 침입하는 경로를 심어두었기 때문에 손쉽게 그들의 조사 결과를 열어볼 수 있습니다. 아까 본 사진은 그 탐정사무소에서 찍은 겁니다."

"누가 이 사람을 조사하라고 의뢰했을까요?"

"두쯔위의 아버지요."

아녜가 모니터를 톡톡 두들겼다.

"왜 자기 아들을 조사하는 거죠?"

"내가 언제 두 사람이 부자지간이라고 했습니까?"

"아버지와 아들이 아니에요? 그럼 두쯔위와 오빠는 혈연관계가 아닌가요? 지난번 전화통화 때는…… 아! 어머니는 같은데 아버지가 다른 남매군요?"

"두 사람은 아버지도 어머니도 같은 친남매예요. 두쯔위의 아버지는 친아버지가 아니고, 두쯔위는 사실 두씨가 아니죠."

아이는 이해할 수 없다는 표정을 지으며 아녜의 설명만 기다렸다.

"두쯔위의 어머니는 미용사였습니다. 열일곱 살 때 변변한 직업도 없는 남자를 만났는데 동거해서 아들 하나, 딸 하나를 낳았죠. 그 후 서른이 넘자 별 볼일 없는 남자에게 젊음을 낭비하고 있다는 생각이 들었는지 두씨 성을 가진 이 남자를 새로 만났습니다."

아녜가 모니터의 사진을 가리키며 말했다.

"10년 전 두쯔위의 어머니는 이 남자와 결혼했습니다. 다섯 살 난

딸을 데리고 말이죠. 아이 성도 의붓아버지 성으로 바꿨습니다. 그래서 '두쯔위'가 된 겁니다."

"그 여자는 아들보다 딸을 더 사랑했나 봐요. 그러니 두쯔위만 데리고 재혼했겠죠?"

아이는 '재혼'이라는 단어가 적확한가를 잠시 고민했다. 두쯔위의 친부와는 '동거'를 했다고 했으니 말이다.

"딸을 사랑했다면 집을 나갔겠습니까? 새로운 남자를 만나 결혼할 때 딸을 버리지 않은 것은 다 꿍꿍이가 있어서라고 봐요. 다섯 살짜리 귀여운 여자애를 데려가면 남편의 동정을 더 쉽게 살 수 있을 테니까. 그런 수법은 나도 쓸 것 같군요."

아녜가 코웃음을 쳤다.

"결혼생활은 5년도 안 되어 파경을 맞았습니다. 두쯔위의 어머니는 옛날에 그랬던 것처럼 쪽지만 남기고 다른 남자에게 떠났죠. 상대 남자는 주식시장의 투기꾼인데, 재산도 남편보다 적을 거고 생활도 안정적이지 않지만 적어도 남편처럼 답답하고 재미없는 남자는 아니었겠죠."

"그럼 두쯔위는……."

"의붓아버지와 같이 사는 수밖에요. 혈연관계는 아니지만 법률상으로는 그에게 두쯔위를 돌봐야 할 책임이 있으니까요."

아이는 두쯔위에게 이런 복잡한 가정사가 있을 줄은 생각도 못 했다.

"두쯔위 아버지는 탐정을 고용해 아내의 행방을 찾는 건가요?"

"두쯔위 어머니는 딸과 두 번째 남자를 버리기 몇 년 전에 아들을 버렸습니다. 아들이 그 여자 행방을 알 것 같습니까?"

아녜가 어이없다는 듯 웃었다.

"사실 배신당한 남편은 아내가 떠나고 몇 년이 지나서야 아들의 존재를 알게 되었습니다. 의붓딸이 친오빠와 몰래 연락하고 지냈다는 것, 게다가 최근 둘 사이가 더욱 친밀해졌다는 걸 알고 분명 기분이 좋지 않았겠지요."

"탐정사무소의 보고서를 보고 이런 정보를 알게 된 건가요?"

"아뇨. 두쯔위 집에서 일했던 가정부에게 들었습니다."

아녜가 또 다른 사진을 보여주었다. 오십대로 보이는 남아시아 사람이다.

"로잘리라고 하는데 홍콩에 온 지 20년이 넘었습니다. 광둥어를 잘하죠. 두쯔위 아버지가 결혼하기 전부터 파트타임으로 그의 가사를 돌봤고, 결혼 후에는 종일 그의 집에서 가정부로 일했다고 합니다. 작년에 해고된 뒤로는 호만틴에서 가정부로 일하고 있죠. 직업소개소를 통해 쉽게 이 여자를 찾을 수 있었습니다. 학교 직원으로 위장해서 두쯔위가 최근 정서불안 상태라며 가정 상황을 문의하러 왔다고 했지요."

아이는 아녜가 남의 가정사를 쉽게 알아낸 것이 놀라웠다. 그의 뛰어난 사회공학 기술로 볼 때 고명한 화술을 발휘해 가정부의 마음을 녹였으리라 짐작됐다.

"그런데 두쯔위가 아버지 몰래 오빠와 연락했다고요?"

"두쯔위가 마음을 터놓고 하소연할 가까운 사람은 오빠뿐이겠죠. 의붓아버지는 낯선 타인이고…… 두쯔위는 영리한 오빠의 영향을 많이 받은 것 같습니다. 당신 동생의 사건에서 오빠가 두쯔위의 '브레인' 역할을 했을 겁니다. 그랬으니 중학생인 두쯔위가 정체를 숨기고 정보를 수집하고 누리꾼을 선동하는 등의 일을 해낼 수 있었던 거죠."

아이는 무어라 정의하기 힘든 분노가 마음속 깊은 곳에서 솟구치는 것을 느꼈다. 그녀는 거기까지는 생각이 미치지 못했다. 7이 그릇된 편견과 비뚤어진 정의감으로 샤오원을 벌주려고 했다는 것은 그렇다 치지만, 생쥐가 나서지 않았다면 샤오원이 자살까지 하지는 않았을 것이다. 생쥐는 두쯔위의 오빠이며 성인이다. 그런 사람이 동생을 바른 길로 인도하려 하기는커녕 함께 음모를 꾸몄다. 자신의 전문지식을 이용해 동생이 정의라는 이름으로 악행을 저지르는 것을 도왔다. 생쥐가 한 짓은 절대 용서할 수 없다.

한편, 두쯔위의 가정사에 아이는 살짝 놀랐다. 우습게도 땅콩게시판 게시글에서 "원래 편모 가정이었는데 작년에 어머니가 돌아가셨고, 집에서 단속하는 사람이 없어지면서 성격이 더욱 나빠졌다"는 부분은 두쯔위 본인에게 더 어울리는 말이었다. 그런데 두쯔위 아버지는 왜 탐정사무소에 '오빠'에 대한 조사를 의뢰했을까? 오빠를 만나면서 딸이 나쁜 영향을 받는다는 것을 눈치챘기 때문일까? 아마 보통의 아버지처럼 뒷조사로 오빠의 약점을 잡은 다음 딸을 만나지 말라고 경고하려는 것인지도 모른다.

"그 필리핀 가정부가 두쯔위를 많이 걱정하더군요."

아녜가 의자 등받이에 기대며 말을 이었다.

"어렸을 때부터 자기가 키우다시피 했으니 엄마 같은 심정이 드나 봐요. 그녀가 계속 이 집에서 일했다면 두쯔위도 마음을 털어놓을 대상이 있었을 테니 지금처럼 심각한 사태까지는 오지 않았을지도……."

"지금 그런 이야기를 하는 의도는 뭐예요? 두쯔위의 잘못이 아니라는 말을 하고 싶은 건가요?"

반감을 느낀 아이가 목소리를 높였다.

"옳고 그름을 판단하는 것은 내 몫이 아닙니다. 나는 당신을 대신해서 복수를 실행할 뿐이죠."

아녜는 담담하게 대답했다.

"나는 당신이 두쯔위에 대해서 하나라도 더 알고 싶을 거라고 생각했지요. 어쨌거나 동생을 죽인 원수니까."

아이는 말문이 막혔다. 언제부터인지 그녀는 두쯔위가 어떤 소녀인지에는 관심을 잃고 말았다. 마치 일종의 부호나 기호처럼 죄악의 화신으로만 보였다. 아이는 오로지 두쯔위가 고통받기를 바랐고, 이 복수 계획에 어떤 의미가 있는지는 잊고 말았다.

'두쯔위가 어머니의 사랑을 받지 못하고 자랐다고 해서 나쁜 짓을 해도 되는 것은 아니야.'

아이는 속으로 생각했다. 그녀는 작은 동요를 빠르게 극복하고 모질게 마음을 먹었다.

한 시간 좀 넘게 두 사람은 묵묵히 화면 속 두쯔위를 관찰했다. 그사이 딱 한 번 아이가 다음 계획은 무엇이냐고 물었다. 두쯔위를 감시해서 얻은 정보를 어떻게 이용할 것인지 궁금했다. 하지만 아녜의 차가운 대답만 들었을 뿐이다.

"지루하면 집에 가요. 복수는 라면이 아니라서 3분 만에 결과가 나오지 않으니까."

아이는 입을 다물 수밖에 없었다. 그녀는 몰랐겠지만 아녜는 무표정한 얼굴 뒤로 수많은 계책을 떠올리고 있었다. 이미 알고 있는 사실과 앞으로의 상황을 연결해 복잡하게 얽힌 그물을 형성한다. 요 며칠 그의 머리는 앞으로 맞닥뜨릴 다양한 가능성을 계산하여 두쯔위와 스중난을 각각 감쪽같이 속일 음모를 꾸미느라 바빴다. 진실을 알아내는 것보다 타인을 함정에 빠뜨리는 것이 훨씬 어렵지만, 아녜는 후자를 더 좋아했다. 올가미를 설치할 때의 긴장감과 기대감은 미스터리를 풀 때보다 훨씬 재미있다.

삐삐.

아녜 앞에 있는 노트북에서 짧은 알림음이 들렸다.

"아, 왔군."

아녜가 몸을 일으켰다.

드디어 다음 행동을 개시하나 보다 생각하며 아이는 정신을 바짝 차렸다. 아녜가 차 문을 열었을 때 아이는 무엇이 '왔는지' 알았다. 차 앞에 텐징호텔에서 봤던 야지라는 남자가 서 있었다. 스타벅스 종이컵을 들고 선 그가 차 안의 아이에게 시선을 던졌다. 그러나 표정에 일말의 움직임도 없었다.

"오늘 밤도 잘 부탁해."

아녜가 차에서 나가며 야지에게 말했다.

"뭐 하는 거예요?"

아이가 급히 물었다.

"근무 교대."

아녜가 대답하는 사이, 야지는 이미 아녜의 자리를 차지하고 앉아 노트북에 몇 개의 명령어를 입력하기 시작했다.

"나 혼자서 24시간 감시를 어떻게 합니까?"

"그럼 나는……."

아이는 계속 남아 있어야 할지 고민스러웠다.

"밤새 있으려면 있어도 됩니다. 하지만 차에는 남성용 요강만 있으니까 볼일은 알아서 해결해요."

"잠깐……!"

아이가 몸을 일으키며 소리쳤다. 하지만 아녜는 냉정하게 차 문을 닫아버렸다. 차 안에 아이와 야지만 남았다. 아이는 아녜를 뒤쫓아가려고 했지만 문을 열 줄 몰라 씨름했다. 겨우 문을 열고 나왔을 때 아녜는 이미 멀어진 뒤였다.

"어우야이 씨, 문을 닫으십시오."

뒤에서 야지의 낮은 목소리가 들렸다.

"사람들 시선을 끌면 안 됩니다."

아이는 어쩔 수 없이 다시 차에 올라탔다.

아이는 아녜가 마뜩잖지만 적어도 같이 보낸 시간이 있어서 어떻게 대해야 하는지 안다. 하지만 야지는 딱 한 번 얼굴을 본 사람이다. 이렇게 협소한 공간에 잘 모르는 남자와 같이 있자니 몹시 어색했다.

"어우야이 씨."

갑자기 야지가 먼저 말을 걸었다.

"네, 네?"

"브로드캐스트 드라이브와 정선로가 교차하는 공원에 공중화장실이 있습니다. 필요하면 그곳을 쓰세요."

"아…… 고마워요."

야지는 말할 때 고개도 돌리지 않았다. 시선이 눈앞의 모니터에 못 박혀 있다. 처음이나 지금이나 로봇처럼 무표정한 사람이다. 하지만 아이는 짧은 대화로 이 건장한 남자에게 좋은 인상을 받았다.

손목시계를 보니 이제 겨우 저녁 6시 30분이다. 밀폐된 차 안에서는 시간 감각을 잃어버린다. 아이는 제자리에 앉아서 야지처럼 모니터 속 두쯔위를 관찰했다. 몇 번이나 야지에게 말을 붙여보려 했지만 그는 '방해하지 마시오'라는 분위기를 몸에 휘감고 있었다.

"저 사람은 누구예요?"

아이가 다른 모니터에서 현관문을 열고 들어오는 중년 여성을 보고 물었다.

"파트타임 가사 도우미. 요리를 합니다."

야지의 말에 군더더기라고는 없었다.

아이는 부엌에서 요리를 하는 가사 도우미를 쳐다보았다. 금세 요리 두 접시를 완성하고 두쯔위를 불렀다. 도우미가 밥을 푸기 시작했다. 요리 두 종류에 탕 하나가 차려진 밥상은 두쯔위 한 사람을 위한 것이었다. 예전 아이의 집에서라면 어머니와 동생, 자신까지 세 사람이 배부르게 먹을 만한 양이다. 먹는 것, 입는 것, 어느 하나 부족함 없이 생활하는 두쯔위가 이유도 없이 샤오원을 괴롭혔다는 생각이 들자 아이는 또다시 울화가 치밀었다. 사실 아이는 부자라는 이유로 사람을 미워해본 적이 없었다. 그러나 지금 이 순간만큼은 돈 있는 사람들에 대한 분노가 끓어올랐다.

두쯔위는 식사를 마치고 방으로 돌아가 컴퓨터를 조금 만지작거리더니 곧 다시 긴 의자에 기대어 책을 읽었다. 두쯔위의 일거수일투족을 이렇게 감시해서 대체 어떻게 하려는 것일까? 아이는 또다시 궁금증이 들었다. 이유도 알지 못한 채 계속 주시하고 있어야 한단 말인가?

"오늘은 더 진전이 없을 겁니다."

야지가 아이의 마음을 들여다보기라도 한 듯 말을 꺼냈다.

"진전이 없다니요?"

"오늘은 이만 돌아가도 손해 날 게 없으니 내일 다시 오세요."

야지는 무뚝뚝하고 말수가 적지만 아네보다는 정상으로 보였다. 적어도 일반적인 소통이 가능한 사람이다. 그녀는 야지가 자신을 속일 이유가 없다고 생각해 고개를 끄덕였다. 아이는 배가 고팠다.

오늘 월급을 받아 허리띠를 졸라매는 것도 끝이다. 죄인인 두쯔위도 저렇게 풍성한 식탁을 받는데, 아이는 한동안 라면으로 연명한 자신을 생각하니 억울했다.

"그럼 먼저 갈게요."

아이가 일어섰다. 그녀는 야지의 등 뒤를 지나면서 무심코 그의 앞 모니터를 보았다. 눈썰미가 좋은 그녀는 게시판 글 목록으로 보이는 그 화면에서 특별한 제목을 발견했다.

열네 살 소녀의 자살 뒤에 숨겨진 비밀?

"엇?"

아이는 저도 모르게 소리를 냈다.

야지가 왜 그러느냐 듯 그녀를 쳐다보았다.

"아…… 아무것도 아니에요. 안녕히 계세요."

아이는 겨우 웃는 얼굴을 만들어 야지에게 작별인사를 했다. 차에서 나와 곧장 러푸역으로 향했다. 그녀는 아녜와 함께 지내면서 그의 행동 양식을 어느 정도 파악하게 되었다. 그는 계획이 완성되기 전에는 절대 그 내용을 알려주지 않을 것이다. 그녀는 아녜의 복수 계획이 이미 시작되었다고 생각했다. 다만 아직 그녀에게 말해주지 않는 것뿐이다. 땅콩게시판의 그 글도 계획의 일부임이 분명하다. 야지는 아녜를 돕는 입장이니 그녀에게 우호적이긴 해도 일과 관련해서는 양보하지 않을 것이다. 그에게 물어보아도 답을 듣지 못할 것이 분명하다. 방금 발견한 글 제목에 대해서는 직접 알아보는 수밖에 없다. 아이는 멋진 저녁식사를 하려던 것도 잊고 곧장 집으로 향했다. 집에 도착하자 컵라면 하나를 끓여서 컴퓨터 앞에 앉았다. 땅콩게시판에서 '열네 살 소녀의 자살 뒤에 숨겨진 비밀?'이라는 제목의 글을 찾기 시작했다. 그러나 한 시간 꼬박 게시판을 뒤져도 그 글은 보이지 않았다.

땅콩게시판의 여러 카테고리를 뒤져보았다. 카테고리마다 첫 페이지에서 열 번째 페이지까지 넘겨보아도 소득이 없었다. 인기가 없어서 다른 글에 묻혀 뒤로 밀려났다고 해도 일주일 전의 글까지 보이는데 그 글은 보이지 않았다. 게다가 야지의 모니터에서 본 글 목록 화면은 분명히 게시판의 첫 페이지였다. 설마 디자인이 유사한 다른 포럼형 사이트일까? 하지만 아이는 땅콩게시판이 아닌 다른 사이트를 찾을 검색 능력이 없었다. 결국 찾기를 포기했다. 그녀는 내일 퇴근 후에 아녜를 찾아가 직접 물어보기로 했다. 아녜가 대답을 피하면 제대로 답할 때까지 물고 늘어질 작정이다.

다음 날은 전날의 조퇴 건 때문에 근무시간을 보충해야 했다. 아이는 도서관이 문을 닫는 밤 9시까지 일했다. 퇴근 후 아녜에게 전화를 걸었다. 그가 지금 브로드캐스트 드라이브에 있는지 확인할 참이었다. 그런데 아녜는 전화를 받자마자 다른 장소를 이야기했다.

"유이청 주차장 P2, M 구역."

"유…… 유이청?"

"P2, M 구역."

아녜는 그렇게만 말하고 전화를 뚝 끊었다. 아이는 황망히 길 위에 서서 생각했다. 아녜의 말은 '지금 유이청 빌딩 주차장에 있으니 이리로 오라'는 뜻일 것이다. 아이가 현장에 오기를 바라지 않았다면 명확한 지점을 이야기할 리 없다.

밤 10시가 다 되어서 카오룽통 유이청 주차장에 도착했다. 세 개 층에 주차 면수는 800면이나 되었다. 거의 만차에 가까웠지만 아이는 어렵지 않게 아녜의 포드 트랜싯을 발견했다. 아이가 차 옆에 도착하자 문이 저절로 열렸다. 어둑어둑한 차 안에 아녜가 보였다.

"왜 여기로 왔어요?"

차에 올라탄 아이가 물었다.

아녜는 대답 없이 2번 모니터를 턱짓으로 가리켰다. 차 안의 모니터 배치는 어제와 별다르지 않다. 대부분 창밖에서 두쯔위의 집을 찍고 있다. 다만 2번 모니터는 달랐다. 화면에 커피숍인 듯한 장소가 보였다. 영상에 찍힌 사람은 커피숍 소파에 앉아 책을 들고 있는 두쯔위다.

"두쯔위?"

"맞아요. 오후에 여기 와서 서점을 둘러보고 7시에는 푸드코트에서 한국식 돌솥비빔밥을 먹었죠. 그 후로는 저 커피숍에서 책을 읽고 있어요."

"이걸 어떻게 찍고 있는 거예요? 쇼핑몰에서 드론을 날리는 것은 아닐 텐데?"

"야지가 카메라를 들고 따라갔죠."

아이는 다시 화면을 쳐다보았다. 카메라는 탁자에 놓여 있는 모양이다. 화면 왼쪽에 초점은 흐리지만 커피 컵이 잡힌다.

"교대로 감시하는 거 아니었어요?"

"특수 상황이니까요."

아녜가 어딘지 부자연스러운 말투로 대답했다.

"두쯔위는 오후에 집을 나왔어요. 평소처럼 걸어서 러푸 쇼핑몰로 가지 않고, 유이청 쪽으로 가는 버스를 기다리더군요. 두쯔위가 어디로 갈지 정확히 알 수 없으니 어쩔 수 없이 나도 차는 놔두고 같은 버스를 탔습니다. 야지에게 연락해서 차를 가지고 나를 따라

오라고 하고요. 그런 다음 둘이서 역할을 바꾼 겁니다."

"두쯔위와 같은 버스를 탔다고요? 당신을 알아보면 어떡하려고!"

"변장을 했어요."

아녜가 어깨를 으쓱했다.

"하지만 솔직하게 말해서 내가 저 꼬마를 과소평가했어요. 열다섯 살밖에 안 된 여자애가 심한 압박감을 느끼면 대개 집 안에 처박혀서 고민하기 마련인데, 혼자서 밖에 나오다니. 게다가 바깥에 이렇게 오래 머무는 건 더욱 예상 밖입니다. 내가 대처할 수 있기는 하지만, 줄곧 내 예상을 벗어나는 것은 사실이죠."

"압박감? 무슨……."

아이는 질문을 하다가 스스로 깨달았다. 어제의 게시판 화면이 머릿속을 스쳐갔다.

"아! 땅콩게시판 새 글 때문에?"

아녜는 눈썹을 치켜올리고 아이의 표정을 살피더니 씩 웃었다.

"야지가 말했을 리는 없고, 어쩌다가 본 모양이군요?"

"네. '열네 살 소녀의 자살 뒤에 숨겨진 비밀?'이라는 제목을 봤어요. 당신이 어제 인터넷 여론으로 두쯔위를 괴롭힐 거라고 했으니 아귀가 맞는다고 생각했죠……."

아이는 작업대 위의 노트북을 옮겨와 아이 앞에 내려놓았다.

"이미 봤다고 하니 어쩔 수가 없군."

노트북 화면에 땅콩게시판에 올라온 '열네 살 소녀의 자살 뒤에 숨겨진 비밀?'이라는 글이 보였다. 글 내용은 두서가 없지만 슈퍼코난이라는 사람이 말하려는 내용은 분명했다. 샤오더핑에게 외조카가 없으니 kidkit727의 글에 다른 내막이 있으며, 누리꾼들은 그 글에 이용당한 것이라는 주장이었다. 다른 회원들이 슈퍼코난을 조롱하는 댓글이 한참 지나가고, 제로쿨이라는 사람이 나타나 깜짝 놀랄 만한 증거를 내놓았다. 그는 kidkit727의 하드디스크를 손에 넣었고 진상을 밝히기 위해 조사에 착수했다고 했다. 그의 글에는 많은 사람이 환호하고 지지를 보냈다. 제로쿨과 슈퍼코난은 비슷한 이야기를 한 셈인데 게시판 이용자의 반응이 천양지차다. 인터넷에서는 내용보다 태도가 중요시된다. 누리꾼은 잘 포장된 헛소리를 욕설이 섞인 충고보다 좋아했다.

두쯔위가 이 글을 보았다면 크게 당황했을 것이 분명하다.

"당신…… 당신이 제보자죠? 슈퍼 어쩌고 하는 사람에게 샤오더펑은 외조카가 없다고 알려준 사람이 당신이죠? 그리고 디스크를 찾았다는 사람은 당신과 함께 일하는 사람이고? 우연히 이런 일이 벌어질 리가 없어요. 한 사람이 사건에 의심을 품은 것과 동시에 또 다른 사람이 증거를 제공한다니……."

"틀렸습니다, 어우야이 씨."

아녜가 화면 속 게시판을 가리키며 말했다.

"나는 제보한 적이 없어요. 그리고 하드디스크를 손에 넣은 사람도 나와 함께 일하는 사람이 아니고. 이 글은 전부 내가 쓴 겁니다."

아이는 순간적으로 그의 말을 이해하지 못했다.

"전부?"

"네. 슈퍼코난도 나, 제로쿨도 나, 이 글에 달린 댓글들 전부 다 내가 쓴 겁니다."

"땅콩게시판을 해킹했군요? 근데 남의 계정을 도용해서 이렇게 많은 댓글을 달면 들키지 않나요?"

아녜가 노트북을 몇 번 두드리니 화면에 새로운 브라우저 창이 떴다.

"직접 비교해보세요."

새 창도 땅콩게시판이었다. 그런데 약간의 차이가 있었다. 새로
연 땅콩게시판에는 '열네 살 소녀의 자살 뒤에 숨겨진 비밀?'이 없
다. 똑같은 글 목록인데 원래의 창에서는 그 제목이 '월수입 1만으
로 집 사기'와 '[영상] 홍콩대학 중국어과 퀸, 주정하는 장면' 사이에
있었다. 그런데 새로 열린 창에서는 '⋯⋯집 사기' 아래 바로 '⋯⋯
주정하는 장면'이 있다.

"없어⋯⋯?"

"이건 애초에 존재하지 않는 글입니다. 위조한 거죠."

"위조라고요? 그러면 샤오더핑에게 외조카가 없다는 것을 아는
사람도, 해커라면서 하드디스크를 찾았다는 사람도 다 거짓말이에
요?"

"네, 거짓말입니다."

아녜가 고개를 끄덕였다.

"하지만 두쯔위에게는 진실이죠."

아이는 의아한 표정으로 아녜를 바라보았다.

"중간자 공격이라는 것, 기억합니까?"

아이는 전에 커피숍에서 옆자리 여자의 태블릿에 살인 토끼를
나타나게 했던 일을 떠올렸다.

"두쯔위의 집 와이파이를 해킹해서 가짜 게시판을 보여주는 거
군요!"

"맞습니다."

"어떻게 와이파이를 해킹한 거죠? 와이파이 플랫폼으로 위장하
는 거라면 원래의 신호보다 강해야 한다고⋯⋯."

"이번에는 와이파이 플랫폼으로 위장한 게 아니라 두쯔위의 집 와이파이를 '점령'한 겁니다."

아네가 엄지손가락으로 작업대 위의 드론을 가리키며 설명을 이어갔다.

"드론에 무선 인터넷 장치를 설치해서 두쯔위의 와이파이 라우터에 침입했지요. 두쯔위의 방 바깥에 있는 에어컨 실외기 위에 드론을 착륙시키면 집 안의 와이파이 신호를 잡을 수 있습니다. 그때 원격으로 공격하는 거지요. 와이파이 라우터는 허점이 많습니다. WPA2*를 쓰고 비밀번호로 보안을 해도 사용자가 편리함 때문에 WPS**를 쓰기 시작하면 해커가 보안 확인을 피할 수 있죠. 한두 시간만 더 쓰면 와이파이 보안을 깰 수 있어요. 그런 다음에는 폭력적인 방법으로 라우터의 관리 시스템에 들어가기만 하면 됩니다. DNS***를 내가 설치한 가짜로 지정하면 두쯔위 집의 모든 컴퓨터를……."

아네는 말하다 말고 아이의 멍한 표정을 보며 웃어버렸다. 그는 설명을 포기했다.

"어쨌거나 나는 지금 두쯔위 집과 진짜 인터넷 사이의 중간자가 되어서 보는 것, 듣는 것 전부를 통제합니다. 반대로 두쯔위가 인터넷에 글을 쓰거나 메일을 보내는 등의 행위도 다 가로채서 수정할 수 있지요."

"그건 그렇다 치고, 왜 이렇게 하는 거예요? 누리꾼을 선동해서 인터넷상의 여론몰이를 하려면 가짜 신분을 가지고 글을 올리면

---

* Wi-Fi Protected Access. 무선 인터넷 보안의 표준을 의미한다. WPA2란 2세대 표준이다.
** Wi-Fi Protected Setup. 사용자가 편리하게 무선 장치를 이용해 라우터에 연결하기 위한 표준 설치.
*** Domain Name System. 인터넷 주소와 IP 주소를 옮긴 것.

되는 거 아닌가요?"

"몇 가지 이유가 있지만, 가장 중요한 것은 당신의 의뢰를 빠르게 해결하기 위해서입니다. 여론몰이가 그렇게 쉬운 줄 알아요? 대중을 상대로 생각을 조종하려고 하면 쉽게 문제가 생길 수 있고, 긴 시간을 들여 전략을 짜야 합니다. 하지만 한 사람의 정신을 뒤흔드는 것은 쉽죠. 그 사람이 접하는 모든 정보를 통제할 수 있으면 그 사람의 생각과 감정도 통제할 수 있습니다."

아이는 커피숍에서 들은 말이 다시 생각났다. 그는 한 시간만 주면 옆자리 여자의 생각과 행동까지 조종할 수 있다고 했다.

"하지만 두쯔위가 접하는 모든 정보를 완벽히 차단할 수 있나요? 두쯔위가 가짜 게시글을 보면 당연히 오빠에게 전화하지 않겠어요? 그러면 바로 들통날 텐데요."

"전화할 수 없어요."

"왜요?"

"중간자 공격은 와이파이에만 국한되지 않으니까요."

아녜가 의자를 돌리고 금속 프레임으로 짠 수납장으로 손을 뻗었다. 그리고 도시락 크기만 한 상자를 톡톡 두들겼다.

"이것은 IMSI* 인터셉터Interceptor라는 장치인데, 보통은 '노랑가오리Stingray'라고 불립니다. 모바일 네트워크 기지국으로 위장하는 장치죠. 일정 범위 내의 휴대폰 신호를 중간에서 가로챕니다. 노랑가오리라는 것은 미국 회사 해리스 코퍼레이션**에서 만든 상품명인데, 이런 장치를 최초로 만든 곳이어서 다른 회사에서 만든 비슷한 장치의 통칭으로 쓰이죠."

"모바일 네트워크 기지국? 그럼 두쯔위의 와이파이 외에도 누구에게 전화를 거는지, 누구의 전화를 받는지, 전부 당신 마음대로 조종한다고요?"

"당신이 한 번에 이해하는 경우도 다 있군요."

"이런 장치를 시중에서 살 수 있다는 말이에요? 너무…… 위험한 거 아닌가요? 휴대폰을 도청할 수 있는데!"

"살 수 있죠. 다만 일반인은 불가능하고 정부나 군대, 경찰에서 씁니다."

아녜가 잠시 말을 멈췄다.

"물론 해커와 범죄자도 쓰지요. 하지만 내가 쓰는 장치는 산 게 아니라 직접 만든 거예요."

"야지가 만들었어요?"

아이는 야지가 컴퓨터 판매점을 운영한다는 것을 기억했다.

"부품은 야지가 조달했지만 펌웨어°는 내 스승님이 만들었습니다."

"스승님?"

아이는 펌웨어가 무엇인지 몰랐지만, 펌웨어보다 아녜의 '스승님'이 궁금했다.

"나를 해커의 길로 인도해준 사람입니다. 통신 보안의 허점을 뚫는 실력이 뛰어나지요."

"이게 정말로 전화를 가로챘다고요?"

아이는 조그만 상자에 그런 기능이 있다는 게 의심스러웠다. 그녀는 현대 과학기술이 그렇게 장난스럽지는 않을 거라고 생각했다.

° 하드웨어를 통제하기 위해 사용하는 소프트웨어로, 특정한 장치에 맞춰 프로그래밍한다.

"아니면 내가 당신 휴대폰 번호를 어떻게 알았겠습니까?"

"네?"

"당신이 우리 집 근처에 올 때마다 이 장치 덕분에 알 수 있었죠."

아이는 아녜의 집을 찾아갈 때마다 그가 자신의 행적을 다 알고 있었던 사실이 떠올랐다. 게다가 어제도 오늘도 이 차에 그녀가 다가오면 아녜는 미리 지켜보고 있었다는 듯 차 문을 열어주었다.

"내 휴대폰의 신호를 가로챘다는 거예요?"

"나는 우리 집 근처의 '모든' 휴대폰 신호를 잡아냅니다."

아녜는 아무렇지도 않게 말했다.

"집 건물과 주변 세 곳의 빌딩에 노랑가오리와 연결되는 안테나를 설치했죠. 그래서 이웃 사람 모두의 휴대폰 번호를 알고 있습니다. 낯선 번호가 범위 내에 들어오면 1분 안에 내 컴퓨터에서 자동으로 번호를 기록하죠. 당신이 처음 우리 집에 왔을 때는 남긴 정보를 가지고 그 후로 당신이 우리 집 반경 100미터 내에 들어오면 나에게 자동으로 알려줍니다. 신호의 강약에 따라서 당신이 거리에서 어느 위치에 있는지도 알 수 있죠."

"위치도? 어떻게 그게 가능해요?"

"삼각측량법이라는 원리입니다. 위성항법과 같죠. 뭔지 알고 싶으면 직접 책을 찾아 읽어요."

아이는 반신반의하면서도 그의 말이 근거 없는 소리는 아니라고 생각했다. 아녜는 그녀가 집 근처에 온 것을 몇 번이나 알아차렸다. 또 자신을 감시하던 조폭들의 움직임, 심지어 그들의 개인적인 정보도 알고 있었다. 아녜는 한 사람의 휴대폰을 손에 넣거나 일종의 수작만 부려두어도 온라인 세상의 그 사람을 완전히 지배하는 것도 가능하다고 말한 적이 있다. 그것과 비교하면 신분을 알아내고

개인정보 몇 가지를 장악하는 정도야 어린애 장난인지도 모른다. 그날 문신남을 협박하는 데 사용한 침대 사진도 이런 방법으로 손에 넣었을 것이다.

"두쯔위가 오빠에게 전화하는 것, 오빠가 두쯔위에게 전화하는 것 둘 다 저지할 수 있다고 했지만 서로 연락이 안 되면 이상하게 생각하지 않을까요? 설마 상대방 목소리를 흉내 내서 통화할 수 있는 것은 아니죠?"

"목소리 변조 장치도 있죠. 하지만 개인만의 어조나 발음 등을 똑같이 따라 하기는 어렵기 때문에 익숙한 사람이 들으면 금방 이상하다는 걸 눈치챌 겁니다."

아녜는 모니터 속에서 여전히 책을 읽고 있는 두쯔위를 힐끗 쳐다본 다음 말을 이었다.

"하지만 현대인은 이미 메신저 앱으로 소통하는 데 익숙합니다. 그게 나에게 큰 도움이 되었죠."

아녜가 작업대 위의 노트북 화면에 라인과 비슷한 메신저를 띄웠다. 두 사람이 주고받은 대화가 나타났다. 아이는 처음에 무슨 상황인지 어리둥절했다. 하지만 두어 단락 읽고는 이것이 두쯔위와 그녀의 오빠가 나누는 대화라는 것을 알았다.

"두쯔위와 오빠 사이의 대화예요?"

"맞습니다. 하지만 여기서 '오빠'는 바로 나지요."

아녜가 교활하게 웃었다.

"이런 것도 할 수 있어요?"

아이가 경악했다.

"어떻게?"

"어휴, 내가 처음부터 설명하지 않으면 당신은 고장난 녹음기처럼 '왜' '어떻게'만 반복하겠군요."

아녜가 고개를 절레절레 흔들며 말했다. 무시하는 듯한 어조였지만 기분 나쁠 정도는 아니었다.

"우리가 학교를 두 번째 방문한 다음 날 나는 브로드캐스트 드라이브에 가서 사전조사를 시작했습니다. 두쯔위의 집 위치를 확인하고 저녁에는 드론을 통해 집 안의 감시 영상을 찍기 시작했고, 와이파이에도 침입했죠. 동시에 노랑가오리를 써서 주변의 모든 휴대폰 신호를 잡아서 두쯔위의 휴대폰을 골라냈죠. 여기까지가 준비 작업입니다."

아녜가 노트북에 명령어를 입력한 다음 아이에게 화면을 보여주었다.

"그제 아침 노랑가오리를 통해 두쯔위에게 문자 메시지를 보냈죠."

이눠중학교 도서관에서 알려드립니다. 대출한 책『１３．６７』을 기한 내에 반납해주십시오. 반납 기한을 연장하거나 대출기록을 확인하려면 아래 링크를 클릭하세요. http://www.enochss.edu.hk/lib/q?s=71926

"이게 뭐예요?"

"이눠중학교 도서관의 책 반납 통보문입니다. 물론 가짜죠. 목적은 두쯔위가 여기 이 링크를 누르게 유도하는 거고요."

"링크를 누르면 어떻게 되나요?"

"나는 이눠중학교 홈페이지에 이미 손을 써두었습니다. 두쯔위가 휴대폰에서 이 링크를 열면, 브라우저가 어느 서버기에 연결되고 두쯔위의 휴대폰에는 가짜 소프트웨어가 설치됩니다."

"가짜 소프트웨어?"

"마스크 공격Masque Attack이라고 하는 것인데, 진짜 앱을 겉으로는 똑같아 보이지만 사실은 악의적으로 변형된 가짜 앱으로 바꾸는 겁니다."

아녜가 태블릿을 들고 화면에 나타난 라인 앱 화면을 가리켰다.

"이 화면과 진짜 앱은 거의 구분이 안 됩니다. 앱을 열었을 때의 모양이나 기능도 똑같죠. 일반인은 절대로 그게 가짜 앱이라는 걸 알 수 없어요. 두쯔위는 자기 휴대폰에 설치된 가짜 라인에 접속했고, 나는 그녀가 과거 주고받은 모든 대화 기록을 손에 넣었습니다. 두쯔위가 새 메시지를 발송하면 내 컴퓨터에서 그걸 중간에 가로채죠. 그렇게 해서 내가 대화 상대인 것처럼 위장할 수 있습니다."

"중간자 공격의 원리와 비슷하군요?"

"그렇죠."

아녜가 눈을 깜빡였다. 아이가 '중간자 공격'이라는 용어를 쓰는 게 우스운 모양이다.

"인터넷은 '문자'가 주요한 소통 수단입니다. 그 방식에 익숙해지면 사람들은 그 전자신호 뒤에 있는 것이 진짜인지 가짜인지 의심하지 않게 되죠. 즉 글자 뒤의 사람이 정말로 자기가 생각하는 그 사람인지는 모른다는 겁니다. 그래서 요즘 인터넷 사기가 많이 늘어나게 된 거고요."

"그렇지만 두쯔위가 받은 문자는 가짜 통보문인데 의심하지 않을까요?"

"땅콩게시판에 했던 것처럼 가짜 이눠중학교 게시판을 만들었습니다. 다른 학생도 비슷한 오류 문자를 받은 것처럼 글을 올려놓았죠. 게다가 그날 우리가 도서관에서 유서를 찾은 일로 벌인 소동에 대해 궁금해하는 글도 만들었거든요. 당신 동생 일을 언급한 글을 보면 책 반납 통보문 같은 데는 신경 쓰지 않겠죠."

아녜는 두쯔위만 보게 될 가짜 게시글의 신뢰성을 높이기 위해 이뉘중학교 시스템 기록을 뒤져 그날 도서관에서 프린터를 사용한 고학년 학생을 찾아냈다. 그중 바둑부 부장이 있었다는 것을 알아낸 다음 그 학생으로 위장해 글을 남겼다. 사실상 두쯔위가 그 글을 보자마자 당장 오빠에게 연락하지 않은 것이 의외였다. 한편으로는 그 덕분에 두쯔위와 오빠의 신뢰관계가 생각보다 두텁다는 것을 확인했다. 아녜는 이 사실을 바탕으로 다음 단계를 조정했다.

"나는 두쯔위가 도서관의 그 소동을 언급한 글을 무시할 수 없을 거라고 생각했습니다. 혹시 누군가 끼어들어 유서와 관련된 일을 추가적으로 이야기하지 않을까 주시할 거라고요. 예를 들어 공주 같은 아이가 댓글을 달 수도 있으니까요. 그러니까 그건 두쯔위를 유혹하는 미끼인 셈이죠."

아녜가 설명을 계속했다.

"이튿날 나는 또 다른 학생의 이름을 빌려 땅콩게시판의 가짜 글을 링크했습니다."

"그러자 두쯔위가 미끼를 물었고, 자신의 악행이 밝혀졌다고 여겼겠군요……."

아이도 복수 계획의 전말을 이해하기 시작했다.

"두쯔위는 어제 슈퍼코난의 글을 읽었고, 오늘은 제로쿨이 하드디스크 파일을 손에 넣었다는 것을 알게 되었죠. 그리고 당신은 가오리인가 뭔가를 써서 두쯔위가 오빠에게 연락할 일체의 가능성을 차단했고……."

아이는 모니터 속 두쯔위를 바라보았다. 이제 평온하게 책을 읽는 두쯔위의 얼굴에서 미세한 불안감과 고민을 감추려고 애쓰는 표정을 읽어낼 수 있었다.

"잠깐."

아이가 갑자기 뭔가 생각난 듯 말했다.

"두쯔위는 지금 집 바깥에 있어요. 그러면 진짜 인터넷에 접속할 수도 있는 거 아닌가요? 만약 땅콩게시판에 그 글이 없다는 것을 발견하면? 혹은 오빠가 지금 두쯔위에게 전화하면? 아녜, 그 가오리의 안테나가 커피숍에 있는 두쯔위의 휴대폰 신호도 잡을 수 있어요?"

"그래서 야지가 지금 커피숍에 있는 겁니다."

아녜가 모니터를 가리켰다.

"야지의 배낭에 성능이 좀 떨어지는 노랑가오리가 들어 있습니다. 반경 10미터의 휴대폰 신호를 잡을 수 있죠. 그리고 와이파이 플랫폼으로 위장이 가능한 노트북도 갖고 있고요. 중간자 공격을 유지하고 두쯔위를 고립시키기 위해서. 물론 두쯔위가 갑자기 커피숍의 공용 컴퓨터로 인터넷에 접속하거나 공중전화로 오빠에게 전화하면 문제가 생기겠죠. 그때는 야지가 그러지 못하도록 방해하는 수밖에 없지만, 그런 일이 생길 가능성은 거의 없다고 볼 수 있습니다. 자기 휴대폰에 문제가 있다고 의심조차 하지 않으니까요. 요즘 누가 자기 휴대폰을 두고 공중전화를 씁니까? 게다가 잔돈을 갖고 다니는 사람도 없어요. 다들 바다퉁이나 모바일 페이 앱을 쓰죠."

아녜는 두쯔위가 유이청으로 온 것이 의외였다고 말했지만 그런 상황에도 대비책은 있었던 셈이다. 아녜가 설명을 계속했다.

"현재 두쯔위는 심하게 불안한 상태는 아닙니다. '오빠'인 내가 라인으로 걱정할 거 없다고 했으니까요. 하지만 속으로는 상당히 동요했을 겁니다. 지금 진짜 오빠는 아무것도 모르고 일하느라 눈코 뜰 새 없이 바빠요. 동생에게 닥친 일을 당장은 눈치채지 못할 겁니다. 이렇게 해서 기본적인 무대가 완성되었습니다. 이제 다음 단계로 넘어갈 겁니다."

"다음 단계?"

"참여하고 싶으면 오늘 밤에는 집에 가지 마요."

아녜가 교활한 표정을 지었다.

아이는 오늘 밤 반드시 남아 있어야겠다고 생각했다.

얼마 후 모니터 속의 두쯔위가 책을 덮고 일어났다. 화면도 흔들리는 것을 보니 야지가 두쯔위를 따라 커피숍을 나서는 모양이다. 두쯔위는 버스정류장에서 버스를 기다렸다. 화면상으로 볼 때 야지는 두쯔위보다 앞쪽에 줄을 섰고 둘 사이에 한 사람이 더 있는 듯하다. 버스 정류장에는 브로드캐스트 드라이브로 가려는 사람들이 꽤 많다.

아이는 야지와 아녜가 대단하다는 생각이 들었다. 보통은 미행자가 미행 대상보다 뒤에 서기 마련이다. 그러나 야지는 오히려 두쯔위 앞에 섰다. 아이가 보기에 이런 행동은 두 가지 장점이 있다. 첫째, 줄을 선 사람들이 버스에 오르던 중간에 만석이 되는 경우다. 야지가 두쯔위 뒤에 서 있다면 두쯔위만 버스에 오르고 야지는 타지 못할 수 있다. 반대로 야지가 앞에 서면 다음 승객에게 순서를 양보한다거나 하는 방법으로 두쯔위와 같은 버스를 타는 것이 가능하다. 둘째, 미행당하는 사람은 자기보다 앞에 있는 사람이 자신을 미행하리라고는 추호도 생각하지 못한다. 야지는 대담하게도 두쯔위의 행동을 한발 앞서 예측해 버스정류장에서 먼저 줄을 섰다.

"우리도 출발합시다."

아녜가 일어나 차 앞쪽으로 이동했다. 아이는 그제야 장비 수납장 옆에 운전석으로 통하는 좁고 길쭉한 미닫이문이 있다는 것을 발견했다. 아녜는 문을 열고 운전석으로 건너갔다.

"거기서 계속 보고 있어요."

아녜가 운전석에 앉아 뒤돌아보며 말했다. 곧 미닫이문이 닫혔다.

차가 흔들려도 아이는 신경 쓰지 않았다. 오로지 두쯔위만 관찰했다. 야지와 두쯔위가 버스를 탔고, 각자 버스 앞쪽과 뒤쪽에 앉았다. 15분 후 아녜는 차를 다시 브로드캐스트 드라이브의 정차 위치에 세웠다. 야지는 아직 버스에 있다. 몇 분 후 두쯔위가 차에서 내렸지만 야지는 꼼짝 않고 버스에 앉아 있었다.

"두쯔위가 이쪽 장치의 범위 내에 들어왔어요."

아녜가 아이에게 설명해주는 것처럼 말했다.

아이도 야지가 왜 따라 내리지 않는지 이해했다. 두쯔위가 탄 것은 미니버스라 일반 버스와는 좀 다르다. 승객은 내리고 싶을 때 운전기사에게 내리겠다고 말하면 된다. 두쯔위가 "내려요"라고 말한 뒤에 야지가 따라 내리면 그녀의 주의를 끌 수 있다.

5분 후 집 안 감시 영상에 두쯔위의 모습이 나타났다. 그와 거의 동시에 야지도 '이동 기지'로 복귀했다.

"고생했어, 이쪽까지 신경 쓰고."

아녜가 야지의 배낭을 받아 들며 말했다. 원래는 이날 저녁 아녜가 두쯔위를, 야지가 스중난을 감시할 차례였으나 두쯔위의 행동 때문에 아녜가 한쪽을 포기해야 했다.

"괜찮아."

야지는 늘 그렇듯 평이한 어조로 대답했다. 사실 야지에게는 오늘과 같은 미행 임무가 재능을 십분 발휘할 수 있는 일이다. 야지가 원래 감시하기로 했던 놈은 요 며칠 회사에서 야근하거나 집에 틀어박혀 서류 준비에 몰두할 뿐이다.

아이는 야지와 아녜의 관계가 짐작되지 않았다. 야지는 아녜에게 늘 정중하다. 하지만 그것은 단지 동료에 대한 예의일 것이다. 그녀는 라이지 국숫집 주인이 아녜를 언급할 때의 표정을 떠올렸다. 모 탐정이 아녜를 대하던 태도도 생각났다. 사실 아이가 겪어본 아녜는 비범한 능력을 갖추었지만 상대방을 기분 잡치게 하는 짜증스러운 인간이었다. 그녀로서는 그 사람들이 이 괴상한 남자와 어떻게 신뢰관계를 맺었는지 이해하기 어려웠다.

야지가 떠난 뒤 아녜가 입을 열었다.

"의자 등받이를 뒤로 조절할 수 있으니 먼저 눈 좀 붙여요."

"눈을 붙이다니요? 다음 단계를 진행한다고 하지 않았어요?"

"아직 시간이 일러요."

아녜는 작업대 아래에 있는 비닐에서 영양바를 하나 꺼내고 다시 노트북에 시선을 고정했다.

아이는 뭐가 이르다는 건지 알 수 없었지만 일단 눈을 붙이기로 했다. 차 안은 어두웠고 연일 정서적으로 기복이 심했던 탓에 몹시 피로한 터였다. 모니터 속 두쯔위를 바라보는 사이 어느새 눈꺼풀이 내려왔다.

얼마 후 누군가 왼쪽 어깨를 흔드는 느낌에 천천히 잠에서 깨어났다. 눈을 뜨니 아녜의 얼굴이 보였다. 그는 아이가 잠들기 전과 같은 모습으로 왼쪽 의자에 앉아 있었다. 생각보다 너무 빨리 깨워서 의아했다. 그런데 손목시계를 보니 시침이 3을 넘어가 있었다. 그녀는 거의 네 시간을 잔 것이다.

"잠, 깼습니까?"

아녜의 물음에 아이는 눈을 비비며 주변을 둘러보았다. 감시 화면은 여전히 두쯔위의 집을 비추고 있다. 다만 컬러였던 화면이 옅은 초록색의 모노톤으로 변했고, 두쯔위의 방을 찍는 3번 모니터도 그랬다.

"이제 시작해요?"

아이가 물었다.

"네."

"뭘 어떻게 할 건데요? 집 안에 잠입할 건가요?"

"아뇨. 전화를 할 겁니다."

"전화?"

"한밤의 장난전화."

아이는 잠기운이 싹 달아났다.

"장난전화? 나더러 남아 있으라고 한 게 유치한 장난질 때문이에요?"

"장난질은 맞지만, 절대 유치하지 않은 겁니다."

아녜가 어깨를 으쓱했다.

"어떻게……."

"질문 그만."

아녜가 그녀 앞에 마이크를 설치한 다음 키보드를 몇 번 두드렸다. 3번 모니터 안에서 침대에 누운 두쯔위가 갑자기 몸을 뒤척였다. 그녀가 손을 뻗어 머리맡에 둔 휴대폰을 집어들었다.

"적외선 렌즈로는 이 정도밖에 찍을 수 없어요. 감안하고 봐요."

아이는 화면이 초록색으로 보이는 이유를 그제야 알았다.

"여보세요?"

두쯔위의 목소리가 컴퓨터 스피커를 통해 들려왔다. 아이는 긴장한 표정으로 아녜를 보며 손짓으로 이제 어떡하느냐고 물었다.

"마이크 전원 단추만 누르지 마요. 그러면 우리 소리는 저쪽에 안 들립니다."

아녜가 웃음을 참으려 했다. 하지만 말투에서 이미 아이의 우스운 꼴을 놀리고 있다는 게 다 드러났다.

"첫 번째 전화니까 말을 하지 않는 게 좋겠죠."

"여보세요?"

스피커에서 다시 두쯔위의 목소리가 들렸다. 그때 아녜가 키보드를 눌렀고 스피커에서 '뚜' 소리가 들렸다. 전화가 끊겼다.

"이제 당신이 나설 차례입니다."

아녜는 두쯔위가 휴대폰을 내려놓는 것을 보고 다시 키보드를 눌렀다. 그러면서 마이크를 가리켰다.

"내 목소리를 알아차리면……."

아이가 망설였다.

"기계로 음성변조를 하니까 들킬 일은 없어요."

두쯔위가 다시 전화를 집어들었다. 스피커에서 "여보세요?" 소리가 들렸다. 조금 불쾌해하는 목소리다.

"무슨 말을 해요?"

아이가 마이크를 쥐고 손가락을 스위치 위에 얹은 채 물었다.

"하고 싶은 말 아무거나. '샤오원'을 언급한다거나 당신 정체를 들킬 만한 말만 안 하면 됩니다. 짧으면 짧을수록 좋죠."

아이는 망설이다가 마이크 전원을 켰다. 무슨 말을 할지 아무 생각도 나지 않았다. 그러나 '하고 싶은 말 아무거나'라는 아녜의 말이 마치 주문처럼 그녀를 움직였다. 아이는 입술을 꼭 깨물었다가 짧은 한마디를 내뱉었다.

"살인자……!"

아녜는 곧바로 키보드를 눌러 전화를 끊었다. 그의 얼굴에 아이를 칭찬하는 듯한 미소가 커다랗게 걸려 있었다. 아이는 화면 속 두쯔위가 얼어붙은 채 꼼짝도 못 하는 것을 보고 자신이 얼결에 한 말이 만족스럽게 여겨졌다. 그녀는 동생을 죽인 자에게 자기 입으로 살인자라고 말해주고 싶었다는 것을 깨달았다.

"잘했어요. 하지만 좀 부족해. 이번엔 상스럽게 한번 해봅시다."

아녜가 마이크를 가져가더니 세 번째로 키보드를 눌렀다.

"누구야? 뭘 어쩌려는 거야? 또 전화하면 경찰에 신고하겠어!"

두쯔위의 불안감이 스피커를 타고 좁은 차 안에 메아리쳤다.

"미친년! 킥킥."

아녜가 저질스러운 말투로 욕설을 던지고는 두쯔위가 뭐라고 반응하기 전에 전화를 끊었다.

아녜가 연이어 네 번째, 다섯 번째로 키보드를 눌렀지만 두쯔위는 전화를 받지 않았다. 나중에는 아예 휴대폰을 꺼버렸다.

"게임 오버."

아녜가 웃으면서 어깨를 으쓱거렸다. 잔뜩 신난 아녜의 모습에 아이는 조금 짜증이 났다. 하지만 의아함이 그보다 앞섰다.

"이런 장난전화는 왜 하는 거예요?"

"화면을 봐요."

아이가 고개를 돌려 모니터를 쳐다봤다. 두쯔위가 침대 구석에 이불을 돌돌 말고 웅크려 있다. 충격이 심했던 모양이다. 아이는 두쯔위가 이렇게 공포를 느낄 거라고는 생각하지 못했다.

"보통 사람은 한밤중에 장난전화를 받으면 기분이 나쁜 정도겠지만 저 애는 그 정도가 아니에요. 아무 죄가 없으면 밤에 문 두드리는 소리가 나도 두려울 게 뭐 있겠습니까? 저 애는 자신의 죄를 알기 때문에 우리가 문만 두드려도 마음에 균열이 생기는 것이죠. 그리고 이 전화는 다음 단계의 도입부예요."

"도입부?"

아녜가 키보드를 몇 번 두드리고 노트북 화면을 아이에게 보였다. 화면에 가짜 땅콩게시판이 떠 있다. '열네 살 소녀의 자살 뒤에 숨겨진 비밀?'이라는 글에 댓글이 몇 개 새로 달렸다.

> — 세상에, 전화번호까지 있어! 전화해본 사람?
>
> — 나! 여자더라! 다들 걸어봐!
>
> — (……)

"두쯔위가 이 댓글을 보고 장난전화가 온 이유를 알겠지요."

아녜가 컴퓨터 터치패드를 건드려서 화면을 움직였다.

"그리고 이것까지 더하면 누리꾼들이 당신 동생을 자살하게 한 kidkit727에게 말할 수 없는 동기가 숨겨져 있음을 다 알고, 게다가 자기 정체가 곧 밝혀질 거라고 생각하게 될 겁니다."

위조된 댓글들 위의 한 댓글을 보자 아이는 불쾌한 기억이 떠올랐다.

kidkit727이 2015-07-04 03:09에 쓴 글 :

re: 열네 살 소녀의 자살 뒤에 숨겨진 비밀?

나 zerocool이다. 압축이 풀린 파일 중에서 이 계정의 비밀번호를 찾았다.

이 자식이 그 사건과 관련이 있는 건 백 퍼센트 확실해.

"이거…… 이것도 가짜 댓글이죠?"

"물론."

"하지만 두쯔위가 kidkit727의 로그인 기록을 확인해보면 어떡해요? 아니면 자기가 직접 kidkit727 계정으로 로그인한다거나……."

"가짜 게시글도 만들었는데 다른 페이지도 다 만들 수 있지 않겠습니까? 로그인 기록 화면도?"

아녜가 눈썹을 찌푸렸다. 아이의 멍청한 질문을 참을 수 없다는 표정이다.

"게다가 두쯔위는 로그인을 하지 않을 겁니다. kidkit727이라는 계정과 관계를 끊고 싶을 게 뻔한데 뭐하러 그 계정으로 로그인을 합니까?"

아이가 모니터의 감시 영상으로 시선을 돌렸다. 두쯔위가 여전히 웅크린 채 가끔씩 몸을 떨고 있었다. 아녜의 말처럼 이 장난전화는 생각보다 효과가 컸다.

"이제는 뭘 할 거죠?"

"두쯔위가 아침까지 저대로 있을 것 같으니 그동안 두쯔위를 몰아붙일 가짜 댓글과 반응을 만들어야겠군요."

아녜는 노트북 하나를 자기 앞으로 끌어왔다.

"그럼 저는요?"

"저 꼴을 잘 감상해요. 그게 당신 목적 아닙니까? 당신 동생도 똑같이 밤마다 혼자서 괴로워했을 텐데."

아이는 가슴 한쪽이 욱신거렸다. 샤오원이 어릴 때는 아이와 함께 잤다. 동생과 따로 잔 뒤로는 샤오원이 어떤 모습으로 자는지 제대로 살피지 못했다. 어쩌면 샤오원은 자살하기 전 한 달간 매일 밤 저 두쯔위처럼 이불로 고치를 만들어 웅크리고 있었는지도 모른다.

낯선 사람들의 악의가 불시에 자신의 목을 조르는 것을 느꼈을지도 모른다.

그 후 세 시간을 아이는 두쯔위를 멍하니 바라보는 것으로 흘려보냈다. 잠깐씩 얕게 잠들기도 했다. 그녀는 아녜가 어떻게 한숨도 자지 않고 계획을 실행하고 있는지 놀랍기만 했다. 아녜는 이런 불규칙한 생활이 습관화된 것일까?

아이는 아침 6시 20분에 브로드캐스트 드라이브를 떠났다. 집에 돌아와 간단히 씻고 곧바로 출근했다. 아녜가 '결말의 절정'은 2, 3일 더 기다려야 한다고 했다. 그래서 아이도 더 이상 휴가를 끌어다 쓰지 않기로 했다. 브로드캐스트 드라이브에는 퇴근 후 다시 갈 예정이다.

아침에 아이가 이동 기지 차에서 내릴 때 아녜는 말했다.

"연기를 하려면 완벽히 해야죠. 두쯔위 휴대폰에다 음성 메시지를 남길 겁니다."

아녜는 게으른 목소리로 물었다.

"두쯔위가 메시지를 몇 개 받길 바랍니까?"

아이는 정신력이 점점 떨어지는 중이어서 그 엉뚱한 질문에 별로 관심이 없었다. 그래서 아무렇게나 숫자를 말했다.

"마흔둘."

"킥킥, '삶, 우주, 그리고 모든 것에 대한 궁극적인 해답'입니까? 하지만 아쉽게도 원문에 나오는 '쥐'는 'Mouse'죠, 'Rat'이 아니라. 그것만 아니었으면 딱 어울렸을 텐데."

아녜가 웃으며 말했다.

아이는 이게 무슨 소린가 하면서도 너무 피곤해서 더 묻지 않았다. 사실 아녜의 농담은 더글러스 애덤스의 SF소설 『은하수를 여행하는 히치하이커를 위한 안내서』에 나오는 이야기다. 아이도 도서관에서 그 책을 수십 번 본 적이 있었다.

아이는 퇴근 후 브로드캐스트 드라이브로 향했다. 오후 4시가 좀 넘어 도서관을 빠져나와 브로드캐스트 드라이브에 도착했을 때는 5시도 되기 전이었다. 아녜는 어제와 똑같은 옷을 입고 두쯔위를 감시하고 있었다. 반면 모니터 속 두쯔위는 어제와 확실히 달라 보였다. 문제가 생겼다는 게 한눈에 들어왔다. 단순히 불안한 정도가 아니라 몹시 우울하고 초췌해 보였다. 아니, 정신이 반쯤 나간 것 같았다. 컴퓨터 앞에서 화면만 쳐다보던 두쯔위는 갑자기 휴대폰을 들고 뭔가를 확인하곤 했다. 연락을 기다리는 눈치였다. 그러나 확인을 할 때마다 실망한 표정을 지었다.

"진전이 있어요?"

아이의 질문에 아녜는 태블릿을 내밀었다. 두쯔위와 아녜의 라인 대화였다.

"두쯔위가 전화를 걸었는데, 내가 존재하지 않는 번호로 돌려버렸죠. 이게 그 후에 나눈 대화입니다."

아이는 대화 속에서 "사장이 바로 옆에 있어" "오늘은 바빠" "저녁에 전화할게" 같은 말을 읽었다.

"어느 정도는 사실입니다. 두쯔위 오빠는 요즘 회사 일로 아주 바쁘거든요. 거의 매일 야근하고 있지요. 뭐, 홍콩 IT 업계는 대부분 그렇지만. 노동시간은 길고 임금은 낮고 장래성도 좋지 않지요. 어쩌면 내가 좋은 일을 하는 것인지도…… 동생 연락에 신경 쓰지 않고 일에 집중하게 해주었으니까."

아녜가 조롱을 섞어 말했다.

"땅콩게시판에 남긴 댓글을 보여줘요."

아이가 명령조로 말했다. 아녜는 좀 이상하다 싶으면서도 노트북을 그녀 앞에 놓아주었다.

"오늘 두쯔위가 본 새 댓글은 오늘 아침 당신도 다 읽은 겁니다."

아녜가 말했다. 아이는 그의 말에 대꾸도 하지 않았다. 그녀는 아녜가 만든 가짜 게시글을 처음부터 꼼꼼히 다시 읽었다. 그녀는 출근할 때 한 가지 생각이 떠올랐고 어떤 의심을 품은 채로 하루를 보냈다. 지금 다시 가짜 게시글과 댓글을 읽고 보니 그 의심이 사실이란 게 확실해졌다.

"나를 또 속였죠?"

"내가? 무엇을?"

"나한테는 두쯔위가 인터넷 여론에 괴롭힘당할 거라고 했는데 이 글들은 전부 그 애 오빠를 향한 비난이잖아요!"

아이는 줄곧 무언가 마음에 걸리는 것 같았는데 오늘 아침에야 그 원인을 알아차렸던 것이다.

아녜가 피식 웃으며 고개를 저었다.

"뭐야, 그거였습니까? 가장 이상적인 복수는 당한 대로 갚아주는 거라고 말한 적이 있지요. 인터넷의 비난 여론은 수단일 뿐입니다. 중요한 것은 목적이죠."

"목적?"

"당신은 두쯔위가 고통받기를 바랐던 거지, 인터넷상에서 비난당하느냐 아니냐는 두 번째 문제 아닙니까?"

아녜가 논리정연하게 대답했다. 아이는 반박할 말이 없었다.

"이렇게 하는 것이 단순하게 두쯔위를 비난 여론의 대상으로 삼는 것보다 효과적입니다. 사람마다 약점은 다르니까요. 적절한 약점을 찾아내서 그곳을 찔러야 합니다. 그러면 금방 결과를 얻게 되지요."

아녜가 어깨를 으쓱하며 말을 이었다.

"최종 목적을 잊지 마요."

그가 말하는 최종 목적이란 두쯔위의 자살이었다. 물론 아이도 잘 아는 사실이었다.

"두쯔위의 지금 모습을 봤습니까?"

아녜가 모니터를 가리켰다.

"어제는 담담한 척 책을 읽었지만 오늘은 책을 거들떠보지도 않았습니다. 오로지 인터넷과 전화만 신경 쓰죠. 정신이 흐트러지기 시작한 겁니다. 오늘 밤 우리가 한 가지 더 실행하면 당신 목적도 거의 이뤄졌다고 볼 수 있어요."

"오늘 밤에 다시 전화를 거나요?"

"아뇨, 그건 도입부에 불과하다고 했잖습니까. 기다리면 곧 알게 될 겁니다."

아녜가 의미심장하게 미소 지었다.

7시가 가까워지자 두쯔위도 움직이기 시작했다.

"또 외출하려나?"

아이가 급히 말했다.

"또 유이청에 가는 거 아니에요? 야지를 불러야 할까요?"

"오늘은 근처에서 저녁을 먹을 겁니다. 그 정도면 차로 따라가면 됩니다."

"당신이 어떻게 알아요?"

"가방도 안 챙기고, 옷도 갈아입지 않았잖아요. 당신도 집 앞에 도시락 사러 갈 때와 출근할 때의 옷차림이 다르지 않습니까."

아이는 그의 말이 일리가 있다고 생각했다.

아녜는 두쯔위가 사는 건물 정문이 비치는 화면을 그들 앞에 있는 모니터로 옮겼다. 두쯔위는 건물을 나와 길가에서 차를 기다리지 않고 정선로 쪽으로 걸어가기 시작했다. 아녜의 예측이 맞았다.

"음, 길을 건너는군…… 러푸로 가는 게 아니라면 뱁티스트병원 쪽이지."

아녜가 자리에서 일어나 운전석 쪽 문을 열며 말했다.

"정선로의 젠신建新센터일 가능성이 커요. 여긴 식당이 적어서 움직임을 예측하기 쉽죠."

아녜는 브로드캐스트 드라이브와 정선로의 교차지점에 차를 세웠다. 운전석에서 돌아온 아녜가 말했다.

"여기서 첫 번째 총알을 쏘자고요."

"총? 위험한 일은 안 한다면서요?"

"당신 정말 상상력이 부족하군! 비유입니다, 비유!"

아녜가 어이없다는 듯이 웃었다. 그는 작업대 아래서 휴대폰 크기의 노란 상자를 꺼냈다. 상자는 한쪽 면에 단추 정도 크기의 검은색 동그라미가 여러 줄 벌집 모양으로 붙어 있다.

아녜는 차 꽁무니 쪽으로 가서 차 내벽을 손으로 밀었다. 아이는 그쪽에도 창문이 있다는 것을 처음 알았다. 유리 대신 불투명한 철판이 끼워져 있어서 몰랐던 것이다. 아이는 아녜 옆에 바짝 붙어서 고개를 내밀고 바깥을 쳐다보았다. 도로 하나를 사이에 두고 두쯔위가 브로드캐스트 드라이브의 비탈진 길을 내려오는 것만 보였다. 곧 공원 입구에 도착할 것 같다.

"방해하지 말고 저리 가서 모니터나 봐요."

아녜가 아이를 밀어냈다.

"모니터로 뭘 보라는……."

아이는 모니터에는 두쯔위의 집만 나오지 않느냐고 항의하려 했다. 그런데 고개를 돌려보니 2번 모니터의 화면이 아까 창틈으로 본 것과 비슷했다. 이제 막 두쯔위가 천천히 걸어오고 있었다. 아이는 며칠 전 이눠중학교를 두 번째 방문하던 날, 아녜가 차에서 카메라로 교문을 찍고 있었다고 한 말이 떠올랐다. 아마 그때도 교문 앞에 이 차를 세워두고 차 바깥에 카메라를 숨겨서 설치했을 것이다.

"이제 계획의 성과를 눈으로 보게 될 겁니다."

아녜는 전에 보던 흰색 조그만 휴대폰과 아까의 노란색 이상한 상자를 전선으로 연결했다. 그러고는 휴대폰 화면을 눌렀다. 그 순간 두쯔위가 딱 멈춰 섰다. 그녀는 경악한 얼굴로 천천히 뒤를 돌아보았고, 이어 주변을 한 바퀴 둘러보았다.

"무슨 일이죠? 뭘 한 거예요?"

아녜는 차창을 닫고 아이를 정면으로 보면서 다시 휴대폰 화면을 눌렀다.

"살인자……!"

누군가 귓가에 대고 말하는 듯이 들렸다. 아이는 어젯밤 자기가 두쯔위에게 했던 말이라는 걸 알았지만 자기 목소리 같지 않았다.

"이게 스피커였어요?"

아이가 둥근 점들이 가득 붙은 상자를 가리키며 물었다. 아녜는 대답하지 않고 상자를 들고 아이 앞에서 이리저리 흔들었다.

"……인자……!"

얼핏 보면 평범한 동작인데 아이는 뛸 듯이 놀랐다. 상자가 자신을 정면으로 보고 있을 때만 소리가 들리는 것이었다.

"이건……."

"유도식 확성기라는 겁니다. 손전등이 빛을 한 점에 집중시키는 것처럼 이 기기는 소리를 아주 좁은 범위에 집중시키죠. 확성기와 직선상에 있는 사람에게만 소리가 들립니다. 원리는 초음파가 공기 중에 확산되지 않는 특성을 이용해서 우리가 전달하고 싶은 소리의 주파수를 묶어두는 것인데, 자세한 것은 더 설명하지 않겠습니다. 어쨌거나 두쯔위는 누군가 자기 귀에 '살인자'라고 말한다고 느끼겠죠."

아이는 이런 첨단 과학기술 상품의 존재를 처음 알았다.

"총 한 발로는 부족하지."

아녜가 상자를 내려놓고 운전석으로 들어갔다.

차가 두쯔위 뒤를 따라 젠신센터로 향했다. 아이는 모니터로 두쯔위가 어느 식당으로 들어가는 것을 보았다. 아녜는 차를 캄싱로_金城路에 대고 운전석에서 빠져나왔다. 그는 작업대 아래에서 쇠로 된 상자를 꺼냈다. 상자에서 구겨진 회색 셔츠를 꺼내 걸치고, 셔츠에 별로 어울리지 않는 갈색 바지도 꺼내 입었다.

"뭐 하는 거예요?"

아녜는 아이의 질문을 무시하고 열심히 옷만 갈아입었다. 낡아빠진 검은 구두를 신은 다음에는 희끗한 가발이 달린 모자를 머리에 푹 눌러썼다. 그리고 상자에서 거울을 하나 꺼내 자신의 모습을 자세히 확인했다. 그러더니 솜을 뭉쳐 입안에 넣어 얼굴이 좀 더 통통해 보이도록 만들었다. 마지막으로 흰색 도료를 눈썹과 수염에 살짝 바르고 나이 들어 보이는 금속테 안경까지 썼다.

아녜의 모습은 스무 살쯤 더 들어 보였다. 그가 눈을 게슴츠레 뜨고 눈썹을 좀 찌푸리니 눈가 주름이 더 깊어졌다. 입을 벌리고 앞니가 살짝 보이는 표정을 짓자 팔자주름도 진해졌다.

"금방 갔다 올게요."

아녜가 평소보다 낮은 목소리로 말하고 차에서 내렸다. 어제도 변장을 하고 두쯔위를 따라갔다고 했는데, 바로 이런 식의 변장술을 쓰는 모양이다.

아이는 2번 모니터를 주시했다. 아녜가 식당에 들어갔는데 화면에는 식당 안이 비치지 않았다. 아쉬워하는 찰나, 노트북 화면 위쪽에서 뭔가가 흔들거리는 영상이 그녀의 시선을 붙잡았다. 찬찬히 살펴보니 고풍스러운 갈색 나무 탁자가 비쳤다. 식당 내부 같다. 아녜가 카메라를 숨겨서 들고 간 것이다.

"혼자 오셨어요?"

노트북 스피커에서 소리가 들렸다. 화면을 보니 그 목소리는 식당 종업원의 것이었다.

"아아, 포장해 가려고요."

그때 카메라가 왼쪽으로 움직였다. 그쪽 구석자리에 두쯔위가 앉아 있었다.

"뭘 포장해드릴까요?"

"으음, 샌드위치 있나요?"

"샌드위치는 여기 몇 가지 종류가 있어요."

"아유, 미안해요. 눈이 나빠서 잘 안 보여요……."

아녜와 종업원이 주거니 받거니 대화하는 사이 화면 속 두쯔위가 갑자기 고개를 쳐들었다. 긴장한 표정이 역력한 얼굴로 주변을 두리번거렸다. 아이가 옆으로 고개를 돌려보니 작업대 위에 있던 흰색 휴대폰과 유도형 확성기라던 기기가 보이지 않았다.

"…… 그럼 소고기토마토 샌드위치 주세요."

"네, 소고기토마토 샌드위치는 28홍콩달러입니다."

아이는 아녜와 종업원의 대화는 귀에 들어오지 않았다. 그녀는 오로지 두쯔위만 주시했다. 아녜가 휴대한 카메라는 그다지 선명하게 찍지 못했지만, 두쯔위의 얼굴에 나타난 공포와 경악의 표정은 확실히 보였다. 두쯔위는 앞쪽의 연인들을 쳐다보다가 옆 탁자의 남자를 쳐다보았다. 마치 악마를 쳐다보는 듯한 표정이다.

아이는 아녜가 꾸민 일이 얼마나 끔찍한 것인지를 새삼 깨달았다. 두쯔위가 남들은 못 듣는 소리를 자기만 듣고 있다는 걸 깨닫게 되면 자기가 미쳤다고 생각할 것이다. 어젯밤의 장난전화는 그저 악질적인 장난이었다. 아녜의 말처럼 장난전화는 도입부였고, 지금 이 방법이야말로 진짜배기다.

"주문하신 샌드위치 나왔습니다."

10분 후 스피커에서 이런 말이 들렸다.

"고맙습니다. 냅킨을 몇 장만 주시겠습니까?"

화면 속에선 종업원이 두쯔위에게 스파게티를 가져다 주고 있었다. 그러나 두쯔위는 음식에 관심도 두지 않고 계속 주변만 살폈다. 갑자기 그녀가 벌떡 일어나 온몸을 덜덜 떨었다. 얼굴은 창백하게 일그러졌다. 그녀는 주변을 계속 두리번거리며 계산대로 달려가더니 지폐 한 장을 던지고 식당을 빠져나갔다.

"저기요! 저기요!"

아이는 다른 모니터로 시선을 돌렸다. 식당을 뛰쳐나온 두쯔위가 미친 듯이 달려서 카메라 앵글 바깥으로 사라졌다. 그때 아녜가 차 문을 열고 들어왔다. 들고 있던 비닐봉지를 작업대에 올려놓고 말없이 운전석으로 들어가 차를 몰기 시작했다.

두쯔위는 집으로 돌아갔다. 아녜와 아이도 집 근처 원래 주차했던 곳으로 돌아왔다. 아이는 두쯔위가 거의 무너졌다고 생각했다. 두쯔위는 미친 사람처럼 전등과 텔레비전까지 전부 켜고 방 안에 처박혔다.

"봐요. 내 말이 맞죠? 얼마나 효과적이에요?"

아녜가 변장용 옷을 벗으면서 말했다.

"네…… 그래요."

아이는 뭐라고 대답해야 할지 몰랐다. 아녜 덕분에 시야가 넓어졌다고 생각하지만, 이 남자를 칭찬하는 것은 내키지 않았다.

"오늘은 전채요리고……."

아녜가 젖은 수건으로 눈썹과 턱에 바른 흰색 도료를 닦아내며 말을 이었다.

"내일이 주요리입니다."

"내일요?"

"두쯔위의 반응이 생각보다 컸어요. 그렇다면 질질 끌다가 괜한 문제가 생길 수도 있으니 바로 마지막 단계를 진행하는 게 좋겠어요. 두쯔위의 꼴을 더 보고 싶다면 말리지는 않겠지만, 나라면 내일의 대단원을 위해 오늘은 집에 가서 푹 쉴 겁니다."

아녜는 포장해온 샌드위치를 한입 베어 물었다.

"샌드위치에 감자튀김도 주다니 좋은 식당이야. 케첩이 없어서 아쉽군."

아이는 어제 차에서 몇 시간 자고 오늘 도서관에서 하루 종일 일했기 때문에 많이 피로했다. 샤오원의 복수를 하는 중요한 시기라 의지력으로 버티는 중이었다. 아녜의 말을 듣고 아이도 오늘은 이만 집으로 돌아가 쉬기로 했다.

그러나 아이는 잘 자지 못했다. 겨우 잠들었지만 몇 번이나 잠에서 깼다. 흥분이 아니라 불안 때문이었다. 공포에 질린 두쯔위의 모습이 머릿속을 떠나지 않았다. 그 얼굴은 두쯔위에서 어느새 샤오원으로 바뀌기도 했다. 아침에 눈을 떴을 때는 이미 8시로, 출근시간이 가까웠다.

"아이, 요즘 괜찮아?"

점심시간에 휴게실에서 웬디가 물었다.

"많이 피곤해 보여. 몸이 아픈 것은 아니고?"

"아니에요, 걱정해줘서 고마워요. 개인적으로 처리할 일이 좀 있어서…… 내일부터는 좋아질 거예요."

아이가 억지로 웃으며 대답했다.

"응……."

웬디가 머리를 긁적이며 말했다.

"괜찮다니 다행이야. 낯빛이 점점 나빠져서 걱정했거든. 지난달에도 비슷한 얘기를 했지만 내가 도울 수 있으면 얘기해줘. 돈을 빌려줄 수도 있으니까……."

"……고마워요."

웬디 덕분에 아이는 자신을 돌아볼 수 있었다.

오늘이 지나면 모든 일이 다 끝날까? 어쩌면 복수에 성공하더라도 그녀 마음속의 가시는 빼낼 수 없을지도 모른다. 다시 옛날처럼 평온한 생활로 돌아갈 수 있을까? 아이는 더 생각하기가 두려웠다. 이제는 돌이킬 수 없는 선택이었다.

02

저녁 7시, 아이는 불안하게 뛰는 가슴을 누르며 다시 브로드캐스트 드라이브로 향했다. 오늘은 차가 두쯔위의 집과 부쩍 가까이 있었다. 건물 입구에서 30미터도 채 떨어지지 않은 곳이었다. 길가의 큰 나무들이 그림자를 드리운 덕분에 차가 그다지 눈에 띄지는 않았다. 아이가 접근하자 늘 그랬듯 차 문이 먼저 열렸다. 다만 열린 문으로 나타난 아녜가 평소와 달리 전화통화 중이었다. 그는 아이에게 앉으라고 손짓한 다음 자신은 차에서 내려 문을 닫았다. 아이는 아녜가 누구와 통화하는지 궁금했다. 혹시 돌발 상황이라도 생긴 것일까? 그러나 모니터 속 두쯔위가 아이의 시선을 잡아 끌었다.

어떻게 하루 사이에 저런 모습이 될 수 있지? 두쯔위는 좌불안석이었다. 일어나서 방 안을 걸어다니다가 곧 컴퓨터 앞에 앉아 모니터를 들여다보곤 했다. 발작적으로 휴대폰을 들고 뭔가를 하려다가 곧 또 한쪽에 던져버리기도 했다. 두쯔위는 의자에 몸을 동그랗게 말고 앉아 앞뒤로 흔들었다. 텅 빈 눈은 정신병을 앓는 사람과 다를 게 없었다. 아이는 두쯔위의 어깨가 떨리는 것에 집중했다. 하지만 그것이 공포 때문인지, 분노 때문인지, 혹은 둘 다인지는 알지 못했다. 아이가 유일하게 확신할 수 있는 것은 두쯔위가 심각한 불안 증세를 보이고 있으며 지난 밤 제대로 자지 못했다는 것이었다.

'어제의 그 일이 이렇게까지 영향을 미치다니.'

며칠 전 두쯔위는 같은 모니터 화면 속에서 보통의 소녀처럼 의자에 편안히 앉아 책을 읽고 있었다. 며칠 만에 이렇게 비참한 꼴이 될 줄이야! 원래 아이는 두쯔위의 이런 모습을 보면 통쾌할 거라고 생각했다. 그러나 실제로 목도한 현실은 전혀 기쁘지 않았다. 아이의 마음속 우울과 비통은 조금도 사그라들지 않았다. 오히려 영혼의 깊은 곳에서 다른 질문이 들려오고 있었다. 복수라는 과실이 정말로 달콤한가?

'아니야. 나 좋자고 복수를 하는 게 아니라 샤오원을 위해서……'

탁!

아녜가 차 문을 여는 소리에 아이는 생각을 멈췄다. 그는 막 야지와 통화를 마쳤다. 스중난의 휴대폰 기록에 유의하라고 했다. 그들은 스중난의 휴대폰에도 마스크 공격을 썼다.

"아녜, 오늘…… 완전히 끝나나요?"

아녜가 자리에 앉자 아이가 질문을 던졌다.

"네, 오늘 끝납니다."

아녜가 하품을 하며 무심하게 대답했다.

아이는 그 말 뒤에 숨은 의미를 알았다. 오늘 밤 두쯔위는 자살할 것이다. 사실상 두쯔위의 지금 모습을 보면 저 여자아이가 갑자기 칼을 꺼내 자기를 찌른다고 해도 하나도 이상하지 않다. '절망'이라는 단어가 이미 두쯔위의 얼굴에 걸려 있었다.

"뭘 어떻게 한 거예요? 하루 사이에 저렇게 되다니요?"

아이는 두쯔위가 단지 환청 때문에 저런 상태가 되지는 않았을 거라고 생각했다.

"별거 아닙니다. 두쯔위의 약점을 제대로 찔러 들어간 것뿐이죠."

아녜가 노트북을 아이 앞으로 밀었다. 땅콩게시판의 가짜 게시글이 보였다. 댓글이 어제의 몇 배로 늘어나 있다. 맨 처음 아이의 눈길을 사로잡은 것은 두쯔위의 오빠 사진이었다. 아이는 댓글 내용을 찬찬히 읽다가 깜짝 놀랐다.

"이, 이 기사도 가짜예요?"

아이는 '경찰, 학생들의 개인정보를 불법 수집한 남자 체포'라는 기사 제목을 보고 물었다.

"물론입니다."

아녜가 손을 뻗어 노트북 터치패드를 조작하며 말했다.

"신문사 사이트도 다 만들었는데요. 두쯔위가 링크를 눌러도 들키지 않았을 겁니다."

"이렇게 죄명을 위조해도 두쯔위가 진짜라고 생각한다는 말이에요?"

"체포는 거짓이지만 죄명은 사실입니다. 전에 보여주지 않았습니까?"

"두쯔위가 도서관에서 충전기 같은 걸로 샤오원의 사진을 빼냈다던 거요?"

"아뇨, 내 말은 이거요."

아녜가 태블릿을 건네주었다.

　　─내가 오빠에게 준 다른 파일도 그 디스크에 같이 뒀어?
　　　그 파일이 공개되면 끝이야!
　　─무슨 파일?
　　─내가 학교에서 몰래 수집한 자료들 말이야!
　　　다른 학생들 휴대폰에서 빼낸
　　　사진, 통화기록, 문자 메시지 등등 보내줬잖아!
　　　땅콩게시판에서 오빠 신분이 공개되더라도
　　　컴퓨터 시간이 하루 늦게 설정되어 있었다고 핑계를 대면 되지만
　　　만일 오빠랑 내 관계가 밝혀지면
　　　오빠가 어우야원과 아무 상관 없는 사람이
　　　아니라는 걸 들키는 거라고!
　　　그러면 죄를 피할 수 없어!

"두쯔위 본인이 좋은 정보를 알려줬는데 활용하지 않으면 안 되

지요.”

아녜가 씩 웃었다.

“이 파일들을 손에 넣었다고요?”

“아뇨. 그런 자료를 가져봐야 소용도 없어요. 나는 저 애가 남의 개인정보를 훔쳐서 오빠에게 줬다는 사실만 알면 됩니다. 나는 제로쿨이라는 이름으로 ‘그건 학생들의 개인정보다’ ‘공개할 수 없는 사진도 있다’ 같은 이야기를 하면 됩니다. 두쯔위는 금방 자기가 한 짓을 떠올리겠지요. 혹시 내가 한 말이 그 애가 훔친 자료와 부합되지 않더라도 판단력이 떨어진 지금은 이상하다는 걸 눈치채지 못할 겁니다.”

“두쯔위 오빠의 저 사진은 어떻게 손에 넣은 거죠? 탐정사무소에서 도촬한 사진은 아닌 것 같은데…….”

아이가 노트북을 흘낏 보면서 물었다.

“두쯔위 휴대폰에 가짜 라인 앱을 설치했다고 했잖아요. 그러면 두쯔위의 과거 대화 기록도 다 알게 됩니다. 그 사진은 두쯔위가 찍은 겁니다. 라인으로 오빠에게 보내준 거죠. 이렇게 되었으니 두쯔위가 인터넷에서 본 것들을 다 사실이라고 믿는 것은 당연합니다.”

“그렇지만 이게 정말로 두쯔위의 약점이에요? 오빠가 체포되었다는 게 자살할 이유가 된다고요?”

아이는 이해가 잘 되지 않았다.

“인간은 두 가지 상황에서만 스스로 목숨을 끊습니다.”

아녜가 진지하고 엄숙하게 말했다.

“첫째는 흔한 경우죠. 너무 큰 고통을 겪을 때입니다. 암 말기처럼 육체적인 고통도 그렇고, 우울증처럼 정신적인 고통도 그렇죠. 자살하는 목적은 고통에서 벗어나기 위한 것입니다. 혹은 주변 사람에게 죄책감을 안겨주고 싶은 마음도 있겠죠. 엄격하게 말하자면 이것은 비이성적인 수단입니다."

"세상에 이성적인 자살도 있나요?"

"있죠. 자신을 희생해서라도 어떤 목적을 이루고 싶어서 자살하는 사람도 있습니다. 객관적으로는 이성적이라고 할 수 없지만, 자살자 입장에서는 아주 합리적인 결정입니다. 이게 두 번째 자살하는 이유입니다."

아녜가 아이의 눈을 흘깃 쳐다보았다.

"만약 당신과 동생이 화재 현장에 있다고 가정합시다. 옆에 산소통은 딱 하나 있습니다. 당신은 그걸 당신이 쓸 겁니까, 아니면 동생에게 줄 겁니까?"

아녜의 말에 아이는 가슴이 덜컥 내려앉았다. 샤오원의 미래를 위해서라면 그녀도 그날 동생 대신 22층 아파트에서 뛰어내렸을 것이다.

"말했다시피 나는 두쯔위에게 자살하라고 협박하지 않을 겁니다. 나는 그 애가 이성적으로 선택하게 만들 거예요. 자살할지 말지를 스스로 결정하는 거죠. 다만, 그 애가 단지 고통을 회피하려고 하는 게 아니라 죽음의 공포와 맑은 정신으로 마주하기를 바랍니다. 생명을 포기하는 순간의 절망감을 느끼길 바라며, 또한 그것이 자유의지에 의한 결정이란 것을 자각하길 바랍니다. 그저 난리를 치며 고통을 벗어나려는 죽음이 아니라……."

아녜가 잠시 말을 멈췄다.

"그러나 나는 착한 사람이 아닙니다. 이건 복수극이니까 당연히 두쯔위에게 불리한 조건을 만들어줘야죠."

아녜가 노트북 화면에서 가짜 게시글에 달린 좀 긴 내용의 새 댓글을 보여주었다.

축배를 들기엔 일러. 저놈은 쉽게 무죄 판결을 받을걸. 타인의 정보를 공개한 것은 아니잖아. 제로쿨이 정당하지 못한 방법으로 어쩌다가 손에 넣은 거지. 다시 말해 경찰에서 저놈도 똑같은 말로 혐의를 벗을 수 있어. 자기도 인터넷에서 우연히 저 정보들을 얻었다고 말이야. (……)

"나는 두쯔위가 오빠를 위험에 빠뜨리는 핵심적인 원인이라고 스스로 믿게 할 겁니다. 나는 그들의 관계성을 이용해 '내가 경찰에 잡히지 않으면 오빠는 죄를 벗어날 방법이 있다'는 황당한 결론에 이르게 할 예정이죠. 그건 말도 안 되는 이야기지만 두쯔위가 그렇게 믿으면 됩니다. 그런 다음 두쯔위에게 이런 댓글을 읽게 만들고……."

아녜가 키보드를 두드렸다. 화면에 새 창이 뜨고 이렇게 쓰여 있었다.

체포된 저 남자, 내 직장 동료야. 저런 쓰레기 같은 놈일 줄이야. 사람은 겉만 보고는 모르는 법인 것 같아. 한 가지 공개하자면, 저 남자에게 중학생인 여동생이 있어. 전에 둘이 같이 있는 것을 봤거든. 여동생이 입은 교복이 자살한 여학생네 학교 교복과 비슷했어. 분명히 그 여동생하고 무슨 관련이 있을 거야!

"…… 이렇게 해서 두쯔위는 자신의 존재가 오빠에게 위협이 된다고 생각하게 될 겁니다. 오빠를 사랑하고 아끼니까 그만큼 쉽게 동요하겠죠."

"두 사람이 같이 있는 것을 본 사람이 있어요? 그걸 어떻게 알았어요?"

"그건 그냥 쓴 겁니다. 두쯔위가 사실로 믿으면 그만이죠."

"그렇지만 자기 때문에 오빠가 감옥에 간다고 생각하더라도 그건 '개인정보 불법 수집' 같은 가벼운 죄잖아요. 생명까지 버릴 일일까요?"

"형사사건이라면 그 일이 언론 매체의 도마에 오를 테고 대중들이 한 번 더 재판을 할 겁니다. 두쯔위가 걱정하는 것은 오빠가 당신 여동생이 그랬던 것처럼 인터넷에서 사냥당하는 것일 테지요. 근거도 없이 오빠가 변태라느니 하는 소리를 듣는 것을 보면서 자기가 오빠의 인생을 망쳤다고 생각하겠지요. 이런 생각을 하면 경찰이 당신 동생 사건의 진상을 알아내는 것도 어렵지 않을 거라고 믿게 될 겁니다. 그러면 '자수'는 선택지가 아니에요."

아네는 아이의 의문을 넘겨짚어 대답했다. 아이도 차차 아네의 계획을 이해했다. 그녀는 여론에 몰리는 것이 얼마나 큰 압박감을 주는지 알고 있다. 똑같은 방법으로 샤오원을 죽음에 몰아넣은 두쯔위라면 그 사실을 누구보다 잘 알 것이다.

"지난 며칠 우리 때문에 정신적 압박이 심했으니 죽음으로써 문제를 해결한다는 선택지에 더 쉽게 빠져들게 될 겁니다."

아네가 담담하게 말을 이었다.

"정서불안, 수면부족 상태에서 '살인자' 소리를 들으니 현실감을 잃고…… 사람은 혼자만 이해할 수 없는 상황에 처하면 이성과 감성 모두 영향을 받기 쉬워요."

아이는 장난전화, 환청 등의 용도를 완전히 이해했다. 그것은 두쯔위를 괴롭히기 위해서가 아니라 그녀의 판단력에 영향을 미치기 위한 것이었다. 두쯔위는 고립된 상황에서 마지막 시험을 맞이해야 한다. 사랑하는 오빠를 위해 희생할 것인가?

그러나 한 가지 아이가 모르는 일이 있었다. 아녜는 두쯔위의 사고를 제한하기 위해 또 다른 뇌관을 묻어놓았다.

두쯔위의 블로그에 댓글을 남긴 것도 아녜였다.

로잘리를 만난 뒤 아녜의 계획은 형태를 잡았다. 그날 저녁 아녜는 두쯔위의 블로그에 '샤오팡'이라는 이름으로 글을 남겼다. 그는 블로그의 독후감을 읽고서 두쯔위가 그 소설을 특히 좋아한다는 것을, 그녀가 주인공의 심정에 대해 반복해서 생각했다는 것을 알았다. 두쯔위의 무의식 속에는 '타인을 위해 자살하는 것은 합리적이다'라는 생각이 자리 잡고 있다.

아녜는 이 일이 성공할 것이라고 확신할 수는 없었다. 경험에 따르면 다양한 준비 작업은 늘 도움이 되었지 해가 된 적은 없다. 이것은 최면술이나 정신 통제가 아니라 광고와 비슷한 것이다. 종종 잘 만든 광고 문구와 상품 사진은 누군가의 최종 결정에 충분히 영향을 미친다.

"두쯔위가 인생의 마지막 시간을 보내는 것을 잘 지켜봐요."

아녜는 의자 등받이를 뒤로 조절한 다음 영양바를 꺼내며 말했다.

"이건 당신의 복수니까 끝까지 지켜볼 책임이 있어요."

그 후 몇 시간 동안 아이는 묵묵히 모니터를 주시하며 생명의 불꽃이 점점 꺼져가는 두쯔위를 관찰했다. 아녜는 놀랍게도 아이에게 영양바를 하나 건넸는데, 아이는 먹을 생각이 나지 않았다. 그녀의 마음은 한창 엎치락뒤치락하고 있었다. 동생을 죽인 원수를 증오하지만 인간의 고유한 양심 또한 갖고 있기 때문이다. 그녀는 남의 생명을 빼앗는 일에 불안을 느꼈다. 인간은 사악한 생각과 말과 행동을 할 수 있지만, 자신의 사악함이 초래할 비극에 대해서는 두려움을 느낀다. 아이는 아녜에게 먼저 집에 가겠다고, 결과만 나중에 알려달라고 몇 번이나 말하고 싶었다. 그러나 "끝까지 지켜볼 책임"이라는 그의 말이 마치 주문처럼 그녀를 옭아맸다.

밤 9시가 넘자 아녜는 '체포된 남자를 안다'는 내용의 댓글을 가짜 게시판 페이지에 올렸다. 댓글을 읽은 두쯔위는 눈에 띄게 동요했다. 아이는 두쯔위가 여전히 우울하고 고통스러워 보이지만 더 이상 눈빛이 흔들리지 않고 입술도 떨리지 않는다는 것을 알아차렸다. 두쯔위가 당장이라도 창문을 열고 10층에서 뛰어내릴 것 같았다. 그러나 그녀는 의자에 앉아 컴퓨터를 뚫어져라 바라보고 있었다. 한 시간 넘게 꼼짝도 하지 않았다.

"저 애…… 언제까지 저러고 있을 생각일까요?"

"어우야이 씨, 생각보다 모질군요. 사형수에게도 형 집행 전에 충분히 기도할 시간을 주는 법입니다."

아이는 사실 지금과 같은 상황을 견디기 힘들었을 뿐이다. 기약 없는 기다림은 가시방석에 앉은 듯 괴로웠다.

"그런 게 아니라……."

"정 기다리지 못하겠으면 직접 마지막 단계를 실행하는 것도 좋겠지요."

"네?"

"유도식 확성기라는 장치를 기억하지요? 지금 드론에 동일한 기능의 장치를 설치해서 열린 창문 너머로 두쯔위와 정면으로 바라보게 했습니다. 당신이 한 번 더 환청을 들려주고 오빠를 위해 희생하라고 종용한다면 결론이 빨리 나겠지요."

눈앞에 놓인 마이크는 차가운 기운을 뿜어내는 듯했다. 빨간 전원 스위치가 악마처럼 아이를 향해 손짓하고 있었다.

아이는 충동적으로 마이크 전원에 손가락을 가져갔다. '살인자' 같은 악독한 말을 할 심산이었다. 그러나 그녀의 어깨가 미약하게 흔들렸다. 아이는 차마 전원 스위치를 켜지 못했다.

그녀는 움직이지 않는 것이 그녀의 손가락인지, 용기인지, 아니면 사형 집행자로서의 책임감인지 알 수 없었다.

"빨리 끝내는 것도 좋죠. 나도 처리할 잡무가 많으니까. 당신을 위해 진정한 복수를 하기 위해서 말입니다."

아이가 얼어붙었다.

"진정한 복수?"

"내가 왜 이런 우회적인 방법으로 두쯔위를 상대한다고 생각합니까?"

아녜가 옅은 미소를 지었다.

"두쯔위가 이런 원인으로 자살하면 당연히 유서를 남기지 않을 테고, 두쯔위가 죽은 뒤 내가 모든 흔적을 지우고 휴대폰 시스템도 원래대로 돌려놓는다면, 그녀의 오빠는 사랑하는 동생이 자살한 이유를 전혀 알지 못하겠죠. 며칠 전까지만 해도 멀쩡히 살아 있던 동생이 이유도 없이 자살했으니 오빠가 평생 후회하지 않겠습니까? 회사 일만 신경 쓰고 동생을 돌보지 않았다고 괴로워하겠지요? 하지만 아무리 괴로워해도 동생은 돌아오지 못합니다. 당신이 보기에는 이게 완벽한 복수가 아닌가요?"

아이는 깜짝 놀랐다. 아녜의 의도를 이해하자 '만족을 보장'한다는 말이 거짓말이 아니라는 생각이 들었다. 그는 두쯔위에게 복수하는 것뿐 아니라 아이의 불행을 고스란히 복제해서 두쯔위의 오빠에게도 겪게 할 작정이었다. 그는 아이의 고통을 이해하고 있다.

그것도 고통의 가장 깊은 부분을 이해하며, 고통의 원인 제공자에게 그대로 돌려주려고 한다. 아이는 그에게서 전에 없는 어둠의 기운을 느꼈다. 눈앞의 남자가 정말 악마가 아닌가 의심스러울 지경이었다. 자신은 혹시 악마 메피스토에게 영혼을 판 파우스트가 된 것이 아닐까?

'아니, 메피스토가 아니라 네메시스지.'

아녜는 이름처럼 복수의 화신이었다.

아이는 마이크를 바라보면서 여전히 망설였다. 옆에 있는 복수 대리인이 한 말처럼 전원을 켜고 절벽 끄트머리에 서 있는 두쯔위를 툭 밀어버릴지 말지…… 사실 아이는 마지막 순간에 두쯔위에 대한 증오를 끌어올리지 못하는 자신이 의아했다. 지난 며칠 내내 두쯔위를 죽음으로 몰아넣으려는 생각을 버린 적이 없는데…….

"내가…… 내가 무슨 말을 하면 좋을까요?"

아이가 마이크를 쥐고 손가락을 스위치 위에 얹은 채 이틀 전과 같은 질문을 던졌다.

"하고 싶은 말 아무거나. 당신이 잘 하는 '살인자'도 좋고, '정말 죽을 용기가 있어?' '너 같은 쓰레기는 죽어도 싸' 같은 말도 나쁘지 않죠. 아니면 '작년에 못 했던 일을 완성할 때야'는 어떨까요?"

두쯔위가 샤오원에게 보낸 편지 내용을 듣고 아이는 다시 증오심이 끓어올랐다. 사형 집행의 동력이 강해지고 있었다. 그런데 아녜의 마지막 말이 아무래도 이상했다.

"작년에 못 했던 일? 작년에 무슨 일이 있었는데요?"

"별거 아닙니다."

아녜가 입술을 삐죽였다.

"두쯔위가 자살하려다 미수로 그친 일이죠. 죽으려고 했던 사람에게 다시 자살을 종용하는 것은 어렵지 않은 일입니다. 당신이 약간만 부추겨도 끝날 거예요."

"자살하려고 했다고요?"

"네."

"당신이 어떻게 알아요?"

"손목을 그었던 흉터가 있으니까."

아이가 고개를 돌려 모니터를 응시했다. 그러나 두쯔위의 손목 흉터까지는 알아볼 수 없다.

"그렇게 봐도 소용없습니다."

아녜의 말투에 감정이라고는 없었다.

"이 화면으로는 보이지 않아요. 게다가 두쯔위는 긴팔 셔츠를 입고 있어요."

"그럼 당신은 어떻게 알았어요?"

"긴팔 셔츠를 입고 있으니까요."

"긴팔 옷을 입으면 다 자살 흔적을 가리는 건가요?"

아이는 아녜가 또 자기를 놀린다고 생각했다.

"지금 입은 거 말고 학교에서 입었던 긴팔 스웨터 말입니다."

아이는 두쯔위가 도서관에서 입고 있던 스웨터를 떠올렸다.

"그건 몸매를 가리려고 입은 게 아닐까요? 여자애들은 대개 그런데……."

"몸매를 가릴 거면 조끼 형태여도 되지 않습니까. 이런 더운 여름에 누가 긴팔 스웨터를 입어요?"

"그건 그냥 억측이잖아요!"

"어우야이 씨, 내가 복수 계획을 세우기 전에 목표 대상에 대해 그렇게 허투루 조사할 것 같습니까? 나는 두쯔위가 손목을 그어 자살을 시도했었다는 걸 90퍼센트 확신했습니다. 그걸 빌미로 로잘리를 만나서 더 많은 정보를 얻어낼 수 있었고요. 이런 비밀스러운 일까지 알고 있는 것을 보고 그녀는 두쯔위가 직접 나에게 털어놓았다고 생각했겠지요."

"그 가정부에게서 무슨 말을 들었어요?"

"작년 5월 어느 날 밤 12시쯤, 누군가 미친 듯이 초인종을 누르고 문을 두들겼습니다. 그날 두쯔위 아버지는 출타 중으로 로잘리와 두쯔위 둘만 있었습니다. 로잘리는 집주인이 열쇠를 놓고 간 줄 알고 문을 열었답니다. 그런데 거기 서 있는 사람은 두쯔위의 오빠였죠. 그는 인사도 없이 그대로 욕실에 뛰어 들어왔죠. 두쯔위 어머니가 사라진 후, 두쯔위는 로잘리에게 부탁해서 오빠를 만나게 해달라고 했습니다. 로잘리는 두쯔위 부탁대로 아버지에게는 비밀로 하고 두 사람을 만나게 해주었는데, 오빠가 그렇게 막무가내로 찾아올 줄은 몰랐습니다. 욕실로 가보고서야 그가 한밤중에 달려온 이유를 알게 되었습니다. 두쯔위가 손목을 그었던 겁니다. 손목에 상처가 여러 줄 나 있고, 세면대에도 피가 튀어 있었답니다."

"오빠가 와서 막았군요?"

"손목을 긋기 전에 오빠에게 작별인사를 남겼거든요. 하지만 손목을 긋는 일이 그렇게 어려운지는 몰랐는지, 오빠가 오기 전에 죽지 못했던 거죠."

아녜가 어깨를 으쓱했다.

"재미있게도 그 순간 두쯔위 아버지가 막 집에 돌아왔습니다. 냉정한 어른이지만 눈앞의 광경을 이해하지 못했겠지요. 딸은 자살하려 했고, 도망간 아내에게는 알고 보니 아들이 있었으며, 딸이 자기 몰래 오빠를 계속 만났다는 겁니다. 게다가 가정부는 이 모든 것을 알고 있으면서 자기를 속여왔던 거지요."

"그다음에 두쯔위를 병원에 데려갔나요?"

"아뇨."

"네?"

아이가 다시 경악했다.

"상처가 깊지 않아서 금방 지혈되었습니다. 두쯔위 아버지는 경찰에 신고하지 못하게 하고 오빠를 쫓아냈어요. 경비원을 불러서 끌어냈지요. 로잘리도 한 달 후에 해고당했습니다. 뭐, 인지상정이죠."

"왜 딸을 병원에 안 보냈죠? 자살하려고 했는데! 그 남자는 무슨 생각인 거람?"

"두쯔위 아버지가 합리적인 겁니다. 왜냐하면 친딸이 아니니까."

"친딸이 아니라서 죽든 말든 상관하지 않는다고요?"

"그게 아니라 친딸이 아니기 때문에 경찰에 신고할 경우 딸과 헤어질 수 있습니다. 홍콩 법률상 부모나 보호자는 열여섯 살 이하의 아이를 보호해야 할 책임이 있습니다. 이 책임을 저버리면 의무를 소홀히 한 죄가 성립되고, 사회복지서가 개입하여 아이에 대한 권리를 빼앗을 수 있습니다. 두쯔위 아버지는 딸과 혈연관계가 아니고 두쯔위 어머니는 집을 떠난 상태죠. 당신이 판사라도 아버지 쪽을 의심하지 않겠습니까? 두쯔위는 이미 성인이 된 오빠가 있습니다. 아버지 집을 떠나 오빠와 함께 살아도 되는 겁니다."

"설마 두쯔위 아버지가 딸에게 나쁜 마음을……."

"그거야 모르죠. 어쩌면 진짜 험버트*일지도. 아니면 익숙해진 생활에 변화가 생기는 것을 두려워했는지도 모릅니다. 그는 회사 임

❋ 소설 『롤리타』의 주인공 험버트 험버트는 소녀 롤리타에 대한 욕망을 품고 있다.

원이지만 본래는 엔지니어였으니까, 아스퍼거 증후군처럼 머리는 좋지만 감정 표현은 서툰 사람일 수 있습니다."

아네는 이 대목에서 피식 웃음을 흘리고 말을 이었다.

"하지만 세상의 시선이란 게 어떤지는 당신도 잘 알 겁니다."

아이는 두쯔위의 아버지가 탐정을 고용한 이유를 알 것 같았다. 잘 모르는 탐정에게 딸을 감시하라고 하는 것보다는 자기와 혈연도 뭣도 아닌 남자를 감시하는 게 합리적이다. 그 남자가 자기 가정을 파괴할 계획이 있는지, 그럴 만한 능력이 있는지 알아보고 싶었을 것이다. 물론 그 능력이란 곧 재력을 의미한다.

"근데 두쯔위는 왜 자살하려고 했어요?"

아이는 두쯔위가 자살을 시도했었다는 사실을 받아들이기 어려웠다. 그녀의 마음속 kidkit727은 악마여야 했다. 연약하게 죽음에 굴복하는 여자아이여서는 안 된다.

"가정 문제, 성적 문제, 정서불안 등등. 하지만 도화선이 된 건 늘 얘기하는 그거죠."

"그거?"

"학교에서 늘 있는 따돌림."

"두쯔위가 학교에서 괴롭힘을 당했다고요?"

"당신이 말하는 괴롭힘이 지나가다가 일부러 부딪친다거나 개인 물품을 못 쓰게 만드는 종류라면 그런 일은 없었습니다. 하지만 정신적인 상처와 언어폭력도 포함한다면 괴롭힘을 당했죠."

아네의 입꼬리가 위로 치솟았다.

"솔직히 말해서 단순히 물리적인 괴롭힘은 이미 유행이 지났습니다. 증거가 남는 방식으로 괴롭히는 멍청한 아이는 이제 없지요. 비웃고, 나쁜 소문을 내고, 반에서 고립시키는 방법을 씁니다. 힘도 들지 않고 선생님에게 붙잡혀도 쉽게 변명할 수 있죠. 심지어 어른들은 괴롭힘당하는 쪽이 강하지 못해서 그렇다며 피해자에게 책임을 전가하기도 합니다."

"두쯔위가 따돌림을 당한 이유는요?"

"귀타이가 말했던 그 사건 때문이에요."

귀타이는 두쯔위가 여자 선배와 사귀던 여학생을 선생님에게 고자질했다고 말했다. 그 여학생 이름은 샤오렌이었다.

"샤오렌은 학교에서 인기 있는 여학생이었죠. 그런 여학생이 퇴학을 당했으니 그 배경이 밝혀지면 밀고자에게 반감을 품지 않았겠습니까? 그 밀고자를 고립시키고 따돌리지 않았을까요?"

"두쯔위가 그런 상황이었다는 것은 어떻게 알았어요? 귀타이가 해준 이야기로?"

"당신 동생의 인간관계를 조사할 때 그 반 학생들이 어떻게 어울려 다니는지 대강 파악했죠. 누군가 학생들 틈에 어울리지 못하는 것을 알아내는 일은 어렵지 않았습니다. 게다가……."

아녜가 노트북을 가져와서 새로 창을 하나 열었다.

"이뉘중학교 게시판 글은 백그라운드 프로세스에 오래전 것도 다 남아 있다고 했잖아요. 관리자가 삭제한 글까지 전부."

- 게시판 : 2-B반
- 게시자 : 2B_Admin(학급위원)
- 제목 : 린샤오렌이 퇴학당한 일의 진실
- 날짜 : 2013-09-13 16:45:31

　　　　두쯔위가 또 반장이 되다니, 더는 침묵할 수 없다고 생각했어! 다들 1학년 A반의 린샤오렌을 기억하지? 올해 전학 갔는데, 그 애는 자퇴한 것이 아니라 퇴학을 당한 거야. 6학년 여자 선배와 입맞춤한 것 때문에 퇴학당했어! 고자질한 사람은 당시 1학년 A반 반장 두쯔위야. 두쯔위가 선생님에게 고자질하는 바람에 샤오롄이 쫓겨난 거지.

동성애가 옳으냐 그르냐 따지지 말고, 밀고자에다 동창東廠의 태감* 같은 이런 애가 반장을 맡아도 될지 생각해봐. 편집광에 도덕적인 체하는 편견 대마왕이 말이야. 두쯔위가 반장이면 우리는 다들 정신 바짝 차리고 지내야 할걸. 언제 퇴학당할지 모르니까!

얌전해 보이는 얼굴에 속지 말기를! 평소에 짖지 않는 개가 사람을 무는 법이니까.

"2년 전 이 글은 세 시간 동안 게시판에 올라와 있었습니다. 학교 측에서 삭제했지만 글을 읽은 학생들은 이미 개인적으로 소식을 다 전달한 뒤였지요. 두쯔위는 이 글 때문에 반장 자리에서 물러났지만 상황이 가라앉지 않았습니다. 반년 정도 같은 학년 학생 전부에게 따돌림을 당하자 결국 무너져버렸습니다. 손목을 그은 거죠."

아녜의 말투는 냉정했다.

아이는 '동창의 태감'이라는 표현을 보고 학교에 방문했을 때 공주의 친구가 '공창장'이라고 두쯔위를 불렀던 것이 떠올랐다. 공창장이라는 말은 '동창'의 창廠 자와 '반장'의 장長 자를 합쳐서 만든 별명이었던 것이다.**

"그렇다면, 그렇다면 남을 원망할 건 없군요!"

아이는 무어라 말하기 힘든 감정이 솟아올라 발음이 흐트러졌다.

"자기가 편견 대마왕이 되어서 그런 일을 벌인 거니까 괴롭힘당

---

* 동창은 명나라 때 환관(태감)으로 구성된 궁중 기관으로, 비밀 감찰 업무를 수행했다.
** 중국어로 '廠長'은 공장장이라는 뜻이다.

한 건 자업자득이죠…….”

“두쯔위가 한 게 아니에요.”

“뭐라고요?”

“두쯔위가 고자질한 게 아니라고요.”

“하지만 궈타이가…….”

“이뉘중학교는 해커에게 아주 우호적인 학교입니다.”

아녜가 갑자기 화제를 바꿨다.

“교무회의 기록, 특별활동 보고, 학생 성적표와 품행보고서 등등 전부 디지털화해서 학교 서버에 올려놓았거든요.”

아녜는 다시 키보드를 두드려 빽빽한 글자가 박힌 파일을 하나 열었다.

“이건 학생주임이 ‘린샤오롄 퇴학 사건’ 후에 쓴 보고서입니다. 교장과 교감, 학교 이사회에 제출한 거지요.”

아녜가 스크롤을 내리면서 말을 이었다.

“여기 있군요. ‘학생주임은 소식을 전해 듣고 1학년 A반 반장 두쯔위를 불러서 확인했다. 선생님에게 그 소식을 전달한 사람이 두쯔위도 목격자라고 말했기 때문이다.’ 그러니까 궈타이가 우연히 목격한 것은 두쯔위가 고자질하는 장면이 아니라 선생님이 두쯔위를 불러서 질문하는 장면이었습니다.”

아이는 궈타이가 재현했던 두쯔위와 선생님의 대화를 떠올렸다.

—네가 직접 봤어?

—네.

—옥상에서?

—맞아요.

“두쯔위가 고자질한 게 아니라도 샤오롄의 일에 책임은 있어요.

동정받을 일은 아니죠."

"두쯔위는 반장이니 선생님의 질문에 사실대로 대답할 책임이 있지 않습니까? 게다가 그때 두쯔위는 샤오렌이 무슨 처벌을 받을지도 몰랐죠. 사실대로 대답하지 않으면 그거야말로 잘못된 거지요."

"따돌림당할 때 변명하지 않았어요?"

"두쯔위가 샤오렌 일을 선생님께 이야기한 것은 사실이니까요. 게다가 진짜 고자질쟁이가 누구인지 알리면 두쯔위는 진짜 비열한 소인배가 되는 상황이었죠."

"그럼 진짜 고자질한 사람은……."

"A반 수리리. 놀랍게도 우리가 아는 녀석입니다. 궈타이는 수리리가 진짜 고자질쟁이인 것은 모르겠지요. 샤오렌 일을 놓고 그렇게 화를 냈는데, 자기 여자친구가 진짜 범인이라는 것을 알면 어떤 일이 벌어질지, 원."

수리리의 이름을 듣고 놀라긴 했지만, 아이는 사실 리리든 공주든 혹은 또 다른 학생이든 상관없다고 생각했다.

"두쯔위가 따돌림당했다고 해서 여론을 이용해 샤오원을 공격한 일을 용서할 수 있는 것은 아니에요! 남이 잘되는 것을 참지 못하고 자기가 겪은 고통을 무고한 사람에게까지 겪게 했잖아요. 소문만 듣고서 샤오원을 나쁘게 보고 샤오더핑을 억울하게 여겨서 사적으로 벌을 준다니, 말도 안 되는 일이에요."

아이가 기관총처럼 쏘아붙였다.

"음, 그것도 그렇죠."

아녜는 어깨를 으쓱하며 무심하게 대답했다. 아이는 그가 또 비뚤어진 논리로 되받아칠 줄 알았는데 쉽게 수긍하자 도리어 놀랐다.

"무슨 생각 하는 거죠?"

아이가 따졌다.

"뭘요? 아무것도 생각 안 합니다."

"거짓말. 말하지 않은 게 있잖아요."

아녜가 몇 초 침묵하다가 입을 열었다.

"나는 확실하지 않은 것은 의뢰인에게 말하지 않습니다. 당신도 알 거라고 생각합니다. 그런데도 내가 추론한 보잘것없는 사실을 듣고 싶습니까?"

"빨리 말해요!"

"두쯔위는 정의감이나 편견으로 당신 동생을 괴롭힌 게 아닐지도 모릅니다. 그것보다는 더 합리적인 이유가 있었어요."

"합리적인 이유? 여론몰이를 해서 샤오원처럼 힘없는 친구를 죽였는데 거기에 합리적인 이유가 있었다고?"

아이가 으르렁거리며 말했다.

"있지요. 우리가 지금 하고 있는 것과 똑같은 '복수'라는 이유가."

아이는 그 자리에 얼어붙었다. 그녀는 아녜의 시선을 따라 천천히 고개를 돌렸다. 노트북 화면을 바라보던 아이는 벼락이라도 맞은 듯 뭔가를 깨달았다. 아녜의 말을 알아들었지만 그녀는 받아들일 수 없었다.

"그, 그러니까 2년 전 학교 게시판에 두쯔위 일을 폭로한 게…… 샤오원이라는……?"

아녜는 대답하지 않고 그 글을 올린 사람의 이름을 가리켰다.

"게시자는 2학년 B반 학급위원입니다. 바꿔 말하면 당시 막 반장이 된 두쯔위죠. 자기 자신이 그런 글을 쓸 리는 없으니 누군가 계정을 도용한 겁니다. 이눠중학교 학생들은 자주 자기 계정에 로그인해야 합니다. 프린터를 쓸 때도 그렇죠. 마음만 먹으면 누구든 비밀번호를 알아낼 수 있어요."

아이는 도서관 게시판에 붙어 있던 비밀번호 보안에 주의하라는 공지사항을 떠올렸다.

"내가 전에 이뤄중학교의 시스템 관리자가 멍청이라고 한 것은 이런 상황에서 글만 삭제하고 백그라운드 프로세스에서 IP 주소를 찾아내 '범인'을 추적할 수 있다는 것도 모르기 때문입니다. 내가 범인이라고 표현한 것은 글을 올린 것 말고 남의 비밀번호를 훔친 일을 이야기합니다. 전자는 교칙에 어긋나는지도 애매하지만, 후자는 확실한 컴퓨터 범죄죠."

"IP 주소는……."

"파이시스 카페."

아이도 익숙한 이름이다.

"그 커피숍은 학교 근처잖아요. 와이파이로 인터넷을 하는 학생이 샤오원 한 명은 아닐 텐데……!"

"IP 주소 외에 사용자 에이전트 기록도 있잖습니까."

아녜가 화면 위 어딘가를 가리켰다.

Mozilla/5.0 (Linux; U; Android 4.0.4; zh-tw; SonyST21i Build/
11.0.A.0.16)
AppleWebKit/534.30 (KHTML, like Gecko) Version/4.0 Mobile
Safari/534.30

"저번에 보여주었던 건데, 소니의 안드로이드 휴대폰이고, 기종은 ST21i입니다."

아녜가 주머니에서 빨간색 휴대폰을 꺼내 흔들어 보였다.

"그, 그럼 누군가 똑같은 기종을……."

"사용자 에이전트는 기종뿐 아니라 운영체제나 브라우저 등도 다 기록으로 남깁니다. 같은 기종의 휴대폰이라도 차이가 있어요. 당신 동생의 반 친구 중에서 찾는다면 이런 사소한 부분까지 똑같은 경우는 많지 않을 겁니다."

아녜는 작업대에 기대어 천천히 아이 쪽으로 몸을 돌렸다.

"글을 올린 날짜는 2013년 9월 13일, 시간은 오후 4시 좀 지난 때입니다. 금요일 방과 후 당신 동생이 커피숍에서 친구들과 모이는 날입니다. 그날 똑같은 기종의 휴대폰을 가진 학생이 우연히 파이시스 카페에서 두쯔위에 대한 글을 올린다는 것은 솔직히 말이 안 되는 일이에요."

"하지만 두쯔위가 그걸 알 리는 없……."

아이는 말을 맺지 못했다. 그녀도 답을 알고 있다. 두쯔위가 사용자 에이전트나 IP 주소를 알아낼 수 없다고 말하려던 순간, 한 사람이 머릿속을 스쳐갔다. 두쯔위의 오빠는 상당한 수준의 해킹 기술도 알고 있는 사람이다.

"객관적으로 볼 때 kidkit727은 보복을 하려고 땅콩게시판에 당신 동생에 대한 글을 올렸습니다. 단어 사용에까지 세심하게 신경을 썼지요. 자신을 공격했던 글에 나오는 '짖지 않는 개'라는 말도 그대로 따다 썼죠. 그걸 보면 두쯔위는 당신 동생이 자신에게 했던 것처럼 샤오더핑도 모함했다고 생각했던 것 같군요. 하지만 오빠인 생쥐 씨가 학교 게시판 백그라운드 프로세스에 침입해서 당시 동생이 범인이라는 것을 알아냈다는 것은 순전히 추측일 뿐입니다."

아녜가 어깨를 으쓱했다.

"증거가 나름대로 있기는 해도 그것만으로 두쯔위가 당신 동생에게 복수하려고 했다는 것을 증명할 수는 없습니다."

"난 믿을 수 없어! 샤오원은 그런, 그런 글을 써서 남을 공격하는 애가 아니야……."

아이가 고개를 마구 흔들었다.

"당신 동생이 글을 썼다고 한 적은 없는데요."

"뭐라고요? 방금……!"

"그 글이 당신 동생의 휴대폰에서 인터넷에 올라간 것은 맞지만, 그렇다고 당신 동생이 글을 썼다는 뜻은 아닙니다. 그날 커피숍에 누가 같이 있었겠습니까?"

궈타이가 했던 말이 떠올랐다. 중학교 2학년이 되면서 리리가 배구부 연습으로 바빠지자 샤오원과 궈타이 둘이서 커피숍에 가는 일이 많아졌다고 했다. 그리고 두쯔위를 향한 궈타이의 악의까지 떠올리자 아이도 아녜의 말을 이해할 수 있었다.

"범인은 궈타이군요."

"네. 글에서도 궈타이라는 것을 알 수 있습니다."

"뭔가 특별한 단어를 썼기 때문에? 편견 대마왕, 편집광?"

"그것도 그렇고, 필적이 남아 있죠."

"인터넷상의 글인데 필적이 어떻게 남아요?"

"인터넷에 올라온 글에도 특징이 남습니다. 아주 많지요. 예를 들면, 두쯔위는 전형적인 모범생입니다. 당신 동생에게 협박 편지를 보낼 때도 빠짐없이 보낸이와 받는이를 썼죠. 라인 메시지를 보아도 문장부호까지 빼먹지 않습니다. 선생님이 자랑스러워할 학생이죠. 반면 두쯔위 오빠는 효율을 중시하는지 마침표는 전부 생략했습니다. 그런데 쉼표는 또 곧잘 씁니다. 보통은 쉼표 대신 한 칸을 띄는 것으로 대신하거든요. 어떤 사람은 한 단락이 끝나면 한 줄을 비우기도 합니다. 어쨌든 다들 특징이 뚜렷하지요."

아녜가 두쯔위를 공격한 글을 가리키며 설명했다.

"이 글에도 그런 특징이 하나 있습니다. 매 문단 처음에 세 칸을 비웠어요. 당신 동생의 글쓰기 습관과 다른 점입니다. 동생은 게시판이든 메일이든 앞에 칸을 비운 적이 없죠. 또 세 칸을 비우는 습관은 궈타이의 페이스북에 올라온 글과도 일치합니다. 당신 동생은 한 문장마다 행갈이를 하는 게 특징입니다. 이 글을 동생이 썼다면 훨씬 많은 문단이 나왔겠지요."

"궈타이가 샤오원을 모함하려고 그 애 휴대폰으로⋯⋯."

"멍청한 소리 하지 마요. 글은 당신 동생이 쓰지 않았지만 아마 그 사실을 알고 있었을 겁니다. 친구의 뜻에 따라 장난처럼 협조했겠죠."

아녜의 냉정한 말투는 아이가 아직도 동생의 편을 들려고 핑계 댄다는 것처럼 들렸다.

"그래서 두쯔위가 당신 동생에게 복수한 것에서 잘못이라면 공범에 불과한 사람을 주범으로 생각했다는 것뿐입니다."

아이는 머릿속이 새하얘졌다. 무슨 이유를 더 찾아서 아녜의 추론을 반박해야 할지, 아니면 그의 말을 깡그리 무시해야 할지 알 수 없었다. 샤오원이 죽은 뒤 아이는 kidkit727을 증오하는 것이 삶의 유일한 버팀목이었다. 그래서 샤오원을 죽인 범인을 찾는 데 모든 것을 걸었다. 매일 밤 잠도 못 잤고 식욕도 없었다. 그것은 오로지 두쯔위가 그녀의 유일한 가족을 빼앗아갔기 때문이었다. 범인이 두쯔위라는 것을 알고 나서는 증오와 분노가 전부 복수의 동력이 되었다.

그런데 지금 아이의 마음속 깊은 곳에서 어떤 목소리가 말을 걸기 시작했다. 두쯔위를 계속 미워할 이유를 잃어버렸다고.

두쯔위 남매가 한 일을 샤오원과 궈타이도 예전에 한 적이 있었다. 심지어 두쯔위가 한 일은 샤오원과 궈타이가 심은 씨앗이었다. 만약 아이가 두쯔위에게 복수하는 것이 정당하다고 말하려면 두쯔위가 샤오원에게 한 짓도 잘못은 아닌 셈이 된다. 아이는 자신이 증오의 뫼비우스 띠 위를 걷고 있다는 생각이 들었다.

그러나 아이는 여기서 멈추고 싶지 않았다.

모니터 속 두쯔위는 나무 인형처럼 컴퓨터 앞에 앉아 있다. 그 애를 증오할 명분은 잃었을지 몰라도 아이는 여전히 표정 하나 변하지 않고 샤오원의 유서를 태운 사람을 용서할 수 없다.

"이런 사실을 언제 알았어요?"

"복수 계획을 준비할 때는 90퍼센트 정도 확인을 마쳤죠."

아이는 쓸쓸한 웃음을 지었다. 그녀는 눈앞의 남자가 피도 눈물도 없는 악마라는 것을 다시 확인했다.

"두쯔위에게 명확한 이유가 있다는 것을 알고서도 복수를 준비한 건가요? 무엇 때문에? 돈? 나는 샤오원을 죽인 사람을 증오했고 그들이 절대 용서받지 못할 악행을 저질렀다고 믿었어요. 하지만 지금 나는 내가 증오하던 사람과 다를 게 없어요. 내가 그들과 무슨 차이가 있죠?"

"차이는, 작년에 두쯔위는 살았고 당신 동생은 죽었다는 것뿐입니다."

아녜의 차가운 말이 아이의 마음속 마지막 선을 건드렸다.

"당신이 지금은 곤혹스럽겠지만."

아녜가 손을 무릎에 얹고 몸을 앞으로 기울였다.

"내가 지난주에 모든 것을 이야기하고 당신이 복수를 포기했다면 당신은 얼마 후 후회했을 겁니다. 가족이라고는 남아 있지 않은 당신과 달리 두쯔위 남매는 편안히 잘살고 있으니까. 당신이 운명이 왜 이렇게 불공평하냐고 원망하기 시작하면 복수를 포기한 것을 어리석은 일이었다고 생각했을 겁니다. 심지어 사실대로 말해준 나한테 분노했을지도 몰라요."

"나, 나는 그러지 않았을 거예요!"

"아니, 그럴 겁니다. 당신만 그런 게 아니라 세상 사람들 누구나 다 그럴 겁니다."

지금 아네의 표정은 아이가 한 번도 본 적 없는 진지한 것이었다.

"인간은 자기가 이기적인 동물이란 것을 인정하기 싫어합니다. 우리는 도덕을 이야기하면서 겉으로 아주 약간의 악의도 용납하지 못하지만, 여유를 잃으면 온갖 이유를 갖다 붙이면서 자신의 행동을 변명하죠. 그게 인간이라는 거예요. 게다가 인간은 핑계를 잘 대거든요. 자신이 이기적이라는 것을 인정할 용기도 없으면서 자기 최면을 걸어 편안해지려고 합니다. 쉽게 말해 위선이죠. 간단하게 묻겠습니다. 당신은 왜 복수하려는 겁니까?"

"물론 샤오원을 위해서……!"

"동생을 위해서? 이건 당신의 복수입니다. 당신은 가족을 잃은 고통을 견디지 못해서 분노를 풀 대상을 찾는 거라고요. 당신이 벗어나고 싶다고 해서 동생을 핑계 대서는 안 됩니다. 당신의 복수는 당신 자신을 위해서 하는 거예요. 당신 동생은 이미 세상에 없습니다. 당신이 왜 동생을 대변하려고 하지요? 동생의 억울함을 풀겠다고요? 더 이상 말하지 못하는 죽은 사람 입에 복수의 이유를 쑤셔 넣는 것이 교활하지 않습니까?"

"샤오원을 얼마나 안다고 헛소리야!"

아이가 소리 질렀다.

"나는 그 애 언니라고! 샤오원이 얼마나 힘들었는지, 어떤 심정으로 목숨을 끊었는지 당연히 내가 제일 잘 알아! 샤오원을 만난 적도 없으면서 당신이 뭔데 이런 이야기를 해?"

"맞습니다. 나는 당신 동생을 만난 적도 없어요. 하지만 그렇다고 동생을 이해하지 못할까요?"

아녜가 샤오원의 휴대폰을 가져와서 뭔가를 조작하더니 아이에게 건네주었다.

"휴대폰만 있으면 그 사람에 대해 뭐든지 알게 된다는 소리나 하겠지! 난 그런 거……!"

아이는 입을 다물었다. 그녀가 본 적 있는 글이 화면에 떠 있었다.

안녕, 낯선 사람.

당신이 이 글을 읽을 때면, 아마도 나는 이 세상에 없을 거예요.

"가, 가짜 유서 내용이 왜 샤오원의 휴대폰에 있어요?"

"유서는 가짜지만 유언은 가짜가 아닙니다. 여러 편의 글 중에서 뽑아서 정리한 것이지만 그 유서 내용은 전부 당신 동생이 직접 쓴 글에서 따온 겁니다."

아녜가 그녀의 손에서 휴대폰을 도로 가져갔다. 그는 화면을 움직인 다음 다시 아이에게 휴대폰을 쥐여주었다.

"여기서부터 읽어요."

2014/06/14 23:11

엄마가 돌아가신 지 한 달이 지났다.

엄마를 생각할 때마다 가슴에 구멍이 뚫린 것 같다.

메울 수 없는 구멍.

매일 집에 돌아가면 집이 너무 춥다.

이 찬바람은 내 가슴의 구멍에서 나오는 것이다.

페이스북 계정이었다. 계정 이름은 'Yee Man', 프로필 사진은 백합꽃 한 송이다.

"이, 이게 샤오원의 페이스북이에요? 하지만 이름이……."

"본명을 쓰지 않았어요. 계속 읽어요."

아이는 화면을 아래로 내리면서 빠르게 읽기 시작했다.

2014/06/19 23:44

나는 언니처럼 강하지 못하다.

언니는 참 대단한 사람이다.

어떤 일도 언니 가슴에 구멍을 뚫지는 못할 것이다.

엄마는 항상 나더러 언니를 닮으라고 했다.

하지만 나는 언니가 아니라서 겉으로만 강한 척할 뿐이다.

나는 평생 언니처럼 될 수 없을 것이다.

두 번째 글은 닷새 뒤에 올라왔다. 파란색과 흰색으로 꾸며진 화면에서 아이는 한 번도 느끼지 못했던 샤오원의 감정을 만났다. 그녀는 샤오원이 자신을 강하다고 여기는 것이 의아했다. 어머니가 돌아가신 후 아이는 어머니를 흉내 내면서 가족을 지키려고 애썼을 뿐이다. 아이는 자기 가슴에도 구멍이 있다고, 다만 그 사실을 감췄을 뿐이라고 말하고 싶었다.

2014/07/02 23:51

매일 집에 가서 하는 첫 번째 일은 텔레비전을 켜는 것이다.

집에 다른 사람이 있는 것 같은 느낌을 받고 싶다.

집에 혼자 있는 시간을 줄이기 위해 학교 도서관에 남아 있기도 한다.

책 읽는 것을 좋아하지 않는데도 말이다.

하지만 언니는 가끔 야근을 하고 9시가 넘어서 집에 올 때가 있다.

학교 도서관은 5시면 문을 닫는데.

언니가 집에 오기 전까지 옛날 생각을 한다.

옛날에 엄마가 바쁘게 출근할 때는 언니가 집에 있었다.

나중에 언니가 바쁘게 출근할 때는 엄마가 집에 있었다.

지금 나는 가족이 없다.

아무도 말하지 않고, 아무도 대답하지 않는다.

나는 그냥 텔레비전에서 나오는 소리를 듣는다.

아이는 이런 동생을 전혀 알지 못했다. 집에 돌아왔을 때 샤오원이 텔레비전을 켜놓고 자기 방에 틀어박혀 있었던 것만 기억난다. 아이는 전기세를 아껴야 한다고 샤오원을 타박했다. 동생이 텔레비전을 켜놓고 등을 돌리고 있었던 이유를 몰랐다.

아이는 그제야 미처 생각지 못했던 동생의 모습을 떠올리기 시작했다. 타박을 들은 후로 샤오원은 전기세를 생각해 텔레비전을 켜지 않았던 것일까? 샤오원의 고독과 불안을 막아주던 방파제를 내가 허물어뜨려 버린 것은 아닐까?

몇 편의 소소한 글이 지나간 뒤에 아이는 동생이 페이스북에 이런 내용을 쓰기 시작한 이유를 알게 되었다.

2014/10/03 22:51

가끔 이렇게 글을 쓰는 것이 바보같이 느껴진다.

친구추가도 하지 않고 모든 글을 비공개로 해두었으니까.

아무도 보지 않을 걸 알면서도 글을 쓰는 게

숨어서 한탄만 하는 것처럼 보일까?

하지만 나는 그것과는 좀 다르다고 생각한다.

페이스북에는 관리자가 있다고 들었다.

그들은 비공개 게시물도 다 볼 수 있다고 한다.

만약 수첩에 일기를 쓰면 그건 나만 볼 수 있다.

하지만 여기에 일기를 쓰면 관리자가 우연히 내 근황을 볼지 모른다.

게다가 그는 내가 누군지 모른다. 나 역시 그가 누군지 모른다.

우리는 서로 낯선 사람이다.

만약 당신이 내 글을 읽는다면 댓글을 달지 않아도 나는 기쁠 거예요.

혼자서 한탄만 하는 사람들보다 내가 조금 나은 거니까.

"페이스북을 아무에게도…… 알리지 않았군요?"

"아마도. 이름도 가명인 것을 보면 다른 사람이 아는 게 싫었나 봅니다. 나무 구멍에 대고 감정을 털어놓는 것과 비슷해요."

"관리자가 글을 볼지도 모른다고 했는데, 정말 그런가요?"

"어느 사이트든 관리자는 모든 내용을 볼 수 있어요. 사이트마다 내부 규칙이 있지요. 관리자가 마음대로 이용자의 사생활을 열람할 수는 없습니다. 게다가 페이스북은 전 세계에 10억 명의 이용자가 있어요. 홍콩에만 400만 명이고. 매일 수천만 개의 글이 올라오는데 당신 동생의 글을 우연히라도 관리자가 보게 될 가능성은 하늘에서 떨어진 운석에 맞는 것보다 낮을걸요."

아녀가 잠시 말을 멈췄다가 다시 입을 열었다.

"하지만 당신 동생은 그 낯선 사람이 존재하든 않든 상관없어 보여요. 댓글도 바라지 않잖습니까. 그냥 들어줄 대상이 필요한 거예요. 사람은 가족보다 낯선 사람에게 더 많은 것을 이야기할 때가 있지요."

아이는 괴로웠다. 샤오원이 언니인 자기도 믿지 못하고 미지의 사람을 대상으로 이야기했다는 사실이 슬펐다. 아이는 얼른 다음 글로 넘어갔다.

11월 어느 날의 짧은 글에서 아이는 마음이 덜컥 내려앉았다.

2014/11/13 01:12

내가 너무 더럽게 느껴져.

샤오원이 지하철에서 성추행을 당했던 날의 글이다. 아이는 이 짧은 한마디를 통해 동생이 그날 느낀 기분을 처음으로 알았다. 그녀는 사건 이후 늘 샤오원을 위로하면서 "언니는 언제든지 네가 기대도 되는 사람이야"라고 말했다. 혹은 범인을 욕하면서 법으로 다스려야 한다고도 말했다. 그러나 한 번도 동생의 기분이 어떤지는 묻지 않았다. 샤오원의 마음속 이야기는 들을 생각을 하지 못했다.

2014/12/05 23:33

오늘 선생님이 그날 일을 다시 물어보셨다.

나는 말하고 싶지 않은데 꼭 이야기해야 한다고 했다.

나는 지금 학교 식당에서 점심도 못 먹는다.

얼굴도 모르는 학생들이 나를 가리키면서 쑥덕거린다.

너무 지친다.

엄마, 보고 싶어.

11월의 일기를 다 읽은 아이는 목이 메었다. 샤오원이 이런 글을 쓸 때 어떤 기분이었을지 알 것 같다. 샤오원은 선생님과 이야기하고 싶지 않다고 했다. 사건 이야기를 또 하는 것이 끔찍했을 것이다. 마지막 말에는 가슴이 찢어지는 듯했다. 샤오원이 하소연하고 싶은 사람은 어머니였다.

아이는 샤오원이 자기에게 도움을 청하지 않은 이유를 돌이켜보았다. 언제부터 동생과 사이가 멀어지게 된 것일까?

2015/02/16 23:55

안녕, 낯선 사람.

이제는 내 이야기를 할 사람이 다 사라졌어요.

오늘 언니가 법정에서 나도 증언해야 한다고 말했어요.

그 사람 변호사가 나를 괴롭히고 모욕할 거예요.

역겨운 기분이 들었어요.

언니는 나를 도와주겠다고 말했어요.

언니가 미소를 짓고 있었지만 그건 다 꾸민 거예요.

내가 너무 쓸모없게 느껴져요.

난 평생 가족에게 짐만 되었어요. 언니에게도, 엄마에게도.

엄마는 나 때문에 돌아가신 거예요.

집이 가난해서 엄마는 나랑 언니 때문에 일을 두 가지나 해야 했어요.

엄마는 너무 고생하셔서 병이 났고, 그래서 돌아가셨으니까요.

내가 태어나지 않았으면 엄마는 돌아가시지 않았을 거예요.

다 내 탓이에요.

"아니야…… 아니야! 왜 그렇게 생각해……?"

아이는 저도 모르게 소리쳤다. 동생이 이런 생각을 하는 줄 꿈에
도 몰랐다. 어머니의 죽음이 자기 탓이라니, 명랑한 성격의 샤오원
이 이런 부정적인 생각을 하고 있었다니.

"당신은 어렸을 때부터 동생을 지켜봤으니까 항상 철없는 아이라
고만 생각했을 겁니다. 하지만 아이들은 성장하고, 생각하게 되고,
어떨 때는 편견을 가지죠. 객관적으로 볼 때 당신 동생이 말도 안 되
는 소리를 한다고 할 수는 없어요."

"하지만…… 하지만…… 엄마와 나는 한 번도 그렇게 생각하지
않았는데……."

"반대로 생각해봅시다. 동생이 태어나지 않았으면 가계 지출도
줄었을 테고, 당신은 공부에 집중하거나 학창시절을 즐기지 않았
을까요? 어머니도 일을 두 가지나 하지 않았을 테고 당신도 대학을
갔을지도 모르잖아요?"

아이는 말문이 막혔다. 아녜는 어떻게 자신이 대학을 포기하고
직장생활을 시작했는지 등을 다 아는 것일까?

"계속 읽어요."

2015/02/26 17:13
드디어 일단락이 되었다.

2월 말의 짧은 글은 가족의 불행이 잠시 멈췄던 때를 보여준다.
아이는 그날이 샤오더핑의 두 번째 재판일이라는 것을 기억한다.

그가 범행을 인정해서 샤오원은 증언을 하지 않아도 되었다.

그러나 곧이어 폭풍이 시작된다.

> 2015/04/11 23:53
>
> 왜? 왜? 왜?
>
> 왜? 왜? 왜?
>
> 왜? 왜? 왜?
>
> 왜 나를 가만히 두지 않아?
>
> 하늘이 나에게 벌을 내리는 걸까?

날짜를 볼 필요도 없다. kidkit727이 땅콩게시판에 글을 올린 다음 날의 일기다. 아이는 그 주말 동안 자기는 아무것도 몰랐던 것이 후회스러웠다. 샤오원이 심각한 문제를 겪고 있음을 알았어야 했다. 동생 혼자서 인터넷의 비난을 맞게 해서는 안 되었다.

> 2015/04/15 01:57
>
> 학교에서 나를 보고 쑥덕거리는 사람이 더 늘었다.
>
> 게다가 그들의 눈빛이 더 무서워졌다.
>
> 다들 그 외조카라는 사람이 쓴 글을 믿는다.
>
> 그리고 더 무서운 내용들도.
>
> 나는 마약도 원조교제도 하지 않았어.
>
> 하지만 친구들도 나를 믿지 않는다.

샤오원은 페이스북에 일기를 쓰는 날이 잦아졌다. 글을 올리는 시간대도 밤 11시에서 새벽으로 바뀌었다. 아이는 샤오원이 세상을 떠난 지 두 달 후인 오늘에야 글을 통해 동생의 공포를 느낀다. 그 시기 샤오원은 밤에 거의 잠을 못 이룬 것 같다. 혼자서 어떻게 견뎠을까? 그때 아이는 동생이 잠들면 혼자서 컴퓨터로 인터넷에 올라온 글들을 읽었다. 혹시 샤오원은 그런 언니의 뒷모습을 보며 잠든 척하고 있었던 게 아닐까? 샤오원이 그때 괜찮아 보였던 것은 언니가 걱정할까 봐 일부러 연기한 것은 아닐까? 혹시 언니를 곤란하게 했다고 또 스스로를 비난한 것은 아닐까?

아이는 동생에 대해 아는 게 하나도 없는 것 같았다. 분명한 것은 자신이 동생에게 기댈 수 있는 대상이 되지 못했다는 것이다.

> 2015/04/18 01:47
>
> 화장실에서 다른 사람들이 내 이야기를 하는 것을 들었다.
>
> 어쩌면 그들이 맞는지도 모른다.
>
> 나는 다른 사람들에게 민폐를 끼치는 존재다.
>
> 나는 친구를 사귈 자격이 없다.
>
> 나는 행복할 자격이 없다.
>
> 나는 살아 있을 자격이 없다.

'자격'이라는 말이 쇠몽둥이처럼 아이를 때렸다. 아이는 동생을 붙잡고 말하고 싶었다. 너는 자격이 있어. 누구도 네가 행복하게 사는 것을 막을 수 없어. 너에게 친구가 없더라도 언니가 너를 사랑하고 지켜줄 거야. 아이는 이제 무엇 때문에 샤오원이 이런 부정적인 생각을 하게 되었는지 책임을 따지고 싶은 생각도 없다. 오로지 그때 마음속 말을 동생하게 해주지 못한 것이 후회스러울 뿐이다.

안녕, 낯선 사람.

당신이 이 글을 읽을 때면 아마도 나는 이 세상에 없을 거예요.

요즘 나는 매일 죽는 생각을 합니다.

정말, 정말 지쳤어요.

매일 밤 악몽을 꾸고, 꿈에서 나는

황야를 걷다가 시커먼 것에게 쫓깁니다.

쉼 없이 도망가고 소리치지만, 아무도 구해주지 않아요.

아무도 구해주지 않는다는 것을 나도 잘 알아요.

그 시커먼 것은 나를 찢고 산산조각 내면서

웃어요.

웃음소리가 무서워요.

제일 무서운 것은 꿈속에서 나도 웃고 있다는 거예요.

내 마음도 망가진 것 같아요.

"이건…… 이건 정말 샤오원의 유언……."

아이는 목이 메는 것을 억지로 참았다. 오른손으로는 휴대폰을 부서뜨릴 듯 힘껏 쥐었다. 아녜가 위조했던 유서의 첫 장은 한 글자도 다르지 않은 샤오원의 일기였다. 샤오원이 이 글을 쓴 것은 자살한 5월 5일에서 열흘이나 더 전이었다. 샤오원은 훨씬 전부터 죽고 싶은 충동을 느꼈던 것이다. 그런데 아이는 전혀 몰랐다. 오히려 동생의 마음이 전보다 안정되었다고 여겼다.

2015/04/27 02:22

나는 곧 무너질 것 같다.

학교에서든 길에서든 지하철이나 버스에서든 나는 숨이 막힌다.

매일 수천 쌍의 악의적인 눈동자가 나를 노려보는 것을 느낀다.

그들은 내가 죽어야 한다고 생각한다.

나는 도망칠 곳이 없다.

학교에서도 집에서도 생각한다, 지하철역에 안전문이 없다면,

열차가 들어올 때 한 걸음 내딛어 다 끝낼 수 있을 텐데.

내가 죽는 게 낫다. 어차피 다른 사람에게 폐만 끼치니까.

"아!"

이 글의 마지막 문장에서 아이는 한 가지 사실을 깨달았다. 그녀는 줄곧 잘못 생각하고 있었다. kidkit727이 메일로 부추겼기 때문에 샤오원이 자살한 거라고 생각했다. 그러나 이 글을 비롯해 페이스북의 일기들은 아이의 생각이 맞지 않다는 것을 보여준다. 아이는 이제야 동생의 마음을 제대로 이해하기 시작했다.

kidkit727의 메일은 동생을 자살하게 만든 촉진제였다. 그러나 동생이 자살을 택한 가장 결정적인 이유는 마지막 메일의 "넌 죽어도 싸"가 아니다. 오히려 두 번째 메일의 "그때가 되면 너는 반에서 쓰레기가 될 것"이라는 말이다.

동생의 마음 상태에서 가장 큰 문제는 자신이 남에게 폐가 되고 나쁜 일은 다 자기 탓이라고 여기는 것이었다. 동생은 자기가 어머니와 언니를 힘들게 했다고 생각했다. 그리고 리리와 궈타이의 관계를 생각하면서 자기가 친구들도 힘들게 했다고 생각했다. 성추행 사건, 땅콩게시판 사건 등도 학교에 분란을 일으킨 자기 잘못이라고 생각했다. 동생은 자신이 세상에 필요 없는 오점이라고 여겼던 모양이다. 게다가 언니인 아이 자신도 동생에게 제대로 표현한 적

이 없었다. 동생이 자신에게 얼마나 소중한 존재인지를.

2015/04/29 02:41

난 이 세상을 떠나고만 싶다. 친한 친구에게 미안하다고 말하고서.

아니, 예전에 친했던 친구라고 해야겠지.

매일 교실에서 그 애를 본다.

겉으로는 아닌 척하지만, 그 애는 나를 미워한다.

나를 미워하는 것도 당연하다.

내가 그 애 마음을 아프게 했으니까.

그 일 이후로 우리는 대화를 하지 않는다.

나는 그 애의 친구가 될 자격이 없다.

어쩌면 잘된 일인지도.

내가 더는 그 애에게 폐를 끼치지 않을 테니까.

다음 일기는 아이의 짐작이 진짜였음을 보여주었다. 샤오원이 말하는 '나를 미워한다'는 여자아이는 리리였다. 가짜 유서에서도 나온 말이지만, 아녜는 그냥 갖다 쓴 것뿐이다.

2015/05/01 03:11

내가 없으면 친구들도 편해질 것이다.

가면을 쓰고 내 앞에서 연기할 필요가 없으니까.

선생님은 반에서 내 이야기를 하지 말라고 하셨지만,

다들 뒤로 내 이야기를 하는 것을 알고 있다.

내가 반 분위기를 해친다고 생각할 것이다.

특히 그 여자애는 내가 자퇴하기를 바랄지도 모른다.

그 애가 친구들에게 하는 말을 들었다.

내가 학교에 나와서는 안 되는 거였다고 했다.

그 애는 나를 싫어한다.

나는 그 애가 남몰래 어떤 일을 했는지도 알고 있다.

내가 남의 연인을 빼앗고, 마약과 원조교제를 했다고 말한 사람도 그 애다.

증거는 없지만.

그 사람의 외조카에게 거짓말로 내 이야기를 한 것도

그 애 아니면 그 애를 따라다니는 친구들이겠지.

다들 입이 가벼우니까.

하지만 이제 상관없다.

어차피 나는 곧 그들이 바라는 대로 사라질 테니까.

"여기서 이야기하는 여자애…… 공주인가?"

아이가 중얼거렸다.

"당신 동생은 샤오더핑의 외조카에게 자기 이야기를 한 사람이 공주라고 생각하는 것 같군요."

아녜가 끼어들었다.

"공주가 당신 동생이 학교에 나오지 말았어야 했다고 한 것이 꼭 악의는 아니었을 겁니다. 숨어서 수군거리는 상황이 싫어서 그랬던 걸지도 몰라요. 그 애 친구들은 매일 이런저런 소문을 떠들었겠지만, 공주가 겉보기처럼 나쁜 애가 아니라면 속으로는 괴로워했겠지요. 샤오원을 안타깝게 생각하면서도 겉으로는 말을 못 했을 거예요."

아이는 스크롤을 내렸다. 이제 남은 것은 마지막 일기 하나뿐이다.

날짜는 5월 4일, 샤오원이 자살하기 하루 전이었다.

2015/05/04 03:49

안녕, 낯선 사람.

어쩌면 당신에게 마지막으로 하는 말일지도 몰라요.

너무 힘들어요. 더는 다른 사람 앞에서 아무 일도 없는 척하기 싫어요.

특히 언니 앞에서.

언니가 연기하고 있는 것을 알아요.

두 사람이 서로 힘들게 연기하면서 지내느니

깨끗하게 끝내는 게 나은 것 같아요.

내가 떠나면 언니는 행복할 거예요.

낯선 사람님,

나는 어우야원입니다.

얼마 전 인터넷을 들썩이게 한 그 여학생이에요.

내가 누군지 모른다면, 인터넷에서 검색하면 금방 알게 될 거예요.

내 이름을 쓴 것은 무엇을 어떻게 하고 싶어서가 아니에요.

어차피 당신은 나를 모르고, 나도 당신을 모릅니다.

내가 바라는 것은 세상의 어느 낯선 사람이

내 이야기를 들어주고 내가 존재했음을 증명해주는 것뿐이에요.

당신이 이 글을 읽을 때 내가 이미 존재하지 않을지라도.

"네가 죽으면 나는 절대로 행복할 수 없어!"

아이는 샤오원의 빨간색 휴대폰을 향해 고통스럽게 외쳤다. 그러나 이제는 그 어떤 첨단 과학기술로도 그녀의 외침을 샤오원에게 전해주지 못한다. 그녀는 아녜가 샤오원의 일기를 이리저리 짜깁기하여 가짜 유서를 만든 것에도 화가 나지 않았다. 아녜는 '이름을 쓴 것'을 두쯔위의 이름인 것처럼 보이게 상황을 꾸몄지만 사실 그것은 동생이 비참한 심정으로 낯선 사람에게 보내는 편지였다.

아이는 지금 샤오원에게 말하고 싶을 뿐이다. 동생이 자살한 뒤에 행복해지는 언니는 없다고, 너의 죽음은 언니를 슬픔으로 밀어 넣었을 뿐이라고.

아이는 그때 매일 샤오원의 일로 고민했다. 하지만 지금 샤오원을 잃고 느끼는 고통에 비하면 그때는 행복한 시절이었다. 적어도 아이에게는 걱정할 가족이 있었다.

"아녜…… 샤오원의 일기를 줄곧 알고 있었군요."

아이가 이를 악물고 말했다.

아녜는 샤오원의 휴대폰을 건네받은 날 이미 모든 것을 알았을 것이다. 샤오원이 죽은 이유도 다 알았을 것이다.

"맞습니다."

"그런데 줄곧 속였고요?"

아이의 목소리에 분노가 섞였다. 곧 폭발할 것 같았다.

"당신이 묻지 않았으니까."

아녜가 당연하다는 듯 말했다.

"사람들은 늘 '해답'만 맹목적으로 찾습니다. 그렇지만 궁극적인 해답을 찾더라도 그때 가서 자신이 애초에 '질문'을 이해하지 못했다는 것을 알게 되지요. 어우야이 씨, 당신은 땅콩게시판에 글을 올린 사람을 찾아달라고 했습니다. 두쯔위의 동기, 당신 동생이 자살한 이유 같은 것은 조사해달라고 하지 않았어요."

"하지만, 하지만…… 알고 있었잖아요!"

"이 페이스북의 글들이 당신에게 무척 중요하다는 걸 알면서도 왜 말하지 않았느냐고요?"

아녜는 그녀가 폭발하는 것을 막으려는 듯 말을 가로챘다.

"맞아요, 알고 있었죠. 그러나 당신이 동생의 유언을 보기 위해 뭐든 할 정도라는 것도 나의 주관적인 견해입니다. 당신이 묻지도 않는데 내가 왜 조사해야 할 내용도 아닌 것을 증명하고 알려주어야 합니까? 만약 당신이 동생에 관한 '모든 진실'을 요구했다면 애초의 의뢰 내용이 달랐을 겁니다. 그러나 당신이 원하는 진실은 당신의 주관적인 바람을 만족시키기 위한 부분적인 진실이었어요. 그러니 나는 말해줄 의무가 없습니다. 또한 당신 동생이 이런 방식으로 글을 남긴 것은 가족이나 친구가 자기 일기를 읽지 않았으면 했기 때문입니다. 나는 당신 동생의 바람을 존중했습니다. 무엇이 더 불만입니까?"

아이는 또다시 그의 비뚤어진 논리에 대꾸할 말을 찾지 못했다.

"그리고 나는 좋은 뜻에서 당신에게 여러 차례 단서를 주었습니다. 당신이 알아차리지 못했을 뿐이죠. 당신이 동생의 교우관계에 대해 아무것도 모른다고 지적한 적이 있지 않습니까? 당신이 아는 동생과 진짜 동생은 다를 수도 있다고 말한 적도 있고요. 그때는 한 귀로 흘렸으면서 이제 와서 왜 내가 일찍 말해주지 않았다고 원망하는 건가요?"

아이는 아녜가 그런 말을 했던 것을 기억한다. 그녀는 당황하는 동시에 후회했다. 아녜의 논리에 전부 동의하지는 않지만, 자신이 중요한 부분을 소홀히 여겼다는 것은 분명히 인정한다. 샤오윈이 세상을 떠나기 전이든 후든 아이는 동생의 마음을 진정으로 들여다본 적이 없었다.

"내가 당신 동생의 용돈이 얼마냐고 물은 적 있지요."

아녜가 평온하게 말을 이었다.

"그때 당신과 동생이 가까워 보여도 서로 잘 모른다는 것을 알았습니다.”

“뭐라고요?”

“동생의 용돈이 매달 300홍콩달러라고 했죠. 그 돈은 교통비와 점심값을 제하고 나면 요즘 중학생들에겐 부족해요. 물가가 얼마나 많이 올랐습니까? 예전에는 20홍콩달러면 도시락을 하나 살 수 있었지만 요즘은 30홍콩달러로도 국수 한 그릇이 고작이에요. 동생이 좋아서 매일 샌드위치를 먹었겠어요? 점심을 저렴하게 먹어야 친구들과 카페에 가서 차를 마실 수 있을 거 아닙니까?”

“샤오원은 낭비하는 아이가 아니에요! 비싼 휴대폰 사려고 밥을 굶는, 그런 허영심 가득한 애가 아니라고요!”

아이가 항의했다.

“내가 언제 명품 이야기 했습니까? 일반적인 중학생의 생활을 이야기하는 겁니다. 친구들끼리 모여서 놀 때는 친구들의 기분도 고려해야지요. 분위기에 찬물을 끼얹을 수는 없잖습니까?”

“용돈이 더 필요하면 나한테 이야기를 했을 거예요!”

“당신 동생은 친구들 기분을 신경 썼듯이 집안 경제도 신경 썼겠지요. 그러니 당신에게 용돈을 더 달라고 하지 않았을 거고요.”

아녜는 그녀의 완고한 태도를 비웃는 듯 흥 하고 코웃음을 쳤다.

“동생이 어리다고 해서 집안 형편에 신경 쓰지 않았을까요? 그렇게 생각한다면 큰 오산입니다. 엄마와 언니가 고생해서 돈을 번다는 걸 동생도 잘 알기에 폐를 끼치지 않으려고 했습니다. 그런데 아무것도 모르는 언니는 동생 마음도 모르고 자기 입장에서만 생각하는 겁니다.”

“그거, 그거 전부 추측이잖아요…….”

“추측이지요. 하지만 증명할 수 없는 추론을 이야기하라고 종용한 사람은 당신입니다."

아녜가 정색하며 말을 이었다.

"원 디렉션에 대한 것도 마찬가지예요. 당신 동생은 그렇게 열성적인 팬은 아닐 겁니다. 리리가 좋아하니까 화제를 맞춰주려고 원 디렉션 노래를 듣기 시작했겠죠. 동생 휴대폰이든 다른 물건이든 뒤져보세요. 진짜 팬이라면 적어도 음반이든 뭐든 나오겠죠. 동생이 정말 팬이었으면 당신이 리리를 만났을 때 원 디렉션이 누구인지 깜깜하게 몰랐겠습니까? 이런 걸 보면 동생은 친구 마음을 많이 챙겨주는 성격인 것 같았지요. 이건 억측이 아니겠죠?"

아이가 집에서 샤오원의 휴대폰을 찾을 때 동생의 물건 중에는 음악잡지나 음반이 전혀 없었다. 열네댓 살짜리 소녀 팬의 방은 아니었다.

"어우야이 씨."

아녜가 가볍게 한숨을 쉬며 표정을 풀었다.

"내가 이렇게 말하면 기분 나쁠지도 모르겠지만, 당신과 나는 비슷한 종류의 사람입니다. 고독을 좋아하고 즐기는 사람이죠. 흥미 없는 사교활동을 하느니 그 시간을 좀 더 유용한 일에 쓰려고 합니다. 당신은 가족을 돌보기 위해 학교생활을 포기했고, 책을 읽기 위해 친구들 모임에 나가지 않습니다. 당신과 나는 세속적인 평가를 무시하고 자기 마음대로 삽니다. 그렇지만 당신 동생은 당신이 아닙니다. 친구들 사이에서 압박감을 느끼고 여러 사람과 어울려 살려고 합니다. 다른 사람의 모습을 본보기로 삼아 공통의 취미가 있는 척하지요. 아마도 이런 이유 때문에 궈타이의 고백을 받아주었겠지만 그게 더 큰 상처가 될 줄은 몰랐겠죠."

"무슨 말이에요? 샤오원이 궈타이를 좋아하지 않는데 사귀었다고요?"

"요즘 애들은 고백하고 사귀는 데 그리 큰 이유가 필요하지 않습니다. 단지 싫지 않으니까, 친구들도 다 연애를 하니까, 이런 이유로 사귀는 거지요. 특히 당신 동생 같은 경우는 이 기회에 달라지자고 생각했을지도……."

"샤오원 같은 경우?"

아녜가 턱을 만지작거리며 몇 초 망설이더니 입을 열었다.

"이건 정말 추측입니다. 동생은 아마 다른 애를 좋아했을 거예요."

"누구를요?"

"동생이 휴대폰에서 다른 사진은 다 지웠는데 친구 사진은 딱 하나 남겨뒀습니다. 당신 생각에는 동생이 누구를 좋아했을 거 같습니까?"

"혹시…… 리리? 리리인가요? 샤오원이 여, 여자애를……?"

아이가 더듬거리며 대답했다.

"그 애도 자기 감정에 혼란스러웠을지도 모르지요. 도대체 어떤 감정인지 말입니다. 하지만 이게 사실이라면 합리적인 설명이지요. 리리를 좋아해서 같은 가수를 좋아하고, 점심을 샌드위치로 때우더라도 같이 차를 마시러 가고. 하지만 두 사람이 사귈 수 없다고 생각하니까 궈타이의 고백을 받아주는 걸로 비정상적인 감정을 바꿔보려고 했다고 생각할 수 있죠. 나중에 자기가 좋아하는 아이가 상처받은 것을 알고는 자기가 물러난 거고요."

아이는 머리가 어지러웠다. 그녀가 동성애를 반대하는 것은 아니다. 샤오원이 여자아이를 좋아한다고 고백했다면 충격이긴 해도 결국 받아들였을 것이다. 아이가 지금 받아들이기 힘든 것은 동생의 그런 고민을 자신이 전혀 알지 못했다는 사실이다. 어쩌면 샤오원은 샤오렌에게 자신을 대입해보았을지도 모른다. 리리를 좋아하는데도 그 아이와 절교한 것에 절망했을 수도 있다. 그것 때문에 크리스마스이브에 제이슨의 사촌형이라는 남자의 꼬임에 넘어가서 위험한 지경에 처했던 것인지도…….

"나…… 나는 지금까지 좋은 언니라고 자부했는데…… 샤오원을 위해서 진학도 포기했는데, 샤오원만큼은 편안하게……."

"또 그러는군요."

아녜가 불쾌한 표정을 지었다.

"동생을 위해? 동생에게 그걸 원하느냐고 물어본 적은 있습니까? 자신을 위해서 언니가 희생하는 것을 동생이 기뻐했겠어요? 당신은 자신의 위대한 마음 때문에 너무 많은 기대를 등에 업고 숨이 찬 것은 아닙니까? 요즘 많은 사람들이 그런 문제를 갖고 있지요. 자기 혼자서, 자기가 뭐라도 되는 양. 바꿔 말하면 통제 욕구입니다. 자신의 기준을 타인에게 강요하는 거예요. 스스로 가족이 무슨 의미인지 물어본 적은 있습니까?"

아녜는 아이의 손에서 샤오원의 휴대폰을 빼앗아 뭔가를 조작한 다음 말했다.

"당신 동생의 휴대폰에는 친구와 찍은 사진 말고 또 다른 사진이 하나 더 있습니다."

"아!"

사진을 본 아이는 저도 모르게 소리를 질렀다. 샤오원의 얼굴이 사진 왼쪽에, 오른쪽에는 머리를 감았는지 수건을 머리에 감고 욕실에서 나오는 사람이 있다. 바로 아이 자신이었다. 아이 옆으로는 저녁을 준비하는 어머니도 보인다. 어머니와 아이가 대화를 나눌 때 샤오원이 슬쩍 이 사진을 찍었을 것이다. 샤오원이 중학교 1학년일 때 휴대폰을 사고 얼마 지나지 않아 찍은 것 같다. 사진 속 샤오원은 기분 좋게 웃고 있다. 몰래 사진 찍기에 성공한 만족감일까? 아이는 동생이 이 사진을 남긴 의미를 알 것 같다. 샤오원은 사랑하는 가족과 함께하는 순간을 사진으로 남긴 것이다. 평범하기 짝이 없는 생활의 한 장면을 영원히 기록한 것이다.

샤오원은 가족을 사랑했다. 평범한 하루하루였고 식탁도 풍성하지 않았지만 한때는 행복했다. 아이는 눈물을 뚝뚝 흘렸다. 후회가 물밀듯 밀려왔다. 이 사진을 보고, 페이스북 일기를 읽고 아이는 깨달았다. 샤오원은 자살을 결심할 때 자신이 진학을 포기하던 때와 같은 심정이었다는 것을. 사랑하는 언니를 위해 자신을 희생하기로 결심했다는 것을. 아이는 동생이 명랑한 성격이라고 생각했다. 하지만 그것은 동생이 어머니와 언니를 위해 일부러 밝은 모습을 연기했던 것인지도 모른다. 아이는 자신이 그렇게도 kidkit727을 찾으려 했던 이유도 깨달았다.

그녀는 여론을 선동해 샤오원을 죽인 비열한 놈을 증오하는 것 이상으로 자신을 원망했다. 자신은 샤오원과 가장 가까운 사람이면서 어려움에 처한 동생을 보호해주지 못했다. 어머니의 마지막 유언을 저버린 셈이 되었다. 아이는 샤오원이 자살한 책임을 다른 사람에게서 찾으려 했다. 그러나 책임 소재를 따지는 것은 아무 소용이 없다. 누리꾼을 선동한 사람, 여론을 몰아간 누리꾼, 샤오원의 친구들, 학교, 사회까지 모든 사람에게 책임이 있다. 하지만 가장 큰 책임은 바로 동생을 돌보지 못한 언니에게 있었다.

생계에 치여 아이는 더 중요한 일을 소홀히 했다. 삶에서 돈은 수단일 뿐, 목적은 가족과의 행복한 삶에 있다. 그러나 오늘날의 사회에서 사람들은 쉽게 본질을 잊어버린다. 돈을 목적으로 살고 돈의 노예가 되어 살아간다.

—샤오원은 섬세한 아이야.

어머니가 지나가듯 한 말이 떠오른다. 섬세하니까 민감하고, 남의 마음을 잘 이해하지만 자신은 잘 이해받지 못한다. 어릴 때 동생을 돌보던 순간도 떠오른다. 갑자기 어두운 차 안에 꼬마 샤오원이 나타나 입술을 내밀고 작은 손으로 언니의 얼굴을 쓰다듬는다.

—언니, 울지 마.

삐삐.

날카로운 전자음에 아이는 기억에서 깨어났다.

아녜가 작업대 위의 다른 컴퓨터를 확인하더니 미간을 찌푸렸다.

"이런 중요한 순간에…….."

아녜는 다시 모니터를 주시했다. 두쯔위가 노트북 카메라의 앵글에서 벗어났다. 밖에서 촬영하는 화면을 보면 두쯔위가 창 바로 앞에 서 있는 것이 보인다. 빛을 등지고 있어서 아녜와 아이는 두쯔위의 표정을 알아볼 수 없었다.

"어떻게 된 거죠?"

"두쯔위 오빠가 근처에 왔습니다. 아마 동생에게 문제가 생긴 것을 알아차렸나 봅니다. 하, 진짜 민감하네."

아녜가 컴퓨터 화면 위쪽의 숫자를 가리켰다.

"오빠 휴대폰이 노랑가오리의 범위 안에 들어왔어요."

아녜의 손가락이 키보드 위를 나는 듯이 달렸다. 모니터들 중 두쯔위의 방을 찍는 영상 외에는 전부 브로드캐스트 드라이브의 거리로 바뀌었다. 아이는 아녜가 드론을 몇 대나 운용하고 있는지 알지 못한다. 주변의 감시카메라 영상을 빼오는 것은 아닌지 의심스럽기도 하다. 아녜가 뭔가를 찾고 있는지 화면이 시시각각 바뀌고 있었다.

"저기."

아녜가 입을 열었다. 1번 모니터에 뭔가가 잡혔다. 화면으로 보니 택시 한 대가 달려오고 있다. 택시가 멈추고 한 사람이 차에서 내려 달리기 시작한다. 화면이 흐릿하지만 두쯔위의 오빠라는 것은 알 수 있었다.

"시간이 없어요."

아녜가 마이크를 아이 앞에 내려놓으며 말했다.

"복수하고 싶으면 지금 해야 합니다."

아이는 믿을 수 없어 하는 표정으로 물었다.

"나에게 다 말해줬잖아요! 복수를 멈추라고 그런 거 아니었나요?"

"멈춰요? 내가 왜요?"

아녜는 시선을 여러 모니터에 고정하고 고개도 돌리지 않았다.

"동생의 자살 원인이나 그 애에게 무슨 비밀이 있었는지는 지금이 복수와 관련이 없습니다. 두쯔위와 그 애 오빠는 계획적으로 인터넷 여론을 선동해 동생을 괴롭혔습니다. 그건 바뀌지 않는 사실이지요. 동생이 그날 두쯔위의 메일을 받았기 때문에 자살한 것 역시 사실이고, 당신이 동생의 죽음으로 고통받은 것도 사실입니다. 그러니 이에는 이, 눈에는 눈입니다. 나는 말릴 생각이 없습니다."

빌라 입구를 찍는 화면에 두쯔위의 오빠가 경비원과 실랑이를 벌이는 모습이 보인다.

"어우야이 씨, 복수는 당신 자신을 위해서 하는 거라고 말한 것은 부정적인 의미가 아니었습니다. 순수하게 단어의 뜻 그대로입니다. 나는 두쯔위를 향한 당신의 증오심을 이해합니다. 특히 우리 앞에서 감쪽같이 거짓말하고 유서를 태워버리던 모습을 생각하면 더 그렇죠. 당신이 동생을 자살하게 만든 원인 중 하나였다는 것도 신경 쓸 것 없습니다. 하고 싶으면 무엇이든 하면 됩니다. 그리고 나는 단지 당신의 복수를 대신 해주는 대리인입니다. 사람이 칼을 가지고 무엇을 하든 칼은 아무 의견도 없어요. 모든 것은 당신이 결정합니다."

아녜의 말이 아이의 증오심에 다시 불을 붙였다. 그러나 아이는 결정을 내릴 수가 없다. 샤오원이 자살하기 전 받은 메일이 다시금 떠오른다. 그 악독한 말들, 무너지는 댐에 떨어지는 마지막 한 방울의 물……. 아이가 지금 마지막 한마디를 던지는 것은 받은 대로 갚아주는 것일 뿐이다. 모니터에서 두쯔위의 오빠가 경비원을 제치고 엘리베이터로 뛰어드는 모습이 보인다. 엘리베이터 문이 닫혔다. 경비원은 엘리베이터를 타지 못했다.

아이는 마이크를 잡았다. 손가락이 전원 스위치에 얹혔다. 그녀는 2번 모니터를 보았다. 두쯔위가 창 앞에 서 있다. 여름 바람에 긴 머리가 팔락거린다. 아이는 두쯔위가 연약하다고 느꼈다. 한 번 툭 치면 10층 아래로 떨어져 도자기 인형처럼 깨어질 것 같다.

"엘리베이터가 10층에 곧 도착합니다."

아녜가 말했다.

아이는 두쯔위를 뚫어져라 처다보았다. 자신이 환청을 들려주지 않아도 두쯔위는 곧 뛰어내릴 것 같다. 두쯔위의 몸이 바람도 이기지 못하는 듯 흔들거렸다. 창 앞에 선 그녀는 평소보다 키가 커 보인다. 창틀이 두쯔위의 허벅지쯤에 온다.

아니다! 아이는 불현듯 깨달았다. 두쯔위는 키가 커진 것이 아니라 뭔가를 밟고 올라선 것이다.

그 생각이 머릿속을 스쳐간 순간 아이는 마이크 전원을 켜고 마지막 한마디를 던졌다.

"정신 차려!"

화면 속 두쯔위가 정신이 든 듯 몸의 흔들림이 멈췄다. 두쯔위는 의아하며 주변을 둘려보았다. 10초쯤 지났을까, 그녀가 고개를 돌려 문 쪽을 바라본다. 현관에서 들려오는 급박한 초인종 소리, 오빠의 목소리. 두쯔위는 급히 방을 나갔고, 화면에서 사라졌다.

"왜 갑자기 뒤집었어요?"

아녜가 물었다.

"…… 그만…… 그만하는 게 좋겠어요…….”

아이의 손바닥에 땀이 흥건했다. 여전히 마이크를 꽉 쥐고서 아이는 텅 빈 방을 비추는 모니터를 멍하니 바라보았다.

"계획 중지?"

"네…… 이만 끝내요…….”

아녜가 어깨를 으쓱하면서 키보드를 두들겼다. 와이파이와 휴대폰에 손을 쓴 흔적을 없애고 모두 원래의 시스템으로 돌려놓았다.

방금 아이는 두쯔위에게서 샤오원의 그림자를 보았다. 아무리 두쯔위가 증오스럽더라도 그 애가 샤오원의 전철을 밟는 것을 그대로 지켜볼 수는 없었다. 아이는 그날 피웅덩이에 누워 있던 샤오원의 모습을 떠올렸다. 자신은 그 옆에서 비통하게 울부짖었다. 두쯔위 남매가 자신의 원수이기는 하지만 똑같은 상황으로 밀어넣을 수는 없었다. 아이는 마음속의 목소리가 무엇을 이야기하는지 분명히 들었다. 자신의 비참한 운명을, 불행을 타인에게 전가한다면 다시는 행복할 수 없을 것 같다. 복수는 오히려 불행을 지속시키고 또 다른 형태로 세상에 원한을 남겨놓을 뿐이다.

아녜가 드론을 정리하는 사이 아이는 모니터에 비친 두쯔위 남매를 보며 『안나 카레니나』의 유명한 첫 문장을 생각했다.

'행복한 가정은 집집마다 이유가 비슷하지만, 불행한 가정은 불행의 이유가 각자 다르다.'

두 사람이 현관에서 부둥켜안은 채 무릎을 꿇고 있는 모습이 그 문장을 떠올리게 했다. 오열하는지 두쯔위의 몸이 덜덜 떨린다. 그날 아이가 10분만 일찍 집에 갔더라면 저렇게 샤오원을 끌어안고 울지 않았을까…….

갑자기 아이가 의자에 털썩 주저앉아 울기 시작했다. 눈물은 곧 오열로 바뀌었고, 오열에서 통곡이 되는 데는 오래 걸리지 않았다. 샤오원이 세상을 떠난 후 아이의 눈물에는 많든 적든 언제나 원망이 담겨 있었다. 여론을 선동한 사람에 대한 원망, 사회에 대한 분노, 그리고 운명이 불공평하다는 울분. 그러나 지금 이 순간 아이의 눈물에는 슬픔만 존재했다. 순수하게 샤오원을 잃어버렸기 때문에, 동생이 겪은 불행 때문에 흘리는 눈물이었다.

아녜가 다가와 휴지를 건넸다. 그때 아이가 너무 심하게 울어서 의자에서 굴러떨어질 뻔했다. 아녜는 그녀를 부축했다. 그녀가 자신의 가슴에 기대어 서럽게 우는 것을 가만히 내버려두었다.

아이는 아녜에게 약한 꼴을 보이는 게 싫었다. 그녀는 그가 진심으로 싫었다. 하지만 지금 이 순간만은 지저분하고 잔뜩 주름진 트레이닝복이 편안했다.

어쩌면 고독이 습관화된 사람에게도 타인의 위로가 필요한 순간이 있는지도 모른다. 한참 만에 아이는 그런 생각을 했다.

2014년 5월 18일 일요일

쯔위, 네가 언제 이 메시지를 읽을지 모르겠구나 03:17

하지만 꼭 말할 게 있어 03:18

오빠는 영원히 네 곁에 있을 거야, 절대 배신하지 않을 거다 03:18

온 세상과 맞서 싸워야 한다고 해도 03:19

그러니까, 다시는 손목을 긋지 마 03:19

죽으면 안 돼 03:20

오빠가 고통을 나눠 가질게, 네 이야기를 들어줄게 03:20

언젠가는 꼭 너를 그 무정한 남자에게서 데려올 거야 03:20

조금만 참아 03:21

오빠는 영원히 널 사랑해 03:22

온 세상을 적으로 돌리더라도, 널 사랑해 03:23

제9장

지티 테크놀로지의 좁은 사무실에서 리스룽은 잔뜩 긴장한 채 서성이고 있었다. 사장으로서 직원들의 긴장을 풀어주는 게 제 역할인 줄 알면서도 도무지 발을 가만히 둘 수 없다. 스투웨이의 재방문을 앞둔 지티넷의 미래는 오늘의 프레젠테이션에 달렸다. 그러나 스중난의 모습을 보니 도무지 안심이 되질 않는다. 리스룽은 남의 상태에 둔한 편인데, 그런 그도 한눈에 알아볼 수 있을 만큼 요 며칠 스중난은 수면부족이 확실했다. 오늘도 눈밑이 거무죽죽하다.

"중난, 괜찮나? 우리 프레젠테이션은 자네에게 달렸어⋯⋯."

"걱정 마십시오. 자신 있습니다."

스중난이 씩 웃었다. 그가 아무리 자신 있는 표정을 지어도 사장은 오늘이 순조롭게 흘러갈지 걱정을 멈출 수 없다.

어제 스중난의 최종 보고를 받은 사장은 머릿속에 안개가 낀 것 같았다. '증액 배당' '지코인 증권'이 무엇인지, 그것이 사이트 운영에 어떤 도움이 되는지 이해되지 않았다. 몇 차례 질문을 던졌지만 스중난은 더 어려운 용어를 섞어가며, 스투웨이의 관심을 끌 수 있을 듯도 하고 아닌 듯도 한 설명을 늘어놓았다. 사장은 이해하기를 포기하고 그에게 알아서 하라고 했다. 이번 프레젠테이션에서 아하오는 내내 뒤로 빠져 있는 분위기다. 그는 프레젠테이션 마지막에 고객 입장에서 지코인 거래를 시범 조작하는 부분을 맡기로 했다.

사장이 조안에게 스투웨이를 위해 랭엄 플레이스의 고급 식당을 예약했는지 확인하는 사이, 아하오가 스중난에게 슬쩍 물었다.

"이봐, 정말 오케이야?"

아하오는 스중난이 최근 며칠간 정신을 딴 데 두고 있다는 걸 느꼈다. 실상 프레젠테이션 보고서의 끝부분은 엉망진창이었다.

"당연히 오케이."

스중난이 다시 한 번 아하오에게 보장했다.

"요즘 좀 이상해. 별일 없는 거지?"

"없어. 개인적으로 일이 좀 있어서 그래. 걱정 말라니까. 내일 우리는 SIQ가 투자한 홍콩 IT 기업이 될 거야. 이번 한 방으로 몸값이 열 배! 나중에 기자한테 뭐라고 대답할지 그거나 생각해두라고!"

"기자가 인터뷰를 해도 사장을 찾겠지. 나랑 무슨 상관이야?"

"고객 체험 디자이너이신데 기자가 당연히 한마디 청하겠지!"

아하오는 그 말이 농담인지 아닌지 잠시 고민했다. 아하오가 보기에 스중난은 지금 정신적으로 문제가 있었다. 하지만 그의 눈에서 불길 같은 게 타오르는 것도 느껴졌다. 리스룽 사장은 큰 재목이 아닌 게 딱 보인다. 아마 지금 오는 사람이 스투웨이가 아니라 SIQ의 다른 임원이라면 스중난을 사장으로 착각할 것이다.

딩동.

맑은 벨소리가 울리고 최후의 일전이 개막했다. 조안은 얼른 문을 열고 손님을 맞이했다. 사장도 체면 불구하고 문까지 마중 나갔다. 스중난과 아하오는 일어서서 기다렸다.

"스투웨이 씨! 어서 오십시오."

"리처드, 조금 늦었지요. 길이 너무 막히더군요……."

"괜찮습니다, 괜찮아요."

사장이 스투웨이를 회의실로 안내했다. 스중난은 토머스와 마짜이에게 손짓을 했다. 그들도 회의실에 들어오라는 뜻이었다.

"형, 우리도 가요?"

마짜이가 긴장한 듯 물었다.

"내가 가서 뭐해요? 나는 아무것도 준비 안 했는데……."

"두 사람은 앉아서 듣기만 하면 돼. 그래야 우리 회사가 한 마음한 뜻인 걸 보여줄 수 있잖아."

마짜이와 토머스가 고개를 끄덕였다. 두 사람은 스중난이 머릿속에 무슨 계산기를 두드리고 있는지 전혀 몰랐다. 이제 그가 발표할 프레젠테이션은 스투웨이만을 위한 것이 아니다. 토머스, 마짜이에게 자신의 웅대한 계획을 들려주고 사장을 밀어낼 쿠데타에 조력하도록 해야 한다.

회의실 컴퓨터에는 스중난이 준비한 발표 자료가 두 종류 들어 있었다. 스중난은 아하오와 사장이 프레젠테이션 내용에 경악하리란 걸 알았다. 하지만 스투웨이 앞에서는 아무 말도 못 할 것이다. 스중난의 손에 컴퓨터 리모컨이 쥐여지는 순간, 사장은 그의 혁명을 저지하지 못한다.

회의실에는 최대 여덟 명이 들어갈 수 있다. 스중난은 문을 닫고 스크린 앞에 섰다. 가슴이 쿵쿵 뛰었다. 초조한 동시에 흥분을 느꼈다. 스중난은 모인 사람들을 둘러보았다. 시선이 전부 그에게 집중

되었다. 특히 스투웨이의 눈빛은 그의 최종 대답을 기다리고 있는 듯 보였다.

'안전한 패일 것인가, 아니면 모험적인 패일 것인가?'

그때 스중난이 이상한 점을 발견했다. 그는 스투웨이 뒤쪽으로 시선을 던졌다.

"아, 소개를 잊었군요."

스투웨이가 그의 시선을 느꼈는지 뒤쪽을 흘낏 보고는 모인 사람들에게 말했다.

"도리스가 갑자기 휴가를 내서 오늘은 다른 비서와 함께 왔습니다. 레이첼Rachel입니다."

스중난이 스투웨이 뒤쪽의 레이첼에게 가볍게 고개를 끄덕였고, 상대방도 목례로 답했다. 스중난은 도리스가 오지 않아 조금 실망했다. 레이첼 역시 미인이지만 도리스에 비하면 확실히 부족하다. 게다가 어딘지 멍해 보이는 레이첼은 엘리트다운 느낌도 도리스만 못하다. 그녀는 스투웨이의 두 번째 비서에 어울리지 않았다.

스중난은 모르겠지만 사실 레이첼이야말로 지금 머릿속에 의문부호투성이였다. 그녀는 자신의 영어 이름이 레이첼이라는 것도, 눈앞의 남자가 왜 스투웨이라고 불리는지도 몰랐다.

이 남자는 아녜인데 말이다.

✻

그날 아이가 두쯔위에 대한 복수를 단념한 뒤 러화 공공주택으로 돌아왔을 때는 새벽 3시였다.

아녜는 장비를 챙긴 뒤 아이를 차로 데려다주었다. 운전하는 동안 두 사람은 말이 없었다. 아이는 아녜의 표정을 보아도 그의 기분을 가늠할 수 없었다. 며칠간 고생한 복수극인데 그녀의 말 한마디로 철수를 해버렸으니 화가 났을지도 모른다.

"제가…… 복수를 계속했어야 했다고 생각하지 않나요?"

조수석에 앉은 아이가 물었다.

"어우야이 씨, 말했다시피 나는 대리인입니다. 순수한 도구. 당신이 어떤 결정을 내리든 나는 아무런 이견이 없어요."

아녜가 운전대에 팔을 얹고서 말을 이었다.

"나는 의뢰비를 안 받는다는 소리도 안 했습니다. 당신은 50만 홍콩달러 빚진 겁니다."

예상한 일이지만 아이는 마음이 무거웠다.

"중간에 멈췄다고 해서 할인해주지도 않을 거고요. 도망갈 생각도 하지 마요. 어디에 있든 잡으러 갈 거니까."

"도망갈 생각은 하지도 않았……."

"일단 믿어보죠."

아녜가 아이를 똑바로 바라보았다.

"혹시 살아도 의미 없다는 생각에 죽을 요량이면, 빚은 갚은 다음에 자살해요. 나하고 야지가 헛수고하지 않게 말입니다. 지불방법을 준비해드리죠. 모레 7월 7일 화요일에 출근하지 말고 오전 10시까지 우리 집으로 와요, 정산하게."

아녜가 사악한 웃음을 지었다. 아이는 스멀스멀 불안감이 피어올랐다. 하지만 누구를 원망할 처지가 아니었다. 의뢰비를 승낙한 것도 자신이었다. 사실 복수를 포기한 순간부터 그녀는 삶과 죽음에 별 의미를 두지 않았다. 가족을 잃고 혼자가 된 순간부터 삶의 의의를 잃어버렸다. 혹시 아녜가 특수업종의 일을 해서 돈을 갚으라고 한대도 운명이려니 하고 받아들일 참이었다. 아이의 바람이라면, 신장을 뗄 거라면 하나만 떼지 말고 두 개를 다 떼주었으면 하는 것이었다. 그녀는 아픈 몸으로 사는 것은 싫었다.

"알았어요."

아이가 힘없이 대꾸했다.

아이가 내린 다음 아녜가 그녀를 불러세웠다.

"한 푼도 적게 안 받을 겁니다. 하지만 오늘 밤은 일을 하다 말았으니 좀 찝찝하군요. 그러니 무료로 두 번째 복수를 해드리죠. 하지만 이번에는 당신이 결정하는 게 아니라는 거 명심해요."

말을 마친 아녜는 곧 다시 차를 출발했다.

"잠, 잠깐⋯⋯!"

방금 아녜의 표정은 텐딩호텔에서 처음 '복수' 얘기를 꺼낼 때와 똑같았다. 눈에 이상한 빛이 번쩍였다. 아이는 더 이상 두쯔위 남매의 삶에 관여하고 싶지 않았다. 하지만 아녜의 태도를 보니 뭔가 다른 꿍꿍이가 있어 보인다.

화요일 아침, 아이는 아녜의 지시대로 2번가 151번지 앞에 왔다. 6층으로 올라가 초인종을 누르려는데 문이 먼저 열렸다. 나온 사람은 빨간색 트레이닝복과 7부 바지, 슬리퍼 차림의 아녜다. 그가 또 노랑가오리인지 뭔지로 휴대폰 신호를 잡아서 자신이 도착한 걸 알았으리라고 아이는 생각했다.

"시간이 정확하군요."

아녜는 창살문도 열었다.

"아녜⋯⋯."

아이가 입을 열었다. 그가 말한 '두 번째 복수'가 아직도 마음에 걸린 탓이다.

"두쯔위 일은 이제 끝난 거고, 나는 더 이상…… 어?"

아이는 말을 마치지 못했다. 아녜가 아이를 집으로 들이는 것이 아니라 자기가 밖으로 나오는 것이었다.

"나가요?"

"네."

아녜는 아이를 옆으로 밀어내며 말했다.

"좁은데 길 막지 마요."

아이는 하릴없이 그와 함께 아래층으로 내려갔다. 대체 무슨 꿍꿍이인지 알 수 없다. 아이가 5층을 지나 몇 계단 더 내려갔을 때였다.

"여기예요."

뒤에서 아녜가 불렀다. 그는 열쇠로 5층 문을 따고 있었다. 6층 아녜의 집처럼 창살문 뒤에 나무문이 있다. 6층에 비해서는 좀 낡은 느낌이다.

"이 집도 당신 거예요?"

"이 건물 전체가 내 거예요."

아녜가 무심하게 대답했다. 아이는 깜짝 놀랐다. 그녀가 올 때마다 주민들이 안 보였던 이유가 이해되었다. 아녜가 문을 닫고 전등을 켜자 아이는 더욱 놀랐다. 눈앞에 소박하지만 세련된 거실이 나타났다. 가구는 미색 소파와 탁자뿐이지만 전체 배색이나 벽지, 나무 바닥까지 잘 어울렸다. 거실에는 아무런 잡동사니도, 먼지 한 톨도 없다. 바로 위층과 천양지차였다. 거실에는 창이 없고 천장에는 사무실처럼 중앙냉방 에어컨이 달려 있다. 현관 외에는 3면에 모두 문이 하나씩 있는데 전체적으로 거실보다는 병원 진료실 같았다.

저 벽에 있는 문이 혹시 수술실 문일까? 혹시 여기서 장기를 떼어 빚을 갚으라는 것일까? 그런 생각을 하는데 아녜가 그녀를 오른쪽 방으로 데리고 갔다. 그 방은 거실보다 두 배 정도 컸다. 똑같이 창문이 없고 대신 가구가 많았다. 소파와 화장대, 옷장, 의자가 있었고, 방 구석에는 열려 있는 유리문이 보였다. 유리문 안은 욕실 같았다. 아녜가 옷장 문을 열었다. 그 안에는 거의 스무 벌쯤 되는 여성복이 걸려 있다. 그 밑으로 서랍이 몇 단 설치되었는데, 맨 아래는 구두만 나란히 놓였다.

"이 옷은…… 다리가 짧아서 안 되겠군."

아녜는 흰색 여성용 블라우스, 짙은 회색 재킷, 검정색 치마 등을 꺼내놓고 아이를 위아래로 훑어보았다. 그러더니 치마를 도로 집어넣고 검은색 긴 바지를 꺼냈다.

"구두 사이즈는?"

"아…… 38이에요."

"유럽 사이즈로 38이면, 영국 사이즈로는 5호나 5호 반이겠군."

아녜가 허리를 굽혀 검은색 하이힐을 두 켤레 꺼냈다.

"신어보고 맞는 걸로 골라요."

아녜가 어리둥절해 있는 아이에게 옷과 구두를 건네주고 화장대를 가리켰다.

"화장하고 머리도 좀 정리해요. 15분 뒤에 오지요."

"잠깐!"

방을 나가려는 아녜를 아이가 붙들어 세웠다.

"이, 이거 무슨 의미예요? 혹시…… 매춘?"

아녜가 멍하니 서 있더니 폭소를 터뜨렸다.

"미치겠군! 당신은 얼굴이면 얼굴, 몸매면 몸매, 어느 쪽으로도 50만 홍콩달러는 안 나와요. 30년 기다려도 못 벌겠네요! 또 그런 특수업종이 아침 10시에 문을 엽니까? 손님이 어디 있어서?"

636

"비, 비디오 같은 걸 찍는다거나?"

아이는 도서관에서 일본 성인영화 산업에 대한 책을 여러 권 보았다.

"어우야이 씨."

아녜가 실소했다.

"여기는 홍콩이지 도쿄가 아닙니다. 그리고 내가 정말로 그런 영상을 찍는다면 당신한테 비싼 옷을 갈아입힐 이유가 있겠습니까?"

일리 있는 말이었다. 그래도 아이가 반론을 펼치려는데 아녜는 벌써 방을 나갔다. 아이는 어쩔 수 없이 아녜가 준 옷을 입고 화장도 했다. 옷은 대강 몸에 맞았다. 서랍을 열어보니 화장품도 종류별로 가득이다. 립스틱만 40여 종이고, 트윈케이크도 대여섯 개는 되었다. 아이는 평소에 립스틱만 바르고 출근했기 때문에 어떻게 화장해야 지금의 옷차림에 어울리는지 알지 못했다.

15분 후 문이 열렸다. 아이는 대체 왜 화장을 시키느냐고 따지려 했다. 그러나 들어온 사람은 낯선 인물이었다. 짙푸른색 양복에 빨간 넥타이, 테 없는 안경을 쓴 세련된 남자다.

"누구……."

"세상에! 지금 그걸 화장이라고 한 겁니까? 아주 원숭이 엉덩이를 만들었군!"

그 목소리에 잔뜩 차려입은 눈앞의 남자가 아녜라는 것을 알았다. 그는 수염도 말끔하고 머리도 멋지게 빗어 넘겼다. 완전히 딴사람이다.

"아, 아녜?"

아이가 깜짝 놀라서 그의 이름을 불렀다.

"내가 아니면 누구인 줄 알았습니까?"

아녜는 놀라는 아이가 우스운 모양이다. 아이는 당신이 정말 아녜가 맞는지 다시 물어보고 싶었다. 아무리 옷이 날개라지만 이렇게 큰 차이가 날 수 있단 말인가. 그러나 아이는 며칠 전 아녜가 예순 살 정도의 남자로 감쪽같이 변장하던 모습도 보았다.

"일단 앉아요. 이렇게 화장하고 가면 다 들킨다고요."

아녜가 아이를 화장대 앞에 앉힌 다음 의자를 하나 끌어와 자기도 앉았다.

"움직이지 마요."

아녜가 서랍에서 화장솜을 꺼내 아이의 불그죽죽한 뺨을 닦아냈다. 아이는 가만히 앉아서 그를 마주하고 있으려니 어색해서 어쩔 줄 몰라 했다.

"여성용 화장도 할 줄 알아요?"

아녜에게 얼굴을 붙잡힌 상태라 아이의 발음이 분명하지 않았다.

"당신보다는 나을 겁니다."

아녜가 툴툴거렸다. 늘 듣던 말투에 아이는 오히려 안심했다. 겉모습은 달라졌지만 속은 그녀가 알던 아녜였다.

"눈 감아요."

아녜가 아이섀도와 브러시를 들었다. 아이의 눈꺼풀에 옅은 갈색 섀도를 바르고 아이라인을 그리고 이어 마스카라를 칠했다. 마지막으로 블러셔로 뺨을 바르고 가볍게 립스틱을 발라 마무리했다.

"머리는 방법이 없겠군요. 다행히 길지 않으니 다행이군요."

아녜가 손으로 아이의 머리를 쓱쓱 넘긴 다음 화장품을 서랍에 넣었다. 아이는 거울을 보고 짧게 비명을 올렸다. 거울 속 여자는 마치 센트럴에 출근하는 공무원 같았다. 화장은 그녀를 예뻐 보이게 하기보다 자신감 넘쳐 보이게 했다.

"거울 그만 봐요. 나르시시즘인가?"

아녜가 방문 쪽으로 가면서 말했다.

"당신이 입고 온 옷과 가방은 전부 여기 두고 갑시다. 아무것도 들고 올 필요 없어요."

아녜가 차갑게 말할 때마다 아이는 짜증스러웠는데, 지금은 너무 어리둥절해서 제대로 생각할 정신이 없었다. 내가 왜 옷을 갈아입어야 하지? 아녜는 왜 변장을 했지? 지금 어디로 가는 거지?

아녜는 거실로 가지 않고 소파 뒤의 문을 열었다. 문 너머로 좁은 계단이 나타났다.

"여기는……."

"후문입니다."

두 사람은 1층으로 내려갔다. 두꺼운 철문을 열고 나가니 작은 골목길이 나타났다. 아이는 주변을 둘러보았다. 골목 한쪽은 막힌 길이고 반대쪽은 파란색 철문이 닫혀 있다. 위를 쳐다보니 좁지만 그럭저럭 하늘이 보인다. 이곳은 큰 건물 사이에 낀 좁은 틈인 것 같다. 아녜는 골목 오른쪽으로 가서 문을 열었다. 아이도 얼른 따라갔다. 문 너머로 가니 밝은 통로가 나타났다. 통로 벽은 자주 청소하는지 깨끗했다. 통로를 따라 모퉁이를 돈 뒤 아이는 여기가 어디인지 알아차렸다. 이곳은 2번가와 붙어 있는 워터가의 빌딩 주차장이다.

아이는 전에 아녜의 집 앞에서 기다릴 때 그가 좀처럼 나타나지 않았던 이유를 깨달았다. 그는 건물의 두 번째 계단과 후문으로 아이의 눈을 피해 드나들었던 것이다. 교활한 토끼는 굴을 세 개 뚫는다고 한다. 아녜도 집에 세 번째 통로를 갖고 있을지 모른다.

"오래 기다리게 해서 미안. 이 사람 때문에."

아녜가 검은색 고급차 쪽으로 다가갔다. 차 옆에 야지가 서 있다.

야지의 차림새도 평소와 달랐다. 검은색 양복에 장갑을 낀 것이 운전기사 같은 모양새다.

야지는 대답 없이 고개만 끄덕이고 운전석에 앉았다.

아녜는 뒷자석에 앉았고, 아이는 멀뚱히 차 옆에 서 있었다. 야지 옆에 앉아야 하는지, 아녜 옆에 앉아야 하는지 알 수 없었다.

"거기서 뭐 해요? 빨리 빨리 움직입시다."

아녜가 턱짓으로 조수석를 가리켰다. 아이는 의혹을 가득 안은 채 차에 올라탔다. 아이가 문을 닫자 곧바로 차가 출발했다. 차는 서쪽 해저도로를 향해 달렸다.

"우리, 우리 지금 어디로 가는 거죠? 뭘 하는 거예요?"

"진정해요."

아녜가 다리를 꼬고 느긋하게 등을 기대며 말했다.

"지난번에 말했잖습니까? 두 번째 복수에 참여하게 해준다고."

"아!"

그러니까 지금 이 옷차림은 두 번째 복수를 위해 필요한 것이다.

"아녜, 나는 더 이상 복수에는…… 이게 뭐예요?"

아이의 말을 무시하고 아녜가 태블릿을 하나 건넸다. 화면에 낯선 남자의 사진이 떠 있다.

"이번 행동의 목표 인물입니다. 이름은 스중난."

"두쯔위와 무슨 관계가 있어요?"

"관계없죠."

"네?"

아녜는 태블릿을 도로 가져가 뭔가 누르면서 말했다.

"오늘 난 쓸데없는 일을 한다 생각하고 이 자식을 혼내줄 겁니다. 원래 나 혼자 움직이려고 했는데, 그제 두쯔위의 계획이 제대로 끝나지 않았으니 당신도 불완전연소한 듯한 느낌이겠죠. 이놈을 찾아낸 것은 당신 때문이었으니까 참관하게 해드리는 겁니다."

아이는 여전히 이해되지 않았다. 아녜가 태블릿을 다시 내밀었다. 화면에는 네 개로 구분된 감시 영상이 떠 있었다. 아이는 이 영상이 왠지 눈에 익었다.

"아! 이거 전에 지하철 와이파이 플랫폼으로 샤오윈에게 메일 보낸 사람 찾을 때 봤던 거군요."

아이는 정확하게 기억하고 있었다. 그날 그녀가 아녜에게 홍차도 끓여주었다.

"왼쪽 위를 봐요."

왼쪽 위 영상에 3과 4라는 숫자가 쓰여 있다. 영상 가운데 부분에 지하철 문이 열리고 승하차하는 승객들의 모습이 보인다. 아이는 영상 속의 여러 문 가운데 한 곳이 이상하다는 것을 알아차렸다. 내리던 승객들이 고개를 돌려 열차 안을 쳐다보고, 어떤 승객들은 휴대폰으로 촬영을 하고 있다. 그런데 한 남자 승객만 고개도 돌리지 않고 계단 쪽으로 걸어간다. 자세히 보니 그 남자는 아까 아녜가 보여준 사진 속 인물이었다.

"이 사람이 스중난인가요?"

"네."

"이 사람이 왜요?"

아녜가 손을 뻗어 화면을 건드렸다. 화면 속 인물과 열차가 빠르게 움직이더니 아녜가 손을 떼자 정상 속도를 되찾았다.

"다시 왼쪽 위 영상을 봐요."

아이는 왼쪽 위 영상을 주시하며 스중난을 찾았다. 스중난은 다시 플랫폼에 나타나 열차를 기다리는 듯 서 있다.

"이 남자를 보라고요? 다시 플랫폼으로 돌아왔네요."

"다행히 관찰력은 있군요."

아녜가 조롱하듯 말했다.

"그는 열차에서 내려 플랫폼을 떠났지만 다른 지하철로 갈아타지 않고 역내를 한 바퀴 돌았습니다. 그런 다음 돌아와 다시 열차를 기다립니다. 그 사이에 누군가를 만나지도 않았습니다. 역내에서 물건을 주고받을 일이 있었던 것도 아니고 화장실에 다녀온 것도 아니죠. 내가 역내 감시카메라를 여러 차례 확인한 결과니까 틀림없습니다. 이 남자는 그냥 역내를 어슬렁거린 겁니다. 그가 다시 열차에 타서 내린 역을 확인해보니 다이아몬드힐역이더군요. 역 밖으로 나가는 것까지 감시카메라에 찍혔어요. 저는 바다퉁 카드 기록으로 그 남자가 누구인지 확인했습니다. 전의 당신 말처럼 지하철 감시카메라와 교통카드 기록으로 한 사람을 찾아내려면 정확히 한 사람을 짚어서 조사해야 한다는 게 전제조건입니다. 그렇지 않으면 바닷속에서 바늘 찾기니까요."

"플랫폼에 왜 다시 왔죠? 두쯔위가 샤오원에게 메일을 보냈던 날의 증인인가요? 하지만 지금 다시 영상을 봐도……."

아이가 갑자기 말을 멈췄다. 시선이 영상 속 배경에 고정되었다. 뭔가 이상한 점을 발견한 것이다. 홍콩 지하철역은 노선별로 플랫폼 색깔이 다르다. 화면 속 지하철역은 기둥이 파란색이다. 아녜가 말했듯이 두쯔위는 야우마테이역, 몽콕역, 프린스에드워드역에서 메일을 보냈다. 이 세 군데 역의 플랫폼 색깔은 회색, 빨간색, 자주색이다. 파란색이면 카오룽퉁이다.

카오룽퉁은 두쯔위와 무관하다. 대신 샤오원과 관련이 있다.

그때 오른쪽 아래 영상에 나타난 시간과 날짜가 아이의 눈에 띄었다. 아이는 아녜가 암시하는 사실에 충격을 받았다. 오른쪽 아래의 날짜는 2014년 11월 7일, 시간은 오후 5시 42분이다.

샤오원이 성추행을 당한 날이다.

아녜가 다시 화면을 움직여 영상을 몇 분 전으로 돌렸다. 스중난이 열차에서 내려 플랫폼을 떠난 직후의 영상이다. 교복을 입은 샤오원이 중년 아주머니의 부축을 받아 열차에서 내렸다. 그리고 한 남자가 건장한 사내에게 붙들린 채 내렸다. 그 남자는 샤오더핑이다.

"간단한 사고력 문제를 내죠."

아녜가 미소를 지으며 말했다.

"무심한 척 사건이 발생한 열차에서 나와 현장을 벗어난 남자, 시간이 좀 지난 뒤에 다시 플랫폼으로 돌아와 일부러 몇 대 지나간 다음의 열차를 탄 그 남자는 누구일까요?"

"진짜 추행범?"

아이가 태블릿과 아녜를 번갈아 바라보며 말했다.

"정답."

"그럼 샤오더핑은 결백했군요?"

"그렇게 말할 수 있겠지요."

"그럼 왜 죄를 인정했죠?"

"변호사 때문이에요. 좋은 패를 쥐고 있는데도 피고를 설득해서 형량을 감면받는 쪽으로 종용했어요. 이런 놈은 변호사를 해서는 안 됩니다."

"좋은 패라니요?"

"땅콩게시판 글에 나온 내용들 말입니다. 현장에서 도망치려고 한 점 등 샤오더핑의 행적에 의심스러운 점이 있지만 그건 겁이 나서 그랬다고 덮을 수 있습니다."

"그런데 증언에 따르면 그 사람이 '실수로 샤오원과 부딪쳤다'고 말했어요. 그건 그 사람이 추행을 했다는 증거 아닌가요?"

아이는 지금껏 샤오더핑이 동생을 추행한 나쁜 놈이라고 생각했다. 그런데 갑자기 이런 설명을 들으니 받아들이기 쉽지 않았다.

"그러니 변호사가 무능하다는 겁니다. 당신이 처음 내게 가져온 조사보고서에는 당신 동생의 증언도 포함되어 있었습니다. 그 안에 합리적인 답이 들어 있었어요. 동생은 누가 엉덩이를 만지는 느낌에 처음엔 실수로 누가 자기에게 부딪친 거라고 생각했습니다. 그리고 잠시 후 손 두 개가 엉덩이를 만지고 치마를 들췄습니다. 경찰은 처음 엉덩이에 닿은 손과 나중에 치마를 들춘 손이 동일인이라고 생각했지만, 사람들로 꽉 찬 열차에서 그걸 정확히 알기는 쉽지 않죠. 변호사가 이 점을 내세웠으면 샤오더핑은 무죄로 방면되었을 거예요."

아이가 의아한 얼굴로 아녜를 바라보았다.

"그러니까 샤오더핑은 실수로 샤오원의 몸에 손이 닿았고, 그 옆에 진짜 추행한 사람이 있었는데 샤오더핑이 전부 뒤집어썼다는 거예요?"

"꼭 우연은 아니었을지도 모릅니다. 샤오더핑의 손이 동생에게 닿은 뒤에 옆에 있던 스중난이 그 애의 반응을 보고 추행할 마음을 먹었는지도 모르죠."

아녜가 어깨를 으쓱했다.

"우연이라고 한다면, 그날 두 사람이 비슷한 색 옷을 입어서 아주머니가 손의 주인을 잘못 붙잡았다는 거겠죠. 샤오더핑은 멍청하게도 자기에게 죄를 뒤집어씌운다며 욕을 했고, 그 바람에 사람들 시선이 그쪽에 쏠리면서 스중난은 쉽게 빠져나갈 수 있었죠."

"하, 하지만 이건 다 추측이죠?"

"네, 추론에 불과합니다."

아녜가 태블릿을 도로 가져가며 말했다.

"그래서 따로 증거를 찾았습니다."

아녜가 다른 영상을 틀고 태블릿을 건넸다. 평범한 지하철 내부 풍경이다. 앵글은 보통 키의 시선 높이 정도였다. 붐비는 열차에서 손잡이를 잡은 사람, 그들 뒤로 좌석에 앉은 사람이 졸거나 휴대폰을 만지는 모습이 보인다. 카메라 가까이에는 안경 긴 젊은 남자가 기둥을 잡고 서 있다. 다른 손은 휴대폰을 만지는 중인지 화면에는 나오지 않았다. 왜 이런 영상을 보여주는 걸까, 물어보려던 아이는 자신이 초점을 잘못 맞췄음을 깨달았다. 화면 오른쪽 조금 멀리로 열차 문 가까이에 스중난이라는 남자가 서 있다. 그는 고개를 들고 열차 내 광고판을 보고 있다. 그런데 그 남자와 문 사이에 교복을 입은 여학생이 끼여 있는 게 아닌가. 여학생은 열서너 살쯤으로 보였다. 굳은 표정으로 지하철 바깥만 쳐다본다. 그리고 스중난의 오른손이 여학생의 엉덩이에 딱 붙어 움직이고 있었다.

"손…… 손이……."

아이가 태블릿을 보면서 중얼거렸다.

"야지가 저놈을 2주 정도 미행했죠."

아녜가 운전 중인 야지를 가리켰다.

"결국 이놈이 습관적인 성추행범이라는 것을 알아냈습니다. 며칠마다 한 번씩 범행하는데 전부 저 또래 여학생입니다. 일부러 일찍 퇴근해 하교시간에 학생이 가장 붐비는 역에 가서 '사냥'을 하는 겁니다. 칭찬하고 싶은 놈은 아니지만, 잘도 빠져나가서 지금까지 잡힌 적이 없어요. 작년 당신 동생 사건으로 조금 경계심이 생겼는데 아예 그만두지는 못한 것 같습니다. 야지가 특수 제작한 이 장치로 간신히 범행 증거를 잡았거든요."

아녜가 테가 두꺼운 안경을 꺼냈다. 안경다리에 난 조그만 구멍으로 보아 초소형 카메라 같았다. 도촬용 안경과는 달리 이 카메라는 안경을 통해 보는 방향과 90도 각도로 찍힌다. 안경을 낀 사람의 왼쪽과 오른쪽이 찍히는 것이다.

아녜가 태블릿에서 영상을 계속 보여주었다. 영상마다 피해자만 다르고, 촬영방법이나 스중난이 하는 짓은 비슷했다.

"왜 현장에서 막지 않은 거예요?"

아이가 야지에게 소리쳤다. 화면에서는 스중난의 손이 여학생의 치마 속으로 들어가고 있었다. 아이는 그 여학생의 얼굴에서 샤오원을 보았다.

"그거야 우리는 당신과는 달리 계획적으로 일하기 때문입니다."

아녜가 끼어들었다.

"이놈을 경찰에 잡아 넣는 것은 목표가 아닙니다."

"목표라니요?"

"일단 여기까지 설명합시다. 곧 도착하니까."

아녜가 거리를 가리켰다. 차는 어느새 몽콕에 도착했다. 곧 지티넷이 있는 후이푸 빌딩 부근에 도착한다. 사이잉푼에서 몽콕까지는 10분 정도면 도착한다.

"도착했어요? 여기서 뭘 할 건지 아직 말해주지 않았어요!"

아이가 급히 말했다.

"스중난에게 무슨 짓을 할 거예요?"

"정말 질문이 많군요."

아녜가 눈썹을 찌푸리며 아이를 무섭게 쳐다봤다.

"어쨌든 나를 따라오기만 하면 됩니다. 말하지 말고 내 뒤에 가만히 서 있어요. 오늘은 내 비서 역할이니까."

빌딩 앞에 차가 멈추고 두 사람이 내렸다. 야지는 차를 몰고 바로 떠났다. 아이는 아녜를 따라 15층으로 올라갔다.

"절대 말하면 안 됩니다."

엘리베이터 문이 열리며 아녜가 다시 당부했다. 아이는 그의 표정에서 약간의 웃음기를 발견했다. 마치 무대에 나가기 직전의 배우 같았다.

"스투웨이 씨! 어서 오십시오."

"리처드, 조금 늦었지요. 길이 너무 막히더군요……."

아녜의 말투에 아이는 조금 놀랐지만 드러내지 않으려고 애썼다. 아녜는 외국인이 광둥어를 쓰는 것같이 말했다. 심하진 않았지만 약간의 부자연스러움이 있었다. 외모부터 말투까지 눈앞의 남자가 아녜가 아닌 듯한 의심이 들게 한다.

회의실에 들어가는데 한 남자의 얼굴이 아이의 눈에 띄었다. 바로 스중난이었다. 스중난은 다른 직원 둘과 한두 마디 주고받았고, 둘에게 회의실로 들어오라고 권하는 것 같았다.

스중난을 실제로 보자 낯익은 느낌이 들었다. 영상과 사진에서 보기 이전에 분명히 어디선가 본 적이 있다는 느낌을 지울 수가 없었다.

"도리스가 갑자기 휴가를 내서 오늘은 다른 비서와 함께 왔습니다. 레이첼입니다."

회의실에서 스중난이 아이에게 목례를 하자 아녜가 나서서 소개했다. '스투웨이'라는 이름도, '레이첼'이라는 이름도 아이는 낯설고 어색하기만 했다. 모두 여기 와서 처음 듣는 이름이었다. 아이는 누군가 자기를 레이첼이라고 불렀을 때 당황하지 않으려고 머릿속에서 이름을 되풀이했다.

"자, 시작할까요."

스크린 앞에 선 스중난이 미소를 지으며 리모컨을 눌렀다. 80인치 스크린에 지티 테크놀로지의 로고가 뜨고, 그 아래로 스중난의 영어 이름이 떠올랐다. 이번 프레젠테이션은 기업가 가이 가와사키의 '10/20/30의 황금법칙'을 따라 내용은 10쪽, 발표는 20분, 서체는 30포인트로 준비했다.

"저는 지티 테크놀로지의 CTO 찰스입니다. 오늘 스투웨이 씨를 모시고 저희 회사의 미래 발전 방향과 SIQ에 가져올 이윤에 대해 말씀드리려고 합니다."

스중난이 리모컨을 누르자 화면이 바뀌었다. 사장과 아하오는 깜짝 놀랐다. 어제까지 보던 자료와 완전히 달랐다. 원래는 'We Trade more than Gossips'라는 카피가 맨 처음 떴는데 지금 보고 있는 것은 'The Revolution of News'라는 문구다.

"지난달 스투웨이 씨가 방문하셨을 때 지티넷의 기본 운영방식과 수익 모델은 설명을 들으셨으니 오늘은 저희 회사의 미래 발전 및 개혁 방향에 대해 말씀드리겠습니다."

스중난은 사장과 아하오가 귓속말을 주고받는 것을 보았다. 아하오가 고개를 저으며 자기도 전혀 몰랐다는 표시를 했다. 스중난은 사장이 놀라긴 했어도 지금 자신을 멈추지는 않을 거라고 생각했다. 이번 프레젠테이션은 절대 실수나 문제가 있어서는 안 된다. 사장이라도 지금 끼어들면 좋지 않은 인상을 남길 것이다.

다음 화면에서 스중난은 지티넷의 잠재력과 뉴스 산업의 관계를 설명하기 시작했다. 대부분 지난주 스투웨이와 함께 나눈 이야기다. 그 내용을 집에서 연습한 끝에 유창하게 발표를 이어가고 있다.

자신이 단지 잘 배운 앵무새가 아님을 보여주기 위해 오랜 시간 외국의 자료를 연구하고 홍콩 인터넷 매체의 현황을 분석했다. 그러다 보니 날마다 네 시간밖에 못 자서 회사에서는 정신이 혼미할 정도였다.

스중난의 발표를 들으며 아이는 이 상황을 추측해보았다. 아무래도 이 회사는 홍콩의 어떤 사이트를 운영하고 있으며, 아녜를 투자회사 임원으로 보고 그에게 회사를 소개하고 있는 것 같다. 그러나 아녜가 뭘 하려는 것인지는 전혀 알 수 없다. 지금까지는 평범한 프레젠테이션 현장이다.

그런데 이 평범한 상황에서 갑자기 문제가 생겼다. 스중난이 다시 리모컨을 눌렀을 때였다.

"지티넷은 원래 뉴스 사이트의 특질을 구비하고 있으며 이를 통해…… 엇?"

리모컨을 누르자 인터넷 브라우저 창으로 바뀌더니 지티넷 사이트가 떴다. 사장과 다른 참석자들은 이것도 발표과정이라고 생각했다. 그런데 화면의 내용을 보고는 다들 그 자리에 굳어버렸다. 화면에는 아직 지코인 0달러인 가십이 떠 있다. 표제는 '[영상] 여학생 조교'였고, 그 아래로 마짜이가 막 완성했지만 아직 테스트 단계인 영상 스트리밍 서비스로 영상이 재생되었다.

"저, 저거 중난 형 아니야?"

마짜이가 저도 모르게 소리쳤다.

영상은 지하철에서 스중난이 한 소녀에게 딱 붙어서 오른손으로 엉덩이를 주무르는 장면이었다. 아까 아이가 차에서 본 영상이다. 다만 여학생 얼굴에 모자이크 처리가 되었다는 점이 다르다.

스중난은 몇 초간 멍하니 있더니 정신을 차리고 영상을 끄려 했다. 그러나 아무리 리모컨을 눌러도 영상이 계속 재생되었다. 추행 장면이 10초 정도 이어지다가 다음 장면으로 넘어갔다. 전부 아이가 아까 차에서 본 스중난의 지하철 추행 장면이다.

"이, 이건 분명 뭔가 문제가……."

스중난은 당황하면서 스크린 옆에 놓인 키보드를 급하게 눌렀다. 그래도 영상은 멈추지 않았다. 컴퓨터 전원도 마구 눌렀지만 전혀 반응이 없었다. 스중난은 아예 전원 플러그를 빼야겠다는 생각이 들었다. 그런데 콘센트가 수납장 뒤에 있어서 나무 수납장을 움직이지 않으면 손이 들어가지 않는다.

"제, 제, 제가 설명하겠습니다. 이 영상에 나온 사람은 제가 아닙니다……."

스중난이 급히 외쳤다. 다급한 나머지 말에 논리도 없다. 영상 속 남자가 스중난이 아니라면 왜 그가 설명한다는 것인가?

아이는 아녜를 흘낏 쳐다보았다. 그도 놀란 표정이지만 눈빛에 웃음기가 어려 있었다. 물론 그 웃음기가 아니더라도 이게 아녜가 손을 쓴 결과라는 것은 분명하다. 그가 이 회사 컴퓨터에 침입해 영상을 폭로한 것이다. 편집을 했는지 차에서 본 영상은 1분 정도였는데 여기서는 30초 만에 끝났다. 영상이 멈췄을 때는 스중난의 손가락이 쉼 없이 리모컨을 누르고 있었다. 어찌나 세게 누르는지 리모컨에서 딱, 딱, 딱 소리가 났다.

"찰스, 이건 무슨 농담이지……."

사장은 입을 열고 싶지 않았지만 회사 대표로서 문제를 해결해야 했다. 그가 말을 맺기도 전에 스중난이 리모컨을 누르는 소리와 함께 발표 화면의 두 번째 쪽으로 스크린이 넘어갔다.

"아!"

소리를 지른 것은 아이였다. 조용히 해야 한다는 걸 알면서도 스크린 사진을 보자 본능적으로 소리가 나왔다.

얼굴은 찍히지 않은 벌거벗은 소녀의 사진이다. 소녀의 왼쪽 가슴 가까이 얼굴을 대고 혀를 내민 남자가 있다. 아이는 이 사진을 땅콩게시판에서 보았다. 다른 점은 모자이크가 남자의 얼굴이 아니라 소녀의 가슴에 되어 있는 점이다. 옷을 입지 않은 비대한 덩치의 남자는 스중난이었다. 아이는 왜 스중난이 낯설지 않았는지 깨달았다. 그의 턱이 인상에 남았기 때문이다.

사진 아래 적힌 내용은 아이가 게시판에서 본 내용의 일부였다.

나 사드 후작의 노예 3호다. 15세, 조금 익은 것이 흠이지.

스중난의 안색이 창백해졌다. 그는 공포에 질린 눈으로 사람들을 둘러보았다. 그 모습이 스크린 속의 저질스러운 웃음 때문에 더 강하게 대비되었다. 아이는 이 상황이 어처구니없으면서도 해학적으로 느껴졌다. 회의실은 조용했다. 기온이 빙점 이하로 떨어진 것 같다. 아하오와 토머스는 서로 마주 보았고, 조안은 혐오스러운 눈으로 스중난을 노려보고 있었다. 마짜이는 긴장한 표정으로 사장만 쳐다보았다. 아까 입을 열었던 사장도 지금은 이 괴이한 침묵에 일조하고 있었다.

"리처드, 이게 다 뭔가요?"

스투웨이라는 이름을 쓰는 아녜가 입을 열었다.

"저……도 모르겠습니다. 찰스, 어떻게 된 건가?"

사장이 스중난에게 공을 떠넘겼다.

"이, 이건……"

"성인 사이트를 비난하는 것은 아니지만 SIQ는 아직 그 분야에는 관심이 없는데요."

아녜가 한숨을 쉬더니 스중난에게 말했다.

"당신이 개인적인 성적 기호를 발표 자료에 넣을 정도로 조심성 없는 사람인 줄은 몰랐군요. 아니면 누군가가 판 함정에 빠진 걸까요? 어느 쪽이든 당신의 능력이 부족하다는 것은 잘 알았습니다. 중난, 이렇게 해서 제가 어떻게 당신을 신뢰할 수 있겠습니까? 이상한 성적 취향이 있는 사람을 CEO로 임명하도록 제 동료들을 설득하라는 건가요?"

"CEO?"

사장이 고개를 홱 돌렸다.

"CEO 임명?"

스중난을 바라보는 사장의 얼굴에 경악이 가득했다.

"리처드, 그건 더 묻지 않으셔도 됩니다. 이제는 일어날 리 없는 일이니까요. 궁금하면 중난에게 직접 물어보시죠."

아녜가 고개를 저었다.

"오늘 프레젠테이션은 더 진행할 수 없겠군요. 아쉽게도 저는 내일 미국으로 돌아갑니다. 세 번째 프레젠테이션은…… 제가 직접 참석할 수는 없고, 부하직원에게 이야기를 해두죠. 직원이 연락을 드릴 겁니다."

아녜가 일어섰다. 정신이 반쯤 나간 듯한 사장과 악수한 다음 회의실을 빠져나갔다. 문을 나서기 전에 아녜가 스중난을 돌아보며 말했다.

"중난, 알아서 잘 정리하기 바랍니다."

스투웨이를 붙들어야 하나 고민하던 사장은 그 말에 정신이 번쩍

났다. 그는 스투웨이를 쫓아가지 않고 스중난에게 고개를 돌렸다.

"스투웨이가 왜 자네를 찰스가 아니라 중난이라고 부르지?"

아녜와 아이는 큰길로 나왔다. 야지가 이미 차를 문앞에 대고 있었다. 두 사람이 차에 오르자 야지는 곧 차를 출발시켰다.

"그 리처드란 사람도 참 반응이 느리단 말이야. 내가 중난이라고 세 번이나 불렀는데 마지막에야 우리가 따로 만난 걸 눈치채다니."

아녜가 넥타이를 벗어 던졌다. 빨리 7부 바지와 트레이닝복으로 갈아입고 싶을 거라고 아이는 생각했다.

"스중난이 땅콩게시판에 나체 사진을 올린 사람이군요?"

아녜가 눈을 가늘게 뜨면서 아이를 쳐다보았다. 2초 정도 말이 없던 그가 뭔가 떠오른 듯 말했다.

"설마 내가 준 링크를 다 들어가 봤나요? 그렇게 집요할 줄이야."

"사실 그 사진 보고는 당신이 나를 놀리려고 일부러 성인 사이트 주소를 주었나 싶었지만……."

"또 시작이군요. 자기 식대로 남 판단하는 거요. 내가 그렇게 한가한 사람인 줄 압니까? 나는 사건에 관련된 링크를 전부 줬던 겁니다. 원래 이쪽 건은 당신에게 알려줄 생각이 없었는데 그 링크는 당신이 봐도 상관없었으니까요."

"이게 다 어떻게 된 거예요? 당신이 조작한 거죠? 스중난이 동료들 앞에서 망신당하고 자기 악행을 폭로하도록."

"비슷합니다."

"이게 지하철에서 그 치한을 붙잡지 않은 이유인가요?"

아이는 추행당하는 소녀를 구하는 것보다 이런 방식으로 스중난을 징벌하는 것이 더 중요하다는 게 이해되지 않았다.

"야지가 현장에서 스중난을 잡았다면 어떻게 되었을 것 같습니까?"

"경찰서에 갔겠죠!"

"당신이 검찰이면 형기를 얼마나 줄 겁니까?"

"샤오더펑과 비슷하지 않을까요?"

"맞습니다. 그럼 그가 법정에서 죄를 인정하고 표면적으로 뉘우치는 척해서 형기를 3분의 1 감면받으면 최대 2개월 징역형입니다. 심지어 집행유예를 받을 수도 있죠. 그러면 그놈이 마땅히 받아야 할 처벌을 피하게 해주는 꼴입니다."

"마땅히 받아야 할 처벌?"

"스중난의 진짜 범죄는 타인을 협박하여 불법 성행위를 한 것입니다. 거기다 피해자가 미성년자라서 죄질이 아주 나쁘죠. 형량은 대략 4, 5년 정도 됩니다."

아이가 놀란 표정으로 물었다.

"협박?"

"지하철역 감시카메라와 바다퉁 카드 기록으로 스중난을 찾았다고 했지요. 그때 나는 그놈이 당신 여동생을 추행한 진범이라고만 생각했습니다. 그런데 놈의 냉정한 행동거지가 호기심을 일으키더군요. 이런 범죄에 익숙한 놈이라는 생각이 들었습니다. 당신이 매일 우리 집에 찾아올 때 나는 이놈을 조사하기 시작했어요. 그의 컴퓨터를 해킹하고 뒷조사를 했죠. 그랬더니 브라우저 검색 기록에서 땅콩게시판의 성인 게시판에서 활동한 이력이 나왔습니다. 게시판에 올린 사진은 모자이크를 했지만 다른 신체 특징으로 스중난인 걸 알 수 있었습니다."

"돈을 주고 원조교제한 여학생에게 음란 사진을 찍게 만든 건가요?"

아이는 '홍콩 원조교제녀'라는 게시판 글 제목이 기억났다.

아녜가 태블릿을 꺼내더니 회의실에서 봤던 지티넷 사이트를 보여주었다. 그 사진 아래에도 사진이 대여섯 컷 더 있었다. 여자는 계속 바뀌고 남자는 계속 스중난이다. 사진 사이에 글이 적혀 있는데, 처음에 이런 내용이 나와 있다.

나 사드 후작의 노예 3호다. 15세, 조금 익은 것이 흠이지. 반년간 사용했는데 아직 반항하지만 대부분 순종적이다. 오늘 내 노하우를 공개하려고 한다.

"이건 내가 쓴 게 아닙니다. 한 글자 한 글자 전부 스중난의 손에서 나왔죠. 다만 그는 이 사진과 글을 지티넷이 아니라 다크웹에 올렸고, 내가 지티넷으로 옮겨온 겁니다."

"다크웹?"

아이가 고개를 갸웃거렸다. 기억 속에서 이 용어에 대한 정보를 찾아보았다.

"아, 어니언 브라우저로 들어가는, 지하 세계 정보가 가득한 웹사이트죠?"

"맞습니다. 스중난은 다크웹에서도 자기 같은 소아성애자들이 모인 게시판에서 '사드 후작'이라는 이름으로 활동합니다. 어떻게 원조교제 여성을 협박하는지, 자기 노예를 어떻게 조교하는지 등을 올려서 공유하죠. 자기 얼굴에 모자이크를 한 '실전' 사진을 올리기도 합니다. 자기 말이 사실임을 증명하기 위해서죠. 그가 땅콩게시판에 올린 건 빙산의 일각이에요."

"그런데 어니언을 쓰면 사용자의 신분을 찾아낼 수 없다고 했잖아요?”

“나는 인터넷에서 사용자 신분을 찾은 게 아니고 스중난의 컴퓨터에 곧바로 손을 썼습니다. 그래서 그가 키보드만 한 번 눌러도 어떤 키를 눌렀는지 다 기록이 되죠. 어떤 사이트에 들어갔는지 등은 금방 알 수 있어요.”

아녜는 지하 세계 게시판보다 기술적인 문제를 더 궁금해하는 아이가 우스운 모양이었다.

“어쨌거나 그놈은 지하철 추행범일 뿐 아니라 원조교제 여학생을 협박해서 자기 멋대로 가지고 놀았습니다. 지하철 성추행은 디저트고, 원조교제 여학생이 주요리인 셈이죠.”

“그럼 이 사람이 쓴 내용은 전부……?”

“전부 사실입니다. 이 여학생은 겨우 열다섯 살인데 강제로 이런 사진이 찍힌 겁니다.”

아이는 등골이 오싹했다. 땅콩게시판에서 이 사진을 봤을 때는 사진의 여자를 멸시하는 마음도 있었는데 그 뒤에 이런 비밀이 숨겨져 있을 줄이야!

“스중난은 야심과 남에 대한 통제 욕구가 대단한 사람입니다. 문제는 머리도 좋다는 거죠. 관찰력도 뛰어나고 사람 볼 줄도 알아요. 성공하기 좋은 조건을 갖췄습니다. 바른 길을 걸었다면 걸출한 인물이 되었겠지만 자신의 어두운 면에 굴복해버렸어요. 아마 키가 작고 뚱뚱한 신체조건 때문에 자기비하를 했거나 괴롭힘당했을지도 모르죠. 여성들에게 모욕을 당했다거나. 결국 그런 심리적 원한을 극복 못 하고 자신보다 약한 상대에게 푸는 겁니다.”

아녜는 처음 지티넷에 방문했을 때 스중난의 적극적인 태도가 의외였다. 그의 범죄를 모르고 있었다면 열정적인 그 모습에 호감을 느꼈을 것이다.

"다크웹에 올린 글을 토대로 그가 라인과 위챗으로 사냥감을 찾는다는 걸 알았고, 원조교제 후 몰래 찍은 사진을 협박 도구로 썼다는 걸 알았지요. 보통은 자기 말을 듣지 않으면 사진을 인터넷에 올리겠다고 협박하는데, 스중난은 사진을 먼저 인터넷에 올렸습니다. 그러고는 자기 말을 듣지 않으면 모자이크 하지 않은 사진을 올리겠다고 협박했죠. 더 대단한 것은 채찍과 당근을 적절히 사용한 점입니다. 가끔 작은 선물을 주거나 데이트하는 것으로 사냥감을 진짜 좋아하는 것처럼 오해하게 만들죠. 스톡홀름 증후군이라고 할까요? 겨우 열 몇 살 된 소녀들이라 성인 여성보다 쉽게 통제할 수 있었을 겁니다."

야지는 스중난을 미행하는 동안 여러 차례 그가 협박 대상과 데이트하는 것을 보았다. 괜찮은 식당에 가고, 스중난이 계산을 한다. 데이트의 끝은 모텔이다. 스중난은 허상 같은 사랑보다 자신에게 굴복하는 소녀들을 보며 만족감을 느꼈다.

"잠깐만요, 이해가 잘 안 돼요. 당신은 스중난의 사장을 속여서 투자자라고 믿게 했어요. 그런 다음 프레젠테이션 자리에서 가짜 게시글로 악행을 폭로했죠. 이걸로 징벌이 다 된 거란 말이에요?"

"가짜 게시글이라니?"

아녜가 반문했다.

"두쯔위에게 한 것처럼 한 거잖아요! 와이파이 점령이랑 가짜 사이트랑……."

아이가 지티넷 사이트를 가리키며 말했다.

"이번에는 진짜예요."

아녜가 큰소리로 웃으며 말했다.

"지금 보고 있는 화면은 지티넷 진짜 사이트고, 사진과 글도 마찬가지입니다. 게다가⋯⋯."

아녜가 태블릿 한쪽을 건드렸다. 화면에 땅콩게시판이 나타났다.

"⋯⋯땅콩에도 소식을 올렸죠. 지금쯤 1천 명은 봤을 겁니다."

edgarpoe777이 2015−07−07 11:01에 쓴 글 :

[펌] 지티넷 색마 자폭(사진, 영상)

모자이크 처리 했지만 내용이 엄청나다!

http://www.gtnet.com.hk/gossip.cfm?q=44172&sort=1

"경찰에 신고한 누리꾼도 있을 테고, 경찰이 금방 스중난을 체포하겠지요. 수갑 차고 얼굴을 가리고 있는 꼴을 보지 못한 게 아쉽군요."

아녜가 만족스러운 표정으로 말했다.

"경찰이 사진을 올린 IP 주소를 찾아낼 텐데, 그게 전부 지티넷 사무실일 테고 내가 손을 쓴 건 흔적이 남지 않았으니까요. 그들은 이 상황을 설명하려고 하겠지만, 예를 들어 스중난을 변태라 여기고(실제로도 변태지만) 그가 자신의 영상을 베타테스트 시스템에 넣었다고 생각하겠지요. 결국 자기 손으로 자신의 악행을 폭로한 셈이 된 겁니다. 모자이크 처리한 나체 사진을 올리는 것은 범죄가 아닙니다. 하지만 여론의 압력이 있어서 경찰은 사진과 사진의 내용이 진짜인지 조사해야 할 테고 그게 스중난의 마지막입니다."

"나한테 이걸 보여주려고 이런 사기극을 꾸민 건가요? 발표하는 순간에 스중난의 비밀을 터뜨리려고요? 익명으로 경찰에 제보한다든지 해서 몰래 죄상을 밝힐 수도 있잖아요."

"재미있는 연극인 것은 사실이지만, 그게 주 목적은 아닙니다."

아녜가 검지손가락을 흔들었다.

"내가 스투웨이 신분으로 스중난에게 접근하자 그는 나에게 투자자의 권리를 이용해 자신을 회사 CEO에 임명해달라고 했어요."

"그게 왜요?"

"스중난이 기소되면 판사가 피고에 대한 보고서를 받습니다. 이때 변호사가 탄원서를 내서 피고의 평판에 대해 보고하죠. 피고가 평소 이러저러하게 성실했고 본성이 나쁘지 않으니 운운하는 내용을 담아서요. 지금 스중난의 사장은 그가 사적으로 투자자를 만나 회사를 빼앗으려 했다고 의심하고 있으니 탄원서를 써줄 리 없습니다. 그의 동료들도 이번 일로 그의 인격을 의심하겠죠. 더 재미있는 것은 스중난은, 발표 자료를 바꿔치기해서 자기 계획을 망친 자가 동료 중에 있을 거라고 의심할 겁니다. 직원 중 도와주려는 사람이 있어도 스중난이 믿지 못하겠죠. 나는 스중난이 단지 교도소에만 갇히는 게 아니라 이 사회에서 외면당하고 의심에 갇혀 10여 년을 살기를 바랍니다."

"10여 년? 형기가 4, 5년이라고 하지 않았어요?"

"범행 한 건당 4, 5년인데 다 더하면 최소 10여 년은 되겠죠."

"최소?"

"그가 협박한 미성년자는 여섯 명입니다. 그중에서 마지막 세 명만 법정에서 증언한다고 해도 더하면 12년이죠."

아이는 그제야 깨달았다. 스중난이 '노예 3호'라고 적었으니 적어도 1호와 2호가 더 있고, 혹은 4호, 5호 등도 있을 것이다.

"겉모습만 봐선 정말 모르겠네요…… 아까 프레젠테이션할 때는 정상인처럼 보였는데."

아이가 중얼거렸다.

"성범죄자가 정상인과 다르다고 생각합니까? 범죄자들은 아무 특징도 없습니다. 그놈들은 정상적인 직업과 가정을 가진 사람일 수도 있어요. 우리가 만나는 건 그들의 일부분에 불과할 뿐이죠. 그 일부분을 그 사람의 전부라고 생각하면 그의 함정에 빠지는 겁니다."

"그 여자애들은 그의 손아귀에서 벗어나겠죠?"

"당연하죠."

아녜가 잠시 머뭇거리다 말을 이었다.

"당신은 두쯔위를 놓아줬지요. 그래도 이번에는 내 방식에 불만이 없겠죠?"

"그런 인간쓰레기는 죽을 때까지 가둬놓아야 해요."

아이가 흥분하며 말했다. 물론 샤오원의 죽음에 대해 스중난에게 책임을 돌릴 수는 없다. 하지만 그놈이 샤오원을 추행하지 않았다면 이어진 비극도 없었을지 모른다. 두쯔위 남매가 샤오원을 모함한 데는 뒤에 숨겨진 비밀이 많았다. 그러나 스중난이 여학생을 협박하고 성폭행한 것은 오로지 자신의 욕구를 풀기 위한 것이었다.

차가 다시 홍콩섬으로 돌아왔다.

"맞아, 이번에도 중간자 공격을 썼죠?"

아이가 갑자기 물었다.

"뭐라고요?"

"투자회사를 사칭해서 스중난과 그의 사장을 속였잖아요. 허구의 투자회사를 만드는 것보다는 실제 존재하는 회사를 빌려오는 게 좋죠. 중간에서 통신을 가로챈 다음 투자회사 임원인 척하는 거예요. 스중난은 영리한 사람이라고 했잖아요. 그러니까 당신이 가짜 회사를 만들었으면 그 사람을 속이기 힘들었을 거 아니에요?"

"흠, 내가 그 수법을 그렇게 여러 번 썼는데, 그걸 못 알아채면 정말로 당신 머리가 모자란 줄 알았을 겁니다.”

아녜는 별것 아니라는 듯 대답했다. 아이는 그의 술수를 알아본 것이 조금 뿌듯했다.

차가 처음 출발 지점인 아녜의 집 부근 주차장에 멈췄다.

“내려요, 똑똑한 아가씨.”

아녜가 명령조로 말했다. 표정과 목소리가 조금 부루퉁해 보였다. 내가 자기 계책을 알아차려서 기분이 상한 걸까? 아이는 생각했다. 아녜가 왠지 자신의 위엄이 깎였다고 여기는 것 같았다.

아이는 몰랐겠지만 아녜는 사실 기분이 나쁜 것이 아니었다. 다만 아이가 자신의 본마음을 눈치챌까 봐 괜히 부루퉁한 척한 것뿐이다. 아녜가 보기에 아이는 아주 특별한 의뢰인이다. 그는 끈기와 행동력을 갖춘 의뢰인을 여럿 만나보았다. 그러나 이렇게 집요한 의뢰인은 처음이다. 게다가 아이는 여러 차례 그에게 놀라움을 선사했다. 예를 들면, 아주 작은 단서로 모 탐정이 사이잉푼에 온 이유를 알아차린 것이나, 마음대로 청소하고 자신과 입씨름하며 자신의 지적을 조목조목 반박했던 것이 그랬다. 아녜가 보기에 아이는 때로는 머리가 아주 좋고 때로는 멍청하기 짝이 없다. 특히 엉뚱한 질문을 할 때가 그렇다. 아녜는 사람에 대한 평가가 박한 편이다. 그런 그가 입 밖에 내어 칭찬한다는 것은 쉬운 일이 아니었다. 트랜싯 차량 안에서 아녜는 아이에게 고독을 즐기는 동류의 인간이라고 말했다. 그 말은 나름대로 마음에서 우러나온 말이었다. 그렇기 때문에 몇 번이나 아이를 조사에 참여하도록 허락하기도 했다. 아녜의 평소 습관을 생각하면 매우 드문 일이다.

그러나 아녜가 자신의 ‘영업 비밀’인 탐정 수법과 거짓말의 기교 등을 아이에게 모두 설명해주더라도 마지막 패는 보여줄 수 없다.

스투웨이가 그의 본명이라는 사실 말이다.

미국에서 창업하여 아이소토프를 경영할 때부터 아녜는 해커였다. 당시에는 일상 업무가 대부분이었고 해커로서는 가끔씩 남들모르게 활동했다. 스투웨이는 협상에 능했고 타인을 꿰뚫어보는 능력과 설득 능력까지 갖추었다. 아이소토프는 그의 재능 덕분에 수많은 계약을 맺었다. 그러나 그는 이런 협상 위주의 업무를 싫어했다. 장점이면서 저주였다. SIQ 창립 이후 그의 재산은 가만히 있어도 불어났다. 그는 서른셋에 평생 써도 다 못 쓸 돈을 벌었다. 그러나 SIQ가 성공할수록 그는 공허해졌다.

모종의 사건으로 그는 본명을 숨기고 홍콩에서 조용히 살기로결정했다. 불법 조사와 복수 대행법에 종사하면서 말이다. 그는 혼자 일하는 괴짜에다 가치관이 보통 사람들과 다르다. 그에게는 수천 홍콩달러의 산해진미나 라이지의 국수 한 그릇이나 별 차이가없다. 몇 만 홍콩달러의 포도주는 컴퓨터를 앞에 놓고 쳇 베이커의우울한 목소리와 함께 마시는 맥주 한 캔에 미치지 못한다.

그가 줄곧 추구한 것은 만질 수 없고 말로 표현할 수 없는 모종의정신적 쾌감이다. 아녜는 이기적인 사람을 싫어하지는 않는다. 하지만 강한 자에 약하고 약한 자에 강한 사람, 안하무인에 자신이 하늘도 가릴 수 있다고 믿는 녀석을 만나면 취미 삼아 콧대를 꺾어놓는다. 그런 악당을 징벌하는 것이 그의 즐거움이다.

그는 원칙이 있는 사람이며, 인과응보를 믿는다.

그러나 그가 평생 제일 치 떨려한 것이 바로 '정의'다. 세상에는입장 차이로 벌어지는 분쟁이 많다. 각종 분쟁과 대항 중에 어느 한쪽이 정의라는 기치를 높이며 비겁한 수단을 쓰고, 또 이를 '상황상' 어쩔 수 없는 선택이라며 미사여구로 포장한다. 그러나 결국은

힘으로 상대를 찍어누르는 것일 뿐이다. 이긴 자가 왕이 된다는 정글의 법칙과 다름이 없다. 아녜는 그런 정글의 법칙을 아주 깊게 체험했다. 정의라는 이름으로 타인에게 압력을 행사하는 것은 일종의 폭력일 뿐이다.

그는 누구보다 독한 수단을 쓸 줄 안다. 그리하여 조폭 두목을 위협하고, 뒤가 구린 기업가를 골탕 먹인다. 그렇지만 그것을 정의라는 이름으로 포장하지 않는다. 그는 단지 '악'으로 '악'을 제어할 뿐이다. 말하자면 한통속이다.

이 점을 잘 알기에 그는 스스로를 제약했다.

의뢰를 받든, 스스로 나서서 하든 어떤 방식을 쓸 것인지를 진지하게 고민한다. 어떻게 해야 인과응보에 부합할 것인지를 생각한다. 아녜에게 있어서 한 사람을 무너뜨리는 것은 굉장히 쉬운 일이다. 그의 눈에 비친 인간성이란 결함 많은 불량품이어서 조종하고 통제하는 것이 손바닥 뒤집기처럼 쉽다. 그러나 그는 이런 능력을 쉽게 쓰지 않으려 한다. 그는 세상의 수많은 사람이 신의 역할을 연기하기를 좋아한다는 걸 안다. 그런 연기가 이 사회에 고통과 불행을 가져온다. 그는 그런 자들과 한데 어울리고 싶지 않다.

아녜는 시시때때로 자신이 심판관이 아님을 상기한다.

복수를 대행하는 일을 할 때 그는 특히 의뢰인의 배경과 사건의 전말을 상세히 조사한 뒤에 사건을 받는다. 아녜는 무정한 결정을 수없이 내렸고, 어떤 이들에게는 비참한 말로를 선사했다. 그러나 그들 자신이 타인에게 했던 그대로를 돌려받은 것뿐이다. 준 대로 돌려주는 것이 아녜가 제일 잘하는 것이다. 사실상 남을 위해 이런 계획을 실행할 때 아녜는 훨씬 마음이 편하다. 자신은 그저 도구일 뿐이며, 은혜든 원한이든 전부 남의 업보이기 때문이다. 그러나 자신이 재미 삼아 끼어든 일이라면 인과응보를 신중히 따지며 움직인다. 심지어 우회적인 방법을 쓰고 더 귀찮아지더라도 자신의 가치관에 맞게 움직인다.

그런 그가 스중난을 징벌하는 동안 난제에 부딪혔다.

스중난의 악행을 확인한 아녜는 스중난이 협박하는 여성을 구제하고 그들을 대신하여 복수하기로 결심했다. 스중난을 감옥에 처넣어 성범죄자가 감옥에서 받는 특별한 보살핌을 직접 겪게 하려는 계획이다. 그런데 스중난의 컴퓨터에서 피해 여성들의 자료를 별로 발견하지 못했다. 건진 거라고는 얼굴이 찍히지 않은 사진이 전부였다.

야지의 미행으로 스중난이 두 대의 휴대폰을 사용한다는 것을 알아냈다. 한 대는 일상용, 또 한 대는 사냥용이다. 협박당하는 여성과 연락할 때만 2호 휴대폰을 켠다. 평소에는 전원을 끄고 서류가방에 넣어둔다. 2호에는 여러 앱을 깔지도 않으며 다른 용도로는 전혀 사용하지 않는다. 피해자의 사진을 찍을 때 빼고는.

야지의 미행으로 스중난이 데이트한 여성의 신분을 조사했다. 아녜는 모든 피해자의 명단을 원했다. 컴퓨터에 있는 사진을 보고 피해자가 한 명 이상인 것은 알았지만 정확한 숫자를 확인하기가 어려웠다. 피해 여성들은 범인이 체포되었다는 기사가 나와도 자신의 피해 사실을 경찰에 신고하고 증언하기를 꺼린다. 사실 그 여성들은 스중난의 이름도 모르는 입장이다. 자신을 협박하는 뚱보가 신문에 실린 그 남자인지를 모르는 것이다. 게다가 스중난의 사진이 꼭 신문에 실리라는 법도 없다.

아녜 입장에서 스중난을 잡는 일은 실수가 있어서는 안 되는 일이었다. 스중난이 성추행 정도로 몇 개월 만에 출소한다면 더욱 폭력적이고 음험해질 것이고, 피해 여성은 더 심각한 꼴을 당할 수 있는 데다 새로운 피해자가 발생할 가능성이 컸다.

작년에 홍콩에서 매춘부 연쇄살인사건이 있었다. 성적 기호가 별난 외국계 은행의 고위 투자자문이 마약에 취해 동남아 출신 매춘부 두 명을 살해했다. 머리를 자른 시체를 집 안 트렁크 가방에 넣은 그는 스스로 경찰에 나와 자수했다. 심각한 스트레스를 받는 온갖 군상이 모여 있는 대도시는 이상 범죄의 온상이다. 따라서 손을 쓰지 않는다면 모르되, 손을 쓴다면 완전무결한 승리를 거둬야 한다. 스중난도 최소 10년에서 20년은 감옥에 처넣어야 한다. 그래야 피해 여성들에게 후환이 없다.

"원격으로 그놈 휴대폰에 침입하면 어때?"

당시 야지가 아녜에게 물었다.

"안 돼. 위험이 너무 커. 그 휴대폰은 피해자와 연락할 때만 켠다고 했는데 가짜 링크를 누르게 하고 침입하는 게 쉽지 않아. 게다가 이 녀석은 똑똑해서 잘못 건드리면 쏙 빠져나갈 거야. 다른 방법을 찾아야 해."

스중난의 배경 조사를 하던 아녜는 그가 근무하는 회사가 생산력국의 투자 계획에 포함되었다는 것을 알았다. 한창 투자자를 찾는 중이니 위험과 성공의 비율을 따졌을 때 자신이 진짜 신분으로 직접 스중난과 맞서는 게 좋겠다는 결론을 내렸다. 아이의 말이 맞다. 이것도 중간자 공격이다. 다만 아녜는 실제 SIQ 임원 신분이 맞지만 지티 테크놀로지와 접촉한 동기가 가짜였던 것이다. SIQ의 스투웨이가 반쯤 은퇴한 상태라는 것은 많이 알려져 있다. 그러나 그가 미국 동해안이 아니라 멀리 홍콩에 있다는 것은 회사의 주요 인사만 알고 있다. 카일 퀸시조차도 그가 홍콩에서 또 하나의 인생을 살고 있다는 걸 모른다. 그들은 주로 화상회의에서 만난다. 그때마다 아녜는 옷을 갈아입고 스투웨이의 모습으로 회의에 나간다.

아녜의 동료 중에는 사기꾼, 해커, 조폭, 소매치기 등이 있고, 그는 언제든지 그런 사람을 열 명에서 스무 명 정도 불러모을 수 있다. 그러나 그가 정말 조수로 여기는 사람은 야지와 도리스뿐이다. 그들은 '스투웨이'에 대해서도 알고 있는 파트너다. 이번 작전에서 도리스는 리스룽 사장과 접촉하는 임무를 맡았다. 다른 쪽으로는 야지가 스중난을 감시하고 최대한 피해 여성의 정보를 빼내기로 했다.

"이쪽은 저희 CTO 찰스 스입니다."

처음 지티넷을 방문했을 때 아녜는 스중난에게 깊은 인상을 받았다. 160센티미터의 키에 셔츠가 꽉 끼는 물통 같은 몸집, 외모로는 전혀 매력이 없었다. 하지만 똑똑하고 순발력이 좋으며, 말투에 자신감이 넘쳤다. 짧은 대화 중 아녜는 그의 성격을 파악하고 다음 계획을 세우기 시작했다. 우선 거리에서 우연을 가장한 스중난과의 만남을 생각해보았다. 그런데 그때 대담한 생각이 새로 떠올랐다. 스중난이 자발적으로 자기를 찾아오게 하는 것이다.

스중난을 떠보기 위해 아녜는 일부러 사장에게 어려운 문제를 던졌다. 역시나 사장 대신 스중난이 나서서 대답했다. 그는 분명 스투웨이에게 굉장한 흥미를 보이고 있었다. 그래서 아녜는 잡담을 나누면서 자신의 가짜 주소라든가 다음 날의 음악회 관람 일정을 노출했다. 그는 스중난이 이 기회를 절대 놓치지 않을 거라고 믿었다.

다음 날 저녁 홍콩문화센터로 미끼를 회수하러 가려면 아녜도 차분하게 계획을 세워야 했다. 그런데 그날 예상치 못한 일이 생겼다. 지티넷에서 사이잉푼으로 돌아왔을 때 뜻밖에도 아이가 일찍 퇴근해서 계단에서 기다리고 있었다. 다행히 아녜는 미리 옷을 갈아입고 슈퍼마켓도 다녀온 상태였다. 아이는 샤오원의 휴대폰에서 새로운 발견을 했다며 다음 날 아침 일찍 결과를 알고 싶다고 했다. 게다가 밤새 아녜의 집에 머물며 기다리겠다는 것이었다. 아녜는 결국 아이에게 시간을 뺏기고 말았다.

토요일인 다음 날 아침 아이가 만족스럽게 돌아간 후에야 아녜는 급하게 음악회에 동행할 여자 동료에게 연락할 수 있었다. 그는 모자란 잠을 보충하고 난 뒤 저녁의 연극을 위한 준비를 했다. 아녜는 한숨도 자지 않고 감시나 조사를 할 수도 있다. 하지만 직접 나서서 연기하는 것은 또 다른 문제다. 스중난이 의심할 만한 말이나 행동을 조금이라도 해서는 안 된다. 그랬다가는 작전만 망치는 것이 아니라 스중난이 법망 밖으로 빠져나간다.

스중난이 공연장 내에서 스투웨이를 찾을 수 없었던 것은 당연하다. 아녜는 공연장에 들어가지 않았다. 그는 스중난을 감시하는 야지의 도움을 받아 적당한 시간에 로비 광고판 앞에서 '우연한 만남'을 기다렸다. 그때 또 다른 예상 외 사건이 생겼다. 오래전 미국 실리콘밸리에서 만난 적 있는 은행가와 마주친 것이다. 아녜는 스중난에게 자신을 더 돋보이게 할 기회라고 생각해 스투웨이의 신분으로 그 외국인과 인사를 나눴다.

스중난은 몰랐겠지만 '피아노와 오케스트라의 협연이 특히 훌륭했다'고 운운한 것은 아녜도 아무렇게나 주워섬긴 것이었다. 전에 듣거나 읽은 음반과 잡지의 내용을 우려먹은 것뿐이다.

그다음 일주일간 아녜는 양쪽으로 바빴다. 샤오원의 학교 친구들의 배경과 인간관계를 조사하고, 또 한편으로는 스중난을 엮어넣을 함정을 짜야 했다.

아녜가 스중난과 저녁식사를 할 때의 목적은 휴대폰을 훔치는 것이었다. 좀 더 정확히 말하면 휴대폰 속의 자료, 즉 피해 여성의 연락처, 스중난이 찍은 사진과 영상 등을 빼오는 것이다. 그리고 가능하다면 스중난의 휴대폰에 침입 경로를 설치하고 싶었다. 그러면 그를 24시간 감시할 수 있다. 심지어 작전이 완성되기 전에 스중난이 더 이상 피해 여성을 괴롭히지 못하도록 할 수도 있다. 스중난은 컴퓨터 전문가라 원격 침입으로는 그를 속일 수 없으니 아녜가 직접 휴대폰에 접촉해야 했다. 그러면 흔적도 없이 함정을 파고 귀신도 모르게 시스템에 침입할 수 있다.

그런데 텐딩쉬안에서 저녁을 먹는 동안 아녜는 스중난이 예상 이상으로 똑똑하고 관찰력이 뛰어나다는 것을 알았다. SIQ가 홍콩에 분사를 두고 있지만 아시아 시장을 개척하는 것은 사실이 아니다. 그런데 스중난이 허구의 전제로 추론한 내용은 논리적이었다. 그날 밤 아녜가 여러 차례 휴대폰을 훔치려고 시도했지만 결국 물고기가 미끼를 물려면 더 기다려야 한다는 결론이 나왔다. 스중난이 미끼를 무는 것도 기다려야 했지만 그가 기진맥진해졌을 때도 기다려야 했다. 그래야 반항할 여지 없이 단번에 해치울 수 있다. 나중에 야지의 보고를 듣고 아녜의 예감이 맞았다는 것을 알았다.

"아까 지하철에서 그놈이 나를 발견했어."

그날 밤 야지가 전화로 말했다.

"당신이 들켰단 말이야? 상황이 많이 나쁜가?"

"나쁜 정도는 아니야. 몽콕에서 감시를 포기했어. 경계심이 높아지지는 않았을 거야."

"다음에는 더 조심해야겠어. 필요하면 변장도 하고. 쉽지 않은 녀석이네……."

야지의 다음 미행은 들키지 않기 위해 스중난과의 거리를 좀 더 많이 두었다. 사실상 20일 동안 미행하고서야 야지가 스중난에게 협박당한 피해 여성의 신분을 밝혀낼 수 있었다. 이 시기, 스중난은 새로 원조교제 여성을 찾는 한편 불시에 자신이 협박 중인 여성을 불러내 성관계를 했다. 아녜가 두쯔위의 진면목을 밝히기 위해 이 뉘중학교를 두 번째 방문할 준비를 마친 주말, 야지는 스중난이 한 여성과 데이트하고 모텔에 들어가는 장면을 목격했다. 야지는 그때부터 그 여성을 미행해 주소와 그 밖의 범죄 상황을 확인했다. 그 후 자세한 조사를 통해 그녀가 '노예 3호'임을 알게 되었다. 그날 그는 스중난 외에도 아하오를 목격했다. 야지와 아녜는 그들이 상대하는 것이 한 명의 범죄자가 아니라 범죄 집단인 것인지 의심했으나 아하오는 우연히 마주친 것에 불과했다.

아녜는 피해자의 자료를 손에 넣었지만 다른 계획을 바꾸지 않았다. 아녜의 계획이란 우선 모든 피해자의 명단을 알아내는 것, 그리고 모자이크 처리하지 않은 사진을 증거로 손에 넣는 것이다. 스중난을 상대하는 진짜 연극은 7월 2일 클럽의 밤에서 시작된다.

아녜가 아이의 복수 의뢰도 받았기 때문에 양쪽 작전을 동시에 신경 써야 했다. 두쯔위의 집 주변을 감시하면서 스중난의 휴대폰을 훔칠 계획을 세웠다. 그래서 아녜는 브로드캐스트 드라이브의 이동 기지에서 야지와 임무 교대를 했다. 두쯔위를 감시하는 일을 야지에게 맡기고 자신은 스투웨이가 되어 센트럴 란콰이퐁 근처 클럽으로 스중난을 데려갔다.

클럽에 도착하자 아녜는 스중난의 가방 속 휴대폰을 노리고 그에게 말했다.

"도착했습니다. 가방은 차에 두고 내려도 됩니다."

"아닙니다. 가져가는 게 좋겠습니다."

스중난은 미끼를 물지 않았다. 가방에는 곧 스투웨이에게 보여줄 보고서가 들어 있어서 꼭 가지고 올라가야 했다. 첫 시도는 실패했지만 아녜는 실망하지 않았다. 물론 두 번째 함정이 준비되어 있었다. 많은 동료를 동원해 톈딩쉬안에서보다 더 큰 판을 짜두었다. 클럽 주인과 종업원들을 모두 동료로 끌어들인 것은 물론 두 명의 미녀를 불러다 미끼로 사용했다.

조와 탈리아는 모든 것을 알고 있는 도리스와 달리 아녜의 일이나 작전 내용을 알지 못했다. 단지 보수를 받고 아녜의 지시에 따라 연기를 한 것이다. 그들은 이 일이 떳떳한 일이 아니라는 것을 안다. 그러니 아는 것이 적을수록 문제가 생길 가능성이 낮다는 것도 잘 안다. 그래서 아무것도 묻지 않았다.

그날 밤 조와 탈리아의 임무는 스중난의 시선을 빼앗는 것이었다. 스중난이 서류가방에 신경 쓰지 못하게 해야 한다. 스중난이 화장실에 간 사이 아녜의 또 다른 동료가 서류가방에서 꺼낸 휴대폰을 받아서 클럽의 한 별실에서 계획을 실행한다. 여기에는 세 가지 관문이 있었다. 첫 관문은 스중난이 알아차리지 못하게 휴대폰을 꺼내는 것, 두 번째는 재빨리 휴대폰 비밀번호를 알아내는 것, 세 번째는 휴대폰을 몰래 제자리에 돌려놓는 것이다.

휴대폰 비밀번호를 알아내는 게 문제였다. 시간이 충분하면 아녜가 기술을 써서 풀어내겠지만, 그 상황에서는 속전속결로 해결해야 했다. 야지의 정보에 따르면 스중난은 2호 휴대폰을 지문 잠금으로 해두었다. 다행히 요즈음 지문 잠금은 비밀번호도 필요 없이 생각보다 쉽게 풀 수 있다.

아녜는 스중난의 지문을 채취하기 위한 세 가지 방안을 준비했다. 먼저 차 키를 주차원에게 넘겨 주차원이 아녜의 동료에게 차를 가져가게 해서 차 손잡이에서 스중난의 지문을 뜬다. 아니면 클럽 종업원에게 스중난의 휴대폰과 그가 썼던 잔을 가져오게 해서 휴대폰과 잔에 묻은 지문을 뜬다. 이 세 가지 방법 중 하나라도 성공하면 지문을 손에 넣을 수 있다.

이전에는 지문을 위조하려면 모델링을 하고 기다리는 등 시간이 필요했지만, 이제는 적당한 재료만 있으면 중학생도 해커가 될 수 있다. 아녜는 스캐너와 잉크젯 프린터, 매끄러운 사진 인화지, 전도체가 함유된 잉크를 준비했다. 아녜의 동료가 지문을 채취한 다음 스캔하여 컴퓨터에 옮기고, 사진은 왼쪽과 오른쪽이 반대이므로 이를 보정하고, 특수 잉크로 인화지에 출력한다. 전도체가 그리는 무늬를 따라 지문 잠금이 풀린다. 이 방법으로 몇 분 만에 휴대폰의 지문 보안을 통과할 수 있다. 휴대폰 속 모든 정보를 훔친 다음에는 침입 경로를 심어 마스크 공격의 준비를 마친다. 휴대폰을 제자리에 돌려놓는 것은 별로 어렵지 않았다. 스중난의 신경이 온통 조에게 쏠려 있었기 때문이다.

휴대폰을 가방에 돌려놓고 난 뒤 아녜는 스중난의 기세를 꺾어야 했다. 스중난이 너무 기분 좋은 상태로 끝나서는 안 되기 때문이었다. 아녜는 스중난이 마음에 들어 하는 조를 데리고 떠나버렸다. 이어 탈리아도 CTO 스중난의 자존심에 상처를 주었다.

그날 밤 의외였던 것은 스중난의 제안이었다. 아녜는 스중난이 야심이 강하다는 것은 알아보았지만 그렇게 대담하게 사장을 밀어낼 준비를 해올 줄은 몰랐다. 스중난의 뜻을 알고 나자 아녜는 속으로 웃고 말았다. 스중난을 지지하는 척하면서 새로 보고서를 쓰라고 하면 거기 정신이 팔려 휴대폰이 해킹당했음을 알아차릴 가능성이 낮아진다. 아녜는 이때 두쯔위의 복수 계획에 힘을 쏟고 있어서 스중난 쪽은 최대한 다른 움직임을 보이지 못하게 눌러놓아야 했는데 스중난이 먼저 말을 꺼내준 것이다.

그날 밤의 유일한 문제는 스중난과 헤어진 후에 일어났다. 아녜가 동료에게 스중난이 피해 여성과 연락하는지 감시하라고 했는데, 동료가 실수를 했다. 스중난이 노예 3호에게 보낸 메시지를 가로채는 바람에 노예 3호가 그 메시지를 받지 못한 것이다. 아녜는 차로 한 바퀴 돌고 나서 동료와 만났을 때 그 사실을 알았다. 다행히 스중난은 5분의 공백을 이상히 여기지 않았고 피해 여성의 연락을 받은 뒤에는 이 일을 잊어버렸다. 스중난이 사장 자리를 빼앗는 데 온통 신경이 쏠려 있었기 때문일 것이다. 야지가 있었다면 이런 문제가 일어나지 않았을 것이다. 그날 밤 야지는 아녜 대신 두쯔위를 감시하는 중이었다.

피해 여성의 명단을 손에 넣었으니 아녜의 작전도 90퍼센트 완성이었다. 아녜가 피해자 신분을 알아내는 데 집착한 것은 그들과 직접 연락하기 위해서였다. 스중난이 그녀들에게 걸어둔 마음의 자물쇠를 끊어내려면 그래야 했다. 협박을 받은 원조교제 여성들은 반항을 잘 못한다. 스톡홀름 증후군 때문이기도 하고, 정보 불평등으로 상황 파악을 못 하고 이해관계를 따질 줄 모르기 때문이기도 하다. 또 경찰에 신고하면 자신이 원조교제한 사실에 대해 형사처벌을 받을 거라고 두려워한다.

아녜는 피해 여성들이 속고 있는 스중난의 거짓말을 깨뜨릴 작정이었다. 홍콩에는 여성의 성적 서비스 제공을 금지하는 법률 조항이 없다. 매춘업소를 운영하거나 매춘부를 통해 수입을 얻는 경우만 검찰에 기소된다. 미성년자인 원조교제 소녀들은 오로지 피해자일 뿐이다. 그런데도 스중난에게 협박받은 여성들은 가족, 친구, 연인의 입장을 고려해 신고하지 않는 것이다. 아녜는 그들을 설득할 자신이 있었다. 피해자들의 복수심을 이끌어내는 것이 아녜의 장기다.

스중난의 범죄를 폭로하는 게시글을 지티넷에 공개했을 때 여섯 명의 피해 여성은 스중난이 법적 처벌을 앞뒀다는 사실을 이미 알고 있었다. 아녜가 익명으로 그 사실을 미리 전했던 것이다. 피해 여성들은 서로의 존재를 모르기 때문에 익명의 제보자가 또 다른 피해자라고 여겼을 것이다. 아녜는 그들에게 이것이 끝없는 괴로움에서 벗어날 수 있는 유일한 기회임을 강조했다. 사실 인간은 이기적인 동물인지라 피해 여성들은 증언을 회피하고 싶은 마음일 것이다. 자기가 나서지 않더라도 스중난이 법의 심판을 받을 거라고 여기면서 말이다. 아녜는 그런 그들의 마음을 돌려놓고 싶었다. 자기 증언만이 유효하다고 생각하면 연약한 사람도 강하게 변할 수 있다. 아녜는 오늘 오후 그들의 회신을 받을 거라고 예상한다. 그들이 당당히 경찰서를 찾아가게 하는 것이 아녜의 마지막 승부수다.

아녜는 아이와 함께 집으로 향했다. 지난 한 달은 두쯔위와 스중난의 사건으로 눈 코 뜰 새 없이 바빴다. 거기다 아이가 몇 번씩 귀찮게 굴어서 괜히 의뢰를 받았다고 후회하기도 했다. 그러나 그는 진행하던 일을 중간에 멈추는 법이 없다.

이노우에였다면 좀 더 고명하고 간편한 수법으로 스중난의 휴대폰에 침입했을 거라고 아녜는 생각한다. 물론 아녜의 기술도 둘째가라면 서러워할 수준이지만, '천재' 이노우에 사토시 앞에서는 자기 기술이 별것 아니라는 걸 안다. 아녜는 대학 때 이미 이노우에의 놀라운 실력을 알아보았다. 이노우에는 보통 사람들은 발견하지 못하는 허점을 찾아내고 단시간에 어떤 시스템이든 뚫고 들어간다.

뛰어난 신경외과의가 대뇌 수술을 할 때 신경 계통을 꿰고 있는 것과 같다. 뇌를 시스템으로 바꾸면 비유가 딱 맞다. 아녜는 마음의 작은 허점을 통해 사람을 움직이는 능력이 이노우에보다 뛰어나지만, 단순한 기계식 사유에서는 이노우에에게 한참 못 미친다. 이노우에는 스투웨이의 파트너일 뿐 아니라 스승이기도 하다. 아녜가 해커가 된 것은 다 그의 가르침 덕분이다.

─이노우에 그 친구요? 그가 지금 어디에서 무슨 일을 하고 있는지는 하늘이나 알 겁니다.

그날 스중난에게 한 말은 거짓말이 아니었다. 이노우에 역시 아녜처럼 금전의 세계에 넌덜머리를 내고 어느 대도시의 작은 아파트에 숨어서 유유자적 살고 있을 것이다.

"갈아입은 옷은 아무 데나 둬요."

5층으로 돌아온 아녜가 아이에게 말했다.

"가사 도우미가 정리할 거니까."

"샹 언니?"

아이가 건물 앞에서 두 번 마주친 여자를 떠올리며 말했다.

"어? 맞아요. 벌써 만난 적이 있군요. 일주일에 두 번 청소하러 오는데 6층 빼고 나머지 층 청소를 맡고 있습니다."

아이는 가사 도우미가 일주일에 두 번 다녀가는데 집이 항상 엉망인 이유를 그제야 깨달았다.

아녜가 나간 뒤 옷을 갈아입었다. 캐주얼한 옷으로 갈아입고 보니 얼굴의 화장이 너무 어색했다. 화장솜으로 색조 화장만 다 지워 냈다.

달칵.

15분 후 아이보다 더 캐주얼하게 입은 남자가 방문을 열었다. 머리도 젖어서 산발이었다. 평소의 새둥지 같은 머리는 이처럼 머리 말리는 게 귀찮아 그냥 내버려두어서 만들어지는 모양이었다.

두 사람은 6층으로 갔다. 아녜는 사무용 책상에 앉아 차가운 캔 커피를 마셨다.

"좋습니다. 어우야이 씨, 이제 50만 홍콩달러에 대해 이야기해봅 시다."

아녜는 의자에 등을 기댔고, 아이는 침을 꼴깍 삼키며 허리를 똑바로 폈다.

"일단 물어봅시다."

아녜가 책상 위의 잡동사니를 잡히는 대로 정리하며 물었다.

"어떻게 갚을지 생각해봤습니까?"

"분기별로 갚으면 안 될까요? 매달 4천 홍콩달러씩, 10년하고 5 개월이면 딱 50만 홍콩달러인데……."

최대한 절약하면 한 달에 어떻게든 4천 홍콩달러는 갚을 수 있다.

"이자는?"

아이는 당황했다. 하지만 아녜의 요구는 아주 합리적이다.

"그…… 그럼 한 달에 4500홍콩달러는 어때요?"

"휴우, 너무 소심하군요."

아녜가 입술을 삐죽였다.

"내가 은행도 아닌데 월별 납부라니, 기각합니다."

"그…… 그럼 제 장기를 떼갈 건가요? 아니면 보험에 든 다음 사고를 내서……?"

아이가 불안한 얼굴로 지난 이틀간 생각했던 여러 가능성을 이야기했다.

"아주 흥미로운 제안이네요. 하지만 나는 조폭이 아니므로 그런 방법은 별로."

"매춘을 할 자격 요건은 안 된다면서요?"

"어렵게 생각 말고 당신이 받게 될 50만 홍콩달러를 내게 주면 됩니다."

"받게 될 50만 홍콩달러?"

아녜가 A4 종이 한 장을 건넸다. 스크랩한 신문기사의 복사본이었다. 아이는 한참 후에야 무슨 기사인지 알아차렸다.

항구에서 지게차와 함께 바다에 추락한 근로자 사망

짧은 기사 제목만 보고도 온몸이 바늘에 찔리는 기분이었다. 내용을 읽는 동안 몸속 장기가 다 뒤집어질 것 같았다. 기사의 주인공은 바로 아이의 아버지 어우후이였다. 11년 전의 기사다.

"이 사건으로 아버지가 돌아가시면서 집안 형편이 어려워졌죠."

"맞아요."

아이의 몸이 희미하게 떨렸다. 경제적으로는 어려웠지만 온 가족이 함께했던, 행복했던 과거가 아이에게도 있었다.

"보험사에서 보상금이 나오지 않았다고 들었어요. 회사에서 약간의 위로금만 주고……."

"위로금은 무슨."

아녜가 정색하고 불쾌한 듯 말했다.

"당신 어머님은 그 나쁜 놈들에게 속은 겁니다."

아이가 의아한 듯 아녜를 쳐다보았다.

"당신 아버님은 '위하이 선적운수'를 다녔죠. 사장은 덩전하이鄧振海라는 사람인데, 그때는 작은 기업체 사장이었지만 지금은 크게 성공해 무슨 기업인 상도 받았습니다."

아내가 태블릿을 켜서 아이에게 보여주었다. 위하이 선적운수의 홈페이지다.

"그의 성공은 전부 비열한 수단으로 이뤄낸 겁니다. 아버님 사고 때도 보험심사관, 보험사 등과 손잡고 모든 책임을 아버님께 미뤘어요. 회사 신용도가 깎이지 않도록 말이죠. 결국 보험사가 60개월 치 급여에 해당하는 보상금을 지급하지 않았죠."

"손, 손잡고?"

아이가 충격을 받아 입을 다물지 못했다.

"당신 어머님은 사장이 직원을 위해 보상금을 받아줄 거라고 생각했겠죠? 흥, 그런 놈들은 흡혈귀입니다. 자기들이 노예의 주인이라고 생각해요. 그들 눈에 근로자는 부품에 불과합니다. 쓸모가 없어지면 버리는 부품. 대체할 사람은 널렸으니까요."

아내가 잠시 말을 멈췄다가 평소 말투로 돌아와서 말했다.

"당신 가족은 약 70만 홍콩달러의 보상금을 받아야 합니다. 그러니 그중에서 나에게 50만을 주면 됩니다."

"지금도 그걸 받을 수 있나요?"

"10년이 지났으니 못 받지요. 증거도 다 사라졌을 거고요."

아내가 입꼬리를 당기며 미소를 지었다.

"하지만 내가 한 탕 뛰어서 받아내 드리죠. 그 덩 아무개를 혼내주는 겁니다."

"네?"

"복수의 기회를 주는 겁니다. 당신 집안의 불행을 당신 손으로 무찌르는 거지요. 좋지 않나요? 많은 근로자와 그들의 가족이 존엄성을 잃고 살아가는데 덩 사장은 정부 관리와 인맥을 맺어서 더 높은 위치로 올라가고 있지요. 그놈을 엿 먹일 때가 되지 않았습니까?"

위하이 선적운수 홈페이지에 덩전하이 사장의 사진이 나와 있었다. 얼굴에 욕심이 덕지덕지 붙어 있는 상이다. 웃는지 마는지 모를 애매한 표정이 입술에 걸려 있다.

"어떻게…… 할 계획인데요?"

"아직은 생각 안 해봤습니다. 어쨌든 수많은 가족을 고통으로 밀어 넣었으니 그자가 저지른 짓을 그대로 돌려줄 작정입니다. 그의 가족을 나락으로 떨어뜨리는 것도 좋죠."

아녜가 웃으며 말했다.

그는 2년 전 다른 사건을 조사하다가 덩전하이를 알게 됐다. 다른 많은 악독 기업에 비하면 규모도 작고 딱히 사회에 알려진 악덕도 없었다. 그런데 나중에 아이의 의뢰를 받고 kidkit727을 조사하던 중 어우후이 가족의 불행이 위하이 선적운수와 관련 있음을 알게 되었다. 아녜는 원칙이 있는 사람이다. 한순간의 생각으로 쉽게 악인을 징벌하지는 않는다. 그러나 피해자가 인연의 힘으로 자기 눈앞에 왔으니 이것도 인과응보의 흐름이라는 생각이 들었다. 운명이 아녜에게 덩전하이를 벌하라고 계시를 보낸 것이다.

"괜찮은 제안이죠?"

아녜가 한마디 보탰다.

"그 당시 덩 사장은 한순간의 잘못된 생각으로 당신 가족을 지금의 불행에 처하게 했습니다. 그 뒷감당을 해야죠."

아녜의 말이 아이의 분노를 끌어냈다. 그녀는 거의 '좋다'고 대답할 뻔했다. 그러나 예전에도 느꼈던 감정이 아이를 붙들었다.

그녀는 방옥서 주임을 향한 분노에 타올라 kidkit727을 찾는 데 몰두했던 자신을 떠올렸다. 아녜의 말처럼 자신에게는 분노할 이유, 복수할 이유가 있다. 하지만 지난 며칠간의 경험으로 오늘 새로운 깨달음을 얻었다. 그녀는 자신이 아녜의 제안을 거절할 이유가 없다는 것도 안다. 이 일은 무엇보다 자신의 금전적 문제를 해결해 줄 것이고, 돌아가신 부모님의 억울함도 풀어줄 것이다. 그러나 아녜의 제안을 받아들이면 결국 얻는 것보다 잃는 것이 많으리라는 생각을 떨쳐버릴 수가 없다.

"……아뇨. 이 제안은 거절할게요."

아이가 담담히 말했다.

"어우야이 씨, 잘 생각하고 대답하는 겁니까?"

아녜는 의아해하며 물었다.

"후환을 걱정하는 거라면 절대 당신 같은 문외한이 책임질 중요한 문제는 없다고 보장……."

"아뇨. 그걸 걱정하는 게 아니에요."

마음이 편안해진 아이는 당당한 눈빛으로 아녜를 바라보았다.

"나는 이런 복수의 순환고리에 끼어들고 싶지 않아요. 그 덩전하이라는 자를 용서하는 건 아닙니다. 하지만 더 깊이 빠져들면 나 자신을 잃어버릴 것 같아요. 당신이 나쁜 놈들을 혼내주는 건 상관없어요. 하지만 나는 이제 당신의 계획에 참여하지 않을게요."

아녜는 수수께끼 덩어리를 보듯 아이를 쳐다보았다.

"어우야이 씨, 이 제안을 받아들이는 게 가장 쉽고 편한 지불방법입니다."

아녜의 목소리는 차가웠다. 아이는 조폭을 위협할 때의 그를 다시 보는 것 같았다.

"다른 방법은 당신 같은 연약한 아가씨가 해낼 수 있는 게 아니에요."

아녜의 무서운 표정을 보고 아이는 결심을 굽힐 뻔했다. 하지만 그날 텐딩호텔에서 증오심에 미쳐 복수를 선택했기 때문에 지금은 그 결정에 책임을 져야 한다.

"다른 지불방법이 아무리 힘든 거라도 나 혼자서 부담할 수 있는 거라면 뭐든지 받아들일게요."

아이의 대답은 또 아녜의 예상을 비껴갔다. 아녜는 과거에 맞대결했던 악당들에 비해 눈앞의 이 의뢰인이 더 골치 아픈 상대 같았다. 아녜는 피해자의 동의 없이는 덩전하이를 징벌할 생각이 없다. 피해자의 동의와 의뢰가 없다면 아녜의 개인적인 작전이어야 하는데 덩전하이는 그의 기준에 못 미친다. 그리고 아녜는 자기 기준을 낮출 생각이 전혀 없다.

그는 아이를 똑바로 쳐다봤다. 손가락으로 일정하게 책상을 두드리고 있다. 아이를 더 설득할지, 아니면 그녀의 의사를 받아들일지 고민 중이었다.

"내 제안을 받아들이지 않으면 역시 인신매매뿐인데요?"

한참 후에 아녜가 말했다.

"네."

아이가 심호흡을 하고 고개를 끄덕였다.

"혹시 동생을 소홀히 돌보았다는 죄책감에 자기 자신을 벌한다는······."

"아니에요. 나는 나 자신을 위해서 내가 시시하다고 여기는 사람이 되지 않으려는 거예요. 당신도 말한 적이 있잖아요. 샤오원을 핑계로 삼지 말라고."

아녜는 머리를 긁적였다. 자기가 한 말로 반박당하는 일은 그가 평생 몇 번 겪지 못한 일이다.

"좋습니다. 결심을 했다면 어쩔 수 없지요."

아녜가 다시 의자 등받이에 기댔다. 아이는 속으로 한숨을 쉬었다. 매도 빨리 맞는 게 낫다는데, 무슨 일이든 빨리 결정되었으면 좋겠다는 생각이었다.

아녜가 서랍을 열더니 뭔가를 꺼내 아이에게 휙 던져주었다. 아이는 당황해서 받지 못할 뻔했다. 손에 쥐어진 것은 열쇠다.

"다음 주부터 매일 아침에 와서 청소하세요. 일주일에 두 번은 화장실 청소도 하고 쓰레기도 버려야 합니다. 일요일과 공휴일도 와야 합니다."

"네?"

열쇠를 쥔 아이가 멍하니 되물었다.

"이렇게 간단한 것도 기억 못 해요? 잘 들어요, 매일……."

"아뇨, 그게 아니라…… 나한테 청소부 일을 시키는 건가요?"

"당신 같은 몸매를 술집 같은 데 보낼 줄 알았어요? 샹 아주머니는 쓰레기와 쓰레기 아닌 것을 잘 구분 못 해서 내 방은 청소하지 말라고 했어요. 당신을 한번 시험해보는 겁니다. 마음에 안 들면 술집 화장실 청소를 시킬 겁니다."

아이는 그저 어리둥절한 채 아녜의 말을 들을 뿐이었다.

"노동법 어쩌고 얘기하지 마요. 최저임금 같은 건 나한테 안 통합니다. 한 달에 2천 홍콩달러로 급여를 계산하면 50만 홍콩달러까지 20년입니다. 앞으로는 내가 고용주니까 내 눈치 잘 보고 행동해요. 필요하면 심부름도 좀 하고."

"20년……!"

아이는 놀라서 눈이 휘둥그레졌다.

"불만입니까?"

"아니에요. 그렇게…… 할게요."

아이는 집안일에는 선수다. 집을 하나 더 건사하는 게 어렵지는 않다. 다만 걸리는 문제가 하나 있었다.

"매일 아침이라고 했죠? 그러니까 출근 전에 와야 하는 거네요?"

"네."

"가끔은 저녁에 와도 되나요? 아침 근무일 때는 교통이 좀……."

"안 됩니다."

아녜가 정색했다.

"나는 야행성이라 밤에 일하는 게 습관입니다. 일할 때 방해할 생각은 하지도 마요."

"……알았어요."

아이는 어쩔 수 없이 고개를 끄덕였다. 집을 둘러보며 청소하는 데 시간이 얼마나 걸릴지 가늠해보았다. 자기가 집에서 몇 시에 나와야 할지도 헤아려보았다. 너무 일찍 나오면 지하철도 다니지 않을 것이다. 청소를 제때 끝내고 도서관에 출근할 수 있을까? 아이는 걱정스러운 표정을 지었다.

"어휴, 내가 져주어야지."

걱정에 빠진 아이를 보고 결국 아녜가 서랍에서 열쇠를 하나 더 꺼냈다.

"이건?"

"4층 열쇠입니다. 3, 4층은 비어 있으니 입주해서 일하세요. 그러면 출근시간 걱정하지 않아도 되겠죠?"

아이의 꼴을 참아주기 어렵다는 듯 아녜가 입술을 삐죽거렸다.

"유엔롱이나 틴수이와이天水圍 쪽에서 돌아오면 한 시간 반은 걸릴 텐데, 피곤해서 내 중요한 물건을 버리기라도 하면 안 되니까."

"유엔롱? 우리 집은…… 아!"

아이는 오늘이 방옥서가 통지한 틴수이와이의 텐웨天悅 공공주택 마감일이라는 것을 떠올렸다. 러화 공공주택에서는 곧 퇴거해야 한다. 그러면 멀리 부이아우 등으로 가게 될 것이다.

"그럼 방세는……."

아이가 물었다.

"흠, 이 주변 집들은 전부 월세가 1만 홍콩달러가 넘습니다. 평생 우리 집 청소를 해도 못 갚아요. 갚을 능력이 없으면 아예 말을 꺼내지 말죠."

아이는 에둘러 자기 집 문제까지 해결해준 아녜 앞에서 아무 말도 못 했다. 어쨌거나 그녀는 러화 공공주택을 떠나야 한다. 새로운 생활이 눈앞에 기다리고 있다. 손에 든 열쇠 두 개를 보면서 잠시 침묵하던 그녀는 마침내 고개를 끄덕였다. 이 특이한 지불방법을 받아들이기로 했다.

"좋아요. 그럼 다 해결된 거죠? 얼른 집에 가세요. 나는 할 일이 많은 사람이니까."

아녜가 딱딱거리며 말하고 컴퓨터를 켰다.

"잠깐만요, 질문이……."

"또 뭡니까?"

"혹시 스중난이 자기가 샤오원의 추행범이라고 자수하진 않겠죠?"

"그렇게 바보는 아니니까 당연히 안 그러지요."

"그럼 샤오더핑의 결백도 밝힐 수가 없고요?"

"네."

"우리는 모든 진실을 다 알지만, 그러니까 내 말은, 그 사람 결백을 밝혀주어야……."

"어우야이 씨, 그건 선량함이 아니라 우매함입니다."

아녜가 눈을 매섭게 뜨고 아이를 쳐다보았다.

"샤오더핑이 자신의 결백을 주장했다면 도와주었을지 모르지만, 그 사람 스스로 포기한 일을 왜 내가 나서야 합니까? 사람은 스스로 선택을 하고 그 선택의 결과를 당당히 받아들여야 합니다. 그런데 걸핏하면 어쩔 수 없었다고 핑계를 대죠. 이 사회가 점점 부패하는 건 그런 '평범한 악' 때문입니다. 모든 일에서 선악이나 진위보다 이해관계를 먼저 따지는 사람이 너무 많아요. 그런 사람을 도와주는 건 선량한 이들이 괴롭힘당하도록 옆에서 돕는 꼴입니다."

아녜가 커피를 한 모금 마시고 다시 말했다.

"게다가 샤오더핑이 결백을 주장했다면 무죄방면되었을 테니, 두쯔위가 그런 글을 써서 사건을 일으켰겠습니까? 이런 추론 하에서도 그 사람을 돕고 싶어요?"

"하지만…… 샤오원이 샤오더핑을 모함했다는 오해도 밝혀지지 않으니까……."

"그 부분은 포기하세요. 스중난이 추행범이라고 나서도 당신 동생이 모함했다고 누명 쓴 것은 증명되지 않습니다. 인터넷에 또 샤오원 때문에 샤오더핑이 징역형을 받았다는 등 쓸데없는 소문이 넘쳐날 겁니다."

"잠깐! 샤오원은 법정에도 안 나갔고, 맨 처음 샤오더핑을 지목한 것도 다른 사람인데……."

"누리꾼은 그런 것에 신경 안 씁니다. 어쨌든 일이 잘못되었으니 그들은 비난의 화살을 쏘지요."

"누리꾼이 그렇게 비합리적이라고요……?"

아이가 이해할 수 없다는 표정을 지었다.

"누리꾼이 그렇다는 게 아니라 인간이 원래 그런 겁니다."

아네가 아이를 보면서 고개를 저었다.

"인터넷은 단지 도구에 불과해요. 인터넷이 사람 또는 사물을 정의롭게 혹은 사악하게 만드는 게 아닙니다. 살인을 한 것은 칼이 아니라 그 칼을 쥔 사람, 그리고 살인자의 손을 움직이게 만든 악의인 것처럼요. 누리꾼이라는 라벨을 붙이는 건 현실을 회피하는 변명일 뿐입니다. 누구나 인간성 속의 이기적인 면, 욕심 많은 면을 인정하지 않으면 자기 죄를 뒤집어씌울 희생양을 찾게 됩니다."

아이는 인터넷을 증오했다. 인터넷이 없었다면 샤오원은 이런 괴물 같은 악의에 시달리지 않았을 거라고 생각했다. 그러나 아네의 말을 들으니 자신이 증오해야 할 것은 인터넷이 아니라 인터넷 뒤에 숨은 인간성의 어두움이었다. 인터넷이 없더라도 악의에 찬 사람들은 타인을 해칠 것이다. 그리고 자신의 이기심과 욕심을 채우기 위해 남을 해칠 '도구'를 찾아낼 것이다.

"인터넷은 오늘날 사회에서 없어서는 안 될 뼈대가 되었죠. 그러나 사람들은 여전히 낙후된 관점으로 인터넷을 평가합니다. 좋은 면을 볼 때는 인터넷의 놀라운 능력을 찬양하고 인류 문명의 진보라고 말합니다. 나쁜 면을 볼 때는 인터넷이 야기한 수많은 문제를 지적하면서 인터넷 발전을 제한해야 한다고 말합니다. 사람들은 자기가 선진적이라고 여기지만 사실은 100년, 200년 전 사람과 똑같은 의식을 갖고 있지요. 문제는 인터넷에 있는 게 아니라 우리들 자신에게 있습니다. 당신도 조금 전 프레젠테이션을 들었는데 스중난의 회사에서 무슨 업무를 하는지 알겠습니까?"

"땅콩게시판과 비슷한 사이트를 운영하는 거지요? 하지만 무슨 목표가 있다면서 전통적인 언론 매체를 혁명한다고……."

"그 회사 사이트는 지티넷이라고 하는데 인터넷 게시판에 소식을 교류하는 SNS 기능을 추가했습니다. 시민이 성숙한 사회라면 그 사이트는 정말로 언론을 대체할 수 있겠지요. 하지만 현재 지티넷은 시답잖은 운영방식으로 이용자의 어두운 면만 끌어낼 가능성이 높아요. 소문과 파파라치 등의 집산지가 되겠지요. 자료가 다 디지털화되는 이 시대에 인터넷으로 유통되는 자료량은 어마어마합니다. 사람들이 소화할 수가 없어요. 정보 홍수에 피로를 느끼고 판단력을 잃거나 반작용이 일어날 겁니다. 몇 년 전 미국 작가 데이비드 셍커David Schenker는 이런 현상을 '정보의 안개'라고 이름 붙였죠. 인간에게 진실을 알려주어야 할 정보가 안개처럼 인간의 마음을 흐리는 독약이 된다는 겁니다."

"정보의 안개?"

"보스턴 마라톤 테러사건을 기억합니까?"

아이가 고개를 끄덕였다. 그때 뉴스를 본 기억이 났다.

"그 사건에서 누리꾼은 협력해서 증거를 찾고 현장 사진 속에서 폭탄을 설치한 범인을 좁혔습니다. 경찰을 도와 사건을 해결한 거지요. 그런데 잘못된 목표를 뒤쫓게 되는 문제도 심각했습니다. 당시 어느 누리꾼이 폭탄 테러 한 달 전에 한 대학생이 실종된 것을 알아냈습니다. 수닐 트리파시라는 이 남자 대학생은 테러범과 외모가 비슷해서 많은 누리꾼이 그를 테러범이라고 오해했습니다. 경찰이 범인을 포위하고 총격전이 벌어졌죠. 한 누리꾼은 경찰의 무선을 해킹해서 그가 진짜 범인이라고 공표했습니다. 주류 언론조차 그 소식을 기사로 전달할 정도였죠. 이 오해는 나중에 밝혀졌습니다. 수닐의 시체가 일주일 뒤에 발견되었는데, 검시 결과 폭탄 테러 사건 전에 이미 사망했던 겁니다. 범인의 진짜 신분이 밝혀지기 전에 수닐의 가족은 온갖 악의적 공격에 시달렸습니다. 가족의 생사도 모르는 채로 말이죠. 잘못은 정보를 전달하는 인터넷이 아니라 우매한 인간에게 있었습니다. 진실을 추구하다가 믿을 수 없는 정보를 선택한 겁니다. 게다가 인터넷의 '나눔' 정신은 이런 잘못된 소문을 쉽게 전파하죠. 전파되고 나면 그 재난은 수습하기 어려워집니다."

아이는 인터넷 언론의 잘못된 보도로 피해 입은 사람이 많다는 건 알았지만, 그것에 대해 깊이 생각해본 적은 없었다. 자신이 그 피해자 중 하나가 되리라는 것도 물론 상상하지 못한 일이었다.

"인터넷은 우리에게 지식을 나눌 수 있는 소통의 기회를 늘려주었지만……."

아녜가 한숨을 쉬며 말했다.

"인간이란 원래 남을 이해하기보다 자기 생각을 드러내기를 좋아하니까요. 우리는 말을 많이 하고 적게 듣습니다. 결과적으로 세계가 소음과 잡다한 정보로 가득 찼죠. 세계가 진정으로 진보해야 인간도 인터넷이라는 도구를 진정으로 올바르게 사용할 수 있을 겁니다."

아이는 말없이 고개만 끄덕였다.

"다른 질문 또 있습니까? 없으면 이만 집에 좀 가시죠."

"있어요! 마지막이에요."

차에서 스중난에 대해 들은 뒤로 아이는 줄곧 의문을 품었다.

"샤오원이 성추행당한 날 지하철 감시영상은 왜 조사하게 된 거죠? 처음부터 스중난이라는 진짜 추행범이 있다는 걸 알았던 것처럼……."

"맞아요, 진범이 있다는 것은 알고 있었습니다."

"네?"

"미성년자에게 손을 뻗는 성범죄자가 어떻게 분류되는지 압니까?"

아이가 고개를 저었다.

"기본적으로 두 부류입니다. 정말로 어린애들을 좋아하는 소아성애자, 그리고 상대가 어리든 성숙하든 상관없이 성범죄를 저지르는 사람입니다. 범인이 전자든 후자든 이들은 다시 내향형과 학대형으로 나뉩니다. 내향형은 자신의 나체를 보여준다거나 하는 식의 범죄 형태를 보입니다. 반대로 학대형은 피해자에게 적극적으로 고통을 주며 만족을 느끼죠. 돈 등으로 쉽게 유혹할 수 있기 때문에 미성년자를 노리는 경우도 있지만 그건 이 사건과 관련이 없으니 넘어갑시다."

"이 일과 두 가지 부류로 나뉘는 것이 무슨 관련이 있나요?"

"지하철 성추행의 경우는 내향형과 학대형 둘 다 있어요. 전자는 몰래 남을 만지면서 그 느낌을 즐기는 것이고, 후자는 피해자가 놀라고 겁에 질린 것을 보면서 쾌감을 느끼는 식이죠. 전자든 후자든 이런 상황에서 반항할 것 같은 대상은 고르지 않습니다. 내향형은 특히 더 그렇고요. 학대형은 반항하는 대상을 정복하면서 만족감을 느끼는 편이긴 하지만, 공공장소에서는 그러기가 어렵죠. 그들은 다른 방법으로 피해자를 장시간에 걸쳐 괴롭힙니다. 스중난이 여자를 모텔로 데려가는 것과 비슷하죠. 그래서 샤오더핑의 사건이 이상했습니다."

"왜요? 샤오원도 추행당한 후에 반항하지 못했는데."

"샤오더핑은 그렇게 생각하지 않았을 겁니다. 지하철에 타기 전에 당신 동생과 편의점에서 입씨름을 했잖아요. 이런 멍청한 선택을 하는 성추행범은 없을 겁니다. 시비 사건으로 이미 마주쳤던 사람, 그것도 당당히 자기 주장을 했던 사람을 택할 사람은 없죠. 이 점을 생각하면 샤오더펑이 결백하다는 가능성은 더 커집니다. 샤오원이 모함했다고 지적한 누리꾼들도 이런 의혹이 들었을 겁니다. 성추행범이 왜 저런 어리석은 선택을 했을까 하고요."

"그래서 처음부터 샤오원이 모함했다고 생각했군요?"

"아닙니다. 좀 다른 각도에서 보면 샤오원이 모함할 가능성도 없습니다. 샤오더펑이 말한 것처럼 샤오원이 정말 맘먹고 모함한 거라고 해봅시다. 그럼 맨 처음 소리를 지른 것은 그 아주머니가 아닐 겁니다. 샤오원이 옆사람의 반응을 통제할 수가 없기 때문이죠. 자기가 추행당하고 있는 것같이 표정을 연기한다고 해도 다른 승객이 그걸 보고 샤오더펑을 추행범이라고 지목할 수 있을까요? 샤오원이 정말 모함하려고 했다면 자기 손으로 샤오더펑의 팔을 붙잡고 치한이라고 외치면 그만입니다. 그러니 결과만 놓고 보았을 때 샤오원은 정말 추행을 당했고, 아주머니는 정말로 추행범을 잡은 것이죠. 그런데 샤오더펑이 결백하다면 남은 결론은 하나뿐입니다."

"진짜 추행범은 달아났다……."

아이는 뭔가 깨달은 듯한 표정을 지었다.

"게다가 당신은 이걸 처음부터 다 알고 있었어요……."

"누리꾼이 샤오원이 모함한 거라고 여긴 것은 그들이 남의 부추김을 받은 결과입니다. 배후의 조종자 kidkit727은 온갖 방법을 동원해 정체를 숨겼고요. 목적은 샤오더펑의 결백을 밝히는 것이 아니고 다른 데 있었지요. 샤오더펑은 결백한데 결국 자신의 가짜 죄를 인정했고, kidkit727은 그걸 이용했을 뿐이죠. 그런데 진짜 범인은 법망을 피해 유유히 도망갔습니다. 알고 보니 그놈은 훨씬 더 악질적인 성범죄자였고요."

아녜가 씩 웃었다.

"내가 말했잖습니까? 내가 당신 사건을 맡은 것은 생각보다 사건이 재미있어서라고요."

종장

"아이, 이 컵은 어디다 둬?"

웬디가 종이 상자에서 찻잔을 꺼내며 물었다.

"아, 그건 냉장고 옆 수납장에요."

7월 12일 일요일 아침, 웬디가 아이의 이사를 도와주었다.

아이는 이삿짐센터를 부를 돈이 없어 고민하고 있었는데 다행히 웬디가 나서서 도와주겠다고 했다. 아이는 부담스러워 사양하고 싶었지만 웬디가 막무가내였다.

"어우야이 씨, 정말 놀랐습니다. 그 녀석이 방을 다 내주고."

이날 웬디는 모 탐정도 불렀다. 모 탐정이 작은 화물차를 가져와서 다 싸놓은 짐을 옮겨주었다.

"그 녀석이 누군데요?"

웬디가 물었다.

"이 건물 주인이지. 괴짜거든."

모 탐정이 웃으며 말했다. 웬디는 아이가 사건을 의뢰했던 인연으로 모 탐정이 중개인 노릇을 해서 아이의 새 집을 구해준 줄 알고 있었다.

모 탐정은 4층까지 짐을 옮겨준 뒤 볼일이 있다며 먼저 갔다.

웬디는 좀 더 남아서 짐을 풀고 정리하는 것을 도와주었다. 그녀는 아이의 새 집에 관심이 많았다. 밖에서는 심하게 낡아 보였는데 실내는 깨끗하고 잘 정비된 집이었다. 며칠 전 아이도 처음 4층에 발을 들였을 때 깜짝 놀랐다. 집 안에 기본적인 가구며 전자제품이 비치돼 있고, 심지어 식탁보 같은 것도 덮여 있었다. 비록 빈집이었다는 표시는 나지만 바닥이나 욕실이 모두 깔끔했다.

가족과 함께 살던 집을 떠나려니 아쉬움이 없을 수 없었다. 아이는 마음을 다잡고 앞을 향해 나아가기로 했다. 스중난의 소식은 신문을 통해 알았다. 스중난이 체포되자 여러 피해 여성이 나타나 증언을 했고, 그는 매우 엄중한 선고를 받았다.

"전에 살던 사람이 엄청 깔끔했나 봐! 아이, 정말 운이 좋아. 전자레인지는 없지만 이 근방에서 이 정도 방 구하기가 얼마나 힘든데!"

웬디가 부엌을 정리하다 말고 외쳤다.

아이는 웃기만 했다. 이 집은 전에 아무도 살지 않았지만 정기적으로 누군가 와서 청소를 했다고 말하기가 어려웠다. 어제 아침 아이는 새 집에 생활용품을 갖다 놓으려고 왔다가 샹 언니를 만났다.

"아, 어우야이 씨. 안녕하세요."

처음 본 날처럼 건물을 나오던 샹 언니와 마주쳤다.

"안녕하세요. 청소 마치고 가시는 거예요? 이 큰 건물을 다 청소하려면 힘드시겠어요."

"그렇죠."

샹 언니가 씩 웃었다.

"다행히 이제 4층은 청소하지 않아도 되겠네요. 잘 부탁해요."

아이가 입주한다는 소식을 아녜에게 들은 모양이었다. 아이는 문득 샹 언니와 두 번째 만났던 날이 생각났다. 그날 아침 아이는 아녜의 집에서 밤을 보내고 부시시한 모습으로 나오는 길이었다. 그런 여자가 4층에 입주한다니, 누구든 두 사람 관계를 오해할 만하다.

"아, 샹 언니, 저기요. 오해하지 마세요. 저랑 아녜는……."

"알아요. 그 사람은 '다가오지 마'라는 표정을 짓고 있지만 사실은 뼛속까지 호인이에요. 당신도 의뢰인이죠?"

샹 언니가 유쾌하게 웃으며 말했다.

아녜에 대한 후한 평가에 반박하려던 아이는 마지막 말에 신경이 쓰였다.

"당신도……? 샹 언니도 아녜에게 의뢰비를 빚져서 이렇게 청소를 하시는 건가요?"

"빚져서?"

샹 언니가 눈을 동그랗게 뜨고 말했다.

"그렇지 않아요. 실은 그 사람이 받아야 할 보수도 안 받아서……."

그녀는 주변에 사람이 없다는 것을 확인하고 작은 목소리로 속삭였다.

"어우야이 씨, 당신은 아녜의 친구니까 믿고 말할게요. 그 사람 말이에요, 분명히 1천만 홍콩달러를 보수로 받기로 했는데 결국 한 푼도 안 받았어요. 전부 의뢰인에게 주었지요. 세상에 이런 호인이 어디 있어요?"

"1천만!"

아이가 경악했다.

"히히히, 그 돈을 다 내가 먹은 건 아니죠."

샹 언니는 아이의 눈빛을 보며 넉살 좋게 말했다.

"내가 말이 좀 많아도 이해해줘요. 나는 성완에 있는 50년 된 건물에 사는데 이웃들이 다 노인들이죠. 건물이 하도 낡아서 정부 명령으로 보수공사를 해야 했어요. 그래서 스무 명 넘는 주민이 중개인 통해 건설회사랑 계약하고 공사비를 내기로 했죠. 그런데 노인네들이 사기를 당해서 비용이 100만 남짓에서 1천만으로 확 뛰었답니다. 계약할 때 조심하지 않은 우리 잘못도 있지만, 그 중개인도 뱃속이 시커먼 놈이에요. 미리 함정을 파놓고 우리를 속여먹은 거죠. 우리 윗집 어르신은 화를 못 참아서 심장병으로 입원까지 했어요. 나중에 내가 우연히 아녜에게 이 이야기를 하게 됐는데, 그때는 그가 이렇게 대단한 인물인 줄 몰랐어요. 세상에, 아녜가 그 중개인한테 2천만 홍콩달러나 뜯어낸 거 있죠. 나는 이 집에서 4년이나 일했지만, 그가 휴대폰 앱 개발로 먹고사는 사람인 줄만 알았거든요…… 우리는 본전만 찾아도 좋아서 남은 건 다 아녜에게 보수로 줄 예정이었어요. 그런데 그가 큰돈도 아니라면서 우리한테 나눠가지라더군요. 요즘 세상에 그런 협객이 다 있다니……."

"그게 언젯적 일이에요?"

아이는 금액을 듣고 뭔가 생각나는 일이 있었다.

"보수공사는 작년에 했고, 돈을 돌려받은 건…… 그러니까, 두세 달 전이죠."

샹 언니는 또 다른 이야기를 더 늘어놓았지만 아이는 더 이상 귀에 들어오지 않았다. 샹 언니가 말한 2천만 홍콩달러는 아녜가 텐딩호텔에서 이야기한 그 건인 것 같다. 그러니까 아녜가 조폭 두목에게 밉보인 것은 샹 언니를 위해서 사건에 끼어들었기 때문이다. 아네가 조폭 두 명을 순식간에 처리했을 때 아이는 단지 대단하다고만 여겼다. 그런데 나중에 이런 의문이 생겼다. 아네는 조폭의 눈을 피할 수 있었다. 그것도 아주 많은 방법이 있었을 것이다. 그런데 왜 허점을 보여서 자기가 2번가에 산다는 걸 들켰을까?

어제 오후 아이는 수도세, 전기세 같은 문제로 아네를 찾아갔다가 그 의문을 꺼내놓았다.

"말했잖아요. 완차이의 호랑이 형님은 막 두목이 되었다고. 그 중개인과 호랑이 형님이 가까운 사이라기에 샹 아주머니 쪽에 보복하러 갈 것 같더군요. 그래서 내 쪽으로 주의를 돌렸지요. 귀찮은 일은 한꺼번에 처리를 해야죠."

별것 아니라는 듯이 대답하는 아네에게 아이는 다시 한 번 불가사의함을 느꼈다. 이 남자의 정체는 대체 무엇이란 말인가! 파렴치한 범죄자 같은데 누구보다도 정직하고, 눈 하나 까딱 않고 잔인한 계략을 짜내어 약자들을 돕는다. 절대 실패하지 않을 능력이 있는데도 일부러 불리한 입장에 서서 판세를 바꾼다. 그는 일반인의 행동 심리를 위배하는 아주 특이한 존재다.

아이는 새삼 궁금증이 들었다. 자신이 두쯔위에 대한 복수를 포기하리라는 걸 아네는 이미 예측하지 않았을까? 두쯔위가 자살하게 내버려둘 생각이 애초에 없었던 것이 아닐까? 그러잖아도 그날 저녁 두쯔위의 오빠가 제때 나타난 것이 수수께끼였다. 혹시 오빠가 두쯔위의 구원 요청을 받을 수 있도록 아네가 조작한 것이 아닐까? 아이가 복수를 포기할 기회를 만들기 위해서 말이다.

그러나 아이는 아네에게 묻지 않았다. 자기 생각이 맞다고 하더라도 아네는 진실을 말해주지 않을 것이다.

"아, 아이! 이 아이가 동생이야?"

웬디가 종이 상자에서 액자를 꺼냈다. 아이, 저우치전, 샤오원이 함께 나온 사진이 들어 있다. 샤오원이 휴대폰으로 찍은 것이다. 샤오원의 휴대폰을 돌려받았을 때 아이는 곧장 사진을 인화해 액자에 끼워놓았다.

"네."

샤오원을 언급할 때 아이는 마음이 아팠지만 이제 가족이 없다는 사실을 받아들이기 시작했다.

웬디가 액자를 책꽂이에 올려놓고 합장을 했다.

"샤오원, 언니를 잘 보살펴줘. 나도 많이 도와줄게."

성격이 대범한 웬디는 아이 앞에서 샤오원 이야기를 꺼내는 것도 서슴지 않는다. 아이는 웬디의 그런 성격에 오히려 고마움을 느낀다. 그리고 샤오원이 어디서나 자기를 지켜보고 있을 거라고 믿는다.

짐을 다 풀었을 쯤 웬디가 휴대폰으로 노래를 틀었다. 두 사람은 노래를 들으며 정리를 시작했다. 아이는 웬디가 음악을 좋아하는 줄은 몰랐다. 웬디의 휴대폰에는 중국어 노래 외에도 한국 가요, 유럽 로큰롤까지 다양하게 들어 있었다. 웬디가 이상한 한국어 발음으로 노래를 따라 불러서 한바탕 웃음을 자아내기도 했다.

"아…… 이 곡이네."

한참 정리하는데 아이의 귀에 익숙한 선율이 흘러나왔다.

"아이도 롤링 스톤스를 알아?"

옷장에 옷을 걸며 웬디가 물었다.

"롤링 스톤스?"

"방금 '이 곡'이라고 했잖아. 영국 록 그룹 롤링 스톤스 노래야."

"우연히 몇 번 들은 거예요."

아이는 입술을 삐죽거렸다. 아이가 아녜를 찾아갔을 때 그는 그녀를 쫓아내려고 이 음악을 크게 틀어놓았었다.

"이 곡 가사가 싫어요. 줄창 '넌 영원히 바라는 것을 가질 수 없어' 그러니까."

웬디가 아이를 빤히 바라보았다.

"그게 무슨 말이야? 이 노래 끝까지 안 들었구나?"

"끝까지?"

웬디가 휴대폰 음량을 높였다. 아이는 귀에 잘 들어오지 않는 영어 가사에 집중했다. 그리고 후렴구 후반부에서 자신이 가사의 의미를 오해했음을 깨달았다.

You can't always get what you want

You can't always get what you want

You can't always get what you want

But if you try sometimes

You might find

You get what you need

"아…… 웬디, 나 잠깐 나갔다 올게요. 금방 와요."

"어디 가는데?"

"집주인에게 할 말이 있어서요."

아이가 미소를 지으며 천장을 가리켰다.

계단으로 나와 어제 샹 언니에게 들은 이야기를 떠올렸다.

─라이지 국숫집 사장님이 나한테 아녜를 소개해주었어요. 경기

가 안 좋아서 내가 막 실직을 했을 때였죠. 아녜의 건물을 청소하면서 다행히 힘든 시기를 잘 넘겼어요. 처음 아녜를 만났을 때는 나도 성격이 이상한 사람이라고 생각했어요. 이름도 제대로 알려주지 않고 그냥 아녜라고만 하더군요. '네 선생님'이라고 불렀다가 면박만 당했죠. 나중엔 그냥 아녜라고 부르는 게 익숙해졌지만. 한번은 선생님이라는 호칭이 왜 싫으냐고 물어봤더니, 그런 건 다 허위고 위선이라는 거예요. 겉으론 웃고 속으로 칼을 가는 것보다 서로 이름을 부르는 게 예의라고 생각한대요. 사람과 사람은 대등한 관계이기 때문에……

아이는 6층에 도착했다. 책상에 앉아 키보드를 두드리고 있는 아녜의 모습이 보였다.

"어우야이 씨, 또 무슨 일입니까?"

아녜가 고개를 들고 물었다. 손가락은 멈추지 않은 채였다.

"앞으로는 당신도 나를 '아이'라고 부르세요."

아이가 책상 옆에 서서 말했다.

아녜가 손을 멈추고 아이를 쳐다보았다. 그는 이내 입술을 삐죽거리다가 크게 웃기 시작했다.

"당신하고 당신 친구, 점심 먹었습니까?"

"아직요."

"나는 큰 그릇에 파 추가, 면은 적게, 국물은 따로 포장, 유차이는 기름 빼고."

아녜가 지폐 한 장을 내밀며 마저 말했다.

"아이."

아이는 지폐를 받아 들었다. 흥 하고 콧방귀를 뀌면서 얼굴을 찌푸렸지만 기분은 나쁘지 않았다. 자신의 마음이 달라진 것에 의외라는 생각은 들지 않았다.

아침에 집을 떠나면서 아이는 오늘이 자신의 인생이 바뀌는 첫 날이라고 느꼈다.

이 책이 이렇게 두껍고 무거운 모습이 된 것은 정말 의외다.

2015년 손에 들고 있던 다른 소설을 완성한 뒤 나는 곧 『망내인』을 구상하기 시작했다(그때는 책 제목을 생각하기 전이었다). 당시 8만에서 9만 자 정도의 분야를 넘나드는 작품을 구상했다. 『13·67』은 너무 두꺼웠다. 두꺼운 것도 나름의 가치가 있지만 출판하는 데는 불리하다(다들 아시겠지만 교정과 조판 과정에서의 시간, 편집비, 인쇄비 등등). 원래는 『기억나지 않음, 형사』와 비슷한 분량으로 쓸 생각이었다. 소재는 금세 결정했다. 기본 플롯, 인물 설정 등도 쉽게 완성했다. 그리고 그해 9월, 타이완에서 시마다 소지 추리소설상 시상식에 참석해 편집장 팅팅婷婷을 만나 이야기를 들려주었다.

"4개월." 내가 말했다. "이 이야기는 4개월 정도면 다 쓸 수 있어요."

세상에, 내가 너무 경솔했다.

나는 타이완에 가기 전에 이미 서장을 완성한 상태였다. 이런 흐름이면 4개월에 8만 자는 충분히 쓸 수 있다고 자신했다. 4개월 후

나는 정말 8만 자 정도를 썼다. 그런데 이야기가 나도 모르는 사이에 팽창해서 구상한 줄거리의 절반도 다 쓰지 못했다.

나는 부끄러움을 무릅쓰고 출판사에 시간을 더 달라고 했다. 이렇게 시간을 더 요구한 것이 몇 번인지도 모르겠다. 하지만 나는 점점 더 마음이 급해졌다. 그럴수록 분량은 점점 길어졌다. "15만 자 정도는 써야 끝나겠어." "아니야, 20만 자는 써야 완성되겠군." "26만 자도 부족해⋯⋯." 탈고했을 때는 30만 자를 넘어 『13·67』보다도 길었다. 망했다.

이렇게 된 데는 내가 예전과 같은 리듬으로 이 작품을 쓸 수 없었기 때문이다. 과거의 나는 사건 전개에 초점을 맞췄고 쓸데없는 내면 묘사를 피했다. 그래서 28만 자의 분량에도 46년에 걸친 여섯 개의 이야기로 구성된 소설을 쓸 수 있었다. 그런데 이 작품에서는 쓰면 쓸수록 그렇게 할 수 없었다. 모든 인물의 개성과 그들의 사유를 묘사해야 했다. 어쩌면 허풍처럼 들릴지도 모르지만, 나는 독자들이 모든 인물의 피와 살, 그리고 영혼을 느끼기를 바랐다.

『망내인』은 사실 '인간'에 대한 이야기다.

이 작품은 추리소설이므로 미스터리와 트릭이 없어서는 안 된다. 하지만 나는 그 외에도 각 인물의 입장과 생각, 그들의 희로애락을 전달하고 싶었다. 추리에서 독자들을 잘못된 방향으로 이끄는 용도로 사용되는 인물도 차마 단순한 '도구적 인물'로 그릴 수 없었다. 그리고 독자들이 그들이 2015년의 홍콩이라는 도시에서 생활한다는 것을 느끼길 바랐다.

이야기 속 인물들은 사회 각 계층에서 왔다. 그들이 홍콩 사람 전부를 대표한다고 볼 수는 없지만 여러 계층의 다양한 면모를 보여줄 수 있었다. 나는 줄거리를 투과하여 그들 각각의 차이를 보여주려 했다(성공 여부는 각자 판단하시길). 예전에 어느 기자의 질문을 받은 적이 있다. 과거의 홍콩을 주제로 쓴 『13·67』 이후 지금의 홍콩을 주제로 한 소설을 쓸 생각이 없느냐고. 이 작품이 그 질문에 대한 답이 될 것이라고 생각한다.

다시 집필 속도 이야기로 돌아가자. 탈고일자를 여러 차례 미루면서 마지막 2016년 12월의 기한마저 지킬 수 없었다. 당시 막 8장을 쓰던 중이었다. 그때 나는 매우 침울했다. 마감일을 넘기지 않기 위해 점점 더 거칠게 쓰게 되었다. 마감일에 사로잡혀 잘 써야 한다는 생각은 뒷전이었다. 나 자신의 원칙을 저버린 셈이다. 출판사의 양해를 얻어 다시 마감일을 연기했다. 나는 마음을 다잡고 나 자신을 감금하다시피 하면서 철저히 외부 연락을 끊었다. 일체의 잡음도 없이 생활 전체를 집필 작업에 맞췄다. 그때의 정신 상태는 '극단'에 가까웠다고 할 수 있다.

결과적으로 3개월 후 소설을 완성했다. 동시에 몸에 문제가 생겼다. 체중이 크게 감소해 지금까지 회복되지 않았다. 나를 열혈남아로 생각하지 마시기 바란다. 내 친구 천신야오陳心遙의 영화 〈광무파狂舞派〉에 이런 명언이 나온다. "꿈을 위해 어디까지 할 수 있는가?" 그러나 그 말은 나에게는 별로 적용되지 않는다. 나는 평범한 사람이고, 내가 쓰고 싶은 이야기를 잘 써내기를 바란다. 물론 내가 말하는 잘 쓴 작품이란 '완벽한 완성'과 동의어가 아니다. 나는 이 소설에 너무도 많은 개선의 여지가 있다고 생각한다. 어쩌면 이 소설은 여전히 수많은 결점을 갖고 있겠지만, 적어도 그것이 내가 받아들여야만 하는 '고유한 결점Inherent Vice'이기를 바란다.

『망내인』에 대해 말하고 싶은 것은 참 많다. 그러나 늘 그렇듯 해석의 권리는 독자에게 남겨두고자 한다. 작가 후기에서 하나하나 설명하면 재미가 없다. 단지 완탕면 가게인 '라이지 국숫집來記麵家' 이름은 탄젠譚劍의 SF소설『인간형 소프트웨어人形軟件』에서 따왔다. 탄젠과 농담 삼아 우리 둘의 소설 배경이 평행우주 각각의 홍콩섬 케네디타운이라고 이야기하기도 했다. 현실 속에는 이 국숫집이 없다. 그러나 독자들이 홍콩섬 서쪽에 온다면 거리의 작은 상점들을 들러주시기 바란다. 부동산 중개소, 고급 레스토랑, 대륙 관광객 전문 스파 등으로 바뀌지 않고 변함없는 서비스에 치솟는 가겟세를 감당하면서 아직 남아 있는 가게가 몇 곳이나 될지 모르겠지만 말이다.

이 책이 출판되기까지 수많은 분들의 도움이 있었다. 황관皇冠출판사 대표 핑윈平雲, 편집장 팅팅婷婷, 책임편집자 핑징平靜, 저작권팀의 즈위芷郁, 스후이釋慧. 그리고 출판사의 많은 분들, 나의 저작권 에이전트 광레이光磊와 그의 동료들. 중국어 소설이 세계로 진출하는 것은 모두 그들의 공이다(이 작품 역시 출판되기도 전에 한국과 계약되어 깜짝 놀랐다). 추천사를 써준 분들께도 감사드린다. 내가 속한 타이완 추리작가협회 동료들과 시마다 소지 선생님께도 감사의 말씀을 드린다. 시마다 소지 추리소설상이 없었다면 우리는 이렇게 멀리까지 오지 못했을 것이다.

마지막으로 여기까지 읽어준 당신께도 감사드린다.

2017년 6월 20일
찬호께이

『망내인』은 700쪽이 넘는 아주 두툼한 책입니다. 작가의 말도 책이 어쩌다 이렇게 길어졌는지, 쓰는 데 얼마나 걸렸는지를 한참 설명했습니다. 저 역시 옮긴이의 말을 책 두께부터 언급하며 시작합니다. 그럴 만도 한 것이, 이 작품은 확실히 한 권의 책으로는 쉽지 않은 분량입니다. 소설이 길어지면 작가, 출판사, 역자 모두 힘들어집니다. 아마 독자 역시 힘들 것이라고 생각합니다. 하지만 긴 이야기에는 길어야만 하는 이유도 있는 법입니다.

『망내인』은 사실 두 가지 이야기를 합친 작품입니다. 그래서 마치 두 권의 책을 합친 것처럼 길어졌다고, 저는 생각합니다. 두 가지 이야기 중 첫 번째는 아이가 동생 샤오윈을 죽인 범인을 찾는 이야기이고, 두 번째는 찾아낸 범인에게 복수하는 이야기입니다. 왜 두 가지 이야기를 한 작품에 넣었을까요? 작가는 아무 말도 하지 않습니다. 해석은 독자에게 맡긴다고만 말합니다. 한 명의 독자로서 저는 『망내인』에서 범인을 찾는 이야기와 복수 이야기 둘 다 하는 것이 필연적이었다고 생각합니다.

6장 마지막에 아녜가 범인이 누구인지 알아내지만, 그것으로는 아무것도 해결되지 않습니다. 진실을 알게 된 것으로 만족한다는 말은 거짓말입니다. 모든 이야기에는 결말이 필요합니다. 소설의 주인공 아이도, 작가도, 독자도 이렇게는 결말지을 수 없다고 생각할 것입니다. 그래서 너무도 당연한 흐름으로 복수가 시작되어야만 했습니다. 그렇기 때문에『망내인』은 두 개의 이야기가 담겨서 700쪽이 넘는 한 권의 책이 되었습니다.

『망내인』은 두툼한 책이지만, 그 속의 이야기는 작고 오밀조밀합니다. 무서운 범죄도 거대한 음모도 없습니다. 인간이 어떻게 이럴 수 있나, 가슴을 선득하게 만드는 사악한 악당도 없습니다. 아이는 샤오원을 죽인 범인을 찾으려 하지만, 누가 우리에게 그 사람을 '범인'이나 '살인자'라고 부를 수 있느냐 묻는다면 대답하기 애매할 것입니다. 한 소녀의 죽음에서 이야기가 시작되지만, 실제로 소녀를 죽인 사람을 꼭 집어 말하기조차 어렵습니다.

명확한 '범죄'가 없다는 것은 추리소설에서 약점일지도 모릅니다. 하지만 그런 점이 이 작품의 매력입니다.『망내인』속에서 벌어지는 일들은 우리에게 언제든 벌어질 수 있는 일처럼 다가옵니다. 당장 내일이라도 나의 '신상'이 인터넷에 공개되어 누리꾼의 악의적인 공격을 당할 가능성이 있습니다. 내가 '나쁘다'고 지적한 사람이 사실은 억울했던 경우나 내가 별 생각 없이 한 사소한 일 때문에 괴로워하던 사람이 보복하려고 기회를 노리는 경우는 또 얼마나 흔할까요? 이런 흔한 상황 위에 '인터넷'이라는 도구가 더해지고, 약간의 오해와 우연한 사건, 연약한 마음이 겹쳐지면 비극이 됩니다.

책 제목인 '망내인'의 '망網'은 그물이라는 뜻입니다. 이 작품을 읽는 동안 우리가 수많은 원인과 결과가 촘촘하게 연결된 그물 속에서 살아간다는 생각을 했습니다. 『망내인』의 등장인물들도 한 명한 명이 크고 작은 인과관계로 얽히고설켜 이 길고 복잡한 이야기를 이루었습니다. 그게 바로 우리가 살아가는 사회가 아닌가 생각합니다.

지금의 사회를 살아가는 사람이라면 『망내인』의 이야기가 남의 것이 아니라 바로 나 자신의 것이라고 느낄 것입니다. 1장은 주인공 아이의 집안 내력을 조부모 때부터 현재까지 빠른 흐름으로 훑습니다. 그 대목을 읽다 보면 홍콩과 한국이 다른 역사와 문화를 가진 별개의 사회이면서도 닮은 점이 참 많다는 것을 절실히 느끼게 됩니다. 아이의 가족 이야기는 몇 군데만 바꾸면 바로 나와 내 가족의 이야기가 될 수도 있습니다. 인터넷 세상의 악다구니를 견디다 못해 자살한 여동생과 그 사건 뒤에 숨겨진 많은 비밀은, 어쩌면 지금 이 순간 한국 사회 어딘가에서 똑같이 벌어지는 일일지도 모릅니다. 바로 그런 이유로 이 책을 덮고 나면 꼬리에 꼬리를 물고 떠오르는 생각의 편린으로 한참을 멍하니 앉아 있게 되나 봅니다.

너무나도 있을 법한 이야기라서 가슴 한구석이 무거워지는 작품이지만 작가가 여기저기 배치해둔 소소한 장치를 찾는 즐거움도 있습니다. 찬호께이는 『기억나지 않음, 형사』에서 데이비드 보위의 노래 한 곡을 키워드로 활용하는 등 자신의 취향을 작품 속에 잘 녹여 넣는 작가입니다. 『망내인』에는 롤링 스톤스의 노래, 토머스 핀천과 히가시노 게이고의 소설, 심지어 『안나 카레니나』 같은 러시아 고전문학 등이 언급됩니다. 미성년자의 범죄를 다룬 일본 소설 『고백』이 등장하는 장면은 꽤나 의미심장합니다. 이런 작품을 알고 있다면 이 이야기가 훨씬 감칠맛 있게 읽힐 것입니다. 참,

저는 어디선가 영국 드라마 〈셜록〉의 향기를 얼핏 맡기도 했습니다. 여러분도 찬호께이의 『망내인』과 즐거운 시간을 보내시길 기원합니다.

2017년 12월

강초아

이 작품에 언급된 과학기술 및 컴퓨터 관련 자료를 소개합니다. 관심 있는 독자들은 확인해보시기 바랍니다.

디 어니언 라우팅(The Onion Routing)
https://www.torproject.org/
MS Window, MacOS, Linux, Android 버전을 무료로 다운로드 할 수 있다.

사용자 에이전트(User Agent)
https://zh.wikipedia.org/wiki/用户代理

자신의 사용자 에이전트 확인하기
http://www.whoishostingthis.com/tools/user-agent/

메트컬프의 법칙(Metcalfe's Law)
https://zh.wikipedia.org/wiki/梅特卡夫定律

Wifi 프로브 요청(Probe Request)과 프로브 응답(Probe Response)
〈CWAP 802.11- Probe Request/Response〉
https://mrncciew.com/2014/10/27/cwap-802-11-probe-requestresponse/

Wifi 중간자 공격(Man In The Middle, MITM)
〈藉提供免費 WiFi 诱人使用：浅谈黑客中间人攻击原理〉
https://www.hkitblog.com/?p=28198
〈How to Conduct a Simple Man-in-the-Middle Attack〉
https://null-byte.wonderhowto.com/how-to/hack-like-pro-conduct-simple-man-middleattack-0147291/

WPS의 허점을 이용해 Wifi에 침입하기
〈5 Steps Wifi Hacking – Cracking WPA2 Password〉

http://www.hacking-tutorial.com/hacking-tutorial/wifi-hacking-cracking-wpa2-password/

마스크 공격(Masque Attack)
〈iOS Masque Attack Revived: Bypassing Prompt for Trust and App URL Scheme Hijacking〉
https://www.fireeye.com/blog/threat-research/2015/02/ios_masque_attackre.html
〈Hacking Team targeted Apple and Android devices with Masque Attack hacks〉
http://www.v3.co.uk/v3-uk/news/2421018/hacking-team-targeted-apple-and-androiddevices-with-masque-attack-hacks

주스 재킹(Juice Jacking)
〈Beware of Juice-Jacking〉
https://krebsonsecurity.com/2011/08/beware-of-juice-jacking/

IMSI 인터셉터 / 노랑가오리(Stingray)
https://en.wikipedia.org/wiki/Stingray_phone_tracker
http://iisecurity.in/blog/imsi-catcher/

휴대폰 삼각측량법
〈Cell Tower Triangulation – How it Works〉
https://wrongfulconvictionsblog.org/2012/06/01/cell-tower-triangulation-how-it-works/

프린터를 이용해 휴대폰 지문 잠금 풀기
〈A regular inkjet printer can spoof a fingerprint and unlock a phone in under 15 minutes〉
https://qz.com/631697/a-regular-inkjet-printer-can-spoof-a-fingerprint-and-unlock-a-phonein-under-15-minutes/

유도식 확성기
http://zao.jp/radio/parametric/index_e.php
http://www.soundlazer.com/what-is-a-parametric-speaker/

망내인

1판 1쇄 발행 | 2017년 12월 26일
2판 1쇄 발행 | 2023년 4월 3일
2판 2쇄 발행 | 2024년 8월 30일

지은이 찬호께이
옮긴이 강초아
펴낸이 김기옥

문학팀 김세화 | 마케팅 김주현
경영지원 고광현, 김형식, 임민진

표지디자인 박진범 | 본문디자인 고은주
인쇄·제본 (주)민언프린텍

펴낸곳 한스미디어(한즈미디어(주))
주소 (04037) 서울시 마포구 양화로 11길 13(서교동, 강원빌딩 5층)
전화 02-707-0337 | 팩스 02-707-0198 | 홈페이지 www.hansmedia.com
출판신고번호 제313-2003-227호 | 신고일자 2003년 6월 25일

ISBN 979-11-6007-916-6 (03820)

한스미디어 소설 카페 http://cafe.naver.com/ragno | 트위터 @hans_media
페이스북 www.facebook.com/hansmediabooks | 인스타그램 @hansmystery